MIRA®

Der Preis dieses Bandes versteht sich einschließlich
der gesetzlichen Mehrwertsteuer.

Umwelthinweis:
Dieses Buch wurde auf chlor- und säurefreiem Papier gedruckt.

Gaelen Foley

Der Lord und die unschuldige Verlockung

Roman

Aus dem Amerikanischen von
Bärbel Hurst

MIRA®

MIRA® TASCHENBUCH
Band 25490
1. Auflage: Dezember 2010

MIRA® TASCHENBÜCHER
erscheinen in der Cora Verlag GmbH & Co. KG,
Valentinskamp 24, 20350 Hamburg
Deutsche Taschenbucherstausgabe

Titel der nordamerikanischen Originalausgabe:
His Wicked Kiss

erschienen bei: Ballantine Books
Published by arrangement with
Ballantine Books, an imprint of Random House Publishing Group,
a divison of Random House, Inc.

Konzeption/Reihengestaltung: fredebold&partner gmbh, Köln
Umschlaggestaltung: pecher und soiron, Köln
Redaktion: Bettina Steinhage
Titelabbildung: Harlequin Enterprises S.A., Schweiz
Satz: Buch-Werkstatt GmbH, Bad Aibling
Druck und Bindearbeiten: CPI – Ebner & Spiegel, Ulm
Printed in Germany
Dieses Buch wurde auf FSC-zertifiziertem Papier gedruckt.
ISBN 978-3-89941-797-5

www.mira-taschenbuch.de

1. KAPITEL

Februar 1818

Sie wollte tanzen.

Mit dem Fuß in einem seidenen Schuh unter dem Saum ihres weißen … nein, blauen … nein, ihres grünen Seidenkleids schlug sie den Takt zur Musik des Orchesters.

Von zahllosen flackernden Kerzen in kristallenen Lüstern fiel goldenes Licht in den Ballsaal, wo die Tänzer sich paarweise in dem neuen, so gewagten Rhythmus des Walzers drehten. Die Damen in üppigen, farbenfroh schimmernden Seidenkleidern, die Herren in festlichem Schwarz und Weiß.

Plötzlich spürte sie, wie jemand sie ansah. Sie spähte über ihren kunstvoll bemalten Fächer hinweg und erhaschte einen kurzen Blick auf eine hochgewachsene, imposante Gestalt, ehe die sich drehenden Paare ihr wieder die Sicht versperrten.

Ihr Herz schlug schneller. Erregung ergriff sie, denn sie spürte seine Gegenwart, ahnte, dass er kommen würde, um sie zur nächsten Quadrille aufzufordern.

Mit großen Augen und wild klopfendem Herzen wartete sie, sehnte sich danach, den geheimnisvollen Mann genauer zu betrachten, den Held, den das Schicksal für sie bestimmt hatte …

In diesem Augenblick spürte sie ein Prickeln im Nacken, eine Vorahnung, die sie aus ihren schönen Träumen weckte.

Nur widerstrebend fand sie allmählich zurück in die Wirklichkeit mit den ständigen Geräuschen und intensiven Gerüchen einer weiteren dunklen, schwülen Nacht im tropischen Regenwald.

Statt kristallener Lüster leuchtete nur eine einzelne, rostige Laterne auf einem Bambustisch neben ihrer Hängematte, die unter einem durchscheinenden weißen Moskitonetz ausgespannt war. Statt eleganter Lords und Ladies waren es Motten, die hier im Licht tanzten und immer wieder gegen das Glas der Laterne stießen, und hinter dem Pfahlbau des Naturforschers mit seinem Dach aus Palmenblättern wimmelte in der Dunkelheit das Leben.

Insekten summten fast ohrenbetäubend laut. Affen zankten miteinander um die bequemsten Äste als Schlafplätze für die Nacht. Wenigstens die Papageien hatten ihr lärmendes Geschrei eingestellt. Weit in der Ferne brüllte ein Jaguar, um einen Rivalen aus seinem Revier zu vertreiben, denn für die großen Raubtiere hatte die Stunde der Jagd begonnen.

Der laute Widerhall dieses Schreis vertrieb endgültig Edens Träume vom Londoner Glanz, und nichts blieb übrig als das, was den Anstoß dazu gegeben hatte – ein zerknittertes, vergilbtes Exemplar eines Modemagazins vom vergangenen Jahr – *La Belle Assemblée* –, das ihre liebe Cousine Amelia ihr den ganzen weiten Weg von England hierher geschickt hatte.

Dennoch blieb ihr das Gefühl, dass Gefahr drohte.

Unbehaglich blickte sie sich um. Ihre vom Leben im Regenwald geschärften Instinkte waren in Alarmbereitschaft. Mit einer Hand tastete sie nach der Pistole, die immer in ihrer Nähe lag.

Und dann hörte sie es. Ein leises Zischen, viel zu nah über ihrem Kopf.

Als sie nach oben blickte, sah sie sich dem kalten, perlenartigen Auge einer drei Meter langen *Fer de Lance* gegenüber. Die Zähne funkelten, als die tödliche Schlange in ihre Richtung züngelte, um sie zu wittern. Langsam wich Eden zurück, wagte nicht, irgendeine plötzliche Bewegung zu machen.

Auf der Suche nach warmblütigen Opfern schien die große Schlange den Schlag ihres klopfenden Herzens zu spüren. Diese Tierart wagte sich oft in menschliche Ansiedlungen vor. Menschen hinterließen Brosamen, die Brosamen lockten Mäuse an, und die Mäuse brachten die *Fer de Lance* mit, eine für ihre Bösartigkeit berüchtigte Vipernart, von der bekannt war, dass sie auf den geringsten Reiz hin angriff.

Ihr Biss brachte den Tod.

Dünn und geschmeidig war sie lautlos in das Dachgebälk des Hauses geglitten. Dann musste sie sich auf die Suche nach einem leckeren Nagetier als Vorspeise gemacht haben, denn im Augenblick hatte sich die Schlange um den Balken gewickelt, an dem die Hängematte befestigt war, und betrachtete sie, als fragte sie sich, wie Eden wohl schmecken würde.

Es erstaunte sie, dass sich die Schlange mit ihren nadelspitzen Zähnen einen Weg durch das Moskitonetz gebissen hatte, Zähne, deren Gift selbst einen kräftigen Mann innerhalb einer halben Stunde tötete. Eden hatte gesehen, wie so etwas geschah, und es war kein schöner Tod gewesen.

Als die *Fer de Lance* ihren glatten Hals in die verdächtige S-Form brachte, blieb Eden noch etwa eine Sekunde, dann stieß das Reptil vor – mit einer einzigen peitschenartigen Bewegung und blitzenden Zähnen.

Eden ließ sich rücklings auf ihre Hängematte fallen, hob die Pistole und schoss.

Dann stieß sie einen Schrei des Entsetzens aus, als der Kopf der Schlange genau in die Mitte ihrer kostbaren Zeitschrift plumpste.

„Verdammtes …“, begann sie, dann besann sie sich und formte die restlichen Worte des Fluchs nur mit den Lippen, denn vornehme Londoner Damen fluchten nicht laut. Aber trotzdem!

Die verflixte Zeitschrift hatte ein verdammtes Jahr gebraucht und war über Jamaika gekommen, ehe sie sie erreichte. Wie benommen rollte sich Eden aus ihrer Hängematte und betrachtete mit finsterer Miene den Schlangenkopf mit dem offenen Maul, der jetzt das elegante Magazin verschandelte. Sie warf sich den langen kastanienbraunen Zopf über die Schulter, schob das Moskitonetz beiseite und trat ein Stück zurück, um diese letzte Begegnung mit dem Tod leichter abschütteln zu können. Aufrecht stand sie da und atmete tief durch.

„Alles in Ordnung, Liebes?“, rief Dr. Victor Farraday, ihr Vater, beiläufig aus seinem Arbeitszelt herüber, das auf der gegenüberliegenden Seite des Forschungslagers stand, tief im feuchten grünen Herzen des Orinocodeltas in Venezuela.

Eden warf einen flüchtigen Blick in seine Richtung. „Alles in Ordnung, Vater!“, antwortete sie und steckte mit zitternden Händen die Waffe weg. *Himmel, ich kann es nicht erwarten, von hier wegzukommen.*

Mit einer Grimasse hob sie die Zeitschrift hoch und hielt sie wie ein Tablett vor sich, den Kopf der toten Schlange darauf gebettet, während sie tapfer zu dem Geländer ging, das über den breiten, dunklen Fluss ragte. Ohne weitere Umstände warf sie den Kopf in den Strom. Sie hörte, wie er mit einem leisen Platschen im Orinoco verschwand.

Zweifellos wird irgendwer ihn innerhalb von Minuten verspeisen, dachte sie. So lautete das Gesetz des Urwalds: Fressen und gefressen werden. Als sie einen prüfenden Blick über den Fluss warf, sah sie im Schein der Laterne mehrere rote Augenpaare leuchten, dann verschwand beinah lautlos ein großer Schatten im silbernen Mondlicht.

Eden schüttelte den Kopf. Menschenfressende Krokodile, giftige Schlangen, blutsaugende Fledermäuse – und Papa hielt *London* für gefährlich. Geduld, sagte sie sich und bemühte sich nach Kräften, ihre Sehnsucht nach der Zivilisation unter Kontrolle zu halten. Jetzt würde es nicht mehr lange dauern. Ob es Papa nun gefiel oder nicht, bald würden Sie nach England zurückkehren.

Sie richtete den Blick auf das Arbeitszelt ihres Vaters und setzte eine entschlossene Miene auf. Dann nickte sie sich selbst kurz zu. Ja. Die Spannung wurde unerträglich. Sie musste Papas Entscheidung hören – jetzt. Sie riss die Seiten aus ihrem Magazin heraus, die nicht mehr zu retten waren, und legte sie als Brennmaterial für das Küchenfeuer beiseite, dann verließ sie ihr im Stil der Gegend errichtetes Heim, das *palafito* genannt wurde, und fasste das Hauptzelt der Wissenschaftler ins Auge.

Um den freien Platz herum brannten Kerzen, die die Tiere fernhalten sollten, doch gegen die Moskitos gab es kaum Hilfe. Sie schlug eins der Insekten weg, als sie die Feuerstelle in der Mitte des Lagers passierte, wo sie freundlich ihre drei schwarzen Diener grüßte. Nun, da die Hitze des Tages vorüber war, kochten die Dienstboten, die in helle tropische Gewänder aus fließenden Stoffen gekleidet waren, sich selbst etwas zu essen.

Eden wechselte ein paar heitere Bemerkungen mit ihnen und ging weiter. Bei jedem Schritt schwangen die Röcke ihres Baumwollkleids um ihre Beine, und die schweren Stiefel sanken in den weichen Boden ein. Edens Blick drückte Selbstvertrauen aus, doch tatsächlich klopfte ihr Herz wie rasend, als sie auf das Urteil wartete.

Vor ihr in dem dreiseitigen Militärzelt beugten Dr. Victor Farraday und sein stämmiger australischer Assistent Connor O'Keefe die Köpfe über eine verwitterte Karte, über die sie gerade diskutierten. Der Tisch war bedeckt mit den neuesten Pflanzenexemplaren, die sie auf ihrer Wanderung gesammelt hatten. Ein Schamane der Waroas hatte die Naturforscher dorthin geführt, wo die Heilkräuter wuchsen. Doch jetzt waren die neuen Funde erst einmal vergessen. Im matten orangefarbenen Schein der Laterne wirkten ihre Gesichter ernst und angespannt.

Das war kein Wunder. Der Kurier hatte heute nicht nur Edens kostbares Magazin mitgebracht, sondern auch die Post und ein paar Vorräte an der spanischen Flotte vorbeigeschmuggelt, die vor der Küste patrouillierte.

Es war auch ein Brief dabei gewesen, der offensichtlich veraltet war und von dem Anwalt des adligen Mäzens ihres Vaters stammte. In dem Brief wurde mitgeteilt, dass der alte, wohltätige vierte Earl of Pembrooke bedauerlicherweise vor einigen Monaten zu seinem himmlischen Schöpfer abberufen worden war.

Der Erbe Seiner Lordschaft, der fünfte Earl, war jung, kühn und, wie es hieß, recht gut aussehend, und wenn es stimmte, was die Gesellschaftsspalte der *La Belle Assemblée* berichtete, außerdem ein berüchtigter Spieler und so etwas wie ein Schürzenjäger. Der neue Lord Pembrooke baute sich gerade ein hübsches neues Landhaus, und was ihn betraf, konnten all die Künstler, Gelehrten, Musiker und Bildhauer, die sein Großvater so lange unterstützt hatte, dahin gehen, wo der Pfeffer wuchs. Jedenfalls hatte er seinen Anwalt angewiesen, das zu schreiben.

Kurzum, der angesehene Dr. Farraday hatte die Unterstützungsgelder für seine Forschung verloren, und als Eden das hörte, hätte sie beinahe laut aufgejauchzt.

Doch sie hatte sich auf die Zunge gebissen und ihre Freude unterdrückt, denn Papa war erbleicht, als er diese Neuigkeit vernahm. Wie jedes Genie lebte er nur für seine Arbeit.

Dabei ist es nicht so, dass wir hungern müssten, wenn wir nach England zurückkehren, oh nein, dachte sie mit jenem Sinn fürs Praktische, der ein so gelungenes Gleichgewicht zu ihrer verträumten Seite bildete.

Als studierter Arzt und inzwischen angesehener Autor hatte Dr. Farraday immer noch das Angebot, für einen hochangesehenen Lehrstuhl am Royal College of Medicine in London. Wenn er dieses Angebot annahm, was er zweifellos tun musste, dann würde es nicht lange dauern, bis sie mit Cousine Amelia zwischen den anderen *elegantes* durch den Hyde Park promenierte, sodass die jungen Herren ihre modischen Phaetons anhalten mussten, um ihnen nachsehen zu können.

Bald vielleicht würde sie wirklich ein ganz normales Leben führen können.

Eden verschränkte die Hände hinter dem Rücken und räusperte sich höflich, um die Aufmerksamkeit der Herren auf sich zu lenken.

Die beiden Wissenschaftler waren so in ihr Gespräch vertieft gewesen, dass sie Edens Anwesenheit nicht bemerkt hatten. Jetzt unterbrachen sie sofort ihren leisen Wortwechsel und verstummten.

„Nun, Jungs“, sagte sie mit einem munteren Lächeln und versuchte, mit etwas Humor die Spannung zu lockern, die wegen der veränderten Situation auf ihnen allen lastete. „Wann also werden wir abreisen?“

Leider scheiterte ihr Versuch, die Situation zu entspannen, kläglich. Die beiden Männer wechselten einen vorsichtigen Blick. Verlegen stand Connor O'Keefe da. Er war ein braun gebrannter blonder Australier, hochgewachsen, über einen Meter achtzig groß und zweimal so breit wie die Stammeskrieger der Deltaregion. Er war ein starker Mann, der wenig sprach. ein Experte auf dem Gebiet der Zoologie. Es gefiel Eden, wie er mit den Waldtieren umging, aber in letzter Zeit verursachten ihr seine unverwandten Blicke immer öfter ein unbehagliches Gefühl.

„Alles in Ordnung?“, fragte er, stemmte die Hände in die Hüften und betrachtete sie besorgt. „Warum haben Sie geschossen?“

„Eine *Fer de Lance* ist ins Haus gekommen. Tut mir leid, Connor. Entweder Ihre Schlangenfreundin oder ich.“

„Um Himmels willen, ist dir etwas passiert?“, rief ihr Vater aus, riss sich die Brille von der Nase und sprang vom Stuhl auf.

„Es geht mir gut, Vater“, versicherte sie ihm. „Vielleicht könnte Connor das scheußliche Ding wegbringen. Der größte Teil von ihr hängt noch am Balken“, fügte Eden hinzu und schüttelte sich.

Der Australier nickte und sah dann ihren Vater an. „Ich bin gleich zurück, Sir.“

„Ja ... äh ... lass uns ruhig einen Moment allein, mein Junge. Ich möchte ein Wort mit meiner Tochter reden.“

„Natürlich.“ Connor blieb stehen und drückte sanft Edens Schulter. „Sind Sie sicher, dass es Ihnen gut geht?“, fragte er leise.

Sie nickte und legte die Arme um ihre Taille, zwang sich zu lächeln, während sie versuchte, das Besitzergreifende in seiner

Berührung zu übersehen. Aus irgendeinem Grund brachte sie es nicht fertig, das Unbehagen, das sie in seiner Nähe empfand, ihrem Vater gegenüber zu erwähnen, der Connor liebte wie den Sohn, den er nie gehabt hatte.

Außerdem konnte sie nicht gut deswegen viel Aufhebens machen, denn sie waren auf Connor angewiesen, wenn sie überleben wollten. Er fing ihnen das Essen, er baute ihre Unterstände, er verteidigte sie gegen feindliche Indianer und gelegentlich vorbeikommende Jaguare.

Aber manchmal, wenn sie ihm so wie jetzt in die Augen sah, hatte sie das Gefühl, dass sie in Connors Vorstellung ihm gehörte.

Zufrieden, dass ihr nichts passiert war, nickte er einmal und verschwand dann in der Dunkelheit, um ihrem Wunsch nachzukommen. Misstrauisch sah sie ihm nach.

„Setz dich, Liebes", sagte ihr Vater und deutete auf den leeren Feldstuhl seines Assistenten. Nebenbei bemerkte sie, dass sein von Grau durchzogener Bart dringend gestutzt werden musste. „Wir haben viel zu besprechen."

„Das haben wir in der Tat." Sie nahm ihm gegenüber Platz und machte sich frohgemut daran, ihren geordneten Rückzug aus dem Urwald zu organisieren. Schließlich war sie die Haushälterin ihres Vaters und verantwortlich dafür, dass im Lager alles störungsfrei lief. „Ich denke, mit Hilfe der Dienstboten werden wir etwa eine Woche brauchen, um alles sorgfältig einzupacken. Wir müssen vor allem dafür sorgen, dass deine botanischen Musterexemplare in der Seeluft gut erhalten bleiben, aber wenn es uns gelingt, auf irgendeine Weise bis Trinidad zu kommen, kann es nicht lange dauern, bis ein britisches Schiff auftaucht, das uns nach Hause bringt ..."

„Eden", unterbrach Dr. Farraday sie sanft, aber bestimmt. „Wir werden bleiben."

Eine Weile starrte sie ihn nur an, dann schloss sie die Augen, und ein Zittern durchlief sie. „Oh Vater, nein."

„Edie, mir ist klar, dass es für dich ein Schock sein muss, aber wir machen so große Fortschritte, und ... Liebes, es gefällt dir hier. Ich weiß, dass es so ist. Sieh doch mal, welche Abenteuer wir erlebt haben. In die Bäume sind wir gestiegen, um ihre endlosen Wipfel zu erkunden! Haben Vögel und andere Tiere gefunden, die der Wissenschaft bis dahin völlig unbekannt waren." Um sie zu beruhigen, nahm er ihre Hand. „Na, na, Liebes, sieh mich nicht so an", protestierte er, als er ihr Gesicht sah. „Denk an die Medikamente, die wir eines Tages mitbringen, an die Leben, die wir retten werden. Wir können jetzt nicht aufhören. Wir können es einfach nicht."

Sie suchte nach Worten. „Ich dachte, wir hätten unsere Unterstützung verloren. Lord Pembrooke ..."

„... ist ein Schuft!", ergänzte er. „Aber das macht nichts. Dieser junge Kerl wird unsere Fortschritte nicht aufhalten. Es stimmt, wir werden Papier und andere Dinge sparsamer verwenden müssen, aber von den Indianern haben wir gelernt, aus der Natur zu leben. Und schließlich sind wir Briten! Wir müssen weitermachen."

„Weitermachen ..."

„Oh ja, meine Liebe. Denn, weißt du ..." Er beugte sich vor, und trotz seiner mittleren Jahre zeigte er eine geradezu jungenhafte Begeisterung. „Ich habe einen Plan."

Oh nein. „Einen Plan?"

Er nickte eifrig. „Wir gehen weiter, Edie. Ins Innere ..."

Sie machte große Augen. „Du meinst doch nicht ...?"

„Ja", flüsterte er und vermochte seine Begeisterung kaum zu verbergen. „Ins Amazonasgebiet."

Eden starrte ihren Vater an.

Fälschlicherweise hielt er ihr Entsetzen für Staunen. „Stell dir nur vor, Tochter! Unser größtes Abenteuer – ein noch vielschichtigerer Lebensraum als diese Urwälder am Orinoco! Das Delta war uns Mutter und Lehrer. Es hat uns vorbereitet. Aber der Amazonas – dort liegt unsere wahre Bestimmung!" Er drückte ihre Hand und versuchte, seine Begeisterung auf sie zu übertragen, aber sie entzog sich ihm und sprang auf.

„Du hast den Verstand verloren!"

„Oh, Edie ..."

„Ich wusste es! Jetzt ist es passiert, genau wie ich es immer befürchtet hatte. Die lange Zeit in der Wildnis hat schließlich doch deinen Geist verwirrt, Papa! Gütiger Himmel, vermutlich bin ich als Nächstes an der Reihe!" Sie schlug sich mit der Hand an die Stirn, aber er lachte nur. „Ich scherze nicht – und ich werde nicht dorthin gehen! Jemand muss bei klarem Verstand bleiben. Sei vernünftig! Dort gibt es Kopfjäger und Kannibalen, keine friedlichen Eingeborenen wie die Waroa – und der Himmel weiß, was noch alles!"

„Unsinn. Connor wird uns beschützen. Ich brauche dich dabei an meiner Seite, Edie. Du weißt, dass ich es nicht ohne dich tun kann. Solange wir zusammen sind, wirst du in Sicherheit sein. Ich verspreche dir, wenn wir erst den Amazonas erobert haben und nach England zurückgekehrt sind, werde ich über unsere Reisen Vorträge halten. Ich werde ein neues Buch schreiben! Einen Bericht, der dem von Humboldts Konkurrenz machen wird! Nie wieder werden wir auf einen weiteren reichen Mäzen angewiesen sein."

Eden hob die Hände und war so außer sich, dass sie kein Wort herausbrachte.

Ihr Vater runzelte die Stirn. „Was ist?"

Auf dem Totenbett hatte sie ihrer Mutter versprochen, sich um ihn zu kümmern, aber wie sollte sie das machen, wenn ihm selbst sein Leben so völlig egal war?

„Vater", begann sie in strengem Ton und verschränkte die Arme vor der Brust. „Du bist fünfundfünfzig Jahre alt. Dein Held von Humboldt war ein junger Mann, als er seine Reise antrat, und ihn hätte sie beinahe umgebracht." Diese Bemerkung brachte ihr nur ein verächtliches Schnauben ein und ein paar gemurmelte Worte, die von gekränkter männlicher Eitelkeit sprachen. Daher versuchte sie etwas anderes. Sie setzte sich hin und sah ihren Vater ernst an. „Hast du vergessen, dass sich außerhalb dieses Urwalds Venezuela im Krieg befindet?"

„Natürlich habe ich das nicht vergessen", meinte er. „Ich bin noch nicht völlig senil. Was soll das heißen?"

„Um das Amazonasgebiet zu erreichen, müssen wir durch die Ebene. Die *Ilanos* bilden das Hauptschlachtfeld für die spanische Krone und die rebellischen Kolonisten."

„Ja. Wir haben noch Zeit. Derzeit ruhen die Feindseligkeiten. Die Rebellen oben in Angostura kontrollieren das Binnenland, während die Spanier an der Küste bei ihren Schiffen bleiben. Worin liegt das Problem?"

„Das Problem?" Um ein Haar hätte sie gelacht. Sie wusste nicht einmal, wo sie anfangen sollte. „Zunächst einmal denkt jede Seite, du würdest für die jeweils andere spionieren. Die Spanier glauben, du bist mit den Revolutionären im Bund, und die Kolonisten glauben, du arbeitest für die Spanier."

„Wenn sie das wirklich glauben würden, hätte man mich inzwischen aus dem Land vertrieben. Wirklich, Edie, wie ich den verflixten Bürokraten in Caracas schon sagte, ist die Wissenschaft neutral! Ich bin hier zum Nutzen der gesamten Menschheit!"

„Ooh!" Einen Moment lang barg sie ihr Gesicht in den Händen, sodass ihre Antwort etwas erstickt klang. „Du bist hier, weil du dich vor der Welt versteckst!"

„Was sagst du da?", fragte er in scharfem Ton.

Seufzend beherrschte sie ihre Gefühle und ließ die Hände sinken. „Nichts, Vater."

„Das will ich auch meinen. Du solltest deine Zunge im Zaum halten, mein Mädchen", riet er ihr, lehnte sich in seinem grob gezimmerten Holzstuhl zurück und zupfte energisch an seiner Weste. „Ich lasse dich an der langen Leine laufen, aber ich bin immer noch dein Vater."

„Jawohl, Sir", antwortete sie mit gesenktem Kopf. „Aber ..."

„Aber was, Kind?"

Einen Moment lang sah sie ihn prüfend an. „Im vergangenen Jahr hast du mir versprochen, dass wir nach England zurückkehren werden."

Wie es schien, wollte er genau das nicht hören.

Sofort runzelte er die Stirn, wandte sich ab und beschäftigte sich mit seinen botanischen Fundstücken. „England, England ... Was hast du nur immer mit diesem verdammten Ort? Glaubst du wirklich, dass die Welt dort so wunderbar ist? Hier habe ich dich davor bewahren können. Wenn du dich besser erinnern würdest, wärest du mir dankbar. Dort besteht nicht alles nur aus vornehmen Kutschen und eleganten Bällen, mein Mädchen. Auch dort hat die Welt eine dunkle Seite." Über den Rand seiner Brille hinweg sah er sie an. „Krankheiten, Verbrechen, Schmutz, Armut, Korruption. Von alledem gibt es hier nichts."

„Hier gibt es niemanden zum Reden!", rief sie, während ihr plötzlich Tränen in die Augen stiegen.

Mit einem mitleidigen Blick ließ ihr Vater sich wieder auf seinen Stuhl sinken. „Unsinn, ich bin doch hier! Und ich bin ein außergewöhnlich guter Gesellschafter – und Connor ist auch hier. Nun, ich gebe zu, er spricht nicht viel. Aber wenn er etwas sagt, dann lohnt es sich, ihm zuzuhören. Na, na, mein hübsches Kind", sagte er und tätschelte besorgt ihre Hand. „Ich versichere dir, wir können dir weitaus klügere Gespräche anbieten, als du sie jemals in den Londoner Salons finden wirst."

„Nur ein einziges Mal möchte ich erfahren, worüber normale Menschen sich unterhalten", sagte sie kaum hörbar.

„Normal? Das ist nur ein anderes Wort für Mittelmäßigkeit", höhnte ihr Vater. „Oh, Edie, diese Londoner Mädchen, die du so bewunderst, sie sind die einfältigsten und gewöhnlichsten Geschöpfe auf Gottes Erde, und in ihren Köpfen dreht sich alles nur um Bänder, Hauben und Schuhe. Warum zum Teufel solltest du so wie sie sein wollen?"

Eden unterdrückte ein Stöhnen. *Jetzt kommt der Vortrag.*

„Sieh doch nur einmal die Vorteile, die du hier genießt. Du ziehst an, was du willst, sagst, was du willst, und tust, was du willst. Du ahnst ja nicht, wie diese Mädchen der guten Gesellschaft ihr Leben lang von Anstandsdamen gegängelt werden, deren einzige Aufgabe darin besteht, jede ihrer Bewegungen zu reglementieren. Du würdest verrückt werden, müsstest du das auch nur einen einzigen Tag lang ertragen! Sieh dir nur an, welche Freiheiten ich dir gewährt habe – deine Ausbildung, verflixt noch einmal!"

Freiheiten?, überlegte sie. Warum fühle ich mich dann wie eine Gefangene?

„Ich habe dich eher wie einen Sohn erzogen anstatt wie eine Tochter", fuhr er fort. Diese Rede war Eden vertraut. Sie konnte sie schon beinahe mitsprechen. „Also wirklich, glaubst du, irgendeine deiner vornehmen Londoner Damen könnte jede bekannte Gattung der Aracaceae auswendig hersagen? Könnte einen Tee bereiten, um das Gelbfieber zu heilen? Einen gebrochenen Knochen einrichten? Ich glaube nicht", verkündete er stolz. „Du, meine liebe Edie, bist völlig einmalig."

„Ich will nicht einmalig sein", erwiderte sie müde. „Ich möchte nur wieder ein Teil der Welt sein. Ich möchte irgendwo hingehören."

„Du gehörst zu mir, mein Liebling!"

Sie wandte sich ab und hatte plötzlich das Gefühl, in einer Falle zu sitzen. Er verstand sie sehr gut, er verstellte sich nur. „War ich keine pflichtbewusste Tochter? Bin ich nicht an deiner Seite geblieben? Durch dick und dünn habe ich mich um dich gekümmert, dir bei deiner Arbeit geholfen und alles getan, worum du mich gebeten hast."

„Ja", gab er unbehaglich zu.

„Papa, es heißt, in England ist eine Dame im Alter von fünfundzwanzig eine alte Jungfer. Ich weiß, solche Dinge interessieren dich nicht, aber letzten Monat bin ich dreiundzwanzig geworden." Er wollte etwas Spöttisches dazu bemerken, aber sie senkte den Kopf. „Bitte, lach mich nur ein einziges Mal nicht aus. Es sind nicht nur die Ballsäle und schönen Kutschen, die mich interessieren. Ich gebe zu, dass ich diese Dinge mag – welches Mädchen tut das nicht –, aber darum geht es nur zu einem kleinen Teil, und ich hoffe doch, dass du mich besser kennst."

„Nun, was ist es denn dann, Edie, meine Liebste?", fragte ihr Vater freundlich. „Was quält dich so?"

Sie sah ihm in die Augen und fühlte sich sehr verletzlich. „Kannst du es nicht verstehen? Ich … ich möchte jemanden finden, Papa."

„Wen denn?", rief er ungeduldig.

„Ich weiß noch nicht, wen! Jemanden … jemanden, den ich lieben kann."

Er lehnte sich zurück und sah sie überrascht an. „Darum geht es also."

Wieder senkte sie den Kopf. Ihre Wangen waren hochrot. Nun, da sie offenbart hatte, wie einsam sie sich fühlte, wünschte sie sich, die Erde möge sich auftun und sie verschlingen.

Plötzlich schlug ihr Vater sich enthusiastisch auf die Schenkel. „Nun, ich möchte sagen, dass die Lösung dafür sich die ganze Zeit vor unserer Nase befand."

Als sie ihn hoffnungsvoll anblickte, deutete er mit einer Kopfbewegung in die Richtung, in die Connor gegangen war.

Eden wurde wieder rot. „Oh Papa, bitte fang nicht wieder davon an", flüsterte sie.

„Aber warum denn nicht? Wenn es nur darum geht, dass du dir einen Ehemann wünschst, dann musst du nicht lange suchen. Wenn es Zeit für dich ist, dir einen Mann zu nehmen, dann nimm Connor."

„Vater!", rief sie empört aus.

„Falls du es noch nicht bemerkt haben solltest, dieser Mann himmelt dich an." Sein Gesicht drückte eine Mischung aus Stolz und Belustigung aus, und er lächelte, als sei sie noch eine

Vierjährige, die gerade das griechische Alphabet lernt. „Meinen Segen hat er, und auf diese Weise könnten wir alle zusammenbleiben, so wie jetzt, und mit unserer Arbeit fortfahren. Also, warum nicht? Was ist falsch an ihm?"

Offensichtlich hatte Papa den Zwischenfall im Wald vergessen, damals, als sie sechzehn war.

Sie senkte den Kopf, wollte ihn nicht daran erinnern, denn sie selbst wollte auch nur ungern davon sprechen.

„Connor hat dich gern, Eden. Daran gibt es keinen Zweifel. Er hat sich wohl schon hundertmal bewiesen. Nun, er wäre ein guter, kräftiger Partner für dich, oder? Furchtlos und stark, wie ein Mann sein sollte. Gute, gesunde Herkunft. Ausgeprägte Instinkte. Scharfer Verstand", sagte ihr Vater und zählte die Tugenden seines Protegés auf, während Eden wieder den Kopf hob, die Arme vor der Brust verschränkte und ihren Vater nicht aus den Augen ließ. „Natürlich gibt es hier in der Gegend keinen Pfarrer, aber was bedeutet an einem Ort wie diesem schon ein Stück Papier? Du könntest von dem Schamanen hier getraut werden – oder ein *Handfasting* haben wie die Schotten. Sorge dich nicht, Mädchen. Das ist keine Schande. Alle Geschöpfe erwählen sich einen Partner, wenn sie das Alter erreicht haben, in dem sie sich Nachkommen wünschen."

„Also wirklich, Vater!", rief sie, inzwischen unerträglich verlegen durch seine unmissverständliche wissenschaftliche Ausdrucksweise. „Trägst du denn in dir keine Spur von Romantik? Die Erhaltung der Art mag für einen Frosch wichtig sein, für einen Affen oder einen ... einen Fisch, aber ich bin eine kluge, schöne ... na, sagen wir, einigermaßen ansehnliche junge Dame. Ich will Rosen und Gedichte, ehe ... ehe ich meine Jugend hinter mir habe, ich wünsche mir Schachteln mit Konfekt und Ausfahrten im Park! Ist das zu viel verlangt? Ich möchte umworben werden von den elegantesten jungen Männern der Stadt in Überröcken aus der Savile Row! Ich will, dass man mir den Hof macht. Ich will Verehrer – wenigstens einen! Mag sein, dass ich jeden Gattungsnamen der Aracaceae auswendig hersagen kann, aber das beweist nur, wie wunderlich ich hier geworden bin."

„Nun, Connor ist genauso! Eine perfekte Verbindung!"

„Würdest du bitte ernst bleiben?" Mit einem hörbaren Plumps ließ sie sich wieder auf ihren Stuhl sinken. „Das wird nicht gehen, Vater. Ich möchte irgendwann in die Welt zurückkehren, aber Connor interessiert sich noch weniger für die Zivilisation als du. Wenn wir deine Freunde in Kingston besuchen, ist es eine Qual für ihn. Er spricht mit niemandem. Er sitzt schweigend in der Ecke und versucht nicht einmal, sich anzupassen."

„Ach, Eden, er ist schüchtern."

„Ich weiß. Und er tut mir leid ... Aber ich will niemanden heiraten, nur weil er mir leidtut", flüsterte sie, damit Connor mit seinen scharfen Ohren sie nicht hören konnte und vielleicht gekränkt war.

„Wie du willst", schloss ihr Vater mit einem Seufzer. „Aber ich fürchte, da lässt sich nichts machen. Da unsere Zuwendungen gestrichen wurden, können wir uns die Überfahrt nicht leisten. Die Reise ist zu teuer."

„Könntest du sie nicht auf Kredit bezahlen?"

„Und mich verschulden für etwas, das ich nicht einmal haben will? Damit wäre ich ein ebensolcher Verschwender wie Lord Pembrooke!"

„Sobald du deine Stellung am College hast, könnten wir das Geld zurückzahlen."

„Nein! Ich werde diese Stellung nicht annehmen, Eden. Niemals." Abrupt stand er auf und wandte sich ab, um ihrem entsetzten Blick nicht begegnen zu müssen. „Ich habe gründlich darüber nachgedacht", sagte er. „Vermutlich hätte ich es dir schon früher sagen müssen. Aber ich bin nicht in der Lage, das Versprechen zu erfüllen, das du mir letztes Jahr abgerungen hast. Wir kehren nicht nach England zurück, und was

London angeht, so würde ich lieber der Hölle einen Besuch abstatten."

„Was?", stieß sie hervor und erbleichte.

„Es tut mir leid, mein Versprechen dir gegenüber brechen zu müssen, Tochter, denn du bist alles, was ich habe. Aber ich will verdammt sein, wenn ich dich diesem üblen, stinkenden Sündenpfuhl von einer Stadt aussetze, die deine Mutter umgebracht hat", schloss er mit einer Heftigkeit, die sie beinahe ebenso erschreckte wie seine erschütternde Offenbarung.

Mit einer erschöpften Bewegung ließ Dr. Farraday seinen Stift fallen, und im Schein der Laterne wirkte er plötzlich sehr müde.

Ungläubig dachte Eden, dass er das unmöglich ernst gemeint hatte. Es konnte nur daran liegen, dass Mamas Tod ihn noch immer so erschütterte. Tränen stiegen ihr in die Augen, als sie an den Schmerz dachte, der ihn noch immer erfüllte und ihrer beider Leben in so seltsame Bahnen gelenkt hatte. Sie erhob sich, ging zu ihm und legte ihren Kopf an seine Schulter. „Papa", flüsterte sie, „es war nicht deine Schuld, dass du sie nicht retten konntest."

„Ich war ihr Ehemann und ihr Arzt, Edie. Wem sonst sollte ich die Schuld geben? Gott?" Er legte seine Hand auf ihre, sah sie aber nicht an dabei. „Schon gut, Kind. Gleich wird es mir wieder besser gehen."

Nein, wird es nicht. Es war bereits zwölf Jahre her. Sie legte einen Arm um seine schmale Taille, und das Herz tat ihr weh. „Papa. Wir können nicht für immer hier draußen bleiben."

Er schwieg.

„Ich weiß, dass du nur versuchst, mich zu beschützen. Aber glaubst du wirklich, Mama hätte das so gewollt?"

„Falls du es vergessen haben solltest, deine Mutter ist der Grund, warum wir hier sind." Um sich zu beruhigen, holte er tief Atem. „Jedes Heilmittel, das wir finden, wird es zu ihrem Gedenken geben ..."

„Hör auf, dich selbst zu bestrafen", flüsterte sie und drückte ihn noch einmal an sich. „Sie hätte nicht gewollt, dass du dich auf diese Weise von der Welt abschottest." Eden verzichtete darauf, zu erwähnen, dass er auch sie von der Welt abschottete. Sie lehnte sich an ihn und fühlte sich so hilflos, weil sie seinen Schmerz nicht zu lindern vermochte. „Ich weiß, du willst sie mit deiner Arbeit ehren, Papa, aber wenn du mich fragst, was sie sich wirklich gewünscht hätte, dann wären das ... Enkelkinder."

Einen Moment zu spät bemerkte sie, dass sie das besser nicht gesagt hätte. Ihr Vater erstarrte, schüttelte den Kopf und verschloss sich dann einfach, als die Gefühle ihn zu überwältigen drohten.

Vor ihren Augen zog er sich zurück, kehrte ihr den Rücken zu, blickte in sein Mikroskop, entfloh dem Schmerz und dem schrecklichen Verlust in seine ordentliche, in sich geschlossene kleine Welt, so wie er es seit Jahren tat.

„Die Expedition zum Amazonas wird stattfinden", verkündete er mit ausdrucksloser Stimme. „Es tut mir leid, dass du unglücklich bist, aber wir alle müssen Opfer bringen, und neben den wirklich großen Dingen spielen die Wünsche eines Einzelnen keine Rolle. Du wirst mich begleiten, so wie du es immer getan hast. Ich bin dein Vater, und so lautet meine Antwort. Wenn du mich jetzt bitte entschuldigen würdest, ich habe zu arbeiten."

Seine Haltung ließ keinen Zweifel daran, dass sie entlassen war. Verloren betrachtete Eden sein angespanntes Gesicht. Sie wusste weder, was sie sagen, noch, was sie tun sollte. Wenn er in diese düstere und abweisende Stimmung verfiel, war mit ihm nicht vernünftig zu reden. Jedes Gespräch über ihre Mutter führte geradewegs zu diesem Rückzug, vor allem, wenn es um die Zukunft ging, die seine Frau und er niemals haben würden.

Eden blinzelte ihre Tränen zurück und machte ohne ein weiteres Wort kehrt. Wie betäubt ging sie zurück zu dem *palafito*.

Bei ihrem Eintreten sah Connor sie stumm an. Er lehnte an dem Balken, von dem er die tote Viper genommen hatte. Eden sah in seine Richtung, konnte seinem bohrenden Blick jedoch nicht standhalten. Sie fragte sich, ob er Papas peinlichen Vorschlag, sie sollten ein Paar werden, wohl gehört hatte.

Der Australier verschränkte die stämmigen Arme vor der Brust und beobachtete sie mit dem geduldigen, ernsten Blick eines Jägers.

Kopfschüttelnd ging sie an ihm vorbei. „Er ist verrückt. Mit seinem Vorhaben, die Menschheit zu retten, wird er sich selbst und uns beide dazu umbringen."

Natürlich kannte Connor die Pläne ihres Vaters bereits. Vielleicht war es sogar seine Idee gewesen. „Was immer Ihr Vater auch gesagt hat, Sie wissen, dass er Ihnen niemals wehtun wollte."

„Ich weiß." Eden fühlte sich, als säße sie in einer Falle. Sie trat zum Geländer und blickte eine Weile auf den nachtschwarzen Fluss hinunter.

Hinter sich hörte sie Connors schwere Schritte. Er stellte sich neben sie. Aus dem Augenwinkel bemerkte sie, wie er sie ansah. „Alles wird gut, Eden. Ich werde nicht zulassen, dass einem von Ihnen beiden etwas passiert."

„Ich will nach Hause."

„Dies ist Ihr Zuhause."

„Nein, Connor, das stimmt nicht. Sie gehören hierher, ich nicht!", rief sie verärgert und wandte sich ihm zu.

Seine Miene verfinsterte sich. Verstand er endlich, was sie ihm zu sagen versuchte? Er senkte den Blick und ging dann zornig davon. Einen Moment lang schloss Eden die Lider und atmete tief durch. Als sie die Augen wieder öffnete, ließ sie ihren Blick dem Lauf des Orinoco folgen, der über Meilen hinweg bis ins Meer strömte. Der große, todbringende Fluss. Nur er allein führte in diesen undurchdringlichen Urwald hinein. Und nur er führte wieder auch hinaus.

Groß und breitschultrig, ganz in Schwarz gekleidet, entzündete Lord Jack Knight mit der Fackel in der Hand erst seinen Zigarillo, dann bückte er sich mit einer eleganten Bewegung und entzündete die Lunte an der Kanone.

Eins … zwei … drei …

„Bumm", murmelte er, den Stumpen zwischen die Zähne geklemmt, als der Donner der großen Kanone über das Tal hallte. Wie ein Komet schoss die Kugel aus dem eisernen Rohr durch die Nacht. Ihr gleißendes Spiegelbild zuckte über die schwarze Oberfläche des Orinoco.

Dann fiel sie vom Himmel und schlug in den riesigen Felsen ein, der in der Mitte des Flusses emporragte, den berühmte Piedra Media, den man benutzte, um die Höhe der Hochwasser zu messen – ein nahe liegendes Ziel.

Volltreffer.

Hinter Jack auf der mit Blumen überladenen Terrasse brach sein kreolisches Publikum in Applaus aus und bejubelte die neue Waffe mit derselben Begeisterung, die es allem im Leben entgegenbrachte.

„Bravo, *Capitain*!"

„Gut gemacht!"

Jack beachtete sie nicht.

Die führenden Bürger Angosturas hatten ihre eleganten weißen Villen auf einem Vorsprung oberhalb des Orinoco errichtet. Daher bot sich den reichen kreolischen Anführern von der Terrasse der Montoyas aus ein ausgezeichneter Blick auf die Zielsicherheit und Kraft der Waffen, die er für sie erworben hatte.

„Das ist ein wunderbares Artilleriegeschütz, das Sie uns da gegeben haben, Lord Jack."

„Sollte Ihnen helfen, die Spanier fernzuhalten, falls die den Fluss heraufkommen", erwiderte Jack knapp. „Genau wie die hier." Mit einem Fingerschnippen winkte er seinen Assistenten heran und deutete auf die mehreren Dutzend Kisten voll mit den besten Gewehren, die er ebenfalls mitgebracht hatte.

Es war bedauerlich, dass Bolivar bei der Vorführung nicht hatte dabei sein können, aber der Anführer der Rebellen war damit beschäftigt, seine Bande von Bauern und Farmerjungen, die nicht einmal lesen konnten, in eine Armee zu verwandeln.

Gott stehe ihnen bei, dachte Jack, denn gerade in diesem Augenblick erwarten fünfzehntausend königliche Soldaten auf ihren Schiffen den Befehl zum Angriff.

König Ferdinand von Spanien, die Marionette der Habsburger, ein insgesamt unangenehmer Zeitgenosse, war nun, da Wellington Napoleon besiegt hatte, auf seinen Thron zurückgekehrt und hatte beschlossen, seine halb vergessene Macht auszudehnen und die größte Streitkraft aller Zeiten quer über den Atlantik geschickt, um die Hoffnung der Kolonisten auf Freiheit zu zerstören.

Jack hatte seine Gründe, sich einzumischen. Er war eher von Zynismus als von Idealismus geprägt, doch einen Tyrannen hatte er noch nie ertragen können, und es war offensichtlich, dass es ein Gemetzel geben würde, wenn er den armen Kerlen hier nicht half.

„Hier, Sir." Sein Lieutenant und Vertrauter Christopher Trahern reichte ihm ein bereits geladenes Präzisionsgewehr.

Jack hob die Waffe an die Schulter und zielte auf eine der unangenehmen Vampirfledermäuse, die im Zickzack den dunklen Fluss entlangflogen.

„Wie hoch ist die Reichweite von dem Ding?", wollte Don Eduardo Montoya wissen, Besitzer der Villa und einer der Geldgeber der Rebellen.

„Zweihundert Yards. Zielsicher."

Rumms!

Der Schuss aus dem Gewehr hallte über den Hügel der Stadt, als Jack die blutsaugende Fledermaus vom Nachthimmel holte. Zufrieden reichte er das Baker-Gewehr zurück an Trahern. „Laden Sie für Mr. Montoya nach."

„Aye, Captain."

Unten an den Docks, am Fuß des Hügels, trugen seine Männer noch immer Waren aus dem Flussschiff, mit dem Jack vor weniger als einer Stunde angekommen war. Obwohl sie an Gefechte in der Nähe gewöhnt war, blickte seine Mannschaft nach oben – etwas beunruhigt bei all den hitzköpfigen Revolutionären, die ihre neuen britischen Gewehre erproben wollten.

„Lasst mich eins davon ausprobieren!", rief Carlos, Montoyas zwanzigjähriger Sohn.

Der gut aussehende junge Hidalgo riss sich los von den drei hübschen jungen Damen, die ihn angehimmelt hatten, und schlenderte zu der steinernen Balustrade, die die schöne geflieste Terrasse umgab.

Jack warf ihm einen prüfenden Blick zu. Er hatte in dem jungen Casanova bereits den unverbesserlichen Verführer der Dienstmädchen erkannt. Dabei konnte er dem Jungen deswegen nicht einmal einen Vorwurf machen. Verdammt – südamerikanische Frauen! Selbst die Dienstmädchen sahen aus wie Helena von Troja.

Jack bemerkte, dass eine von ihnen ihn interessiert beobachtete. Ein hübsches Ding mit karamelbraunem Teint und schwarzem Haar, das ihr bis zur Taille reichte.

Als er ihren Blick erwiderte, machte sie plötzlich große Augen, senkte dann den Kopf und entfloh ins Haus, um offensichtlich ihrer Arbeit nachzugehen.

Er seufzte und wandte sich ab. *Na schön. Wieder eine verschreckt.*

Sein Ruf musste ihm wie immer vorausgeeilt sein.

Carlos riss Trahern die nachgeladene Baker aus der Hand und legte sie probeweise an. „Ah, mit dieser kleinen Schönheit werde ich hundert Spanier umbringen."

Jack stemmte die Hände in die Hüften und sah zu, wie der Junge zielte. „Versuch einfach, dich nicht umbringen zu lassen."

Carlos drückte den Abzug und traf. „Ha!" Mit stolzem

Grinsen warf er Jack die Baker zu und schlenderte dann zurück zu seinem Harem, um sich bewundern zu lassen.

Jack sah dem Jungen belustigt nach, während er das Gewehr zur Seite legte. „Ein Rat für Sie", sagte er zu Don Eduardo. „Halten Sie Ihren Jungen vom Schlachtfeld fern. Er ist noch grün hinter den Ohren und giert zu sehr nach Ruhm."

„Das ist leichter gesagt als getan, mein Freund." Lachend schlug Don Eduardo ihm auf die Schulter. „Kommen Sie herein. Trinken wir etwas!"

Sie gingen in die luxuriöse Villa, wo man durch Fenster, die vom Boden bis zur Decke reichten, die Terrasse überblicken konnte. Zarte Vorhänge bewegten sich im Abendwind, der etwas Kühle in den prächtigen Wohnraum brachte. Die eleganten Möbel und goldgerahmten Ölbilder hätten jedes Haus in London, Paris oder Madrid zieren können, doch hier waren sie meilenweit von jeglicher Zivilisation entfernt. Die nächste Großstadt war Caracas, die Hauptstadt. Allerdings lag sie an der Küste und stand jetzt unter der Kontrolle des spanischen Königreichs. Doch das Innere des Landes beherrschten die Rebellen, und die Kolonialsiedlung Angostura war ihr Hauptsitz.

Die Stadt erinnerte Jack ein wenig an New Orleans – eine andere Stadt, in der er eine Menge Schwierigkeiten bekommen hatte. Hinter den flachen Hügeln, üppigen Blumen und schattigen Bäumen, die von Moos bedeckt waren, erstreckten sich meilenweite, scheinbar endlose Ebenen, die *Llanos*. Und dann endlich kam der Orinoco, Venezuelas große Wasserstraße, der durch den dunklen Regenwald führte, bis er sich ins Meer ergoss.

„Wie lange wird es dauern, bis Sie England erreichen, Lord Jack?"

„Vier bis sechs Wochen, das hängt vom Wind ab."

„Es wird Sie freuen zu hören, dass Bolivar Sie zum Dank mit zehntausend Morgen besten Weidelands belohnen will, wenn der Krieg gewonnen ist." Montoya warf ihm einen kurzen Seitenblick zu, während er im flackernden Licht des Zinnleuchters das Etikett auf einer Flasche Portwein las.

Jack starrte ihn an. „Das ist nicht nötig."

„Aber wir sind sehr dankbar für die Hilfe, die Sie unserer Sache versprochen haben, Mylord. Sehen Sie selbst." Nachdem er den Port eingeschenkt hatte, holte Montoya eine Karte hervor, breitete sie auf dem Tisch aus, beugte sich darüber und deutete mit einer Kopfbewegung auf Bolivars Unterschrift. „Der Befreier hat hier die Grenzen Ihres Besitzes eingezeichnet. Wir möchten, dass Sie das annehmen – als Geschenk."

„Lassen Sie mich sehen." Jack kniff die Augen zusammen. Mit der stumpfen Seite seines Messers fuhr er die Umrisse des Landes nach, das ihm auf Wunsch des Anführers überlassen werden sollte, doch dabei umspielte ein zynisches Lächeln seine Lippen.

Eine Bestechung.

Sie trauten ihm nicht. Er war ein wenig gekränkt, aber nicht eigentlich überrascht. Er senkte den Blick, während er die Karte betrachtete, doch er schüttelte den Gedanken an eine Beleidigung ab. Er brauchte weder ihr Geld noch ihr Land, aber wenn es sie beruhigte, dann würde er so tun, als schnappe er den Köder. Auf keinen Fall würde Black Jack Knight etwas aus reiner Herzensgüte tun – schließlich besaß er nicht einmal ein Herz.

Außerdem bestand Aussicht auf reichen Gewinn, falls dieser verwegene Plan Erfolg hatte, sobald der Kontinent für den Handel offen stand.

Sollte es Bolivar gelingen, Südamerika von seinen Fesseln zu befreien, dann würden die Risiken, die Jack jetzt einging, sicherstellen, dass *Knight Enterprises* zu den ersten ausländischen Handelsgesellschaften zählte, die mit den neuen unabhängigen Staaten günstige Handelsabkommen schloss.

Unglücklicherweise hatten die Kolonisten keine Chance, den Kampf zu gewinnen, wenn sie nicht Verstärkung bekamen – und das bald.

Die Rebellen besaßen genügend Silber. Was ihnen fehlte, waren Männer. Jack, der im benachbarten Jamaika lebte, wusste dagegen, wo man genug von ihnen bekommen konnte, nämlich unter den Helden von Waterloo.

Nachdem sie den Krieg gegen Napoleon gewonnen hatten, waren Tausende britischer Soldaten nach Hause zurückgekehrt, nur um festzustellen, dass es dort für sie keine Arbeit gab und keine Möglichkeit, ihre Familien zu ernähren. Überall in England, Schottland und Irland gab es ein Übermaß an ausgebildeten, kampferprobten Soldaten, von denen viele bereit waren, als Söldner nach Südamerika zu gehen. Vor allem, weil man mit Bolivar für eine gute Sache kämpfte, falls jemand Wert legte auf solche Dinge.

Die Sache hatte nur einen Haken. Gerade hatte das Parlament ein Dekret verabschiedet, das es britischen Soldaten verbot, sich an diesem Krieg zu beteiligen. Offensichtlich hätte es in Madrid für Erstaunen gesorgt, wenn Engländer Seite an Seite mit venezolanischen Rebellen kämpften, um Spanien seiner Kolonien zu berauben.

Nachdem die Nation soeben nach zwanzig Jahren den Krieg gegen Frankreich beendet hatte, war das Letzte, was das Foreign Office wollte, neuer Ärger mit Nachbarn auf dem Kontinent – diesmal mit Spanien.

Aber wenn Jack eines über Soldaten wusste – und er wusste einiges, befand sich doch unter seinen Brüdern ein echter Kriegsheld –, dann, dass sie praktisch veranlagt waren. Die Treue für König und Vaterland hatte ihre Grenzen. Man konnte einem Mann Arme und Beine nehmen und seine engsten Freunde erschießen, aber seiner Familie durfte nichts geschehen.

Kein Soldat, der etwas auf sich hielt und geholfen hatte, die *Grande Armée* zu vertreiben, würde dastehen und zusehen, wie seine Kinder verhungerten, wenn er mit Muskete oder Schwert in Südamerika gutes Geld verdienen konnte.

Es war nur jemand nötig mit den richtigen Verbindungen,

dem Mut und der Diskretion, die Söldner zu rekrutieren, ohne die Aufmerksamkeit der britischen Regierung zu erregen, den Schiffen, um beide Parteien zusammenzubringen, und der Fähigkeit, ein paar tausend Soldaten an der spanischen Blockade vorbeizuschmuggeln.

An dieser Stelle trat Jack auf den Plan, aber niemand musste wissen, dass er sich wirklich dafür interessierte.

Er blickte von der Karte auf, nickte zum Zeichen dafür, dass er das Angebot akzeptierte, und trank einen großen Schluck von dem Portwein.

Auf Montoyas Gesicht zeigte sich Erleichterung. „Dann haben wir also ein Abkommen? Sie bringen uns Männer?"

Jack lachte rau, wie es angemessen war. „Männer?" In seinen Augen lag ein gefährlicher Glanz, als er Montoya auf die Schulter schlug. „Sagen Sie Bolivar, ich bringe ihm Teufel."

Etwas später befand sich Jack in dem abgedunkelten Gästezimmer, das ihm für die Nacht zugewiesen worden war, und legte seinen Pistolengurt und das Messer ab. Dann zog er den schwarzen Rock aus und warf ihn aufs Bett, ehe er, von Unruhe getrieben, auf den Balkon hinaustrat.

Er stützte die Hände auf das schmiedeeiserne Geländer und blickte auf den Fluss hinunter. Er versuchte, nicht an das zu denken, was er verlieren konnte, wenn es schlecht lief. Seine Freiheit. Seine Kompanie. Vielleicht seinen Kopf. Nichts von alldem jedoch quälte ihn so sehr wie die Aussicht, in eine Welt zurückzukehren, die er vor so langer Zeit verlassen hatte. Eine Welt, die ihn nicht gewollt hatte.

Seine Gedanken schweiften über das dunkle Land hinweg in weite Ferne zu seinem Ziel jenseits des Meers – zu den grünen, bunt geflickten Landschaften seiner Heimat England.

Jeder Muskel seines Körpers spannte sich. Er stieß die Luft aus. Es fiel ihm schwer, sich vorzustellen, dass er in ein paar Wochen wieder den Fuß auf englischen Boden setzen würde. Nach einem so langen Exil. Nur der Gedanke an dieses Gemetzel, sozusagen in seinem eigenen Hinterhof, konnte ihn dazu bringen zurückzukehren.

Vermutlich musste er seine Brüder wiedersehen und, nicht zu vergessen, wohl auch Maura.

Seine Züge verfinsterten sich. Wenn er ihr nach all den Jahren wieder gegenüberstand, konnte er sie vielleicht fragen, ob es sich gelohnt habe, den Marquess zu heiraten.

Jack ließ das Geländer los, ging wieder in den fremden Raum zurück, zog die Weste aus und warf sie zusammen mit seinen dunklen Gedanken beiseite. *Verdammt heiße Nacht.* Wie sollte ein Mann da schlafen? Vermutlich war er durch die kühle Meeresbrise in seiner Villa auf Jamaika verwöhnt.

Sein Haus stand auf einer Klippe hoch über dem Meer. Bis Port Royal, wo seine Firma *Knight Enterprises* ihren Hauptsitz hatte, war es nicht weit. Das war das Heim, das er sich selbst geschaffen hatte, auch wenn ein Teil von ihm noch nicht davon überzeugt war, dass er auf Erden irgendwohin gehörte.

Als er sich das Leinenhemd über den Kopf zog, klopfte es zaghaft an der Tür.

„Ja?"

Jack wartete und rechnete damit, dass Trahern ihm in letzter Minute noch etwas über die tropischen Harthölzer zu sagen hatte, die sie am Morgen verladen wollten, ehe sie absegelten – vor allem das seltene Zebraholz würde auf dem Londoner Markt einen hübschen Preis einbringen –, aber als die Zimmertür aufging, hob er die Brauen.

Die hübsche Señorita von der Terrasse spähte herein, in der einen Hand einen Krug mit Wasser, in der anderen einen Stapel frischer Handtücher. „Ich … ich bringe Ihnen etwas, Sir", sagte sie mit einem reizenden Akzent.

Ihm wurde warm, und ein Lächeln umspielte seine Lippen. „Kommen Sie herein, Süße." Verlangend sah er sie an, immer wieder erstaunt über die göttlichen Schönheiten dieser Gegend. Er beobachtete sie, wie sie ihre Lasten zu dem Waschtisch aus

Mahagoni brachte und ihm dabei ein scheues, aber verlockendes Lächeln schenkte.

Vier bis sechs Wochen auf See – keine Frau, um sein Bett zu wärmen.

In den Taschen seines abgelegten Überrocks tastete er nach ein paar Goldmünzen, um sie entsprechend zu entlohnen.

Sie musste seinen Blick gespürt haben, denn über die Schulter hinweg musterte sie seine nackte Brust, die dicken Muskelstränge, den starken Leib, die Narben auf seinem Körper.

Er hob den Kopf und bot sich wortlos ihren Blicken dar. Das Mädchen schluckte, offenbar interessiert, doch gleichzeitig auch eingeschüchtert von seiner Größe und Kraft, die er wohl von seinem Vater geerbt hatte, einem Boxer. Er vermutete, dass sie mehr an den schlanken Leib des übereifrigen Jungen gewöhnt war.

„Ich beiße nicht", flüsterte er mit der Andeutung eines Lächelns.

Doch vielleicht gefiel ihr auch, was sie sah, denn als er ihr mit dem Finger bedeutete, näher zu kommen, gehorchte sie zaghaft.

„Wünschen Sie sonst noch etwas, Mylord?", fragte sie atemlos.

Er nickte, sah sie an und drückte ihr die Goldmünzen in die Hand. Das Mädchen zitterte ein wenig, wehrte sich jedoch nicht, als er behutsam begann, ihr Mieder zu öffnen.

2. KAPITEL

Am nächsten Morgen brachen Dr. Farraday und Connor in aller Frühe auf, um die ein paar Meilen entfernt liegende Waroa-Siedlung zu besuchen, in der Hoffnung, dort einen indianischen Führer zu finden, der bereit wäre, sie ins Amazonasgebiet zu begleiten.

Eden betete, dass die Waroas mehr Verstand besaßen als ihr Vater. Vielleicht könnte sein Freund, der Schamane, ihm diesen verrückten Plan sogar ausreden, denn die meisten Stämme fürchteten, genau wie die Weißen, die Yanomami, die das Regenwaldgebiet am Amazonas beherrschten. Es hieß, aus getöteten Feinden würden sie eine Suppe kochen.

Je mehr sie darüber nachdachte, desto mehr fürchtete sie, ihr Vater versuche, sich selbst zu zerstören. Vielleicht sogar, ohne dass es ihm selbst bewusst war. Vielleicht suchte er im Grunde den Tod, um früher wieder mit ihrer Mutter vereint zu sein. Den ganzen Morgen sann sie über diese bedrückende Möglichkeit nach, während sie ihre alltäglichen Aufgaben verrichtete. Sie bereitete das Frühstück vor, gab den Dienern Anweisungen für den Tag, überprüfte die Vorräte, las die Instrumente ab und trug die Werte in ein Buch ein: Temperatur, Luftdruck und schließlich den aktuellen Wasserstand des Flusses.

Für diese letzte Aufgabe ging sie über den mit Brettern ausgelegten Weg, den die Männer gebaut hatten und der zu dem kleinen Anleger führte. Unterwegs beruhigte sie sich ein wenig in der Morgenluft, die sanft die Palmwedel bewegte und durch die hängenden Ranken und Lianen strich.

Sie legte den Kopf in den Nacken und beobachtete blaue, goldfarbene und scharlachrote Aras, die wie ein Feuerwerk unter dem Himmel kreisten. Viele Etagen über ihr sprang ein Äffchen mit seinem Jungen, das sich an seinem Rücken festklammerte, von Ast zu Ast. Ganz in ihrer Nähe durchwühlte ein großer, schmaler Aguti mit seinen langen Vorderpfoten den Boden, um eine Wurzel zum Frühstück zu finden, und schnupperte dabei konzentriert an der Erde. Einen Moment lang sah Eden belustigt zu, dann setzte sie ihren Weg fort.

Eine große blaue Libelle summte vor ihr dahin, als der Weg einen Bogen um die riesigen Wurzeln eines Mahagonibaums machte. Als Eden sich dem Ufer näherte, blieb sie stehen, um die Umgebung gründlich in Augenschein zu nehmen, ehe sie auf den kleinen Privathafen aus Pontons hinaustrat. Sie hatte nicht vor, irgendwem als Frühstück zu dienen.

Doch es drohte keine Gefahr, daher ging sie dorthin, wo drei Kanus festgemacht waren, die sanft in den Wellen schaukelten.

Sie machte sich Notizen, während sie den Markierungspfosten betrachtete, den Connor gut zehn Fuß vom Ufer entfernt im Flussschlamm versenkt hatte. Er diente als Messlatte. Dreieinhalb Meter. Das war wenig, selbst für die trockene Jahreszeit.

Sie schrieb die Zahl mit einem Bleistift in ihr Notizbuch.

Ganz in der Nähe spritzte Wasser auf, und sie erschrak. Doch dann lächelte sie. Es waren die geheimnisvollen rosa Delfine, die diesen Fluss bewohnten. Zauberhafte Geschöpfe, beinahe unsichtbar in dem *aqua negra*. Eden hockte sich nieder und betrachtete das trübe Wasser. Dann lächelte sie wieder, als sie eine korallenfarbene Schwanzflosse bemerkte.

Die Indianer nannten diese Tiere *buoto* und hielten sie für richtige Zauberer in Gestalt von Delfinen, die in einem goldenen Königreich auf dem Grund des Flusses lebten. Wann immer in einem Dorf ein Kind geboren wurde, für das es keinen Vater gab, sagte man, es wäre das Werk eines *buoto*, der sich durch Zauberei in einen schönen jungen Krieger verwandelt und auf der Suche nach einer Ehefrau ins Dorf geschlichen habe. Die *buoto* waren berühmt für ihre Liebeskunst, wenn sie sich in Menschen verwandelt hatten. Es war ein Glück für Edens Tugend, dass der rosa Delfin ebenso schnell verschwand, wie er aufgetaucht war.

Zufrieden mit ihren Notizen, kehrte sie ins Lager zurück, um weiter ihren Aufgaben nachzugehen.

Weiter oben am Flusslauf in Angostura nahm Jack seine Lieferung seltener tropischer Hölzer vom örtlichen Händler in Empfang und überwachte persönlich die mühsame Arbeit, den hoch beladenen Lastkahn mit den gefällten Bäumen an dem breiten Flussschiff mit dem flachen Rumpf zu vertäuen, das er gechartert hatte.

Als alle zwanzig Mitglieder seiner Besatzung an Bord gegangen waren, schüttelte er an den Docks Don Eduardo die Hand.

„Gute Reise, Knight." Montoya folgte Jacks Blick nach oben zum Balkon des Gästezimmers, wo das dunkelhaarige Mädchen, in ein Laken gehüllt, von dem schmiedeeisernen Geländer aus zum Abschied winkte.

Jack warf ihr eine Kusshand zu.

„Sie können sie mitnehmen, wenn Sie wollen", sagte sein Gastgeber leicht belustigt. „Das würde sie zumindest aus der Reichweite meines Sohnes entfernen."

„Himmel, nein." Jack warf ihm einen spöttischen Blick zu. „Eine Frau auf See? Das bringt nur Ärger." Damit sprang er auf das breite Flussschiff, eine seltsame Mischung aus Dampfschiff und Segelboot. Aber es erfüllte seinen Zweck.

Don Eduardo ging bis ans Ende des Stegs, während Jacks Männer die Taue von den Pfählen lösten. Als Jack den Befehl gab, die Segel zu setzen, grüßte er ihn ein letztes Mal.

Seine Männer stießen das Schiff von den Docks weg und in die Mitte der langsamen, aber starken Strömung des Flusses, und Jack richtete den Blick nach vorn. Kein einziges Mal wandte er sich um zu der Frau, mit der er eine so lustvolle Nacht verbracht hatte.

Das war Seemannsschicksal. Der Trick bestand darin, niemals lange genug an einem Ort zu bleiben, um Gefühle zu entwickeln. Und genauso war es Jack am liebsten.

Die erste Stunde ihrer Reise verbrachte er damit, ein Auge auf den Lotsen zu haben, den er angeheuert hatte, damit er sie sicher den Fluss hinunterführte. Er wusste genug über das Meer, um zu erkennen, dass ein weiser Mann einen großen Fluss wie den Orinoco mit großem Respekt behandelte. Bei seinen Reisen bevorzugte er stets Lotsen aus der Gegend, und als der Kapitän des Flussschiffs sie gut in Fahrt gebracht hatte, ging Jack davon, um nach dem Holz zu sehen. Und dabei bohrte sich ein Splitter in seine Hand. Schließlich, als sie ruhig den Fluss hinunterglitten, beschloss er, sich eine Weile auszuruhen.

Trahern war in seiner Nähe und blickte hinaus auf den breiten, im Sonnenlicht glänzenden Fluss. Jack machte es sich für die Tagesreise mit einer Ausgabe von Angosturas erster offizieller Zeitung, die gerade kürzlich von Bolivar gegründet worden war, bequem. In dem überfüllten Steuerhaus lehnte er sich auf seinem Holzstuhl zurück, legte die Füße hoch und kaute auf einer kalten Zigarre herum.

„Ich verstehe noch immer nicht, warum du nicht darauf bestanden hast, in Silber bezahlt zu werden“, sagte Trahern auf Englisch zu ihm, damit ihr Lotse sie nicht verstand. „Du könntest es in China verkaufen und dabei fünfzig Prozent Gewinn machen.“

„Christopher, entspann dich. Von Buenos Aires aus betreiben wir schon einen gewinnbringenden Silberhandel.“ Natürlich war es geschmuggeltes Silber, aber was machte das schon? Die englische Krone drückte ein Auge zu bei den blühenden Schmuggelgeschäften in Südamerika. Schließlich lag das Pfund gerade außerordentlich leicht in den Taschen. „Wenn du reich werden willst, musst du Geduld haben“, meinte er und blätterte eine Zeitungsseite um, bevor er das ganze Blatt abrupt in die Ecke warf. „Dummes Zeug. Freiheit hier, Freiheit da. Nichts als die übliche Propaganda.“

„Aber du liebst Propaganda, Jack“, meinte Trahern belustigt.

„Nur wenn sie von mir stammt. Verflucht, ist das heiß. Mach das Fenster weiter auf.“

Trahern gehorchte. „Sieh mal!“ Er deutete auf eine Gruppe farbenprächtig gewandeter Reiter, die auf der Ebene neben dem Fluss zu erkennen waren. „*llaneros*.“

„Zum Glück hat Bolivar sie endlich auf seine Seite gebracht.“

„So etwas wie eine Kavallerie“, stimmte Trahern zu.

„Wenigstens können sie kämpfen“, meinte Jack. „Sie werden nicht davonlaufen. Und sie kennen die Gegend.“ Er sah zu, wie die Viehtreiber ihre Tiere zu neuen Weidegründen führten.

Nachdem die beeindruckende Gruppe vorbei war, lehnte er sich gedankenverloren in seinem Stuhl zurück. „Ich denke, ich werde versuchen, ein wenig zu schlafen. Dieses Mädchen hat mich geschafft.“

Trahern lachte. „Armer Kerl.“

Jack grinste und zog sich den Hut tiefer ins Gesicht, verschränkte die Arme vor der Brust und nickte ein. In der vergangenen Nacht hatte er nicht viel geschlafen – nicht, dass er sich beklagen wollte – aber er wusste, er musste hellwach sein, wenn es darauf ankam, an den Spaniern vor der Küste vorbei und zu seinem Schiff zu gelangen. *The Winds of Fortune* versteckte sich jetzt in einer Bucht vor Icacos Point, einer felsigen Halbinsel südlich von Trinidad, die in jene Meerenge führte, die man „Serpent's Mouth“ nannte.

Er hatte Lieutenant Peabody, den Dritten in der Reihe der Befehlshabenden, als Verantwortlichen für das Schiff zurückgelassen, zusammen mit Brody, dem kampferprobten Waffenmeister, um seinen Anweisungen ein wenig Nachdruck zu verleihen. Dennoch beunruhigte es ihn ein wenig, so weit von seinem geliebten Schiff entfernt zu sein, wenn sich die spanische Flotte so in der Nähe befand.

Sobald die *Winds of Fortune* Jack und seine Männer zusammen mit dem kleinen Vermögen in Holz an Bord genommen hatte, würden sie über den Atlantik segeln und mit den Winden die britischen Inseln erreichen.

Bis Eden damit fertig war, die letzten Exemplare des ständig wachsenden Herbariums ihres Vaters zu katalogisieren und sich zu vergewissern, dass all ihre kürzlich gepressten und getrockneten botanischen Muster durch die ständige Feuchtigkeit keinen Schaden nehmen konnten, war der Vormittag zur Hälfte vorüber.

Endlich hatte sie alles erledigt und erklomm die Bäume.

Seit sie zehn Jahre alt war, beherrschte Eden das Klettern mithilfe einer alten indianischen Erfindung, einem Fußriemen. Etwa fünf Stockwerke hoch über dem Waldboden blieb sie in der Astgabel eines Mahagonibaumes für einen Moment stehen und blickte hinaus in die lockende Ferne.

Nicht einmal ihr Vater kletterte gern so hoch, aber Eden tat es. Von oben aus überblickte sie alles, und aus irgendeinem Grund fiel es ihr hier oben leichter nachzudenken.

Alles schien klarer, einfacher. Um sie herum erstreckten sich zu allen Seiten Kilometer über Kilometer endlosen Regenwalds, weite Horizonte, und irgendwo in der Ferne funkelte in verschwommenem Blau das Meer. Als sie in den nebligen Dunst blickte, verspürte sie Ruhelosigkeit. Zu lange war sie allein gewesen.

Hier in ihrem wilden Paradies hörte sie, wie die Einsamkeit ihr eine drängende Frage stellte: Wirst du für immer allein sein?

Jack war nicht sicher, wie lange er geschlafen hatte, als Trahern seinen Namen so seltsam aussprach.

Er öffnete die Augen und sah sich um. Er hätte schwören können, dass sie tausend Jahre in der Zeit zurückgereist waren.

Sie hatten die goldene Savanne mit ihrem blauen Himmel und dem endlosen Horizont hinter sich gelassen und eine geheimnisvolle, feuchte, schimmernde Welt aus grünem Licht und moosfarbenen Schatten betreten.

Am Delta hatte sich der mehrere Kilometer breite Fluss in tausend Arme aufgeteilt, ein Gewirr aus vielen kleinen natürlichen Kanälen, *caños* genannt, die alle zum Meer führten.

Jack sah, wie ihr Lotse, der dunkle Mestize, sie durch dichten Urwald entlang einer dieser Arme führte. Über dem Wasser bildete die üppige Vegetation einen Tunnel, als befänden sie sich in einem Gewächshaus. Die Luft war schwer und feucht, und kein Windhauch regte sich.

Als das Boot tiefer in den dichten Regenwald vordrang, waren nicht einmal mehr der ständige Gesang der Vögel und die Laute der Tiere zu hören. Jack stand da und sah sich staunend um.

Selbst seine wilde Besatzung schwieg.

Zahllose langbeinige Insekten liefen über das Wasser, dessen Oberfläche aussah wie olivgrünes Glas. Plötzlich erklang von oben aus den Baumwipfeln ein wütendes, tiefes Brüllen. Seine Männer zuckten zusammen und sahen sich dann voller Unbehagen um, als das Brüllen in eine Reihe stakkatoartiger Schreie überging.

„Was zum Teufel war das, Captain?“, fragte Higgins, der Vorschotmann, und bekreuzigte sich rasch.

„Brüllaffen“, murmelte Jack. Er erinnerte sich daran, Beschreibungen gelesen zu haben. Dann blickte er nach oben, um nach dem großen Tier Ausschau zu halten, und entdeckte stattdessen das herrliche weiße Gefieder einer Harpyie, die so elegant dasaß wie der mystische Greif. „Seht euch das an!“

Grüne Papageien, Tukane mit ihren orangefarbenen Schnäbeln und lärmende Aras flogen auf und dem Adler aus dem Weg, als der sich von dem Ast abstieß, auf dem er gesessen hatte, und sich hinuntergleiten ließ über den *caño. M*it seinen zwei Metern Spannweite gelang ihm das mühelos. Jack blickte den Fluss hinunter, während der große Adler mit einem einzigen Schlag seiner Flügel wieder emporstieg und im Blattwerk verschwand, doch dann lenkte eine Bewegung im Wasser seine Aufmerksamkeit wieder nach unten.

„Was war das?“, fragte Trahern und beobachtete die Oberfläche. „Ein Krokodil?“

„Aber ich könnte schwören, es war … rosa."

Verwundert sahen sie einander an. Dann tauchte das Tier direkt neben dem Boot auf, und den Männern entrangen sich erstaunte Ausrufe, als sie erkannten, dass es sich um einen rosa Delfin handelte.

„*Buoto*", sagte ihr Lotse und zeigte über das Steuerrad hinweg. „*Mira aqui*!"

Am rechten Flussufer lag ein urweltartiges Ungeheuer, das direkt dem Schlund der Hölle entstiegen zu sein schien.

„Heilige Muttergottes", stieß Higgins hervor und starrte das riesige Tier an.

Das Orinoco-Krokodil war länger als ihr Boot. Jack betrachtete das großartige Ungetüm fasziniert, Trahern jedoch warf nur einen Blick darauf und packte dann das nächstliegende Gewehr.

„Nein." Jack wollte ihn daran hindern zu schießen, doch die Instinkte des Tieres waren ebenso perfekt ausgebildet. So blitzschnell, dass es den Männern einen Schauer über den Rücken jagte, glitt das Krokodil beinah lautlos ins Wasser.

Wie etwas so Großes so vollständig verschwinden konnte, war schwer zu begreifen, aber seine lederne Haut war vortrefflich dazu geeignet, mit dem olivgrünen Wasser zu verschmelzen. Die Besatzungsmitglieder sahen einander an, und jedem von ihnen stand dieselbe unausgesprochene Frage ins Gesicht geschrieben.

Trahern räusperte sich. „Weiß man … äh … ob so ein Tier jemals ein Boot angegriffen hat?", fragte er den Lotsen auf Spanisch.

„*Si, a veces.*"

„Manchmal? Ich verstehe. Das ist ungemein beruhigend", meinte Trahern zu Jack, der breit grinste. „Du hättest mir erlauben sollen zu schießen."

Trahern ging davon, um die andere Seite des Boots zu überprüfen und abzusichern.

Als der Lieutenant gegangen war, stand Jack allein an der Reling am Bug, voller Staunen über die seltsame und schöne und zugleich so furchteinflößende Welt, die sich rund um ihn öffnete. Die bunten Blüten einer Passionsblume am Ufer erregten seine Aufmerksamkeit, und als er dorthin blickte, erschien wie durch Zauberhand etwas Blaues in der Mitte der Blüte und verweilte dort. Ein zierliches Wunder.

Für die Dauer einiger Herzschläge trank der Kolibri den süßen Nektar der Blüte. Als in der Ferne Donner grollte, verschwand er. Der Wind strich durch die dicken, gummiartigen Palmwedel, eine Regung so verhalten wie das Gefühl ganz tief in Jacks Innern, dieser Hunger nach etwas, das er mit all seinem Gold nicht kaufen und mit all seiner Macht nicht erreichen konnte – etwas, an das er schon lange den Glauben verloren hatte.

Doch dann brachte der warme Wind einen weichen, silberglänzenden Regen mit sich, und Jack legte den Kopf zurück und genoss dessen Liebkosung.

Hoch oben in den Baumwipfeln hatte Eden immer ihre besten Einfälle, und dieser Tag bildete da keine Ausnahme. Während sie über den Regenwald hinwegblickte, kam ihr eine letzte Idee, wie sie ihren Vater vor sich selbst retten könnte. Die Lösung war eigentlich ganz einfach.

Vielleicht hatten sie nicht genug Geld, damit sie alle drei nach England zurückreisen konnten, aber sie konnte allein gehen und einige Muster der wichtigsten Entdeckungen ihres Vaters mitnehmen. In London könnte sie sich mit dem neuen Lord Pembrooke treffen, dem Erben ihres früheren Patrons, und ihm persönlich die wunderbaren Heilmittel präsentieren, die ihr Vater gefunden hatte.

Wenn es ihr gelang, den Earl davon zu überzeugen, dass die Arbeit ihres Vaters zum Nutzen der Menschheit war, dann würde Seine Lordschaft die Zuwendungen vielleicht wieder fließen lassen. Aber selbst wenn der selbstsüchtige Halunke ablehnen sollte, gab es in London genug reiche Wohltäter. Bestimmt, dachte sie, kann ich in Anbetracht des Ruhms und der großartigen Arbeit meines Vaters jemanden finden, der bereit ist, seine Forschungen zu unterstützen.

Auf diese Weise würde ihr Vater hierbleiben, in der relativen Sicherheit des Orinocos, statt am Amazonas dem sicheren Tod ins Auge zu sehen. Was sie betraf, so konnte sie nach ihrer Ankunft in London bei Tante Cecily und Cousine Amelia bleiben, sodass gewährleistet war, dass sie nicht allein sein musste. Alles in allem schien es ihr die perfekte Lösung zu sein: Jeder würde daraus seine Vorteile ziehen.

Natürlich, wer Papa kannte, wusste, dass er bestimmt irgendeinen Haken finden würde, trotzdem hob allein dieser Gedanke schon ihre Stimmung. Jetzt konnte sie nichts anderes tun, als abzuwarten, bis er zurückkam, damit sie ihn fragen konnte, was er von ihrem Plan hielt. Zufrieden mit ihrem Einfall stieg sie auf einen der unteren Äste und begann die Arbeit mit den Orchideen.

Sie hob ihr wadenlanges Kleid ein wenig an, setzte sich rittlings auf einen dicken Ast, der über den Fluss hinausragte, und ließ die Beine baumeln, während sie sich in ihre wissenschaftlichen Studien vertiefte.

Trotz ihres dringenden Wunsches, in die Zivilisation zurückzukehren, war sie ehrlich genug, sich einzugestehen, dass man ihr Leben im Delta nicht nur als unangenehm bezeichnen konnte. Solche Tage hatten etwas Befriedigendes an sich, und trotz allem empfand sie bald denselben Frieden wie immer so hoch oben in den Bäumen.

Innerhalb einer Stunde hatte sie nicht nur eine Entdeckung gemacht, die ihren Vater erstaunen würde. Sie hatte außerdem in einem neugierigen kleinen Kapuzineräffchen, das sich für sie interessierte, einen Freund gefunden. Es beobachtete jede ihrer Bewegungen, während das kleine Tier in der Astgabel direkt über ihr hockte.

Das Kapuzineräffchen verdankte den Namen seiner Zeichnung. Es war benannt nach dem Orden der braungewandeten Mönche, die zusammen mit den Eroberern als Missionare in die neue Welt gekommen waren. Das kleine Wesen hatte ein weißes Gesicht mit großen runden Augen, einen braunen Körper mit einer schwarzen Kapuze und schwarzen Armen.

„Na sieh mal an", sagte sie zu dem Äffchen. „Ist das nicht bemerkenswert?" Sie zog ihre dicken Gartenhandschuhe aus Leder zurecht, hielt das kleine Messer fester, schnitt vorsichtig in den dicken Moosteppich hinein, der sich auf dem dicken Ast angesiedelt hatte, und untersuchte die Luftwurzeln, mit denen er sich dort hielt.

Inzwischen rieselten aus dem Blattwerk weiter oben Samen wie Konfetti um sie herum zur Erde.

Während sie weiter die kleine Welt dort oben auf dem Ast erforschte, entdeckte sie Kratzer in der Rinde, die Vögel auf der Suche nach Insekten hinterlassen hatten. Dann bemerkte sie einen kleinen, großäugigen Baumfrosch, der in der mit Regenwasser gefüllten Blüte einer Bromeliade hockte.

Obwohl er nur klein war, wagte sie es nicht, den Frosch anzufassen, da die meisten Regenwaldfrösche extrem giftig waren. Aus ihnen gewannen die Ureinwohner das absolut tödliche Curare, mit dem sie ihre Pfeilspitzen tränkten.

Dann wandte Eden ihre Aufmerksamkeit wieder den Orchideen zu, die sie zuletzt gefunden hatte. Einer prächtigen Ansammlung von purpur-weißen Blüten, die praktischerweise auf diesem Ast wuchs, beinah genau oberhalb der Mitte des Flusses. Vorsichtig, um die Balance nicht zu verlieren, rückte sie ein Stück weiter vor, bis es ihr gelang, ein paar Exemplare für weitere Studien abzuschneiden, und dann genoss sie den herrlichen Duft. Sie atmete das köstliche Vanillearoma der Blüte ein, das während des täglichen Schauers, der über dem Regenwald niederging, immer so deutlich hervortrat.

Mit der Zeit hatte der Regen sie bis auf die Haut durchnässt, doch Eden genoss auch das. Nachdem sie die Orchideen gepflückt hatte, notierte sie sich, wo sie sie gefunden hatte. Dann tat sie ihr Möglichstes, die Papiere vor der Nässe zu schützen, während ihr Affenfreund den Kopf drehte, regungslos verharrte und nur kurz den Fluss hinaufspähte.

Plötzlich stieß das Kapuzineräffchen einen Warnschrei aus und entfloh weiter den Stamm hoch. Eden erstarrte, suchte prüfend die Äste um sich herum ab und hoffte, dort keinen Jaguar zu entdecken.

Mit wild klopfendem Herzen lauschte sie, ob sie noch andere Geräusche vernahm als das sanfte Trommeln des Regens auf den Blättern, und spähte in die Wipfel, wohl wissend, dass das gefleckte Fell des Tiers dafür sorgte, dass man es zumeist erst dann entdeckte, wenn es bereits zu spät war.

Sie überlegte noch, ob es wohl besser sei, gleich hier oben auf dem Ast verspeist zu werden oder erst noch in den Fluss darunter zu fallen, als sie plötzlich Stimmen hörte.

Männerstimmen. Viele.

Und sie sprachen Englisch!

Als Eden den Kopf reckte, um in die Richtung zu blicken, in die das Kapuzineräffchen zuvor geblickt hatte, bot sich ihr ein höchst erstaunlicher Anblick.

Menschen!

Ein flaches, gedrungen wirkendes Boot glitt langsam um die Flussbiegung. Es zog einen Lastkahn, der vollgeladen war mit Holz.

Was suchen die hier?, fragte sie sich, während sie immer aufgeregter wurde. Egal! Das konnte genau die Gelegenheit sein, auf die sie gewartet hatte.

Während das Boot näher kam, beobachtete sie die verwegen wirkenden Männer an der Reling und unter den Segeln.

Sie musste zugeben, dass sie nicht besonders vertrauenerweckend aussahen, eher wie Piraten. Wegen der Hitze trugen viele kein Hemd. Ihre Oberkörper waren von der Sonne gebräunt, tätowiert und muskulös. Doch Eden wurde zuversichtlicher, als sie einen jungen blonden Mann entdeckte, der gerade auf den Bug zuging.

Anders als die anderen war er vollständig bekleidet, wenn auch ein wenig verschwitzt in der Hitze des Regenwalds. Doch er schien sich davon nicht beeindrucken zu lassen. Mit der ordentlich gebundenen Krawatte, dem weißen Hemd mit den sorgfältig geschlossenen Manschetten und den ebenholzschwarzen Stiefeln sah er aus wie ein stolzer und sehr korrekter junger Offizier.

Ihr Herz klopfte schneller. Gütiger Himmel, einen so gut aussehenden Mann hatte sie seit einer Ewigkeit nicht gesehen – zumindest nicht, bis sie ihm mit ihrem Blick folgte und den großen, kräftigen Mann sah, zu dem sich der jüngere an der Reling gesellte.

Erstaunt – oder vielmehr fasziniert – betrachtete sie den geradezu königlich wirkenden Anführer. Sie hatte sich lange genug mit Tieren beschäftigt, um das dominierende Männchen sofort herausfinden zu können. Und dass er genau das war, stand absolut außer Zweifel.

Sein Alter schätzte sie auf etwa Ende Dreißig. Und wie groß er war! Selbst Connor musste er um ein paar Zentimeter überragen, und er war weitaus muskulöser als ihr Vater. Der imposante Fremde schien sich seltsamerweise im Regenwald wie zu Hause zu fühlen. Nach spanischer Art trug er um den Hals ein verknotetes rotes Tuch, dazu ein weites weißes Hemd. Offensichtlich der Hitze wegen hatte er Weste und Überrock abgelegt. Das Hemd stand weit offen, sodass sie die schimmernde Haut seiner muskulösen Brust sah.

Durch den Regen war der feine weiße Leinenstoff durchscheinend geworden und klebte an seinen breiten Schultern. Darunter trug er eine graubraune Hose, deren Beine in schimmernden schwarzen Stiefeln steckten.

Ganz plötzlich begriff Eden.

Ich weiß, wer dieser Mann ist.

Lord Jack Knight, der geheimnisvolle Kaufmann und Abenteurer, ein millionenschwerer Schiffsmagnat – und einer der mächtigsten und gefürchtetsten Männer in ganz Westindien.

Black Jack Knight, wie er auch genannt wurde.

In der guten Gesellschaft von Kingston erzählte man sich vielerlei Geschichten über den geheimnisvollen Abenteurer, doch obwohl man sich zuflüsterte, er sei ein sehr wilder Mann, beklagte man sich, dass er viel zu selten bei gesellschaftlichen Anlässen erschien. Er war der zweite Sohn eines Dukes, wenn man den Geschichten Glauben schenkte, doch schon vor Jahren hatte er England den Rücken gekehrt, um seinen eigenen Weg zu gehen. Alles in allem war ihm das gelungen.

Es hieß, ihm gehörten große Teile Jamaikas und darüber hinaus eine Flotte mit achtzig Schiffen sowie Speicherhäuser auf allen Kontinenten. Keine Gegend des Planeten war für ihn unerreichbar: Pelze aus dem wilden Norden Kanadas, Seiden und Gewürze aus dem Osten, Zuckerrohr aus der heißen Zone und erstaunliche neue Maschinen aus den Norden Englands. Der Hauptsitz seiner Firma *Knight Enterprises* lag in Port Royal, doch Eden hatte gehört, dass er in einer eleganten weißen Villa außerhalb der Stadt lebte, auf einer Klippe oberhalb des Meers. Das Haus hatte mehr als hundert Zimmer, doch er lebte dort allein mit seinen Dienstboten.

Manche Leute behaupteten, er würde dunkle Geschäftsbeziehungen zu den Schmugglern unterhalten, die Buenos Aires heimsuchten. Andere meinten, er habe während des Kriegs 1812 den Amerikanern geholfen. Und da er selbst Brite war, würde ihn das zu einem Verräter machen, wenn es denn stimmte. Und es gab noch finsterere Geschichten, Gerüchte über Piraterie in einer dunklen Vergangenheit. Aber soweit Eden wusste, hatte niemand es je gewagt, ihn damit zu konfrontieren, um herauszufinden, ob an all den Gerüchten etwas dran war.

Wie auch immer, dachte sie und schluckte, während sie ihn

genauer betrachtete. Und wenn er Blackbeard persönlich wäre, was kümmert es mich, solange er mich hier herausbringt.

Seiner Körperhaltung nach war es nicht schwer zu glauben, dass dieser Mann der wilden See ein Vermögen abringen konnte.

Jede Faser seiner hochgewachsenen Gestalt strahlte Kraft, Bedrohlichkeit und Vitalität aus. Er trug den Kopf hoch erhoben, als sei er daran gewöhnt, Befehle zu geben. Sein kantiges Gesicht wurde umrahmt von dunklen Koteletten, und sein zerzaustes Haar hatte dieselbe Farbe wie das Mahagoniholz, das auf seinem Schiff transportiert wurde.

„Sieh nur!“, rief plötzlich der junge blonde Offizier. „Da sitzt …“ Er blinzelte ungläubig. „Da sitzt eine Frau im Baum!“

Oje. Man hatte sie entdeckt. Jetzt war es zu spät, die Nerven zu verlieren.

Die Männer der Besatzung stießen erstaunte Rufe aus, als sie in Edens Richtung blickten, in die der junge Mann zeigte. Ihr Anblick, wie sie dort auf dem Ast saß, der den Fluss überragte, musste so unwahrscheinlich sein, dass die Männer es offensichtlich ziemlich komisch fanden.

Sie biss die Zähne zusammen und errötete ein wenig, weigerte sich aber, verlegen zu werden. Mit einer Hand stützte sie sich hinten auf den Ast, lehnte sich ein wenig zurück und versuchte, möglichst gelassen zu wirken.

Einer der Seeleute schlug sich auf den Schenkel. „Wenn die hier auf Bäumen wachsen, Captain, dann können Sie mich an Land setzen.“

Sie zwang sich zu einem Lächeln, als einige der Männer in Gelächter ausbrachen, doch Lord Jack ging zum Bug, während das Boot näher glitt, bis er nur ein paar Meter von Edens Sitzplatz entfernt stand.

Der leichte Regen rann über seine breite Stirn bis hinab zu den dicken, dunklen Brauen. Er hatte tiefliegende Augen und eine kräftige, aber elegante Adlernase. Um sein Kinn lagen die dunklen Schatten von Bartstoppeln und betonten noch den Ausdruck von Gefährlichkeit, der ihn umgab. Seine Lippen, dachte sie, scheinen etwas rissig zu sein. Sie verlocken zum Küssen.

Der unerwartete Gedanke erschreckte sie.

„Was für ein Vogel ist das, würdet ihr sagen?“, rief einer der Männer und brachte damit seine Kameraden noch mehr zum Lachen.

Eden runzelte die Stirn, errötete sofort und fand, ihr Herr hätte die Kerle wenigstens zum Schweigen bringen können. Vielleicht war er doch ein Pirat.

Sie für ihren Teil begann allmählich, sich ein wenig lächerlich zu fühlen, wohl wissend, dass auf Bäumen herumzuklettern in *La Belle Assemblée* jungen Damen nicht gerade als gutes Benehmen empfohlen wurde.

Doch hier saß sie nun und wurde angestarrt von einem attraktiven, absolut faszinierenden Mann, dessen Flotte vielleicht ihre einzige Möglichkeit bot, hier herauszukommen – ein Mann, dessen direkter und selbstbewusster Blick ihr Herz schneller schlagen ließ – obwohl das zu einem kleinen Teil vielleicht auch Folge ihrer Furcht war.

Als sie seinen Blick jedoch erwiderte – unfähig, woanders hinzusehen –, bemerkte sie, wie faszinierend seine Augen waren. Sie leuchteten im gleichen Türkisblau wie das karibische Meer, was in reizvollem Gegensatz zu seiner gebräunten Haut stand. Als er sie musterte, entdeckte sie darin eine Spur von Belustigung. Es gelang ihm nicht ganz, sein Erstaunen zu verbergen.

„Sehen Sie sie, Mylord?“, fragte der junge Offizier. „Bitte sagen Sie mir, dass mir die Hitze nicht den Verstand geraubt hat.“

„Trahern“, befahl der Mann in ruhigem, befehlsgewohnten Ton und ohne den Blick von ihr zu wenden, „lass das Boot unter dem Baum anhalten.“

Nein, die tropische Sonne hatte nicht den Verstand seines Assistenten verwirrt, dann hätte Jack unter demselben Phänomen gelitten. Auch er sah den hübschen jungen Rotschopf im Baum. Sie saß rittlings auf einem Ast und ließ ein wenig verlegen die Beine genau über der Stelle baumeln, an der sein Lotse das Schiff jetzt zum Stehen brachte.

Überhaupt irgendeine Frau auf einem Ast oberhalb des Orinoco zu sehen, hundert Meilen von jeder menschlichen Ansiedlung entfernt, war schon an sich ein Schock. Ganz zu schweigen von einer solchen Schönheit mit großen grünen Augen und, soweit er es beurteilen konnte, makellosen Proportionen.

Ihr langes Haar trug sie offen, es war nass vom Regen, und als er seinen Blick über sie gleiten ließ, strich sie es sich aus dem Gesicht. Die kastanienbraunen Locken ringelten sich um ihre zarten Schultern. Sie trug ein hellgrünes Kleid, und darunter sah er rüschenbesetzte Hosenbeine, die in schweren braunen Stiefeln steckten. Jack konnte nicht anders, er musste sie ansehen.

Ihr Gesicht, oval und mit ein paar Sommersprossen, glänzte vom Regen. Sie hatte hohe Wangenknochen, pfirsichfarbene Haut und eine gerade, perfekt geformte Nase.

Obwohl er gewöhnlich nur selten eine Jungfer in Not errettete oder überhaupt eine gute Tat beging, schüttelte er seine kurzzeitige Benommenheit ab und war fest entschlossen, in diesem Fall eine Ausnahme zu machen und den Helden zu spielen. „Guten Tag, Miss“, begrüßte er sie, bereit, ihr seine Hilfe anzubieten. „Wie ich sehe, haben Sie sich da oben in Schwierigkeiten gebracht.“

„Habe ich das?“, fragte sie mit schief gelegtem Kopf. „Wie kommen Sie darauf?“

Jack runzelte die Stirn. Ihre selbstbewusste Antwort verwirrte ihn, eher hätte er einen Hilferuf erwartet. Unauffällig warf er einen Blick auf seine Männer, die die Achseln zuckten, genauso verwirrt wie er.

Dann wandte er sich wieder an das Mädchen, das die Arbeitshandschuhe auszog und sich ein Blatt aus dem Haar zupfte. „Ist alles ... äh ... in Ordnung?"

„Ich denke schon", erwiderte sie und sah ihn an, als sei er eine Erscheinung. „Ist bei Ihnen alles in Ordnung?"

„Natürlich." Jack war noch immer verblüfft, und er begann sich zu fragen, ob sie dieselbe Sprache sprachen. „Das sieht da oben nicht sehr sicher aus", bemerkte er. „Brauchen Sie Hilfe beim Herabsteigen?"

„Oh!", erwiderte sie mit einem kurzen Auflachen. „Nein, ich brauche keine Hilfe. Aber ich bin sicher, dass Sie es gut gemeint haben", fügte sie nachsichtig hinzu.

Jack starrte sie verständnislos an. „Was um Himmels willen tun Sie da im Baum?"

„Ich studiere Epiphyten."

„Epi...was?", fragte Higgins.

„Orchideen", erklärte sie.

„Das sind diese parasitären Blumen, die überall auf den Bäumen wachsen", erklärte ihm Jack mit einer spöttischen Bemerkung und verschränkte die Arme vor der Brust. Dabei fiel ihm ein Vergleich mit den meisten Frauen ein, die er kannte, aber er behielt ihn für sich.

„Orchideen sind keine Parasiten!", erklärte ihm die junge Frau empört.

Jack zog eine Braue hoch. Dieses Mädchen lief nicht nur nicht vor ihm davon, sie wagte es sogar, ihm offen zu widersprechen.

Offensichtlich wusste sie nicht, wer er war.

„Ganz im Gegenteil", fuhr sie fort. „Und wenn Sie wollen, kann ich es Ihnen beweisen, denn ich habe soeben eine höchst erstaunliche Entdeckung gemacht."

„Haben Sie?", wiederholte er, überzeugt davon, dass ihre Entdeckung nicht erstaunlicher sein konnte als die, die er soeben gemacht hatte – sie nämlich.

Sie nickte eifrig. „Ich habe soeben festgestellt, dass die Symbiose zwischen den Epiphyten und diesen Baumriesen sogar noch weiter reicht, als wir bisher vermuteten.“ In demselben Moment, da sie das ausgesprochen hatte, schien sie sich über sich selbst zu ärgern. Als sei ihr soeben eingefallen, wie langweilig solche wissenschaftliche Konversation in manchen Kreisen wirken könnte.

Jack war amüsiert. „Was Sie nicht sagen.“

„Soll ich es erklären?“, bot sie an, wieder mutiger geworden.

„Ich glaube nicht, dass sie viel herausbringen wird“, meinte Trahern leise.

„Von mir aus“, forderte Jack sie auf und verbarg seine Belustigung. Mit einem kurzen Befehl brachte er seine grinsenden Männer zum Schweigen.

Offensichtlich erfreut über sein Interesse, erwärmte sich das seltsame Mädchen für das Thema. „Oh, es ist sehr aufregend! Sehen Sie, diese Orchideen wachsen seit vielen Generationen auf diesem Ast, haben hier gelebt und sind hier verwelkt und dann abgestorben. Und im Laufe der Jahre haben sie sich ein eigenes Bett aus Erde und Mulch geschaffen. Aber sie brauchen keine Erde, um zu wachsen – sie sind keine Parasiten. Sie haben besondere Wurzeln, die ihnen erlauben, Wasser direkt der Luft zu entziehen, sehen Sie, wie diesen Regen.“ Sie streckte die Hand aus, um ein paar Regentropfen aufzufangen, und blickte hinauf in das Blätterdach, aus dem es heruntertröpfelte.

Als sie den Kopf zurücklegte, fiel sein Blick auf das feuchte weiße Fichu am Ausschnitt ihres Kleides.

„Stimmt das?“, fragte er rau, als ihn plötzlich ganz unerwartet Verlangen durchfuhr.

„Natürlich. Hier!“ Sie beugte sich vor und warf ihm eine purpurfarbene Blume zu. Jack traf fast der Schlag, denn er war fest davon überzeugt, dass sie vom Baum herunter und direkt in das Maul eines Krokodils fallen würde. Doch um ihre eigene Sicherheit schien sie sich nicht zu sorgen. „Heute habe ich herausgefunden, dass diese kleinen Orchideen dem Baum etwas zurückgeben."

„Wie das?", fragte er. Gegen seinen Willen zog ihr kleines Geheimnis ihn an, und vielleicht war er auch ein kleines bisschen bezaubert.

„Sie nähren ihn. Sehen Sie." Sie nahm etwas in die Hand, was für ihn wie gewöhnliches Gras aussah. „Als ich mit dem Messer ein wenig tiefer in dem Boden der Orchideen grub, um ihn genauer zu untersuchen, habe ich festgestellt, dass der Baum bereits begonnen hatte, kleine, wurzelartige Strukturen aus diesem Ast zu treiben, sodass er aus dem Mulch Nährstoffe aufnehmen konnte, den Generationen abgestorbener Orchideen hier geschaffen haben. Verstehen Sie, was das bedeutet?"

Jack versuchte zu antworten, überlegte es sich dann aber anders und schüttelte nur den Kopf.

Sie legte eine Hand auf den dicken Ast, auf dem sie saß, und warf einen sehnsüchtigen Blick in das Blätterdach hinauf. „Sie geben einander etwas, ohne einander zu schaden. Der riesengroße Mahagonibaum gibt dieser kleinen zarten Blume Schutz und Halt, während die Orchidee ihrerseits Nahrung schafft, die hilft, den Baum zu ernähren und ihn stark zu machen. Sie leben in perfekter Harmonie zusammen, und ist das nicht … einfach schön?"

Jack starrte sie an, stumm vor Bewunderung.

Für Botanik hatte er nicht viel übrig, und auch wenn es wunderbar sein mochte, so erschien ihm doch das Arrangement zwischen der Blume und dem Baum nicht halb so ungewöhnlich und schön wie dieser zarte, exzentrische kleine Blaustrumpf.

Jetzt wusste er auch, wer sie war.

Seine Bekanntschaft mit Victor Farraday und dessen jüngerer Schwester Cecily reichte zurück bis zu der Zeit in England vor zwanzig Jahren, obwohl er als auch Victor inzwischen die Heimat verlassen hatten. Nach seiner letzten Information war der berühmte Naturwissenschaftler im Orinocodelta verschwunden, und seither hatte man nichts mehr von ihm gehört.

„Sie sind Dr. Farradays Tochter", meinte er.

Stolz richtete sie sich auf und nickte. „Und Sie sind Lord Jack Knight – wobei Jack nur die Kurzform von John ist. So sagte man mir jedenfalls."

Falls er zuvor schon überrascht war, so war er jetzt vollkommen verblüfft. „Sie kennen mich?"

Sie lachte. „Ich habe Sie schon einmal gesehen. Auf einem Ball in Kingston."

„Wirklich?", fragte er, diesmal mit noch rauerer Stimme.

„Ja", erklärte sie nachdrücklich. „Ich glaube, Sie trugen einen schwarzen Rock."

„Sie waren auf einem Ball, auf dem auch ich war, und ich habe Sie nicht bemerkt? Höchst unwahrscheinlich – außer Ihr Vater hat darauf geachtet, dass Sie sich außerhalb meiner Sichtweite befanden."

„Vielleicht", räumte sie ein, und ihr Tonfall war vielleicht eine Spur kokett.

Jack war nicht ganz sicher, wie er mit der Situation umgehen sollte, aber er sah die junge Frau mit einem Lächeln an. Entweder – abgeschieden, wie sie in dieser Wildnis lebte – hatte sie nicht gehört, dass er die Personifizierung des Teufels war, oder sie sehnte sich so sehr nach menschlicher Gesellschaft, dass es ihr egal war.

Als ein Mann, der die menschliche Rasse an sich nicht besonders schätzte, fühlte Jack sich sonderbar berührt von ihrem scheuen, aber herzlichen Lächeln.

In seiner Fantasie hielt er sie entweder für die schöne, halbwilde Prinzessin dieses geheimnisvollen smaragdgrünen Reichs – oder für ein seltenes Waldtier, das nie zuvor einen Menschen gesehen hatte und daher nicht wusste, dass es sich fürchten sollte.

Vollkommene Unschuld.

Aber als er die Pistole und die Machete bemerkte, die sie an der schmalen Taille trug, erkannte er mit wachsender Bewunderung, dass diese Dame sich zu verteidigen wusste. Zweifellos hatte Victor seiner Tochter Überlebenstechniken beigebracht. Und ein Blick in ihre grünen Augen mit dem offenen Ausdruck und der selbstbewussten Entschlossenheit genügte, um Jack erkennen zu lassen, dass sie außerdem den Verstand ihres Vaters geerbt hatte.

Eine Epiphyte eben.

Er räusperte sich. „Ist Ihr Vater … äh … zu Hause, Miss Farraday?"

„Nein, er wollte die Indianer besuchen. Oh, aber gehen Sie nicht wieder weg! Er sollte bald zurück sein. Möchten Sie auf ihn warten? Kommen Sie mit, ich zeige Ihnen unser Lager. Ich könnte Ihnen Tee anbieten!"

„Tee? Nun … das ist sehr freundlich, Miss Farraday, aber wir haben … äh … zweiunddreißig Grad."

„Nein, es sind nur dreißig. Dann kommen Sie mit und essen Sie ein paar Ananas. Bitte!", flehte sie. „Wir haben niemals Besuch oder erfahren etwas von der Außenwelt. Bleiben Sie für eine Weile – nur aus Höflichkeit! Ich verspreche, Papa wird bald zurück sein."

Jack und Trahern sahen einander an.

Höflichkeit war noch nie Jacks Stärke gewesen, aber sein galanter Lieutenant zuckte die Achseln und nickte, um sein Verständnis für die junge Schönheit auszudrücken, die sich offensichtlich nach menschlicher Gesellschaft sehnte.

„Heißt das ja?", fragte sie hoffnungsvoll.

Trahern stieß Jack heimlich mit dem Ellenbogen an.

„Also schön", murmelte der leise seinem Lieutenant zu, denn insgeheim brachte er es ebenfalls nicht über sich, dem Mädchen diesen Wunsch abzuschlagen. Außerdem wusste er besser als jeder andere, dass der Krieg in den nächsten Monaten heftiger werden würde. Dr. Farraday sollte gewarnt werden, damit er Venezuela verließ, solange er es noch konnte.

Jack hob den Kopf und sah sie an. „Es wäre uns ein Vergnügen, Sie zu besuchen, Miss Farraday, aber nur kurz. Ich fürchte, unser Zeitplan ist recht eng gesteckt …"

„Hurra!", rief sie und entlockte Jack einen entsetzten Ausruf, als sie sich so mühelos wie eine Katze kerzengerade auf dem Ast hinstellte. „Bringen Sie das Schiff nur um die nächste Biegung, dort gibt es eine Anlegestelle – aber seien Sie bitte vorsichtig! Es ist etwas uneben, und Sie wollen bestimmt nicht ins Wasser fallen."

„Krokodile?", erkundigte sich Trahern.

„Piranhas", erwiderte sie liebenswürdig.

„Brauchen Sie Hilfe, um von dort oben herunterzukommen?", fragte Jack, der davon überzeugt war, dass ihm bei ihren Kunststücken noch das Herz stehen bleiben würde. Doch sie lachte nur.

„Wohl kaum", erwiderte sie und packte eine Liane. „Wir sehen uns unten."

Sie umfasste die Liane mit beiden Händen, wickelte sich ein Ende um ihr schlankes, wohlgeformtes Bein, wie es die Trapezkünstler in Vauxhall taten, und dann stieß sich Eden Farraday von dem Ast ab und flog mit einem Schwung mitten hinein in das endlose Grün des Regenwalds. Ihr rotes Haar flatterte hinter ihr her.

3. KAPITEL

So plötzlich, wie er eingesetzt hatte, hörte der Regen auch wieder auf, als habe ein Gärtner die Bewässerungsanlage in einem riesigen Gewächshaus abgedreht.

Als das Schiff um die Biegung zum Lager der Farradays fuhr, hatten Jack und Trahern sich noch nicht ganz von ihrem Erstaunen über die furchtlose Art, wie ihre junge Gastgeberin sich im Wald bewegte, erholt, aber sie fanden den Anleger genau da, wo sie es gesagt hatte.

Drei Kanus schaukelten in der sanften Strömung des *caños*. Während der Lotse das Schiff näher an den Anleger steuerte, betrachtete Jack fasziniert das primitiv wirkende Pfahlhaus am Flussufer.

„Bemerkenswert", murmelte Trahern, der offensichtlich ebenso fasziniert war. „Wie eine Szene aus Robinson Crusoe."

Jack stützte sich mit beiden Händen auf die Reling und überlegte, während er das Haus betrachtete. „Hier kann ein Mann sein ganzes Leben verbringen, ohne dass sich jemand für seinen Namen interessiert", sagte er ruhig, und diese Überlegung weckte einen anderen Gedanken in ihm.

War es möglich, dass Miss Farraday, die so weit von den korrupten Orten der Zivilisation aufgewachsen war, zu einem sehr seltenen Exemplar geworden war – zu einer Frau, die sich weder für die weltlichen Besitztümer eines Mannes interessierte noch für seinen sozialen Rang? Zu einer Frau, die man nicht kaufen konnte?

Die Stimmen seiner Besatzung weckten Jack aus seinen Gedanken. Die Männer grinsten und pfiffen, als sie die Wäsche einer Dame auf der Leine hängen sahen. Er brachte sie mit einem Blick über die Schulter zum Verstummen, doch insgeheim amüsierte sich auch Jack.

Sie würde deswegen außerordentlich rot werden.

Den Blick ans Ufer gerichtet, zog sich Jack trotz der Hitze seinen braunen Überrock an. So viel Höflichkeit zumindest verdiente ihre Gastgeberin von ihm. Doch nichts auf der Welt würde ihn dazu bringen, auch die Weste anzulegen.

Die Planke des Schiffs schlug auf das wackelige kleine Dock, und er ging quer über das Deck darauf zu.

Trahern eilte ihm nach.

Den Rest der Mannschaft hielt Jack zurück, indem er die Hand hob. „Bleibt an Bord", befahl er. „Ein Niesen oder Husten von euch könnte auf die Indianer Krankheiten übertragen, und sie sterben daran. In einer Viertelstunde sind wir wieder unterwegs."

„Woher weißt du das?", fragte Trahern leise, während sie zusammen über die Planke zum Anleger gingen.

„Ich habe Victors Buch gelesen."

„Oh." Offensichtlich war Trahern beeindruckt.

Jack ging voraus über den hölzernen Weg, der etwas erhaben über dem Waldboden errichtet war.

Hinter ihnen stieg die glühende Tropensonne über den Fluss und brachte die kühle Nässe, die der Regen kurzzeitig mit sich gebracht hatte, zum Verdampfen. Die großen Blätter über ihnen tropften noch, als sie die geheimnisvolle Welt des smaragdgrünen Regenwaldes betraten.

Der Weg drohte von Ranken und jungen Bäumen auf beiden Seiten überwuchert zu werden, während aus den Ästen über ihnen zahllose Lianen herunterhingen. Weiter vorn bemerkte Jack eine Bewegung von hellem Stoff. Seine männlichen Sinne reagierten sofort.

Er hörte, wie sich leichte Schritte näherten, ihr Rhythmus ließ die Planken leicht erzittern. Dann folgte schüchternes Schweigen. Forschend betrachtete er das Grün. Wo war die kleine Elfe? Vor den gitterartigen Blättern einer brusthohen Fächerpalme, die sich über den Weg wölbte, blieb er stehen, als er neugierige grüne Augen bemerkte, die ihn zwischen den Palmwedeln hindurch ansahen.

Sein Herz schlug schneller. Behutsam schob er das große, breite Blatt beiseite – und da stand sie.

Mit stummem Entzücken sah er ihr in die Augen. Aus der Nähe war das Mädchen noch reizvoller. Sie schenkte ihm ein argloses Lächeln, dann ließ sie den Blick zu dem Mann hinter ihm wandern.

„Miss Farraday, gestatten Sie mir, Ihnen meine rechte Hand vorzustellen, Lieutenant Christopher Trahern."

Der jüngere Mann verneigte sich. „Miss Farraday."

„Eden bitte", korrigierte sie beide mit einem herzlichen Lächeln. „Wir sind hier nicht so förmlich. Willkommen. Hier entlang."

Sie führte sie über den Steg, bis sie das Forschungslager ihres Vaters erreichten. Es war umringt von erloschenen Fackeln, die jeweils nur einen Meter voneinander entfernt auf Bambusstäben standen. In der Mitte des zehn Meter breiten Lagers gab es eine Feuerstelle. Gegenüber dem Pfahlhaus waren zwei große Zelte im Militärstil errichtet worden, eins war geschlossen, das andere an einer Seite geöffnet.

Das offene Zelt enthielt einen großen Arbeitstisch mit zwei Mikroskopen, mehreren Kompassen, einer Waage und einem Sortiment verschiedener wissenschaftlicher Instrumente. Ein paar schwarze Diener gingen unterschiedlichen Aufgaben nach, hielten aber inne und betrachteten neugierig die Fremden, ehe sie lächelten und winkten.

Eden stellte alle einander vor. Dann führte sie sie in das Pfahlhaus und erklärte den Besuchern, dass man es ein *palafito* nannte. Drinnen gab es hier und da ein paar Hängematten sowie einige provisorische Möbelstücke, was Jack zu der Vermutung veranlasste, dass sie sich im Schlafzimmer der jungen Dame befanden.

Auf einem Bambustisch standen ein paar alte Bücher, die in der feuchten Luft vor sich hinmoderten: Shakespeare, Aristoteles, Rousseau und Gedichte von Scott.

„Wie ich sehe, lesen Sie gern“, stellte Trahern fest, während Jack ein langes Pfeilrohr der Eingeborenen betrachtete, das an der Wand hing.

„Oh ja, sehr viel mehr gibt es hier ja auch nicht zu tun.“ Über die Schulter hinweg lächelte sie ihn an, und dann hieb sie den oberen Teil einer Ananas mit ihrer Machete ab. Zielsicher und fast ohne hinzuschauen.

Insgeheim staunte Jack und schüttelte den Kopf. Eden Farraday war mit Sicherheit das seltsamste weibliche Wesen, das er je in seinem Leben gesehen hatte. Sie fuhr fort, die Ananas mit einer Folge sicherer Hiebe in schmale, gleichmäßige Scheiben zu schneiden. Die Hände in die Hüften gestemmt, sah er ihr aufmerksam zu. „Mit dem Messer können Sie ziemlich gut umgehen.“

„Sie sollten mich einmal mit einem Blasrohr sehen“, erwiderte sie lächelnd, drehte sich um und reichte ihm ein Stück der saftigen Frucht.

Mit ernster Miene nahm er es entgegen und nickte zum Dank. Auch Trahern nahm ein Stück. Dann bediente Miss Farraday sich selbst und lud die Dienstboten ein, den Rest zu nehmen, wenn sie es wünschten.

Inzwischen betrachtete Jack eine kleine Spieluhr, die auf einem Regal neben ein paar anderen Dingen aus der Zivilisation stand: Ein halb blinder Handspiegel, eine Haarbürste mit einem rostigen Zinngriff.

„Ist sie nicht hübsch? Sie spielt Mozart.“ Eden ging zu Jack hinüber und öffnete den Deckel der Spieluhr. Ein paar Töne erklangen, ehe die Uhr verstummte. „Man muss sie wieder aufziehen.“ Sie bedachte ihn mit einem ernsten Blick. „Sie hat meiner Mutter gehört.“

Fragend sah er sie an. Dann fiel ihm ein, dass Victors Ehefrau vor zwölf Jahren gestorben war, als in vielen Teilen Londons ein Fieber ausgebrochen war. Ein trauriges Schicksal für einen Arzt, wenn es ihm nicht gelang, seine eigene Frau zu retten. Kein Wunder, dass Farraday dem Arztberuf den Rücken gekehrt hatte. Seine Kunst hatte ihr nicht helfen können.

In der Einleitung zu seinem Buch hatte Dr. Farraday erklärt, dass nach dem Tod seiner Frau er und sein einziges Kind, eine Tochter, nach Westindien gegangen waren. Einige seiner kreolischen Freunde hatten, um ihn aus seiner Verzweiflung zu retten, vorgeschlagen, eine kurze Reise in den Urwald am Orinoco zu unternehmen. Kannten sie doch sein langjähriges Interesse an Naturphilosophie und Wissenschaft. Er hatte gemeint, es täte seiner Seele gut, daher hatte er der Reise zugestimmt. In den Wäldern jedoch war der Arzt an einem Fieber erkrankt, das ihn um ein Haar getötet hätte, doch sein Leben war gerettet worden, als ihm ein indianischer Hexendoktor unbekannte Kräuter verabreichte.

Dem Buch zufolge hatte Dr. Farraday in jenem Augenblick erkannt, dass seine Lebensaufgabe darin bestand, die Geheimnisse alter indianischer Medizin zu erforschen und die Urwaldpflanzen, aus denen sie gemacht wurden. Dieses Wissen wollte er irgendwann in die zivilisierte Welt bringen, sodass mehr Leben gerettet werden konnten.

In dem Buch wurde nicht erwähnt, dass der gute Doktor seine Tochter auf dieses gefährliche Unternehmen mitgenommen hatte. Nun, da Jack die Wahrheit kannte, machte ihn das ziemlich wütend, auch wenn er sich nichts davon anmerken ließ. Dies war kein Ort für ein junges Mädchen. „Das mit Ihrer Mutter tut mir leid", sagte er schroff.

„Ist schon gut." Sie lächelte traurig und stellte die Spieluhr zurück auf das Regal. Sie wollte ihrer Trauer nicht nachgeben. „Was führt die Herren nach Venezuela?" Sie lehnte sich an den Balken und biss von ihrer Ananasscheibe ab.

„Wir wollten gerade ... äh ...", begann Trahern.

„Freunde besuchen", vollendete Jack den Satz.

„Ich verstehe", murmelte sie mit einem vielsagenden Blick. „Freunde oben in Angostura?"

Jack und Trahern sahen einander erstaunt an. Sie waren beide überrascht, denn keinem von ihnen war der wissende Unterton in ihrer Stimme entgangen. Jack jedenfalls stand vor einem Rätsel.

Die meisten Frauen, die er kannte, taten zumindest so, als hätten sie nicht einen einzigen Gedanken im Kopf, der über Tanzen, Soireen und die neueste Mode hinausging. Aber dieses Mädchen hatte sozusagen geradeheraus gefragt, ob ihr Besuch politischer Natur war.

„Egal", sagte sie und winkte ab, als wolle sie nicht, dass ihre Gäste sich unbehaglich fühlten. „Es geht mich nichts an, ob Sie den Rebellen helfen. Ehrlich gesagt, hoffe ich, dass sie gewinnen, obwohl Papa darauf beharrt, dass die Wissenschaft neutral ist."

„Niemand sagte etwas von Hilfe für die Rebellen, Miss Faraday. Wir sind in geschäftlichen Angelegenheiten hier", belehrte Trahern sie mit einem charmanten Lächeln. Jack vermutete, dass er sie noch immer für eine leicht lenkbare Frau hielt. „Wir handeln in großem Rahmen mit tropischen Harthölzern, wissen Sie. Wir sind nur gekommen, um die Stämme zu holen, die Sie auf dem Schiff gesehen haben."

„Ah ja, wegen der Bäume." Sie warf Jack einen fragenden Blick zu, der ihre Zweifel darüber ausdrückte, dass der Eigentümer von *Knight Enterprises* persönlich gekommen sein sollte, um eine Ladung Holz abzuholen. Doch sie reizte das Thema nicht weiter aus, sondern schob es mit der Nonchalance einer Gastgeberin aus der Stadt beiseite. Fasziniert beobachtete Jack sie. Doch als sie sich zierlich die Mundwinkel mit den Fingerspitzen abwischte, begriff er, dass das neue Thema ebenso gefährlich sein würde.

„Ich habe gesehen, dass es sich zum größten Teil um Rosenholz und Mahagoni handelt", sagte sie. „Aber ich habe auch etwas Zebraholz entdeckt, und ich hoffe, Sie haben nicht zu viel davon geschlagen."

„Wir haben überhaupt kein Holz geschlagen, Miss Farraday", mischte sich Trahern ein. „Wir haben es von einem der örtlichen Händler gekauft."

„Ja, aber wissen Sie, es ist so selten. Das Zebraholz braucht fünfzig Jahre, bis es ausgewachsen ist. Wenn zu viel davon gleichzeitig geschlagen wird, können die Wälder sich nicht erholen."

„Seine Seltenheit ist es, die es so wertvoll macht, Miss Farraday." Jacks Worte klangen spöttisch, ihre Schelte ärgerte ihn. „Die besten Möbelmacher Londons werden gutes Geld dafür zahlen."

„London?", stieß sie hervor und stieß sich plötzlich von dem Balken ab. Mit großen Augen trat sie näher. „Ist das Ihr nächstes Ziel?"

Er nickte. „Warum fragen Sie?"

Sie sah ihn lange an, dann senkte sie den Kopf, als habe es ihr auf einmal die Sprache verschlagen.

Er hob die Brauen. „Stimmt etwas nicht, Miss Farraday?"

„Oh … nein. Es ist nichts. Nur … ich habe mir so oft gewünscht, dorthin zu kommen."

„Nach London?", fragte er. „Wieso? Das Wetter ist kalt, und die Leute sind es ebenfalls."

Erstaunt sah sie ihn an. „Nein, das sind sie nicht."

„Natürlich sind sie das. Es ist ein elender Ort. Ich gehe nur dorthin, weil ich muss." Sein Tonfall klang gelangweilt, doch seine Worte waren ehrlicher, als es ihr vermutlich bewusst war.

„Warum müssen Sie?", fragte sie.

„Natürlich um diese Bäume loszuwerden." Der Versuchung, sie ein wenig zu necken, konnte er nicht widerstehen, denn die Wahrheit konnte er ihr unmöglich sagen. „Wenn der Prinzregent einen Tisch aus Zebraholz bekommt, dann muss jede Gastgeberin der *ton* auch einen in ihrer Eingangshalle haben."

Seine Worte entlockten Trahern ein leises Lachen, aber Miss Farraday wirkte nicht im Geringsten belustigt.

„Bestimmt sind die Leute nicht so schlimm, wie Sie behaupten."

„Nein, in Wirklichkeit sind sie noch schlimmer", meinte Jack. Es machte ihm Spaß, sie zu ärgern, und seine Augen glitzerten vor Vergnügen. „Wichtigtuerisch und oberflächlich. Vertrauen Sie mir. Ich kenne diese Leute so gut wie meine Westentasche. Mein älterer Bruder ist schließlich ein Duke. Trahern, was meinst du, vielleicht mag Hawkscliffes Duchess auch einen Tisch aus Zebraholz."

„Berechne ihm den doppelten Preis."

Jack lachte, zuckte dann aber zusammen, als ein Tropfen Ananassaft auf den Splitter in seiner Hand fiel. „Autsch."

Stirnrunzelnd sah Miss Farraday ihn an und wirkte inzwischen etwas unsicher, ob es eine gute Idee gewesen war, ihn zum Tee einzuladen. „Was ist los?"

Er murmelte, es wäre nichts.

„Haben Sie sich verletzt?"

„Nur ein Splitter vom Aufladen des Holzes."

„Lassen Sie mich das sehen." Sie ging zu ihm, nahm seine Hand und öffnete die Faust. Dann betrachtete sie den Splitter, der sich wie eine Nadel unter die Haut geschoben hatte, und sah ihn dann an. „Zebraholz, möchte ich wetten."

„Nun, ich versuche, mit der Mode zu gehen."

„Meiner Meinung nach verdienen Sie diesen Splitter. Trotzdem werde ich Ihnen helfen, Lord Jack. Setzen Sie sich bitte."

„Nein, danke. Es ist nichts. Ich werde mich auf meinem Schiff darum …"

„Hinsetzen!"

Bei ihrem Tonfall, der keinen Widerspruch zuließ, zog er eine Braue hoch.

„Keine offenen Wunden im Regenwald", erklärte sie. „Das ist ein Gesetz."

„Offene Wunden?", spottete er. „Das ist nur ein Kratzer."

„Es ist ein großer Kratzer, und er geht tief. Vertrauen Sie

mir. Wenn Sie sich nicht gleich darum kümmern … Aber Sie wollen bestimmt gar nicht wissen, was dann so alles passieren kann."

„Was kann denn passieren?", fragte Trahern und erbleichte.

„Ich bin sicher, Sie wollen nicht, dass ich Ihnen das erzähle, meine Herren. Es ist ganz abscheulich."

Erwartungsvoll sahen sie sie an.

Sie seufzte. „Selbst kleine Kratzer können sich im Regenwald schnell infizieren. Wenn Sie es unbedingt wissen wollen – es gibt ein kleines Insekt, das gern seine Eier in offenen Wunden ablegt. Danach hilft nur noch eine Amputation."

Sofort setzte Jack sich auf den Stuhl, den sie ihm gezeigt hatte, und streckte ihr seine Hand hin. „Ich gehöre ganz Ihnen, meine Liebe. Ich hoffe nur, dass Sie nicht Ihre Machete benötigen."

Sie lächelte ihm zu und ging dann fort, um ihren Nähkorb zu holen.

Eden fühlte, wie er sie mit seinem Raubtierblick beobachtete, doch noch immer schlug ihr Herz schneller – seit sie gehört hatte, dass er mit seiner Mannschaft als Nächstes England ansteuern würde.

Gewiss war dies das Wunder, um das sie gebetet hatte. Jetzt musste sie nur noch den Mut finden, den berüchtigten Black Jack Knight zu fragen, ob er sie mitnahm.

Sie wusste, er hatte keinen Grund, ihr einen Gefallen zu tun. Und wenn er ein so sündhaftes Leben führte, wie man es sich erzählte, dann war sie vielleicht sicherer, wenn sie ihren Vater ins Amazonasgebiet begleitete. Selbst wenn Knight ein ehemaliger Pirat war, so wollte sie doch nicht unhöflich ihm gegenüber wirken oder ihn bedrängen.

Ach, es war so beschämend zu wissen, dass er Millionen besaß und sie nicht einmal ein paar Pennies, um die Reise zu bezahlen. Sie hatte ihren Stolz. Trotzdem wollte sie ihm zeigen, dass sie nützlich sein konnte. Vielleicht würden ihre Fähigkeiten ihr das verschaffen, wonach sie sich so verzweifelt sehnte. Mit neuem Mut kehrte sie zurück und setzte sich ihm gegenüber, während Mr. Trahern verzweifelt seinen Körper nach offenen Wunden oder verdächtigen Insektenstichen absuchte, die er vielleicht übersehen hatte.

Eden rückte ihren Stuhl näher zu ihrem Patienten, nahm seine große, warme Hand und legte sie sich auf den Schoß, die Handfläche nach oben gewandt, die Fingerknöchel auf ihrem Bein.

Sein Blick war direkt auf sie gerichtet, als habe auch er den Schlag gefühlt, der sie durchzuckte, als sie einander berührten. Eden glaubte, ihr Herz müsse stehen bleiben. Errötend beugte sie sich vor, um den Splitter zu betrachten, die Nadel zwischen den Fingern.

Lord Jack runzelte die Stirn, als sie ihn damit in die Hand stach. „Ich hoffe, Sie wissen, was Sie tun."

„Natürlich weiß ich das. Mein Vater ist Arzt. Und wissen Sie, was Sie sind?", fragte sie mit einem vorsichtigen Lächeln, während sie sich eine Haarsträhne hinter das Ohr schob.

„Sagen Sie es mir", flüsterte er, ohne den Blick von ihr zu wenden.

„Nur ein großer Löwe, dem ein Dorn in der Pfote steckt."

Langsam breitete sich ein Lächeln auf seinem Gesicht aus. „Ja, Miss Farraday, ich glaube, Sie haben mich ganz gut beschrieben."

Sie lächelten einander einen winzigen Moment zu lange an, dann widmete sie ihre Aufmerksamkeit wieder ihrem Vorhaben und versuchte, das mädchenhafte Beben ihres Herzens zu ignorieren.

Das kleine Holzstück hatte sich tief in die Haut hineingearbeitet. Es sah aus, als verursache es Schmerzen. Als Eden mit dem Daumen über seine Handfläche rieb und innerlich darüber staunte, wie groß und stark seine schwielige Hand war, fühlte sie, wie er sie wieder ansah. Das offensichtliche männliche Interesse an ihr irritierte sie. Sie bemühte sich nach Kräften, es zu ignorieren und zwang sich dazu, nicht zu zittern. Nach einer geflüsterten Warnung piekte sie ein bisschen tiefer in seine Haut und öffnete die Wunde ein wenig weiter, um den Splitter besser zu erreichen.

„So, Lord Jack …" Sie räusperte sich. Papa sagt immer, es sei am besten, den Patienten bei solchen Behandlungen abzulenken. „Sie wollen mit diesem Dampfer doch nicht den Ozean überqueren, oder?"

„In dem Dampfer? Nein, Miss Farraday …"

„Eden", unterbrach sie ihn leise und hob den Blick, um ihm ins Gesicht zu sehen.

In seinen türkisfarbenen Augen erschien ein prüfender Ausdruck. „Eden", korrigierte er sich kaum hörbar. Ehe er in beiläufigem Ton fortfuhr, machte er eine kurze Pause. „Mein Schiff wartet vor Trinidad auf mich."

„Ist es ein großes Schiff?", fragte sie und überlegte, ob es wohl genug Platz für sie dort gab.

„Sehr groß", erwiderte er in seidigem Ton und schenkte ihr ein vieldeutiges Lächeln.

Sie fühlte, wie sie errötete. „Wie heißt es?"

„*The Winds of Fortune*."

„Das … das ist ein schöner Name", stieß sie etwas atemlos hervor.

„Vielen Dank."

Als sie die Nadel gegen eine Pinzette auswechselte, blickte sie noch einmal wachsam zu ihm hin, und diesmal ertappte sie ihn dabei, wie er ihren Mund ansah, und seine Gedanken standen ihm unmissverständlich in sein schönes Gesicht geschrieben.

Ihr Herz schlug schneller. „Ich dachte, die meisten Schiffe wären nach Frauen benannt."

„Nicht meine Schiffe."

„Warum?"

„Meine Schiffe sind zuverlässig."

„Ich verstehe. Und für Ihre Damen gilt das nicht?"

Seine Antwort bestand in einem Hochziehen der Braue und einem halbherzigen Lächeln, beides Ausdruck seines Lebensüberdrusses.

Eden lachte leise und senkte wieder den Kopf. „Lord Jack, ich fürchte, Sie sind ein Zyniker."

„Seit meiner Geburt."

Getrieben von einer beinahe wissenschaftlichen Neugier, beugte sie sich näher und stellte eine vermutlich verbotene Frage: „Wissen Sie", flüsterte sie kühn, „man sagt, Sie wären Pirat gewesen."

„Sagt man das?", flüsterte er zurück.

Ihr Lächeln wurde breiter. „Stimmt es?"

In seinen Augen blitzte es belustigt, als er einen Moment lang darüber nachdachte. „Lassen Sie es mich so ausdrücken, meine Liebe: Es ist eine Frage des Standpunkts."

„Ah", nickte sie verständnisvoll, und es dauerte einen Moment, ehe sie begriff, dass er ihr überhaupt nichts erklärt hatte. Seine ausweichende Antwort weckte nur noch mehr ihr Interesse.

Inzwischen begann sein dunkles, recht langes Haar bereits wieder zu trocknen. Als sie ihn ansah, verspürte sie den Wunsch, mit den Fingern durch die zerzausten Wellen zu streichen. Sie unterdrückte das Bedürfnis, sein Gesicht zu berühren, das so tief gebräunt war vom Leben unter freiem Himmel auf dem Deck eines Schiffes.

Nein, dachte sie, als sie ihn noch einmal so aus der Nähe betrachtete, er ist kein eleganter Dandy, wie ich sie immer wieder in meinen Träumen sehe. Aber er hat etwas Faszinierendes an sich.

Sie erinnerte sich an den Ball auf Jamaika, als sie ihn das erste Mal gesehen hatte. Er war der fesselndste Mann im Raum gewesen, der die Blicke aller anwesenden Frauen auf sich zog, wohingegen die meisten Männer ihm einfach aus dem Weg gingen.

Während sie ihn noch einen Moment lang betrachtete, entschied Eden, dass ihr am besten die kleinen Fältchen in seinen Augenwinkeln gefielen. Er hat freundliche Augen, dachte sie. Und sie fragte sich, ob er das wusste.

„Eden“, sagte er leise. Aus seinem Mund klang ihr Name äußerst reizvoll. „Sie starren mich an.“

Erwischt. Sie biss sich auf die Unterlippe und errötete. „Aber Lord Jack“, erwiderte sie ebenfalls leise. „Sie starren genauso.“

Natürlich wusste er es, und sein breites Lächeln war deutlich sündhaft.

Eine Woge des Verlangens durchflutete sie, eine glühende Leidenschaft, die direkt von ihm auf sie übertragen zu werden schien.

In dem Bemühen, einen klaren Kopf zu behalten, suchte sie nach einem unverfänglichen Thema. „Wie wollen Sie an den Spaniern vorbeikommen?“

„Oh, ich habe da so meine Methoden.“

„Darauf wette ich“, murmelte sie.

Er beugte sich näher zu ihr. „Sie haben geschickte Hände.“

Edens Puls raste, und sie hielt den Atem an. Als er ihr in die Augen sah, glaubte sie einen Moment lang wirklich, er würde sie küssen.

Reglos und wie benommen saß sie da, wartete ... Doch dann lehnte er sich mit einem bedauernden Blick wieder zurück.

Es dauerte noch einen Moment, ehe sie wieder ruhig atmen konnte, ganz zu schweigen davon, weiterzuarbeiten. Innerlich verspottete sie sich selbst wegen des albernen Rasens ihres Pulses und des Anflugs von Enttäuschung, weil ein berüchtigter böser Expirat beschlossen hatte, brav zu sein.

Natürlich hätte eine richtige Dame seine Aufmerksamkeiten als ausgesprochen grob ansehen müssen. Cousine Amelia, eine anständige junge Dame, wäre inzwischen gewiss in Ohnmacht gefallen. Enttäuscht, dass sie sich nicht einmal ein bisschen beleidigt fühlte, konzentrierte Eden sich wieder, senkte den Kopf und machte sich daran, den Splitter endgültig zu entfernen.

Sie packte das kleine Holzstück mit der Pinzette, zog behutsam und hatte es dann draußen.

„Gute Nachrichten“, erklärte sie und sah ihn, inzwischen wieder gefasst, an. „Sie werden überleben.“

„Wie schade. Eden?“, sagte er plötzlich. „Warum versteckt er Sie hier?“

„Sie meinen Papa? Oh, er meint, er würde mich beschützen.“ Mit etwas Brandy, den sie auf ein Tuch geträufelt hatte, säuberte sie die kleine Wunde. „Er ist nicht auf allen Gebieten genial, Lord Jack, vor allem nicht in Herzensdingen.“ Dieses Bekenntnis machte sie traurig, und sie erhob sich, um aufzuräumen.

„Aber es ist ein Verbrechen, dass er Sie hier festhält.“ Sein Blick folgte ihr mit einer Intensität, die sie quer durch den Raum spüren konnte. „Sie sollten in Kingston sein und von den Söhnen reicher Pflanzer umworben werden.“

Abrupt drehte sie sich um, erschrocken, geschmeichelt und vor allem aber betört von dem Gedanken, dass endlich jemand sie verstand. Eben erst hatte sie diesen Mann kennengelernt, und doch verstand er sie besser als Papa.

Erstaunt sah sie ihn an.

Dann lehnte Eden sich gegen den Tisch, die Arme verschränkt, und dachte plötzlich, dass er ihr sicher helfen würde, wenn er sie so sehr mochte.

Zweifellos wäre er Kavalier genug, um sie sicher nach England zu begleiten, wenn sie ihn nur darum bat. Offensichtlich war er ein Gentleman, was auch immer die Gerüchte sagen mochten; vorhin noch hätte er sie küssen können, doch er hatte sich anständig verhalten und es nicht getan. Außerdem hatte sie ihm doch gerade einen Gefallen getan, indem sie ihn von dem Splitter befreit hatte, oder nicht? Gewiss würde er ihr nun seinerseits mit Freuden einen Gefallen erweisen.

Ja, dachte sie, jetzt könnte ich ihn fragen. Ob er nun ein Pirat gewesen war oder nicht, ihr Gefühl sagte ihr, dass sie diesem Mann vertrauen konnte.

Sie biss sich auf die Lippen und nahm all ihren Mut zusammen. „Was würden Sie sagen“, begann sie, „wenn ich Sie um einen Gefallen bitten würde?“

„Einen Gefallen?“ Plötzlich misstrauisch geworden, kniff er die Augen zusammen. „Was für einen Gefallen genau?“

Sie lächelte noch immer zuversichtlich, obwohl ihr das Herz bis zum Hals schlug. Dann hob Eden den Kopf und straffte die Schultern. „Nehmen Sie mich mit nach England.“

4. KAPITEL

Sie mitnehmen nach …?

Jack blickte in ihre smaragdgrünen Augen, in denen so viel Hoffnung lag, dachte an seine geheime Mission – seine illegale geheime Mission – und stieß einen Fluch aus.

„Nein.“ Er schüttelte den Kopf und erhob sich. „Vollkommen ausgeschlossen.“

„Aber warum?“

„Weil das eine verrückte Idee ist.“

„Nein, das ist es nicht!“ Sie machte einen Schritt auf ihn zu und schien sich zu einem betörenden Lächeln zu zwingen. „Sie fahren doch ohnehin dorthin, oder?“

Verdammt. „Haben Sie mich deshalb zu einem Besuch hierher eingeladen?“, fragte er schroff. „Um mich einzuwickeln, damit Sie Ihr Ziel erreichen?“

Als sie bei dieser Frage den Kopf senkte, runzelte Jack die Stirn.

Er blickte zu Trahern. „Fertig?“

„Aye, Sir.“

„Oh, bitte gehen Sie nicht. Sie sind doch gerade erst gekommen!“ Miss Farraday stellte sich vor Jack und versperrte ihm den Weg. Seine Haltung schien sie nicht einzuschüchtern, obwohl sie ihm nur bis zur Brust reichte und den Kopf zurücklegen musste, um seinem wütenden Blick zu begegnen.

Sie lächelte, und seine abwehrende Miene verfehlte ihre Wirkung. „Sie sagten, Sie hätten ein großes Schiff. Ein sehr großes Schiff. Da wird es doch an Bord gewiss Platz für mich geben.“

„Den gibt es nicht.“

„Wie Sie sehen, brauche ich nicht viel Platz.“

„Vielen Dank für die Ananas, Miss Farraday …“

„Eden“, wiederholte sie und versuchte, ihn zu einer Vertrautheit zu zwingen, die er nicht wollte, damit er vielleicht doch ihren Wunsch erfüllte. Ja, so bekamen sie Männer in ihre Fänge.

Sie war ein sehr entschlossenes Wesen, trat nach rechts und links, um ihm den Weg zu versperren, während er versuchte, sich an ihr vorbeizuzwängen.

„Es tut mir leid, Miss Farraday", stieß er zwischen zusammengebissenen Zähnen hervor, „aber mein Schiff ist nicht für Passagiere eingerichtet. Es ist ein Handelsschiff, ein Lastschiff. Ich habe keinen Platz, um eine junge Dame ..."

„Ich verlange keine besonderen Bequemlichkeiten. Ich kann meine Hängematte überall befestigen! Tatsächlich ..." Hinter ihrem Lächeln zeigte sich allmählich ein Anflug von Verzweiflung. „Das ... äh ... bringt mich zu meinem nächsten Punkt."

Jack stemmte die Hände in die Hüften. „Oh, es gibt noch mehr?"

„Nun ja, also ... sehen Sie, ich ... ich habe kein Geld. Sehr peinlich. Ich fürchte, ich kann für meine Überfahrt nicht bezahlen. Aber ich werde arbeiten", fügte sie hinzu. „Ich kann bei den Kranken helfen oder in der Kombüse. Ich kann hart arbeiten, sagen Sie mir nur, was ich tun soll. Ich werde mich nicht beklagen. Ich bin von recht heiterem Gemüt."

„Ja, das sehe ich", stieß Jack hervor.

Trahern unterdrückte ein Husten.

Jack warf ihm einen bösen Blick zu.

„Ich habe von den Werbern gehört und weiß daher, dass auf jedem Schiff ein Paar Hände gebraucht werden ..."

„Nicht Ihre, meine Liebe." Er spürte die Lust in sich, wenn er nur daran dachte, wie sie ihre geschickten, hübschen Hände auf seinen Körper legte.

„Aber warum nicht?", fragte sie und sah ihn aus traurigen Rehaugen an.

„Weil ich es sage", erklärte er. „Würden Sie mir jetzt bitte endlich aus dem Weg gehen?"

„Nein! Ich will nicht lästig werden, aber ich will unbedingt zurück nach England."

„Warum das?", fragte Jack, obwohl er sicher war, dass es ihm egal war, und er es gar nicht wirklich wissen wollte. Er würde sie nicht nach England bringen, und damit basta. Es stand zu viel auf dem Spiel, um außerdem noch eine kühne junge Schönheit dabeizuhaben.

„Vaters Mäzen ist gestorben", erklärte sie. „Sein Erbe hat die Unterstützung für unsere Forschungsarbeit gestrichen." Das weckte sofort Jacks Interesse, als Eden fortfuhr: „Ich beabsichtige, nach England zurückzukehren und selbst mit dem neuen Earl zu sprechen, damit er unsere Zuwendungen wieder einsetzt."

Er zog die Brauen hoch. „*Sie* wollen mit dem Earl sprechen?"

„Ja", erklärte sie und nickte entschieden.

Er starrte sie an. „Niemand wird Ihnen zuhören – einem kleinen Mädchen."

„Oh doch, das wird man." Sie stemmte die Hände in die Hüften. „Ich werde sie dazu bringen."

Gegen seinen Willen musste er lächeln. Aufmerksam betrachtete Jack den Rotschopf, und belustigt musste er feststellen, dass sie auch ihn dazu gebracht hatte, ihr zuzuhören.

Aus irgendeinem Grund konnte er sich mühelos vorstellen, wie diese unerschrockene kleine Dame mit ihren Epiphyten den Earl beim Ohr nahm wie einen ungehorsamen Schuljungen und ihn dazu brachte, ihrem wissenschaftlichen Vortrag zu lauschen. Jack drängte sich die Vorstellung auf, wie sie ganz London bei den Ohren packte, wenn sich ihr nur eine Gelegenheit dafür bot – oder noch eher der ganzen Gesellschaft einen Tritt versetzte.

Dieser Gedanke hätte ihn um ein Haar dazu gebracht, sie mitzunehmen, nur um dabei zuzusehen, doch natürlich durfte er das nicht riskieren. Mit einem widerstrebenden Lächeln schüttelte er den Kopf.

Das Mädchen besaß Mut und auch Verstand, aber abgesehen von den üblichen Gefahren einer Seereise war seine geheime Mission auch so schon kompliziert und gefährlich genug. Die Gerüchteküche Londons würde brodeln, wenn er nach so langer Abwesenheit wieder auftauchte, und seine vielen Feinde würden nur auf eine Gelegenheit zum Zuschlagen warten. Er hatte noch nie eine Frau getroffen, die den Mund halten konnte, wenn es ein Geheimnis zu erzählen gab – und diese Frau hier wusste bereits zu viel, ob ihr das nun klar war oder nicht.

„Es tut mir leid", sagte er in freundlicherem Ton, aber dennoch endgültig. „Ich kann Ihnen wirklich nicht helfen." Damit ging er an ihr vorbei und aus dem *palafito* hinaus.

Miss Farraday fuhr herum und lief ihm nach. Er hörte es, obwohl er sich nicht umdrehte.

„Aber ich sage Ihnen, was ich tun werde", fuhr er fort, ehe sie den Mund aufmachen konnte. Mit schnellen Schritten folgte sie ihm. „Ihr Vater soll an mein Büro in Port Royal schreiben. Schicken Sie mir einen Bericht. Ich werde seine Forschung unterstützen für ...", im Kopf überschlug er die Zahlen, „... achtzig Prozent der Gewinne an allen Medikamenten, die er entwickelt."

Offenbar entsetzt, blieb sie stehen. „Achtzig Prozent!", rief sie. „Meinen Sie nicht, dass das ein bisschen viel ist?"

„Natürlich ist das viel." Er betrat den Steg und schenkte ihr über die Schulter hinweg ein wissendes Lächeln. „Haben Sie schon einmal etwas von Verhandlungen gehört?"

„Verhandlungen!", murmelte sie. „Natürlich."

Während er weiterging, hörte er, wie sie ihm weiter nachlief. „Also wären Sie vielleicht bereit, mich nach England mitzunehmen, wenn wir eine Art Abkommen treffen ..."

„Moment mal, das habe ich nicht gemeint." Ungeduldig sah er sie an. „Ich meinte das ganz allgemein."

„Dieser Mann macht mich wütend", murmelte sie, während er weiter den Steg entlangging. „Würden Sie bitte einmal stehen bleiben? Lord Jack? Würden Sie bitte warten?" Eine weiße

Hand fasste nach seinem Arm und hielt ihn so fest, dass es selbst seinen Bullterrier Rudy beeindruckt hätte, das einzige lebende Wesen, dem er abgesehen von Trahern vertraute.

„Was wollen Sie von mir?“, fragte er und drehte sich zu ihr um. „Sie müssen das mit Ihrem Vater besprechen.“

„Sie verstehen nicht.“

„Ich würde Ihnen helfen, wenn ich könnte, aber es ist einfach zu gefährlich.“

„Ja, ich weiß, das Meer ist gefährlich, aber ich ... ich vertraue Ihnen.“

Beinahe hätte ihr unschuldiger Blick ihn umgestimmt, ein Umstand, der Jack maßlos ärgerte. „Sie vertrauen mir. Mädchen ...“ Spöttisch sah er sie an und schüttelte den Kopf. „Sie kennen mich nicht einmal.“ Er machte kehrt und ging wie benommen weiter, wobei sein Herz im Rhythmus seiner schnellen Schritte schlug. Himmel, sie hatte überhaupt keinen Grund, ihm zu trauen.

Ganz gewiss vertraute er ihr nicht. Dieses Mädchen war gefährlich, jawohl! Lebensgefährlich. Und er musste zusehen, dass er hier wegkam. Ehe sie eine Möglichkeit fand, ihn sich um den kleinen Finger zu wickeln.

Eden war außer sich vor Zorn, als er wieder von ihr fortging. Konnte man denn mit diesem Mann nicht vernünftig reden? Er legte einfach die Gesetze fest und ging davon aus, dass alle ...

Plötzlich hörte sie, wie Papa und Connor den Dienstboten vom anderen Ende des Lagers her etwas zuriefen. Sie kamen von ihrer Tagesreise gerade rechzeitig zurück, um die Sache zu komplizieren.

Verflixt!

„Edie! Haben wir Gäste? Wer ist da?“, rief ihr Vater, aber sie antwortete nicht, denn jetzt war jede Sekunde kostbar.

Sie hatte keine Zeit, ihrem verstockten Vater davon zu erzählen, wen sie eingeladen hatte.

Sie raffte die Röcke und lief wieder hinter Lord Jack her. Ihre Schritte trommelten hörbar auf dem Steg. „Papa kommt. Warum bleiben Sie nicht hier und reden mit ihm?"

„Jack Knight, Sie Schurke!", brüllte ihr Vater genau in diesem Moment vom anderen Ende des Stegs her. „Gehen Sie augenblicklich weg von meiner Tochter, Sir. Sofort!"

„Danke, aber ich verzichte", sagte Lord Jack spöttisch zu ihr.

„Eden, geh weg von diesem Schürzenjäger! Dieser Mann ist gefährlich!"

„Ich freue mich auch, Sie wiederzusehen, Victor!", rief Knight schroff. „Keine Sorge, ich bin im Begriff zu gehen."

Eden hielt gerade lange genug inne, um ihrem Vater einen beschwichtigenden Blick zuzuwerfen, und lief dann wieder ihrem fliehenden Gast nach.

Weiter vorn schob Lord Jack die Palmwedel beiseite und marschierte an ihnen vorbei. Wie eine grüne Tür, die hinter ihm ins Schloss fiel, glitten die Blätter wieder zurück an ihren Platz.

Eden weigerte sich, einfach so abgeschüttelt zu werden, obwohl sie die Hoffnung schon fast aufgab. „Es stimmt also", rief sie ihm nach, während er sich unter den aufmerksamen Blicken seiner Besatzung immer weiter entfernte. „Nur Gold interessiert Sie wirklich! Sie wollen mir nur deshalb nicht helfen, weil ich nicht bezahlen kann!"

„Meine Liebe ..." Er drehte sich um und ließ seinen Blick unverhohlen über ihren Körper gleiten. „Wären Sie auf meinem Schiff, dann – das können Sie mir glauben – würden Sie bezahlen. Sie würden jeden Penny abarbeiten. Allerdings glaube ich nicht, dass Sie mit dem Preis einverstanden wären."

Zutiefst entsetzt richtete sie sich auf und sah ihn empört an. „Sie, Sir, sind kein Gentleman."

„Haben Sie das endlich erkannt?"

„Eden Farraday, komm sofort hierher", brüllte ihr Vater. Wütend blickte sie zurück und sah, wie er mit hochrotem Gesicht auf sie zukam. „Auf ein Wort, Sir!“ Er deutete auf das Schiff. „Was ist das für Holz, das Sie da geladen haben?“

„Oh-oh“, meinte Eden leise. „Jetzt sind Sie dran.“

Lord Jack sah sie an, gewappnet für den Zorn ihres Vaters.

Dr. Farraday betrachtete den Holzstapel erneut. „Zebraholz? Zebraholz, Sie verdammter Plünderer! Wie können Sie es wagen? Fünfzig Jahre braucht es zum Wachsen, und sie schlagen es ab für schnöden Mammon? Verdammt sollen Sie sein – gehen Sie von meiner Tochter weg!“

Statt ihrem Vater zu sagen, dass er genau das gerade versucht hatte – Eden zu entkommen nämlich –, widersetzte Lord Jack sich dem Befehl ihres Vaters. Sie sah ihn gerade in dem Moment an, da sein Gesicht einen Ausdruck unmissverständlicher Rebellion zeigte.

„Von ihr weggehen soll ich?“, sagte er. „Ich bin also nicht gut genug für Ihre Tochter, ja?“ Er lächelte ihren Vater an wie ein Pirat, packte Eden um die Taille und zog sie nach vorn, sodass sie gegen seine breite, warme Brust gepresst wurde.

Ehe sie auch nur reagieren konnte, presste er die Lippen auf ihren Mund. In Gegenwart aller, ihres Vaters und aller anderen, küsste er sie wie ein Freibeuter der Meere.

Cousine Amelia wäre sicher auf der Stelle in Ohnmacht gefallen. Aber Eden war leider nicht Cousine Amelia.

Er begann sehr grob und verletzte ihre Unterlippe mit seiner Hast, sein stoppeliges Kinn zerkratzte ihre zarte Haut, aber als sie seufzte, so gefangen in seinem harten Griff, wurde seine Berührung sanfter.

Dann vergaß sie vollkommen, sich zu wehren. Sie schloss die Augen, und für eine kleine Weile schien die Zeit stillzustehen.

Sein Kuss wurde leidenschaftlicher, und behutsam drängte er seine Zunge zwischen ihre Lippen.

Irgendwo in der Ferne hörte sie Männerstimmen, aber sie war tausend Meilen von all dem Chaos entfernt, als Jack eine Hand unter ihr Haar schob. Er umfasste ihren Nacken, während er gierig über ihren Mund strich, und sie umklammerte seine Schultern. Durch seine Umarmung wurden ihre Brüste gegen seine Brust gepresst. Und obwohl er sie festhielt, hatte Eden das Gefühl zu fallen, aus dem Wipfel des höchsten Baumes willenlos zu Boden zu trudeln wie die Saat eines Ahornbaumes. Sie stand vollkommen unter seinem Bann, und die Lust, die sie bei dieser Hilflosigkeit empfand, beunruhigte sie.

Er küsste sie noch einen Moment länger, als habe er vergessen, dass es nur eine Abwehrhaltung sein sollte. Sie fühlte, wie sein Zorn verrauchte. Dann plötzlich löste er sich mit einem Fluch von ihr. Als er sie losließ, taumelte sie, benommen und verwirrt, und wäre wohl von dem Steg aus direkt ins Wasser gefallen, hätte er nicht sofort den Arm ausgestreckt und sie festgehalten.

Erschrocken sahen sie einander an, als er ihren Ellenbogen packte und sie zurückriss. Seine Augen schienen dunkler geworden zu sein, so blau wie der Himmel im Sturm. Dann erschien ein Lächeln auf seinem Gesicht.

„Beinahe hätten Sie mich dazu gebracht, meine Meinung zu ändern", flüsterte er so leise, dass nur sie es hören konnte.

Dann bemerkte sie erschrocken, dass Connor gekommen war.

Weiter oben am Steg war er stehen geblieben und hatte, als er sah, wie Jack sie packte, nach dem Gewehr gegriffen, das er auf dem Rücken trug.

Doch als der Australier mit der Waffe auf Jack zielte, hatten ein Dutzend Seeleute auf dem Schiff ihre Baker-Gewehre genommen und sie ihrerseits auf ihn gerichtet. Papa war mit ausgebreiteten Armen vor Connor stehen geblieben, während Mr. Trahern seine Männer anschrie, auf keinen Fall zu schießen.

„Gütiger Himmel!", stieß Eden hervor, doch Jack war sofort Herr der Lage. „Runter mit den Waffen!", brüllte er.

Die Männer gehorchten ohne Zögern, doch Connor hielt sein Gewehr unerschütterlich auf Jack gerichtet.

An dem Ausdruck auf Connors Gesicht erkannte Eden, dass er nach Blut gierte.

Sie hatte diesen Gesichtsausdruck schon einmal gesehen, an jenem schrecklichen Tag im Wald. Es war eine Erinnerung, die ihr mehr als alles andere verhasst war.

Eden war kaum bewusst, dass sie sich vor Jack gestellt hatte, als sie jetzt die Hände zu einer beschwichtigenden Geste erhob. „Connor, bitte. Leg das Gewehr weg."

Ohne sich zu rühren, starrte er sie vorwurfsvoll an.

Furcht durchzuckte sie, als sie den Zorn in seinen Augen las – als habe er gesehen und verstanden, wie sehr sie Lord Jacks tollkühnen Kuss genossen hatte.

„Tu, was sie sagt, Mann!", fuhr ihr Vater ihn an. „Leg das Gewehr weg. Hast du den Verstand verloren?" Ja, Papa, ein wenig. Hast du das nicht bemerkt?, dachte Eden.

Noch immer bereit zu töten, warf Connor einen vorsichtigen Blick auf Dr. Farraday.

Dann schob er plötzlich das Gewehr zurück auf seine Schulter und bedachte Eden mit einem eisigen Blick, der ihr Konsequenzen versprach. Er machte auf dem Absatz kehrt und ging ohne ein Wort davon. Eden aber war blass geworden.

Ein unbehagliches Gefühl breitete sich in ihrem Bauch aus, denn sie wusste, bald würde sie ihm allein gegenübertreten müssen, und wie es schien, hatte ihr Beschützer gerade mit ihr die Geduld verloren.

Jack wusste nicht, wer der uninteressante Kerl war, der da mit dem Gewehr auf seinen Kopf gezielt hatte, aber er war daran gewöhnt, dass die Leute ihn umbringen wollten, und im Moment war er noch zu trunken von Edens Lippen, um sich deswegen zu sorgen.

Ihr Vater schrie ihn an, aber Jack starrte nur auf Eden, noch ganz erfüllt von der unerwarteten Süße ihres Kusses, und seine Sinne bebten vor Verlangen. Diese weichen, vollen Lippen waren genauso köstlich, wie er es sich kurz vorher gedacht hatte, und Jack wollte mehr davon, wollte ihren Hals und ihre Arme küssen, ebenso wie ihre Beine.

Er dachte an das, was sie von den Orchideen und Bäumen erzählt hatte, an die Symbiose, die da bestand, und er fühlte, wie diese Frau ihn mit ihrer Kraft erfüllte. Ihre innere Schönheit berührte seine Seele.

Tatsächlich hatte er sie von Anfang an begehrt, aber er hatte diesem Gefühl nur nachgegeben, um ihren Vater zu ärgern. Victors Worte – „Gehen Sie weg von meiner Tochter!" – hatte Jack schon zuvor gehört. Sie hatten ihn an einen anderen Ort erinnert, eine andere Zeit, an ein anderes Mädchen.

Der irische Bastard.

Niemals gut genug.

„Gehen Sie weg von meiner Tochter!" Das dumme Mädchen, das er einst zu lieben geglaubt hatte. Was hätte er mit siebzehn nicht alles für sie getan? Er hätte einen Schierlingsbecher geleert, um seine Liebe zu beweisen, wenn Maura Prescott ihn darum gebeten hätte, aber für einen Titel hatte sie ihn aufgegeben.

Es war eine Lektion, die Jack nicht vergessen wollte, ein Fehler, der ihm nie wieder unterlaufen würde – sich so zu verlieben –, aber er musste zugeben, dass er nicht mit dem gerechnet hatte, was passierte war, als er Eden Farraday in die Arme genommen hatte.

Ihr Vater kam heran und packte sie am Arm, riss sie von Jack weg und stellte sich zwischen sie beide. „Wie können Sie es wagen, so etwas mit meiner Tochter zu machen, Sie Barbar?"

„Ich?" Jacks Wunsch, sie zu beschützen, überkam ihn unvermittelt, doch jemand musste für sie sprechen. „Was ist mit Ihnen, der sie hier hält wie eine Gefangene?", gab er zurück. „Himmel, Mann, sehen Sie sich um! Krokodile, Giftspinnen, blutsaugenden Fledermäuse! Dies ist kein Ort für eine Dame!"

„Sagen Sie mir nicht, wie ich mit meiner Tochter umzugehen

habe! Sie könnte in diesem Urwald besser überleben als Sie."

„Überleben? Mehr haben Sie für Ihr Kind nicht im Sinn? Schaut weg, Leute!", brüllte er seine Mannschaft an, als er bemerkte, dass die Männer ihnen zusahen, als handele es sich um ein Theaterstück. „Was starrt ihr so? Arbeitet! Trahern!", rief er. „Lass das verdammte Boot fertig machen! Wir müssen den Zeitplan einhalten!"

„Aye, Sir."

Wieder wandte sich Jack an Dr. Farraday, während Eden ihn wie benommen ansah. „Das Mädchen will hier weg, und wer kann ihr deswegen einen Vorwurf machen? Ich weiß nicht, wie Sie weitermachen wollen, jetzt, wo Sie die Unterstützung verloren haben."

Victor erstarrte und sah dann seine Tochter an, als habe sie einen Verrat begangen. „Du hast es ihm gesagt?"

Damit hatte Eden nicht gerechnet, und sie zuckte nur hilflos mit den Achseln.

Ihr Vater bebte vor Zorn.

„Sie sollten deswegen nicht wütend auf sie sein", sagte Jack ungeduldig. „Sie ist die Einzige hier, die noch gesunden Menschenverstand besitzt! Victor, wenn Sie nur halb so genial sind, wie man es von Ihnen behauptet, dann würden Sie erkennen, dass Sie schleunigst das Delta verlassen sollten! Verdammt." Für all das hatte Jack keine Zeit. Er war selbst zornig, verschwitzt und verletzt von Victors Beschimpfungen, aber das süße Mädchen wirkte so hilflos, wie sie da stand, dass er wenigstens versuchen musste, ihr auf die einzig mögliche Art und Weise zu helfen – auch wenn er niemals etwas so Dummes tun würde, wie sie nach England mitzunehmen.

„Sehen Sie", meinte Jack verstimmt. „An der Küste ist es jetzt sehr heiß. Wenn Sie in drei Stunden fertig sind, kann ich Sie alle bis nach Trinidad mitnehmen."

„Wovon reden Sie?"

„Wenn es länger dauert, gehen wir das Risiko ein, auf spanische Patrouillenboote zu treffen. Ich würde gern jede Auseinandersetzung vermeiden ..."

„Seit wann denn das?", gab Victor zurück. „Sie sind doch berüchtigt für Ihre Kämpfe."

Jack sah ihn ausdruckslos an. „Wenn Sie klug sind, nehmen Sie mein Angebot an. Innerhalb der nächsten sechs Monate wird der Krieg richtig losgehen. Vielleicht ist dies Ihre letzte Chance, hier wegzukommen."

Eden warf ihm einen forschenden Blick zu.

„Woher ich das weiß, geht Sie nichts an", sagte er warnend zu ihr, ehe sie fragen konnte.

„Zu Ihrer Information, wir haben nicht vor abzureisen", erwiderte ihr Vater knapp. „Anders als manche anderen Leute laufen wir nicht vor Schwierigkeiten davon."

Jack kniff die Augen zusammen.

Victor redete weiter, doch Jack schüttelte den Kopf und senkte den Blick. Warum nur verschwendete er hier seine Zeit? Mochte sie noch so hübsch sein, Eden Farraday war nicht sein Problem. Wenn er ein schönes Mädchen für sich haben wollte, dann kaufte er es sich.

Er warf ihr einen finsteren Blick zu, wusste aber nicht, was er sagen sollte. Das Bild formte sich vor seinen Augen: Der eigensinnige Vater, der die Tochter bei sich haben wollte, damit sie sich um ihn kümmerte, und der andere Kerl, der versucht hatte, ihm den Kopf wegzuschießen.

Die Haltung des blonden Mannes hatte keinen Zweifel darüber gelassen, dass er eine Art Anrecht auf Eden Farraday besaß, mochte ihr das nun passen oder nicht.

Kopfschüttelnd sah Jack ihren Vater an. „Sie sind ein verdammter Narr", sagte er zu Victor, dann sprang er zurück an Deck seines Schiffs und gab den Befehl zum Ablegen.

Die Männer gehorchten sofort. Seine Ausbrüche waren selten, doch danach bewegte sich seine Mannschaft stets wie auf rohen Eiern um ihn herum.

Als das Boot begann, sich von Farradays wackeligem Anleger wegzubewegen, wollte er es so machen wie immer, wenn eine Frau im Spiel war, und nicht zurückblicken. Doch anders als die reizende Gespielin der vergangenen Nacht konnte man Eden Farraday nicht so leicht vergessen.

Unwillkürlich blickte er über die Schulter zurück und sah sie noch immer dort stehen. Sie sah ihm nach. Ihr Gesicht war Ausdruck ihrer Verlorenheit.

Obwohl seine Miene nichts von seinen Gedanken verriet, überkam ihn eine Art Schuldgefühl, als sei er ein Piratenkapitän, der ein Mitglied seiner Mannschaft auf einer einsamen Insel aussetzte wegen irgendeiner kleinen Missetat.

Schade, Mädchen. Das Leben ist hart.

Er wusste das besser als jeder andere.

Sie vertraute ihm? Niemand vertraute ihm. Niemand sollte ihm trauen. Er war ein Bastard, und er war stolz darauf.

Mit purer Willenskraft verhärtete er sein rebellisches Herz und richtete den Blick nach vorn.

„Wie kannst du es wagen, über Privates mit ihm zu sprechen?", wollte ihr Vater wissen, der sich an Eden wandte, während das Schiff mit der Holzladung in der Ferne verschwand. „Du ahnst ja nicht, was für ein Mann er ist! Jack Knight ist ein Schurke, und was immer er hier sucht, er bereitet nur Ärger, und er führt nie etwas Gutes im Schilde."

„Wie, du willst nicht, dass ich mich auch noch mit ihm paare, Vater?", fragte sie leise.

„Achte auf deine Worte!", tobte er, der sie trotz ihres Flüsterns sehr wohl verstanden hatte. „Sein Benehmen hier war unverzeihlich. Und was dich betrifft, so habe ich genug von deinen Unverschämtheiten! Du bleibst hier bei uns, und das ist mein letztes Wort!" Damit ging er.

Eden kämpfte ihre Enttäuschung nieder und rief ihrem Vater nach, ehe er außer Hörweite war: „Was glaubst du, wie er an den Spaniern vorbeigekommen ist?"

„Das werde ich dir sagen." Er blieb stehen, drehte sich um und sah sie an. „Jack Knight hat sein Geschäft gelernt, indem er Waffen und Brandy vom Schwarzmarkt an Napoleons Blockade vorbeibrachte. Er ist nur ein Verbrecher, den man verherrlicht hat – und deswegen wirst du vergessen, dass du ihm jemals begegnet bist. Was glaubst du, warum er der verdammte König von Port Royal ist? Du hast die Geschichten über diese Stadt gehört. Sie ist voller Piraten und Diebe!"

„Wenn er so schlecht ist, wieso kennst du ihn dann?"

Ihr Vater warf ihr einen forschenden Blick zu, schien unsicher zu sein und wischte sich dann erschöpft den Schweiß von der Stirn. „Deine Tante Cecily war in ihrer Kindheit eine Gesellschafterin von Lady Maura Prescott, der Tochter des Marquess of Griffith – Prescott ist der Familienname. Ich kannte das Mädchen, da meine Schwester ständig mit ihm zusammen war. Ich hielt sie immer für ein eingebildetes Ding. Jedenfalls traf ich auf diese Weise Lord Jack. Er verehrte Lady Maura sehr, aber die beiden durften nicht heiraten. Sie waren sehr jung und …", räumte er widerstrebend ein, „… sehr verliebt."

Ihr Vater hielt inne, als er an diese lange zurückliegende Zeit dachte.

„Meine Schwester erzählte mir, dass Jack versucht hat, mit ihr durchzubrennen, nachdem Lord und Lady Griffith ihrer Tochter befohlen hatten, ihrem Beau zu sagen, sie dürfe ihn nie wiedersehen. Maura weigerte sich", sagte er und zuckte die Schultern. „In seinem Zorn verließ Jack England und ist, soweit ich weiß, seither nicht mehr zurückgekehrt."

Genau wie du, dachte Eden. Ein Vertriebener.

„So, wenn du mich jetzt bitte entschuldigen würdest, ich brauche dringend eine Erfrischung nach diesem langen und anstrengenden Tag. In einer Stunde würde ich gern essen. Oh, und außerdem …", fügte er hinzu, während er bereits über den Weg zum Lager ging, „… der Neffe des Schamanen ist bereit, uns zum Amazonas zu bringen. In drei Tagen brechen wir auf."

Mit offenem Mund starrte Eden ihm nach, doch ihr Vater drehte sich nicht um. Entsetzt sah sie ihm nach, und mit einiger Verspätung dämmerte ihr, dass dieses wahnsinnige Unternehmen nun tatsächlich Wirklichkeit wurde.

Das konnte nicht sein! Sie machte kehrt und starrte mutlos dem Boot nach, das in der Ferne verschwand.

Sie hielt eine Hand über die Augen, um sie vor der gleißenden Sonne zu schützen und erkannte, dass ihre einzige Chance auf ein normales Leben gerade den Orinoco hinunterfuhr. Es war eine Katastrophe. Sie konnte kaum glauben, dass Papa das wirklich tun wollte.

Sie blickte auf die groben Bretter des Anlegers, fuhr sich mit der Hand durchs Haar und überlegte, was sie jetzt tun sollte.

In diesem Moment bemerkte sie den vertrauten Anblick der Kanus, die am Anleger festgemacht waren. Abrupt hörten ihre Gedanken auf zu kreisen.

Einen Moment lang starrte sie auf ihr Kanu, und dann kam ihr eine Idee.

Ja!

Papa und Connor hatten sie dazu getrieben. Ihr blieb nur diese eine Lösung.

Von einer Sekunde zur anderen wusste sie, was sie zu tun hatte.

Mit klopfendem Herzen hob sie den Kopf und blickte den Fluss entlang, dem immer kleiner werdenden Schiff hinterher. Es schien wirklich so, als bliebe ihr keine andere Wahl. Nur wenn sie ging, konnte sie ihren Vater an diesem selbstmörderischen Unternehmen hindern, weiter ins Amazonasgebiet vorzudringen.

Tief in ihrem Herzen wusste sie, dass er alles stehen und liegen lassen würde, um ihr zu folgen, selbst wenn das bedeutete, in die Zivilisation zurückzukehren. Wenn er nur mit eigenen Augen England nach all den Jahren wiedersah, erkannte er vielleicht, dass es dort nicht halb so schlimm war, wie er glaubte. Ihre Flucht würde vielleicht die einzige Möglichkeit sein, seinen eigensinnigen Kopf zu retten.

Und dann war da Connor. Wenn sie ging, würde das etwas Abstand zwischen sie und ihn bringen. Mit Gottes Hilfe würde ihm gelingen, zu erkennen und zu akzeptieren, dass sie nicht den Rest ihres Lebens hier draußen als seine Gefährtin verbringen wollte. Nachdem sie Jack geküsst hatte, schien es, als hätte er endlich den Wink verstanden, doch sie wusste, dass er wütend war.

Hier in der Wildnis, wo es keinen Kodex gab, kein Gesetz, das sie vor ihm schützen konnte, wollte sie keine Auseinandersetzung riskieren. Hier draußen galt das Recht des Stärkeren, und Connor war von ihnen allen der Stärkste.

All die Jahre hatte er aus Respekt vor ihr seine Leidenschaft im Zaum gehalten, gewartet, bis sie bereit dazu war, aber nach dem heutigen Tag, nachdem er gesehen hatte, wie sie Jack Knights Kuss erwidert hatte, wusste sie, dass nichts als sein Zorn sie jetzt erwartete, und sie hatte Angst. Vor langer Zeit schon hatte sie gesehen, wozu er fähig war. Wenn er seinem Zorn freien Lauf ließ, bliebe ihr keine andere Wahl als nachzugeben. Dann wäre sie für den Rest ihres Lebens seine Gefangene.

Sie war schon unterwegs, ging den Steg entlang und stellte im Geiste eine Liste mit den Vorräten zusammen, die sie benötigen würde.

Connor hatte das Camp mit dem Gewehr auf dem Rücken verlassen, um seine Wut mit Arbeit zu beschwichtigen, doch sie wusste, sie musste sich beeilen und fort sein, ehe er zurückkam.

Jack hatte sie vor dem gewarnt, was geschehen würde, wenn sie an Bord seines Schiffs kam, aber sie würde sich verstecken, und niemand konnte sie aufhalten. Sie war in der Lage, auf sich selbst aufzupassen, und außerdem hatte sie vor, sich verborgen zu halten, bis sie England erreichten. Hunderte von Waldtieren hatten sie gelehrt, wie man sich versteckte.

Sie durchquerte das Lager und schlüpfte in das Forschungszelt, wo sie mit zitternden Fingern die wichtigsten Musterexemplare der Arbeit ihres Vaters sammelte, um sie dem neuen Earl of Pembrooke zu zeigen, und verstaute sie in einem Rucksack. Mit einem Blick über die Schulter überzeugte sie sich davon, dass niemand sie bemerkt hatte, dann ging sie zum *palafito*, um ihre Sachen zu holen.

Sie wusste, sie musste sich beeilen, oder die *Winds of Fortune* würde den Ozean ohne sie überqueren.

In dem Pfahlbau zog sie eine Hose an, ein Hemd und die alte braune Lederjacke ihres Vaters, die sie manchmal trug, weil es praktischer war, wenn sie gemeinsam mit den Männern zu ihren Expeditionen in die Tiefen des Urwalds aufbrach.

Um ihr Geschlecht zu verbergen für den Fall, dass jemand von Jacks Besatzung sie sah, schlang sie sich ein blaues Tuch um den Kopf. So schnell wie möglich warf sie so viele Dinge in den Rucksack, wie sie zu tragen vermochte – darunter auch Cousine Amelias letzten Brief mit der Adresse in Bedfordshire darauf – und ein paar Exemplare der *La Belle Assemblée*.

Nun hätte sie nur noch Abschied nehmen müssen, aber das wagte sie nicht. Als sie ihren Blick über das Lager schweifen ließ, sah sie, wir ihr Vater die Dienstboten in seine Pläne einweihte. Einen Moment lang schwankte sie, doch dann schüttelte sie den Kopf.

Geh! Eine solche Gelegenheit bekommst du nur einmal im Leben. Das hätte Mama gesagt. Sie blieb an dem Bambustisch stehen und kritzelte rasch eine Nachricht für ihren Vater und Connor hin, in der sie ihnen mitteilte, was sie vorhatte, damit sie sich keine zu großen Sorgen machten. Dann unterschrieb sie, schlüpfte ohne weiteres Zögern seitlich aus dem *palafito* und nahm die schlammige Abkürzung zum Anleger.

Nachdem sie den Rucksack in ihr bewährtes Kanu geworfen hatte, nahm sie in dem kleinen Boot Platz, ergriff die Ruder und beeilte sich, damit ihr keine Zeit blieb, vielleicht den Mut zu verlieren. Sie löste den kleinen Einbaum vom Anleger und stieß sich mit dem Paddel ab.

Gleich darauf glitt sie lautlos den *caño* hinunter.

Sie paddelte schnell, bis ihre Schultern schmerzten, sie erblickte beunruhigende, eckige Silhouetten, die hier und da lautlos durch das Wasser glitten, dunkle, große Schatten in den seichten Stellen, aber sie wollte auf keinen Fall umkehren.

Und dann, nach einer halben Stunde ihrer gefährlichen Fahrt, erblickte sie das Flussschiff, das wegen seiner schweren Ladung nur langsam vorankam. Der Dampfer fuhr auf dem Hauptstrom, doch Eden hatte die schmaleren *caños* gewählt, die parallel dazu verliefen. Auf diese Weise gelang es ihr, sich im Dickicht des Urwalds zu verbergen und sich dabei gleichzeitig auf derselben Höhe wie das Schiff zu halten.

Da die Strömung immer stärker wurde, je weiter sie sich dem Golf von Paria näherte, kam sie schnell voran. Bald wurden Mangroven sichtbar, und sie roch das Salzwasser.

Vor Freude lächelte sie, als sie gewahr wurde, dass sie inzwischen schneller war als das Schiff. Auf einer Sandbank hatte es Schwierigkeiten bekommen. Obwohl es kein Wettrennen war, konnte es ihr nur von Nutzen sein, wenn sie vor Lord Jack ankam.

Sie paddelte schneller.

Es dauerte nicht lange, und sie erreichte feinen weißen Sandstrand, der von anmutigen Palmen gesäumt wurde. Weiße Wellen brachen sich am Ufer, und ein Stück weiter sonnten sich dicke Leguane auf den Felsen. Vor ihr lag der weite blaue Ozean mit der Insel Trinidad ein Stück weiter im Norden.

In der Meerenge, die „Serpent's Mouth" genannt wurde und sich zwischen dem südlichen Ende der Insel und dem Festland erstreckte, lag ein herrliches Segelschiff mit vierundsiebzig Kanonen vor Anker. Zwischen den drei Masten zeigte sich das komplizierte Tauwerk der Takelage.

Sie hob ihr Fernrohr an die Augen und las den Namen des

Schiffs. *The Winds of Fortune*. Sein Schiff, so groß wie eine schwimmende Festung und bis an die Zähne bewaffnet.

Beeindruckt von dem majestätischen Aussehen, betrachtete sie einen Moment die bunt bemalte Galionsfigur, während kleine Boote um den mit Kupfer verkleideten Rumpf kreisten wie Arbeiterinnen um die Ameisenkönigin. Sie ließ den Blick über die ganze Länge des siebzig Meter langen Rumpfs mit seinen zwei Reihen von Kanonen gleiten, bis hin zu dem geschnitzten und vergoldeten Heck.

Wie um alles in der Welt soll ich da an Bord kommen, überlegte sie und spähte wieder durch ihr Fernrohr. Sie erwog ihre Möglichkeiten. An einem dieser Taue hochklettern? Schließlich war sie geschickt im Klettern. *Nein, da würde man mich sehen. Was ist mit den großen Kisten, die sie da an Bord tragen? Vielleicht kann ich mich in einer von denen verstecken.*

Das schien eine Möglichkeit zu sein.

Sie warf einen langen letzten Blick zurück in den Urwald und fragte sich, ob sie ihn wohl jemals wiedersehen würde. Dann blickte sie wieder nach vorn, nahm all ihren Mut zusammen und verließ ihr Versteck, sprang von Fels zu Fels bis zu dem großen Stapel von Holzkisten, die aufs Schiff verladen wurden.

Die Seeleute waren abgelenkt, da der Dampfer, nachdem er sich endlich von der Sandbank befreit hatte, erst spät angekommen war. So schlich Eden ungesehen zu den Kisten, die verschiedene Aufschriften trugen: Ananas, Limetten, Kokosnüsse, Mangos, Bananen. Eine von ihnen öffnete sie, sprang hinein und zog hastig den Deckel wieder über sich zu.

Innen war die große Kiste ungefähr so groß wie eine Jaguarfalle. Wieder dachte sie an Connor und fragte sich, wie er wohl reagieren mochte, wenn er entdeckte, dass sie geflohen war.

Mit heftig klopfendem Herzen wartete sie, dann hielt sie den Atem an, als weitere von Lord Jacks schwitzenden Seeleuten erschienen. Sie kamen durch den Sand, um ihre Arbeit fortzusetzen und die Kisten auf die Langboote zu stellen, die sie zu dem riesigen Schlachtschiff bringen sollten.

„Verdammt, diese Limetten sind schwer!“, rief ein Mann in einem roten Hemd, als er die Kiste aufheben wollte, in der Eden sich versteckte.

„Zumindest werden wir keinen Skorbut bekommen, was?“

„Hilf mir bei dieser hier, Sharky! Ich breche mir noch meinen verdammten Rücken“, sagte der Erste, doch zum Glück bemerkte niemand Edens Anwesenheit, als die Männer die Kiste zu dem Langboot brachten und sie zusammen mit allen anderen einluden.

Es dauerte nicht lange, dann waren sie unterwegs. Die Matrosen ruderten zu dem Schiff hinaus und beklagten sich die ganze Zeit wegen der Hitze.

Eden schob ein paar Limetten beiseite und spähte mit großen Augen durch einen Spalt in der Kiste nach draußen. Sie konnte kaum glauben, wie groß das Schiff war. Bei zusammengerollten Segeln schienen die nackten Masten beinahe bis zum Himmel zu reichen.

Um dieses Schiff zu bauen, mussten sie hundert Morgen Eichen abgeholzt haben. Dann tauchte plötzlich aus freiem Himmel ein großer Kran mit einer Plattform für Lasten auf, die von einem großen Metallhaken herabhing. Als sie tief genug hing, begannen die Seeleute, die Obstkisten daraufzuladen.

„Hey, Bob, meinst du, der Kapitän merkt es, wenn wir uns ein paar von den Limetten nehmen?“, fragte ein großer Kerl mit einem Ohrring den anderen, während er Edens Kiste auf die Plattform hob.

Sie machte sich so klein wie möglich und hoffte nur, dass niemand sie sah.

„Du kennst ihn doch, natürlich wird er es merken. Zurrt die Kisten fest!“, befahl Sharky den anderen, die daraufhin die Ladung mit Tauen sicherten. „Er wird einen Anfall bekommen, wenn wir sie fallen lassen.“

„Gut, zieh sie hoch!“, rief der in dem roten Hemd und winkte dem Mann, der den Bootskran bediente.

Oben an Deck des Schiffs setzte sich eine andere Gruppe von Seeleuten in Bewegung. Sie drehten die gewaltige Winde im Kreis und zogen den großen Flaschenzug nach oben. Währenddessen behielt ein weiteres Paar Seeleute, die an der Reling am Heck standen, die spanische Flotte im Auge.

Eden starrte hinaus über Wasser und Land und wagte kaum zu atmen, während die Lastenplattform hoch und immer höher gezogen wurde. Irgendwann konnte Eden meilenweit über den Regenwald hinwegsehen.

Der Wald schien unter dem glühenden Rot des Sonnenuntergangs in Flammen zu stehen. In Umrissen waren die großen schlanken Palmen und die belaubten Baumwipfel zu erkennen, die ihr Spielplatz gewesen waren. Der Orinoco sah aus, als sei er aus flüssigem Gold. Sie erkannte das labyrinthartige Delta mit seinen mäandernden *caños* und konnte in der Ferne beinahe die flachen Gipfel der Berge ausmachen, die *tepuys* genannt wurden.

Irgendwo in diesem grünen Paradies war ihr Vater, der glaubte, sie würde das Abendessen vorbereiten. Einen Moment lang empfand sie Gewissensbisse, doch dann dachte sie an – England!

Sie setzte ihre ganze Hoffnung auf ihren Traum und wollte nicht länger zurückschauen. Sie schwor sich, dass es nur zu ihrem Besten geschah.

Als die Plattform über das Hauptdeck des Schiffs schwang, erhaschte sie einen Blick auf das Flussboot, das gerade den Strand erreichte.

Lord Jack sprang hinunter in den Sand, watete durch das flache Wasser und blieb dann stehen, um sich zu erfrischen. Noch immer glaubte Eden, seinen Kuss zu schmecken. Sie sah zu, wie er Wasser über sein dunkles, zerzaustes Haar spritzte und dann an Land ging, um die weitere Verladung zu überwachen. Die Männer arbeiteten schon jetzt hart, doch als ihr Kapitän kam, verdoppelten sie ihre Anstrengungen.

Lass dich nicht von ihm erwischen, riet ihr der Instinkt, während die Sonne ihr sein Bild ins Gedächtnis einbrannte.

Dann verschluckte sie die Dunkelheit, als der Kran sie durch das große, eckige Loch senkte, immer tiefer in den Bauch des großen Schiffes, wo sie in der Finsternis des Frachtraums verschwand.

5. KAPITEL

In dieser Nacht machte sich die *Winds of Fortune* im Schutz der Dunkelheit auf den Weg, umschiffte die spanischen Patrouillenboote, indem sie sich am unteren Ende Trinidads um Galeoto Point herumschlich und dann Kurs nach Nordosten nahm.

Jack hatte die Mannschaft angewiesen, sich still zu verhalten, und die Lichter heruntergedreht. Die Stimmung an Bord war angespannt, bis man sicher sein konnte, dass die Spanier sie nicht entdeckt hatten. Trotz alledem trieb ein kräftiger Wind von Süden sie voran.

Es war eine schöne Nacht zum Segeln, kühl und teilweise klar. Doch trotz der Ruhe wirkte es gespenstisch, wie der helle Halbmond hier und da durch Wolken schien.

Fluoreszierende Algen, die für diese Gegend berühmt waren, schimmerten auf den Wellen.

„Lieutenant, wie hoch ist unsere Geschwindigkeit?“, fragte Jack den wachhabenden Offizier.

„Fünf Knoten, Sir.“

Nicht schlecht bei all unserer Last, dachte Jack. Da sie sich noch immer im Gebiet der Korallenriffe befanden, mussten sie vorsichtig sein und konnten nur mäßige Geschwindigkeit fahren.

Sie glitten mit wenigen gesetzten Segeln dahin, während der Quartiermeister geduldig vom Bug aus die Tiefe maß und unablässig nach Felsen unter der Oberfläche Ausschau hielt.

Mehr als zwanzig kleine Inseln lagen im Meer um Trinidad und Tobago wie Punkte verstreut, die meisten von flachem Gewässer und Riffen umgeben. Erst wenn die *Winds of Fortune* jene Stelle erreichte, wo die flachen Küstengewässer in die Tiefsee übergingen, würde Jack den Befehl geben, sämtliche Segel zu setzen.

Jetzt stand er neben dem Steuermann, rauchte eine Zigarre

und warf einen Blick zum sternenklaren Himmel. „Was sagt das Barometer, Mr. Clark?“

„Stabil, Captain“, erwiderte der Mann.

Jack nickte. „Weiter so, Jungs“, murmelte er und begab sich von Unruhe getrieben vom Achterdeck zum Bug. Hinter sich hörte er Hundepfoten auf den makellos sauberen Planken, als sein treuer Hund Rudy ihm folgte.

Als Ergebnis der unangemessenen Liaison zwischen einem English White Terrier und einer Bulldogge war Rudy stämmig und untersetzt, kurzbeinig und völlig furchtlos, obwohl er Jack nur bis zum Knie reichte.

Er trottete über das Deck, als gehöre ihm das Schiff oder vielmehr das gesamte Meer. Rudy besaß kurzes weißes Fell, einen schwarzen Ring um ein Auge, als habe er sich gerauft, und das Gemüt eines Clowns. Kurz gesagt, dieser Hund war der beste Freund, den Jack je gehabt hatte. Aber Jack Knight gehörte nicht zu den Männern, die so etwas zugaben.

„Sir, wir haben soeben eine Tiefe von dreißig Metern unter dem Kiel erreicht“, verkündete der Quartiermeister von seinem Posten am Bug aus, nachdem er sein Lot eingeholt hatte.

„Ausgezeichnet.“ Jack lächelte. „Setzt die Segel, Jungs. Lasst uns den mittleren Längengrad anvisieren und mit dem Westwind segeln.“

Die Mannschaft jubelte gedämpft und kletterte eifrig die Wanten hinauf in die Masten.

Jack blies den Rauch aus, legte den Kopf zurück und sah zu, wie sie mutig nach oben stiegen, trotz des ständigen Schaukelns des Schiffes und des starken Winds.

Innerhalb von vier Minuten hatten sie den Rest der zwei Morgen perlweißer Segel gesetzt, die jetzt wie magisch im Mondlicht schimmerten.

Es raubte Jack jedes Mal den Atem, wenn er sah, wie sein Schiff zum Leben erwachte, sobald der Wind ihm in die Segel blies. „Sie ist eine Schönheit, nicht wahr, Lieutenant?“

Peabody verstand seine Gefühle voll und ganz und lächelte ihm zu. „Aye, Captain."

„Machen Sie weiter", sagte er dann und überließ die Überwachung den fähigen Händen seines Lieutenants.

Jack trat an die Reling und blickte nachdenklich in die schäumenden Wellen am Bug. Er genoss das vertraute Schaukeln der *Winds of Fortune*, als sie sich ihren Weg durch die Wogen bahnte und kalte Gischt bis zu ihm heraufspritzte.

Weiter unten schwammen ein paar Delfine heiter neben ihnen her. Ihre glatte Haut schimmerte im Mondlicht. Das war ein gutes Omen, und bisher war auch alles gut gegangen, doch Jack fühlte sich ein wenig nachdenklich.

Er empfand Bedauern. Zu lebhaft erinnerte er sich daran, wie verloren Eden Farraday an dem Anleger gestanden hatte. Er wünschte, er hätte ihr helfen können. Aber nein, wie üblich hatte Jack Knight die Rolle des Schurken übernehmen müssen. Er seufzte, schüttelte den Kopf und beschloss, wieder nach ihr zu sehen, wenn er zurückkam, um Bolivar seine Söldner zu bringen. Beim nächsten Mal würde er sie da herausholen, ob es ihrem Vater nun recht war oder nicht.

Und wenn dieser blonde Bursche versuchte, wieder ein Gewehr auf ihn zu richten, dann würde er sich auch um den kümmern.

In diesem Moment lenkte ein beharrliches Winseln zu seinen Füßen seine Aufmerksamkeit ab. Als er nach unten blickte, sah er Rudy neben sich sitzen, seinen Lieblingsstock zwischen den Zähnen, und eifrig mit dem Schwanz wedeln.

Lächelnd nahm Jack den Stock und warf ihn in Richtung Heck.

„Hol!", sagte er leise, aber Rudy brauchte keine solche Anweisung. Er rannte bereits seiner Beute nach, als wäre das Stückchen Holz reines Gold wert.

Eine Woche hatte Eden es inzwischen schon in dem nachtschwarzen Frachtraum ausgehalten. Sie versteckte sich in vollkommener Dunkelheit, sehnte sich nach Licht, frischer Luft und vor allem nach menschlicher Gesellschaft.

Die Temperatur war gefallen, seit das Schiff nach Norden fuhr und das Land des Sommers und der tropischen Temperaturen hinter sich ließ, an das sie gewöhnt war. Stattdessen erreichten sie Gegenden, die sie vage an Herbstmonate in ihrer Kindheit erinnerten – kühle, sonnige Tage und kalte Nächte. Natürlich läutete dort, wohin sie fuhren, der Februar das Ende des Winters ein, doch sie vermutete, dass sie erst Ende März ankommen würden.

Inzwischen begann die ständige Finsternis ihrem Verstand Streiche zu spielen. Sie hatte zu viel Zeit, um sich wegen der Ratten zu sorgen, die sie in der Dunkelheit hörte und hoffte nur, dass sie nicht so mutig waren, sie zu beißen.

Vor allem aber hatte sie zu viel Zeit zum Nachdenken – über alles, was bei ihrem Abenteuer schiefgehen konnte, jetzt, da sie sich dort hineingestürzt hatte. Und sie hatte Zeit, an den mächtigen Kapitän dieses Schiffs zu denken.

Da dies von allen das interessanteste Thema war, verbrachte sie endlose Stunden damit, über das nachzudenken, was ihr Vater ihr von Jack Knight erzählt hatte – doch aus irgendeinem Grund drängten sich ihr dadurch nur noch mehr Fragen auf.

Warum zum Beispiel hatte man ihm verboten, das Mädchen zu heiraten, das er liebte? Wenn er der zweite Sohn eines Dukes war, warum hatten ihre Eltern Lord Jack dann als unpassend empfunden? War das der Grund, warum er während all dieser Zeit nicht nach England zurückgekehrt war? Hatte er dort keine Familie, die ihn lockte, sie zu besuchen?

Und was hatte er an jenem Tag tatsächlich im Regenwald gewollt? Sie dachte an den rätselhaften Ausdruck seiner Augen, als sie ihn wegen seines Besuchs in der Rebellenstadt Angostura befragt hatte. Papa hatte behauptet, dass seine bloße Anwesenheit in Venezuela schon darauf hindeutete, dass Lord Jack nichts Gutes im Schilde führte. Holz sammeln? Nein. Er und seine Männer hatten etwas zu verbergen. Worin immer dieser Schurke auch verwickelt sein mochte, offensichtlich wollte er nicht, dass sie darüber Bescheid wusste.

Leider hatte Eden viel zu früh gelernt, Dinge zu hinterfragen, um die Sache nun auf sich beruhen zu lassen. Stunde um Stunde hatte sie nichts zu tun, daher beschloss sie, sich umzusehen und vielleicht ein paar Antworten zu finden.

Sie suchte die Zündholzschachtel aus ihren Vorräten und entzündete ihre Kerze. Sie wusste, sie musste sparsam damit umgehen, aber das Licht erschien ihr wie ein Segen. Mit der schwachen Flamme als Orientierungshilfe begab sie sich auf eine kleine Expedition.

Der große schaukelnde Speicher des Laderaums verriet ihr nichts über Jacks Geheimnisse, war aber bis obenhin gefüllt mit Vorräten. Fässer mit Wasser und Wein. Verschiedene Werkzeuge und zusätzliche Segel. Schwarzpulverfässer und Kanonenkugeln. Es gab genügend Essen und Wasser, um sie während der Reise zu versorgen, doch die Luft war hier, direkt über dem Kiel, ausgesprochen übelriechend.

Sie brauchte keinen Rat von ihrem Vater, um zu wissen, dass bei so schlechter Luft ein Fieber drohte. Sie bezweifelte sogar, dass sie hier unten noch für mehr als zwei Tage Luft zum Atmen hatte. Unzufrieden erkannte sie, dass sie zur nächsten Ebene hinaufsteigen und ein neues Versteck suchen musste.

Genau das tat sie am folgenden Nachmittag. Sie schlich hinauf zum Orlopdeck, wo sie sich während der nächsten Tage versteckte. Noch immer gab es für sie kein Tageslicht, denn das knarrende Orlop lag genau wie der Frachtraum unterhalb der Wasseroberfläche, doch wenigstens gab es in den engen Gängen Laternen und eine bessere Luftzufuhr. Durch die hölzernen Gitter vor den Luken drang vom Hauptdeck her frische Seeluft herein.

Auch im Orlopdeck waren Vorräte gelagert, darunter tonnenweise Waren, die Lord Jack für den englischen Markt mitbrachte. Mahagoni und andere tropische Hölzer nahmen viel Platz ein, aber es gab auch reichlich Zucker, Rum, Baumwolle, Tabak und Indigo. Bei alldem handelte es sich um nützliche Dinge, aber nichts davon gab Aufschluss über den Grund des Ausflugs des Kapitäns nach Angostura.

Während ihrer Erkundungsgänge – bei denen sie stets Begegnungen mit den Besatzungsmitgliedern vermeiden musste, die hier unten ihrer Arbeit nachgingen – hatte sie den Raum mit Brot und Käse entdeckt, wo die Schiffskatzen ihrer Pflicht nachgingen und die Ratten jagten. Sie fand das Lager des Schiffszimmermanns und das Büro des Pursers, des Mannes, der für alle Vorräte verantwortlich war.

Obwohl sie oft den unbekümmerten Zimmermann in seiner Werkstatt singen hörte, während er mit seinem Hammer arbeitete, und insgeheim lächelte über das ständige Gemurmel des Pursers, der die Bücher führte, sie hin und her trug und sich leise darüber beklagte, dass niemand seine Arbeit zu schätzen wisse, hielt Eden sich außer Sichtweite und freundete sich mit den Schiffskatzen an, um sich die Zeit zu vertreiben.

Die Tage vergingen, und dann und wann versuchte sie, sich zu trösten, indem sie sich die vertrauten, strahlenden Bilder ins Gedächtnis zurückrief von hell erleuchteten Ballsälen, schöner Musik, tanzenden Lords und Ladies – doch dann entdeckte sie, dass mit ihrer schönen Fantasie irgendetwas nicht stimmte.

Jedes Mal, wenn sie sich vorstellte, selbst auf diesem Ball zu sein, war der Mann, der zwischen den Tanzenden hervortrat und sie aufforderte, kein anderer als der Schurke und ehemalige Pirat Lord Jack.

Vierzehn Tage von den Spaniern entfernt, hatte *The Winds of Fortune* mehr als tausend Meilen auf dem Ozean zurückgelegt, mit einer Geschwindigkeit von acht Knoten und in einem steilen Winkel nach Nordosten. Sie hatten das warme Sargassomeer durchquert und befanden sich jetzt mitten auf dem kalten Atlantik.

Unter Berücksichtigung der herrschenden Winde gab Jack den Befehl, die Segel dichter zu holen, und wies den Steuermann an, die Stellung des Ruders zu korrigieren.

Alles war in Ordnung, und der Kapitän war zufrieden.

Die Segel blähten sich im Wind, die Männer kletterten gut gelaunt in der Takelage umher, der Posten stand im Ausguck. Ein Dutzend Besatzungsmitglieder schrubbten das Deck, während eine andere Gruppe ihr wöchentliches Training mit Pistolen und Dolchen von dem meistens missmutigen, aber sehr starken Mr. Brody erhielt, dem Waffenmeister. Der alte Brody war außerdem Jacks Fechttrainer und gelegentlich auch sein Sparringspartner bei seinen täglichen Übungen im Faustkampf und den anderen Künsten der Selbstverteidigung.

Die Matrosen standen stramm und salutierten vor ihrem Kapitän, während er an ihnen vorbeiging, sie und ihre Arbeit inspizierte, hier Fragen stellte, dort Befehle erteilte und die Männer, die gute Arbeit geleistet hatten, mit einem beifälligen Nicken bedachte.

Als er so, gefolgt von Rudy, über das Deck spazierte, weckte die ruhige Fahrt seines Schiffs – und natürlich auch seine weltweit arbeitende Firma – in Jack ein angenehmes Gefühl von Ordnung, Sicherheit und Erfolg. Und doch …

Es quälte ihn immer mehr das Bewusstsein, dass etwas in seinem Leben fehlte. Da war eine Leere. Er hatte das schon seit Langem gespürt und ignoriert, doch seit er Venezuela verlassen hatte, war das Gefühl eindringlicher geworden und nagte an ihm.

Ja, er hatte ein Imperium errichtet und besaß ein Vermögen, das dem seines Bruders, des Dukes, entsprach, aber er hatte niemanden, mit dem er es teilen konnte, und – schlimmer noch – niemanden, dem er es hinterlassen konnte. Wenn er plötzlich starb – und bei der Art, wie er lebte, bestand dieses Risiko immer – würde alles, für was er gekämpft hatte, die Firma, an deren Errichtung er sein ganzes Leben lang gearbeitet hatte, mit ihm sterben.

Die Lösung lag auf der Hand: Er brauchte Söhne. Und wenn sein Vater fünf davon gehabt hatte, so wollte Jack sechs. Aber um Erben zu bekommen, brauchte er eine Ehefrau, eine Vorstellung, die ihm so wenig gefiel, dass er sie jahrelang von sich weggeschoben hatte.

Wo konnte ein Mann eine Frau finden, die ihm Kinder gebar und ihn ansonsten in Ruhe ließ? Während er auf dem Deck seines Schiffes auf und ab schritt, verstimmt von diesem unangenehmen Thema, fiel ihm dafür nur eine mögliche Kandidatin ein: Eden Farraday.

Endlich ein Mädchen, das auf sich allein aufpassen konnte. Verdammt, dachte Jack, wenn ich klug bin, heirate ich sie. Man stelle sich nur die Lebensbedingungen vor, an die sie gewöhnt war! Für den Luxus, den er ihr geben konnte, würde sie vermutlich alles tun, was er ihr sagte. Ihre Fähigkeit zu loyalem Verhalten war über jeden Zweifel erhaben, hatte sie doch bei ihrem Vater ausgeharrt. Dabei war es klar, dass sie jetzt froh sein würde, einfach nur aus dem Regenwald herauszukommen – aber Jack konnte ihr noch so viel mehr geben, wenn sie zu einer vernünftigen Übereinkunft kommen sollten. Ein privilegiertes Leben und einen Platz in der Gesellschaft. Ein leichtes Leben.

Das verdiente sie viel mehr als alle anderen Frauen, die er kannte.

Natürlich hatte sie ihm bei ihrer kurzen Begegnung Qualitäten gezeigt, die darauf hinwiesen, dass sie ihm erstklassige Söhne gebären könne: Stärke, Selbstvertrauen, Gesundheit, Intelligenz, Mut und Einfallsreichtum. Und er hatte gesehen, dass sie eine gute Mutter sein würde, denn sie hatte ihre fürsorgliche Seite gezeigt, als sie ihm den Splitter entfernte.

Wenn er an das selbstsüchtige Verhalten seiner eigenen Mutter dachte, dann war ihm die Liebe seiner zukünftigen Frau zu ihren Kindern mehr als wichtig.

All das klingt verrückt, dachte er und runzelte die Stirn. Aber nüchtern betrachtet war es vielleicht gar keine so schlechte

Idee. In allen wesentlichen Punkten schien der Rotschopf seinen Vorstellungen zu entsprechen.

Sie war fürsorglich, klug und beeindruckend schön, und vor allem – sie war keine blasierte höhere Tochter, deren einzige Reaktion auf eine gefährliche Lage es wäre, anmutig auf einer Chaiselongue in Ohnmacht zu fallen.

Sie war noch recht jung, aber wenn ein paar Jahre vergingen, würde sie zu einer echten Königin heranreifen, die die Stellung halten konnte, wenn er sich für längere Zeit auf der anderen Seite der Welt befand, um nach seinem weitläufigen Imperium zu sehen.

Wenn Victor ihr zutraute, ihm bei seiner umfangreichen wissenschaftlichen Arbeit zu helfen, dann sah Jack keinen Grund, warum sie nicht fähig sein sollte, an seiner Stelle ein Auge auf seine Gesellschaft zu haben.

Die ideale Ehefrau – eine mit Verstand, der er vertrauen und die auf eigenen Füßen stehen konnte – würde ihm beinahe ein gleichberechtigter Partner in seiner Firma sein.

Er hatte nur nie geglaubt, so eine Frau jemals zu finden.

Aber jetzt war da Eden Farraday, versteckt in den Bäumen, wo andere Männer sie nicht entdecken würden. Ganz zu schweigen von dem Umstand, dass die Erinnerung an ihren Kuss noch immer Verlangen in ihm weckte.

Verdammt, ob sie mich überhaupt noch haben will, nachdem ich mich geweigert habe, sie mit nach England zu nehmen?, fragte er sich. Aber welche Wahl hatte er gehabt? Rastlos trat Jack zu Trahern an die Reling.

„Bisher noch kein Zeichen der *Valiant*“, berichtete ihm der Lieutenant und spähte durch sein Fernrohr.

„Nein, ich rechne auch nicht vor dem vierzigsten Breitengrad mit dem alten Herrn“, meinte Jack, auch wenn ihn der Gedanke an seinen Onkel Lord Arthur Knight zum Lächeln brachte.

Es war tröstlich zu wissen, dass es wenigstens ein Familienmitglied gab, mit dem er rechnen konnte, vielleicht weil der distinguierte alte Nabob zu seiner Zeit genauso ein schwarzes Schaf der Familie gewesen war wie jetzt Jack.

Vor vielen Jahrzehnten hatte der zweitgeborene Lord Arthur Knight nach einem Streit mit seinem älteren Bruder, dem vorigen Duke of Hawkscliffe, der Familie den Rücken gekehrt, hatte seine Koffer gepackt und war nach Indien aufgebrochen, wo er ein Vermögen erworben hatte. Dort hatte er durch seinen Verstand und die Arbeit seiner Hände seinen Weg gemacht, hatte eine Frau gefunden und eine Familie gegründet mit zwei Söhnen und einer schönen Tochter. Er hatte sich bis an die Spitze der East India Company hochgearbeitet, und nachdem er in den Ruhestand getreten war, alles, was er nach drei Jahrzehnten in dem halsabschneiderischen Geschäft im Orient gelernt hatte, eingesetzt, um Jack zu helfen, seine Firma zu einer Macht aufzubauen, mit der man rechnen musste.

Er war für Jack wie ein Vater gewesen.

Arthur und er hatten vereinbart, gemeinsam an die Küste ihrer alten Heimat zurückzukehren – zur moralischen Unterstützung. Schwer zu sagen, wessen Anblick den Rest der Familie mehr erschrecken würde.

Trahern schob sein Fernrohr zusammen und sah Jack hoffnungsvoll an. „Meinen Sie, Ihr Onkel bringt Miss Georgie mit?"

Jack lachte. „Was, die Schönheit der Gewürzinseln? Die Königin von Bombay? Glaubst du wirklich, sie würde sich aus ihrem gesellschaftlichen Leben losreißen, nur um dich zu sehen?"

„Nein." Trahern seufzte. „Aber ein Mann darf doch noch träumen, oder? Diese Frau ist eine Göttin."

Spöttisch schüttelte Jack den Kopf. „Vergiss sie, Mann. Sie würde dich bei lebendigem Leib verspeisen."

„Ja, aber ich glaube nicht, dass es mir etwas ausmachen würde."

„Hey." Jack runzelte die Stirn. „Du redest von meiner kleinen Cousine."

Rudy unterbrach sie mit plötzlichem Gebell. Zu gern würde er zu den Hühnern und Enten vordringen, die in Kisten in den Rettungsbooten lebten. Das Geflügel wurde gehalten, um die Kombüse mit frischen Eiern zu versorgen.

Aus dem Innern der Jollen war aufgeregtes Gackern und Quaken zu hören, und obwohl die Matrosen versuchten, den Bullterrier von seinem Spiel abzulenken, seufzte Jack und machte sich auf, seinen Hund zurückzuholen.

Er packte Rudy am Lederhalsband, zog das japsende Tier mit halbherzigem Schimpfen zurück und begab sich dann in seine luxuriöse Kabine. Dabei rannte Rudy vor ihm her und begrüßte Phineas Patrick Moynahan, Jacks schmuddeligen neunjährigen Kabinenjungen, bekannt als der Knirps. Der Kleine putzte Jacks Stiefel, doch Rudys freudige Begrüßung warf ihn von seinem Hocker.

Der Kleine landete lachend auf dem Boden. „Geh weg von mir, du verrückter Köter!"

Zur Antwort leckte Rudy ihm die Wangen und wartete dann wedelnd darauf, dass der Junge mit ihm spielte.

Doch Jack hatte viel zu tun und gab dem Jungen die nächste Aufgabe. „Mr. Moynahan, ich brauche meinen Sekretär. Gehen Sie und holen Sie mir Mr. Stockwell. Ich möchte einen Brief diktieren."

„Tut mir leid, Captain, das kann ich nicht." Der Junge setzte sich wieder auf seinen Hocker. „Er liegt mit einem tropischen Fieber auf der Krankenstation."

„Wirklich?", fragte Jack überrascht.

Der Knirps nickte und nahm sich den nächsten Stiefel vor.

Am vergangenen Tag hatte Stockwell sich während der Arbeit beklagt, er fühle sich nicht gut, aber Jack hatte nicht geglaubt, dass es sich um etwas Ernstes handelte. „Mr. Moynahan", sagte er abrupt. „Sie haben Schuhcreme an der Stirn."

Stirnrunzelnd griff der Knirps nach oben, um sie abzuwischen, verschmierte sie aber dabei nur noch mehr.

Jack unterdrückte ein Lächeln. „Martin!“, rief er, damit sein Kammerdiener für den Sekretär einsprang.

Der geschäftige kleine Mann kam sofort herbeigeeilt. Während Martin sich über die zusätzliche Arbeit grämte und dabei eilig Papier und Tinte holte, setzte Jack sich und stützte die Füße auf eine Ecke seines großen Schreibtischs. Dann lehnte er sich zurück und überlegte, wie er den Brief beginnen sollte.

Während er im Geiste eine Begrüßung formulierte, klopfte es an der Tür. „Herein.“

Jack sah auf, als sein grauhaariger Waffenmeister eintrat.

„Gibt es Schwierigkeiten, Brody?“ Jack blickte auf seine Taschenuhr. „Unsere Übungsstunde findet erst um vier Uhr statt.“

„Haben Sie einen Moment Zeit, Captain?“, erwiderte Brody, den Hut in der Hand.

„Natürlich. Sprechen Sie.“

Mit dem wachsamen Blick des Kämpfers betrachtete Brody Martin. „Ich dachte, Sie sollten wissen, Captain, dass das Gerücht umgeht, wir hätten in Trinidad einen blinden Passagier an Bord bekommen.“

Nachdenklich legte Jack die Fingerspitzen zusammen. „Tatsächlich?“

„Ja. Einer der Gehilfen des Zimmermanns glaubt, im Orlopdeck einen Jungen gesehen zu haben.“

„Ist das wahr?“, murmelte Jack, ohne darauf zu achten, wie der Knirps bei dieser Nachricht aufsah.

Brody wartete, während er einen Moment lang überlegte.

Dann stemmte Jack seine Füße auf den Boden. „Nehmen Sie ein paar Männer mit nach unten und sehen Sie sich um. Wenn Sie jemanden finden, der nicht zur Mannschaft gehört, lassen Sie ihn arbeiten. Auf meinem Schiff zahlt jeder für seine Überfahrt“, erklärte er und schob den Gedanken an einen Rotschopf mit smaragdgrünen Augen beiseite.

Nein, das ist unmöglich.

Eden Farraday war mutig, aber nicht verrückt.

Außerdem konnte niemand diese üppige Schönheit für einen Jungen halten, nicht einmal im dämmerigen Licht des Orlopdecks. Zweifellos handelte es sich lediglich um irgendein armes Waisenkind, das auf der Suche nach einem besseren Leben von den Karibischen Inseln geflohen war. Seine Handelsflotte sammelte überall auf der Welt Herumtreiber auf. Weigerten sie sich zu arbeiten, so sperrte er sie als Diebe ein. Schließlich unterhielt er keinen Wohltätigkeitsverein.

„Erinnern Sie die Mannschaft daran, dass es für jeden Konsequenzen hat, der hilft, einen blinden Passagier zu verstecken", befahl er. „Ich dulde es nicht, dass mich jemand bestiehlt."

„Aye, aye, Captain", erwiderte Brody und ging davon, um den Befehl auszuführen.

„Wohin gehst du?", fragte Jack, als der Knirps von seinem Hocker aufsprang und durch die Kabine rannte.

Bei der Bewegung des Jungen spitzte Rudy die Ohren, blieb aber neben Jacks Tisch liegen.

„Ich ... äh ... gehe die Wasserfässer auffüllen, Captain."

„Bist du mit meinen Stiefeln fertig?"

„Fast. Sie müssen noch einmal poliert werden, aber die Creme ist noch nicht trocken. Und Sie sagen immer, ich soll meine Zeit sinnvoller nutzen ..."

„Ja, richtig. Natürlich. Sehr gut, Mr. Moynahan. Dann laufen Sie also", sagte Jack und sah dem Kleinen mit einem Anflug von Misstrauen nach.

Der Knirps sauste aus der Kabine. Jack konnte sich nicht erinnern, dass das Kind jemals auch nur halb so eifrig gewesen war, seine Pflichten zu erfüllen, aber er schob den Gedanken beiseite und begann sein Diktat. „Mein lieber Abraham", hob er an, während Martin rasch mitschrieb. „Mit großem Bedauern habe ich gesehen, wie die freundschaftlichen Beziehungen zwischen unseren Firmen in den letzten Jahren verkümmert sind. Trotz meiner Bemühungen, fair zu bleiben und Ihre Firma zu begünstigen ..." Seine Stimme wurde leiser, und seine Gedanken schweiften ab.

„Sir?“

Es konnte unmöglich Eden Farraday sein.

Das würde sie nicht tun.

Oder?

Vergiss nicht, mit wem du es hier zu tun hast. Sie war keine gewöhnliche Frau, diese kleine Wilde.

Und genau deshalb natürlich begehrte er sie. Sie war in sein Innerstes eingedrungen wie dieser verdammte kleine Splitter …

Jack trommelte mit dem Stift auf seinen Schreibtisch und starrte ins Leere, während er daran dachte, wie sie sich furchtlos an einer Liane von dem Ast geschwungen hatte, wie mühelos sie die Ananas mit der rasiermesserscharfen Machete in gleiche Stücke geschlagen hatte.

Und wie sie sich gegen ihn behauptet hatte, gegen Black Jack Knight, den Schrecken der Meere. Sie hatte ihm in die Augen gesehen und so offen gesprochen, wie es die meisten Männer nicht wagen würden.

Aber war sie dumm genug, heimlich an Bord zu kommen, nachdem er ihr die Überfahrt verweigert hatte?

Natürlich ist sie das, dachte er, obwohl er kaum in der Lage war, einen klaren Gedanken zu fassen angesichts der Tatsache, dass sie die ganze Zeit hier unter seiner Nase gewesen war, quasi in Reichweite, während er sie begehrte.

Der Schrecken der Meere stellte plötzlich fest, dass er Schmetterlinge im Bauch hatte.

Jack runzelte die Stirn. *Lächerlich.*

„Mylord?“

„Sie können gehen.“ Verwirrt stand Jack auf und warf den Stift hin. „Wir beenden das Schreiben später, Martin. Ich … äh … muss etwas nachprüfen.“

Sein Diener wirkte erschrocken. „Der Brief, Sir?“

„Kann warten.“ Jack eilte aus der Kabine und hinüber zum Orlopdeck.

Diesen blinden Passagier wollte er mit eigenen Augen sehen.

Eden hatte den Kopf an einen Sack mit Zucker gelehnt und blätterte außerordentlich gelangweilt in einem Exemplar von *La Belle Assemblée*, denn inzwischen kannte sie jede Seite auswendig. Da plötzlich spürte sie mit ihren im Urwald geschärften Sinnen, dass noch jemand in der Nähe war.

Einen Moment lang erstarrte sie, dann rollte sie sich auf die Seite und kauerte sich hinter die Obstkisten. Da kam jemand – oder war er schon hier?

Sie hielt den Atem an und lauschte. Dann hörte sie das Tappen nackter Füße auf den Holzplanken.

„Komm heraus, komm heraus, wer immer du bist", rief eine leise, recht hohe Stimme. Sie runzelte die Stirn. Das klang wie die Stimme eines Kindes. „Ich weiß, dass du hier bist. Du kannst dich doch nicht ewig verstecken. Niemand ist unsichtbar."

Erschrocken stellte sie fest, dass es tatsächlich ein Kind war. Kinder übernahmen auf See verschiedene Aufgaben, sie arbeiteten als Kabinenjungen oder Hilfskanoniere.

Eden war ausgehungert nach menschlicher Gesellschaft – und sehr erleichtert, denn welche Schwierigkeiten konnte ihr schon ein kleiner Junge bereiten? –, daher konnte sie nicht widerstehen und trat leise auf die Kante der unteren Kiste, um über den Rand hinweg auf ihren winzigen Verfolger zu blicken.

Sie lächelte, als sie einen barfüßigen Jungen entdeckte, der wie eine Katze in dem vollen Frachtraum umherschlich und hinter Zuckersäcke und Pulverfässer spähte, als spiele er Verstecken.

Der kleine Junge war einfach hinreißend, wie er da nach jemandem in seiner Augenhöhe suchte, während sie ihn von oben beobachtete.

Er besaß einen wilden Schopf dichten blonden Haars, das dringend einen Schnitt brauchte, und trug eine enge, kurze Jacke wie ein kleiner Offizier, dazu eine weite Hose, die ihm bis zu den Knöcheln reichte.

„Bist du weggelaufen? Wir haben dauernd blinde Passagiere,

die weggelaufen sind, aber ich bin keiner. Meine Tante Moynahan hat mich auf Lord Jacks Schiff geschickt, damit ich etwas lerne. Du kannst vielleicht auch ein Lehrling werden. Wenn du willst, kann ich für dich den Captain fragen. Captain Jack hört auf mich", fügte er mit einiger Wichtigkeit hinzu. „Wenn du schlau bist, kommst du jetzt heraus und nimmst meine Hilfe an, denn Mr. Brody und ein paar andere sind unterwegs hierher. Sie wissen, dass du hier bist."

Gütiger Himmel! Edens Herz drohte stillzustehen bei dieser Neuigkeit. Sie vergeudete keine Zeit damit, sich zu fragen, wer Mr. Brody war, sondern hängte sich bereits die Tasche mit den botanischen Musterexemplaren ihres Vaters um und glitt lautlos zur Tür.

Sie musste dort raus – und zwar gleich. Mit der Tasche über der Schulter schlich sie über die schmale Leiter auf das untere Waffendeck und wich in den schmalen Durchgang oben an der Treppe aus.

Als sie die Ecke erreichte, blickte sie nach links und nach rechts, ging vorsichtig weiter, hörte von vorn Lärm und wäre dann beinahe in die Messe getreten. Hunderte Hängematten hingen von der Decke herunter, inmitten des Durcheinanders, das entstand, wenn die Hälfte der Mannschaft zum Essen versammelt war. Die meisten der Männer waren zu sehr damit beschäftigt, ihr Essen zu genießen, um sie zu bemerken. Andere tranken Grog oder feuerten einen Kampf im Armdrücken an, der am anderen Ende des großen Raums stattfand. Eilig zog sie sich zurück in den dämmerigen Durchgang.

Dann hörte sie Stimmen aus der anderen Richtung, blickte zurück und hielt den Atem an. Fünf rau wirkende Matrosen stapften den Gang entlang in Richtung auf das Orlopdeck. Sie drückte sich weiter in den Schatten und vermutete, dass es Mr. Brody und seine Männer waren. Dann stieg sie durch einen Gang hinauf zum mittleren Waffendeck, wo sie lautlos und schnell durch die Enge weiterhuschte.

Sie stemmte sich gegen die schaukelnde Bewegung des Schiffs, konnte dabei die Gerüche aus der Küche wahrnehmen und hörte, wie die Männer einander durch die Luke Befehle zuriefen. Auf dieser Ebene waren die Flanken der *Winds of Fortune* ebenfalls mit langen Reihen von Kanonen bestückt, aber hier waren die hölzernen Kanonenluken offen, was einen herrlichen Durchzug verursachte.

Ein Stück weit weg fiel goldener Sonnenschein durch ein Gitter über der Luke. Eden blieb stehen, um es einen Moment lang zu betrachten. Angelockt, wie hypnotisiert, bewegte sie sich langsam darauf zu und blinzelte gegen das Licht.

Einen kurzen Moment lang so allein im Gang gestattete sie sich zu genießen und trat direkt hinein in den dünnen Sonnenstrahl. Sie legte den Kopf zurück und badete in der belebenden Wärme. Ganz kurz schloss sie die Augen, ließ sich von der Sonne das Gesicht streicheln, bis sie plötzlich spürte, dass jemand sie beobachtete.

Sie hatte niemanden gehört, aber als sie die Augen öffnete und den dunklen Gang hinunterblickte, sah sie ihn – eine riesige Silhouette.

Er war gerade die Leiter heruntergestiegen, stand nun reglos da und starrte sie an. Das Licht von oben fiel auf seinen Kopf und die breiten Schultern, erleuchtete seine große, muskulöse Gestalt.

Er wirkte drohend und von dunkler Schönheit, aber er sagte kein Wort, als sich ihre Blicke begegneten.

Jack.

Wie die Beute im Bann eines Raubtiers war sie für den Moment wie betäubt von dem Glanz seiner aquamarinfarbenen Augen im Halbdunkel; sein Blick ruhte auf ihr genau wie in ihrer Vorstellung von der Begegnung im Ballsaal.

Dann fiel ihr ein, dass sie sich unbefugt auf seinem Besitz befand, dieses Schiff war seine schwimmende Festung, und er war der feudale Herrscher. Er sprach sie nicht an, aber in dem

Moment, als er sich in Bewegung setzte, auf sie zukam – da machte Eden kehrt und floh.

Sie lief mit all der Geschicklichkeit, die sie im Urwald gelernt hatte, aber als das Schiff sich bewegte, stolperte sie geradezu in die Offiziersmesse hinein, wo Lieutenants und Kadetten sich zum Essen versammelt hatten.

Kaum fand sie ihr Gleichgewicht wieder, eilte sie auch schon weiter, ohne auf einen der Offiziere zu achten, der ihr nachrief: „Pass auf, Matrose! Bleib auf dem Posten!"

Sie fühlte, wie Jack sie verfolgte, und dass er immer näher kam. Sie hastete um eine weitere Ecke, und dann lag nur noch das offene Deck vor ihr.

Verzweifelt sah sie sich nach einem Versteck um, entdeckte einen Verschlag mit der Aufschrift Rettungsbojen und sprang hinein. Sie zwängte sich zwischen die harten Rettungsringe aus Kork und schloss leise die Klappe hinter sich. Dann hielt sie den Atem an, während ihr Herz wie rasend schlug, und lauschte.

Schwere Schritte näherten sich.

„Captain, ist etwas nicht in Ordnung?"

„Ist hier irgendjemand vorbeigekommen?", hörte sie eine tiefe, befehlsgewohnte Stimme fragen.

„Nun ja, Sir. Ich denke, einer der Burschen des Quartiermeisters. Gerade eben ist er über das Deck gerannt."

Sie hörte Jack seufzen, genau vor ihrem Versteck.

Eden wartete, während ihr das Herz bis zum Hals schlug.

Ein weiterer entsetzlicher Augenblick verstrich – dann ging Jack weiter.

Gerade als sie erleichtert aufatmen wollte, hörte sie ein leises Tapsen hinter dem Kapitän. War das ein Hund? Plötzlich blieb das Tier stehen. Am Fuß des Verschlags gab es einen Spalt, und von dort hörte sie ein lautes Schnüffeln. Eden machte große Augen. Sie konnte sogar eine schwarze Hundeschnauze sehen. Oh nein …

Von der anderen Seite der Tür her ertönte im nächsten Moment lautes Bellen. Mit einem Stöhnen sank sie hintenüber gegen einen Stapel Rettungsringe, ihre Instinkte waren zur Flucht bereit.

„Rudy! Hierher, Junge. Genug davon!“, schimpfte der Offizier. „Welchen Unsinn hast du jetzt wieder vor?“

Langsam kamen die schweren Schritte wieder zurück.

„Ich glaube, er hat eine der Schiffskatzen in die Enge getrieben, Sir.“

Die Schritte verstummten auf der anderen Seite der Tür.

„Wir werden sehen.“

Jack packte Rudy am Halsband und bedeutete Peabody mit einem stummen Nicken, den Hund fortzubringen. Auf die anderen Offiziere, die sich im Gang zusammendrängten, um zu sehen, was hier solche Aufregung verursachte, achtete er nicht.

Mit zusammengekniffenen Augen wandte Jack sich noch einmal dem Verschlag zu und scheuchte seine Männer mit einer Handbewegung zurück, während er seinen Dolch zog für den Fall, dass er sich in der Identität des blinden Passagiers getäuscht hatte. Er war noch immer nicht sicher, ob er seinen Augen trauen konnte, was die schlanke Gestalt betraf, die er im Gang gesehen hatte, mitten in einem Sonnenstrahl.

Wachsam griff er nach dem Riegel, riss mit einer plötzlichen Bewegung die Tür auf und griff blindlings ins Dunkel. Als er dabei die Kleidung des Übeltäters zu fassen bekam, drang ein Schrei aus der Dunkelheit.

„Komm heraus!“, brüllte er und zerrte den blinden Passagier ans Licht.

Obwohl er es eigentlich schon geahnt hatte, erschreckte die Tatsache, ihr Auge in Auge gegenüberzustehen, ihn bis ins Mark. Es war Eden Farraday – und sie sah schrecklich aus, ertappt und erschrocken vor seinem Zorn.

Jack ließ sie los, als habe er sich verbrannt.

Er ließ seinen Blick an ihr hinuntergleiten, von dem schmutzigen Tuch um ihren Kopf über das fleckige Hemd, die Männerweste und die viel zu große Hose, die von einer verknoteten Schnur gehalten wurde, bis hinunter zu ihren verstaubten knielangen Stiefeln.

Nur mühsam fand er Worte. „Wollen Sie sich so in London zeigen?“, stieß er hervor, noch immer benommen.

Bei dieser spöttischen Begrüßung stieß sie einen wütenden Schrei aus, und vielleicht hätte er wissen müssen, dass er das kleine wilde Ding nicht bedrängen sollte, denn während er noch verwundert da stand, stürzte sie sich auf ihn. Er vermutete, dass sie ihre ganze Kraft einsetzte, um ihn beiseitezustoßen, auch wenn er nur einen kleinen Schubs verspürte, und dann war sie schon an ihm vorbei.

Er wollte sie packen, doch sie duckte sich und floh. Sofort machte er kehrt und griff nach ihr, doch er erwischte nur ihren Rucksack, das Mädchen selbst rannte davon.

Plötzlich blickte Jack nach unten und stellte fest, dass sie ihm die Pistole aus dem Halfter an der Hüfte gezogen hatte. Jetzt war er wütend.

„Ihr nach!“, rief er seinen Männern zu.

„*Ihr*, Captain?“, wiederholte einer von ihnen überrascht.

Unter Jacks zornigem Blick erbleichte der junge Kadett.

Dann beeilten sich die Männer, seinen Befehl auszuführen.

Verdammt soll sie sein, das kleine Biest!

Er folgte seinen Männern und eilte mit schweren Schritten den Gang hinunter. Dafür würde er ihr den Hals umdrehen. Wie konnte sie es wagen, seine Waffe zu nehmen – wenn so viele seiner Männer dabei zusahen? Und wie hatte er das zulassen können?

Aber eine Schönheit wie Eden Farraday war dazu geboren, aus Männern Narren zu machen.

„Was glauben Sie denn, wo Sie da hinkommen?“, rief er ihr nach, während sie den Gang entlanghastete wie der Fuchs, den die Meute jagte. „Wir sind mitten auf dem verdammten Ozean!“

In ihrer Panik eilte sie auf das obere Waffendeck, zweifellos geblendet von dem gleißenden Sonnenlicht nach so vielen Tagen unter Deck.

Die Stimmen seiner Männer hatten die gesamte Mannschaft zusammengerufen, und als Jack das Ende des Gangs erreichte, hatte die Horde den blinden Passagier umringt.

„Na, so ein mutiger Bursche. Bleib ganz ruhig“, sagte der gute, alte Higgins und versuchte, die Lage zu entschärfen.

„Bursche oder Mädchen?“, rief ein anderer. „Der Captain sagt, es ist eine Sie.“

Erschrockenes Gemurmel erhob sich, während sich die Nachricht auf Deck verbreitete.

„Eine Sie?“, murmelten die Männer.

„Das kann nicht sein“, meinten andere.

„Er hat Hosen an, oder?“

„Und? Du hast wohl noch nie von diesen Clubs gehört, wo die Männer in Damenkleidern herumlaufen? Sie könnte das Gegenteil davon sein.“

„Oder eine Piratin, wie Mary Read oder Anne Bonny“, warf ein anderer ein.

„Ich bin keine Piratin, ihr Affen!“, rief Eden ihnen zu, aber das beantwortete nicht die Frage. „Bleibt mir vom Leib!“

Gelächter breitete sich aus, doch Jack runzelte die Stirn und blinzelte gegen die Sonne. Das war nicht gerade ein Thema, das seine Männer in Gegenwart einer jungen Dame diskutieren sollten, aber ein wenig männliche Rohheit war vielleicht genau das, was sie brauchte, damit sie begriff, dass die Welt jenseits ihres grünen Paradieses ein dunkler, fremder und manchmal gefährlicher Ort war.

Vielleicht würde das Mädchen dann begreifen, dass sie nicht jede verrückte Idee ausführen konnte, die ihr in den Sinn kam. Sie ist genauso schlimm wie ihr verrückter Vater, dachte er und versuchte, seine Beschützerinstinkte zurückzuhalten. Er verschränkte die Arme vor der Brust und ließ zu, dass die Männer sie ein Weilchen neckten, während er sich im Dunkel des Schiffsinnern verbarg, nahe genug, um einzugreifen, wenn es nötig sein sollte. Jetzt wollte er ihr einen Moment Zeit geben, um ihren Mut zu kühlen. *Sie hat sich selbst in diese Lage gebracht. Mal sehen, wie sie da wieder herauskommt.*

Mit wüstem Humor diskutierte die Mannschaft noch immer das Geheimnis um das Geschlecht des Passagiers. Die Verwirrung der Männer war verständlich in Anbetracht von Edens Kleidung und der Art, wie sie mit zwei Waffen auf einmal hantierte – ein Umstand, der in Jack ein seltsames Gefühl von Stolz weckte.

Seit ihrer Begegnung im Regenwald hatte sie an Gewicht verloren, mit dem zurückgebunden Haar wirkten ihre feinen Züge schärfer. Ihre sportlich schlanke Gestalt schien jetzt fast kindlich zerbrechlich, und sie sah beinahe knochig aus in der lose an ihrem Körper herabhängenden Männerkleidung. Doch obwohl ihr schmutziges, blasses Gesicht von jugendlicher Kraft, Stärke und Entschlossenheit kündete, die eher dem anderen Geschlecht zuzuordnen wären, so war sie doch nur ein Mädchen.

Angespannt ließ sie den Blick über die schmutzigen, verschwitzten, rauen Männer gleiten, die sie umstanden, bis er schließlich Hilfe suchend an Jack hängen blieb.

Endlich schien sie seine Mannschaft angesehen und begriffen zu haben, dass er, abgesehen von dem Messer und seiner doppelläufiger Pistole mit den beiden Kugeln, ihr den einzigen möglichen Schutz bot.

Er hob nur die Brauen und sah sie aufmerksam an. Dann wartete er darauf, was sie als Nächstes tun würde.

Bei seiner amüsierten, aber abwartenden Haltung verschwand ihre flehende Miene. Stattdessen wirkte sie auf einmal trotzig. Ein eigensinniger Ausdruck erschien in ihren Augen, als wolle sie sagen: Zur Hölle mit dir, Jack Knight! Ich brauche deine Hilfe nicht!

Hmm, dachte er. Er war den Umgang mit aufsässigen und hochnäsigen Jugendlichen gewohnt, war doch selbst früher einmal so gewesen, und wusste, was zu tun war. Nachdem er ihnen beigebracht hatte, sich unterzuordnen, wurden sie gewöhnlich gute Seeleute. Irgendwann begriffen sie, dass einer nachgeben musste, und das würde nicht Jack sein. Dazu war nur ein wenig Disziplin wie bei der Marine nötig. Ihre jugendliche Abneigung gegen Autoritäten musste nur ein wenig gezähmt werden.

Doch alle diese jungen Matrosen waren Männer gewesen, und auch wenn seine Mannschaft in dieser Beziehung vielleicht noch im Dunkeln tappte, so wusste doch Jack ganz genau, dass ihr blinder Passagier eine Frau war – eine Spezies, die völlig anderen Naturgesetzen folgte.

Jetzt betrat Trahern, der Wache hatte, die Szenerie. „Verschwindet! Zurück auf eure Posten! Der Kapitän wird sich um den Burschen kümmern. Lasst ihn in Ruhe! Alle!"

Spöttisch hob Jack eine Braue, als er begriff, dass Trahern noch immer keine Ahnung hatte, um wen es sich bei dem blinden Passagier handelte.

Einer der Seeleute versuchte, ihn darüber zu informieren. „Ich sage Ihnen, Mr. Trahern, das ist kein Junge."

„Doch, ist es!", widersprach ein anderer.

„Du bist ja blind! Darauf verwette ich meine Rationen Grog!"

„Die Wette nehme ich an! Sieh dir die Augen an. Und an ihrem Mund kannst du es auch erkennen."

Der Seemann zog eine Grimasse. „Hübsche kleine Mädchen benutzen keine Waffen."

„Was also bist du?", fragte der Kanonier und ging ohne Furcht vor den Waffen auf sie zu. Sein Goldzahn glänzte in der Sonne, genau wie sein kahler Kopf.

Jack sah zu, wenn auch ein wenig angespannt. Auf jedem Schiff gab es einen, der den meisten Ärger machte, und auf *The Winds of Fortune* war das Ballantine, der missmutige Kanonier, der sich als Oberster der Mannschaft sah und nur zwei Menschen auf dem Schiff gehorchte: Mr. Brody und Kapitän Jack.

„Junge oder Mädchen?“, fragte er. „Zeig es uns, damit die Wette geklärt ist.“

„Bleiben Sie zurück!“, rief Eden, als Ballantine lachend nach ihrem Arm greifen wollte und sie verfehlte.

Eden entwich ihm.

„Ach, sei doch nicht so“, sagte der stämmige Kanonier und umkreiste sie, während die meisten der Männer lachten. „Wir wollen dich sehen.“

„Lass das Kind in Ruhe, Ballantine!“, mischte sich Higgins ein und machte mutig einen Schritt auf den viel größeren Mann zu.

Ballantine versetzte Higgins einen Stoß, sodass der gegen die anderen Männer taumelte, die ihn auffingen. „Warum gehst du nicht und leckst dem Captain für eine Weile die Stiefel? Was anderes kannst du ja ohnehin nicht!“

Jack war bereits im Begriff, vorzutreten und dem Ganzen ein Ende zu setzen, als Ballantine im letzten Moment noch einmal den Arm ausstreckte und versuchte, Eden zu packen. Sie reagierte sofort. Ihre Klinge blitzte in der Sonne auf, Ballantine wich mit einem Fluch zurück. Ein hässlicher Riss zeigte sich auf seinem tätowierten Unterarm.

Jetzt lachte die Mannschaft nicht mehr. Wütende Schreie wurden laut.

„Du elender Wurm!“ Ballantine zog sein Messer. „Dafür kriege ich dich.“

„Versuchen Sie es, wenn ich Ihnen mit meiner Machete das Hirn spalten soll“, erwiderte das Mädchen selbstsicher. „Aber ich überschätze Sie, Sir. Offensichtlich haben Sie gar kein Hirn.“

In diesem Augenblick erfasste ein Windstoß das Tuch, das sie um den Kopf trug, und ihre herrliche Mähne kupferroten Haars fiel ihr über die Schultern und flatterte dann im Wind.

Alle Männer starrten sie an.

„Genug!“ Jack sprang vom Achterdeck herunter, den Dolch gezogen. „Dieses Mädchen steht unter meinem Schutz“, erklärte er und sah seine Männer nacheinander an. „Wenn einer Hand an sie legt, hänge ich ihn persönlich am Bugspriet auf. Verstanden?“

Ein paar verhaltene „Aye, aye, Sir“ wurden laut, und die Männer wichen vor ihm zurück.

Ballantine zeigte nun, da der Kapitän sich an Deck befand, nichts mehr von seinem rauen Gehabe. Er senkte seinen kahlen Schädel und presste eine Hand auf die blutende Wunde. „Wir ... äh ... haben den blinden Passagier für Sie gefunden, Captain“, murmelte er.

„Das sehe ich“, erwiderte Jack knapp. „Geh zur Krankenstation. Du blutest mir das ganze Deck voll.“

„Aye, Captain.“ Ballantine warf Eden noch einen ungläubigen Blick zu, dann machte er sich auf den Weg zum Schiffsarzt. Jack würde ihn sich später vornehmen, und das wusste der Kanonier bestimmt auch.

„Zurück an die Arbeit, Männer“, befahl Trahern.

„Ihr habt ihn gehört, ihr nichtsnutzigen Burschen!“, brüllte Brody, der nach seiner fruchtlosen Suche im Orlopdeck wieder auftauchte. Beim Klang seiner Stimme kam wieder Leben in die Männer.

Jack warf Eden einen wütenden Blick zu. Gut zu wissen, dass das Mädchen auf sich selbst aufpassen konnte. Aber verdammt ...!

Er betrachtete sie genauer, sah das nachträgliche Entsetzen in ihren Augen und empfand plötzlich Bedauern, weil er es zugelassen hatte, dass die Männer sich über sie lustig machten.

Jack streckte die Hand aus. „Geben Sie mir das Messer.“

Aus großen grünen Augen, die noch immer voller Angst waren, sah sie ihn an. Dann ließ sie den Blick über die Männer gleiten. „Im Leben nicht.“

„Eden, Sie sind bereits ein blinder Passagier“, sagte er leise.

„Machen Sie es für uns beide nicht noch schlimmer, als es ohnehin schon ist.“

Angespannt befeuchtete sie ihre Lippen mit der Zungenspitze und warf wieder einen Blick auf die Mannschaft. „Aber Jack …“

„Ich bin hier der Einzige, um den Sie sich jetzt sorgen müssen“, warnte er sie leise. „Geben Sie mir das verdammte Messer.“

Reglos wartete er ab. Die Mannschaft war noch nicht an die Arbeit zurückgekehrt, sondern wartete gespannt, während der eigensinnige weibliche blinde Passagier es wagte, dem Kapitän den Befehl zu verweigern.

Ungeduldig winkte Jack ihr, damit sie ihm die Waffe reichte, und streckte die Hand aus.

Dieselbe Hand, aus der sie den Splitter entfernt hatte. In der alten Parabel vergaß der Löwe die gute Tat nicht, sondern verschonte den jungen Menschen, der das getan hatte.

Jack starrte sie an.

Sie erwog die Entscheidung, der Wettstreit der Gefühle stand ihr deutlich ins hübsche Gesicht geschrieben, doch nach einer langen Weile gab sie nach und reichte ihm die Klinge.

Nun hatte sie noch die Machete.

„Na also. War doch gar nicht so schwer, oder?“, meinte Jack. Dann wandte er sich an Trahern.

„Geben Sie mir den Rucksack“, sagte er zu Trahern, der das Gepäckstück in der Hand hielt. Der Lieutenant reichte ihm den Leinenbeutel. „Was ist da drin?“, fragte er, denn der Beutel war sehr leicht.

Als sie nicht antwortete, öffnete er selbst den Verschluss und blickte hinein.

Außer einer Orange in einer Seitentasche, die sie im Frachtraum gestohlen hatte, enthielt der Rucksack nur ein paar gepresste Blätter, die in Wachspapier eingehüllt waren.

Obwohl er wusste, was das war, sah er sie spöttisch an. Er versuchte, sie dazu zu bringen, ihm die Waffe zu geben. „Unkraut?“

Er nahm die Orange, warf sie dem Knirps zu und reichte Trahern den Beutel zurück. „Werfen Sie ihn über Bord."

„Jawohl, Sir."

„Nein!", rief Eden. „Mr. Trahern, bitte ... das dürfen Sie nicht!"

„Warum nicht?", fragte Jack.

Trahern zögerte und blickte hin und her zwischen dem Kapitän, den er bewunderte, und dem weiblichen blinden Passagier, zerissen zwischen Gehorsam und Höflichkeit.

Eden hob den Kopf und deutete auf die gepressten Pflanzen. „Das ist kein Unkraut, und das wissen Sie sehr gut. Es sind botanische Muster aus der Sammlung meines Vaters. Pflanzen mit Heilkräften. Ich bringe sie nach London, um sie Lord Pembrooke zu zeigen."

„Ach, wirklich?"

„Ja, Jack. Wirklich!"

„Captain", korrigierte er sie und verwies sie damit unter den gegebenen Umständen auf ihren Platz. In Gegenwart seiner Männer würde er sich nicht mit solcher Unverschämtheit ansprechen lassen.

Sie hob den Kopf noch höher. „Captain, dies sind seltene und kostbare Pflanzen, von denen die Royal Botanical Gardens Saat für ihre Gewächshäuser haben wollen."

„Faszinierend. Trahern, werfen Sie sie ins Meer."

„Jawohl, Sir!", mit unglücklicher Miene ging der Lieutenant weiter bis zur Reling.

„Nein!", rief Eden.

„Warten Sie", befahl Jack.

„Bitte!" Verzweifelt sah sie ihn an.

„Na schön, Miss Farraday", fuhr Jack einigermaßen ruhig fort. „Geben Sie mir Ihre Machete, und ich verschone Ihr Unkraut."

Auf sein Angebot hin warf sie ihm einen bösen Blick zu. Dann sagte sie kaum hörbar: „Sie wollen sie haben? Na schön. Hier ist sie."

Ohne Vorwarnung schleuderte sie die Machete durch die Luft, die im Mast direkt neben Jacks Kopf stecken blieb.

Unter den Männern erhob sich beifälliges Gemurmel, zweifellos bewunderten sie Edens Zielsicherheit.

Voller Stolz sah Jack sie einen Augenblick lang an. Dann betrachtete er die lange Klinge, die noch immer zitterte. Sie steckte fünf Zentimeter tief im Holz.

Das wilde Geschöpf, seine zukünftige Ehefrau, verschränkte die Arme vor der Brust und hob den Kopf. Noch immer war sie wütend, aber offensichtlich auch sehr zufrieden mit sich.

„Miss Farraday“, sagte er und näherte sich ihr mit einem missbilligenden Schnalzen. „Sie haben soeben mein Schiff erstochen.“

6. KAPITEL

Obwohl sie noch immer selbstbewusst den Kopf erhoben hielt, wusste Eden, dass sie wehrlos war, nachdem er sie nun völlig entwaffnet hatte. Als Jack mit diesem mörderischen Lächeln auf dem Gesicht auf sie zukam, erbleichte sie, fuhr herum und suchte nach einem Fluchtweg.

Aber es gab keinen. Ihr Herz schlug wie rasend. Voller Panik ließ sie den Blick über das sonnige Deck gleiten und dann hinauf in die Takelage.

„Oh nein, das werden Sie nicht tun", erklärte er und packte sie um die Taille, als sie gerade an der nächsten Wante hochklettern wollte.

Er zog sie weg, legte sie sich über die Schulter und klopfte ihr aufs Hinterteil.

Empört stieß sie einen Schrei aus und wehrte sich mit aller Kraft, aber Jack blieb unbeeindruckt und umfasste mühelos ihre Arme und Beine. Er besaß sogar die Frechheit, über sie zu lachen.

„Lassen Sie mich runter, Sie Schurke … Pirat … Untier!!", schrie sie, sogar, als es offensichtlich wurde, wer von ihnen Herr der Lage war. Aber das hinderte sie nicht daran, sich zu wehren, ohne daran zu denken, dass alles, was zwischen ihr und einem sehr großen, sehr starken, sehr verärgerten ehemaligen Piraten stand, der Rest von Höflichkeit war, der vielleicht noch in ihm wohnte.

Eine zweifelhafte Hoffnung.

„Tun Sie nichts, was ich nicht auch tun würde, Captain", sagte ein rundlicher Matrose mit einem Augenzwinkern, als sie an ihm vorüberkamen.

Jack warf ihm einen finsteren Blick zu. „Bringen Sie ein Fass mit frischem Wasser in meine Kabine. Das Mädchen riecht scheußlich."

„Das tue ich überhaupt nicht!", widersprach sie.

„Jawohl, Sir“, erwiderte der Seemann gehorsam.

„Doch, das tun Sie“, beharrte Jack. „Etwas zum Essen und zum Trinken, und zwar schnell“, befahl er einem anderen Matrosen. „Hören Sie auf, mich zu treten, Eden.“

„Sie verdienen es!“

„Ich bin nicht als blinder Passagier gereist“, erinnerte er sie, als er sie an dem großen Steuerrad des Schiffes und an einer Gruppe von jungen Matrosen vorbeitrug, die sie mit offenen Mündern anstarrten. Dann verschwand er mit ihr durch eine Tür am Achterdeck.

„Verdammt, lassen Sie mich runter!“

„Welche Ausdrucksweise!“, bemerkte er freundlich. „Wenn Sie weiter so reden, werden Sie in London nicht viele Leute aus den besseren Schichten kennenlernen.“

„Sie“, erklärte sie und hing dabei gefährlich schief auf seiner breiten Schulter, „sind ein Ungeheuer!“

Er stellte sie mit einem hörbaren Geräusch auf dem Boden ab, lächelte sie auf die denkbar provozierendste Art an und ging dann zurück zur Tür, um das angelieferte Fass mit frischem Wasser in Empfang zu nehmen.

Verlegen, weil sie plötzlich mit ihm allein war, zog sie die von ihrem Vater geborgte Jacke zurecht und sah sich dann angespannt in dem Raum um, in den er mit ihr hinuntergestiegen war.

Nachdem sie so viele Tage in dem dunklen, schlichten Frachtraum verbracht hatte, musste sie zugeben, dass der gepflegte, maskuline Stil des weitläufigen Raums sie beeindruckte. Sie war der Zivilisation wieder ein paar Schritte näher gekommen.

Der Tagesraum des Kapitäns war ein schön eingerichtetes Arbeitszimmer mit dunkler Holzvertäfelung, Wandleuchten aus Messing und ein paar Ölgemälden in vergoldeten Rahmen. Der Boden war bedeckt von Segeltuch, das mit schwarzen und weißen Quadraten bemalt war, damit es wie Marmor aussah. An der niedrigen Balkendecke war ein Zinnleuchter befestigt, der direkt über dem runden Arbeitstisch in der Mitte des Raums hing.

Der schwere Tisch mit den Löwenfüßen war bedeckt mit Karten und Plänen und gehörte zu einem Satz Mahagonimöbel mit rot gepolsterten Stühlen. Das größte Stück allerdings, das den Raum beherrschte, war der mächtige und prunkvolle Schreibtisch. Doch auch wenn die Möblierung an das Reich eines einflussreichen Londoner Kaufmanns erinnerte, war es unmöglich zu vergessen, dass sie sich auf einem Schiff in der Mitte des Ozeans befanden, denn an der Wand bot eine Reihe von Fenstern freien Blick auf den endlosen Horizont des saphirblauen Ozeans.

Unter dem Fenster eingebaute Aufbewahrungskisten mit Sitzbänken waren mit demselben roten Leder gepolstert wie die Stühle. Hinter den Fenstern führte eine schmale Tür zu einem privaten Balkon, einer Galerie mit geschnitztem und vergoldetem Geländer und ein paar niedrigen Stühlen hier und da. Draußen auf der Galerie war es schattig und kühl, denn sie wurde geschützt vom darüberliegenden Achterdeck.

Als Eden sich wieder zu Jack umdrehte, sah sie, wie er das Wasserfass hereinrollte, ehe er dem rundlichen Seemann die Tür vor der Nase zuschlug. Er schob den Riegel vor und wandte sich dann ihr zu.

Vorsichtshalber wich sie einen Schritt zurück.

„Sie, Miss Farraday, sind ein blutrünstiges Individuum“, erklärte er ihr und stemmte für einen Moment eine Hand in die Hüften. „Wenn es nicht so viel Ärger mit sich bringen würde, würde ich das bewundern. Aber jetzt sind Sie nun mal hier, nicht wahr? Daher muss ich irgendetwas mit Ihnen tun.“ Nachdenklich musterte er sie vom Scheitel bis zur Sohle.

Voller Unbehagen trat Eden von einem Fuß auf den anderen.

„Gut“, sagte er und nickte geschäftsmäßig. „Ziehen Sie Ihre Kleider aus.“

Sie machte große Augen. „Was?“

„Ziehen Sie Ihre Kleider aus und werfen Sie sie ins Meer“, wies er sie an, deutete mit einer Kopfbewegung auf den Balkon und durchquerte das Zimmer.

„Ich werde nichts dergleichen tun!“

Er blieb stehen, zog eine Braue hoch und sah sie an. „Pardon?“

„Nein!“

„Ich habe Ihnen einen Befehl erteilt.“ Sein Blick wurde schärfer. „Oder ist es Ihnen lieber, wenn ich das für Sie tue?“

„Sie halten sich fern von mir!“, rief sie und verschanzte sich hinter dem Arbeitstisch.

„Dann tun Sie, was man Ihnen sagt“, ermahnte er sie, doch anstatt zu ihr zu kommen und sie zwangsweise auszuziehen, wie er es angedroht hatte, verschwand er durch eine kleine Tür in einem geräumigen Verschlag, der an die Kabine grenzte.

Eden machte keine Anstalten, seine skandalöse Anweisung zu befolgen, sondern sah ihm nur zu, wie er sich streckte, um einen großen hölzernen Badezuber herunterzuholen, der an Haken sicher verstaut gewesen war und den er jetzt durch das Schott hob.

Rückwärts bewegte er sich damit aus dem Verschlag heraus und manövrierte den großen Zuber vorsichtig durch die enge Türöffnung. „Worauf warten Sie?“, fragte er, als er sie sah. „Ziehen Sie sich aus.“

„Das kann nicht Ihr Ernst sein.“

Er sah sie nur an, und es war offensichtlich, dass er nicht scherzte.

„Wirklich, Mylord! Behandeln Sie so all Ihre Passagiere?“

„Sie sind kein Passagier, Eden, Sie sind eine Diebin“, erwiderte er sachlich. „Also, wenn Sie nicht wie eine Diebin behandelt werden und den Rest der Reise in einer Zelle verbringen wollen, um bei unserer Ankunft der Gerichtsbarkeit überantwortet zu werden, dann schlage ich Ihnen vor zu gehorchen.“

„Das würden Sie nicht tun!"

„Sie um der Sicherheit meiner Männer willen unter Arrest stellen? Sie können verdammt sicher sein, dass ich das tun würde. Kommen Sie, Miss Farraday. Sie sind die Tochter eines Arztes." Er schob den Badezuber zu einem Rechteck aus Sonnenlicht, das durch die Fenster an Achtern fiel. „Sie wissen, dass da unten im Frachtraum, wo Sie sich versteckt haben, Fieber lauern. Auf dem Meer werden mehr Männer durch Krankheiten als durch Gefechte getötet, und ich werde nicht zulassen, dass Sie unter meiner Mannschaft Krankheiten verbreiten. Sie müssen sich waschen, und diese Kleider müssen vernichtet werden. Hoffen wir nur, dass Sie sich keine Läuse eingefangen haben, sodass wir nicht diese herrlichen roten Locken abschneiden müssen."

Sie stieß einen leisen Schrei aus und fasste nach oben, um ihr langes Haar zu schützen, doch sie blieb dabei wie angewurzelt stehen und hielt trotz der Hitze ihre Jacke fest geschlossen.

Jack klappte den Sitz einer der mit rotem Leder gepolsterten Fensterbänke hoch, holte ein frisches weißes Laken heraus und breitete es über den Boden des Zubers.

„Da", sagte er mit einem boshaften Glanz in den Augen. „Jetzt bekommen Sie keinen Splitter in ihr reizendes Hinterteil. Obwohl es mir dann ein Vergnügen wäre, ihn herauszuziehen. Den Gefallen zu erwidern, Sie wissen schon."

Warnend sah Eden ihn aus zusammengekniffenen Augen an, während sie errötete. Ihr Herz schlug wie rasend.

Wenn auch widerstrebend, so erkannte sie doch, dass es stimmte, was er sagte in Bezug auf die Reinlichkeit auf See, um den Ausbruch von Krankheiten zu vermeiden.

Andererseits erinnerte sie sich auch an daran, auf welch laszive Art er davon gesprochen hatte, sie für die Überfahrt bezahlen zu lassen, und hier stand er nun und verlangte von ihr, sie solle sich ausziehen.

Nicht der passende Zeitpunkt.

Mühelos hob Jack das schwere Wasserfass auf eine seiner breiten Schultern – dieselbe, über der sie vorhin gelegen hatte – trug es zum Badezuber und stellte es dort ab. Dann entfernte er das Siegel vom Deckel. „Na los", sagte er und sah sie an, während er das Fass wieder aufnahm und die Hälfte seines Inhalts in den Zuber ausleerte. „Ich habe nicht den ganzen Tag Zeit."

Eden stand einfach nur da und wusste nicht, was sie tun sollte. Lord Jack hatte die Sache zu einem Machtkampf werden lassen, aber alle Vorteile waren auf seiner Seite. Wie sollte sie da gewinnen?

Ja, sie war als blinder Passagier gereist, aber war sie deswegen eine Diebin? So hatte sie nie darüber gedacht. Sie wusste, dass es nicht ganz legal war, aber ein richtiges Verbrechen war es doch auch nicht. Und doch hatte er ihr angedroht, sie an die Gerichtsbarkeit auszuliefern, wenn sie nicht das tat, was er sagte. Verzweifelt blickte sie von dem Badezuber zu ihrem Wächter und begriff, dass ihre Aufmüpfigkeit bisher nur deshalb geduldet worden war, weil sie eine Frau war.

Doch falls dieser Gedanke in ihr ganz flüchtig ein Gefühl von Dankbarkeit weckte, verdarb er das wieder, indem er sich lässig auf den Lehnstuhl dem Zuber gegenüber fallen ließ.

Mit großen Augen sah sie ihn an. „Gehen Sie nicht weg?"

„Verdammt, nein. Warum sollte ich?"

„Aber … Sie wollen doch nicht dasitzen und mich anstarren?", rief sie.

„Oh, meine Liebe, ich glaube, genau dazu bin ich fest entschlossen." Er reckte die Arme und verschränkte sie dann hinter dem Kopf, wobei er sie mit einem teuflischen Lächeln bedachte. „Eine nackte Frau zu betrachten gehört zu den wenigen Vergnügen, die ein Mann im Leben hat. Ein Vergnügen, das es auf See leider nur selten gibt. Aber sorgen Sie sich nicht, meine Liebe. Sie haben nichts, das ich nicht schon früher gesehen hätte. Machen Sie weiter“, befahl er mit einer majestätischen Handbewegung. Dann lehnte er sich wieder zurück und wartete auf ihre Darbietung.

Eden starrte ihn an.

In seinen Augen funkelte es, und er liebkoste sie mit Blicken.

Sie warf ihm einen flehenden Blick zu.

„Ich sagte Ihnen doch, dass Sie damit bezahlen müssten“, erinnerte er sie leise, und ein verwegen charmantes Lächeln erschien auf seinem Gesicht. „Sie haben selbst schuld, meine wilde kleine Urwaldblume. Machen Sie weiter. Wir beide sind allein“, sagte er mit einer schmeichelnden Stimme, die vermutlich schon junge Damen auf verschiedenen Kontinenten bezaubert hatte.

Eden zitterte. *Schrecklicher, sündhafter Schurke.* Zu ihrem eigenen Besten biss sie sich aber auf die Zunge, statt ihre Gefühle laut zu äußern. Sie hob den Kopf. „Bin ich also Ihr Unterhaltungsprogramm für diese Reise?“

„Ja. So etwas in der Art.“

Sie erkannte, dass er es genoss, mit ihr zu spielen. Das konnte sie ihm vom Gesicht ablesen.

„Ist es so schwer für Sie, einen einfachen Befehl zu befolgen?“, fragte er, dann streckte er den Arm aus und nahm eine Feder von seinem Schreibtisch. „Muss ich Sie zur Unterwerfung zwingen?“, fragte er und wedelte vielsagend mit der Feder.

Eden runzelte die Stirn und erschauerte. „Sie sind verabscheuungswürdig.“

„Ich habe soeben Ihre Haut gerettet“, erinnerte er sie lächelnd.

Es war offensichtlich, dass der Kapitän nicht nachgeben würde, genauso gut hätte sie sich mit dem Felsen von Gibraltar anlegen können. Ihr Herz klopfte wie wild, während sie ihn innerlich verfluchte. Sie biss sich auf die Lippe und wandte sich dem Badezuber zu. Wenn das Wasser nur nicht so schrecklich einladend aussehen würde. Sehnsüchtig blickte sie hinüber.

Vielleicht hätte sie die Kraft gefunden, sich diesem Barbaren zu widersetzen, aber sie sehnte sich danach, sich zu waschen, und war zu praktisch veranlagt, um die schlichten Bequemlichkeiten abzulehnen, die sie so dringend brauchte.

Ein Umstand, den dieser Schurke nur zu genau weiß, dachte sie, und erinnerte sich plötzlich an die vielen Male, bei denen sie mit ihren Freundinnen unter den Mädchen der Waroa *au naturel* gebadet hatte.

Die jungen Indianerinnen hatten all die geheimen Orte gekannt, an denen man ungefährdet in dem kristallklaren Wasser spielen konnte. Oft war sie mit ihnen gegangen, um der Hitze zu entrinnen. Sie hatten herumgeplanscht und die herrlichen Blüten der Wasserlilien gesammelt, hatten ihre Haut mit Schlamm und Lehmmischungen gepflegt und sich mit Perlen geschmückt, die sie von den Austern im Fluss genommen hatten.

Damals hatte ihre eigene Nacktheit sie ebenso wenig gestört wie die eingeborenen Mädchen. Ja, sie musste sich in diese Situation versetzen. Sie musste einfach so tun, als sei er nicht da.

Eden wandte sich ab, warf ihm noch einen abweisenden Blick zu und begann dann, an dem Saum ihres langen weißen Hemdes zu zupfen.

Er räusperte sich.

Über ihre Schulter hinweg sah sie ihn an.

Er bewegte die weiche Feder in der Luft und wies sie an, sich noch einmal umzudrehen. „Versuchen Sie nicht, sich zu verstecken, meine Süße. Ich habe dafür bezahlt, erinnern Sie sich?"

Eden warf ihm einen verächtlichen Blick zu.

Lord Jack lächelte.

Gut. Wenn er schon so grob sein wollte, dann würde sie

ihn genauso schockieren, indem sie es nicht zuließ, dass sich ihr auch nur eine Spur von Scham in den Weg stellte.

Sie nahm die Reste ihres Muts zusammen, zog sich Stiefel und Strümpfe aus und stieß sie beiseite. Dabei warf sie ihm einen vernichtenden Blick zu und begann, die Schnur an ihrer Hose zu lösen.

Dann senkte sie die Lider und zog die Hose aus. Schließlich zog sie sich noch das feuchte, zerknitterte Hemd über den Kopf.

Danach bückte sie sich rasch, nahm ihren Kleiderhaufen und ließ nur noch die Stiefel stehen.

Nackt wie am Tag ihrer Geburt ging sie hinter ihm vorbei, warf ihm einen Blick zu, der ihm sagte, er könne zur Hölle fahren, ging zur Galerie an Achtern, wo sie ihre schmutzigen und vielleicht von Krankheiten verseuchten Kleidungsstücke über die Reling warf.

Sie sah ihnen nach, wie sie in den Wellen verschwanden, ließ für einen Moment den Wind mit ihrem Haar spielen und genoss den warmen Sonnenschein auf ihrer Haut. Das wenigstens war erheblich besser als der Frachtraum. Als gäbe die Sonne ihr Kraft, bekam sie das Gefühl, so etwas wie Kontrolle über die beängstigende Situation zurückzugewinnen. Eden holte tief Luft, machte dann an der Reling kehrt und schlenderte langsam zurück.

Lord Jack ließ sie nicht aus den Augen, als sie auf ihn zuging. Er ließ den Blick über ihren Körper gleiten und betrachtete sie aufmerksam.

Unverhohlene, pure Lust.

Das erschreckte sie, aber sie war zu wütend, um ihre Angst zu zeigen. Sie würde vor niemandem kriechen und ganz bestimmt nicht vor jemandem wie ihm.

Mit stolzer Haltung stieg sie in den Zuber und ließ sich ins Wasser gleiten. Als sie saß, zog sie die Knie hoch bis an die Brust und versteckte sich endlich vor ihm, so gut sie konnte.

Dann hörte sie, wie Lord Jack tief Luft holte, als erinnere er sich erst jetzt wieder daran zu atmen.

Einen Moment lang wandte er sich ab, als müsse er sich sammeln, und hielt sich eine Hand vor den Mund.

„War das Unterhaltung genug, Mylord?“, fragte Eden abweisend. Ihre Zähne klapperten ein wenig, obwohl der Tag warm war.

Zuerst antwortete er nicht. Er sah sie wieder an, ließ den Blick höher gleiten, beugte sich in seinem Stuhl vor und stützte die Ellenbogen auf die Knie. Es schien, als wolle er etwas sagen, aber es kamen keine Worte.

Er legte die Finger locker gegeneinander und sah sie nur an.

„Hören Sie auf, mich anzustarren“, sagte sie.

„Verzeihen Sie mir, Eden.“ Seine Stimme klang heiser. „Ihr Körper ist wunderschön ...“

Am liebsten wäre sie vor Verlegenheit auf der Stelle gestorben. „Könnten Sie mir wenigstens die Seife geben?“

Diese Frage schien ihn zu amüsieren, und sein Blick verlor etwas von seiner Bedrohlichkeit. Er stand auf und ging, um die Seife zu holen. Als er zurückkam, reichte er ihr ein Stück feiner, durchsichtiger Ambraseife, eingeschlagen in Wachspapier.

Vorsichtig nahm Eden die Seife und tauchte dann mit zugehaltener Nase im Wasser unter. Ihr Haar umfloss sie, aber sie wollte erst wieder hochkommen, wenn sie sicher war, dass sie ihn einfach ignorieren konnte. Sie musste sich mehr anstrengen, so zu tun, als wäre er nicht da.

Wie schrecklich von ihm, sie so zu quälen.

Als sie wieder auftauchte, legte sie den Kopf zurück an den Rand des Zubers, entschlossen, sich zu entspannen und ihr lange entbehrtes Bad zu genießen. Das lauwarme seidige Wasser beruhigte ihre gereizte Haut und die schmerzenden Muskeln. Allmählich begann sie, sich mit der teuren Seife zu waschen und tat ihr Bestes, um nicht den riesigen, muskelbepackten Piraten zu beachten, der kaum einen Meter von ihr entfernt saß und sie betrachtete.

„Ich muss mir das Haar waschen", erklärte sie dann. „Haben Sie Shampoo?"

Widerstrebend stand er noch einmal auf, ging zurück zu dem Schrank und kam wieder mit einer kleinen Flasche, die eine kostbare Sorte französischen Haarwaschmittels enthielt.

Eden nahm es, und er stellte sich neben den Zuber, hob das Fass hoch und bedeutete ihr mit einer Kopfbewegung, dass er ihr helfen würde, die Haare anzufeuchten. Sie lehnte den Kopf zurück und wartete darauf, dass er sie mit Wasser übergoss, ein Wasserfall von Menschenhand.

Wenigstens erfüllten all diese Muskeln nun einen Zweck.

„So", sagte er langsam nach einer Weile, während er Wasser über ihr Haar goss. „Sie dachten also, Sie könnten sich verstecken. All das missachten, was ich gesagt habe."

„Ich kann es erklären …"

„Sprechen Sie nicht mit mir. Ich will Ihre Entschuldigungen nicht hören." Er schüttelte eine zusätzliche halbe Gallone über ihren Kopf.

Sie spuckte und warf ihm einen zornigen Blick zu, sobald sie sich das Wasser aus den Augen gewischt hatte.

Aber jetzt war ihr dickes Haar schön nass, daher nahm sie von dem Shampoo, verrieb es zu Schaum und murmelte dabei: „Sie müssen mich nicht gleich ertränken."

„Sie werden es überleben. Schließen Sie die Augen, bevor Seife hineinkommt."

„Mylord, ich weiß, Sie sind wütend …"

„Sie wissen überhaupt nichts. Halten Sie den Mund", erwiderte er. „Ich versuche nachzudenken."

Gehorsam verschloss Eden die Lippen und wandte sich ab, während Jack wegging, um sich wieder hinzusetzen. Seine Miene war unergründlich.

„Ach, was soll ich nur mit Ihnen machen, Mädchen? Sie an die Fische verfüttern? Sie in ein Rettungsboot setzen und die tausend Meilen zurück zu ihrem Vater rudern lassen?"

Sie warf ihm einen besorgten Blick zu. Plötzlich schien es ihr keine gute Idee zu sein, ihn in irgendeiner Weise zu verärgern. Eden gab es auf, mit ihm zu streiten, zumindest für den Moment. Sie konnte nicht wissen, welche neuen Pläne in seinem Kopf Gestalt annahmen, aber ein Streit würde ihn nur provozieren und alles vermutlich noch schlimmer machen.

Damit schüttelte sie seine Unzufriedenheit ab und wandte ihre Aufmerksamkeit der angenehmeren Aufgabe zu, sich die Haare zu waschen.

Als von der Tür her ein Klopfen erklang, ging ihr Wächter hin, um nachzusehen. Er öffnete die Tür nur einen Spalt und kehrte mit einem Tablett voller Essen zurück, das er auf dem Tisch abstellte. Dann betrat er das Nebenzimmer, und als er wiederkam, hatte er eines seiner eigenen langen weißen Hemden dabei, das sorgfältig gefaltet war. Er legte es auf den nächsten Stuhl, damit sie es nach dem Bad anziehen konnte.

Als er sah, dass sie mit dem Haarewaschen fertig war, kehrte er wortlos zurück und hob das Fass wieder, um ihr zu helfen, das Haar auszuspülen. Diesmal versuchte er nicht, sie zu ertränken, sondern ließ behutsam etwas Wasser nachlaufen, das gleichmäßig über ihren Kopf rann.

„Sie reisen doch ohnehin nach England“, begann sie etwas später noch einmal, ruhiger diesmal. „Ihre Weigerung war unhöflich und völlig willkürlich.“

„Das ist nicht wahr. Ich habe angeboten, Sie und die anderen nach Trinidad mitzunehmen. Das entsprach nicht ganz Ihren Wünschen, aber es war besser als nichts.“ Er stellte das leere Fass ab. „Zumindest hätte es Sie von dort fortgebracht. Es war Ihr Vater, der sich geweigert hatte.“

„Ich weiß.“ Als sie ihn ansah, fiel ihr plötzlich auf, wie das goldene Sonnenlicht durch das hintere Fenster hereinfiel und sein Kinn umspielte, wobei es all die harten Linien und Kanten seines gebräunten Gesichts abmilderte. Einen Moment lang hielt sie seinem Blick stand, dann stieß sie einen Seufzer aus, lehnte sich zurück und legte den Kopf an den Rand des Zubers. „Es tut mir leid."

„Nein, das tut es nicht", erwiderte er und erschreckte sie mit seinem unvermittelten Tonfall. „Sie haben bekommen, was Sie wollten. Ich glaube, Sie wissen genau, was Sie tun. Zum Glück …", fügte er hinzu, nahm die Seife und begann, mit äußerster Behutsamkeit ihren Arm zu waschen, „… weiß ich das auch."

Erschrocken wich sie zurück. „Fassen Sie mich nicht an!"

„Ruhig", flüsterte er.

„Hören Sie auf!", schrie sie, als er mit seiner großen, geschickten Hand die Seife über ihre feuchte Brust bewegte.

„Entspannen Sie sich, Eden …"

„Lassen Sie mich in Ruhe!" In dem Bemühen, sich seinen Händen zu entziehen, spritzte sie ihm das Hemd nass.

Überall auf seiner Brust erschienen große dunkle Flecken, ebenso auf seinem Bauch und der einen Schulter. Er blickte an sich hinunter, und ihre Angst wurde noch größer, als er sie wieder ansah: „Sie wollen es auf die harte Art, ja?"

Ihre Stimme versagte, als er sich das Hemd über den Kopf zog. Doch ihre protestierenden Worte verstummten, als ihr Blick auf seinen wie aus Stein gemeißelten Körper fiel. Himmel, dachte sie. Einen Moment lang gestattete sie sich vor Schreck, Jack Knight anzusehen – wirklich anzusehen.

Seine rosigen, schmalen Lippen wirkten nachgiebig und empfindsam im Gegensatz zu dem dunklen Schatten auf seinen Wangen – er brauchte eine Rasur. Sie ließ den Blick tiefer gleiten, von seinem Kinn über seinen Hals, seine Schultern. Wie stark er aussah.

Und wie schön.

Plötzlich verspürte sie den Wunsch, ihn zu berühren – die Umrisse seines Körpers zu ertasten. Die Muskeln auf seiner Brust zu fühlen.

Seine kleinen Brustwarzen waren bräunlich-rosa, und dazwischen wuchsen ein paar dunkle Haare, die in einem schmalen Streifen bis hinunter zu seinem Bauch führten.

Nein, dachte sie und erschauerte vor Erregung, ich wage es nicht, ihn zu berühren oder etwas zu tun, um ihn herauszufordern. Es war schon gefährlich genug, ihn so anzustarren. Seine Größe war zu beeindruckend, seine breite Brust und die starken Schultern bildeten beinahe eine Mauer vor ihr. Seine muskulösen Arme waren von Adern durchzogen wie der Hals eines Rennpferdes, und seine glatte, gebräunte Haut zeigte die Spuren vieler Schlachten.

Wieder nahm er die Seife in die Hand und trat zu ihr, sah ihr in die Augen, als wolle er ihr beweisen, wer hier die Kontrolle hatte. Sie rührte sich nicht. Nur zu gut erinnerte sie sich an die Sehnsucht, die sie während so vieler Nächte allein im Urwald wachgehalten hatte.

Ein Gefühl, das stärker war als jede Vernunft, riet ihr zu warten.

Als er sie diesmal berührte, zuckte sie ein wenig zusammen, doch sie entschied, sich nicht gegen ihn zu wehren. Sie war nicht sicher, ob es klug sein würde, sich mit all diesen Muskeln anzulegen. Sie fühlte sich eingeschüchtert, beeindruckt und auch ein wenig … erregt.

Also schloss sie die Augen, wartete ab und gestattete ihm, sie einen Moment lang zu erforschen – und blieb doch bereit, sich gegen ihn zu wehren, wenn er sie auch nur im Geringsten bedrohte.

„Na also", sagte er leise. Seine Hände fühlten sich warm und sanft an, als er sie in kleinen Kreisen über ihre Brust und ihre Schultern gleiten ließ. „So ist es doch besser, oder?"

Sie schluckte.

Ihr Herz schlug so heftig, dass sie fest davon überzeugt war, er müsse es fühlen, während er die Finger über ihre Haut gleiten ließ.

Dann trat er hinter sie, wusch ihr den Rücken und führte

die Seife behutsam an ihrer Wirbelsäule entlang. Mit seinen großen Händen verteilte er den Schaum auf ihre Schulterblätter und ihre Taille, die sich nun feucht und glatt anfühlte. Atemlos spürte Eden, wie er sie wusch.

Er seifte ihre Arme ein bis hinunter zu ihren Fingerspitzen, ließ die Seife zwischen all ihre Finger gleiten. Sie hörte seine tiefen Atemzüge direkt neben ihrem Ohr. Er berührte ihre Unterarme, als gäbe es an ihr nichts, was ihm nicht gefiel, und sie holte tief Luft, als er mit den Händen ihre Brüste streifte.

Dann griff er um sie herum und schäumte mit langsamen, gleichmäßigen Bewegungen ihren Bauch ein, bis sie zu zittern begann. Das war Wahnsinn. Aber was sollte sie tun? Nirgends auf diesem Schiff konnte sie sich verstecken, und jetzt, da er sie entdeckt hatte, war sie ihm vollkommen ausgeliefert.

„Was werden Sie mit mir tun, Jack?“, fragte sie mit angehaltenem Atem.

Er berührte ihre Wange und folgte mit dem Blick der Bewegung seiner Hand. „Genau das, was ich gesagt habe, meine Liebe. Ich werde die Schuld eintreiben.“

„Schuld?“ Ihr Mund fühlte sich trocken an, als sie daran dachte, wie er sie davor gewarnt hatte, dass sie mit ihrem Körper dafür bezahlen würde, wenn sie an Bord seines Schiffes kam. „Sie würden mir Gewalt antun?“

„Nein, Liebes. Niemals“, flüsterte er direkt neben ihrem Ohr. „Wenn ich Sie nehme, dann werden Sie freiwillig da sein.“

Sie erschauerte. „Sie wollen mich also verführen.“

„Hmm.“

„Ich bin noch Jungfrau, Jack.“

„Ich weiß.“

„Ich … ich bewahre mich für meinen Ehemann auf.“

„Gut“, sagte er heiser und berührte dann noch einmal ihr Gesicht, wobei er ihren Kopf behutsam zurückzog, während er ihre Lippen suchte. „Das sind hervorragende Neuigkeiten.“

Hilflos fügte sie sich.

Nachdem sie seit jenem Tag im Urwald davon geträumt hatte, seinen Mund noch einmal auf ihrem zu spüren, lag es nicht in ihrer Macht, es ihnen beiden vorzuenthalten, diesen Genuss zu erleben.

Seit sie ihn zum ersten Mal gekostet hatte, hatte die Erinnerung an diesen Kuss sie verfolgt. Jetzt küsste er sie wieder mit gierigem Verlangen, während er seine seifigen Finger über ihr Haar gleiten ließ und über ihre Wange.

Unter seiner leichten Berührung legte sie den Kopf zurück, bis er in seiner Armbeuge ruhte. Unwillkürlich spannte sie ihre Muskeln an, als er die andere Hand an ihrem Bauch nach oben gleiten ließ und ihre Brust umfasste. Er ließ sie Atem holen, hörte aber nicht auf, sie zu küssen. Dann nahm er ihre Brustspitze zwischen Daumen und Zeigefinger, drückte sie sanft, fest und zärtlich zugleich. Sie erschauerte und stöhnte leise.

Im selben Rhythmus, in dem er seine Finger bewegte, leckte er auch ihre Lippen, und sie reagierte, indem sie sich vorwölbte und die Brust weiter in seine große, warme Hand schob.

Dann wurde sein Kuss wieder leidenschaftlicher, während er eine Handvoll Wasser nach der anderen über ihren Körper rinnen ließ. Er rückte ein Stück weiter neben sie, löste sich von ihren Lippen, küsste ihr Kinn, ihren Hals, dann die Vertiefung zwischen ihren Brüsten, bis er schließlich ihre Brustspitze in den Mund nahm.

Überwältigt von seiner Leidenschaft, legte sie den Kopf zurück auf den Rand des Zubers und grub die Finger in sein dunkles Haar, als er zu saugen begann.

Ihre runde Brust in seinem Mund zu schmecken, ihre Finger in seinem Haar zu spüren – das alles erregte ihn ungemein. Nichts wünschte er sich mehr, als sie auf seinen Schreibtisch zu legen und gleich hier zu nehmen. Er fühlte, dass sie dazu bereit wäre, so wie er ihre Erregung spürte, aber das alles geriet außer Kontrolle.

Jack vermochte kaum zu glauben, wie heftig er nach ihr verlangte. Er wusste, es musste aufhören. Es war zu intensiv und entwickelte sich zu schnell. Das Mädchen war noch Jungfrau. Sie war seiner Gnade ausgeliefert, und obwohl sie ihm genug vertraute, um ihm zu gestatten, sie zu berühren, wusste sie ganz offensichtlich nicht, was sie tat.

Er war keineswegs fest entschlossen, sie zu heiraten, und wenn sie ihn einfach machen ließ, ohne dass er ihr dieses Versprechen gab, dann bedeutete das für sie nichts anderes, als dass ihr Leben ruiniert war und sie vielleicht ein Kind bekam, das sein Leben lang von der Gesellschaft verachtet würde. Er dachte daran zurück, wie einsam sie im Regenwald gewesen war und wie sehr sie sich nach menschlicher Gesellschaft gesehnt hatte. Und auch wenn er der Schrecken der Meere war, so war er doch nicht immun gegen ihre Verletzlichkeit. Trotz all seiner Drohungen, sie bezahlen zu lassen, wollte er doch dieses naive und außergewöhnliche Wesen nicht ausnutzen. Er wusste nur, dass er sie beschützen musste.

Sogar vor sich selbst.

Wie betäubt von seiner Lust, ließ er ihre Brust doch los, küsste dann ihren Hals und schließlich ihren Mund. Er atmete schwer.

Sie schlang ihm die Arme um den Hals und küsste sanft seinen Mund. Sie wollte mehr, genau wie Jack auch, der wie verzaubert war von ihrer heftigen Reaktion.

Aber er hielt sich zurück.

Nein, dachte er, das darf nur passieren, wenn ich sie heirate, und ganz plötzlich war er nicht mehr sicher, dass er das wollte.

Zu stark war ihre Wirkung auf ihn. Eden Farraday war nicht wie andere Mädchen. Der Mut, den sie als blinder Passagier bewiesen hatte, zeigte nur, dass sie den Willen, die Kraft und die Entschlossenheit besaß, sich alles im Leben zu erkämpfen, was sie wollte, genau wie Jack. Bestimmt würde diese junge Tigerin ihm starke Söhne gebären – und genau darin lag das Problem.

Alles, was er bisher von des Wissenschaftlers Tochter gesehen hatte, bestätigte ihn in der Überzeugung, dass sie sich niemals damit zufriedengeben würde, seine Kinder zu bekommen, während er wie üblich nach Art des einsamen Nomaden seinen Geschäften nachging.

Sie würde Forderungen stellen – keine materiellen, die leicht zu erfüllen waren, sondern schwierige Forderungen von der Art, die ihm das Herz zerreißen würde. Sie würde versuchen wollen, ihn zu ändern, das machten diese Frauen immer. Ihn zu jemandem zu machen, der er nicht sein wollte.

Das Problem war, dass Jack es für ein Mädchen wie sie sogar versuchen würde. Darin lag das Problem.

Sie war genau der Typ, für den er schließlich bleiben würde, und aus diesem Grund wusste er, dass er sehr wachsam sein musste. Er brannte darauf, sie zu besitzen, aber er musste gründlich darüber nachdenken.

Doch es war kein vernünftiger Gedanke möglich, als sie begann, seine Schultern zu massieren und sein Gesicht zu streicheln und seinen Hals. Er berührte ihr Haar und genoss ihre Küsse, als handele es sich dabei um Nektar und Ambrosia. Ach, wie sehr er sie begehrte. Sie waren beide kurz davor, sich vollkommen hinreißen zu lassen, aber wenn er dem nicht bald ein Ende setzte, dann wäre es für jedes Bedauern zu spät.

Endlich fand er die Kraft, seine Lippen von ihr zu lösen. Er hörte, wie sie leise seinen Namen flüsterte, als er sanft ihre Stirn küsste.

Dann schloss er die Augen und versuchte, den Schlag seines Herzens wieder zu beruhigen.

Mit großen Augen sah sie ihn fragend an, als er sich wortlos zurückzog. Unsicherheit las er in ihrem Blick und Schmerz, weil sie sich zurückgewiesen fühlte. Natürlich verstand sie nicht, warum er aufhörte, und er war stumm vor Verlangen und konnte es ihr nicht erklären. Er senkte den Kopf.

Erschüttert von der Heftigkeit dessen, was gerade zwischen ihnen geschehen war, erhob er sich und ging hinüber zur Galerie, um nicht mehr der Versuchung ausgesetzt zu sein.

Als er hinausging, streifte die kühle Seeluft seine glühend heiße Haut. Er stützte die Hände auf das Geländer und blickte hinunter in die schaumigen Wellen, während er sich dazu zwang, sich zu beruhigen.

Gern wollte er etwas rauchen, daher versuchte er, einen Zigarrenstumpen zu entzünden, gab dann aber nach einer Weile fluchend auf, denn seine Hände zitterten noch zu sehr, um diese Aufgabe zu erfüllen. Was zum Teufel war nur los mit ihm. Er fuhr sich mit der Hand durchs Haar und wartete ein wenig länger, bis sein Körper sich entspannt hatte.

Schließlich holte er tief Luft und stieß den Atem dann langsam wieder aus, während er spürte, wie sein Verstand sich klärte. Also schön. Er würde ihrem Zauber widerstehen, um seiner selbst willen – aber sie musste nicht wissen, dass seine Behauptung, sie in sein Bett holen zu wollen, nur eine leere Drohung war. Etwas Einschüchterung würde ihr nicht schaden, um sie zur Vernunft zu bringen. Als er das Gefühl hatte, sein Verlangen nach ihr wieder unter Kontrolle gebracht zu haben, machte er kehrt und ging sehr konzentriert in die Kabine zurück.

Nach seiner Rückkehr bemerkte er, dass sie seine kurze Abwesenheit genutzt hatte, um aus dem Zuber zu steigen und sich abzutrocknen. Dann hatte sie das weiße Hemd angezogen, das er für sie herausgelegt hatte. Es reichte ihr fast bis zu den Knien, und obwohl sie die weiten Ärmel aufgerollt hatte, passte es ihr überhaupt nicht. Aber Jack stellte fest, dass es ihm gefiel, sie so in einem seiner Kleidungsstücke zu sehen, es erfüllte ihn mit etwas wie Besitzerstolz.

Mit einer Hand hielt sie das Hemd vorn zusammen, mit der anderen versuchte sie, sich das zerzauste Haar zu kämmen. Es sah aus, als würde es wehtun, aber während er sie beobachtete, mied sie seinen Blick, offensichtlich verlegen nach dem kleinen Abenteuer, das sie eben zusammen erlebt hatten. Unter den Sommersprossen war ihr Gesicht dunkelrot.

Auch dieses mädchenhafte Erröten gefiel ihm, doch er verbarg sein Entzücken hinter einem strengen Äußeren, damit sie nicht wieder etwas miteinander anfingen.

„Weiß Ihr Vater, wo Sie sind?“

„Ich habe ihm einen Brief hinterlassen.“ Sie biss sich auf die Lippen und sah ihn unsicher an. Das Schuldbewusstsein stand ihr ins Gesicht geschrieben.

„Keine Sorge“, sagte Jack freundlich. „Er ist erwachsen. Er wird damit klarkommen.“

Ihrem kurzen, schnellen Blick konnte er entnehmen, dass sie ihm dankbar war für diesen Trost. Als sie damit fertig war, sich das Haar zu kämmen, deutete Jack mit einer einladenden Geste auf das Essen am Tisch. Eden nickte und näherte sich vorsichtig wie ein furchtsames Waldtier.

„Wer war der andere Kerl dort im Regenwald? Der mit der Waffe?“

„Oh … der Assistent meines Vaters. Connor O'Keefe.“ Sie nahm einen kleinen Teller und ließ ihren Blick über das Angebot schweifen, während Jack diesen Namen ganz hinten in seinem Kopf bewahrte. „Warum fragen Sie?“

„Ich mag ihn nicht.“

„Ich glaube, er mag Sie auch nicht, Jack.“

„Aber er scheint Sie zu mögen.“

Sie senkte den Blick und schwieg einen Moment lang. „Darf ich jetzt eine Frage stellen?“

„Das kommt darauf an.“

Nachdenklich füllte sie ihren Teller, dann setzte sie sich langsam hin und sah ihn an. „Sind Sie auf Seiten der Rebellen oder waren Sie in Angostura, um etwas gegen die Rebellen zu planen? Wo stehen Sie, Jack?“

Er zog eine Braue hoch, offensichtlich erschrocken über ihren plötzlichen Themenwechsel.

„Ich weiß, dass etwas im Gang ist, Jack. Ich bin zwar eine Frau, aber das bedeutet nicht, dass ich keinen Verstand habe." Sie legte sich die Leinenserviette auf den Schoß. „Ich sagte Ihnen, wem gegenüber ich loyal bin. Ich würde gern Bolivar siegen sehen."

„Nun, das kann er nicht", meinte Jack. „Nicht ohne Hilfe."

Sie kniff die Augen zusammen. „Sie stehen also auf seiner Seite?"

„Was glauben Sie, Miss Farraday?"

Sie betrachtete ihn aufmerksam. „Papa sagt, es wird keinen Krieg geben. Weil die Unterlegenheit der Rebellen zu groß ist."

„Gelegentlich täuscht sich selbst ein Genie. Schließlich können Situationen sich verändern."

Sie legte den Kopf schief. „Ist es nicht das, was Ihre Gesellschaft berühmt macht, dass sie alles beschaffen kann, was man braucht, aus nahezu jeder Ecke dieser Welt?"

Er wusste, er sollte das hier unterbinden, aber es war so faszinierend zuzusehen, wie sie sich all das in ihrem Kopf zusammenreimte. „Das stimmt. Ja."

„Und die Rebellen brauchen Männer." Sie beugte sich vor. „Sie werden ihnen Soldaten beschaffen, nicht wahr?", flüsterte sie. „Aber woher?", fuhr sie fort, ehe er sie zum Schweigen bringen konnte. „England? Oh … aber natürlich! All die Soldaten, die aus Spanien zurückgekommen sind …"

Er verzog das Gesicht und stieß einen Seufzer aus. „Eden …"

„Aber England würde es niemals wagen, sich zwischen Spanien und die Kolonien zu stellen."

„Nein. Nicht offiziell. Trotzdem", räumte er ein und antwortete ihr wider besseres Wissen. „Ein Soldat kann seine Uniform wechseln, nicht wahr?"

„Ohh." Mit großen Augen lehnte sie sich langsam zurück

und senkte den Blick. Eine ganze Weile lang sagte er nichts, während sie versuchte, all das zu verarbeiten. Dann sah sie ihn an. „Können Sie deswegen nicht Schwierigkeiten bekommen?"

„Nicht, wenn es niemand herausfindet." Er lächelte unschuldig, nahm eine Traube von dem silbernen Tablett und schob sie sich in den Mund.

„Ich verstehe. All diese Produkte nach England zu bringen, ist also in gewisser Weise nur eine Täuschung, ja?"

„Genug. Sprechen wir nicht mehr darüber."

„Aber warum nicht? Ich habe es bereits herausgefunden, Jack. Ich bin dort gewesen!" Kopfschüttelnd suchte sie seinen Blick. „Wie sind Sie in all das hineingezogen worden?"

Er zögerte einen Moment. Ach, verdammt. Was spielte es für eine Rolle, wenn er ihr davon erzählte? Es war leicht, dafür zu sorgen, dass kein junges Mädchen ihm in die Quere kam.

„Erinnern Sie sich an das Erdbeben, das vor ein paar Jahren Caracas verwüstet hat?" Er beugte sich nieder und stützte die Ellenbogen auf die Lehne des Stuhls, der ihr gegenüber stand.

Sie nickte. „Das war gleich nach Bolivars letztem Versuch, sein Land zu befreien."

„Genau. Nach einer Reihe von Siegen hatten die Rebellen die Spanier gerade aus vielen Teilen Venezuelas vertrieben. Als das Beben kam, befanden sie sich in Caracas, um die neue Regierung einzusetzen. Ich sage es nicht gern, aber sie haben mehr Pech als ich", fügte er hinzu.

Sie lächelte nachdenklich. „Hat die katholische Kirche das Erdbeben nicht als einen Wink Gottes gedeutet?"

„Ja, und die Revolution verdammt. Die Kirche der Royalisten. Die Bischöfe ergreifen immer die Partei der Könige. Natürlich erklären sie das Beben zu einem Zeichen Gottes gegen die Revolution. Nachdem sie das hörten, glaubten eine Menge Venezolaner, die Bischöfe könnten recht haben. Die Kampfmoral ließ nach. Die Leute verloren den Mut. Es war die perfekte Gelegenheit für die Spanier, den verlorenen Boden zurückzuerobern. Beim nächsten Angriff brach der Widerstand."

Sie nickte. „Ja, ich hörte es."

„Vielleicht wissen Sie aber nicht, dass nach dieser Niederlage Bolivar und seine Gefolgschaft um ihr Leben laufen mussten. Sie wurden verfolgt von einigen der besten Meuchelmörder."

„Wirklich?"

Er nickte. „Sie waren Gezeichnete. Man betrachtete sie als Verräter an Spanien. Nach dem Erdbeben schickte ich ein Dutzend meiner Schiffe mit Lebensmitteln und Medizin nach Caracas. Bolivar und seine Helfer sind allem Anschein nach zwischen meinen Schiffen nach Port Royal zurückgesegelt. Sie haben sich in Jamaika versammelt – sozusagen an meiner Türschwelle. Ich habe ein Prinzip, müssen Sie wissen. Niemand tötet jemanden auf meinem Gebiet, wenigstens nicht, ohne mich zuerst zu fragen. Als ich ihre Bitte vernahm, bot ich ihnen meinen Schutz an. Mr. Brody, mein Waffenmeister – den Sie, wie ich meine, bereits kennengelernt haben ..."

„Das habe ich tatsächlich."

„Auf meinen Befehl hin ließ Mr. Brody während Bolivars Besuch einen Ring von Bewaffneten um mein Grundstück aufstellen. So fingen wir die spanischen Attentäter ab und schickten sie nach Hause."

Mit großen Augen sah sie ihn an. „Sie haben Bolivar das Leben gerettet? Sie hatten den Befreier und seinen Rat als Gäste in Ihrem Haus?"

„Für eine kurze Weile. Und ich kann Ihnen sagen, dass er und seine Ratgeber weit davon entfernt waren, eine Niederlage hinzunehmen, und bereits ihren nächsten Versuch planten, das Land zu befreien. Da wurde ich das erste Mal in diese Sache hineingezogen. Einen Mann, der immer wieder aufsteht, wenn man ihn zu Boden geschickt hat, muss man einfach bewundern – der weitermacht, trotz des angenommenen Zorns Gottes."

Eden schüttelte den Kopf, und gegen seinen Willen stellte

Jack fest, dass es ihn freute, sie mit seinen Taten so beeindruckt zu haben. „Ich nehme nicht an, dass die Spanier Sie seitdem noch sehr mögen."

„Das tut niemand, Miss Farraday. Haben Sie das noch nicht gehört?"

Sie lächelte und errötete ein wenig. „Nun, ich halte es für sehr edel, was Sie da tun."

Er schnaubte. „Seien Sie da nicht so sicher. Wenn alles gut geht, verdreifache ich dabei mein Vermögen."

„Ich glaube nicht, dass Sie es riskieren würden, zwei der mächtigsten Nationen der Welt zu verärgern, nur um Geld zu verdienen. Außerdem gab es für Sie nichts zu gewinnen, als Sie nach dem Erdbeben humanitäre Hilfe nach Caracas schickten."

„Vielleicht habe ich damit nur für meine Sünden gezahlt", meinte er und fühlte sich unter ihrem bewundernden Blick immer unbehaglicher. Er stand auf und ging um den Tisch herum. „Und jetzt hoffe ich, meine Liebe, Ihre Neugier befriedigt zu haben."

„Sie sollen wissen, dass ich keiner Menschenseele erzählen werde, was Sie tun", sagte sie nachdenklich und drehte sich zu ihm um, während er sich ihr näherte. „Nicht einmal meiner Cousine Amelia."

„Oh, deswegen mache ich mir keine Sorgen", murmelte er und umfasste ihr Gesicht. Einen Moment lang sah er sie liebevoll an und streichelte mit dem Daumen ihre zarte Wange.

Was für ein seltsames kleines Ding sie doch ist, dachte er liebevoll und belustigt zugleich. So ernsthaft und aufrichtig. Da sie errötend lächelte, nahm er an, sie glaube, er würde sich nicht sorgen, weil er ihr vertraute. Doch sie täuschte sich.

Er sorgte sich nicht, weil in dem Moment, da sie die Wahrheit erkannt hatte, er bereits beschlossen hatte, sie erst in die Nähe von London zu lassen, wenn seine Mission erfüllt war.

Das Risiko war zu groß. An der Küste Irlands gehörte ihm ein herrliches Schloss. Dort konnte sie warten, bis er alles erledigt hatte, sicher aufgehoben in all der mittelalterlichen Großartigkeit, weit weg von London, wo sie ihm mit einem achtlos geäußerten Wort oder einem naiven Bekenntnis keine Schwierigkeiten bereiten konnte.

Natürlich würde sie ihn dafür hassen, aber wenn sie all die Jahre gewartet hatte auf diesen Besuch in London, dann würden weitere sechs Monate sie nicht umbringen.

„Kommen Sie“, murmelte er und zog für sie einen Stuhl zurück. „Bringen Sie ihren Teller her.“

„Wohin gehen wir?“

„Sie können in meiner Schlafkabine aufessen. Die Offiziere brauchen diesen Raum für ihre Arbeit – und dort sind Sie außerdem am sichersten. Denken Sie daran, meine Räumlichkeiten nicht zu verlassen, außer in Begleitung von mir, Mr. Brody oder Lieutenant Trahern.“ Eden griff nach ihrem Teller, als er ihren Arm nahm und sie zu seinem Privatquartier führte. Dann öffnete er die Tür und schob sie hinein. „Da sind wir. Machen Sie es sich bequem.“

„Jack“, sagte sie und warf einen kurzen Blick in seine Kabine. „Hier ist eine Kanone.“ Mit gerunzelter Stirn drehte sie sich zu ihm um.

„Ja, ein Zwölfpfünder. Sie beißt nicht. Nun gehen Sie schon.“ Er deutete in das Zimmer. „Einige von uns müssen arbeiten.“

Ein wenig zögernd ging sie an ihm vorbei und betrat die spartanische Kabine. Das mit Holz eingefasste Bett war in die Wand eingelassen und besaß Vorhänge, die das Licht und die Hitze abhielten.

Obwohl es in einer Ecke einen Waschtisch gab und eine große Seekiste am Fuß des Bettes stand, beherrschte die hüfthohe Kanone den Raum. Das Rohr ragte aus der Luke, als wollte es die ganze Welt fernhalten. Jack verschränkte die Arme vor der Brust.

„Ich hoffe, Sie finden alles zu Ihrer Zufriedenheit vor“,

sagte er spöttisch und konnte sich nicht verkneifen, darauf hinzuweisen, dass sie schließlich nur ein blinder Passagier sei.

Bettler dürften kaum wählerisch sein.

Sie nickte ihm zu. „Vielen Dank."

„An dieser Tür gibt es mehrere Schlösser." Er zeigte sie ihr und sah ihr tief in die Augen. „Ich schlage vor, Sie benutzen sie, um die Männer fernzuhalten."

„Werden die Schlösser *Sie* fernhalten?", fragte sie freundlich.

„Nein, meine Liebe, ich habe die Schlüssel." Er unterdrückte ein Lächeln, nickte ihr zum Abschied zu und wandte sich zum Gehen.

„Jack?" Beim leisen Klang ihrer Stimme drehte er sich fragend um. Sie lehnte an der Tür und lächelte ein wenig zaghaft. „Wollen Sie mir keinen Abschiedskuss geben?"

Die Einladung erstaunte ihn, aber das bewies nur, wie gefährlich sie war.

„Nein", erwiderte er freundlich und verbarg seine Belustigung.

Sie runzelte die Stirn.

Leise lachend wandte er sich ab und nahm sein Hemd von der Stuhllehne, wo er es hingelegt hatte. Beim Gehen zog er es über.

„Captain?", rief sie ihm nach, und jetzt klang ihre Stimme nicht mehr ganz so sanft wie eben noch.

„Ja, meine Liebe?", fragte er geduldig und schob sich das Hemd in die Hose.

„Ich will es wissen! Stimmt es? Waren Sie wirklich ein Pirat?"

„Aber Miss Farraday", schalt er, und in seinen Augen funkelte es. „Sie müssen nicht alles glauben, was man sich erzählt." Er blinzelte ihr zu. „Ich bin sicher, ich habe die Kaperbriefe noch irgendwo hier herumliegen."

Ihr stockte der Atem.

Mit einem Nicken wies er sie noch einmal darauf hin, sich in der Kabine einzuschließen.

Lächelnd gehorchte sie, und als er hörte, wie die Schlüssel herumgedreht wurden, lächelte auch er. Vielleicht konnten seine Offiziere sich jetzt wieder ihrer Arbeit zuwenden – und Jack konnte wenigstens so tun, als würde das Leben an Bord der *Winds of Fortune* wieder seinen normalen Gang gehen.

7. KAPITEL

Ah, er war also früher ein Kaperfahrer!, dachte Eden, während sie die Tür schloss. Warum hatte der Kerl das nicht einfach gleich gesagt? Zumindest war das ein einigermaßen legales Geschäft, anders als die Piraterie. In ihr keimte der Verdacht auf, dass er es genoss, wenn die Menschen das Schlimmste bei ihm vermuteten.

Und sie fragte sich auch, was einen Mann wohl dazu veranlassen mochte, sieben eiserne Schlösser an seiner Tür anzubringen – als fürchte er eine Meuterei. Aber dafür bestand keine Gefahr. Nach allem, was sie an Deck gesehen hatte, bewunderten seine Männer ihn rückhaltlos.

Eden selbst bewunderte ihn.

Sie ging hinüber zu der eingebauten Koje, die mehr als zwei Meter lang und beinahe ebenso tief war, und setzte sich müde auf die Matratze. Nun, dachte sie, während sie sich in dem schlichten Raum umsah, der Eigentümer von *Knight Enterprises* lebt nicht gerade wie ein König.

Offensichtlich war es nicht sein Ziel, ein luxuriöses Leben zu führen, denn sie sah keinerlei Anzeichen dafür, dass er sich verwöhnte. Wieder nahm sie ihren Teller auf und aß langsam weiter, wobei sie mit einem Ohr auf die geschäftigen Offiziere auf der anderen Seite der Tür lauschte.

Sie hörte leise Gespräche über Wind und Strömungen, verschiedene Breitengrade und Arbeitspläne für die Mannschaft. Nachdem sie gegessen hatte, hielt sie ein Ohr an die Tür, und vernahm Jacks majestätischen Bariton. Offensichtlich diktierte der Kapitän einen Brief an einen Geschäftspartner.

Sie lauschte auf jedes seiner Worte und ertappte sich bei dem Wunsch, hinausgehen und irgendwie dabei sein zu können, doch mit nur einem Hemd war sie nicht passend gekleidet und außerdem war sie nicht dazu aufgefordert worden.

Zweifellos war Jack der Ansicht, sie würde seine Männer

nur ablenken. Selbst sie musste zugeben, für einen Tag genug Schwierigkeiten bereitet zu haben. Seufzend lehnte sie sich gegen die Tür.

Die Langeweile breitete sich schnell wieder aus.

„Was tun, was tun?“ Sie ließ den Blick durch den Raum schweifen.

Jack hatte ihr den Befehl gegeben, sich auszuruhen, aber sie war hellwach und nach der skandalösen Art und Weise, mit der er sie in dem Badezuber berührt hatte, auch rastlos. Sie schloss die Augen, und bei dieser nur allzu lebhaften Erinnerung überlief es sie glühend heiß. Fast glaubte sie noch, seinen heißen Atem an ihrer Brust zu spüren.

Ein wenig enttäuscht holte sie tief Luft, schob die Erinnerung an ihn mit purer Willenskraft beiseite und stieß sich von der Tür ab. Sie ging durch die Kabine, betrachtete eine Weile die eiserne Kanone und ließ dann die Hand über die Vorhänge gleiten, die sein übergroßes Bett umrahmten und fragte sich, was wohl in der Nacht geschehen würde, wenn er zurückkam.

Von Anfang an hatte er ihr gedroht, dass sie für die Überfahrt mit ihrem Körper bezahlen müsse. Und vorhin hatte er ihr prophezeit, sie würde bereit sein, wenn er käme, um die Bezahlung einzufordern.

Die kleine Demonstration an diesem Tag hatte gezeigt, dass es ihm nicht an Macht fehlte, ihr den Verstand und die Urteilskraft zu rauben.

Was ihn dazu gebracht hatte aufzuhören, das allerdings wusste sie nicht.

Vielleicht war sie einfach zu exzentrisch für ihn. Aber nein. Sie senkte den Blick. Dass sie so dachte, lag nur an ihrer Unsicherheit. In seinen türkisfarbenen Augen hatte sie gesehen, wie sehr er sie begehrte – es war erregend und ein wenig furchteinflößend. Etwas anderes hatte ihn aufhören und sie ihre Tugend für diesen Tag bewahren lassen.

Aber wie lange würde er diese Selbstbeherrschung aufrecht halten können?

Eden schlang sich die Arme um die Taille, drehte sich um und blickte zu dem Raum nebenan, wo sie ihn immer noch Befehle erteilen hörte. Sie errötete, während sie sich fragte, was die Nacht wohl bringen würde, denn sie hatte das sichere Gefühl, dass er – wenn er nach Einbruch der Dunkelheit durch die verbarrikadierte Tür kommen würde – etwas mit ihr tun würde, etwas Herrliches, das es ihr unmöglich machen würde zu widerstehen. Und dann würde sie die Freiheit, die sie so lange genossen hatte, innerhalb eines Wimpernschlags verlieren.

Wenn es zu weit ging, dann blieb ihr keine andere Wahl, als ihn zu heiraten, und eine Ehe gab dem Ehemann natürlich jedes Recht über seine Frau. Bei der Vorstellung, der mächtige Jack Knight würde ihr Herr und Meister werden, erzitterte sie, er mit dem eisernen Willen und den zahllosen Geheimnissen. Sie war für ihn nicht mehr als ein Besitz.

Sie musste ihm widerstehen. Aber wie?

In Anbetracht seines Rufes konnte sie davon ausgehen, dass er ihr nicht einmal die Ehe anbieten würde, wenn er erst einmal seinen Spaß mit ihr gehabt hatte. Er würde es bevorzugen, sie ruiniert zurückzulassen.

Nein, dachte sie und erschauerte, damit würde Papa ihn nicht davonkommen lassen. Und Connor würde ihn umbringen, wenn er sie entehrt hatte.

Außerdem konnte sie einfach nicht glauben, dass Jack jemals etwas so Grausames tun würde.

Trotzdem hatte dieser Gedankengang begonnen, sie zu beunruhigen. Rastlos lief sie durch die Kabine, verzweifelt auf der Suche nach etwas Zerstreuung, doch sosehr sie sich auch bemühte, sie konnte nicht aufhören, an Black Jack Knight zu denken.

Dieser Mann faszinierte sie. Noch nie zuvor hatte sie jemanden getroffen, der auf einer geheimen Mission war.

Natürlich verzieh sie ihm jetzt, dass er ihr damals im Regenwald abgeschlagen hatte, sie nach England mitzunehmen. Rückblickend war es offensichtlich, dass er ihr nicht den wahren Grund dafür hatte verraten dürfen, selbst wenn er dabei unhöflich wirkte.

Tatsächlich war sie nun, da er ihr gesagt hatte, wie gefährlich sein eigentliches Unternehmen war, besorgt, was wohl aus ihm werden würde, wenn sie England erst erreicht hatten. Die meisten europäischen Länder besaßen Botschaften in London, darunter auch Spanien. Sie begriff, dass man ihn beobachten würde. Sie alle würden ihn beobachten.

In diesem Moment fiel es ihr schwer zu entscheiden, wer fanatischer war – ihr Vater oder Jack. Papa, der sich auf die lebensbedrohliche Reise ins Amazonasgebiet begeben wollte, um Medizin zum Nutzen der Menschheit zu finden, oder Lord Jack, der alles riskierte, um eine Sache zu unterstützen, an die er glaubte, die Befreiung einer ganzen Nation.

Bei dem Gedanken an ihren Vater hoffte sie, dass auch er sich inzwischen auf See befand. Sie musste einfach glauben, dass er – nachdem er ihr Verschwinden entdeckt hatte – seine verrückte Idee aufgeben und ihr folgen würde. Schuldgefühle plagten sie zusammen mit kindlicher Angst, als sie sich vorstellte, wie zornig er bei ihrer nächsten Begegnung sein würde.

Sie musste in London einen neuen Mäzen finden, sonst würde er vielleicht nie wieder mit ihr sprechen, nachdem er sich erst einmal davon überzeugt hatte, dass sie in Sicherheit war.

Wichtig war, dass er überlebte – nicht, dass er ihr jemals dafür danken würde. Was Connor betraf – nun, sie war froh festzustellen, dass der große Australier nicht mehr ihr Problem war. Bestimmt hatte er inzwischen ihre Andeutungen begriffen.

Sie ging zu dem Waschtisch aus Mahagoni in der Ecke, betrachtete ihr Spiegelbild und runzelte die Stirn, so knochig sah sie aus. Dann – warum auch nicht? – zog sie in plötzlicher Neugier die Schublade des Waschtischs auf.

Darin lag eine schmale Zigarilloschachtel zusammen mit einem Sortiment verschiedener Pflegeartikel: ein Kamm, eine Zahnbürste, ein Rasierer mit einem Streichriemen und eine kleinen Schere für die Nägel. Ganz hinten fand sie eine kleine Flasche mit Kölnisch Wasser, nahm sie heraus und schnupperte daran. Sehr hübsch, dachte sie lächelnd. Dann legte sie das Fläschchen zurück und schloss die Lade.

Also gut, wieder Langeweile? Was jetzt? Sie warf einen Blick über die Schulter zurück auf die Seekiste vor dem Schott, dann warf sie einen misstrauischen Blick zur Tür.

Der Kapitän hatte ihr nicht verboten, sich umzusehen, wissenschaftliche Neugier trieb sie hinüber zu der großen lederbespannten Truhe.

Lautlos kniete sie davor nieder, und zu ihrer Überraschung stellte sie fest, dass das Messingschloss offen stand. Sie hob den Deckel hoch und spähte hinein. Auf den ersten Blick nichts Aufregendes.

Ganz oben lag ein zusätzlicher Überrock aus schwarzer Wolle, wie man ihn in den Tropen nicht brauchte. Darunter entdeckte sie ein Paar Pistolen, die in Halftern steckten, und ein großes Messer in einer reich verzierten Scheide. All das lag auf einem ungeordneten Stapel von Papieren und Büchern, von denen eins den Titel *Reisen im Orinocodelta* trug, geschrieben von einem gewissen Dr. Victor Farraday. Mit einem überraschten, aber liebevollen Lächeln nahm Eden das Buch ihres Vaters aus der Truhe, unsinnigerweise erfreut, weil Lord Jack es gelesen hatte.

Es nur in der Hand zu halten, genügte schon, um ihr das Gefühl zu geben, ihrem Vater nahe zu sein. Tatsächlich waren sie noch nie so lange voneinander getrennt gewesen wie in diesen vierzehn Tagen. Liebevoll blätterte sie die Seiten durch. Als sie hier und da einen Abschnitt las, war ihr beinahe, als hörte sie ihren Vater zu ihr sprechen.

„So will es die Natur, Liebes. Jedes Lebewesen nimmt sich einen Gefährten, wenn die Zeit dafür gekommen ist …“

Mit einem raschen Kopfschütteln legte sie das berühmte Werk ihres Vaters beiseite und suchte weiter in der Truhe nach dem, was sie vielleicht sonst noch finden könnte. Ein schwerer Gegenstand unter ein paar Briefen erwies sich als silberner Siegespokal, der auf einem polierten Stein aus weißem Marmor befestigt war. *Wie seltsam!* Mühsam drehte sie ihn herum, um die Aufschrift lesen zu können.

„Sam O'Shay, ‚The Killarney Crusher'. Sieger im Faustkampf beim Epsom Downs Turnier. 10. Mai 1792. Größe: 1,95 m. Gewicht: 95 kg."

Himmel, der Mann war ein Riese gewesen. Obwohl – wenn sie genauer darüber nachdachte, dann war der Kapitän selbst etwa von derselben Größe.

Natürlich war Jack vor so vielen Jahren nur ein kleiner Junge gewesen, vielleicht zehn Jahre alt. Sie seufzte leise und runzelte die Stirn, während sie den Preis betrachtete, doch sie fand keine Erklärung dafür, warum er sich in Lord Jacks Besitz befand. Vielleicht hatte irgendein Mann ihn während seiner Kindheit zu einem Boxkampf mitgenommen. Vielleicht hatte er ihn erst kürzlich gekauft aus Bewunderung für den irischen Boxer.

Sie schob die Frage beiseite und nahm einen der Briefe in die Hand, die darüberlagen. Dann biss sie sich auf die Lippe, während sie an dem Blatt zupfte. Nein, das kann ich unmöglich lesen, dachte sie, doch als sie feststellte, dass es sich um die runde Handschrift einer Frau handelte, gewann ihre Neugier die Oberhand. Der Brief konnte von dem Mädchen sein, das er als junger Mann geliebt hatte – Lady Maura. Diejenige, die ihn nicht geheiratet hatte …

Getrieben von dem Wunsch herauszufinden, ob Lady Maura ihre Entscheidung inzwischen bedauert hatte angesichts des großartigen Mannes, der aus Lord Jack geworden war, drehte sie den Brief herum – und stellte erstaunt fest, dass er nicht von Lady Maura stammte.

Wie es aussah, hatte Lord Jack eine Schwester!

Eden konnte nicht widerstehen. Den Rest des Nachmittags verbrachte sie mit Lesen. Der Name seiner Schwester lautete Jacinda, und sie hatte ihrem weit entfernten Bruder ganze Bände über ihre Familie geschrieben, die ständig wachsende Schar neuer Babys und kleiner Kinder, und all die Abenteuer in der Gesellschaft. Obwohl sie kaum älter war als sie selbst, entstand bei Eden der Eindruck, dass Lady Jacinda nichts weniger war als eine der führenden Gastgeberinnen der Londoner *ton*. Tee im Salon der Königin! Ein privater Ball in Devonshire House! Die Rennen in Ascot!

Jacindas Berichte waren wesentlich authentischer als die aus zweiter Hand von Journalisten, wie sie in *La Belle Assemblée* abgedruckt wurden. Es klang, als wäre sie eine herzliche, charmante und elegante Person – genau so eine Dame würde Eden selbst gern werden. Ihr wurde klar, dass Jacks gesamte Familie sich in den höchsten Kreisen der Gesellschaft bewegte.

Es fiel ihr schwer, das zu glauben.

Tatsächlich war sie vollkommen hingerissen davon, über dieses erstaunliche Leben zu lesen. Durch Jacindas lebendige Schilderungen entstanden Jacks Geschwister beinahe leibhaftig vor ihrem geistigen Auge. Vom Blickwinkel der kleinen Schwester aus erschienen die stolzen Lords nicht mehr ganz so einschüchternd: Robert, der unfehlbare Lord of Hawkscliffe, Sachwalter für Angelegenheiten des Adels im House of Lords und Sammler herrlicher Pianos. Seine Gnaden führten ein großartiges Haus im Herzen Londons mit seiner schönen und – wie es schien – beinah heiligen Duchess Bel.

Danach kamen die tapferen Zwillinge Damien und Lucien – der eine betrieb als Zeitvertreib die Zucht von Rennpferden, das Interesse des anderen lag darin, mit seinen umstrittenen Meinungen andere Leute zu provozieren. Damien, „unser Colonel“, wie Jacinda ihn nannte, war wohl ein würdevoller Kriegsheld, während der mysteriöse Lucien irgendeinen geheimnisvollen Dienst für die Regierung ausführte. Jacinda schrieb Jack, dass niemand ganz sicher wusste, was Lucien tat, und er selbst durfte nicht darüber reden.

Und dann war da noch der charmante Lord Alec, ein Hans-Dampf-in-allen-Gassen, der gerade das Mädchen seiner Träume für sich gewonnen hatte, zusammen mit einem großen Vermögen am Spieltisch. Jacinda schrieb auch von ihrer besten Freundin Lizzie, die ihnen so nahezustehen schien wie ein Familienmitglied und gerade einen Viscount geheiratet hatte. Lizzie, wer immer sie sein mochte, erwartete ihr erstes Kind. Nachdem sie das Datum des Briefes gesehen hatte, der bereits ein paar Monate alt war, fragte Eden sich, ob Lizzie das Baby bereits geboren hatte und ob es wohl ein Junge oder ein Mädchen war.

Was Jacinda selbst betraf, so erfuhr Eden, dass sie mit einem Marquess verheiratet war, den sie Billy nannte und von dem sie bereitwillig schwor, dass er das liebste, bestaussehende und wunderbarste Wesen auf der ganzen Welt war. Jacinda schrieb, sie wäre sicher, Jack würde ihn mögen aus Gründen, die sie dem Papier nicht anvertrauen wollte. Vor allem aber schrieb sie wahre Hymnen der Liebe über ihren kleinen Sohn Beauregard. Beaus erste feste Nahrung. Beaus erste Schritte. Beaus erster Hund. Beau, der in der Kirche in den Mittelgang entwischte, wo jeder der Anwesenden zu schwören bereit war, dass der goldhaarige Kleine das schönste Kind wäre, das sie jemals gesehen hatten. Beau war der Augapfel seines Vaters Billy …

Eden, zu Tränen gerührt, schüttelte den Kopf und ließ das letzte Blatt des schweren Leinenpapiers langsam auf ihren Schoß sinken.

Jeder Brief von Lady Jacinda endete mit denselben Worten: Danke für die Geschenke, die du geschickt hast, mein lieber Bruder. Bitte komm bald nach Hause. Wir freuen uns jederzeit, dich zu sehen. Deine dich liebende Schwester Jacinda.

Jacinda hatte es nicht hingeschrieben, aber offensichtlich wunderte sich die junge Frau, warum Onkel Jack nicht am Leben des kleinen Beau teilnehmen wollte – an ihrer aller Leben nicht.

Hätte ich eine solche Familie, dachte Eden, würde ich niemals fortgehen.

Offensichtlich empfand Jack das anders. Selbst in Jamaika genoss er den Ruf eines Einzelgängers. Wie es schien, war der zweitgeborene Bruder der Knights ebenso ein Außenseiter der menschlichen Gesellschaft wie Edens Vater. Aber warum?

Beunruhigt von dieser Frage schüttelte sie den Kopf, räumte die Briefe weg und dann auch die Waffen, den Boxpokal und darüber den schwarzen wollenen Überrock. Aber nachdem sie diese Briefe gelesen hatte, war ihr eines klar geworden.

Wie verlockend es auch sein mochte, sie durfte nicht zulassen, dass Jack ihr mit seinen verführerischen Küssen die Sinne betörte. Denn wenn es zu weit ging und sie ihn am Ende heiraten musste, dann – das erkannte sie jetzt – würde es damit enden, dass sie seine Einsamkeit mit ihm teilte, so wie es bei Papa gewesen war.

Wie ihr Vater war auch er eine zu starke Persönlichkeit, als dass sie glaubte, ihn ändern zu können. Man musste einen Mann so nehmen, wie er war.

Eden wusste, was sie wollte. Sie wollte leben. Ein ganz normales Leben führen. Alltägliche Dinge tun. Sie wollte Menschen um sich haben. Überfüllte Straßen, Chaos, Schmutz, Gelächter, Tratsch und Gerede. Sie hatte genug von der Einsamkeit, sie brannte darauf, in die Welt zurückzukehren.

Sie fühlte sich zu Jack hingezogen, das konnte sie zugeben. Aber sie musste sich selbst schützen. Wenn sie in eine Lage geriete, in der sie ihn heiraten musste und sich wieder ins Exil begeben musste, dann hätte sie ebenso gut im Regenwald bleiben und Connor heiraten können.

Der einzige Unterschied bestand darin, dass sie sich bei Jack sicher fühlte, während Connor sie kalt ließ.

Das kurze Knacken einer Vogelflinte und lautes Gelächter von der Reling her störte Dr. Farradays Konzentration.

Er saß im Schatten des Achterdecks auf einem Stapel aus alten Netzen und sah auf von seinem Buch mit Gedichten von Wordsworth, die er gelesen hatte, um sich abzulenken von den großen Sorgen um seine Tochter.

Durch seine Brillengläser blinzelte er in die Sonne und blickte dann hinüber zum Heck, um festzustellen, dass die Männer der Besatzung wieder Fregattvögel für Zielübungen benutzten. Victor presste die Lippen aufeinander und bebte innerlich vor Zorn, aber er wagte es nicht, sie aufzuhalten.

Connor und er wechselten einen wachsamen Blick. Zum Glück hatte er seinen Assistenten bereits angewiesen, sein aufbrausendes Temperament zurückzuhalten, sonst würde man sie beide umbringen.

Es war einfach Pech, dass sie eine Überfahrt nach England auf dem Schiff der Verdammten gebucht hatten.

Ein weiterer Fregattvogel explodierte mitten in der Luft, und Blut regnete ins Meer. Schmerzerfüllt wandte Victor sich ab. Ja, es waren gewöhnliche Tiere, und sie waren eine Plage, aber man konnte sie nicht essen, daher gab es keinen Grund, sie zu töten.

Keinen anderen Grund, als dass ihr betrunkener Kapitän sich damit die Langeweile vertrieb.

Victor suchte nach einer anderen Möglichkeit, den Mann abzulenken, doch er war klug genug, nicht zu protestieren. Er war fest davon überzeugt, dass man ihn bei der ersten Beschwerde über Bord werfen würde, und dass diese Besatzung aus verlorenen Seelen danach Wetten darüber abschließen würde, wie lange es wohl dauerte, bis er ertrank.

Seufzend schloss er den Gedichtband und schüttelte den Kopf, fragte sich, ob sich die Menschheit in den zwölf Jahren seit seiner Flucht auch nur ein Jota gebessert hatte. Um seiner Tochter willen blieb ihm nichts anderes übrig, als dem Lärm der Menschheit wieder entgegenzutreten, wie Wordworth es formuliert hatte.

Und wenn dieses Schiff ein Beispiel war für die Zivilisation, dann hatte er dafür noch immer keine Verwendung.

Das Schiff war rundherum übel, und Victor war schon beinahe bereit, sich einzugestehen, dass es besser gewesen wäre, mit Jack Knight zu reisen.

Edens Abschiedsbrief hatten sie einige Stunden nach ihrer Flucht entdeckt. Bis dahin war es zu dunkel gewesen, um ihr zu folgen. Sich mit den flachen Kanus aufs Wasser zu begeben, wäre Selbstmord gewesen bei all den Krokodilen in der Nähe. Daher waren sie gezwungen, bis zum Morgen zu warten, ehe sie ihr folgen konnten. Die ganze Nacht hatten sie damit verbracht, das Lager zusammenzupacken. Eigentlich wäre das Edens Aufgabe gewesen.

Connor war natürlich außer sich geraten, doch Victor hatte keine Panik verspürt. Am liebsten hätte er ihr den Hals umgedreht, doch aus einem Grund, den er selbst nicht verstand, konnte er das Gefühl nicht loswerden, dass er es hätte kommen sehen müssen.

Außerdem setzte er großes Vertrauen in den Überlebenswillen seiner Tochter und in ihren Abenteuergeist. Er hoffte, dass sie vielleicht ihre Meinung geändert hatte, dass sie sich ausgeweint und ein paar Stunden geschmollt hatte und sie sie jetzt vielleicht an der Küste finden könnten, wo sie am Strand hockte und nur zu gern bereit war, mit ihnen an den Amazonas zu reisen.

Doch dieses Glück war ihnen nicht vergönnt gewesen.

Sie hatten Edens verlassenen Einbaum versteckt unter Mangroven gefunden, aber weder von ihr noch von *The Winds of Fortune* gab es irgendeine Spur. Während sie auf der Suche nach ihr durch den Sand stapften und ihren Namen riefen, waren sie beinahe sofort mit den Spaniern aneinandergeraten, die an der Küste patrouillierten.

Man hatte sie aufgehalten, und gleich darauf sahen sie sich

den Offizieren der spanischen Marine gegenüber. Sie wurden gefangengenommen und drei Tage lang in getrennten Zellen untergebracht, wo sie ausführlich von verschiedenen Offizieren mittleren Ranges befragt wurden, die in Diensten König Ferdinands standen.

Schließlich waren ihre Identität und der Zweck ihrer Reise ins Delta bestätigt worden, nachdem man ihre Papiere gefunden hatte, die ihr Recht dokumentierten, sich dort aufzuhalten. Verbunden mit der ausdrücklichen Erlaubnis des designierten spanischen Vizekönigs in Caracas.

Viele seiner vorsichtig verpackten wissenschaftlichen Belegexemplare waren inzwischen verdorben, weil die Soldaten die Reisekisten durchwühlt hatten, um nach irgendwelchen Beweisen für kriminelle Machenschaften zu suchen. Aber wenigstens waren sie wieder frei und hatten dazu den höflichen Ratschlag erhalten, nicht zurückzukehren.

Genau das hatte Victor befürchtet. Doch dass er aus seinem Paradies vertrieben wurde, zählte nichts mehr angesichts der Tatsache, dass sein geliebtes Kind ohne ihn irgendwo da draußen war. Die Tage allein mit seinen Gedanken in der Zelle hatten all seine väterlichen Instinkte in ihm geweckt. Er hatte schon seine Frau verloren, er würde ganz bestimmt nicht auch noch sein Kind verlieren. Er machte sich Vorwürfe, weil sie davongelaufen war.

Mehr als alles andere aber war er froh, dass er in diesen angespannten, furchteinflößenden Momenten kurz vor ihrer Festnahme, als die spanischen Soldaten sie am Strand mit Gewehren und Bajonetten einkreisten, Connor dazu gebracht hatte, ihm zuzuhören. Er hatte rasch und leise mit dem aufgebrachten Australier gesprochen, und es war ihm gelungen, Connor davon zu überzeugen, jede Kenntnis von Jack Knights Besuch im Regenwald, jede Rebellenaktivität in Angostura oder irgendetwas sonst außer dem Wissen über Insekten, Reptilien und Pflanzen zu leugnen. „Wir wissen gar nichts, hast du gehört?"

Wütend, wie er war, hatte Connor nur irgendetwas geknurrt und Victor in seiner Zelle darüber nachdenken lassen, ob sein Assistent etwas verraten hatte oder nicht. Am Strand war es nicht gut für Connor gelaufen, und wenn er ehrlich war, dann erstaunte es Victor, dass sie ihn nicht auf der Stelle erschossen hatten.

Connor war beinahe durchgedreht, als sie ihm Handschellen anlegten. Wie ein wildes Tier, das in die Ecke getrieben wurde, dachte Victor voller Unbehagen. Der Australier hatte sogar einen Boxhieb ausgeteilt, doch die Spanier hatten nicht geschossen.

Stattdessen hatten sich ein halbes Dutzend Männer auf ihn gestürzt und ihn in den Sand geworfen.

Jetzt, vier Tage später, hatte Connor noch immer geprellte Rippen, ein blaues Auge, und sein Kiefer gab ein klickendes Geräusch von sich, wenn er ihn bewegte, aber er versicherte Victor, dass er nichts von Jack erzählt hatte. Zum Glück war es ihm genauso klar wie Victor, dass die Spanier sofort einige ihrer Galeonen geschickt hätten, um Jacks verdächtigen Besuch in Angostura aufzuklären, und die Seeschlacht, die sich zweifellos entwickelt hätte, hätte Eden in unbotmäßige Gefahr gebracht.

Als sie also ihre entsetzlichen Erlebnisse hinter sich gelassen hatten – oder das zumindest glaubten –, waren sie in das von den Briten gehaltene Trinidad geeilt und hatten eine Passage gebucht auf dem ersten Schiff, das sie mit dem Ziel England finden konnten.

Der einäugige und einbeinige Kapitän war offensichtlich sehr froh gewesen, ihre Zwangslage ausnutzen zu können. Statt Goldmünzen hatte er die außerordentlich teure Ausrüstung des Wissenschaftlers als Zahlung entgegengenommen, die er später versetzen wollte. Da *The Sea Witch* das einzige Schiff war, das in den nächsten Wochen Trinidad verließ, hatten Connor und er aber diese Gelegenheit ergreifen müssen.

Es war auf den ersten Blick offensichtlich gewesen, dass an

Bord der *Sea Witch* nicht alles in Ordnung war, eine lecke Fregatte mit zwanzig Kanonen, schmutzigen Decks und zerfetzten Segeln. Nach außen hin war es ihre Aufgabe, Zucker und Tabak aus Westindien nach England zu bringen, aber Victor vermutete, dass sich an Bord auch dunklere Geschäfte abspielten. Sollte das der Fall sein, so wollte er es gar nicht wissen.

Er wollte nur seine Tochter finden. Ehe er sie nicht wieder sicher in den Armen hielt, konnte ihm das Wohl der Menschheit gestohlen bleiben. Er stellte keine Fragen, und das gefiel auch dem Kapitän.

Connor und er waren darauf vorbereitet, dass ihre Quartiere schrecklich sein würden, schmutzige Kojen, verdorbenes Wasser, entsetzliches Essen – die Einzigen, die sich gut ernährten, waren die Schiffskatzen, denn es gab reichlich Ratten –, doch sie waren erst ein paar Tagesreisen vom Hafen entfernt, als es offensichtlich wurde, dass die Lage noch schlimmer war, als sie befürchtet hatten.

Der Kapitän war genau der grausame, brutale Raufbold, den sie in ihm vermutet hatten, aber die Mannschaft blickte hasserfüllt auf ihn, und Victor glaubte beinah zu riechen, wie sich eine Meuterei zusammenbraute.

Vielleicht befürchtete das auch der Kapitän, denn er verschonte niemanden, nicht einmal bei den kleinsten Vergehen.

Einen Matrosen hatte er bereits gekielholt und zwei andere auspeitschen lassen. Doch während er ständig mit seinem Holzbein klappernd auf dem Deck auf und ab ging und fluchte, verließ er sich ganz darauf, dass sein erster Maat ihn schützte, ein Mann mit dem Gesicht eines Verbrechers.

Selbst während der stilleren Stunden war die grausame Stimmung an Bord beinah körperlich fühlbar – dunkle, ungezügelte Leidenschaften, Gewaltbereitschaft, die jederzeit losbrechen konnte. Connor und Victor hatten wie gelähmt zugesehen, als die Männer eine Ratte totschlugen, die über das Vorderdeck gelaufen war. Noch immer hallte Victor das Gelächter der Besatzung in den Ohren, das er gehört hatte, als der erste Maat auf den Bugspriet geklettert war und zwei Delfine erschossen hatte, nur um zuzusehen, wie die großen Haie herankamen und sie fraßen.

Noch verstörender oder sogar bedrohlicher war Connors Verwandlung, die mit jedem Tag weiter voranschritt.

Ihm war wohl bewusst, dass nur der kräftige Australier zwischen der gewalttätigen Besatzung und ihm stand, und er war ein schmalbrüstiger, schwachen Mann mit schlechten Augen und in fortgeschrittenem Alter. Victor wusste, dass er gefährlich lebte, auch wenn er mehr Verstand besaß als die gesamte Mannschaft zusammen.

Mehr noch, er konnte riechen, wie die Meuterei immer näher rückte, und er ahnte, wenn die Gewalt losbrach, dann würde seine Schwäche aus ihm ein willkommenes Opfer machen. Mehr denn je brauchte er Connors Schutz, doch in diesen Tagen, so schien es ihm, war sein wissenschaftlicher Kollege wohl nicht ganz richtig im Kopf.

Wie immer war es unmöglich, ihn dazu zu bringen, über das zu reden, was ihn quälte, vor allem in der gegenwärtigen Lage. Victor konnte nichts anderes tun, als seinen jungen Freund zu beobachten, um irgendwie festzustellen, was nicht stimmte. Doch noch immer wusste er es nicht. Er hatte das unbehagliche Gefühl, dass sich in Connor … etwas zusammenbraute.

Etwas, das irgendwann so explodieren würde wie der Hass der Mannschaft.

Vielleicht hatte auch Eden mit weiblicher Intuition diese dunkle Seite in ihm gespürt. Vielleicht, dachte Victor mit einem Anflug von Bedauern, war das der Grund, warum sie eine Verbindung mit ihm abgelehnt hatte.

In jedem Fall, das nahm Victor sich vor, würde er seiner Tochter in Zukunft aufmerksamer zuhören, als es in der Vergangenheit der Fall gewesen war.

„Victor?“

Connors leise Frage schreckte ihn aus seinen Gedanken.

„Ja, mein Junge?“

Der Australier starrte das Deck zu seinen Füßen an, als wäre die Antwort, die er suchte, vielleicht dort zu finden, wenn er sie nur zu erkennen vermochte.

Victor nahm die Brille ab und sah ihn mit besorgtem Stirnrunzeln an. „Was ist los?“

„Es ist ... es ist meine Schuld, dass sie gegangen ist“, brachte Connor schließlich mühsam heraus.

„Aber, aber, mein Junge, wir tragen beide Schuld daran ...“

„Nein.“ Connor warf ihm einen gequälten Blick zu und schüttelte dann langsam den Kopf. „Wäre ich anders ... besser ... Aber sie hat mich nicht haben wollen, und deshalb ist sie gegangen.“

Traurig sah Victor ihn an. Er wusste nicht, was er sagen sollte. Gefühle waren noch nie seine Stärke gewesen.

„Sie kennen diesen Mann. Jack Knight.“ Connor sah Edens Vater durchdringend an. „Wird er ihr wehtun?“

Sofort wusste Victor die Antwort darauf, und er schüttelte den Kopf. Er erinnerte sich noch gut daran, wie beschützend der junge Lord Jack jeden Schritt Lady Mauras bewacht hatte. „Nein. Nicht, wenn es unter dieser rauen Schale nur noch den kleinsten Rest des Jungen gab, den ich einst kannte. Nicht im Geringsten.“

„Ich hoffe, Sie haben recht“, sagte Connor und starrte ins Leere. „Denn wenn er ihr auch nur ein Haar krümmt, ist Jack Knight ein toter Mann.“

Bis zum Abend wurde auf dem ganze Schiff darüber geredet, wie Kapitän Jack sich in der Nacht mit dem hübschen Ding in seiner Kabine amüsieren würde. Es wurden keine Wetten darauf abgeschlossen, ob er den wilden Rotschopf in sein Bett holen würde, sondern nur, wie oft und ob man wohl mädchenhaftes Geschrei dabei hören würde.

Nach dem, wie sich der blinde Passagier nachmittags an Deck benommen hatte, hofften die Männer, er würde sie besiegen, denn bestimmt würde sie versuchen, ihm die Kehle durchzuschneiden, wenn er Hand an sie legte. Ein paar meinten, wenn er schlau wäre, würde er sie fesseln.

Ja, sie sind echte Edelleute, meine Männer, dachte Jack, achtete kaum auf ihre Worte und warf ihnen nur hier und da einen finsteren Blick zu, um sie zum Verstummen zu bringen. Der Himmel allein wusste, dass die lüsternen Vorstellungen, die sie sich ausmalten, nicht gerade gegen die unterschwellige Erregung halfen, die ihn quälte seit er der reizenden Miss Farraday beim Baden zugesehen hatte.

Er wusste nicht, wie er es anstellen sollte, die Hände von ihr zu lassen, doch Jack hielt sich an seinen Entschluss, der Versuchung zu widerstehen. Sie war sehr anziehend und könnte ihm kräftige Söhne gebären, aber abgesehen von diesem Begehren, war sie so gar nicht das, was ihm vorgeschwebt hatte.

Wenn es für ihn an der Zeit war, sich eine Frau zu wählen, würde er jemanden nehmen, der unterwürfig war. Jemanden mit sanftem Gemüt. Ein Weib, das ihn niemals infrage stellen würde, sondern seine Befehle befolgte, als wäre es ein Teil seiner selbst.

Eden Farraday war ganz und gar eine eigene Persönlichkeit. Eine eigene, reizvolle, unschuldige, sinnliche Nymphe ...

Verdammt!

Es störte ihn sehr, dass er sich ständig dessen bewusst war, dass sie von allem anderen abgeschieden in seiner Kabine saß. Irgendwie durchdrang ihre Gegenwart das ganze Schiff. Die Atmosphäre hatte sich verändert. Es fühlte sich alles sehr seltsam an.

Er ärgerte sich über sich selbst, dass es ihm nicht gelang, kühl und neutral zu bleiben, also verbreitete er schlechte Laune und versuchte, durch harte Arbeit an Deck seine Gedanken von der verlockenden Frau in seiner Kabine abzulenken, und als das nicht funktionierte, versuchte er es mit ermüdenden Boxübungen – doch es nützte alles nichts.

Ihm war beinah, als könne er sie riechen – ihren frischen Duft nach Vanille und Orchideen. Es trieb ihn in den Wahnsinn.

Was war das für eine lächerliche Reaktion? Sie war nur ein Mädchen wie jedes andere. Abgesehen von ihrer exzentrischen Art, all diesen wunderbaren kleinen Marotten. *Himmel, was stimmt denn nicht mit mir?* Ein Dutzend Frauen, die schöner waren als sie, hatte er ohne einen Blick zurück verlassen.

Aber genau das war es.

Auf See und gebunden durch den Schwur, sie zu beschützen – als hätte er nicht schon genug andere Sorgen –, gab es kein Entrinnen vor Eden Farraday.

Sie befanden sich mitten auf dem verdammten Ozean, er konnte nicht handeln wie gewöhnlich und einfach wie ein Nomade weiterziehen, ehe jemand ihm zu nahe kam.

Im Gegenteil. Für die nächsten Wochen würde er ein enges Quartier mit ihr teilen und zu sehr persönlichem Kontakt gezwungen sein.

Das Schlimmste aber war, dass er sich nicht einmal angemessen darüber ärgern konnte, wie sie sich bei ihm eingeschlichen und in seinem Heiligtum häuslich niedergelassen hatte. Er war erstaunt, denn in seinem Innern drängte es ihn immer noch, sich ihr zu nähern. Das war verrückt.

Eine solch lächerliche Reaktion auf ein weibliches Wesen hatte er nicht mehr bei sich erlebt, seit er ein dummer Junge von siebzehn Jahren und bis über beide Ohren vernarrt gewesen war in die dumme Maura Prescott. Seither hatte keine Frau mehr sein Herz berührt.

Damit verdrängte er den blinden Passagier zum wiederholten Mal aus seinen Gedanken und ging, um Ballantine zusammenzustauchen.

Er fand den Waffenmeister im Krankenlager, wo der Arzt gerade den tätowierten Unterarm, den Eden verletzt hatte, mit zehn Stichen genäht hatte. Nachdem er zufrieden feststellte, dass der Kanonier von seinen Drohungen, ihm die Hölle auf Erden zu bereiten, angemessen eingeschüchtert war, ging Jack zurück zum Hauptdeck und begann, sich danach zu erkundigen, ob es irgendwelche Kleidungsstücke an Bord gab, die eine Dame tragen könnte.

Er hoffte, dass vielleicht einer der Offiziere ein Kleid für seine Frau oder Liebste daheim gekauft hatte, doch leider war das nicht der Fall. Das einzige Kleid, das sich für sie auftreiben ließ, war ein glitzerndes blaugrünes Ding, das immer der neueste Kadett bei der Äquatorüberquerung tragen musste. Es ähnelte mehr einem Karnevalskostüm als einem anständigen Damenkleid, aber es musste genügen.

„Diese Reise wird immer seltsamer", meinte Trahern und betrachtete kopfschüttelnd das Kleid.

„Ich werde Martin bitten, ihr in den nächsten Tagen ein paar ordentliche Sachen zu nähen", dachte Jack laut nach. „Im Frachtraum lagern mehrere Ballen feinster Stoffe. Ich kann nicht zulassen, dass sie erfriert. Je weiter wir nach Norden kommen, desto kälter wird es sein."

Trahern nickte. „Jack?"

„Hm?", fragte der, abgelenkt durch verschwommene Bilder, die in seinen Gedanken erschienen – Bilder, wie er selbst alles Mögliche mit seinen zukünftigen Söhnen unternahm, was niemand je mit ihm getan hatte.

Er blinzelte, sodass die Bilder verschwanden, und ärgerte sich wieder über sich selbst. „Was?"

„Du wirst … ihr nicht wehtun, oder?"

Jack hob eine Braue. „Christopher."

„Ich weiß, du begehrst sie. Nur, sie war so behütet, Jack …"

„Keine Sorge, Mann. Wie ich sagte, sie steht unter meinem Schutz. Die Besatzung mag denken, was sie will. Aber du kennst mich besser."

„Ich wollte nur sichergehen."

„Himmel, du solltest dir um mich Sorgen machen“, fügte er spöttisch hinzu. „Ich lege mein Leben in ihre Hände.“

„Was meinst du damit?“

„Ich habe sie da drinnen mit meinen Waffen zurückgelassen.“

„Das hast du getan?“, rief Trahern aus. „Wie kannst ausgerechnet du so etwas vergessen?“

„Wer sagt, dass ich es vergessen habe?“ Jack lächelte kurz. „Wenn sie sich bedroht fühlte, wird sie sie benutzen. Du hast gesehen, was sie mit Ballantine gemacht hat.“

Trahern schnaubte. „Er hatte es verdient.“

„Aye. Und deswegen werde ich der Dame keinen Grund geben, mich zu erschießen, zu erstechen, auszuweiden, zu kastrieren oder mir in anderer Weise zu schaden.“

„Na, du hast schon immer gern gefährlich gelebt. Nebenbei bemerkt, mir ist aufgefallen, dass du Ballantine für seine Schandtaten nicht ausgepeitscht hast“, fügte Trahern nach einer kleinen Pause hinzu. „Ich habe mich gefragt, warum.“

Jack war recht robust, aber jeder Mann, der nicht völlig gefühllos war, betrachtete die gelegentliche Notwendigkeit, auf See harte Strafen zu verhängen, mit Abscheu, wenn nicht sogar mit absolutem Widerwillen. Andererseits hatte Trahern recht. Auspeitschen war eine Standardprozedur. Die Männer wussten, welche Strafe auf Ungehorsam stand, und daher wusste jetzt die gesamte Mannschaft, dass Captain Jack Ballantine hatte davonkommen lassen – dieses Mal.

Jack sah ihn reumütig an. „Ich wollte nicht, dass das Mädchen die Schreie hört. Sie würde sich nur Vorwürfe machen.“

„Vielleicht sollte sie das auch.“

Stirnrunzelnd schüttelte er den Kopf. „Sie ist so unschuldig. Und sie hat schon genug durchgemacht.“

Trahern starrte ihn an.

Jack zuckte die Achseln. „Wie auch immer. Sie selbst hat Ballantine eine Lektion erteilt, denke ich. Hast du gehört, dass er mit zehn Stichen genäht werden musste?“

„Ja, ich habe es gehört." Trahern betrachtete ihn, und ein amüsiertes Lächeln spielte um seine Lippen.

„Ich gehe ins Bett", erklärte Jack.

„Gute Nacht, Captain. Gott möge Ihnen da drinnen beistehen."

Jack lachte, nickte ihm zum Abschied zu und begab sich zum Achterdeck, wobei er sich das glitzernde Kleid für Eden über die Schulter warf.

Er betrat die Tageskabine, die vom Mondlicht erhellt wurde, und genoss die leichte Brise, die von der Galerie her kam. Als er vor der verriegelten Tür zu seiner Schlafkabine stand, hielt er einen Moment inne und überlegte, ob er dort drinnen wirklich schlafen könnte.

Er könnte auch hier in der Tageskabine eine Hängematte spannen. Er drehte sich um und betrachtete die schweren Haken in den Balken. *Hm.* Privatsphäre war ein Luxus auf See. Wenn er nicht das Bett mit ihr teilte, würde sich diese Neuigkeit wie ein Lauffeuer verbreiten. Was würde die Besatzung dazu sagen? Er konnte sie beinah schon hören.

Wenn Captain Jack seine kleine Urwaldblume nicht in sein Bett geholt hatte, dann erhob er vielleicht keinen Anspruch auf sie. Das könnte so manchen dazu veranlassen zu glauben, das Mädchen sei Freiwild. Nein, solche gefährlichen Gerüchte würde er nur vermeiden können, wenn sie sein Bett miteinander teilten.

Außerdem, warum sollte er diese Unbequemlichkeiten in Kauf nehmen und seine Gewohnheiten ändern, nur weil das Mädchen als blinder Passagier gereist war? Sein abenteuerliches Leben hatte Jack gelehrt, auch im Schlaf sozusagen stets ein Auge geöffnet zu halten. Der einzige Ort, an dem er sich sicher genug fühlte, um mit zwei geschlossenen Augen zu schlafen, lag hinter dieser verbarrikadierten Tür.

Vor allem hatte er bereits entschieden, dass zwischen ihm und Eden nichts geschehen würde. Er war nicht Ballantine. Er konnte sich beherrschen. Außerdem hatte er noch viele Fragen …

Gib es zu. Du willst nur bei ihr sein, dachte er höhnisch. Du Dummkopf. Dir gefällt ihre Gesellschaft.

Vielleicht lag es auch an der Tatsache, dass sie zu den wenigen Menschen gehörte, die genauso viel wie er über die Einsamkeit wussten.

In diesem Moment erkannte er, dass er sie dort nicht Tag und Nacht sich selbst überlassen konnte. Sie würde den Verstand verlieren. Schon als er sie im Regenwald gefunden hatte, hatte sie sich nach Gesellschaft gesehnt. Das Herz, das er gar nicht besaß, schmerzte, als er daran dachte, dass sie so verletzlich gewesen war, das zu zeigen.

Dieser Unschuld wehtun?

Wenn sie ihn dafür wirklich für fähig hielt – wenn Black Jack Knight wirklich eine solche verlorene Seele war, dem jedes Ehrgefühl abhanden gekommen war –, dann wäre es ihm lieber, sie würde ihn erschießen, sobald er durch diese Tür trat.

Mit stoischer Miene holte Jack die Schlüssel hervor und begann, die Tür zu öffnen.

In der Stille schien jeder einzelne Riegel, mit dem er sich selbst so lange Zeit geschützt hatte, mit einem hörbaren Knall zurückzufahren.

Als er den Türknauf umfasste und tief Luft holte, wünschte er beinah, sie hätte ihm, in dem Moment, da er den Raum betrat, mit einem harten Gegenstand eins über den Schädel gegeben.

Ihn bewusstlos geschlagen.

Dann hätte er unmöglich dem Verlangen nachgeben können, sie zu nehmen.

Er brauchte eine Ehefrau, das ja. Aber Eden Farraday war für ihn eine zu große Bedrohung.

8. KAPITEL

Allein in Jacks Koje presste Eden sich eng an die Wand, die Augen weit geöffnet, während ihr Herz heftig schlug und sie zusah, wie die sieben Schlösser an der Tür nacheinander geöffnet wurden.

Ein wenig Mondlicht fiel in die dunkle Kabine. Es brachte die eiserne Kanone zum Glänzen und tanzte auf jedem der Riegel.

Eden zog die Decken bis zur Brust hoch und schluckte.

Sie wusste nicht, was in dieser Nacht mit ihr geschehen würde, aber mit nichts am Leib als dem Hemd des Kapitäns, eingehüllt in die Tücher, an denen noch sein Duft haftete, schien ihr Schicksal bereits besiegelt zu sein: Ein gefährlicher ehemaliger Freibeuter würde ihr die Unschuld rauben.

Früher am Nachmittag hatte sie ein wenig schlafen können, aber bei Einbruch der Nacht, als die Stunde seiner voraussichtlichen Rückkehr allmählich näher rückte, war sie wieder hellwach geworden. Sie konnte nichts tun, außer zu warten und mit wachsender Spannung auf ein Zeichen seiner Ankunft lauschen.

Das Schiff war voll von fremdartigen Lauten: Knarren und Schritte vom Deck über ihr. Wellen, die gegen den Rumpf schlugen. Vor einiger Zeit glaubte sie, den traurigen Gesang von Walen vernommen zu haben.

Dann waren schwere Schritte näher gekommen.

Noch näher.

Ihre Aufregung verwandelte sich in Furcht, als auf der anderen Seite der Tür die Schlüssel klapperten.

Dann wurden die Schlösser geöffnet, eines nach dem anderen.

Was, wenn sie ihm einfach nicht widerstehen konnte? Wenn er grob wurde?

Aus irgendeinem Grund schien ihr London weiter entfernt zu sein denn je …

Im letzten Moment entschied sie sich feiger Weise dazu, sich schlafend zu stellen. Sie schloss die Augen und lag ganz still, als die Tür einen Spaltbreit aufging. Sie hörte seinen inzwischen vertrauten Bariton, als er seinem Hund leise befahl, im angrenzenden Raum zu bleiben. Der kleine Köter, der früher am Tag ihr Versteck verraten hatte. Ohne den verflixten Hund würde sie vielleicht noch immer in ihrem sicheren Versteck auf dem Orlopdeck hocken.

Während die Tür leise knarrend weiter geöffnet wurde, spürte sie warmen Lichtschein auf ihren Augenlidern. Um ihren Wächter davon zu überzeugen, dass sie in tiefem Schlummer lag, öffnete sie die Augen nur ein ganz klein wenig, damit sie ihn durch ihre Wimpern hindurch beobachten konnte.

Sie sah, wie er zögernd an der Schwelle stehen blieb und so wenig bedrohlich aussah, wie es nur möglich war bei einem so großen Mann mit einem stoppeligen Kinn, sonnengebräunter Haut und Augen, so blau wie das wilde Meer. Er blieb stehen, als wäre er nicht sicher, ob er hereinkommen sollte, und betrachtete sie im Schein der Kerze in seiner Hand. Doch nicht voller Verlangen. Vielmehr schien er sichergehen zu wollen, dass sie unbewaffnet war.

Was zum Teufel …?

Die Anspannung seiner breiten Schultern schien ein wenig nachzulassen, als er hereinkam, wobei er sich bewegte wie jemand, der damit rechnete, in einen Hinterhalt zu geraten.

Während Eden ihn hinter halb geschlossenen Augen hervor beobachtete, fragte sie sich, was das für ein blauer Stoff war, den er da über dem Arm trug. Jack drehte sich um, schloss die Tür hinter sich und versuchte, darauf zu achten, dass sie nicht knarrte. Dann begann er, sämtliche Schlösser wieder zu schließen, wobei er sich bemühte, möglichst leise zu sein.

Das, dachte sie, ist nicht das Verhalten eines Mannes, der einer Frau Gewalt antun will. Eden kam sich ein wenig dumm vor, und als er die Tür verschlossen hatte und sich umdrehte, tat sie so, als erwache sie gerade.

„Oh, Verzeihung. Habe ich Sie geweckt?“

Sie setzte sich auf, die Decke bis zur Brust hochgezogen, und brachte ein nicht sehr überzeugendes Gähnen zustande. „Ist schon gut. Ich bin nur eingenickt.“

Er verlagerte das Gewicht von einem Fuß auf den anderen und sah sich unbehaglich um. „Äh … brauchen Sie etwas?“

Verwundert über seine Höflichkeit, schüttelte sie den Kopf.

„Gut“, erwiderte er. Er nickte ihr zu und begab sich dann plötzlich zum Waschtisch. „Oh, ich habe Ihnen etwas zum Anziehen mitgebracht.“ Sie sah auf, als er den blauen Stoff über die Kanone legte. „Ich werde die Kerze gleich löschen. Will mich nur waschen, ehe ich zu Bett gehe.“

Verwirrt nickte sie. Wer war dieser Gentleman?

War das derselbe Mann, der ihr am Nachmittag befohlen hatte, sich ihm zu Gefallen auszuziehen? Derselbe rücksichtslose Schurke, der ihr an jenem Tag im Regenwald seine Zunge in den Mund gedrängt hatte? Woher rührte dieser plötzliche Wandel? Misstrauisch sah Eden ihn an.

Sie wusste bereits, dass Jack Knight nichts ohne Grund tat.

Er hob den Deckel des Waschtischs aus Mahagoni, und das eingelassene Becken wurde sichtbar. Es hatte sogar einen kleinen silbernen Hahn, der Wasser aus einem versteckten Behälter an der Rückseite der Kommode strömen ließ. Sie sah zu, wie er sein Licht aus Bienenwachs in einen der symmetrischen Kerzenhalter stellte, um besser sehen zu können, dann nahm er ein Waschtuch aus der unteren Lade. Doch als er sich das Hemd über den Kopf zog, versteckte sie sich mit klopfendem Herzen hinter den Vorhängen seiner Koje.

Es dauerte nur einen Moment, dann war die Versuchung übermächtig. Sie beugte sich ein wenig vor, um zu beobachten, was er sonst noch tat.

Ohne sich ihrer Aufmerksamkeit bewusst zu sein, stand er im Profil zu ihr. Mit großen Augen sah sie zu, wie er nach seiner Hose griff und sie öffnete. Dann allerdings schien er es sich anders zu überlegen, stieß einen tiefen Seufzer aus und ließ sie geschlossen, zog sie nicht aus.

Eden war erleichtert, doch je länger sie ihm zusah, desto mehr gefiel ihr sein muskulöser Körper.

So schön.

Er ertappte sie dabei, wie sie ihn anstarrte, als er sich umdrehte und sich mit dem Rücken gegen das Schott lehnte, um seine Stiefel auszuziehen. Misstrauisch sah er sie an, sagte aber nichts, als er nacheinander seine Stiefel mit einem hörbaren Geräusch auf den Boden plumpsen ließ.

Sie errötete. Dann räusperte sie sich, getrieben von dem Wunsch, die Atmosphäre aufzulockern. „Was haben Sie für mich zum Anziehen gefunden?“ Ohne eine Antwort abzuwarten, kletterte sie aus der Koje und ging hinüber zu der Kanone, um den blauen Stoff anzusehen. Sie hielt das leichte, tief ausgeschnittene Kleid an den Schultern hoch und betrachtete es eine Weile, unsicher, was sie damit anfangen sollte.

Jack blickte sie an, als sie in Gelächter ausbrach.

„Was um Himmels willen ist das? Ein Kostüm für einen Maskenball?“

„So etwas Ähnliches.“ Er lächelte. „Ich glaube, wer dieses Kleid trägt, soll die Rolle der Prinzessin an König Neptuns Hof spielen.“

„Oh, es ist wunderschön! Ich liebe es!“ Sie presste den Stoff an sich und drehte sich im Kreis herum, genoss den Schwung des Stoffes. „Es schimmert so schön. Was ist das für ein Material? Lamé?“

„Ich habe nicht die leiseste Ahnung.“ Er wandte sich ihr zu, eine Braue hochgezogen. „Ihnen ist bewusst, dass das kein richtiges Kleid ist, Miss Farraday?“

„Ich finde es entzückend!“

Belustigt schüttelte er den Kopf über sie. „Trotzdem habe ich dafür gesorgt, dass mein Diener Martin morgen für Sie zu arbeiten beginnt. Bald wird es bitterkalt werden. Ich habe ihm gesagt, er soll Ihnen etwas Kleidung nähen, sodass Sie es auf der Reise nach Norden warm haben."

Obwohl seine Großzügigkeit sie beschämte, sank ihr bei seinen Worten der Mut. Während er sich näher an den Spiegel beugte und mit gerunzelter Stirn eine Fingerspitze über sein Kinn gleiten ließ, beobachtete sie ihn ernst. „Verdammt, ich brauche eine Rasur."

„Jack?"

„Ja?"

„Ich will keine Schwierigkeiten machen."

„Ach, wirklich nicht?", gab er zurück und zwinkerte ihr zu. „Seit wann das?"

Dann beugte er sich hinunter und spritzte sich Wasser ins Gesicht. „Ich weiß nicht, wie ich Ihnen das jemals zurückzahlen soll."

„Hmm." Er lächelte ihr zu, und dabei rann ihm Wasser übers Gesicht. Als er sich aufrichtete, liefen einige Tropfen bis hinunter zur Brust, und er rieb sich den Hals mit dem feuchten Waschtuch ab.

Gleich darauf wusch er sich die muskulösen Arme. Eine Weile sah Eden ihm zu, aber als sie bemerkte, dass er den Rücken nicht erreichen konnte, legte sie das Kleid weg und ging tapfer zu ihm.

Damit er ihr nicht widersprechen konnte, nahm sie ihm ohne Vorwarnung das Tuch aus der Hand, griff an ihm vorbei, um es im Becken auszuspülen, verrieb ein wenig Seife darauf und stellte sich dann wieder hinter ihn. Aus dem Augenwinkel beobachtete Jack sie.

Langsam berührte sie mit dem Tuch seinen glatten, sonnengebräunten Rücken. Zuerst spannte er die Muskeln an, als misstraue er ihrer Berührung, aber sie säuberte ihn mit langen, vorsichtigen Bewegungen, und allmählich entspannte er sich. Während sie Meerwasser und getrockneten Schweiß abwusch, nahm seine Haut einen samtenen Schimmer an.

Als sie wieder um ihn herumtrat, um das Tuch auszuspülen, folgte er ihr mit heißen Blicken.

Sie errötete und konnte plötzlich an nichts anderes mehr denken als an seine starken Arme und seine Lippen auf ihrem Mund wie an jenem Tag am Anleger.

Sie schluckte schwer und senkte den Blick. Danach nahm sie ihre Arbeit wieder auf. Jack stemmte die Arme auf die Ecken des Waschtischs und bückte sich ein wenig hinunter, damit sie seine Schultern erreichen konnte. Er ließ den Kopf sinken und schloss die Augen, während sie seine Schultern säuberte, seinen Nacken abtupfte und mit der anderen Hand sein dichtes, welliges Haar wegschob. Dann ließ sie das Tuch über seine muskulöse Brust gleiten, beinah, als liebkose sie ihn. Als sie sich seinen Flanken näherte, seufzte er.

„So viele Narben", stellte sie leise fest und fuhr mit dem Finger eine der vielen Linien nach, die den ansonsten so schön gebauten Leib zeichneten wie kleine Sprünge in einem Herkules aus Marmor.

„Ein paar", räumte er ein, die Augen noch immer geschlossen.

„Woher haben Sie diese hier?" Mit der Fingerspitze folgte sie einer langen Narbe auf der rechten Seite seines Brustkorbs.

Er öffnete die Augen, betrachtete die eine, nach der sie gefragt hatte, und lächelte dann ein wenig verlegen. „Gibraltar. Rauferei in einer Schenke mit ein paar Männern von der königlichen Marine."

„Und diese?" Eine grässlich aussehende Narbe, lange schon verheilt, auf der rechten Seite seiner Taille.

„Oh, die. Seeschlacht gegen asiatische Piraten im Indischen Ozean."

„Wirklich?"

„Sie haben uns eine Breitseite verpasst, und ich wurde von einem herumfliegenden Stück Holz durchbohrt, das ungefähr einen halben Meter lang war."

„Das ist ganz nahe an Ihrer Leber. Sie hätten tot sein können."

„Aye, das sagte man mir." Er zuckte die Achseln. „Ich hatte Glück."

„Was ist mit dieser hier?", murmelte sie und berührte die sternenförmigen Umrisse eines Lochs an seiner rechten Schulter, bei dem zu erkennen war, dass es von einer Kugel stammte.

„Diese, meine Liebe …", sanft umfasste er ihre Hand und zog sie weg, „… gehört zu einer langen Geschichte." Er küsste ihre Fingerknöchel und ließ sie dann los. „Jetzt mache ich allein weiter."

Sie widersprach nicht, denn an dem Glanz in seinen Augen erkannte sie, dass ihre Berührung für ihn eine Qual bedeutete. Stattdessen stützte sie sich nun mit dem Ellenbogen auf den Rand des Waschtischs und musterte sein Gesicht.

„Was ist?"

„Es würde mir nicht gefallen, wenn Sie noch mehr Narben bekämen."

Er lächelte sanft. „Danke, aber das ist wohl unvermeidlich."

„Sie setzen sich wirklich für die Rebellen ein, nicht wahr?" Besorgt ließ sie den Blick über seinen vernarbten Körper gleiten. „Warum dieses Risiko eingehen?"

„Ich dachte, darüber hätten wir bereits gesprochen."

„Ja, aber ich verstehe es nicht. Es ist nicht einmal Ihr Land. Das Geld können Sie auch nicht brauchen. Sie sind schon reich. Geht es nur um den Reiz?"

„Teufel, nein. Ich bin nicht tollkühn." Er ging an ihr vorbei. „Ich habe meine Gründe."

„Nichts, was Sie mir erzählen könnten?" Sie drehte sich um, damit sie ihn ansehen konnte.

Er ging wieder zur Tür, um ein letztes Mal die Schlösser zu überprüfen. Dort blieb er stehen, den Rücken zu ihr, und warf ihr nur kurz über die Schulter einen Blick zu. „Es ist sehr befriedigend, etwas tun zu können, was niemand sonst kann", sagte er leise. „Nicht einmal Leute, die sich für etwas Besseres halten. Nicht einmal ein Duke", fügte er leise hinzu.

Beinahe zärtlich sah Eden ihn an, als er sich umdrehte und sich mit dem Rücken gegen die Tür lehnte. Er erwiderte ihren Blick, machte jedoch keine Anstalten, näher zu kommen.

„Sprechen Sie von Hawkscliffe, Ihrem Bruder?"

Er schüttelte den Kopf. „Von dem verstorbenen Duke, dem vor ihm."

„Ihrem Vater?"

Er verschränkte die Arme vor der Brust und senkte den Blick. „Ja. Mein Vater", sagte er leise und höhnisch.

„Sie haben sich nicht gut mit ihm verstanden?", fragte sie leise.

„Ich konnte ihm nichts recht machen." Er zuckte die Achseln. „Es spielt keine Rolle."

Sie sah ihn an und wusste nicht, was sie sagen sollte. Offensichtlich spielte es eine große Rolle.

„Ich helfe Bolivar, weil ich es kann. Kommen Sie." Mit einer Kopfbewegung deutete er auf die Koje. „Gehen wir ins Bett."

Sie folgte seinem Blick zu der Schlafgelegenheit, die sie teilen sollten, und biss sich auf die Lippe. Plötzlich erschien ihr die zwei Meter breite Koje nicht mehr so groß.

„Nach Ihnen", befahl er.

„Welche Seite möchten Sie?"

Er betrachtete sein Bett. „Sie nehmen die Wand."

Sie nickte, holte tief Luft und kletterte über die Matratze, während Jack zum Waschtisch zurückging, um die Kerze auszublasen.

Er löschte sie und sofort war der Raum in silbriges Mondlicht getaucht, und Eden schlüpfte unter die leichte Decke.

Jack kam zu ihr. Im Schein des Mondes schimmerten seine Schultern und die breite Brust in der Farbe von Zinn. Als wären sie aus poliertem Stahl. Oder als wäre seine Haut eine Art Rüstung. Dunkle Schatten hoben die Umrisse seiner Muskeln und seines Bauches hervor. Die Narben waren jetzt nicht zu sehen.

Beim Anblick von so viel Schönheit hielt Eden den Atem an. Er setzte sich auf den Bettrand, brachte sein Daunenkissen in die gewünschte Form, legte sich dann behutsam neben sie und verschränkte die Arme hinter dem Kopf. Es entging ihr nicht, dass er die Decken zwischen ihnen liegen ließ, sodass er auf ihnen lag, anstatt sich wie sie in die Wärme zu schmiegen.

Himmel. Sie war fest davon überzeugt, dass er in der Stille ihr Herz schlagen hörte.

Als er nach ein paar Minuten seine Lage änderte, die Hände an seinen Körper legte, berührte er mit der Linken ihren Schenkel – eine flüchtige, zufällige Berührung –, aber selbst als er eine Entschuldigung murmelte, zitterte sie dabei. Es war verrückt, aber ihr ganzer Körper schien zu beben.

Genug!, rief sie sich zur Ordnung. Schlaf jetzt!

Stille.

An seinem Atem hörte sie, dass auch er hellwach war. Tatsächlich fühlte sie seine Gedanken, hörte beinah, wie er sie um eine Berührung anflehte, doch das wagte sie nicht.

Die Stille hielt an.

„Eden?“

„J…ja?“, fragte sie sofort und schluckte schwer. Ihre Brust hob und senkte sich, so schnell atmete sie.

„Darf ich Ihnen jetzt eine Frage stellen?“, flüsterte er.

Sie leckte sich die Lippen, bereit, zu fast allem Ja zu sagen. „Na gut.“ Sie rollte sich auf die Seite, stützte den Ellenbogen auf das Kissen und das Kinn in die Hand. „Was wollen Sie wissen?“

Er legte eine Hand auf seinen Bauch, drehte aber den Kopf, um sie anzusehen. Im Dunkeln funkelten seine Augen. „Warum haben Sie das getan?“

„Was getan?“

„Als blinder Passagier zu reisen.“

Aus irgendeinem Grund hatte sie mit dieser Frage nicht gerechnet. Aber wenigstens lenkte sie das von ihrem wachsenden Bedürfnis ab, sich auf ihn zu stürzen. „Ich sagte es Ihnen doch. Ich muss einen neuen Mäzen für meinen Vater finden."

„Ah ja." Er betrachtete wieder die Decke. Gerade eben konnte sie noch sein Lächeln erkennen. „Mein Geld war nicht gut genug für Sie."

Spielerisch schlug sie gegen seine Schulter. „Das stimmt nicht. Aber sie wollten den Löwenanteil am Gewinn."

„Wir verhandelten", erinnerte er sie ruhig. „Außerdem ... was haben Sie anderes von mir erwartet, als dass ich den Löwenanteil verlange? Sie sagten doch, ich wäre nur ein großer Löwe mit einem Dorn in der Pfote."

Sie lächelte. „Das stimmt."

„Sie haben den Dorn herausgezogen."

„Ich glaube", sagte sie langsam, „irgendwo tief in Ihrem Innern gibt es noch einige davon."

Er wandte den Kopf und sah sie an.

Einen Moment lang betrachteten sie einander schweigend.

„Mag sein", räumte er dann kaum hörbar ein. „Aber Sie haben meine Frage nicht beantwortet. Wenn es nur darum ging, einen Mäzen zu finden, hätten Sie mich nehmen können. Aber es geht um mehr, oder?"

Eden legte den Kopf auf das Kissen zurück, ohne den Blick von ihm abzuwenden.

Er streckte den Arm aus und streichelte mit einem Finger ihre Wange. „Was hat Sie dazu veranlasst wegzulaufen? Die Schlangen und Spinnen? Konnten Sie es nicht mehr ertragen?"

„Ich bin nicht geschaffen für die Einsamkeit, Jack." Ich bin für die Liebe geschaffen, dachte sie, aber das sagte sie nicht laut.

Sie musste es auch nicht. An seinem Blick erkannte sie, dass er es schon wusste. Er stützte sich auf den Ellenbogen und umfasste mit der anderen Hand ihre Wange. Ihr Herz schlug schneller. Er sah ihr in die Augen und beugte sich langsam vor, gab ihr genug Zeit, sich zu wehren.

Stattdessen schlang Eden die Arme um seinen Hals und zog ihn an sich, schmolz unter ihm dahin, als er mit seinen warmen Lippen ihren Mund berührte. Sie streichelte sein Gesicht, fuhr ihm mit den Fingern durchs Haar und versank in seinem Kuss, so tief, so betörend, so behutsam.

Er schob sich ein Stück weit auf sie, umfasste durch die leichte Decke hindurch ihre Taille und drückte sie an sich. So Brust an Brust mit ihm fühlte Eden, wie sein Herz schlug. Sein starker Körper, die Kraft seiner gleichwohl beherrschten Leidenschaft drohten, sie zu überwältigen. Nie zuvor hatte sie ein solches Verlangen verspürt, und doch erinnerte sie sich plötzlich an ihren Entschluss, ihm zu widerstehen.

„Jack!", stieß sie hervor und stemmte sich gegen seine Schulter.

„Eden", sagte er heiser. „Was ist los?"

„Jack … hör auf. Bitte."

Er sah sie an. Seine Brust hob und senkte sich heftig, seine Lippen wirkten wie geschwollen von ihrem Kuss. Langsam schien er, wieder zu sich zu kommen. Er wandte sich um, und gleich darauf rückte er von ihr ab und auf seine Hälfte des Bettes.

„Gute Nacht, Miss Farraday", sagte er nach einer Weile.

Erleichterung durchströmte sie, als sie feststellte, dass der Schrecken Westindiens ihr tatsächlich gehorchte. Sie lächelte ihm zu. „Gute Nacht, Lord Jack."

Am nächsten Morgen zog Eden das schimmernde Kleid der Meeresprinzessin über und freundete sich dann mit dem Hund an, während Jack nach seinem Diener läutete. Er stellte einen bemalten Paravent auf, der bisher an einer Wand gelehnt hatte, und trennte damit einen Teil der Kabine ab.

„Hier können Sie zusammen mit Martin an ihrer neuen Kleidung arbeiten."

Eden lächelte ihm zu, froh, der engen Schlafkabine entrinnen zu dürfen. Trotz aller Höflichkeit fühlten sie sich beide ein wenig verlegen an diesem Morgen, nachdem sie eng umschlungen erwacht waren. Keiner von ihnen war sicher, wie das hatte passieren können.

„Hallo!" In diesem Moment kam Jacks Diener herein, der dem Ruf seines Herrn sofort gefolgt war.

Martin, ein sorgfältig gekleideter, etwas dandyhaft wirkender kleiner Exzentriker, trat ein mit dem Nähkorb über dem Arm und der Nase hoch in der Luft. Ungeduldig winkte er einen der Matrosen herein, der unter einem großen Stapel von Stoffballen schwankte, die ihm der Diener offensichtlich aufgeladen hatte.

„Ah, da ist sie ja! Welch ein Engel!" Mit hoch erhobenen Händen segelte Martin auf Eden zu. „Ah, so ein hübsches Ding. Lassen Sie sich ansehen, Süße."

Jack lehnte sich mit der Hüfte an die Ecke seines Schreibtisches und sah amüsiert zu, wie Martin Eden im Kreis herumdrehte und dann einen Schritt zurücktrat, um sie zu betrachten, eine Hand in die Hüfte gestemmt. „Ja, hm", murmelte er zu sich selbst und schien sich für dieses Projekt zu erwärmen. „Ich denke, damit kann ich arbeiten."

Eden warf Jack einen besorgten Blick zu.

Der lächelte, und in seinen blauen Augen glitzerte es. „Dann werde ich euch jetzt allein lassen." Er stieß sich vom Tisch ab.

„Wohin gehen Sie?", erkundigte sich Eden.

„Ich muss mich anziehen. Arbeiten. Nichts zu Gewagtes, Martin", befahl er, während er zur Schlafkabine ging. „Versuch wenigstens, ein bisschen praktisch zu denken. Ich weiß, die moderne Dame läuft fast nackt herum, aber ich möchte nicht, dass Miss Farraday sich den Tod holt, wenn wir weiter nach Norden kommen. Denk daran, sie ist an die Tropen gewöhnt."

„Keine Sorge, Mylord", antwortete Martin und runzelte die Stirn, während er die Stoffauswahl betrachtete. „Ich fürchte, uns bleibt kaum eine Wahl. Ich denke, wir machen ein Tageskleid aus dem Musselin. Einen Spenzer aus dem blauen Tuch. Eine Pelerine vielleicht aus der grünen Merinowolle." Martin sprach mehr mit sich selbst als mit Eden, und Jack, der sich für solche Dinge offensichtlich nicht interessierte, war bereits gegangen. „Ach, aber es ist alles so schrecklich schlicht", klagte er.

„Es ist in Ordnung", beeilte sie sich ihm zu versichern. „Ich bin selbst mit der Nadel nicht ganz ungeschickt. Wenn ich erst in London bin, kann ich etwas Spitze besorgen und an den Rocksaum nähen, oder die Pelerine mit Bändern oder sogar Goldborte versehen."

„Keine Borte, meine Liebe. In diesem Jahr ist alles anders."

„Ist es?", fragte sie überrascht.

„Na, Kind! Es ist ein Wunder, dass Sie überhaupt etwas von Mode verstehen, da, wo Sie gewesen sind. Vermutlich haben Sie doch meistens Feigenblätter getragen."

„Aber nur ganz modische", erwiderte sie lächelnd. „Meine Cousine hat mir zu meiner Rettung Damenmagazine geschickt. Ich habe mich sehr darüber gefreut, aber da unser Lager so weit außerhalb lag, waren sie immer fast ein Jahr alt, bis ich sie bekam."

Martin sagte nichts, aber mit einem vielsagenden Lächeln griff er unter den Deckel seines Nähkorbs und zog eine Ausgabe von *La Belle Assemblée* heraus, die er ihr in die Hand drückte.

„Januar?", stieß sie ungläubig hervor. Mit weit aufgerissenen Augen starrte sie ihn an. „Die ist ja so gut wie neu!"

Sie stieß einen Schrei des Entzückens aus und umarmte ihn ohne Vorwarnung. Er lachte und errötete ein wenig bei ihrer dankbaren Begeisterung, und Eden bemerkte, dass ihre spontane Reaktion den kleinen Mann erschreckt hatte. Aber von diesem Augenblick an waren sie und Martin enge Freunde.

Sie nahmen Maß und hüllten sie in Stoffe, verglichen verschiedene Farben zu ihrem Teint vor dem Spiegel und besprachen all die Feinheiten, die notwendig waren, um jene Eleganz zu erreichen, die, wie er ihr versicherte, niemals gewollt wirken durfte.

„Ehrlich gesagt, habe ich mich darauf gefreut, seit der Captain es erwähnte. Insgeheim", räumte Martin ein, „habe ich mich immer darin versuchen wollen, für Damen zu arbeiten."

„Das habe ich nicht gehört", murmelte Jack, der gerade zurückkam, glattrasiert, in einer einreihigen, dunkelblauen Weste, die er sorgfältig zugeknöpft über einem sauberen weißen Hemd mit weiten Ärmeln trug, dazu eine baumwollene Hose über glänzenden schwarzen Stiefeln. Er richtete noch den straffen Knoten seines ebenholzschwarzen Halstuchs, während er zum Tisch in der Mitte trat, um ein paar Seekarten zu holen.

Mit großen Augen betrachtete Eden ihn, als er an ihr vorbeiging.

Himmel, wenn sie ihm schon in der letzten Nacht kaum hatte widerstehen können, als er ein wilder, verschwitzter, halb nackter Barbar war, wie sollte sie sich beherrschen, wenn er so aussah wie jetzt, ganz fein, sauber und elegant?

Als er sie ein wenig verlegen ansah, klappte sie den Mund wieder zu, aber sie staunte immer noch.

Die blaue Weste verlieh seinen Augen die Farbe von Saphiren, die gebräunte Haut wirkte wunderschön, und das vorhin noch so kratzige Kinn, glatt und frisch, verlockte zum Berühren.

Durch die Rasur wurden seine gut geschnittenen Züge nur noch deutlicher sichtbar, und das saubere Aussehen hatte aus dem Piraten einen Prinzen gemacht. Himmel, er war nicht nur attraktiv, er war herrlich!

Ehe er hinausging, um sein Schiff auf Kurs zu bringen, verneigte sich Jack kurz, aber höflich vor ihr. Er hinterließ einen zarten Duft von seinem Rasierwasser.

Als Martin sich zu ihr umsah, blitzte es übermütig in seinen Augen. „Wie ich sehe, haben Sie einen gewissen Einfluss auf jemanden, meine Liebe."

Sie lächelte, biss sich auf die Lippe und errötete.

Etwas später an Deck, erhielt Jack Meldung von Lieutenant Peabody, dass sich die Verfassung des Schreibers in der Nacht verschlechtert hatte.

Selbst die Medizin konnte nichts mehr für den armen Peter Stockwell tun. Während Jack noch darüber nachdachte, fand er sich plötzlich in seiner Kabine wieder, wo Martin Eden in hellgrünen Musselin gehüllt hatte.

„Bei diesem herrlichen roten Haar müssen Sie vorsichtig sein mit der Wahl der Farben für Ihre Garderobe …"

„Jack!" Edens hübsches Gesicht erstrahlte, allerdings war er sicher, dass es weniger an seiner Erscheinung lag als an ihrer Begeisterung über die Arbeit an ihren schönen neuen Kleidern. Doch sie bemerkte sofort seine nachdenkliche Stimmung und sah ihn besorgt an. „Was ist los?"

„Bedaure, stören zu müssen. Miss Farraday – einer meiner Männer ist sehr krank. Es sieht aus wie das gelbe Fieber. Der Feldscher meint, er schafft es vielleicht nicht. Ich habe mich gefragt, ob es vielleicht in Ihrer Tasche irgendein Unkraut aus dem Regenwald gibt …"

„Ich bin schon unterwegs." Sie befreite sich bereits von dem Musselin, sodass ihr Meeresprinzessinnen-Kostüm wieder zu sehen war.

Sie nahm den Rucksack mit den botanischen Mustern ihres Vaters und ging zu Jack. Martin blieb verblüfft zurück, die Hand mit der Nadel noch erhoben.

„Hier entlang", murmelte Jack und führte Eden zum Niedergang, von der aus eine Treppe zu den unteren Decks führte.

„Wie lange war er krank?"

„Ein paar Tage."

Sie gingen hinunter zum Krankenrevier, das sich vorn am mittleren Waffendeck befand, und ganz kurz rümpfte Jack die Nase bei dem Geruch von Essig, der benutzt wurde, um diesen Ort zu reinigen. Er zeigte ihr den Weg zu dem Patienten, der zitternd in seiner Koje lag, fest im Griff eines Fieberdeliriums.

Der Wundarzt Mr. Palliser stand neben Stockwells Bett. Als er Jack sah, schüttelte er bedauernd den Kopf.

Jack und Eden traten zusammen an Stockwells Bett, und er verzog das Gesicht, als er den schmerzgepeinigten Ausdruck im Gesicht seinen treuen Schreibers sah. Der bleiche Mann war schweißüberströmt und zitterte. Obwohl er kaum bei Bewusstsein war, sah er Eden aus glasigen Augen an.

Sie bedachte ihn mit einem zärtlichen und mitleidigen Blick und nahm seine Hand. „Wie heißt er?"

„Stockwell. Peter Stockwell."

„Peter, wie fühlen Sie sich?", fragte sie leise. „Können Sie mich hören? Ich bin hier, um Ihnen zu helfen." Sie nahm das feuchte Tuch auf, das neben dem Bett lag, und tupfte ihm damit das Gesicht ab. „Sie werden wieder gesund, hören Sie? Es wird nur ein Weilchen dauern."

Ihr Blick fiel auf Stockwells Arm, an dem sie, als sie das Handgelenk herumdrehte, Anzeichen dafür sah, dass er kürzlich zur Ader gelassen worden war.

Jack bemerkte, wie sich ihre Miene für einen Moment verhärtete.

„Also, wir werden ihn nicht mehr zur Ader lassen", befahl sie in erstaunlich festem Ton.

„Ich bitte Sie, meine liebe junge Dame!", entfuhr es dem Arzt. Dann räusperte er sich. „In solchen Fällen ist es üblich, zur Ader zu lassen", erklärte er. Von dem blinden Passagier Anweisungen zu bekommen, wie er seine Arbeit zu tun hatte, gefiel ihm gar nicht. Schließlich hatte er schon Leben gerettet, ehe dieses Mädchen hier geboren wurde. „Die faulen Säfte müssen entfernt werden ..."

„Versuchen wir etwas anderes", sagte sie, allem Anschein nach bereit, um Stockwells Leben zu kämpfen.

„Captain?" Mit gequälter Miene sah Palliser zu Jack hinüber.

Jack überlegte. Das Leben eines Menschen stand auf dem

Spiel. Pallisers Methode hatte bereits versagt, daher entschied Jack, Eden zu vertrauen. Schließlich war sie die Tochter des großen Dr. Farraday. Ein oder zwei Dinge würde sie wissen über diese tropische Medizin. „Tun Sie, was sie sagt."

Palliser sah ihn entsetzt an, aber Eden warf Jack einen dankbaren Blick zu, während sie ihren Beutel von der Schulter nahm.

„Ich werde einen Mörser, Stößel und ein Viertel kochendes Wasser brauchen", sagte sie zum Assistenten des Arztes. „Wir sollten versuchen, ihn dazu zu bringen, etwas Flüssigkeit zu sich zu nehmen. Das braucht er. Gibt es Eis an Bord?"

„Nicht viel", sagte Jack.

„Bringen Sie mir, was immer Sie entbehren können. Wir müssen das Fieber senken. Wenn sonst nichts hilft, müssen wir ihn ins Wasser tauchen."

Jacks kurzes Nicken veranlasste den zweiten Maat, ihrer Anweisung zu folgen, dann wandte Eden sich ihm zu und schob ihn sanft zur Tür. „Gehen Sie. Halten Sie sich von hier fern. Was immer es sein mag, ich will nicht, dass Sie es auch bekommen."

„Ich werde nicht krank. Was ist mit Ihnen?"

„Machen Sie sich keine Sorgen um mich, ich bin an derlei Dinge gewöhnt. Gehen Sie."

„Eden, ich bin der Captain und verantwortlich für alle Männer an Bord. Und für alle Frauen."

Sie schenkte ihm ein Lächeln. „Na schön. Dann machen Sie sich nützlich, Captain. Ich bleibe bei Mr. Stockwell. Gehen Sie und fragen Sie herum, ob irgendwer in der Mannschaft dieselben Symptome hat. Schicken Sie sie hierher, das wird die Gefahr eindämmen."

„Aye, aye, Madam." Er deutete ein Salutieren an.

Zu seiner Erleichterung führte seine Befragung zu keinen Ergebnissen. Die Krankheit hatte sich noch zu keinem anderen Besatzungsmitglied ausgebreitet. Jack kam zurück, um sich davon zu überzeugen, dass Eden alles hatte, was sie brauchte, doch das Steuern des Schiffes erforderte seine ganze Aufmerksamkeit, und daher musste er sich damit zufriedengeben, mehrmals am Tag hereinzusehen.

Bis zum nächsten Abend war er nicht der Einzige, der beeindruckt war von der unerschrockenen Miss Farraday. Zwei Tage lang hatte sie sich pausenlos um ihren Patienten gekümmert und sich kaum zehn Minuten Zeit für sich selbst genommen.

Als Jack im Krankenrevier erschien, um sich über die Fortschritte Bericht erstatten zu lassen, hörte er, wie sie mit den Helfern des Arztes sprach, und blieb vor der Tür stehen, um neugierig der Tochter des großen Dr. Farraday zu lauschen.

Sie hörte sich die Fragen des Arztes an über den Tee, den sie aus Kräutern und Rinde gebraut hatte, wie ihr Vater und sie es von dem Schamanen der Waroa gelernt hatten. Der Arzt und seine Männer hatten viele Fragen zu den anderen getrockneten Pflanzen in ihrer Tasche und erkundigten sich nach dem pharmazeutischen Nutzen jeder einzelnen.

„Und die hier?"

„Ah ja, eine der besten Entdeckungen meines Vaters. Das sind Blätter der Akazie, ein großer Busch, der an den Flussufern wächst. Zerdrückt ergeben sie ein gutes Heilmittel gegen Hautinfektionen. Als Salbe können sie zur Heilung von Fleischwunden beitragen." Sie zeigte ihnen noch eine andere. „Dies hier ist Agrobigi. Ein Tee daraus hilft gegen die Ruhr."

„Und das?"

„Ein starkes Schmerzmittel. Die Eingeborenen nennen es *Al-lah-wahrah-wah-ku*. Es gehört zur Familie des Schwarzen Pfeffers."

Mit wenig Erfolg versuchten die Männer, den Namen nachzusprechen.

Belustigt senkte Jack den Kopf und hörte ihr weiter zu, wobei sein Stolz auf ihre Fähigkeiten zunahm.

„Dies hier ist Bergibita gegen Bauchschmerzen", fuhr sie fort. „Das Jarakopi zum Fiebersenken. Wenn die Chinarinde nicht hilft, greifen wir bei Mr. Stockwell darauf zurück. Und dies hier Komaka Wiriwir. Es hilft gegen Krankheiten des Zahnfleischs."

Alle staunten.

„Wogegen hilft dies hier?", wollte einer der Helfer wissen.

„Vorsichtig damit", sagte sie und nahm es ihm mit einem wissenden Lächeln aus der Hand. „Dies ist Caapi, auch bekannt als Gottesrebe. Ein starkes Beruhigungsmittel und Halluzinogen. Wenn Sie etwas davon in den Mund bekommen, verschwinden Sie ins Traumland und schwimmen dort mit den Meerjungfrauen."

Die Männer lachten über ihre charmante Warnung, doch dann hörte Jack jemanden kommen und blickte den dämmerigen Gang hinunter.

„Was machen Sie denn hier?", wollte er wissen, als Ballantine aus dem Zwielicht auftauchte.

„Captain, Sir." Der Mann verneigte sich. „Der Doktor sagte, ich sollte ihn meine Stiche ansehen lassen, damit er feststellen kann, ob es mir gut genug geht, um zu arbeiten." Ballantine warf einen Blick durch die angelehnte Tür zum Krankenzimmer, sah Eden und erbleichte.

Jack schnaubte und nickte dem Kanonier dann zu, damit er weiterging. Doch der bohrende Blick, den er ihm dabei zuwarf, genügte, um ihm zu sagen, er sollte sich benehmen.

Der hochgewachsene, kahlköpfige Seemann betrat den Raum. Jack hielt sich weiterhin verborgen. Er war neugierig, wie Eden reagieren würde.

Beim Anblick des riesigen Kanoniers erstarrte sie, aber Ballantine wusste, dass der Kapitän ihn beobachtete. Sein zurückhaltendes Benehmen zeigte deutlich, dass er sich vor Eden ebenso wenig fürchtete, wie sie Grund hatte, vor ihm Angst zu haben.

Sie hielt Abstand und blieb in der Nähe von Stockwells Koje, während Mr. Palliser sich die Stiche des Kanoniers ansah.

Aber als der Arzt damit fertig war, tat sie etwas, das Jack erstaunte.

Tapfer hob sie den Kopf und ging auf Ballantine zu, den Rucksack über der Schulter.

Überrascht sah Palliser sie an, als sie vor Ballantine stehen blieb, der jetzt auf einer Bank an der Wand saß.

„Entschuldigen Sie", sprach sie ihn förmlich an. „Ich hörte, Ihr Name ist Ballantine."

Misstrauisch blickte der Kanonier auf. „Aye, Madam. So nennt man mich." Wachsam betrachtete er sie von der Seite.

„Mein Name ist Eden Farraday. Ich wollte nur sagen ... nun, dass es mir leidtut, Sie verletzt zu haben. Es war eine instinktive Reaktion. Ich hoffe, Sie verstehen das."

Ballantine blickte sie verblüfft an. „Sie entschuldigen sich, Miss? Bei mir?"

Sie nickte entschieden. „Ich fürchte, wir haben uns beide schlecht benommen, aber es tut mir leid, dass Sie Schmerzen hatten, und ich hoffe, Sie nehmen es mir nicht übel."

Tapfer streckte sie die Hand aus.

Jack wusste, der Kanonier wagte es nicht, sie zu ergreifen. Nicht, nachdem der Kapitän gedroht hatte, jeden aufzuhängen, der sie anrührte.

„Ist nicht wichtig." Mit einem unbehaglichen Schnauben wandte Ballantine sich ab, doch aus dem Augenwinkel beäugte er sie noch immer misstrauisch.

Eden erstarrte, als er ihr Friedensangebot so zurückwies, doch sie war nicht eingeschüchtert. Sie griff in ihren Rucksack und holte eines ihrer geheimnisvollen Mittel heraus. „Hier. Versuchen Sie diese Salbe. Damit wird die Wunde schneller heilen."

„Wenn es Ihnen nichts ausmacht, lasse ich das lieber, Miss."

Sie senkte den Kopf. „Ich verstehe. Sie haben keinen Grund, mir zu trauen. Nun, ich werde sie hier in der Krankenstation lassen, falls Sie Ihre Meinung ändern sollten, Mr. Ballantine."

Der Kanonier murmelte so etwas wie ein Dankeschön und erhob sich. Ohne sie aus den Augen zu lassen, begab er sich zur Tür. Auf dem Weg hinaus blieb er kurz stehen, um Jack einen verwunderten Blick zuzuwerfen.

Jack konnte ein Lächeln nicht unterdrücken und zuckte die Achseln.

Wieder neigte Ballantine den Kopf und ging an seine Arbeit zurück.

Schließlich betrat Jack das Krankenrevier und musterte seinen blinden Passagier bewundernd.

„Warum lächeln Sie?", erkundigte sie sich und bedeutete ihm, leise zu sein, denn ihr Patient war eingeschlafen.

Ganz leicht legte Jack den Arm um ihre Schultern, beugte sich hinunter und küsste ihre Wange. „Nichts. Wie geht es Ihnen?"

Sie rieb sich das Genick, rümpfte ein wenig die Nase und lächelte etwas schief. „Ich glaube, ich habe Hunger."

„Machen Sie eine Pause. Martin oder Trahern werden dafür sorgen, dass man Ihnen aus der Kombüse etwas zu essen schickt."

„Ich kann ihn nicht …"

„Wenn es Sie beruhigt, werde ich weiter hier Wache halten. Gehen Sie. Sie sind den ganzen Tag hier gewesen."

„Sind Sie sicher, dass es Ihnen nichts ausmacht?"

Sanft schob er sie zur Tür, fühlte, wie ihm bei ihrem Lächeln warm ums Herz wurde, und setzte sich dann auf den Stuhl, den sie neben Stockwells Koje gezogen hatte.

Etwa eine Stunde später kehrte sie zurück und brachte Tee für sie beide mit. Das abendliche Zwielicht war tiefer Dunkelheit gewichen, daher hatte Jack auf dem Tisch, der direkt neben seinem Stuhl stand, eine Laterne entzündet. Bei ihrem Erscheinen stand er auf, bot ihr den Platz an und berichtete ihr über den ereignislosen Verlauf seiner Wache. Gleich darauf saßen sie mit ihrem Tee am Tisch, während das Licht der Laterne heruntergedreht wurde.

Stockwell schlief weiter.

„Sie hätten sich nicht bei Ballantine entschuldigen müssen", meinte Jack und sah zu, wie sie ihren dampfend heißen Tee genoss. „Der Mann ist ein Grobian."

„Selbst er verdient es, mit Respekt behandelt zu werden", erwiderte sie lächelnd. „Außerdem dachte ich mir, ein wenig Diplomatie von meiner Seite würde Ihnen das Leben erleichtern – es hilft, den Frieden an Bord zu halten. Ich wollte keine Schwierigkeiten bereiten, Jack." Sie schüttelte den Kopf. „Ich bin nur froh, dass ich mit meinem Stich mein Ziel verfehlt habe, sonst hätte ich ihn vielleicht getötet. Es war reiner Zufall, dass ich nicht die Hauptschlagader in seinem Arm getroffen habe. Dann wäre er verblutet."

„Er hätte Sie mühelos aufschlitzen können."

Sie lächelte und zwinkerte ihm zu. „Nicht, solange Sie in der Nähe standen."

Er freute sich über ihr Vertrauen in ihn, seufzte, lehnte sich dann langsam zurück und sah ihr in die Augen. „Vielleicht sollten wir beide noch einmal über das Vorhaben Ihres Vaters sprechen. Diese Heilmittel. Sie sind sehr beeindruckend."

„Ich weiß. Es läuft alles auf den Umstand hinaus, dass es Papa gelungen ist, das Vertrauen des Schamanen zu gewinnen. Die Stämme teilen ihr Wissen nicht mit Außenstehenden, außer man kann sie von der eigenen Vertrauenswürdigkeit überzeugen. Und darin", fügte sie hinzu, „liegt Papas Stärke."

„Die Möglichkeiten dieser Mittel sind fantastisch. Fangen wir mal mit dem militärischen Nutzen an. England hat überall in den tropischen Zonen dieser Welt Truppen stehen. Indien zum Beispiel. Zwei meiner Cousins sind dort bei der Kavallerie, und die Fieber, die durch alle Ränge fegen, dezimieren ihre Kräfte nach jedem Monsun. Und dann Westindien, das Mittelmeer, die tropischen Gegenden des australischen Kontinents. Selbst die südlichen Teile Amerikas werden vom Sumpffieber geplagt. Wissen Sie, wie viele Nationen viel Geld bezahlen würden, um ihre Truppen am Leben zu erhalten?"

„Jack, der Sinn unserer Heilmittel ist es nicht, die Chancen im Krieg zu verbessern. Sie sollen Leben retten, nicht nehmen. Außerdem sind sie unverkäuflich."

„Was?"

„Es wäre ein Fehler, sie zu horten, wenn Menschen sterben. Diese Heilmittel gehören der gesamten Menschheit. Meine Güte, ich rede schon wie Papa."

„Eden", flüsterte Jack und betrachtete nachdenklich ihr Gesicht. „Diese Welt ist kein guter Ort für Idealisten. Sie müssen sich um Ihre eigenen Interessen kümmern, denn das wird niemand sonst für sie tun."

Ihre Miene war ernst, als sie über seine Worte nachdachte, dann sah sie Peter Stockwell an.

Jack nahm noch einen Schluck Tee. „Sagen Sie mir, woran Ihr Vater noch arbeitet."

Sie lachte spöttisch bei seiner Frage. „Als ich das letzte Mal mit ihm sprach, wollte er zum Amazonas. Deswegen konnte ich unmöglich bleiben."

„Zum Amazonas?", wiederholte Jack verblüfft. Dann sah er sie entsetzt an. „Wie, nur Sie drei?"

„Und unsere Diener sowie ein paar Indianer."

„Gütiger Himmel, das ist der nackte Wahnsinn!"

„Ja, ich weiß", erwiderte sie und drehte sich in ihrem Stuhl herum, um ihn besser ansehen zu können. „Sie stimmen mir also zu? Wirklich, Jack?"

„Und wie ich das tue. Es wäre komplett verrückt, so etwas ohne eine richtige Expedition unternehmen zu wollen. Dafür ist Geld nötig, gründliche Planung." Mit gerunzelter Stirn dachte er darüber nach. „Nur zum Überleben bräuchte er eine Mannschaft von zwanzig oder dreißig bewaffneten Männern. Vorräte für mindestens ein Jahr. Packtiere. Boote. Ein paar Ärzte für den Fall eines Unglücks. Ein halbes Dutzend weiterer Assistenten. Eine Mannschaft mit Zeichnern, Ingenieuren, Scharfschützen. Einen großen Vorrat an Tauschwaren, um freie Bahn zu haben bei den möderischen Stämmen im Landesinnern. Meine Güte, und dann eine Frau mitnehmen? Hat Ihr Vater denn nicht daran gedacht, was Ihnen da draußen so alles zustoßen könnte?"

Eden seufzte. „Er glaubt, dass ich immer an seiner Seite am sichersten bin, egal was passiert. Nur die ‚korrupte Zivilisation' schreckt meinen Vater. Ach, ich kann Ihnen gar nicht sagen, wie erleichtert ich bin, Jack", sagte sie und legte liebevoll eine Hand auf seinen Arm. „Ich hatte solche Angst, dass ich einfach nur ... selbstsüchtig bin."

„Selbstsüchtig?" Er lachte spöttisch. „Vernünftig wäre passender." Er schüttelte den Kopf. „Ich weiß gar nicht, was ich dazu sagen soll. Ich glaube, Ihr Vater ist zu lange in der Wildnis gewesen. Offensichtlich denkt er nicht klar."

Einen Moment lang sah sie ihn zustimmend an. Und dass sie froh war über seine Worte, stand ihr deutlich ins Gesicht geschrieben. „Wissen Sie, was er gesagt hat, als ich ihn anflehte, den Regenwald zu verlassen? Die Wünsche eines einzelnen Menschen sind unwichtig neben dem großen Ganzen. Dass wir uns manchmal opfern müssen."

Jack sah ihr in die Augen. „Haben Sie nicht genau das in den letzten zehn Jahren getan?"

„Zwölf", flüsterte sie.

„Wie kann er so etwas sagen, nachdem Sie sich ihm so lange gefügt haben?"

Sie senkte den Kopf. „Manchmal denkt er einfach nicht nach."

Jack betrachtete sie liebevoll und zugleich besorgt. „Was ist mit dem Helfer Ihres Vaters, O'Keefe? Hat er nicht versucht, Victor den Plan mit dem Amazonas auszureden?"

„Oh, natürlich nicht. Connor hielt das für eine gute Idee."

„Auch den Plan, Sie mitzunehmen?"

„Vor allem, mich mitzunehmen." Sie zog ihren Arm zurück

und verschränkte die Hände auf dem Schoß.

Jack hob eine Braue. „Ich verstehe. Es … es ist da also etwas zwischen Ihnen beiden?"

„Er wünscht sich, es wäre tatsächlich so", sagte sie leise und betrachtete ihre Hände.

„Eden."

„Papa schlug vor, dass …" Sie seufzte. „Wenn ich mich in der Wildnis einsam fühle, dann sollte ich doch Connor heiraten."

Er musterte sie. „Und dieser Plan gefiel Ihnen nicht?"

„Ich liebe ihn nicht", erwiderte sie heftig und schüttelte dann den Kopf. „Ich habe es versucht, aber ich kann nicht."

„Warum nicht?"

Sie sah ihm in die Augen. „Ich habe das Vertrauen zu ihm verloren."

„Wie das?"

Sie seufzte tief und beschloss dann, Jack diese dunkle Geschichte zu erzählen. „Als ich sechzehn war, folgte mir ein junger Indianerkrieger, vielleicht zwanzig Jahre alt, in den Wald. Ich war allein unterwegs, um meine Orchideen zu zeichnen. Als er sich zeigte, erschrak ich. Er warb um mich. Zuerst war ich nur aufgeregt, aber als er mich nicht in Ruhe ließ, bekam ich es mit der Angst zu tun."

Jeder Muskel in Jacks Körper spannte sich, während er ihr zuhörte. „Weiter", sagte er ruhig.

„Connor hörte mich schreien. Im Nu war er bei mir, ich wusste gar nicht, wie er mich so schnell hatte finden können. Aber er hat den Jungen von mir weggezogen und ihn vor meinen Augen bewusstlos geschlagen. Es war entsetzlich anzusehen. Er hat ihn … einfach zerfetzt. Er schlug ihn so heftig, dass der Junge ein paar Tage später starb." Sie zögerte, ihre Augen glänzten, während sie bei der Erinnerung den Kopf schüttelte. „Connor war über und über mit Blut bedeckt. Ich werde niemals vergessen, wie er mich ansah."

Jack schwieg.

„Seither scheint er mich für sein Eigentum zu halten. Ich vermute, dass er schon immer so empfunden hat und sich deshalb auch so verhielt.“

„Kommen Sie her.“ Er zog sie näher und legte den Arm um ihre Schultern. Sie lehnte sich an ihn, und Jack küsste ihre Schläfe. „Niemand wird Sie je besitzen, Eden Farraday. Wenn es so war, wie Sie es schildern, hatten Sie vollkommen recht, von dort wegzuwollen.“

Sie schwieg einen Moment, doch er spürte, dass sie noch etwas auf dem Herzen hatte.

„Was ist?“, fragte er und berührte mit den Lippen ihre Stirn.

„Vielleicht verfolgt er Sie, Jack. Ich bezweifle, dass Connor den Wald verlassen würde, nur um mich zu suchen. Er hasst die Welt und findet sich in der Zivilisation nicht zurecht. Aber Sie sollen wissen, dass diese Möglichkeit besteht. Als er sah, wie Sie mich küssten, war er außer sich.“

„Verdammt!“ Jack seufzte. „Ich habe Sie damit also in Gefahr gebracht.“

„Das macht mir nichts aus“, sagte sie schnell und schenkte ihm ein scheues Lächeln. „Außerdem war es nicht nur die Tatsache, dass Sie mich geküsst haben, die ihn so wütend gemacht hat. Aus seiner Sicht war es sicher viel schlimmer, dass er sah, wie ich den Kuss erwiderte.“

„Ja, das haben sie allerdings“, sagte Jack leise und zupfte liebevoll an einer ihrer Locken.

„Wie sollte ich auch nicht?“, fragte sie errötend. „Sie haben mir kaum eine Wahl gelassen.“

„Oh, kommen Sie, so schlimm war es nicht, oder? Außerdem musste es sein.“

„Warum? Weil Sie sich über meinen Vater geärgert hatten?“

Er schüttelte den Kopf und strich mit dem Daumen über ihre vollen Lippen. „Es war unmöglich fortzugehen, ohne Sie zu küssen. Wenigstens kosten musste ich einmal.“

Sie errötete und senkte den Blick.

Jack beobachtete sie voller Verlangen.

„Der Punkt ist", fasste sie zusammen, „ich würde es nicht für unmöglich halten, dass Connor versucht, es Ihnen irgendwie heimzuzahlen."

„Keine Sorge, meine Liebe. Ich fürchte mich nicht vor ihm."

„Aber ich", sagte sie ein wenig kläglich.

Überwältigt von dem Wunsch, sie zu beschützen, zog Jack sie auf seinen Schoß. „Kommen Sie zu mir. Es ist alles gut", flüsterte er. Sanft drückte er ihren Kopf an seine Schulter, sie schlang die Arme um ihn und barg ihr Gesicht an seiner Halsbeuge. „Niemand wird Ihnen wehtun. Nicht solange ich da bin."

Sie umarmte ihn fester und küsste ihn zärtlich auf die Wange. Nach einer Weile murmelte sie: „Ich mag es, wenn Sie frisch rasiert sind."

Er achtete kaum darauf. „Erinnern Sie sich an alles, was ich vorhin über die Förderung der Forschungsarbeit Ihres Vaters gesagt habe?"

Sie nickte.

„Ich nehme es alles zurück", erklärte er. „Ein neuer Mäzen ist das Letzte, was Sie und Ihr Vater brauchen. Und Sie wollen das doch auch überhaupt nicht, oder? Ein Mäzen würde ihm nur die Möglichkeit verschaffen, ins Nirgendwo zurückzukehren und Sie dorthin mitzunehmen. Sie müssen allmählich ehrlich zu sich selbst sein, Eden. Das wollen Sie gar nicht."

„Nein", gab sie zögernd zu.

„Sie brauchen etwas Abstand vom Regenwald, ehe er Sie beide in edle Wilde verwandelt."

„Ja." Sie umarmte ihn fester, beinahe leidenschaftlich. „Oh Jack. Ich hoffe so sehr, dass Papa mir aus dem Regenwald hinausgefolgt ist …"

„Ich bin sicher, das hat er getan. Er muss krank sein vor Sorge. Das könnte gerade das Richtige gewesen sein, um ihn wieder zu Verstand zu bringen."

„Wenn er London wiedersieht, Tante Cecily und all meine Cousins und Cousinen, dann wird er bestimmt erkennen, dass es dort nicht so schlimm ist, wie er geglaubt hat. Mutters Tod hat ihn so sehr verändert. Er hat sich dort im Wald regelrecht versteckt."

„Und Sie bei sich festgehalten. Hören Sie mir zu." Er umfasste ihr Gesicht mit beiden Händen und sah sie ernst an. „Sie müssen sich nicht schuldig fühlen, weil Sie gegangen sind. Ihr Vater ist derjenige, der sich selbstsüchtig verhalten hat. Und wenn ich ihn das nächste Mal sehe, werde ich es mir nicht nehmen lassen, ihm das auch zu sagen."

Sie lächelte traurig. „Er würde Ihnen kaum zuhören."

„Sie haben mich noch nicht brüllen gehört", erklärte er leise und umfasste behutsam ihr Kinn. „Jetzt nichts mehr über Mäzenatentum oder das, was Ihr Vater will. Von nun an zählt nur noch die Frage, was Sie wollen, Eden."

In seinen Armen entspannte sie sich wieder und lehnte den Kopf an seine Schulter. „Ich will dasselbe wie immer", sagte sie, nachdem sie einen Moment lang darüber nachgedacht hatte. Dann hob sie den Arm und spielte mit seinem Haar, ein gedankenverlorenes Lächeln auf den Lippen. „Ich will nach London gehen und an allen Vergnügungen der Saison teilnehmen."

„Hm." Er schlang einen Arm um ihre Taille. „Und warum wollen Sie das?"

„Ach, ich weiß nicht, Sie glauben vermutlich, dass es dumm klingt. Aber es ist einfach ... Mir scheint, London ist der Ort, an dem wirklich das Leben stattfindet." Sie schüttelte den Kopf, und er konnte nur versuchen, aus ihrem verträumten Blick zu erraten, welche Bilder sie gerade vor sich sah. „So viele Menschen. So viel zu tun. Die eleganten Geschäfte und Häuser. All die schönen Lords und Ladies – genau wie in den Magazinen." Sehnsüchtig lehnte sie sich an ihn. „Wie sehr wünsche ich mir, so wie sie sein zu können."

Jack hielt sie fest und schwieg. Er wusste nicht, was er sagen sollte.

Er hatte das Gefühl, es gäbe etwas, das sie ihm noch nicht gesagt hatte, aber in dem, was sie gesagt hatte, waren bereits so viele falsche Vorstellungen gewesen, dass er nicht wusste, wo er anfangen sollte, ihre unschuldigen Worte zu korrigieren.

Außerdem war das nicht seine Aufgabe. Wer war er denn schon, dass er ihre Kleinmädchenfantasien über die glanzvollen Reize Londons zerstört hätte? Er verspürte keinerlei Wunsch, sie zu enttäuschen, vor allem nicht jetzt, da sie sich ihm so geöffnet hatte.

Vielleicht brauchte sie diesen Traum gerade jetzt, um genügend Mut zu sammeln für den unbekannten Weg, der vor ihr lag. Er sorgte sich nur darum, was wohl aus ihr werden würde, wenn sie dort ankam und herausfand, dass jene Welt noch eine andere Seite besaß. Eine dunkle Seite. Eine grausame Seite. Eine Leere, vor der man sich schützen musste.

Jene, die dem ausgesetzt waren, so wie Jack in seiner Jugend, begriffen schnell, dass einem so opulenten Leben eines mangelte, nämlich Bedeutung. Dieser Mangel hätte seinen jüngsten Bruder Alec um ein Haar umgebracht, wie er den Briefen seiner Schwester entnehmen konnte.

Nein, diese Seite des Lebens in London kannte Eden nicht. Aber Jack kannte sie. Er hatte die besondere Grausamkeit der *ton* überlebt.

In Anbetracht der Tatsache, dass Eden ebenso ein Außenseiter war wie er, fürchtete er sich vor dem, was aus ihr in der Londoner Gesellschaft werden könne. Im Regenwald kannte sie zumindest die Gefahren. In London würde sie geradewegs in alle möglichen Fallen tappen. Vermutlich würde sie es auf die harte Weise lernen. Und was dann? Schmerz und Enttäuschung würde sie rasch erschöpfen.

Wenn sie erst einmal ein paar Jahre lang versucht hatte, so zu sein, wie die Gesellschaft es erwartete, würde sie so zynisch werden wie er – oder schlimmer noch, berechnend wie Maura und ihresgleichen. Auf der Jagd nach einem Titel würde sie sich auf dem Heiratsmarkt für ein Landhaus und ein Diadem verkaufen.

Er hatte bereits eine gewisse Zuneigung zu dem seltsamen Urwaldmädchen entwickelt und wollte sie nicht verletzt sehen. Tatsächlich fühlte er bei dieser Aussicht nur den Wunsch, sie noch mehr zu beschützen.

Nun, sie hatte noch Zeit. Er hatte ihr noch nicht gesagt, dass er sie eigentlich nicht direkt nach London bringen würde. Sechs Monate lang würde sie in Irland bleiben, bis seine Mission vollbracht war.

Als Folge davon würde sie die gesamte Saison verpassen. Vielleicht würde sie im nächsten Jahr eine bessere Vorstellung davon haben, in was sie sich da hineinbegab. Auf diese Weise könnte sie sich besser vorbereiten und im Voraus lernen, wo die schlimmsten Fallen der Gesellschaft lauerten.

Im Moment wagte Jack es nicht, ihr von seiner Entscheidung zu erzählen, sie sicher in seinem Schloss in Irland unterzubringen. Ihr das jetzt zu sagen, würde nur Zorn und Tränen hervorrufen – und sie kamen so gut miteinander aus. Das dachte er, während er sie auf seinem Schoß hielt und ihr übers Haar strich.

Ein paar Stunden später während ihrer Wache schlief Eden ein.

Nachdem sie zwei Tage ununterbrochen ihren Patienten gepflegt und sich den größten Respekt verdient hatte, den er je einer Frau entgegengebracht hatte, hob Jack sie in seine Arme und trug sie in seine Kabine, wo er sie auf sein Bett legte.

Er zog die Decke über ihren schmalen Körper, damit sie es warm hatte. Lächelnd ließ er den Blick über sie gleiten, wie sie dalag in dem schimmernden Kleid, während die Strähnen ihres Haars sich anmutig über das Kissen breiteten. Du willst eine der Reichen und Schönen sein?, dachte er. Eden. Weiß du nicht, dass du das schon bist? Aye, sie war schöner als die meisten von ihnen es sich zu erträumen wagten, und diese Art von Schönheit hatte nichts zu tun mit einem hübschen Gesicht.

Er bückte sich und küsste ihre glatte, weiße Stirn, dann richtete er sich langsam wieder auf und verließ lautlos den Raum.

9. KAPITEL

Eden träumte von Orchideen.

Blütenblätter, leicht und zart, fielen auf sie nieder, und Jack war da, lächelnd, braun gebrannt, so stark wie ein Baum. Aber aus irgendeinem Grund rochen die Orchideen nicht wie sonst nach Vanille, sondern nach Zimt …

„Oh, Miss Farraday", hörte sie einen tiefen, heiteren Singsang, der sie zu wecken versuchte. „Mylady, das Frühstück ist serviert."

Die Wirklichkeit schob sich in ihren Traum. Die Morgensonne fiel durch das Baumwolltuch vor ihren Augen.

Wieder hörte sie die heisere Stimme. „Hier ist Schokolade."

Als Reaktion auf die köstlichen Gerüche, die den dünnen Stoff durchdrangen, knurrte ihr der Magen.

Schokolade … und Zimt?

Mmh …

Sie lächelte schon, noch ehe sie ganz wach war.

Benommen zog sie sich das Tuch vom Gesicht und spähte über den Rand hinweg. Sie sah, dass Jack auf der Bettkante saß.

Im sanften Licht der goldenen Morgensonne beobachtete der Schrecken Westindiens sie mit einem zärtlichen Lächeln auf den harten, attraktiven Zügen.

„Jack!", sagte sie leise, richtete sich auf und hielt sich die Decke vor die Brust.

Er beugte sich vor und küsste ihre Wange. „Guten Morgen, Süße." Dann deutete er mit großer Geste auf das Tablett auf dem Tisch. „Darf ich Ihnen dieses feierliche Frühstück präsentieren?"

„Oh, ich akzeptiere, aber was feiern wir?", fragte sie und gähnte.

„Das Fieber ist gesunken. Peter Stockwell ist wach, und, was noch wichtiger ist, er lebt."

Aus großen Augen sah sie ihn an. „Oh, Gott sei Dank."

„Und Dank auch Ihnen, mein furchtloser kleiner Doktor." Ohne weitere Umschweife reichte er ihr eine Tasse mit heißer Schokolade.

Entzückt von diesem unerwarteten Luxus blickte sie erst in die Tasse und dann zu ihm. „Ist da Zucker drin?"

„Reichlich."

Sie nippte an dem süßen, dunklen Getränk und seufzte zufrieden.

„Sehen wir mal, was haben wir denn da noch?", sinnierte er laut. Er beugte sich zu dem Frühstückstablett hinüber und hob den silbernen Deckel hoch, sodass ein Glas Saft und ein schön angerichteter Teller sichtbar wurden – mit Schinken, frischer Grapefruit sowie Zimtröllchen, die so frisch waren, dass sie noch dampften. Rosinen sahen aus der weißen Zuckerglasur hervor, die an ihnen heruntertroff.

Verlockt stellte Eden die Tasse ab, leckte sich die Lippen, nahm ein Zimtröllchen und biss ein großes Stück ab. Bei ihren erstaunten Entzückensrufen lächelte Jack noch breiter. Nachdem sie jahrelang ihren Vater und Connor im Regenwald versorgt hatte, konnte sie sich nicht erinnern, wann zum letzten Mal jemand ihretwegen solche Umstände gemacht hatte.

Sie schob ihm den Teller zu. „Ich soll das doch wohl nicht alles allein essen?"

„Doch." Er lachte, sodass seine weißen, ebenmäßigen Zähne sichtbar wurden. „Jeden Krümel."

Gespielt böse sah sie ihn an und hielt ihm ein Zimtröllchen vor den Mund. Er nahm einen großen Bissen, und Eden aß die andere Hälfte, dann beugte sie sich vor, kicherte, kaute und küsste ihn auf den Mund.

„Mmh." Jack schluckte, erwiderte den schnellen Kuss und griff nach ihrer Schokolade. „Das ist gut."

„Das sagte ich doch."

„Ich meinte den Kuss." Er stellte die Tasse wieder hin und nahm ihr das Saftglas aus der Hand. Während er es auf das

Tablett stellte, betrachtete er sie verlangend. „Ich möchte noch einen."

Vor Aufregung schlug ihr Herz schneller, als er ihren Nacken umfasste und sie behutsam näher zog. Dann seufzte sie leise, als er mit seinen Lippen die ihren berührte, und sie schmiegte sich an ihn.

Ihr war nicht bewusst gewesen, wie sehr sie sich nach ihm gesehnt und die Stunden gezählt hatte, seit er zuletzt bei ihr gewesen war. Es schien eine Ewigkeit her zu sein, seit sie zuletzt seine Arme um sich gespürt hatte, dabei hatte er sie erst vor zwei Nächten in seinem Bett geküsst.

Als sie die Arme um seinen Hals schlang und seine Küsse voller Leidenschaft erwiderte, legte er eine Hand an ihre Taille und zog sie näher. Dabei ließ er einen Finger über ihren Nacken gleiten, und sie erschauerte unter dieser leichten Berührung.

Sie wusste, sie sollte das nicht wollen, aber sie tat es.

Sie wusste, es war gefährlich, aber sie hatte keine Angst.

Während sie über seine glattrasierten Wangen strich und das dunkle, seidenweiche Haar, begann die ganze Welt sich um sie herum zu drehen. Sie war nicht sicher, was hier mit ihnen geschah, aber das Vergnügen, das sie aneinander fanden, hatte keiner von ihnen erwartet. Es war ein Vergnügen, das weit über Körperliches hinausging.

„Guten Morgen, Eden", flüsterte er, nachdem er eine Weile ihr Begehren genossen hatte.

„Guten Morgen, Jack." Sie seufzte atemlos.

Dann umfasste sie seine Westenaufschläge und zog ihn näher zu sich heran, um lächelnd noch mehr Küsse zu verlangen.

Nur zu gern erfüllte er ihre Bitte und ließ dabei ihr Haar durch seine Finger gleiten. Sie atmete schwerer, und ihr ganzer Körper schien zu vibrieren, als sie ihre Hände an seine Taille legte.

„Ich muss damit aufhören", stieß er hervor und löste sich von ihr.

„Warum?“ Sie atmete schwer.

„Weil ich Sie begehre.“

„Und?“

Er erschauerte und schloss die Augen beim Klang ihrer Stimme. Dann lehnte er seine Stirn an die ihre. „Eden.“

„Jack.“

„Sie wissen nicht, was Sie da sagen.“

„Warum zeigen Sie es mir dann nicht?“ Mit den Lippen berührte sie sein Ohr. „Ich vertraue dir, Jack. Ich habe dir von Anfang an vertraut.“

„Ja, das ist das Problem.“

Sie lehnte sich zurück, hob seine Hand an ihre Lippen und küsste die Fingerspitzen. Sein Gesicht wirkte angespannt, und seine wasserblauen Augen wurden sofort tiefdunkel. Fasziniert sah er zu, wie sie das erste Glied seines Mittelfingers in ihren Mund nahm.

Plötzlich beugte er sich vor und umfasste ihr Gesicht und küsste sie. Ihr Herz klopfte wie rasend. Er ließ seine Zungenspitze über ihren Mund gleiten, drängte sie, ihre Lippen weiter zu öffnen. Sie kannte die Regeln der Paarungsrituale, zumindest theoretisch.

Als er sich von ihr löste, atmete sie heftig.

„Leg dich hin“, befahl er leise.

Ohne zu zögern und ohne den Blick von ihm zu wenden, gehorchte sie.

Er schob das Tablett zur Seite und legte sich neben sie auf das Bett. Dann ließ er den Mittelfinger langsam von ihrem Kinn über ihren Hals weiter nach unten gleiten, bis er an dem tiefen Ausschnitt ihres schimmernden Prinzessinnenkleides hängenblieb.

Neugierig und aufgeregt zugleich sah sie ihn an, als er die Hand in ihr Kleid schob. Doch dann schloss sie die Augen und stöhnte auf, als er ihre Brust umfasste. Während sie sich ganz diesem Gefühl hingab, küsste er sie aufs Kinn, dann streifte er ihren Mundwinkel mit seiner Zunge. Sie wandte den Kopf, voller Sehnsucht nach seinen Zärtlichkeiten. Inzwischen hatte er die Hand tiefer gleiten lassen, immer tiefer, bis zu ihrer Taille.

Leidenschaftlich schlang sie die Arme um seinen Hals, als sie fühlte, wie er behutsam ihre Röcke hochschob.

„Oh, Jack." Sie umarmte ihn fester, und ihr Körper schien zu glühen.

„Darf ich?", flüsterte er und schob eine Hand unter den leichten blauen Stoff. Dann ließ er sie langsam an der Innenseite ihrer Schenkel hinaufgleiten."

Eden sah ihn nur an. Ihr Verlangen in Worte zu fassen, war ihr nicht möglich. *Berühre mich.*

Er lächelte ihr wissend zu, dann beugte er sich vor, bis er den Pulsschlag von ihrem Hals an seinen Lippen spürte. Behutsam ließ er seine Finger bis zwischen ihre Schenkel gleiten, liebkoste sie. Sie seufzte, wand sich unter seiner Berührung, fühlte sich schwach, hilflos und hieß ihn willkommen.

„Sag mir, was dir gefällt", flüsterte er, doch sie konnte nicht sprechen.

Alles gefiel ihr. Wie in Trance küsste er ihre Schulter, während er erst mit einem, dann mit zwei Fingern in sie eindrang, bis sie sich so heiß und feucht fühlte, dass sie schon fürchtete, sie würde schmelzen. Stöhnend ergab sie sich ganz ihrer Lust.

Oh ja, ja, das war es, was sie ersehnt hatte, ohne es überhaupt zu wissen.

Mit der anderen Hand umfasste Jack ihren Hinterkopf, knabberte zärtlich an ihrem Ohrläppchen, während sie seinen heißen Atem an ihrem Ohr spürte. „Lass es einfach geschehen."

„Was geschehen lassen?"

„Das wirst du sehen."

Seufzend zog sie ihn enger an sich, einen Arm um seinen Nacken gelegt, während sie mit der anderen Hand die Bettdecke umklammerte. Die Lust, die seine Berührung ihr bereitete, verwirrte sie, brachte sie noch näher an bisher unbekannte

Grenzen. Ihr blieb nichts anderes übrig, als darauf zu vertrauen, dass er sie sicher dorthin begleitete.

Sie fragte sich, was jetzt passieren würde – er hatte so etwas gesagt – und dann, ganz plötzlich, wusste sie es.

„Jack!", stieß sie hervor, als eine Woge sie zum höchsten Punkt emportrug und sie mit aller Macht erschütterte. Sie zitterte, bebte, drängte sich an ihn wie eine Ertrinkende, keuchte, und spürte dann die wohlige Entspannung, die ihren ganzen Körper wie eine Welle durchlief.

Auch er atmete schwer, flüsterte ihren Namen, als ihre Lust am größten war. Dann, als die Spannung allmählich nachließ, küsste er ihre Schläfe.

Einen Moment lang berühte sie mit ihrer Wange die seine, die Augen noch immer geschlossen. „Oh Jack ..."

Allmählich kehrte ihre Vernunft zurück, genug zumindest, um zu erkennen, dass auch er Bedürfnisse hatte, und wie faszinierend es sein musste, auch die zu erfüllen.

Obwohl sie sich gänzlich erschöpft fühlte, brachte sie die Kraft und den Mut auf, um die Hand nach ihm auszustrecken.

Doch er zuckte zusammen und hielte ihre Hand fest, ehe sie den Stoff seiner Hose berühren konnte. „Nicht, Liebes. Das wäre mehr, als ich ertragen könnte."

„Aber ich will ..."

„Nein, mein Engel." Er lachte leise, und sie hörte den Schmerz, der darin lag. „Entspann dich. Vertrau mir."

„Das tue ich."

Er seufzte tief. „Es scheint so."

Sie lächelte strahlend und warf sich in seine Arme. Eine Weile lagen sie so zusammen auf dem Bett, sie mit dem Kopf auf seiner Brust, während er mit der anderen Hand über ihr Haar strich.

Sie seufzte und lächelte verträumt. Wenn dies das Frühstück gewesen war, dann war sie schon sehr gespannt, was es wohl zum Mittagessen geben würde.

Später am Nachmittag, als Jack an seinem Schreibtisch saß, sollte er eigentlich die Berichte durchsehen, die die Leiter seiner Hauptabteilungen ihm vierteljährlich zusandten, damit er sich davon überzeugen konnte, dass sie alle seine Anweisungen befolgten und kein Detail außer Acht ließen, aber er war unruhig.

Es war ein recht gewöhnlicher Tag geworden, Trahern hielt an Deck Wache, und der Knirps saß in einer Ecke und bürstete Rudy. Peter Stockwell erholte sich langsam.

Aber es lenkte Jack ab zu wissen, dass Eden zusammen mit Martin hinter dem bemalten Wandschirm saß und eifrig nähte. Nein, es ist weniger Ablenkung, dachte er. Mehr Lust und Enttäuschung. Verlangen erfüllte ihn.

Es war nicht länger die Frage, ob er sich zurückhalten *sollte*, sondern ob er das *konnte*.

Es war die reine Folter.

Natürlich hatte er, das erkannte er rückblickend, sich das an jenem Tag selbst eingebrockt, als er sie im Regenwald geküsst hatte, eintausendfünfhundert Meilen entfernt. Danach hatte er sein Schicksal besiegelt, als er sie genötigt hatte, sich auszuziehen und vor seinen Augen zu baden. Vermutlich verdiente er diese Qualen, weil er sie unterschätzt hatte.

Ihre Unschuld war eine Waffe, gegen die er hilflos war, trotz aller Kanonen, Schwerter und all seiner Baker-Gewehre.

Aber wenn er noch eine weitere Nacht neben ihr schlafen musste, ohne sie lieben zu dürfen, dann fürchtete er ernsthaft um seinen Verstand. Ja, seine Selbstbeherrschung schwand, aber schlimmer noch war es, dass es nicht nur um Lust ging, sondern dass sich tief in seinem Innern ein sehr warmes Gefühl der Zuneigung für sie entwickelte.

Zum Teufel mit ihr! All das war ihm so vollkommen fremd. Es war ihm noch immer unbegreiflich, wie ein so junger weiblicher blinder Passagier aus dem Frachtraum es schaffen konnte, Königin dieses Schiffes zu werden.

Die Männer waren bezaubert von ihr. Mr. Palliser sprach

mit größter Bewunderung über sie, und selbst Ballantine hatte sie für sich eingenommen. Aus einem Stück Holz hatte der griesgrämige Kanonier ihr einen kleinen Delfin geschnitzt, um ihr auf seine unbeholfene Art zu zeigen, dass er ihr nichts übel nahm. Der Knirps hielt sich nie weiter als fünf Meter von ihr entfernt, und selbst der Hund schien sie Jack vorzuziehen.

Was Jack betraf, so vermochte er das, was er empfand, nicht zu benennen.

All seine vernünftigen Gründe, warum er sie nicht lieben sollte, wo sie beide es doch wollten, schienen ihm inzwischen fadenscheinig. Es schien alles so einfach – teile das Bett mir ihr, heirate sie. Natürlich brauchte er immer noch Erben. Damit blieben nur noch seine Ängste, mit denen er fertigwerden musste.

Die er am liebsten einfach übergangen wäre.

Es gab so vieles, das sie nicht von ihm wusste. So vieles, das er ihr nicht sagen konnte. Aber je wichtiger sie ihm wurde, desto weniger war er geneigt, ihr zu sagen, warum er ihrer nicht wert war.

Egal!, dachte er finster. Wenn sie erst einmal in London ist, dann wird sie es hören.

Andererseits, wenn er an all das dachte, was sie schon durchgemacht hatte, dann konnte er sich nur wundern, wozu er all diese Kraft und Stärke besaß, wenn nicht, um sich um jemand anders zu kümmern? Um jemanden wie sie.

Aber sie war nicht die Frau, die er sich als seine Ehefrau vorgestellt hatte. Er hatte sich eine brave Frau gedacht, die es nicht wagte, sich seinem verschlossenen Innern zu nähern.

Das traf ganz und gar nicht auf Eden Farraday zu.

Und doch – trotz all ihres Mutes, ihrer Klugheit und ihrer verdammten Beharrlichkeit – wer wusste besser als er, wie verletzlich sie war? Wie behütet und naiv? Wer außer ihm konnte auf sie aufpassen?

Ja, er kam allmählich zu dem Schluss, dass das Mädchen ihn

brauchte, ob ihr das nun klar war oder nicht. Es gefiel Jack, gebraucht zu werden. Es machte ihn nicht nur glücklich, es gab ihm auch das Gefühl, Herr der Lage zu sein. Was ihm allerdings erheblich bedrohlicher erschien, war die Möglichkeit, dass er sie ebenfalls brauchte.

Es war eine gefährliche Situation.

„Psst … Captain!“ Ein Flüstern lenkte seine Aufmerksamkeit auf die Nähecke.

Er blickte dorthin und sah Eden, die mit blitzenden Augen um die Ecke des Wandschirms spähte. „Was gefällt Ihnen besser? Die rote Wolle oder der dunkelgrüne Samt?“

Sie hatten noch mehr Stoffballen gefunden, die eigentlich in London verkauft werden sollten.

Ein Lächeln umspielte seine Lippen, denn offensichtlich amüsierte sie sich großartig. „Ich habe keine Ahnung.“

„Oh, kommen Sie schon. Es ist für einen kleinen Spenzer“, erklärte sie eifrig. „Was meinen Sie?“

Er zuckte die Achseln und schüttelte den Kopf. „Egal.“

Jetzt lächelte sie nicht mehr, sondern schmollte. „Sie müssen doch etwas bevorzugen, Jack! Sie sind das Zünglein an der Waage. Martin und ich, wir werden uns nicht einig!“

Hinter ihr stand sein Diener, sodass Eden ihn nicht sehen konnte, und deutete eifrig auf den grünen Stoff. Nun, das würde zu ihren Augen passen. Er unterstützte die Wahl.

Sofort warf Eden Martin einen misstrauischen Blick zu. Doch er erwiderte ihren Blick mit Unschuldsmiene. Jack senkte den Kopf und unterdrückte ein Lächeln. Er würde es eigentlich bevorzugen, wenn sie gar nichts trug …

Das herrliche Bild, das sich bei diesem Gedanken in seinem Kopf formte, gab den Ausschlag. Mit einem unterdrückten Stöhnen stemmte er sich von seinem Schreibtisch hoch und ging hinaus, um sich in der Fechtkunst zu üben. Im Augenblick war es ihm unmöglich, sich auf Kopfarbeit zu konzentrieren. Er brauchte Bewegung.

Anstrengendes Training würde ihm helfen, seine Enttäuschung abzuarbeiten.

Nachdem Jack gegangen war, blieb Eden in der Kabine und arbeitete an ihrem neuen Tageskleid. Als Nächstes eilte Martin davon, um sich um seine täglichen Pflichten zu kümmern, was in diesem Fall bedeutete, dass er die Leinenhemden des Kapitäns in der Wäscherei zu bügeln hatte. Es machte Eden allerdings nichts aus, allein zu bleiben, denn sie war sehr beschäftigt.

Seit dem Zwischenspiel am Morgen gingen ihr in Bezug auf Jack seltsame Gedanken durch den Kopf. Obwohl sie einander erst seit kurzer Zeit kannten, hatte sie doch die Möglichkeit gehabt, ihn in seinem normalen Umfeld zu beobachten und hatte an dem groß gewachsenen Mann viel Liebenswertes entdeckt.

Es erstaunte sie der Mut, den er mit seiner Mission für den Kampf der Kolonisten um die Freiheit bewies, etwas, das nicht einmal sein Vater, der Duke, hätte tun können, wie er betonte. Und sie war gerührt von dem Schmerz, den sie gespürt hatte, als er beim Thema Familie schwieg.

Nachdem sie ihn jetzt mehrere Tage lang beobachtet hatte, hatten sie seine Führungsqualitäten nur noch mehr beeindruckt, seine Sorge für seine Männer und die Fähigkeit, sein Imperium von dem großen Mahagonischreibtisch in seiner Tageskabine aus zu lenken.

In Anbetracht seines Rufs überraschte es sie, wie sanft, sogar nachgiebig er sich ihr gegenüber verhielt, und sie hatte das Gefühl, dass er sogar sich selbst ein wenig überraschte. Es war ganz offensichtlich, dass er nichts von alldem wirklich tun müsste – sie zu versorgen, sie zu kleiden, seine Kabine mit ihr zu teilen, sie vor jeder möglichen Gefahr durch die Mannschaft zu schützen.

Vor allem aber erstaunte es sie, wie leicht es ihr fiel, ihm ihre persönlichsten Gedanken, Wünsche und Ängste mitzuteilen. In jener Nacht im Krankenrevier hatte er sich so fürsorglich verhalten, dass sie sogar die Kraft gefunden hatte, ihm die ganze, beunruhigende Geschichte des Indianerjungen im Wald zu erzählen. Und auch da war er die Freundlichkeit selbst gewesen.

Ganz im Gegensatz zu Connor gab ihr Jack ein Gefühl von Sicherheit, und im Gegensatz sogar zu ihrem Vater hörte er ihr zu. Und so hatten diese beunruhigenden Fragen begonnen, sich in ihrem Kopf im Kreise zu drehen wie Möwen, die um die Masten eines Schiffes kreisten.

Vor langer Zeit hatte sie ihr Herz an elegante Dandys in Überröcken aus der Savile Row gehängt, aber seitdem Jack Knight in ihr Leben gesegelt war, erschienen ihr ihre glänzenden Träume ein bisschen kindisch. Was, wenn dieser Mann ihr Schicksal war? Die wahre Liebe, für die sie die halbe Welt durchquert hatte?

Sie hatte sich auf dem Schiff versteckt, um nach London zu gelangen, aber was, wenn sich herausstellte, dass die Reise wichtiger war als die Ankunft?

Von all diesen Fragen ruhelos geworden, stand sie auf und streckte sich. Ein wenig angestrengt rieb sie sich den Nacken, blickte hinaus durch das runde Fenster und entdeckte den Kapitän bei seinen Fechtübungen mit dem starken Mr. Brody und ein paar der anderen Offiziere.

Eden hielt den Atem an und starrte nur.

Ohne Hemd, der gebräunte Oberkörper schweißbedeckt und muskulös, nahm Jack es mit mehreren Gegnern auf einmal auf, während sein Degen in der Sonne blinkte und blitzte.

Reglos stand sie da, staunte über diesen herrlichen Mann und die Schönheit seines tödlichen Kampfes. Sie sah zu, wie er seine Hiebe austeilte. Stark, schnell, präzise – und gnadenlos.

Mr. Brody unterbrach den Kampf und brüllte den Männern, die gegen Jack antraten, neue Anweisungen zu. Ohne zu ahnen, dass er beobachtet wurde, unterbrach Jack seine Übungen einen Moment, goss sich Wasser über den Kopf und nahm ein paar Schlucke aus seiner Feldflasche.

Sie ließ den Blick über seine schimmernde Brust gleiten und seinen Bauch, und seine königliche Erscheinung veranlasste sie zu der Überlegung, ob sie wohl jemals die Gelegenheit bekäme, ihm so viel Vergnügen zu bereiten, wie er ihr. Sie würde es gern versuchen.

Plötzlich trat der Knirps auf ihn zu und fuchtelte dabei mit einem hölzernen Spielzeugschwert herum. Was der Junge sagte, konnte sie nicht hören, aber offensichtlich meinte er, dass die Reihe nun an ihm wäre, mit dem Kapitän zu üben.

Jack lächelte dem Kind zu und nahm einen Scheuerbesen auf, mit dem wohl einer der Seeleute vorher das Deck gewischt hatte. Den Holzgriff benutzte er, um die Hiebe des Jungen zu parieren.

Der kleine Phineas Moynahan wirkte besonders winzig, als er mit aller Kraft gegen Jack kämpfte, ein heiteres Duell zwischen David und Goliath. Nachdem er ein paar Minuten mit dem Jungen gespielt hatte, ließ der große Kapitän den Knirps Treffer landen und warf daraufhin seine Waffe weg. Die Hände auf den Leib gepresst, ließ er sich zu Boden sinken und tat, als müsse er sterben.

Dann lag er besiegt auf dem Deck.

Eden beobachtete die beiden fasziniert, und ein Lächeln umspielte ihre Lippen.

Phineas schrie seinen Jubel über den gefallenen Riesen hinaus, doch als Rudy zu seinem Herrn lief und ihm die Wange leckte, schob Jack den Hund liebevoll zur Seite. Er sprang auf, fuhr dem Jungen durchs Haar und kehrte zu seinen wirklichen Übungen zurück.

Eden befürchtete, sich gerade verliebt zu haben.

Als Jack später wieder zu ihr hereinkam, konnte sie daher nicht aufhören, ihn anzustarren und immer wieder zu erröten.

Mit heftig klopfendem Herzen wandte sie den Blick ab und versuchte, sich wieder ihrer Arbeit zu widmen, aber als sie sich mit ihrer Nähnadel stach, weil ihre Hände so sehr zitterten, konnte sie sich nur wundern, was um alles in der Welt nicht mit ihr stimmte. Warum konnte sie sich plötzlich in seiner Nähe nicht mehr normal benehmen? Vorher hatte sie dieses Problem nicht gehabt. Sie fühlte sich schüchtern und unbeholfen, als könne man ihr die Gefühle ansehen. Falls Jack die Veränderung bemerkte, so zeigte er nichts davon. Oh, hör auf, befahl sie sich in Gedanken und räusperte sich.

„Wie waren Ihre Übungen?“, fragte sie in – wie sie hoffte – beiläufigem Tonfall.

„Gut, abgesehen davon, dass ich mir eine Sehne gezerrt habe.“

Ihre Stimmung hellte sich auf. „Ich könnte Ihnen eine Salbe bereiten.“

„Das ist schon in Ordnung. Ein warmes Bad könnte mir jetzt helfen.“

„Ein Bad.“

Jack ging zu einem Verschlag in der Kabine und zog den Zuber heraus. Eden errötete währenddessen tief, so sündhaft waren ihre Gedanken.

Aber da es offensichtlich schien, dass er der Versuchung aus dem Weg zu gehen wünschte, begriff sie, dass sie nun besser ging. Tatsächlich kam ihr der Gedanke, dass nach Tagen, in denen er sie ständig um sich gehabt hatte, dieser Mann vielleicht ein wenig Zeit für sich allein brauchte. Bei dem Gedanken, wie sie sich ihm aufgedrängt hatte, krümmte sie sich innerlich. Sofort legte sie die Näharbeit weg, zog die leichte, neu gearbeitete Pelerine um sich, um den Wind abzuhalten, und eilte zur Tür.

Fragend sah Jack sie an.

„Ich bin sicher, Sie wollen sich entspannen, deshalb lasse ich Sie nun besser allein“, erklärte sie ihm.

Er schien ein wenig erleichtert, dass sie nicht blieb, um ihm beim Baden zu helfen. Offensichtlich wollte er nicht die Verantwortung dafür übernehmen, was passieren könnte, wenn sie so etwas versuchte.

„Denken Sie daran, in der Nähe von Brody oder Trahern zu bleiben."

„Aye, aye, Captain." Sie salutierte, machte kehrt und lief dann prompt gegen eine Wand, als ihr bewusst war, dass ihr die Gefühle für ihn vermutlich deutlich ins Gesicht geschrieben standen. „Verflixt."

Er runzelte die Stirn. „Alles in Ordnung?"

„Ja … äh … alles in Ordnung", murmelte sie verlegen. „Dann auf Wiedersehen."

„Auf Wiedersehen, Eden", erwiderte er amüsiert.

Kaum hatte sie die Tür hinter sich geschlossen, verfluchte sie sich, weil sie sich benommen hatte wie ein Tollpatsch, aber zumindest gelang es ihr, sich wieder zu fassen, ehe sie auf das Deck hinaustrat.

Draußen erblickte sie Mr. Trahern in einer äußerst verworrenen Lage. Einer der jungen Matrosen am Hauptmast hatte einige der Taue durcheinandergebracht.

Der Lieutenant war gerade dabei, das alles zu sortieren, daher suchte sie nach ihrem anderen Beschützer. Auf dem etwas erhöhten Achterdeck am Heck des Schiffes sah sie, wie Brody das Waffensortiment überprüfte, reinigte und wegräumte, das Jack und die anderen bei ihren Übungen benutzt hatten.

Der strenge Mr. Brody, dachte sie und beobachtete den lederhäutigen alten Kämpfer einen Moment lang bei der Arbeit. Der Waffenmeister war ein furchteinflößender knorriger Mann, aber sie hatte ihre Anweisungen, und er schien Jack nahezustehen. Sie war neugierig darauf, den Grund dafür herauszufinden.

Fest entschlossen, dem berüchtigten Griesgram der *Winds of Fortune* entgegenzutreten, straffte sie die Schultern, setzte ihr schönstes Lächeln auf und stieg die kurze Leiter hinauf zum Deck, das im Schatten des Besanmasts lag.

Brody beäugte sie misstrauisch, während er die Klinge eines Säbels begutachtete. Dann polierte er den scharfen Stahl, während sie näher kam und sich die windzerzausten Locken hinters Ohr schob.

„Guten Tag, Sir. Der Kapitän ist in der Tageskabine beschäftigt. Er befahl mir, mich in Ihrer Nähe oder der des Lieutenants aufzuhalten, wenn ich hinausgehe, und da Mr. Trahern beschäftigt zu sein scheint, wollte ich Sie gern belästigen." Sie strahlte ihn freundlich an, die Hände hinter dem Rücken verschränkt.

Brody warf ihr einen finsteren Blick zu, blinzelte in Traherns Richtung und begann, etwas in seinen Bart zu murmeln. „So, beschäftigt ist er? Unser feiner Lieutenant." Er schnaubte durch die platte Nase. „Mir kommt er nicht besonders beschäftigt vor."

Bei seiner verdrossenen Bemerkung zog Eden die Brauen hoch. Oje. Kein Wunder, dass die gesamte Mannschaft ihn fürchtete. Da sie nicht wagte, noch etwas zu sagen, senkte sie den Blick und half ihm dabei, die Waffen wegzuräumen.

„So", meinte er dann. „Sie sind also der blinde Passagier."

„Schuldig im Sinne der Anklage", erwiderte sie wachsam, aber freundlich, während sie eine der Klingen mit einem Tuch abwischte, die Waffe in die Scheide schob und sie ihm dann reichte.

Er räusperte sich und legte sie in den hölzernen Koffer. „Eine anständige Dame tut so etwas nicht. Sich auf einem Schiff verstecken."

Eden fühlte sich zurückgewiesen. „Nun, vermutlich nicht. Aber ich hatte meine Gründe."

„Ja, ich wette, die hatten Sie." Er schob die Schutzkappe auf die Spitze des Degens und verstaute ihn dann auch in dem Koffer. „Sie halten sich wohl für sehr schlau, was? Uns alle hereingelegt und sich als blinder Passagier eingeschlichen zu haben. Und jetzt haben Sie den Captain dazu gebracht, Ihnen aus der Hand zu fressen, nicht wahr? Ganz schön schlau gemacht."

„Was meinen Sie damit, Sir?"

„Er hat viel Geld."

„Na und?", gab sie zurück.

„Sie mögen keine Glitzersteine? Hübsche Kleider? Schöne Häuser? Nichts davon?"

Sie hielt inne, drehte sich um und stemmte eine Hand in die Hüfte. „Was genau wollen Sie damit andeuten?"

„Ha! Der Captain glaubt, Sie wollen nach England. Aber ich glaube, eigentlich wollen Sie ihn!"

Sie starrte ihn an. „Mr. Brody. Wenn Sie wirklich andeuten wollen, dass ich das alles getan habe mit dem festen Vorsatz, Lord Jack in die Ehe zu locken, dann fürchte ich, Sie werden senil und sollten nicht länger mit Waffen umgehen." Wütend und in ihrem Stolz verletzt wandte sie sich ab. „Verzeihen Sie meine Aufdringlichkeit. Ich will Ihnen keine weiteren Scherereien machen. Wenn Sie mich bitte entschuldigen würden, ich werde Mr. Trahern suchen."

„Bah." Als sie kehrtmachte und gerade weggehen wollte, hörte sie ihn freudlos lachen. „Gehen Sie nur und schmollen Sie ein bisschen, Mädchen. Macht nichts. Sie sind nicht die Erste, die ihn in ihrer Schlinge fangen will, und ich bezweifle ernsthaft, dass Sie die Letzte sein werden."

„Ich schmolle nicht", erwiderte sie knapp und drehte sich mit einem warnenden Blick wieder zu ihm um.

Aber er war noch nicht mit ihr fertig und hielt ihrem Blick stand. „All ihr bösen Frauen wollt den Mann nur wegen seines Geldes in die Klauen bekommen."

Eden kniff die Augen zusammen. Hundert beißende Widerworte kamen ihr in den Sinn, aber ganz plötzlich begriff sie trotz ihres Zorns, dass Mr. Brody auf seine eigene, eigensinnige Weise nur versuchte, Jack zu beschützen.

Hinter all dem stand nichts als seine Loyalität.

Dann erkannte sie, dass der alte Haudegen sie auf die Probe stellte – vielleicht zu erkennen versuchte, ob sie gut genug war für den Kapitän.

Aha!

Obwohl sie immer noch gekränkt war, entschied sie sich zu bleiben. Ein Rückzug wäre in Mr. Brodys Augen mit Sicherheit einem Versagen gleichgekommen. Und aus welchem Grund auch immer war dieser Mann für Jack offenbar wichtig.

Sie machte einen Schritt auf ihn zu. „Er ist ein guter Kämpfer", sagte sie und warf ihm einen herausfordernden Blick zu. „Vermutlich werden Sie jetzt sagen, Sie hätten ihn alles gelehrt, was er weiß?"

Brodys ledernes Gesicht verzog sich zu einer Art Lächeln, als hätte sie in seinen Augen etwas an Ansehen gewonnen, weil sie es mit ihm aufnehmen wollte. „Nein, Miss", sagte er. „Ich habe den Jungen nur trainiert. Das Talent hat er von seinem Erzeuger."

Nun, das war schon besser.

„Sie kannten seinen Vater, Mr. Brody?", erkundigte sie sich höflich.

„Ob ich ihn kannte?" Er schnaubte. „Beim Kampf achtundsiebzig in Oxfordshire gegen ihn habe ich fünfundzwanzig Runden im Ring gestanden. Allerdings kann ich nicht behaupten, mich an viel zu erinnern, nach all den Schlägen auf den Kopf." Er lachte leise. „Danach aber waren der Killarney Crusher und ich die besten Freunde."

„Der Killarney Crusher?" Vollkommen verwirrt legte Eden den Kopf schief und runzelte die Stirn. War das nicht der Name des Boxchampions, der auf dem Pokal in Jacks Seekiste eingraviert war? „Ich dachte, sein Vater wäre der Duke of Hawkscliffe."

Brodys tiefliegende Augen wurden riesengroß. Ganz plötzlich wandte er sich ab. „Oh verdammt“, murmelte er leise. „Jetzt habe ich es getan.“

Nach einer weiteren qualvollen Nacht der Entsagung in ihrer gemeinsamen Koje begab sich Jack am nächsten Tag auf der Suche nach Eden hinaus auf die Galerie. Er kam sich dabei ein wenig lächerlich vor – war er nicht der Mann, der die Gunst der Frauen, die er wollte, genoss und dann davonsegelte, ohne einen Blick zurückzuwerfen?

Nun gut. Er hatte es aufgegeben, sich das selbst vernünftig zu erklären. Er hielt sich einfach gern in ihrer Nähe auf, jawohl, und es verursachte ihm ein angenehmes Gefühl, dass sie auch gern in seiner Nähe war. Ihre Unschuld war für ihn etwas Neues. Ohne die Lust fühlte ein Mann sich auf einmal rein und sauber.

Ein dunkler, gut geschützter Bereich in seinem Innern begann sich vorsichtig zu öffnen, wie eine Faust, die sich allmählich entspannte. Er war nicht sicher, was da passierte, aber er wusste, dass sie es bewirkt hatte – der blinde Passagier, der sein guter Kamerad geworden war.

Tatsächlich fühlten sich die Veränderungen, die sie in ihm bewirkt hatte, etwas beunruhigend an, aber Jack besaß einen gesunden Überlebenstrieb, und er spürte, dass dies hier gut war für ihn.

Sie war gut für ihn.

Als er in die Tür trat, die hinausführte auf die schattige Galerie, sah er, wie sie dem Knirps eine Stunde im Lesen gab.

Eden saß auf einem der Stühle draußen, der Junge stand eng an sie geschmiegt daneben. Den Arm hatte sie um seine mageren Schultern gelegt. Sie benutzten einen Text aus der Bibel. Ganz plötzlich fiel Jack ein, dass er nicht daran gedacht hatte, Kinderbücher anzuschaffen.

Bezaubert von dem Anblick, der sich ihm bot, blieb Jack an der Tür stehen und sah einen Moment lang zu, ohne dass die beiden es bemerkten. Ein Lächeln umspielte seine Lippen, als er dem Unterricht zuhörte.

Die Lehrerin sah in dem neuen Kleid reizend aus. Es war ganz schlicht, besaß lange Ärmel und war aus dem guten Musselin gefertigt, den er seiner Schwester hatte mitbringen wollen. Das kastanienbraune Haar trug sie zu einem losen Knoten aufgesteckt, dem einige Strähnen entschlüpft waren. Sehr hübsch, dachte Jack. Bisher hatte er ihr Haar nur lang und offen gesehen, jetzt wirkte sie reifer und nicht ganz so wild.

Was den Knirps betraf, so bemerkte Jack, dass das Kind ordentlicher aussah als gewöhnlich. Sein Haar war gekämmt und das Gesicht sauber. Er trug sogar Schuhe. Noch nie hatte er so gutes Benehmen bei dem kleinen Schlingel gesehen.

Der kleine Schüler gab sich große Mühe, „Miss Edie“ zu gefallen, da er nie eine Mutter gehabt hatte. Jack konnte sich gut vorstellen, dass das Kind schon allein davon entzückt war, ihre Aufmerksamkeit ganz für sich zu haben. Vielleicht spürte Eden das und lobte ihn deshalb überschwänglich für jedes richtige Wort und ermutigte ihn unermüdlich.

Aufmerksam, die Arme vor der Brust verschränkt, starrte Jack sie an.

„Off … Offen … Offenbar …“

„Das ist gut. Du schaffst es. Sprich es aus.“

„Offenbarungen“, sagte der Knirps langsam, dann hob er den Kopf und strahlte sie an.

„Ausgezeichnet, Phineas!“ Sie zauste ihm das Haar und drückte ihn kurz an sich. „Meine Güte, du lernst aber schnell.“

Ihr Lob beflügelte ihn, es mit dem nächsten Absatz zu versuchen. Jack sah, wie sie den Jungen beobachtete, seinen Bemühungen mit einem liebevollen und zärtlichen Lächeln lauschte, hin und wieder über sein Haar strich und ihm dann zuflüsterte, er solle sich Zeit lassen, sich konzentrieren, während der Junge sich nach Kräften bemühte und mit dem kurzen Finger die Zeilen entlangfuhr.

Diese ganze Szene erinnerte Jack an seinen lange gehegten Wunsch nach einem Erben.

Er hatte schon immer Söhne gewollt, aber als er Eden zusah und sich an ihre Liebe zu ihrem Vater erinnerte, dachte er, es wäre auch nicht schlecht, Töchter zu haben. Söhne könnten seine Firma führen, sie stärken und ausbauen. Aber Töchter würden sich um ihn kümmern, wenn er schwach und vergesslich wurde.

Tatsächlich musste er sich eingestehen, während er die Frau und das Kind beobachtete, dass seine einsame Lebensweise während der letzten Jahre nicht gut gewesen war. Er konnte sich in diesem Moment mit eigenen Augen davon überzeugen, dass etwas Gutes darin lag, mit anderen enger verbunden zu sein. Nur innerhalb eines Tages war so etwas nicht zu ändern.

Andererseits, dachte er dann, werden meine Kinder nicht einfach so vom Himmel fallen.

Sein Verlangen nach Eden war ganz plötzlich wieder da.

Heirate das Mädchen und schwängere sie. Über alles andere kannst du dir später Gedanken machen.

In diesem Moment wandte sie den Kopf, als spüre sie seinen Blick, sah ihm in die Augen und lächelte.

Jetzt bemerkte der Junge, dass er dort stand, sprang auf und rannte zu ihm. „Captain Jack!"

„Schönes Wetter heute, Mr. Moynahan. Wie ich sehe, üben Sie sich im Lesen."

„Ich werde besser mal nach Rudy sehen", rief der Knirps aus und schien plötzlich ganz schüchtern zu werden.

Belustigt sah Eden ihrem Schüler nach, der sich auf die Suche nach seinem tierischen Spielkameraden begab.

Jack sah sie an und lächelte. „Ist die Stunde vorbei?"

„Es sieht so aus." Sie lachte, schloss die Bibel und legte sie auf den Tisch. Dann erhob sie sich und kam zu ihm. „Ehrlich gesagt, bin ich überrascht, dass er es so lange ausgehalten hat. Es ist nicht leicht, für einen kleinen Kerl in seinem Alter, aufmerksam zu bleiben."

Als sie auf ihn zukam, sah Jack ihr in die Augen. Dann lehnte sie sich ihm gegenüber an den Türrahmen. „Es ist nett von Ihnen, dass Sie sich um ihn kümmern."

„Ach was. Irgendwie muss man sich ja die Zeit vertreiben."

„Was halten Sie von seinen Fähigkeiten?", fragte er. „Von Zeit zu Zeit unterrichtet Stockwell ihn, aber im Großen und Ganzen wird seine Erziehung sträflich vernachlässigt."

Sie zuckte die Achseln. „Er scheint mir recht klug zu sein. Ist Ihnen eigentlich bewusst, dass der Junge Sie vergöttert?"

„Nun, das tut jeder. Ist Ihnen das noch nicht aufgefallen?"

Sie lachte über diese Bemerkung.

Jack lächelte und gab sich selbst stillschweigend einen Punkt für den guten alten irischen Charme. „Ich versuche, ihm ein gutes Vorbild zu sein", sagte er dann etwas ernsthafter. „Ihm hier und da etwas Anleitung zu geben. Ihn zu lehren, ein Mann zu sein."

„Wo ist sein richtiger Vater?"

„Das weiß niemand, der arme Kleine. Als Baby wurde er ausgesetzt. Er wurde vor die Kirchentür gelegt mit nichts als einer Decke. Er hatte nicht einmal einen Namen. Eine ältere Dame, die in meinem Dienst steht, meine Haushälterin in Irland, Mrs. Moynahan, nahm ihn bei sich auf", erklärte er. „Aber wie Sie sicher bemerkt haben, ist der Junge ziemlich wild, und als er größer wurde, war er zu viel für sie. Die Dame mag es, wenn alles seine Ordnung hat."

„Also haben Sie ihn aufgenommen."

Er nickte. „Wenigstens kannte er mich von meinen gelegentlichen Besuchen auf dem Anwesen. Ich ernannte ihn zu meinem Burschen, damit ich ein Auge auf ihn haben und dafür sorgen kann, dass er etwas lernt. Eines Tages wird aus ihm ein guter Seemann werden. Trotzdem ist es schwer für ein hilfloses Kind, so im Stich gelassen zu werden. Nicht erwünscht zu sein." Mit gerunzelter Stirn blickte Jack in die Richtung, in der der Junge verschwunden war. „Mal ehrlich, wie ist es Ihrer …

weiblichen Sicht nach? Geht es ihm gut?“

Seine Fürsorge gefiel ihr, und sie sah ihn liebevoll an. „Ich denke, es geht ihm gut. Aber – vielleicht ist er ein wenig einsam. Kontakt zu anderen Kindern zu haben, würde dem Jungen unendlich guttun.“

„Ja, aber …“ Er blickte hinaus aufs Meer. „Meinen Sie nicht, die anderen wären grausam zu ihm? Würden ihn zurückweisen, weil er keinen Vater hat und keinen Namen?“

Einen Moment lang sah sie ihn mitleidig an mit einem Blick, der geradewegs in seine Seele zu dringen schien. „Einige vielleicht, nehme ich an. Aber warum sollte er sich überhaupt mit solchen Kindern anfreunden wollen, wenn andere glücklich sein werden, ihn so zu nehmen, wie er ist? Schließlich ist seine Herkunft nicht die Schuld des Jungen“, fügte sie hinzu. „Er muss sich für nichts schämen.“

„Nein.“ Jack schwieg und senkte den Blick. „Was ist mit Ihnen, Miss Farraday?“, sagte er dann leise. „Wollen Sie Kinder haben?“

„Was? Mit Ihnen?“

Überrascht sah er sie an und entdeckte ein übermütiges Blinzeln in ihren Augen und ein Lächeln auf ihren Lippen.

Er zog eine Braue hoch und sah sie an. „Ja. Gleich jetzt. Wollen wir anfangen?“

„Jack!“, schalt sie ihn und errötete.

„Ich scherze“, schwindelte er mit heiserer Stimme und sah sie an. Seine Augen glänzten, und in seinen Lenden pulsierte das Blut. „Sie können gut mit ihm umgehen.“

„Sie auch“, erwiderte sie leise.

„Sie haben meine Frage nicht beantwortet. Wollen Sie eines Tages Kinder haben?“

„Oh, viele!“, rief sie aus und löste die Spannung mit ihrer heiteren Art. „Mindestens ein Dutzend.“

„Wirklich? So viele?“

„Meine Tante Cecily hat elf. Eine ihrer Freundinnen sechzehn.“

Er stieß einen leisen Pfiff aus.

„Je mehr, desto besser, sage ich immer."

„Das klingt, als wäre es mühsam für die Damen."

„Nicht, wenn sie gesund sind. Außerdem hätte meine Mutter das auch gewollt. Eine Horde Enkelkinder. Sie war immer so enttäuscht, dass sie nur ein Kind haben konnte – mich –, obwohl sie bei ihrem Leben geschworen hat, dass ich in jeder Beziehung so wunderbar war, dass kein anders Kind es mit mir aufnehmen konnte."

Er lächelte und fragte sich, wie es wohl sein mochte, von den Eltern so geliebt zu werden.

„Und", fügte sie hinzu, „ich glaube, dass Papa, wenn er ein paar Enkelkinder hätte, leichter in die Welt zurückfinden könnte, anstatt sich versteckt zu halten wie ein Eremit."

„Oder er würde versuchen, Sie alle in den Regenwald zu locken. Schon einmal daran gedacht?"

„Das würde nicht gehen. Ich habe es überlebt, und es war nicht einmal schlecht, aber ich würde niemals erlauben, dass meine Kinder so aufgezogen werden."

„Ich würde es auch nicht erlauben", stimmte er zu. Als ihr Blick ein wenig zu herausfordernd wurde, erachtete Jack es plötzlich als notwendig, das Thema zu wechseln. „Sie sehen heute sehr hübsch aus, Miss Farraday." Er hob ihre Hände an seine Lippen und küsste sie beide.

„Ihnen gefällt mein neues Kleid?"

„Oh ja, ich bin sehr zufrieden mit meiner Investition. Dennoch ..." Ohne ihre Hände loszulassen, zog er sie behutsam näher. „Wenn es Ihnen nichts ausmacht, würde ich gern die Dividende eintreiben. In welcher Höhe auch immer Sie eine Rückzahlung jetzt für angemessen halten."

„Hmm", seufzte sie, als er sie behutsam in die Arme zog. „Ich denke, der Vorstand könnte sich mit einer bescheidenen Zuwendung einverstanden erklären." Sie ließ die Hände an seiner Brust hinaufgleiten und verschränkte sie dann lächelnd in seinem Nacken.

„Ach, Eden“, flüsterte er, und sie legte den Kopf zurück, um ihm ihre Lippen darzubieten. „Sie haben mich erobert.“ Die Worte waren heraus, ehe er etwas dagegen tun konnte.

„Ach, Jack“, gab sie zufrieden zurück. „Dann zahle ich meine Schulden besonders gern zurück.“

Und das tat sie, indem sie mit einer Hand seinen Nacken umfasste und ihn mit aller Leidenschaft küsste. Ihre schlichte, ungekünstelte Leidenschaft raubte ihm den Atem. Es war ein Kuss, wie man ihn nicht mit Gold bezahlen konnte, ein Kuss wie jene im Märchen, die die Macht besaßen, einen Fluch zu brechen. Jack konnte sich nicht erinnern, jemals zuvor so geküsst worden zu sein, so von ganzem Herzen. Alle Frauen vor ihr wurden zu Schatten und lösten sich in nichts auf.

Ah, das ist himmlisch. Er zog sie näher an sich heran, und es wäre lächerlich gewesen zu leugnen, dass dieses Mädchen ihm bereits sehr nahstand, näher als alle anderen es je getan hatten – selbst als Maura.

Die erste Liebe, die ihn verraten hatte. Nein, das hier war eine andere Sache. Eden war anders.

Einem plötzlichen Impuls folgend, war er plötzlich kurz davor – wirklich kurz davor – sie zu bitten, seine Frau zu werden. Doch dann beendete sie den Kuss und sprach zuerst.

„Jack?“

„Hmm?“, murmelte er noch ein wenig trunken von ihrer Süße.

Sie nahm seine Hände und hielt sie fest, während sie ein Stück zurücktrat und sich ebenso wie er an den Türrahmen lehnte.

Er sah sie an und bemerkte ein wenig belustigt, wie gerötet ihre Wangen waren, und dass ihre feuchten Lippen noch zu glühen schienen. Sie sprach langsam, wie im Traum. „Wenn wir in London sind …“

„Ja?“ Ihre Worte lösten ein wenig den Bann des Verlangens, denn schuldbewusst erinnerte er sich, dass sie noch immer nichts von seinen wirklichen Plänen mit ihr wusste.

„Wirst du deine Familie besuchen?"

„Meine Familie?" Ah, sein Lieblingsthema. Sein Lächeln wirkte plötzlich starr.

„Du hast eine Familie, erinnerst du dich?"

„Wie kommst du darauf, dass die mich sehen will?" Er entzog ihr seine Hände und schob sie in seine Jackentaschen. „Habe ich schon erwähnt, dass ich wieder diese Schmerzen im Knie habe, die stets auf einen Wetterumschwung hindeuten?"

„Jack, wechsle nicht das Thema."

Er verzog das Gesicht. „Eden …"

„Ich muss dir etwas sagen." Ihre Miene wirkte jetzt ganz ernst. „Ich habe die Briefe deiner Schwester gelesen."

Er erstarrte. „Was?"

„Am ersten Tag, nachdem du mich auf dem Schiff entdeckt und in der Kabine eingesperrt hattest. Ich hatte Langeweile, Jack. Es gab nichts zu tun. Ich habe sie gefunden und mich festgelesen", sagte sie reumütig.

Wie gelähmt starrte er sie an.

„Ich weiß, dass das falsch war, und es tut mir leid. Aber es geht um Folgendes: Nach allem, was deine Schwester geschrieben hat, bin ich sicher, dass deine Familie dich liebt. Du solltest sie treffen, wenn wir in London sind. Versuch, die Dinge zu klären."

„Klären?", wiederholte er, noch immer erschrocken und dann plötzlich wütend. „Du bist unglaublich! Und zu deiner Information, ich habe nichts falsch gemacht!"

„Das habe ich auch nicht angenommen", versicherte sie ihm. „Jack, ich versuche nur, dir zu helfen. Was es auch immer es an bösem Blut gegeben hat zwischen dir und deinen Geschwistern, ich möchte nicht zusehen, wie du dein Leben ruinierst."

„Mein Leben ruinieren? Sei nicht albern", höhnte er. „Zufällig ist mein Leben besser, als die meisten Leute es sich überhaupt nur vorstellen können. Weißt du, wie viel ich wert bin?"

„Ich rede nicht über dein Geld, ich rede über dich. Ich glaube, ich weiß, wie viel du wert bist. Die Frage ist, weißt du es auch?"

Mit einem leisen Fluchen wandte er sich ab, aber beharrlich wie immer machte sie weiter.

„Arbeitest du deshalb so hart, weil du glaubst, ohne dein Geld und deine Macht bist du nichts wert?"

„Lass mich in Ruhe. Dieses Gespräch ist ermüdend." Innerlich bebte er. „Ich kann nicht glauben, dass du meine private Korrespondenz gelesen hast." Er durchbohrte sie beinahe mit seinem wütenden Blick. „Ich habe dir vertraut."

„Ich wollte mehr über dich erfahren, das ist alles. Ich hätte es dir verheimlichen können, aber sieh doch, ich habe es dir freiheraus gesagt. Du kannst mir vertrauen. Ich mache mir Sorgen um dich. Du hast ein Problem, und ich will dir helfen."

„Ich habe kein Problem, und ich brauche deine Hilfe nicht. Ich brauche von niemandem Hilfe. Das habe ich nie gebraucht." Wütend sah er sie an. „Und ich werde es auch nie."

Ungeduldig machte sie einen Schritt auf ihn zu. „Ich möchte, dass du mir zuhörst: Hör auf, Zeit zu vergeuden."

„Wovon redest du?"

„Es ist deine Familie, Jack. Könnte ich nur einen Tag mehr mit meiner Mutter haben, ich würde alles Geld der Welt dafür hergeben, aber das geht nicht. Sie ist fort. Und eines Tages wirst du wissen, wie sich das anfühlt."

Sie senkte den Blick und schüttelte ungeduldig den Kopf. „Ich will nur nicht, dass du eines Tages allein dastehst."

Er lachte freudlos und kehrte ihr den Rücken zu. „Warum nicht? Das bin ich gewöhnt. Manchmal ist es vielleicht ein wenig langweilig, aber wenigstens kann mir dann niemand in den Rücken fallen."

„Ist es das?", fragte sie leise. „Hat jemand dich betrogen?"

„Halt dich da heraus, Eden. Das geht dich nichts an."

„Vielleicht hast du Angst, dass auch ich dich betrügen werde. Aber das werde ich nicht, ich verspreche es, Jack. Ich beweise es dir, wenn du mir die Gelegenheit dazu gibst. Sprich mit mir."

Nein, das musste er sich widerstrebend eingestehen, Eden würde ihn nicht betrügen. Aber trotzdem wollte er ihr nicht alles sagen.

Wirklich nicht?

Er schluckte schwer, und sein Herz schlug wie rasend. Leise stöhnend schloss er die Augen. Nie zuvor hatte er versucht, sich jemandem gegenüber zu erklären. Nie zuvor hatte er jemandem erzählt, wie er sich für seine Brüder und seine kleine Schwester geopfert hatte. Bis heute *ahnte* nicht einmal jemand etwas davon. *Zur Hölle mit ihnen allen.*

„Jack?"

„In einer Familie, die sich im Krieg befindet", sagte er langsam und mit dem Rücken zu ihr, „können die anderen Frieden schließen, wenn einer der Sündenbock wird. Ein gemeinsamer Feind, gegen den die anderen sich zusammenschließen können." Sein Gesicht schien wie erstarrt. „Ich wurde der Schurke. Der verdammte Blitzableiter für all den Zorn und die Wut unter jenem Dach – alles bekam ich ab. Ich war der Einzige, der stark genug war, um es auszuhalten. Aber nach einer Weile verlor ich mich in dieser Rolle." Da er sich abgewandt hatte, konnte sie seine angespannten Züge nicht sehen. Nie würde sie verstehen, wie allein er sich in jenem Haus gefühlt hatte. Von allen ausgestoßen. „Schließlich erkannte ich, dass ich fort musste." Er dachte an Maura. An ihren Verrat. „Es gab für mich keinen Grund zu bleiben."

Er hörte den Stoff ihrer Röcke rascheln, als sie näher kam. „Aber genau darum geht es, Jack. Du bist kein Schurke. Vielleicht hast du die Welt davon überzeugt, und vielleicht inzwischen sogar dich selbst, aber mich hast du nicht getäuscht. Keinen Moment lang." Er fühlte ihre Hand an seinem Rücken, eine Berührung, ganz leicht, und doch zuckte er zusammen. Ein Schlag wäre für ihn leichter zu ertragen gewesen. „Von jenem ersten Moment an, da ich dich auf dem Ball auf Jamaika sah, fühlte ich mich zu dir hingezogen. Ich glaube, Papa hat das gespürt. Deswegen hat er mich von dir ferngehalten. Er wollte mich nicht an dich verlieren. Du siehst, Jack, ich verfüge über einen guten Instinkt. Vielleicht weiß ich nicht viel über den Lauf der Welt, aber ich kenne mein eigenes Herz. Und es sagt mir, dass du hinter all diesen dunklen Geschichten, die du über dich verbreitest, der freundlichste und edelste Mensch bist, den ich je getroffen habe."

Er riss sich los und fuhr herum. „Der Teufel bin ich!"

„Es stimmt." Ihre Augen waren groß und strahlend, ihr junges Gesicht war ernst.

Er wich vor ihr zurück. „Und wie viele Menschen hast du kennengelernt in deinem Versteck im Regenwald? Acht? Neun?", stieß er spöttisch hervor. „Erzähl mir nichts über Instinkte. Die Erfahrung zählt, und je mehr Erfahrung du hast, desto mehr siehst du den Regenwald überall." Er schüttelte den Kopf. „Es geht immer nur ums nackte Überleben. Und weißt du was? Überleben ist das Einzige, in dem ich wirklich gut bin. Und du, du erkennst das Böse nicht einmal, wenn es vor dir steht, denn du hast nichts als Gutes in dir. Nichts anderes kannst du erkennen, denn du betrachtest alles nur durch das kristallklare Prisma deiner selbst, Eden. Aber all deine Reinheit kann mich nicht besser machen."

Mit Tränen in den Augen starrte sie ihn an. „Vor langer Zeit schon hast du gelernt, an eine Lüge zu glauben, Jack. Eine Lüge, von der du heute noch überzeugt bist."

„Ich täusche mich also?"

„In gewisser Weise, ja." Sie blinzelte die Tränen weg. „Alles, was du gerade gesagt hast, ist Unsinn. Du bist gut. Welcher Mann riskiert seine eigene Freiheit und die Arbeit seines ganzen Lebens, um der Freiheit anderer zu ihrem Recht zu verhelfen? Ein Schurke? Wer schickt zwölf Schiffe mit Essen und Wasser in eine Stadt, die von einem Beben zerstört wurde? Wer nimmt einen naiven blinden Passagier unter seine Fittiche und beschützt ihn, statt ihn so zu behandeln, wie er es verdient? Du bist kein Schurke, und ich werde es nicht dulden, dass du so von dir sprichst."

„Oh Verzeihung."

„Ich weiß jetzt, warum du dich von den Menschen fernhältst ..."

„Hast du dir die Menschen in der letzten Zeit einmal angesehen?"

„Du redest wie Papa."

„Abgesehen davon, dass *ich* bei Verstand bin."

„Ich kann nur erahnen, was du ertragen musstest, als du so alt warst wie der Knirps, dass du so etwas glauben kannst. Aber ich würde dich niemals so behandeln. Das musst du wissen."

„Ich würde etwas dazu sagen, wenn ich auch nur die geringste Ahnung hätte, wovon zum Teufel du überhaupt redest."

„Jack ... ich weiß Bescheid über deinen Vater."

Seine nächste spöttische Bemerkung blieb ihm im Hals stecken.

Er fühlte sich, als hätte man ihn gerade mit einer Lanze durchbohrt, doch während das Blut aus seinem Kopf wich, sprach sie weiter.

„Ich verstehe jetzt, warum du glaubst, dass alle gegen dich sind, und warum du so zornig bist. Warum du für dich bleibst und niemandem traust. All diese Schlösser an deiner Tür, oh mein Liebling ..."

Er wich vor ihr zurück, entsetzt und erschrocken, dass sie von seiner Abstammung wusste, die ihn zum Bastard machte. Die Briefe zu lesen war eine Sache. Aber dies war etwas anderes. Er wusste, was jetzt kommen würde.

Er wusste es.

Aus Erfahrung.

„Sei nicht böse. Ich bin auf deiner Seite, Jack. Deine Herkunft ist mir egal. Bitte, ich will nur helfen. Ist das der Grund, warum du Lady Maura nicht heiraten durftest?"

Mit dem Namen dieser Verräterin, der einzigen Person, von der er eine Weile lang geglaubt hatte, sie mache sich etwas aus ihm, kehrte die Vergangenheit zurück wie ein Schwarm Fledermäuse. Und alles, was er in den vergangenen zwanzig Jahren erreicht hatte, löste sich in nichts auf. Machte mit einem Wimpernschlag all seine Bemühungen zunichte, ihnen zu zeigen, dass trotzdem etwas aus ihm geworden war.

Nein, diese Erinnerungen konnten ihm nur zeigen, dass er immer nur der irische Bastard sein würde, nicht würdig, mit seinen Brüdern zusammen zu sein. Ein schlechter Einfluss. Nichts Gutes.

Schlecht bis ins Mark.

„Jack?", flüsterte Eden, und durch den Schleier des Schmerzes spürte er vage, dass sie ihn beunruhigt ansah.

Ganz plötzlich stieß er einen ohrenbetäubenden Schrei aus, der das Glas im Fenster zum Klirren brachte. Mit einer einzigen Bewegung fegte er alles vom Tisch, was darauf gelegen hatte – Karten und Papiere, Stifte und Bücher, die in einem einzigen Wirrwarr auf den Boden landeten.

Eden sah zu, wie sie fielen, und starrte Jack dann aus entsetzt geweiteten Augen an.

Ihre Furcht zeigte ihm einmal mehr, was er war. Warum sollte er dagegen kämpfen? Die Finsternis in ihm war immer da. Dadurch war er gut in dem, was er tat.

Auch seine Männer oben mussten seinen Schrei gehört haben, denn alle Schritte an Deck verstummten.

Mit finsterer Miene ging Jack auf sie zu.

Eden sah verängstigt aus, aber der kleine Rotschopf aus dem Regenwald blieb stehen, sogar, als er sich vorbeugte, um ihr ins Gesicht sehen zu können.

„Wer hat es dir gesagt?“

Sie schluckte. „Er wollte es nicht, Jack. Es ist ihm so … herausgerutscht.“

Er kniff die Augen zusammen. „Brody.“

„Ich schwöre, er hat nur voller Stolz über dich gesprochen. Jack …!“ Sie berührte seine Wange, doch er schlug ihre Hand weg.

„Fass mich nicht an.“

Ohne ein weiteres Wort drehte er sich um und ging hinaus.

10. KAPITEL

Weitere Tage vergingen.

Gäbe es die Möglichkeit, das Schiff dazu zu bringen, schneller zu fahren, dann hätte Jack Eden zu seinem Anwesen in Irland gebracht und sie so einfach aus seinem Leben verschwinden lassen.

Aber diese Möglichkeit gab es nicht.

Er steckte mit ihr fest in einer winzige Kabine mitten auf dem unendlichen Ozean. Es gab keine Möglichkeit, ihr oder der Gewissheit zu entkommen, dass niemand ihn jemals lieben würde, egal, wie reich er werden würde oder wie viele Firmen ihm gehörten, und egal, wie oft er sich sagte, dass es ihn nicht interessierte. Es würde immer schmerzen.

Je weiter die *Winds of Fortune* nach Norden kam, desto mehr wichen die herbstlichen Temperaturen dem Winter, und es wurde kalt und grau.

Bald würden sie ihr Ziel erreichen.

Eden durchlitt mit ihrer Näharbeit eine entsetzliche Zeit. Als die Nacht hereinbrach, saß sie auf der mit rotem Leder gepolsterten Bank am Fenster und arbeitete bei Kerzenlicht weiter. Mit kraftlosen Fingern nähte sie, bis sie sich in den Finger stach.

„Autsch!" Sie warf ihre Näharbeit zu Boden, steckte sich den Finger in den Mund und begriff, dass sie seekrank wurde.

Zuerst glaubte sie, dass unangenehme Gefühl im Bauch käme daher, dass sie der Streit mit Jack so aufregte, der seither kaum mit ihr gesprochen hatte. Ohne seine Freundschaft war das Meer für sie ein sehr einsamer Ort geworden. Er schlief inzwischen in einer Hängematte in der Tageskabine, und Eden lag allein in seiner Koje und wagte nicht, daran zu denken, was ihr alles zustoßen konnte, wenn ihr Beschützer auf sie böse war. Aber als sie das leise Pfeifen des Windes durch die Ritzen neben der Tür hörte und das Plätschern des feinen Brandys in dem kristallenen Decanter auf dem Waschtisch, begriff sie, dass es noch einen anderen Grund geben konnte für ihren Anflug von Seekrankheit.

Als sie sich umdrehte, um aus dem Fenster zu spähen, schlug sich ihr Atem auf dem Glas nieder. Sie sah, dass der Wind stärker geworden war und das Meer unruhig. Hier und da bildete sich Schaumkronen auf den Wogen. Weiter entfernt bewegte sich die indigoblaue Linie des Horizonts auf und nieder. Das Schiff war so groß, dass es gewöhnlich kaum schaukelte, aber jetzt konnte sie die Bewegung spüren. Vielleicht würden sie in einen Sturm geraten.

Na, wunderbar! Draußen braute sich ein Ungewitter zusammen, und am Ruder lauerte ein weiteres Ungewitter auf sie, kalt, dunkel und unvorhersehbar …

Dieser Mann.

Sie erwog, nach draußen zu gehen und den Kapitän zu fragen, was da geschah, aber bei weiterem Nachdenken schien ihr das nur ein Rezept für noch mehr Schmerz zu sein, da er offenbar nicht mehr mit ihr sprechen wollte – obwohl sie gesagt hatte, dass es ihr leidtäte.

Sie war ein wenig böse auf ihn, weil er böse auf sie war. Vielleicht war es an der Zeit, wieder von den Dandys mit ihren Überröcken aus der Savile Row zu träumen. Von eleganten, kultivierten Männern.

Wilde ehemalige Piraten, die ihr ins Gesicht brüllten, waren nie Teil ihres Plans gewesen.

Dennoch war es seltsam zu denken, dass hinter der Fassade steinharter Unverletzbarkeit Black Jack Knight genauso war, wie sie es von Anfang an gesagt hatte – ein großer, brüllender Löwe, den ein böser Dorn in seiner empfindlichen Pfote quälte.

Er ist nur ein großes Baby, dachte sie, vor allem, als sie sich erinnerte, wie er sie am ersten Tag, nachdem er sie an Bord seines Schiffes entdeckt hatte, gezwungen hatte, sich auszuziehen. Dass er das nicht aus Gründen der Lust getan hatte, begriff sie jetzt.

Leider war der Mann ein Meister darin, sein Verlangen zu beherrschen. Er hatte es ihr befohlen, um sie vollkommen verletzlich zu sehen. Und warum sollte er das wollen? Weil er niemandem traute. Nicht einmal einem harmlosen blinden Passagier.

Er hatte sie nackt sehen wollen, in jeder Beziehung. Nicht nur körperlich, sondern auch mental, gefühlsmäßig. Er hatte das Innere ihrer Seele sehen wollen, und sie hatte es zugelassen. Warum?, fragte sie sich wieder. Weil sie nichts zu verbergen hatte.

Ah, aber kaum hatte sie hinter seine stählerne Rüstung gespäht, diese Aura von Härte und Bösartigkeit, mit der er sich umgab, dann benahm er sich so. Schrie sie an und polterte herum wie ein riesiger, furchteinflößender Barbar.

In diesem Moment hörte sie, wie schnelle Schritte näher kamen. Der Knirps stürmte herein. „Miss Edie! Miss Edie! An Deck! Schnell, schnell!"

„Phineas, was ist los?"

Der Junge rannte zu ihr und packte sie an der Hand. „Kommen Sie, schnell, ich zeige es Ihnen!"

„Lass mich meine Pelerine …"

„Nein, dann verpassen Sie es!" Schon zog er sie von ihrem Stuhl. „Kommen Sie!"

Ein wenig konfus von den Rufen des Jungen, ließ sie sich von ihm nach draußen ziehen, doch kaum hatte sie das Achterdeck betreten, blieb sie wie angewurzelt stehen.

„Sehen Sie!" Der Junge streckte den Arm aus, aber Eden blickte bereits staunend in die Segel hinauf.

Vor einem schwarzen, mondlosen Himmel tanzte auf dem Spier ein blaues Licht und tauchte die Segel des Schiffs ganz und gar in seine Farbe.

Sie starrte es an, angstvoll und fasziniert zugleich.

Das gespenstische Licht war so hell wie ein Blitzstrahl, lag aber still auf dem Segeltuch, wo es sich nur in der Brise hin und her bewegte.

Wie das Glühen einer blauen Flamme erhellte sein Licht die demütigen Gesichter der Mannschaft an Deck, die im wörtlichen Sinne starr vor Staunen waren und das Phänomen bewunderten.

Einige schlugen das Kreuzzeichen, während andere ihre Mützen abnahmen und sie in stummer Andacht an die Brust pressten.

Dann bemerkte sie noch etwas. Der starke Wind, der noch vor einer Viertelstunde geherrscht hatte, war verschwunden.

Sie lagen in einer Flaute.

Als sie sich umsah, entdeckte sie Jack in der Nähe des Besanmasts. Er hatte den Kopf zurückgelegt, während auch er hoch zu der überirdischen Beleuchtung blickte. Er stand ganz still, und seine scharfen Züge wurden von dem seltsamen blauen Schein beleuchtet.

Einen Moment lang starrte Eden den wettergegerbten Kapitän der *Winds of Fortune* an, der einen Kopf größer war als alle Mitglieder seiner Mannschaft. Wie magisch wurde sie von ihm angezogen, und sie stieg die Leiter zum Poopdeck hinauf und ging auf ihn zu, ohne daran zu denken, dass er böse war mit ihr. In diesem Moment musste sie ihm nahe sein, auch wenn sie nicht wusste, warum. Vielleicht, um dieses Wunder mit ihm gemeinsam zu erleben. Vielleicht trieb die Angst vor dem unbekannten Phänomen sie an seine Seite, wollte sie instinktiv bei ihm Schutz suchen, wie sie ihn immer empfunden hatte, wenn er in der Nähe war.

Als sie auf ihn zuging, fühlte sie, dass die Luft aufgeladen zu sein schien wie von Elektrizität. So etwas geschah öfter, ehe ein Sturm einsetzte. Die Härchen auf ihren Armen und an ihrem Nacken stellten sich auf, aber dass ihr Herz so schnell schlug, das lag nur an Jacks Nähe.

Er schien nicht zu bemerken, dass sie ihn beobachtete. Er war warm gekleidet, um die Elemente abzuhalten, trug einen dicken braunen Überrock aus Corduroy und um den Hals einen warmen Wollschal, die Hände geschützt von schweren Arbeitshandschuhen. Der dunkle Schatten seines Bartes war nachgewachsen und verlieh ihm wieder den Hauch von Wildheit, den sie insgeheim so unwiderstehlich fand.

Einen Moment lang zögerte sie, denn er schien so groß, fern und abweisend wie eine felsige Insel mitten auf dem großen, weiten Ozean. Er wirkte so hart, so stark und so einsam, obwohl er inmitten seiner Mannschaft stand. Seine Miene war verschlossen und misstrauisch, der Mund zu einer festen, ernsten Linie zusammengepresst. Dann wandte er den Kopf und bemerkte sie.

Er starrte sie an, während sie sich vorsichtig näherte, und als sie den harten Ausdruck seiner Augen sah, wollte sie beinah verzagen. Selbst wenn sie ihm alles von sich gab, würde sie diesen Mann vermutlich niemals wirklich erreichen und ihn auch nicht zum Bleiben veranlassen können.

Auf seine eigene Weise hatte er sich von der Welt ebenso gründlich abgeschottet wie ihr Vater. Ihr Vater hatte den Wald, Jack hatte das Meer. Ihr Vater hatte die Wissenschaft, Jack die Arbeit. Ihr Vater hatte der Zivilisation den Rücken gekehrt, weil sie die Frau zerstört hatte, die er liebte. Jack hielt die Menschheit von sich fern, damit sie ihn nicht zurückweisen konnte.

Das musste der Grund sein, warum er so zornig geworden war, schloss sie, während sie seinen Blick erwiderte. Er musste geglaubt haben, dass auch sie ihn aufgrund seiner unehelichen Herkunft zurückweisen würde. Diese Wunden saßen offensichtlich tief. Nichts jedoch lag ihr so fern, wie ihn zurückzuweisen.

Während sie ihm mit langsamen, gleichmäßigen Schritten

immer näher kam, sah Eden den Tatsachen ins Auge: Sie wollte mit diesem Mann zusammen sein. So sehr, dass sie zitterte. Aber selbst wenn er sie haben wollte, wie sollte sie auch nur erwägen, sich nach dem langen Weg, den sie zurückgelegt hatte, an einen Mann zu binden, der sie nur in sein einsames Exil mitnehmen würde, so wie ihr Vater es getan hatte?

Jetzt konnte sie es sich vorstellen – ein Leben als Lady Jack Knight. Über den ganzen Globus zu segeln, von Hafen zu Hafen. Niemals sich irgendwo niederlassen. Kein Zuhause, kein normales Leben. Sie wären Nomaden.

Wurzellos.

Aber wenigstens wäre ich bei ihm, dachte sie tapfer.

Jack Knight in seinem ganzen strahlenden Glanz.

Als sie zu ihm trat, sagte er nichts. Er griff nur in seine Tasche und nahm eine Zigarre heraus. Zwar schob er sie wie üblich in den Mund, aber er entzündete sie nicht. Captain Jack liebte seine Zigarren, aber auf seinem Schiff gestattete er das Rauchen nicht – schließlich war der Rumpf aus Holz gebaut.

Sie blickte noch einmal hoch zu dem seltsam fließenden Licht. „Was ist das?", fragte sie.

„Elmsfeuer."

„Aber was ist es, und woher kommt es?"

„Das weiß niemand." Jack betrachtete sie argwöhnisch.

„Es ist wunderschön", flüsterte sie. Während sie den Kopf hob, um das seltsame blaue Licht zu betrachten, fühlte sie, wie er sie ansah.

Dann hörte sie seine Stimme, tief und leise. „Es heißt, man bekommt nur einmal im Leben die Chance, es zu sehen."

Sie wagte es nicht, ihn anzusehen. „W…wirklich?"

„Aye." Auch er blickte hinauf in die Segel. „Die Bedingungen müssen einfach richtig sein. Und selbst dann hält es nicht an."

„Oh." Ihr Herz schlug schnell, aber seine letzten Worte verursachten ihr ein ungutes Gefühl. „Es … es hält nicht an?"

„Nicht für mich."

Eine leichte Bewegung des Schiffes brachte sie zum Schwanken, Jack hielt sie fest, und das seltsame Licht schien zwischen sie zu fallen.

Sie sah zu ihm auf, bedankte sich, während das Licht sie umgab. Er betrachtete sie wie jemand, der in sich selbst gefangen war und nicht wusste, wie er herauskommen sollte.

Mit einem Kloß im Hals hielt sie seinem Blick stand, aber sie wusste, es galt jetzt oder nie. Sie musste ihm sagen, dass er ihr nicht egal war.

„Jack", flüsterte sie, „ich habe verstanden, dass es dir peinlich war, weil ich das über deinen Vater herausgefunden habe ..."

„Peinlich?", wiederholte er und lachte heiser.

Das tat weh. „Ich dachte, es könnte dir helfen, wenn ich dir etwas Peinliches über mich erzähle."

Skeptisch sah er sie an. „Wie zum Beispiel?"

„In jener Nacht, als wir zusammen Peter Stockwell versorgten, und ich dir sagte, wie sehr ich mich danach sehnte, nach London zu reisen. Erinnerst du dich, wie ich sagte, ich wollte an allen Vergnügungen der Saison teilnehmen?"

Er nickte.

„Ich fürchte, ich war nicht ganz ehrlich zu dir, was den Grund anging."

Von der Seite her sah er sie fragend an. Das kühle Misstrauen auf seinem Gesicht ließ keinen Zweifel daran, dass seine sofortige Vermutung auf niedrige Beweggründe ihrerseits abzielten.

„Ich konnte es an jenem Abend, als wir miteinander sprachen, nicht rundheraus gestehen, dann hättest du mich für eine Närrin gehalten. Aber Jack, der wirkliche Grund, warum ich mich so verzweifelt danach sehnte, an der Saison teilzunehmen, ist, dass ich einen Ehemann suchen wollte. Aber nicht irgendeinen. Oh verflixt, ich kann es nicht richtig ausdrücken." Sie errötete.

Jack beobachtete sie noch immer misstrauisch, aber fasziniert.

„Der wirkliche Grund, warum ich zurückkehren wollte in die Zivilisation, war, dass ich jemanden finden wollte, den ich lieben kann“, brachte sie schließlich heraus, ehe sie der Mut dazu verließ. „Nur glaube ich, dass ich ihn vielleicht schon gefunden habe.“

Er starrte sie an.

Eden hielt seinem Blick stand, und ihr Herz schlug heftig. Jetzt zitterte sie in der Kälte, und sie fühlte sich in ihrem Kleid nackter als an jenem Abend, als er ihr befohlen hatte, sich auszuziehen.

Beinah zornig wandte er sich ab.

Warum antwortet er nicht? Ich habe ihm praktisch gesagt, dass ich ihn liebe. Oh Himmel, warum habe ich nur nicht meinen Mund gehalten?

Unfähig, diese Stille länger zu ertragen, blickte sie hinauf zu den Segeln und wünschte, irgendein Wal würde vorbeikommen und sie verschlingen. „Warum also heißt es Elmsfeuer?“

„Das ist der Schutzheilige der Seeleute“, murmelte er und vermied ihren Blick so gründlich wie sie den seinen.

Plötzlich runzelte sie die Stirn. „Ist das gefährlich? Kann es die Segel in Flammen setzen?“

„Nein. Nichts dergleichen. Es ist ein Omen“, fügte er leise hinzu.

„Wofür?“ Endlich zwang sie sich dazu, ihn anzusehen.

Er musterte prüfend den dunklen Himmel. „Sturm.“ Noch während er das Wort aussprach, begann das blaue Licht zu verblassen und war gleich darauf verschwunden.

Der Nachthimmel wurde schwarz.

„Das Barometer ist den ganzen Tag über gefallen“, fügte er hinzu.

Überall an Deck herrschte vollkommene Stille. Stumm suchten die Männer den Himmel ab nach einem Zeichen dafür, dass das Licht zurückkam.

Stattdessen kehrte der Wind zurück und erhob sich mit furchterregender Geschwindigkeit. Mit einem eiskalten Luftzug setzte er sie über seine bösen Absichten in Kenntnis und zerrte wütend an den Segeln.

„Der Sturm zieht schnell auf, Captain", rief der Quartiermeister. „Gleich wird es losgehen."

Jack nickte dem Mann zu, dann wandte er sich an Eden. „Sie sollten nach unten gehen. Nehmen Sie den Jungen mit und halten Sie sich vom Sturm fern. Wir müssen unsere Vorbereitungen treffen. Wenn es schlimm wird – und um diese Jahreszeit könnte es das werden – wird Martin Ihnen den Weg zu den Zellen zeigen. Es ist der sicherste Ort auf dem Schiff."

„Wo werden Sie sein?", fragte sie furchtsam.

„Hier oben", gab er zurück und blickte auf dem Deck umher. Dann sah er hinauf zu den Segeln. „Und da oben, wenn nötig."

„Jack … sei vorsichtig."

„Keine Sorge. Unwetter gibt es auf jeder Reise." Er wandte sich ab, um davonzugehen. „Sagen Sie dem Knirps, er soll den Hund in den Käfig setzen, ja? Rudy hasst Stürme. Wir haben eine Kiste für ihn. Der Junge weiß, wo sie steht."

Einer seiner Männer rief nach ihm.

„Ich komme gleich!", schrie er zurück. Der Wind zauste sein Haar, als er den Kopf senkte, um sie anzublicken.

Eine Weile lang sahen sie einander direkt in die Augen.

„Geh schon", flüsterte er dann und deutete mit einer Kopfbewegung auf das Achterdeck.

Eden senkte den Kopf, gekränkt, weil sie einfach so fortgeschickt wurde nach ihrem Bekenntnis. Sie hatte ihm praktisch gesagt, dass sie ihn liebte, und es hatte diesen Mann überhaupt nicht beeindruckt. Nun, sie wollte nicht im Weg stehen. Sie fühlte sich hilflos und sehr naiv, daher machte sie kehrt und ging unter Deck, um den Knirps und den Hund des Kapitäns zu suchen.

Jack blieb noch einen Moment länger stehen und sah ihr nach, wie sie davonging.

Der Sturm jagte sie die ganze pechschwarze Nacht hindurch, kam näher und holte sie ein, bis Jack erkannte, dass er diesem Unwetter nicht entkommen konnte und den Befehl gab, Anker zu setzen.

Er hatte gehofft, der Sturm würde an Macht verlieren, wenn er es schaffte, ihm immer ein Stück voraus zu sein, aber das Unwetter tobte weiter über dem Wasser. Sie würden sich ihm entgegenstellen, die Luken verriegeln und sämtliche Segel einholen müssen.

Jack kämpfte nicht nur mit dem Sturm, sondern auch mit sich selbst. Das furchtbare Wetter spiegelte das Chaos wider, das in seinem Innern tobte. Er wusste, er musste eine Entscheidung treffen. Entweder er konnte sich wehren – oder es leugnen – gegen das stärker werdende Band zwischen ihm und Eden. Oder er konnte versuchen zu glauben, dass irgendjemand ihn tatsächlich lieben könnte.

Ihn.

Nicht sein Geld. Nicht seine Macht. Nicht einmal seinen Körper.

Sondern den Mann, der er war.

Gott allein wusste, das Mädchen war verrückt genug, um es zu versuchen, und zu unschuldig und unverdorben von der Welt, um es besser zu wissen. Eden sah die Dinge nicht so, wie andere sie sahen, daher war es vielleicht kein Wunder, dass sie ihn in einem anderen Licht betrachtete.

Jack wusste nur, dass sie die einzige Frau war, bei der er es je riskieren könnte, sich noch einmal zu verlieben, sein Herz und seine Seele aufs Spiel zu setzen.

Ein so reines Geschöpf würde ihn bestimmt nicht verletzen.

Aber es war unglaublich schwer, das zu glauben, nach dem

Leben, das er geführt hatte. All die Jahre, als er so alt gewesen war wie der Knirps und sogar noch jünger, als der Duke ihn zurückgewiesen hatte und er den Grund nicht verstand, hielt er ihn doch für seinen Vater.

Missachtet sogar von den Dienstboten, die sich um seine Bedürfnisse kümmern sollten – Kindermädchen, Gouvernante, Lehrer. Sie wussten, was ihnen von Nutzen sein konnte, daher war sein Bruder Robert wie ein kleiner Prinz behandelt worden, während Jack genauso gut im Stall hätte schlafen können.

Am schlimmsten aber war, dass ihn seine Mutter so behandelte, als existiere er gar nicht. Die skandalumwitterte Duchess hatte sich geschämt für ihre Tändelei mit dem irischen Gladiator – wenigstens für eine Weile, bis zu ihrer nächsten Eskapade. Ihr zweiter Sohn war für sie nichts als eine ständige Erinnerung an ihren Fehltritt.

Und das war noch gar nichts im Vergleich zu der Art und Weise, wie die Jungen in der Schule ihn behandelt hatten, wo man über seine Herkunft noch vor ihm Bescheid gewusst hatte – dem Gerede der Eltern sei Dank. Es war nicht leicht für ihn gewesen, als er herausfand, dass er ein Bastard war. Aber das erklärte zumindest, warum die Nachbarn auf ihn herabsahen – so wie Mauras Eltern Lord und Lady Griffith.

Und so hatte er aus vielerlei Quellen das Wissen erworben, dass er nichts als Grausamkeit und Nichtachtung von der menschlichen Rasse zu erwarten hatte und sich davor schützen musste. Für immer.

Er verließ sich ganz auf sich selbst, auf sonst niemanden, sammelte ein Vermögen und Macht an, als könnten die allein ihm einen Platz in der Welt sichern. Hin und wieder, in diesen einsamen Nächten, wenn er sich danach sehnte, jemanden in seinen Armen halten zu können, dann sah er sich um nach einem Mädchen, dessen Gesicht und Figur ihm gefiel, und er bezahlte sie gut für ihre Zeit.

Es schien Wahnsinn zu sein, wieder zu vertrauen, aber er wusste, sollte er jemals wieder den Mut dazu finden, dann würde seine Wahl auf Eden Farraday fallen. Ja, er könnte sich entweder abwenden oder weitergehen.

Es hatte ihm nicht gefallen, dass sie in seiner Vergangenheit herumgeschnüffelt hatte, aber auf der anderen Seite hatte sie nicht wirklich verstanden, was er durchgemacht hatte. Wie sollte sie wissen, wie mitleidlos die Gesellschaft sein konnte, aufgewachsen in der Wildnis, wie sie war, so geschützt vor der Grausamkeit des Menschen gegenüber dem Menschen?

Noch nie war sie den kleinen Bösartigkeiten der *ton* ausgesetzt gewesen, und er hoffte ehrlich, sie würde das auch nie aus erster Hand erleben müssen. Gott allein mochte wissen, was sie von den Leuten über ihn hören würde, wenn sie jemals nach London gelangte.

Selbst wenn er sie zur Frau nahm, würde sie vielleicht dazu verdammt sein, sein Schicksal als Ausgestoßener zu teilen …

Der Sturm toste durch die Nacht, ein kalter, finsterer Kampf tobte um Jack herum und auch in ihm.

Als der Tag anbrach, zeigte das kalte, silbergraue Morgenlicht einen bleischweren Himmel und auf allen Seiten Wellen, so hoch wie Berge. Doch Jack sah, dass der Kampf noch lange nicht vorbei war. Erst jetzt entlud der Sturm seinen ganzen Zorn, war jetzt direkt über ihnen und stürzte sich auf sie – ein Ungeheuer, das sechzig Knoten in der Stunde zurücklegte und manchmal, in starken Böen, die bis zu fünf Minuten dauern konnten, auch mehr.

„Beidrehen!“, brüllte Jack, dessen dicker Überrock, Hut, Handschuhe und Schal vollkommen durchnässt waren, während seine lange Ölhaut mit der Kapuze lärmend im Wind flatterte.

Sein Gesicht war taub von der bitteren Kälte. Der peitschende Regen war zu nassem, klebrigem Schnee geworden, sodass die Sicht praktisch gleich null war. Doch der Zorn hielt ihn warm, während der Wind und die stürmische See versuchten, sein Schiff zu verschlingen.

The Winds of Fortune knarrte, während das wilde Meer sie hin und her warf. Mit eingerolltem Segel hob sie sich dem Sturm entgegen. Hoch oben flatterten ein paar gereffte Toppsegel im Wind, um sie ruhiger zu halten, doch gleich darauf waren davon nur noch Fetzen übrig, und von da an trotzten sie dem Sturm mit leeren Masten.

Ihre Anker gruben sich in die Tiefe wie die Finger eines Menschen, der sich an den Rand einer Klippe klammert. Jack wusste, sie waren bereits vom Kurs abgekommen. Morgen würde er herausfinden, wohin zum Teufel der Sturm sie getrieben hatte – falls er bis dahin vorbei sein würde.

Brecher ergossen sich über das Deck, Wasser strömte in die Kanonenluken. Noch mehr Wasser ergoss sich über die Reling auf der Leeseite. Jack sah, dass einige der Ankerklüsen sich gelöst hatten und brüllte den Männern zu, sie wieder zu befestigen.

„Dieses verdammte Unwetter überfordert die Pumpen", schrie der Quartiermeister über das Heulen des Sturms hinweg, während Jack den Bericht über den Zustand unter Deck entgegennahm.

„Sagen Sie den Zimmerleuten, sie sollen nach unten gehen und sehen, ob es Lecks gibt!"

„Aye, Sir."

„Wir müssen die Spiere herunterholen! Sie üben zu viel Druck auf die Masten aus! Streichen Sie die Spiere von Bramsegel und Toppsegel!"

Der Quartiermeister und der Bootsmann sahen einander finster an, aber sie wussten beide, dass es getan werden musste.

„Aye, Sir!"

Der Bootsmann gab den Befehl weiter, und die mutigsten seiner Matrosen suchten ihr Werkzeug zusammen und machten sich daran, in die Takelage zu klettern.

Jack hasste es von ganzem Herzen, einen seiner Männer unter diesen Umständen da hinaufzuschicken. Die Spiere von den Masten zu nehmen war Knochenarbeit, selbst wenn der Wind nicht gerade versuchte, einen Mann aus der Takelage zu zerren, und die Taue, auf denen sie standen, waren mit Eis überzogen.

Aber wenn sie die schweren Nocken nicht herunterholten, drohten die Masten zu brechen. Durch das heftige Rollen des Schiffes zeigten alle drei Masten bereits Neigung. Immerhin waren sie einst dicke Baumstämme gewesen und konnten einiges aushalten, aber die mächtigen Querbalken der Spiere fügten den oberen Teilen der Masten so viel an Gewicht zu, dass sie jederzeit zerbrechen und hinabstürzen konnten. Sollte das geschehen, würden sie alle der Gnade des eiskalten Atlantiks ausgeliefert sein.

Während Jack zusah, wie seine Männer ganz im Gegensatz zu ihrer sonst so unbekümmerten Art, langsam und umsichtig in die Masten hinaufstiegen, fühlte er unbändigen Stolz auf seine Besatzung. Er blickte zu ihnen hoch, während der Regen ihm über das Gesicht strömte.

Das Herz jeden Kapitäns hätte vor Glück schneller geschlagen, wenn er gesehen hätte, wie seine Männer wie ein einziger arbeiteten, präzise wie ein Uhrwerk, mutig und gut ausgebildet. Sie hielten ihre Stellung ohne Zögern oder Klagen, wenn einer in Schwierigkeiten geriet, eilten die anderen zu Hilfe herbei. Schließlich konnte kein Mann es allein mit dem Wetter und dem Ozean aufnehmen.

Während Jack sie nicht aus den Augen ließ, verlor Higgins den Halt und hing einen Moment lang über dem Deck, doch die beiden anderen, die ihm am nächsten waren, packten ihn und zerrten ihn zurück in die Wanten.

Langsam atmete Jack wieder aus, und sein Herz schlug schneller. Keinen einzigen Mann wollte er an diesen verdammten Sturm verlieren.

Stirnrunzelnd betrachtete er das tobende Meer, ging dann über das Achterdeck und packte selbst das Ruder, um den Steuermann abzulösen. Mit seinem gesamten Gewicht warf er sich dagegen, damit das wilde Meer nicht die Kontrolle über sein Schiff errang.

Zähneknirschend hielt er das Steuerrad fest, bis seine Arme zu zittern begannen.

Ich hätte ein verdammter Anwalt werden sollen.

Unter Deck, tief unten im Laderaum, erging es Eden nicht viel besser. Martin war schrecklich seekrank, Peter Stockwell, der von seinem Krankenlager dorthin gebracht worden war, lag stöhnend in seiner Koje. Rudy, der Hund, bellte unentwegt in seiner Kiste, während der Knirps pausenlos jammerte.

„Ich halte es hier nicht mehr aus. Es stinkt nach Erbrochenem."

„Phineas, es ist dir verboten, von hier wegzugehen, und dabei bleibt es."

„Warum darf ich nicht zum Captain gehen?"

Nach der zwölften Wiederholung dieser Frage begann Eden, die Geduld zu verlieren. „Weil ich es gesagt habe."

„Ich höre aber nicht auf Sie!"

„Oh doch, das tust du. Lord Jack hat mir die Verantwortung für dich übertragen. Nach dem Sturm kannst du das gern mit ihm besprechen, wenn du willst. Jetzt bleibst du auf jeden Fall hier bei mir. Warum machst du dich nicht nützlich und beruhigst Rudy? Wenn jemand das fertigbringt, dann du. Willst du es versuchen?"

„Na schön!" Er warf ihr einen finsteren Blick zu, bückte sich dann aber schmollend und begann, leise mit dem Bullterrier zu reden und die Finger durch den Käfig zu stecken, um das Tier zu streicheln.

Eden verstand, dass der Knirps deswegen darauf bestand, Jack zu sehen, weil er Angst hatte. Sie alle hatten Angst, und in

Jacks Nähe fühlte das Kind sich sicherer. Aber jetzt musste Jack arbeiten, und ihrer aller Leben hing von ihm ab.

Sie drehte sich weg, zufrieden, ihren Schutzbefohlenen für einen Moment abgelenkt zu haben, und gab dem armen Martin ein mit Essig getränktes Tuch gegen die Seekrankheit. Als er wieder würgte, zuckte sie zusammen, aber es gab nichts mehr, das er hätte erbrechen können.

Als er sich gegen das Schott zurücklehnte, drückte sie ihm das essiggetränkte Tuch an die grünlich schimmernde Stirn. „Sie Armer. Halten Sie durch, es kann nicht ewig dauern."

Dann stöhnte Peter Stockwell, und sie ging, um nach ihm zu sehen.

Da sie ihm in diesem kurzen Augenblick den Rücken zuwandte, sah sie nicht, wie Phineas Rudys Käfig ein kleines Stück öffnete. Der Junge schob seine schmale Hand hindurch, um den Hund zu beruhigen, aber als Eden sich wieder umdrehte, schoss Rudy gerade am Knirps vorbei und rannte direkt zur Tür, die Eden wegen der schlechten Luft mit einem Stuhl aufgestellt hatte.

Sie stieß einen Schrei aus, als der Hund wie ein weißer Blitz hinausrannte. Phineas folgte ihm auf dem Fuße.

„Rudy, komm hierher zurück!", rief der Junge und rannte hinter dem Tier her.

„Phinney!" Eden stürzte zur Tür.

Er war fort.

„Oh, ich werde ihm den Hals umdrehen", stieß sie hervor, dann lief sie hinter dem Jungen her durch den dunklen Gang.

Bei jedem Schritt schalt sie mit sich, voller Schuldgefühle und Panik. Wo waren die beiden hingelaufen? Es war so dunkel unter Deck.

Der Gang vor ihr schwankte hin und her, sodass Eden von einer Wand zur anderen taumelte, während sie durch den engen Durchgang rannte. Die Laternen über ihr schaukelten heftig, und jedes Möbelstück, das nicht am Boden befestigt war, rutschte auf den Planken umher.

Bei jeder Bewegung zuckte sie zusammen, und ihr Magen rebellierte. Als sie zum nächsten Deck hinaufstieg, musste sie sich beim Gehen an dem Geländer festhalten. Sie hörte und fühlte, wie das Schiff unter dem Druck der Wellen vibrierte und knarrte wie ein schmerzgepeinigter Mensch.

Um sie herum eilten die Männer hin und her, würdigten sie dabei kaum eines Blickes. Einen der Gehilfen des Zimmermanns hielt sie an. „Haben Sie den Knirps vorbeikommen sehen?"

„Nein, Madam. Wenn Sie mich bitte entschuldigen …"

„Natürlich." Sie ließ den Mann los.

Als sie endlich am Mitteldeck ankam, wo das Vieh untergebracht war, fand sie eine große Zahl erschrockener Tiere vor – Hühner, Enten, Kaninchen in ihrem Käfig. In der Mitte hatten sich Ziegen und Schweine im Heu verkrochen.

Aber kein Knirps.

Wieder eilte Eden im Zickzack den Gang entlang und klammerte sich fest, weil das Schiff schwankte und schaukelte.

Als sie nach draußen trat, schlugen ihr die Urgewalten der Natur entgegen, und sofort wünschte sie, ihren neuen Umhang übergezogen zu haben. An die tropische Hitze gewöhnt, vermochte sie in der eisigen Kälte kaum zu atmen. Ungläubig blickte sie an den nackten Masten der *Winds of Fortune* empor, nur ein paar zerfetzte Segel flatterten wie kleine Wimpel im Wind.

Auf dem fernen Vorderdeck erspähte sie Jack, der seinen Männern Befehle zubrüllte. Sie folgte seinem zum Himmel gerichteten Blick und sah oben einige Seeleute, die es irgendwie fertigbrachten, dort auszuharren, trotzdem der nackte Mast wie ein Uhrpendel hin und her schlug.

Sie lösten einen der Quermasten ab und ließen ihn dann langsam mithilfe eines Systems aus Seilen und Flaschenzügen hinunter. Sie hatte keine Ahnung, wozu das alles gut sein sollte, aber sie musste den Knirps finden – und den Hund.

„Phineas!“ Der Wind verwehte ihre Stimme. Während sie sich auf dem Deck umsah, und betete, dass der kleine Junge nicht über Bord gespült worden war, sah sie ihn plötzlich. „Phineas!“

Er hatte sich unter eines der schweren Holzgestelle gekauert, an dem die Rettungsboote befestigt waren. Es war ihm gelungen, Rudy zu packen, und jetzt hielt er den zappelnden Hund in seinen Armen.

Durch knöcheltiefes Wasser watete Eden auf ihn zu. Schnee blieb in ihrem Haar haften. Sie rief ihm zu, er solle unter dem Gestell hervorkommen, doch wieder verwehte der grausame Wind ihre Worte.

Sie sah, dass er zu verängstigt war, um sich zu bewegen, und erkannte, dass sie zu ihm gehen, ihn aus seinem Versteck hervorzerren und persönlich unter Deck bringen musste.

Sie wischte sich das beißende Salz aus den Augen, holte tief Luft und machte sich auf, ihren Schützling zu holen.

„Was zum Teufel suchen Sie hier?“, brüllte sie jemand mit tiefer Stimme an.

Sie blickte auf und entdeckte Mr. Brody, genau wie Jack in eine schwarze Ölhaut gehüllt. Der Waffenmeister kam auf sie zu.

Jack hörte Trahern etwas rufen. Fragend blickte er zu seinem Lieutenant hinüber, der auf dem Achterdeck stand. Trahern deutete auf die Mitte des Schiffs.

Jack blickte dorthin, sah Eden und fluchte. Was zum Teufel machte sie hier bloß an Deck bei einem solchen Wetter? Sie ging zu den Rettungsbooten – und dann bemerkte Jack den Jungen mit dem Hund. Er ging um das Ruder herum und kniff die Augen zusammen. Beim Anblick der drei wäre er vielleicht in Panik geraten, wäre nicht Brody schon zu ihnen unterwegs gewesen.

Der knochige alte Waffenmeister packte Eden am Ellenbogen und half ihr dann schnell, den Jungen mitzunehmen.

Brody hatte einen Strick bei sich, den er dem Hund um den Hals schlang, dann zerrte er den verängstigten Bullterrier zu der Luke, die in die Sicherheit unter Deck führte.

Einen Schritt dahinter zog Eden Phineas an der Hand hinter sich her. Der Junge musste ihr weggelaufen sein, aber wie es schien, hatte sie die Lage unter Kontrolle gebracht.

Jack winkte Brody seinen Dank zu, der gerade die Frau und das Kind nach unten begleitete, dann räusperte er sich kopfschüttelnd.

Gerade als er ans Ruder zurückging, hörte er von oben ein ohrenbetäubendes Krachen.

Die Männer oben schrien.

Zum Glück gelang es ihnen, den Mast zu sichern, ehe er fiel, doch ein großes Stück verworrener Taue und Segeltuchfetzen löste sich und schwang über das Deck.

Entsetzt und unfähig, etwas dagegen zu tun, sah Jack zu, wie der lose Teil der Takelage über die Planken flog, gegen Eden prallte und sie über die Reling schleuderte.

Mit einem Aufschrei rannte er los.

Einen Moment lang klammerte sie sich an die losen Fetzen, die jetzt jenseits der Reling hingen. Ihr Gesicht drückte ungläubiges Entsetzen aus. Der Knirps rannte auf sie zu.

Dann erhob sich eine gewaltige Welle und verschlang sie, grüngrau, von der Farbe des Steins, und ihr Gesicht verschwand unter Wasser.

Als die Woge sich zurückzog, war die nasse, schwere Takelage noch immer da und hing neben der Reling, doch sie war jetzt leer.

Eden war fort, ein Raub der Wellen.

Die schwere Brandung zerrte sie bereits weiter und weiter vom Schiff weg, und innerhalb der nächsten Minuten würde die Kälte sie umbringen.

„Gebt mir ein Tau!“, brüllte Jack.

„Die Boote, Sir! Sollen wir sie zu Wasser lassen?“

„Keine Zeit!“

Trahern reichte ihm ein Tau, das Jack sich um die Taille schlang und mit einem fachmännischen Knoten befestigte. Dann deutete er mit einer Kopfbewegung auf den nächsten Flaschenzug, und Ballantine zog das andere Ende sofort hindurch.

„Wenn ich das Zeichen gebe, ziehen Sie uns heraus und keinen Augenblick früher.“

„Aye, Sir!“, versprach der gewaltige Kanonier. Mehrere Männer hatten sich bereits um ihn versammelt, um zu helfen.

„Was, wenn du sie nicht erreichst, Jack?“, wollte Trahern wissen. „Ich gebe dir fünf Minuten, dann hole ich dich herein.“

„Wage es nicht, das zu tun, ehe ich sie habe!“

„Jack, ihr werdet beide sterben …“

„Das ist ein Befehl! Ich komme mit ihr zurück oder gar nicht!“ Ohne auf das ständige Schaukeln und Schwanken zu seinen Füßen zu achten, stieg er über die Reling und sprang hinab.

Es war ein langer, kalter Sturz ins Meer. Die Wogen umschlangen ihn mit ihrem eisigen Griff.

Heftig nach Atem ringend, schoss Jack zurück an die Oberfläche. Die Kälte schien ihm die Luft aus den Lungen zu pressen, und schmerzhaft wurde ihm die gewaltige Kraft des Meers bewusst. Jetzt war er gemeinsam mit Eden dessen Gnade ausgeliefert.

Sie würden beide leben oder sterben, ganz nach Belieben des Ozeans.

Wassertretend wandte er sich in diese und in jene Richtung, doch bei der unruhigen See vermochte er sie nicht zu finden.

„Eden!“

Er konnte sie nicht sehen.

Er blickte zurück zu seinen Männern, die von der Reling aus zusahen, wie er nach Eden suchte. Sie deuteten eifrig nach backbord. Er drehte sich um.

„Eden!“ Dann begann er, mit kräftigen Zügen in die Richtung zu schwimmen, bis er sie erblickte.

„Jack!“

Er hörte, wie sie seinen Namen schrie, ehe die nächste eiskalte Woge den Klang ihrer Stimme verschluckte.

Jack strengte sich noch mehr an, um zu ihr zu schwimmen. Seine Schultern schmerzten bereits von der Stunde, die er am Ruder verbracht hatte. Wenigstens bewegte er sich jetzt in die richtige Richtung, aber wenn er sie nicht bald erreichte, dann würde die Kälte ihre Kraft zerstören, und er wusste, dann würde sie ertrinken.

Als er sie das nächste Mal sah, entdeckte er ein durchnässtes Mädchen, dessen Gesicht eine ungesund bleiche Farbe hatte.

Ein Mädchen, das versucht hatte, ihm zu sagen, dass sie ihn liebte.

Dunkel bauschten sich ihre Röcke um sie herum, der schwere Stoff, von dem er verlangt hatte, dass sie ihn trug, um sich vor der Kälte zu schützen, drohte jetzt, sie unter Wasser zu ziehen.

„Halt aus, Eden!“, brachte er heraus. „Ich komme!“ Jack wollte sich auf keinen Fall eingestehen, dass er müde wurde. Nein, er war nicht mehr so jung wie einst, näher an den Vierzig als an den Zwanzig. Die Kälte und die Gewalt des Nordatlantiks konnten einem Mann alle Kraft rauben, und er kämpfte gegen diesen ungeheuren Sturm schon seit der vergangenen Nacht.

Gott, gib mir Kraft. Nimm mich, wenn es sein muss, aber lass nicht zu, dass ich sie verliere.

Sie erkannte, dass die Wellen nicht so viel Kraft besaßen, wenn sie nicht dagegen ankämpfte.

Ihre Bewegungen waren beinahe ruhig geworden, als würde sie langsam in einer Hängematte aus Eis schwingen. Vor einem Moment noch hatte sie so sehr gefroren, dass ihre Haut ebenso sehr schmerzte, als habe sie sich verbrannt, aber das war vorübergegangen, und jetzt fühlte sie sich viel besser.

Der Schmerz begann nachzulassen. Sie vermutete, dass sie allmählich betäubt wurde, außerdem hatte sie eine Menge Wasser geschluckt. Durch den Schleier aus Eis und Schnee schien *The Winds of Fortune* unendlich weit weg zu sein.

Das Letzte, woran Eden sich erinnerte, ehe sie das Bewusstsein verlor, war, dass Jack sie in dem eisigen Wasser umfasste und sie mit stählernem Griff unter den Armen packte. Sie ließ den Kopf gegen seine breite Brust sinken. Er fühlte sich so warm an.

Doch auch er zitterte.

„Ich hab dich, Liebste. Halt dich an mir fest. Bleib wach, Eden!"

„Lass mich nicht los, Jack", flüsterte sie.

„Ich halte dich."

Jack zog sie fester an sich und sah, wie seine Männer einige Rettungsringe aus eben jenem Verschlag holten, in dem sie ihren blinden Passagier gefunden hatten. Jack packte einen der vorbeischwimmenden Korkringe und schob ihn unter ihren Leib, während Trahern rasch den Bootsmannssitz herabließ, um sie hochzuziehen.

Er hielt Eden mit aller Kraft fest und gab seiner Mannschaft ein Zeichen. Jack hoffte, dass Eden zumindest teilweise noch bei Besinnung war, hielt sie um die Taille gepackt und griff mit der anderen Hand nach dem Tau, ein Knie auf den hölzernen Rahmen des Bootsmannssitzes gestützt.

Auf sein Zeichen hin begannen die Männer an Deck alle gleichzeitig zu ziehen, dann wurden sie geschwind durch das Wasser gehievt. Schließlich, als der Rumpf der *Winds of Fortune* sich über ihnen erhob, zogen die Männer noch einmal an den Seilen.

Jack spannte alle Muskeln in seinem Körper an, um genügend Kraft aufzubringen. Er legte sich Eden über die Schulter und presste sie an sich, während die Männer an Deck sie beide aus dem eisigen Wasser und in den bitterkalten Wind hoben.

Ein paar bedrohliche Sekunden lang stiegen sie mit dem Bootsmannssitz höher und pendelten hin und her, während die Wellen unter ihnen tobten. Dann schwangen sie über die Reling, vorbei an dem verwickelten Haufen Takelage, der Eden von Bord gestoßen hatte, und landeten mit einem Krachen an Deck, als wären sie der Tagesfang.

„Eden!“

Jack legte sie hin, kniete neben ihr nieder und legte ihren Kopf so behutsam auf die Planken, wie es nur möglich war. Einige seiner Männer eilten bereits mit Decken heran.

„Sie atmet nicht.“

Ihre Lippen waren blau. Jack packte ihr Mieder, riss es auf, sodass ihr neues Korsett sichtbar wurde. Aus Respekt für das tapfere Mädchen, das die gesamte Mannschaft für sich eingenommen hatte, wandten die Männer die Blicke ab. Jack löste die Schnüre, drückte ihre Brust, und sie hustete.

Dann drehte er sie auf die Seite, damit sie das Seewasser ausspucken konnte, während sie würgte und nach Luft schnappte.

Als jeder sehen konnte, dass sie wieder atmete und bei Bewusstsein war, ließ Jack sich auf die Knie zurückfallen. Seine Schultern sanken nach vorn, und er atmete schwer.

Er blickte hinauf zu dem schiefergrauen Himmel, die Hände noch immer um ihre Hüften gelegt. Am liebsten hätte er geweint. Er schloss die Augen, zitternd vor Kälte und noch unter dem Einfluss der grauenhaften Ereignisse.

„Es … es tut mir leid, Jack“, sagte sie mit klappernden Zähnen und suchte seinen Blick. „Ich verursache nichts als Schwierigkeiten.“

„Hör auf, Unsinn zu reden“, schalt er knapp, doch es versetzte ihm einen Stich dabei. Er hob sie auf seine Arme und presste sie an sich. „Ich dachte, ich hätte dich verloren“, flüsterte er. Die Entscheidung, ob er es wagen durfte, sie zu lieben, war ihm aus der Hand genommen worden.

„Oh Jack." Sie begann zu weinen.

„Pst, Liebling, du bist bei mir." Er drückte einen Kuss auf ihre eiskalte Stirn. Einen Moment später hob er sie erneut in seine Arme. Er hielt sie fest, als wäre sie das Kostbarste auf der Welt, und trug sie nach unten, in die Sicherheit.

11. KAPITEL

Das Schiff hatte aufgehört zu rollen, Stunden später hatte das Meer sich beruhigt. Gleichmäßig trommelte der Regen auf die durchweichten Planken und sprenkelte die Reihe der Heckfenster. Aber am frühen Nachmittag schien es, als hätten sie den Sturm überstanden.

Eden war noch immer erschüttert von ihrer Begegnung mit dem Tod, aber irgendwann war sie getrocknet, hatte warme Kleidung bekommen und sich ausruhen können. Jack war noch immer an Deck und kümmerte sich um alles. Nachdem er sie heruntergebracht und sich davon überzeugt hatte, dass es ihr gut ging, hatte er sich einfach nur umgezogen und war dann wieder an Deck gegangen, um weiterhin gegen den Sturm zu kämpfen. Der Mann musste vollkommen erschöpft sein.

Eden trug eines seiner übergroßen Hemden sowie seinen schweren Brokathausmantel, um sich warm zu halten, und versuchte, sich nützlich zu machen, indem sie in der Tageskabine ein paar Kerzen entzündete, um die Dämmerung zu vertreiben. Sie sammelte einige Dinge zusammen, die Jack vielleicht brauchte, wenn er herunterkam, Handtücher, trockene Kleidung und dergleichen mehr. Sie bezog das Bett mit frischen Tüchern und zusätzlichen Decken. Sobald der Koch die Erlaubnis bekommen hatte, in der Kombüse wieder ein Feuer zu entzünden, bestellte sie Tee und etwas Warmes zu essen für sie beide, zusammen mit einem Eimer heißen Wassers, damit sie sich das Salzwasser abwaschen konnte nach der Begegnung mit den Wellen. Auch Jack würde sich sicher waschen wollen.

Danach begann sie mit der ermüdenden Arbeit, alles aufzuräumen, was durcheinandergeworfen worden war und an seinen Platz zurückzuräumen.

In Gedanken ging sie immer wieder diese schrecklichen Momente durch, in denen sie der Gnade des eiskalten Meeres ausgeliefert gewesen war, und ihre Hände zitterten noch immer ein wenig, sodass sie mit unbeholfenen Bewegungen jedes der ledergebundenen Bücher ins Regal zurückschob. In ihrem Leben war sie schon vielen Gefahren begegnet, aber sie wusste tief in ihrem Innern, dass sie noch nie dem Ende so nahe gewesen war. Wäre da nicht Jack gewesen, der sein Leben für sie riskiert hatte …

Zitternd hielt sie in ihrer Arbeit inne.

Noch immer fühlte sie sich lächerlich, wenn sie daran dachte, was sie an Deck zu ihm gesagt hatte, ehe der Sturm losbrach, während der Elmsfeuer. Sie hatte ihm praktisch gesagt, dass sie ihn liebte, und er hatte daraufhin nichts erwidert. Da musste man sich doch ein bisschen zurückgewiesen fühlen.

Natürlich hatte er ihr das Leben gerettet. Taten sagten mehr als Worte. Aber als Kapitän dieses Schiffes war er für jeden an Bord verantwortlich, und sie wusste, dass er seine Pflichten sehr ernst nahm. Ein wenig unglücklich musste sie sich eingestehen, dass er wohl für jeden in die Wellen gesprungen wäre.

Ja, er hatte sie gerettet und vor ein paar Stunden äußerst behutsam hier heruntergebracht, aber jetzt, da sie die Krise überstanden hatten, war er vermutlich noch immer böse mit ihr, weil sie die Wahrheit über seinen wirklichen Vater herausgefunden hatte. Dieser Mann barg mehr Geheimnisse als jeder andere Mensch, dem sie bisher begegnet war.

Enttäuscht und unsicher darüber, wie sie sich ihm gegenüber verhalten sollte, wenn er zurückkehrte, und noch immer geschüttelt von Entsetzen bei der Vorstellung, wie knapp sie dem Verhängnis entronnen war, zog sie sich den warmen Hausmantel etwas fester um die Schultern und ging zurück in die Schlafkabine.

Gewohnheitsmäßig schob sie alle Riegel vor und legte sich dann wieder in die Koje, die sie zusammen mit einer Bettflasche voll heißer Kohlen bereits vorbereitet hatte.

Gerade hatte sie es sich bequem gemacht und die Augen geschlossen, als sie Schlüssel klirren hörte. Draußen machte Jack sich an dem ersten Schloss zu schaffen. Sie erhob sich aus dem Bett, und um ihm die Arbeit zu ersparen, schob sie rasch den Rest zurück.

Als sie die Tür öffnete, stand er da, den Schlüssel in der Hand, das Gesicht von Erschöpfung gezeichnet. Eiskristalle hingen an seinem Mantel und in seinem Haar. Eden lächelte ihm mitleidig zu und öffnete die Tür dann ganz. „Komm herein."

Als sie sich abwandte, ließ er den Blick ein wenig unsicher über ihr Gesicht gleiten. Dann ging sie vor ihm in die Kabine. Jack folgte ihr, zog den schwarzen Überrock aus und nahm auch die Strickmütze ab. Dann fuhr er sich langsam mit der Hand durch das feuchte Haar. Eden entzündete die Kerzen auf dem Waschtisch. Als Jack müde die nassen Handschuhe auszog, ging sie hinüber zu seiner Seekiste, die als Tisch diente. Darauf stand ein Tablett mit etwas Essbarem und all den anderen Dingen, die sie für seine Ankunft vorbereitet hatte.

Aus der Teekanne goss sie ihm eine Tasse voll mit duftendem indischem Tee ein und verstärkte ihn mit einem Schuss Brandy, damit ihm warm wurde. Dann brachte sie ihm das heiße Getränk, und er nahm es mit einem gemurmelten Dankeschön an. Er wärmte sich die Hände an der Tasse und atmete einen Moment lang den Dampf tief ein. Besorgt beobachtete sie ihn, er trank nur ein oder zwei Schlucke, ehe er die Tasse beiseitestellte, um sich den Mantel auszuziehen. Dann warf er ihn über die Kanone, damit das Eis schmelzen konnte.

Eden ging los, um die Handtücher zu holen, und runzelte die Stirn, als sie zurückkam. In den nassen Kleidern konnte der Mann sich den Tod holen. „Lass mich das machen", sagte sie leise, als sie bemerkte, wie schwer es ihm fiel, mit seinen kalten Händen die Weste aufzuknöpfen.

Geduldig und mit gesenktem Kopf stand er da, während sie ihm die Weste öffnete und von den breiten Schultern streifte. „Zieh das Hemd aus", verlangte sie. Unter seinem durchdringenden Blick fühlte sie sich ein wenig unbehaglich.

Während er ihre Anweisung befolgte und sich das nasse Hemd über den Kopf zog, legte sie den Hausmantel ab, den sie von ihm geborgt hatte, und reichte ihn ihm. „Schnell, ehe die Wärme verfliegt."

„Du hast ihn ..."

„Mir ist jetzt warm genug."

„Na schön." Zu müde, um zu streiten, schob er seine Hände durch die weiten Ärmel und zog den Mantel um sich fest. „Oh", sagte er ein wenig überrascht, und auf seinem Gesicht erschien ein mattes Lächeln. „Du hast ihn für mich gewärmt."

„Ich habe meine Qualitäten", erwiderte sie, während er langsam den Gürtel zuknotete.

Während sie sich abwandte, um ihm etwas zu essen zu holen, warf sie einen flüchtigen Blick auf seine untere Körperhälfte, die jetzt anständig hinter dem Hausmantel versteckt war. „Vielleicht möchtest du auch deine ... äh ... Unaussprechlichen ausziehen."

„Jawohl, Madam." Er lächelte ihr vielsagend zu.

Nun, ganz offensichtlich war er doch nicht so müde, wie sie gedacht hatte. „Unverbesserlich", murmelte sie und widmete sich wieder ihrem improvisierten Tisch. Sie war froh, ihn lächeln zu sehen. Vielleicht nahm er ihr doch nicht mehr übel, dass sie sein Geheimnis herausgefunden hatte.

Vielleicht hatte er das endlich überwunden.

Sie hörte, wie seine Stiefel zu Boden polterten, und einen Moment später hingen seine Hose und die lange Unterhose über der Kanone, zusammen mit seinem Überrock.

„Du musst halb verhungert sein. Der Koch hat einen Topf mit Hühncheneintopf hergeschickt – es schmeckt sehr gut." Sie hob den Deckel und rührte um. „Wir haben auch Brot und Butter. Was noch? Heißes Wasser, damit du dich waschen kannst. Hier." Sie hatte das Waschtuch in das Becken mit dem schönen warmen Wasser getaucht und drehte sich in genau dem Moment um, da er zu ihr trat.

„Eden“, flüsterte er.

Sie stand da, das Waschtuch in der einen und das Stück Seife in der anderen Hand.

Er sah ihr in die Augen. „Ich muss mich bei dir entschuldigen.“

„Nein, das musst du nicht, Jack“, sagte sie leise, während ihr Herz, getrieben von aufkeimender Hoffnung, schneller schlug. Sie legte Seife und Tuch wieder hin. „Es war falsch von mir, dich zu bedrängen.“

Er berührte sie am Kinn. „Unsinn. Ich hätte dich nicht anschreien dürfen. Das hast du nicht verdient. Du hast versucht, mir zu helfen – und ich habe dich zurückgewiesen.“

„Das spielt jetzt keine Rolle mehr, oder?“ Vorsichtig legte sie eine Hand auf seine Brust und strich sanft über den samtenen Aufschlag seines Hausmantels. „Du hast mir das Leben gerettet und dabei dein Leben für mich riskiert. Oh, Jack.“ Reumütig schüttelte sie den Kopf. „Es tut mir leid, dass ich den Jungen habe entwischen lassen. Du hast dich darauf verlassen, dass ich auf ihn aufpasse – kaum kehre ich ihm für einen Moment den Rücken, da passiert so etwas. Du hättest tot sein können.“

„Bei einem solchen Sturm hätten wir alle sterben können!“

„Aber das hast du nicht zugelassen.“ Sie legte den Kopf zurück und sah ihn einen Moment lang an, dann streckte sie den Arm aus und streichelte sanft sein Gesicht. „Jack, mein Löwe“, flüsterte sie. „Danke, dass du mir das Leben gerettet hast.“

„Jederzeit wieder“, sagte er leise. Dann wandte er den Kopf und berührte mit den Lippen ihre Hand.

Einen Moment lang betrachtete sie ihn liebevoll, und sie fühlte einen Kloß in ihrer Kehle. Dann schüttelte sie den Kopf. „Sieh dich nur an, mein tapferer Mann.“ Sie nahm eines der Handtücher und tupfte seine feuchten dunklen Locken ab. „Ich weiß, wie müde du bist“, sagte sie leise, während sie ihm das Gesicht sanft trocknete. „Ich werde mich jetzt um dich kümmern, bist du einverstanden?“

Ja, bitte, dachte er, und er zitterte vor Verlangen bei ihren zärtlichen Berührungen. Es war sonst nicht seine Art, sich von einer Frau versorgen zu lassen, doch der Sturm hatte ihm den Widerspruchsgeist ausgetrieben. Er fühlte sich steif und wund und durchgefroren bis auf die Knochen. Zu müde, um seine wahren Gefühle für sie zu leugnen, und er wollte es auch gar nicht mehr.

Seine Ängste waren noch da, aber nachdem er so nahe daran gewesen war, sie zu verlieren, spielten die keine so große Rolle mehr.

„Setz dich", flüsterte Eden.

Er gehorchte und trat an den Bettrand. Sie kam zu ihm und stellte sich zwischen seine Beine mit nichts am Leib als einem seiner Leinenhemden, das ihr bis zu den Knien reichte. Sie trocknete ihm das Haar und rieb dann behutsam mit dem warmen, feuchten Waschtuch über seine Haut, wusch die Spuren des Sturms ab.

Jack beobachtete sie wie im Traum.

Nein, so etwas hatte er noch nie erlebt, nichts von dem, was sie ihm jetzt schenkte. Er hatte nie danach gesucht, und hätte er es gefunden, hätte er ihm vermutlich misstraut.

Bei jeder ihrer Berührungen schlug sein Herz schneller.

Im Licht der Kerzen wirkte ihre Haut wie Seide. Die roten und goldenen Glanzlichter in ihrem Haar leuchteten wie die untergehende Sonne oder wie die tanzenden Flammen eines heimeligen Herdfeuers. Sie strich über sein Gesicht, küsste seine Stirn und seine Brauen, seine Wange und seine Nase, während sie ihn wusch.

Es fühlte sich so gut an, wie sie sich um ihn kümmerte, dass er kaum wagte zu atmen aus Angst, sie könnte aufhören. Er schloss die Augen, sog ihre beruhigenden Liebkosungen ganz in sich auf. Ah ... sie besiegte ihn so süß, küsste seinen Widerstand weg, befreite ihn von seiner Abwehr, eine Schicht nach der anderen, bis sie zum Kern seiner Einsamkeit vordrang.

Jack begehrte sie so sehr. Sie umgab ihn mit ihrer Weichheit, hüllte ihn ein in ihre zärtliche Glut.

Und Eden glaubte, er hätte sie gerettet?

Nach einer Weile zwang er sich dazu, wieder seine Augen zu öffnen, und er spürte, wie erregt er war. Sie hatte ihn noch nicht einmal geküsst, und er war ganz hart geworden. Als sie seinen verlangenden Blick bemerkte, errötete sie ein wenig und senkte schamhaft den Blick.

„Lass mich dein Essen holen", murmelte sie.

Doch es war nicht Essen, nach dem Jack verlangte. Er hielt ihr Handgelenk fest und zwang sie, stehen zu bleiben. „Alles, was ich will, bist du."

Sie regte sich nicht. Sein glühender Blick glitt an ihrem Körper hinunter, während er die andere Hand ausstreckte und ihr das übergroße Hemd von der Schulter schob. Sie atmete schwer, als der Ausschnitt des Hemds sich öffnete und eine ihrer Brüste sichtbar wurde, eine alabasterweiße Brust mit der schönsten rosa Spitze, die er je gesehen hatte.

Er beugte sich vor und küsste mit geschlossenen Augen diese seidenglatte weiße Brust. „Eden, du mein liebstes Paradies", flüsterte er. „Wärme mich."

Sie strich ihm über den Kopf. „Du brauchst Schlaf, Jack."

„Ich brauche dich."

„Du bist seit sechsunddreißig Stunden auf den Beinen."

„Eine mehr wird da nicht schaden." Als er ihre Brust noch einmal küssen wollte, hielt sie ihn fest und wich zurück.

Er leckte sich die Lippen. „Wohin gehst du?"

Sie antwortete nicht. Ihre grünen Augen wirkten groß und unsicher und verrieten ihr Verlangen, als der lange Lauf der Kanone ihren Rückzug unterbrach. Jack ging auf sie zu. Sie wandte sich ab, als wollte sie wieder davonlaufen.

„Was ist?", fragte er und schlang die Arme um ihre Taille. „Hast du jetzt vor mir Angst?"

„Nein." Sie versuchte, sich aus seinem Griff zu befreien,

aber er unterbrach ihren halbherzigen Kampf, indem er ihre Hüften umfasste und sie an seine Lenden zog.

„Willst du mich nicht?“, fragte er und ließ sie an ihrem nackten Rücken fühlen, wie erregt er war.

Sie seufzte tief.

Er war nicht ganz sicher, ob das ein Ja oder ein Nein sein sollte, aber als sie sich ein wenig weiter vorbeugte über die Kanone, rutschte das Hemd ein Stück höher, und ihre schmale Taille wurde gegen das kühle Metall gedrückt. Er schob einen Arm um sie und ließ die rechte Hand unter den Saum seines langen weißen Hemdes gleiten. Dann stöhnte er leise auf, als er ihre rechte Hüfte berührte. Mit seinen inzwischen gewärmten Fingern umfasste er die sanfte Rundung und drückte sie behutsam. Sie holte tief Luft, und die Art, wie sie die Hüften bewegte, verriet ihm genug.

Ihm wurde noch heißer. Er unterdrückte den Wunsch, ihr einen Klaps zu geben, obwohl dem kleinen Wildfang das vermutlich sogar gefallen hätte. Aber solche wilden Spielchen konnten warten. Jetzt hielt er sie behutsam fest, strich ihr über das Haar, schob die langen Strähnen zur Seite und beugte sich dann vor, um ihre zarte Schulter zu küssen, dort, wo sich das Hemd so verführerisch öffnete.

Sie hielt ganz still, versuchte weder, ihn zu ermutigen, noch ihn abzuwehren, doch als er seine Hand tiefer über ihre Hüften gleiten ließ und sie dann von hinten zwischen ihre Schenkel schob, wusste er alles: Sofort war seine Hand nass, und unter seiner Berührung seufzte sie.

Jack fühlte, wie sein Verlangen sich ins Unermessliche steigerte.

Er zog seine Finger zurück und schob die Hand nach vorn. Dabei fuhr er fort, ihre Schulter und ihren Nacken zu küssen, während er ihren Bauch streichelte und ihre Brust. Dann strich er über ihre Hüften und Schenkel und begann, sie zu massieren, bis er ihre empfindlichste Stelle berührte, und sie erschauerte.

Sie lehnte sich an die Kanone, stützte die Hände auf und gab ihm mit ihrem Körper Signale, über die ihre jungfräuliche Seele erschüttert gewesen wäre. Immer weiter strich er über ihr Haar, ließ die Strähnen durch seine Finger gleiten, während er mit der anderen zwischen ihren Schenkeln war, bis er wusste, was ihr gefiel. Und dann gab er ihr genau das, wonach es sie verlangte.

Sie erzitterte, bewegte sich mit ihm im selben Rhythmus, war heiß und erregt, während seine Finger feuchter wurden und er sie nur umso besser bewegen konnte. Gleich darauf legte sie mit leisem Stöhnen den Kopf zurück und trieb ihn beinahe in den Wahnsinn mit den Bewegungen ihrer Hüften an seinen Lenden.

Schnell wurde es mehr, als Jack vertragen konnte.

„Beweg dich nicht“, flüsterte er und rieb immer noch sanft ihre linke Hüfte, damit sie nicht etwa auf die Idee kam, davonzulaufen. Das wollte er auf keinen Fall. „Keine Angst“, fügte er hinzu und löste den Gürtel seines Hausmantels mit der anderen Hand. „Ich werde dich jetzt nicht nehmen. Ich will nur, dass du mich fühlst.“ Sein Mantel öffnete sich vorn, und er drängte sich zwischen ihre Schenkel.

„Mm“, flüsterte sie und bewegte sich ein wenig – ganz behutsam.

Jack schluckte schwer. Seine Brust hob und senkte sich heftig. Und als er seine Finger wieder bewegte, fühlte er, wie ihr Widerstand nachließ, wie bei einem Schiff, das sich dem Wind anpasste.

Die feuchte Stelle zwischen ihren Schenkeln nässte auch ihn, als sie sich langsam bewegte und seine pulsierende Männlichkeit leicht zwischen ihre Beine schob. Er war ihr dabei behilflich, froh, etwas tun zu können, dann bewegte er ihre Hüften in vorsichtigem Rhythmus, gab ihr die Gelegenheit, sich daran zu gewöhnen, ihn zwischen ihren Beinen zu spüren. Es dauerte nicht lange, dann griff sie nach hinten und zog ihn näher.

Wie leidenschaftlich sie ist, dachte er, als er ihr gehorchte und sich schneller bewegte. Ihr rascher Atem ging in leises Stöhnen über, sie flüsterte seinen Namen, und für einen winzigen Moment spannte ihr schlanker Leib sich an.

Er begriff, dass er sie soeben zum Höhepunkt gebracht hatte.

„Psst", flüsterte er ihr ins Ohr und lächelte, während er sie festhielt und stützte, als die Beine unter ihr nachgaben. *Welch gelehrige Schülerin.* Sie lehnte sich an die Kanone, bis er sie herumdrehte und in die Arme schloss.

Eine Weile hielt er sie einfach so fest, ohne auf das Verlangen zu achten, das in ihm tobte, denn er war so gerührt von ihrer unschuldigen Lust, dass er keine Worte dafür fand. So ungekünstelt und rein. Ihr Verhalten sprach von tiefem Vertrauen. Aber hatte sie ihm das nicht von Anfang an entgegengebracht? Er hatte ihre Worte nie vergessen, und er hörte sie immer wieder seit jenem ersten Tag im Regenwald.

„Ich vertraue dir, Jack."

Dass jemand, der so rein war wie Eden Farraday, in ihm Gutes entdeckte, erschütterte ihn bis ins Mark.

Er neigte den Kopf, umfasste ihr zartes Kinn und küsste sie. Sie schlang die Arme um seinen Hals und erwiderte den Kuss mit einer Ernsthaftigkeit, die ihn beinahe schmerzte.

Ich vertraue dir ebenfalls, Eden, dachte er. So sehr, wie ich eben einem Menschen vertrauen kann.

Unter den Nachwirkungen des eben Erlebten zitterte sie noch immer, sie fühlte sich überwältigt und aus dem Gleichgewicht gebracht, denn sie hatte nicht erwartet, dass so etwas geschehen würde, jedenfalls nicht heute, nicht nach allem, was sie erlebt hatten. Jacks Leidenschaft schien sie zu umfangen und zu umschlingen und ihr süße Sicherheit zu verheißen.

Während sie ihn vorsichtig küsste, seinen Mund erkundete, ließ sie ihre Finger zaghaft über seine breite, warme Brust gleiten, dort, wo sein Hausmantel sich geöffnet hatte.

Er erbebte unter ihrer Berührung. Fasziniert tastete sie sich weiter vor, ließ die ganze Hand über seinen harten Bauch gleiten. Dabei fühlte sie, wie er unter ihrer Berührung erglühte. Sie spürte seinen Atem an ihren Lippen, und Eden wurde auf einmal klar, dass er sie zwar zum Höhepunkt gebracht hatte, selbst aber noch immer vor Verlangen brannte.

Sie spürte an seinen Berührungen, wie sehr er sie begehrte. Er presste seine Lippen auf ihren Mund, kostete sie mit der Zunge, während sie die Finger in sein Haar grub und über sein stoppeliges Kinn strich.

Dann umfasste Jack ihren Nacken und küsste sie noch leidenschaftlicher. Eden gab nur zu gern nach. Sie wusste, sie spielte mit dem Feuer, aber sie konnte nicht aufhören, so betört war sie davon, wie leidenschaftlich er sie küsste. Ganz fest umklammerte sie seine Schultern, wollte ihn festhalten, diesen Mann, von dem sie wusste, dass sie ihn niemals zähmen würde.

Während er ihren Mund eroberte, strich er mit den Fingerspitzen über ihren Hals und ihre Kehle. Die Wirkung, die er damit erzielte, erschreckte Eden – wieder weckte er das Verlangen in ihr, noch heißer und heftiger diesmal.

Als er begann, sie mit sich zu seiner Koje zu ziehen, ohne seinen Kuss zu unterbrechen, blieb ihr keine Wahl, als ihm zu folgen. Gegen so einen Riesen von einem Mann hatte sie keine Chance.

Von unten herauf sah sie ihn an. Seine wasserblauen Augen schienen zu glühen, und seine Miene zeigte Entschlossenheit.

„Jack?“

„Ja, mein Liebling?“

„Was – was tust du da?“

„Ich verführe dich“, erwiderte er freundlich. „Ich sagte dir, dass ich das tun würde.“ Er zog ihr das geliehene Hemd über den Kopf und betrachtete dann bewundernd ihren nackten Leib.

Er küsste sie noch einmal und schob sie weiter in Richtung Bett.

„Du … du hast gesagt, ich würde bereit sein dafür."

„Bist du das nicht?"

„Ich … ich weiß nicht. Das hier ist … Vielleicht sollten wir noch einmal darüber nachdenken."

„Lass uns das nicht tun."

„Aber Jack." Erregung, Furcht und Verlangen – Zögern, Verzweiflung und Sehnsucht brauten sich zu einer erregenden Mischung zusammen, als Eden begriff, dass er sich nicht länger beherrschen konnte. Gleich würde er sie einfach nehmen.

„Ja, meine Süße?"

Sie stieß an das Bett, das jetzt hinter ihr stand. „Ich dachte, du begehrst mich nicht, Jack."

„Oh, aber das tue ich", versicherte er und schüttelte langsam den Kopf. Er zog den langen, schimmernden Hausmantel aus und ließ ihn dann einfach auf den Boden gleiten.

Eden schluckte beim Anblick des herrlichen Leibs, der vor ihr im Kerzenlicht schimmerte.

„So sehr." Behutsam schob er sie an den Schultern zurück, bis sie auf dem Rand seiner Koje hockte. Dann ließ er sich zwischen ihre Knie gleiten. „Möchtest du, dass ich dir zeige, wie sehr, Eden?"

„Äh …"

Er küsste noch einmal ihre Lippen, dann ihr Kinn, ihren Hals, schließlich die Vertiefung zwischen ihren Brüsten. „Oh, Himmel!" Sie ließ sich zurücksinken auf die Ellenbogen, und Jack konnte sie mühelos überall erreichen.

Er streichelte sie überall, bis sie kaum noch atmen konnte. Sie wusste, wenn sie das getan hatten, dann gab es kein Zurück, aber ihr Herz gehörte ihm bereits, und ihr Körper genoss seine Liebkosungen. Wenn er sie auf diese Weise berührte, mit langen, betörenden Bewegungen, dann hatte sie vor nichts mehr Angst. Ihr Verstand war wie betäubt, sie fühlte sich entspannt, als hätte sie von einer jener fremdartigen Urwaldpflanzen gekostet, die die Waroa bei ihren religiösen Zeremonien benutzten.

Mit der anderen Hand umfasste er ihren Kopf und knabberte an ihrem Ohrläppchen, sodass sie seinen schweren Atem hörte. „Du bist so köstlich", flüsterte er, während er eine Hand über ihren Nabel gleiten ließ, „dass ich dich am liebsten fressen würde."

In dem Glauben, er hätte nur bildlich gesprochen, lachte sie leise, doch dann erkannte sie ihren Irrtum, als er ihre Knie auseinanderschob und sie mit Küssen bedeckte, immer weiter nach unten, über ihren Bauch, ihre Hüften. Sie hielt den Atem an und umklammerte die Bettdecke mit beiden Fäusten, während ihr Blut kochte.

Dann schob er die Hände unter ihre Hüften und umfasste sie. Er neigte den Kopf, knabberte an der Innenseite ihrer Schenkel, neckte, verlockte sie, bis sie sich wand unter ihm, sie fühlte seine warmen Lippen an ihrer empfindlichsten Stelle, bis er behutsam die Zunge in sie hineingleiten ließ.

Eden seufzte tief – aber das war erst der Anfang. Die leichte Berührung seiner Zunge steigerte noch das, was sie vorhin bei seinen Fingerspitzen empfunden hatte, und sie begann zu stöhnen. Dann spürte sie seinen Mund ganz und gar. Er umfasste sie, bereitete ihr Lust, bis sie glaubte, zerfließen zu müssen, als würde die glühende Tropensonne einen Fluss in Gold verwandeln.

Sie atmete so schwer, als wäre sie Kilometer gerannt, wand sich unter ihm, drängte sich ihm entgegen, wollte seine Zunge ganz in sich spüren. Und er gab nicht nach, sodass sie ihm nicht hätte entkommen können. Immer tiefer drang er in sie ein, zog sich wieder zurück, schob seine Finger von hinten tiefer zwischen ihre Schenkel, bewegte sich hin und her, immer wieder, bis es kein Entrinnen mehr für sie gab.

Er war unerbittlich. Und das war gut so.

Mit zitternden Fingern griff sie in sein dickes Haar, als sie schwer atmend auf ihn hinabblickte. Dieser eine Blick genügte, um ihr zu zeigen, dass all die Entschlossenheit, die nun einmal in seinem Charakter lag, darauf konzentriert war, ihr Lust zu bereiten.

Er nahm ihren Fuß und legte ihr Bein über seine Schulter, damit er noch tiefer in sie eindringen konnte. Sie umfasste seinen Kopf, der zwischen ihren Schenkeln ruhte, und hatte das Gefühl, schmelzen zu müssen.

„Oh, Jack!", rief sie. „Ich könnte sterben …"

Er lachte leise über ihr Erstaunen, und sie fühlte seine Stimme an ihrem pochenden Leib. Dann lächelte sie, als er ihr eine kleine Pause gewährte.

„Du wirst nicht sterben. Vertrau mir." Er blickte auf und lächelte ihr zu. Dabei schienen seine Augen so dunkel wie glühende Kohlen. Er küsste ihren Bauch und widmete sich dann weiter der Aufgabe, sie in den Wahnsinn zu treiben.

Gleich darauf drohte die Leidenschaft sie zu überwältigen, während sie sich seinem herrlichen Mund entgegendrängte. „Oh, Jack … ich … ich halte das nicht mehr aus. Mach, dass … dass es aufhört. Bitte!"

Teufel, der er war, fuhr er fort, sie so köstlich zu quälen. Es wurde mehr, heftiger, und dann … dann hörte es plötzlich auf.

„Oh nein, das wirst du nicht tun", schalt er sie belustigt, als sie leise aufschrie.

Er löste seine Lippen von ihr und trocknete sich das Gesicht an ihrem Schenkel. Dann küsste er ihre Brust und schob sich höher.

„Jack."

„Nein, Liebling, ich habe noch etwas für dich." Er schlang einen Arm um ihre Taille und schob sie in die Mitte des Betts, so mühelos, als würde sie nicht mehr wiegen als eine Katze.

Eden bewunderte, mit welcher Kraft er sie hielt. Sie ließ einen Finger über seine Armmuskeln gleiten und drückte ihn dann ganz leicht. Es erstaunte sie, dass sein Arm sich so fest anfühlte wie ein Felsen, der von der Sonne gewärmt wurde, und Jack, der leise über ihr Experiment lachte, küsste dann ihre Wange.

„Du bist so hart“, bemerkte sie und sah ihm dann ein wenig ängstlich in die Augen. „Du wirst mir wehtun.“

„Nein, Liebste. Niemals.“ Seine Züge wurden weicher, und er legte sich neben sie. Ein wenig besorgt, aber doch voller Bewunderung betrachtete sie seinen nackten Leib, sah, dass die wenigen braunen Haare auf seiner Brust genauso aussahen wie jene, zwischen denen seine Männlichkeit emporragte, die für sie bereit war.

Du lieber Himmel.

Ehe sie es tatsächlich mit der Angst zu tun bekam, lenkte Jack sie ab. Sanft umfasste er ihr Kinn, schob ihren Kopf zurück und küsste sie lange und leidenschaftlich. Es dauerte nicht lange, bis Eden ihre Arme um ihn legte, während er die Finger über ihren Leib gleiten ließ und ihre Sommersprossen berührte, eine nach der anderen.

Er beugte sich über sie, brachte sie zum Lachen, indem er an ihrer Nasenspitze knabberte, schließlich küsste er ihr Gesicht, ihr Kinn. Mit der Zunge streifte er ihre Kehle und ihren Hals, dabei grub sie ihre Finger immer tiefer in sein Haar.

Er rückte noch näher und beugte sich dann über sie. „Ich brauche dich“, flüsterte er.

Sie sah ihn an, unsicher und doch so voller Verlangen.

In ihren Adern schien das Blut zu lodern, ihre Lippen bebten, geschwollen von seinen Küssen. Mit der linken Hand umfasste er ihren Kopf, während er mit der rechten nach unten griff und sich zwischen ihre Schenkel schob.

Ihr Herz schlug jetzt schneller, aber Jack zeigte noch immer beinahe übermenschliche Zurückhaltung, drängte sie für einen Moment nicht weiter, sondern ließ ihr die Zeit, sich an ihn zu gewöhnen. Dies hier ist nicht viel anders als das, was wir vorher an der Kanone getan haben, dachte sie und fühlte sich mutiger. Als er spürte, dass sie sich ein wenig entspannte, begann er zu spielen, bewegte sich etwas, lockte, neckte und koste sie, bis sie vor Verlangen nach ihm glühte, und sich ihm immer weiter öffnete.

„Du bist grausam“, stieß sie hervor.

„Ich bin gründlich.“

„Jack“, stöhnte sie und zog ihn zwischen ihre Schenkel. Sie schlang die Beine um seine schmale Taille und drängte sich an ihn, ohne sich weiter um das zu sorgen, was noch kommen mochte. „Oh Jack, bitte ...“

„Langsam, Liebes. Hör auf, dich so zu bewegen. Du quälst mich ...“ Seine Stimme klang rau, sein Gesicht war angespannt, doch er hielt inne, um ihren Duft ganz in sich aufzunehmen, rieb sein Gesicht an ihrer Schulter, ihrem Hals. „Du riechst so gut, meine Orchidee, meine exotische Blume.“

„Jack!“ Musste sie denn erst betteln?

Ihre Welt begann sich zu drehen, als würde sie von den höchsten Baumwipfeln herunterblicken, und in ihren Ohren hallte der wissenschaftliche Rat ihres Vaters wider. Alle Tiere nehmen sich einen Gefährten, wenn sie das Alter dafür erreicht haben. Das erschien ihr so kühl und sachlich, verglichen mit der Glut, die durch ihre Adern pulsierte, als er ein Stück weiter in sie hineinglitt. Gierig schob sie sich näher, verlangte mehr von ihm.

„Bist du bereit für mich, Eden?“

„Hmm.“

Jack küsste ihre Handfläche und begann dann, langsam, aber gleichmäßig in sie einzudringen. Als er die dünne Schranke erreichte, flüsterte er ihr ins Ohr, dass es nur einen Moment lang wehtun würde, dann durchstieß er sie mit einer raschen Bewegung seiner Hüften.

Sie biss sich auf die Lippen, um einen Schrei zu unterdrücken, denn der erste Moment tat weh. Sie sollten wehtun, diese alten, blutigen Rituale. Das hatte sie von den Waroa gelernt. Solche Zeremonien bezeichneten den Eintritt eines Menschen in eine neue Lebensphase.

Ein Leben mit diesem Mann und all seinen gefährlichen Geheimnissen.

Offensichtlich war er entschlossen, den Schmerz für sie so gering wie möglich zu halten. Abgesehen davon, wie heftig sich seine Brust hob und senkte, blieb er völlig reglos, während sie versuchte, sich an den Schmerz zu gewöhnen. Noch immer befand er sich in ihr: Sie waren eins.

Die sanften Küsse in der Dunkelheit beschwichtigen sie, und jetzt halfen ihr seine Fähigkeiten als Liebhaber, die er ihr vorhin bewiesen hatte, als er ihr gezeigt hatte, die Lust zu genießen, den Schmerz zu überwinden.

Das Leben, das sie bisher geführt hatte, hatte sie gelehrt, den Schmerz nicht übermäßig zu fürchten. Manchmal war er ein Teil des Heilungsprozesses, und er ging vorüber.

Auch jetzt ließ er nach, während Jack ihr übers Haar strich und ihr in die Augen sah, da war, sie beruhigte.

Er füllte sie so ganz und gar aus, dass das Gefühl der Leere sie völlig verlassen hatte, die rastlose Unruhe, die sie aus dem Urwald heraus und auf das Schiff nach England getrieben hatte. Erst jetzt fühlte sie sich als Ganzes.

Zärtlich hielt er sie fest, und mit geschlossenen Augen küsste Eden seine Schulter wieder und wieder. Als er fühlte, wie ihre Hüften sich entspannten, liebte er sie zärtlich und behutsam. Mit jeder Bewegung seines Beckens erweckte er sie weiter zum Leben, und sie drängte sich an ihn, Brust an Brust. Er küsste ihre Braue, und sie spürte seinen heißen Atem an ihrer Schläfe. Sie genoss es, seinen warmen Leib zu fühlen, die Glut ihrer Verbindung miteinander. Sie konnte ihm nicht widerstehen, sich ihm nicht entziehen, zollte mit Leib und Seele ihrem dunklen Gott Tribut.

Dann hob sie den Kopf vom Kissen und küsste ihn, umfasste dabei sein kratziges Kinn. Er stöhnte auf, als er ihren Kuss erwiderte, dann steigerte er das Tempo seiner Bewegungen, begann einen heidnischen Tanz. Sie war bedeckt von seinem Schweiß, von seinem Geruch, und sie hatte ihn mit ihrem Blut gezeichnet.

Eden hörte, wie sein Herz im selben Rhythmus pochte wie ihres, sie umfasste seine schmalen Hüften, um ihn noch mehr in sich aufnehmen zu können, und er fügte sich, gab ihr, nahm sich.

„Komm für mich“, befahl er mit heiserer Stimme, und Eden konnte nicht anders, als zu gehorchen.

Sie umklammerte seine breiten Schultern und stieß einen Schrei aus, als sie sein Stöhnen hörte und er seinen Körper anspannte.

Sie spürte, wie er sich in sie ergoss, während sie gleichzeitig glaubte, Orchideen wie Feuerwerk erblühen zu sehen und rosa Delfine durch ihre Gedanken zu springen schienen wie durch Wolken.

Zauberer, Krieger, Magier – war er gekommen, um sie in sein goldenes Königreich auf dem Meeresboden zu entführen?

Buoto. Wer von einem von ihnen verführt wurde, konnte sich nicht einmal mehr an die Bedeutung des Wortes nein erinnern.

„Oh, Jack.“ Sein Name war nicht mehr als ein Flüstern, als er über ihre Lippen kam, ein Zeichen ihrer bedingungslosen Hingabe.

Als die Schauer der Ekstase nachließen, löste Jack sich von ihr und ließ den Kopf schwer atmend in die Vertiefung zwischen ihren Brüsten sinken. Er war erschöpft. Seine Glieder fühlten sich so bleiern an wie Schiffsanker.

Noch unter den Nachwirkungen der Lust schloss er die Augen, drückte leichte Küsse auf ihren Bauch und rieb sein Gesicht an ihrer Haut, genoss ihre Weichheit, ihren zarten Duft.

Sie war so anders. So außerordentlich rein. Als sie die Arme matt um seine Schultern legte und er ihre zarten Finger an seinem Gesicht spürte, fühlte Jack sich wie im Himmel.

„Oh, Jack, du herrlicher Schurke“, flüsterte sie und presste sein Gesicht an ihre Brust. Ihre Stimme klang ermattet, befriedigt, erschöpft, und das war Belohnung genug für ihn.

„Geht es dir gut?“, flüsterte er.

„Ich glaube schon. Ich bin nicht gestorben“, fügte sie hinzu.

„Ich sagte dir doch, du wirst es überleben.“ Mit einem Lächeln zog er ihre zarte Hand an seine Lippen und presste einen weiteren Kuss auf die Innenfläche. Kaum hatte er ihre Hand losgelassen, fiel sie kraftlos auf die Matratze zurück, als wäre sie zu schwach, um auch nur ihr eigenes Gewicht zu tragen.

Er lachte. Dann stützte er sich auf die Ellenbogen und betrachtete sie, bewunderte wieder einmal ihre Schönheit, himmelte sie an, um bei der Wahrheit zu bleiben. Er war froh, dass sie mit dem zufrieden war, was er getan hatte, denn nie zuvor hatte er ein Mädchen entjungfert.

Er beugte sich vor und küsste die so verletzlich wirkende Stelle an ihrer Kehle, dann schloss er die Augen. Ganz plötzlich empfand er ein tiefes Gefühl von Fürsorge und Hingabe. „Eden“, flüsterte er, und sein Atem wärmte ihre Haut, als er ihr einen Schwur leistete: „Ich werde immer für dich sorgen. Ich werde immer da sein, wenn du mich brauchst. Ich werde gut sein zu dir. Wenn du mich haben willst.“

An den Schultern schob sie ihn zurück, gerade weit genug, um ihm in die Augen sehen zu können. Sie selbst wirkte erstaunt und verwirrt, als wäre sie nicht sicher, ob sie ihn richtig verstanden hatte.

Beinahe durchdringend starrte er sie an, damit sie verstand, dass er ein Nein nicht akzeptieren würde. „Heirate mich“, befahl er.

Langsam breitete sich ein Lächeln über ihr Gesicht, und ihre grünen Augen strahlten vor Freude. Noch immer unter ihm liegend, hob sie eine Hand an die Stirn und salutierte. „Aye, aye, Captain.“

Er lachte erleichtert und brachte das strahlende Lächeln auf ihrem Gesicht zum Verschwinden, indem er sie küsste.

„Keine Sorge, Victor, ich habe die Lage unter Kontrolle", versicherte Connor, während er in drohender Haltung den Blick über das Deck der Fregatte schweifen ließ. „Diese Männer werden dir nichts tun", fügte er hinzu und musterte die Mannschaft. „Jetzt stehen sie unter meinem Befehl."

Bei der Meuterei waren Dr. Farradays Brillengläser zerbrochen worden, sodass er nun fast blind und hilflos war, doch seine Ohren funktionierten noch gut, und er zuckte zusammen, als er hörte, wie der Schädel des toten ersten Maats auf die Planken polterte.

Dann hörte er das schabende Geräusch, mit dem die Leichen über das Deck gezogen wurden, danach viermal hintereinander ein lautes Platschen, als der Kapitän, der grausame erste Maat und zwei andere verhasste Offiziere leblos über Bord geworfen wurden.

Victor glaubte nicht, dass sie von irgendwem betrauert wurden. *Gott stehe uns bei.*

Die unterschwellig stets vorhandene Stimmung von Brutalität an Bord des Totenschiffs war in der Nacht zuvor in Blut und Chaos umgeschlagen. Gegen Mitternacht hatten die Verschwörer die verhassten Offiziere umgebracht, doch dann hatte Connor die Meuterer überwältigt.

Jetzt wurden in der Morgensonne die Schäden sichtbar, zugleich aber brachte der Tag auch wieder etwas Vernunft zurück. Doch noch immer roch es beißend nach Pulver und metallisch nach Blut, und die Ausdünstungen von zu vielen ungewaschenen Körpern auf engstem Raum verpesteten die Luft. Victors Nase protestierte bei dem üblen Gestank. Der Geruch von Tod, Schuld – und Angst.

Zwar waren der böse Kapitän und seine Anhänger jetzt tot, zusammen mit den gefährlichen Halsabschneidern, die die Meuterei angezettelt hatten, doch jetzt gab es nur noch einen Mann, der über allen anderen stand. Victor kniff die Augen zusammen, um besser sehen zu können, und blickte wieder zu seinem hochgewachsenen Assistenten hinüber.

Connor stand neben ihm, die blutverschmierten Fäuste in die Hüften gestemmt und mit nachdenklicher Miene. Während kreischende Fregattvögel den Mast umkreisten, wurden fünf weitere Leichen in den eisigen Atlantik geworfen – das Trio, das die Meuterei angezettelt hatte und zwei andere, die ihnen in den Weg geraten waren.

Connor hatte sie alle getötet.

Natürlich hatte alles mit Selbstverteidigung begonnen.

Von Blutgier getrieben, hatten die Meuterer ihren Vernichtungsfeldzug fortsetzen wollen. Nachdem sie die Offiziere getötet hatten, wandten sie sich den beiden Gästen des Kapitäns zu, Victor und Connor. Noch immer erschauerte Victor bei der Erinnerung daran, wie die drei schrecklichen Männer die Kajüte gestürmt hatten.

Vielleicht war es ein Glück gewesen, dass die Finsternis da bereits begonnen hatte, sich Connors zu bemächtigen, denn mit seinen geschärften Sinnen schien er die Gefahr beinahe vorausgeahnt zu haben.

Victor war das nicht gelungen. Nachdem er gegen die Wand geschleudert worden war, hatte er nur so weit einen Blick auf das Inferno werfen können, wie die spinnwebenartigen Risse in seiner Brille dies zuließen.

Aber ein Blick hatte genügt.

Er hatte gesehen, wie der Anführer mit seinem Messer nach Connor ausgeholt und ihn verfehlt hatte. Danach hatte Connor dem Mann die Kehle durchgeschnitten. Gleich darauf hatten drei Tote im Raum gelegen, und mit dem geladenen Gewehr in der Hand war Connor hinausgegangen, um an Deck die Ordnung wiederherzustellen. Im schwankenden Licht der Schiffslaternen hatte er gesehen, wie die betrunkene und führerlose Mannschaft gegeneinander kämpfte.

Nur zwei von ihnen hatte Connor erschießen müssen, um die Aufmerksamkeit aller auf sich zu ziehen. Danach war es einfach gewesen, die Kontrolle über das Schiff zu übernehmen, und Victor war froh, dass Connor das getan hatte, aber er konnte den Anblick des verstümmelten Seemanns nicht vergessen.

Es war Jahre her, seit Victor zum letzten Mal gesehen hatte, wie ein solcher Zorn aus Connor hervorbrach, und nicht mehr seit jenem schrecklichen Tag im Regenwald, als der junge indianische Krieger Eden gefolgt war.

Er versuchte, nicht allzu oft daran zu denken.

Die Gewalttätigkeit, die sie bei Connors Versuch, sie zu retten, mitansehen musste, hatte seine Tochter beinahe noch mehr verstört als die Annäherungsversuche des jungen Waroa. Es war entsetzlich gewesen.

Danach hatte Victor Connor einer wütenden Befragung unterzogen, hatte jedoch dann im Zweifel für seinen Assistenten entschieden. Connor hatte geschworen, dass die Gewalt, die er eingesetzt hatte, notwendig gewesen war in Anbetracht des tödlichen Curare, das der junge Krieger in einem kleinen Behältnis an einer Schnur um die Taille getragen hatte.

Ein Kratzer mit dem Gift hätte Eden lange genug lähmen können, damit der Indianer mit ihr hätte tun können, wozu auch immer er Lust hatte. Eine stärkere Dosierung hätte sie umbringen können. Connor hatte sich dafür entschuldigt, falls es so aussah, als habe er sich mitreißen lassen. Aber er schwor, es nicht ertragen zu können, wenn jemand dem Mädchen, das für ihn so etwas wie eine Schwester war, Schaden zufügte. Er hatte Victor angefleht, ihn nicht fortzuschicken, hatte geschworen, dieser Gewaltausbruch wäre einmalig gewesen, ein Ausrutscher, und nie wieder würde so etwas passieren.

Dr. Farraday, der lieber nicht daran denken wollte, was wohl geschehen wäre, wenn Connor nicht auf die Schreie seiner Tochter hin herbeigeeilt wäre, hatte den Australier beim Wort genommen. Und da seine tapfere Tochter bald wieder hergestellt schien, hatte er die Sache ruhen lassen.

Doch schließlich war in dem blutigen Chaos der Meuterei

das Ungeheuer in diesem Mann wieder hervorgekommen, und nachdem es so viele Jahre unterdrückt worden war, schien es jetzt nicht bereit zu sein, sich wieder in sein Versteck im Innern von Connors wildem Herzen zurückzuziehen.

Als der letzte Leichnam mit einem leisen Platschen ins Meer gestürzt war, entstand eine unbehagliche Stille, doch dann trat einer der Seeleute einen kleinen Schritt vor und sprach äußerst demütig den neuen Kapitän an: „Äh ... Mr. O'Keefe, Sir, wohin reisen wir jetzt?"

Der Australier löste sich aus seinen Gedanken. „Nordnordost."

„Nach Norden?", platzte einer der anderen heraus, ein dunkler Typ, der wie ein Pirat aussah mit einem goldenen Ring im Ohr und einem Tuch um den Hals. „Warum nicht nach Süden?" Er warf den anderen einen Blick zu, als erwarte er ihre Unterstützung für seinen Vorschlag. „Auf den westindischen Schiffsrouten gibt es genug Beute. Wir werden reich werden!"

„Aye!", setzten ein paar der anderen an. Dann packte Connor den Mann, der von sich aus das Wort ergriffen hatte, und schleuderte ihn gegen den Hauptmast.

Eine Hand presste er um die Kehle des Möchtegernpiraten, und als er die Augen zusammenkniff, konnte Victor erkennen, dass zwischen den baumelnden Füßen des Mannes und den Planken einiges an Luft war. Der Seemann trat um sich und packte Connors Handgelenk, doch das nützte ihm nichts. Vergeblich versuchte er, sich aus dem Griff des Australiers zu befreien.

„Wir reisen nach England", verkündete Connor langsam. „Seid ihr Menschen oder Tiere? Geld ist nicht alles." Abrupt ließ er den Mann fallen, nachdem er seinen Standpunkt klargemacht hatte. Der Seemann sank auf die Knie und umfasste seine schmerzende Kehle, wobei er nach Luft rang. „So", wandte Connor sich an die anderen. „Noch weitere Fragen?"

Die Männer wichen zurück, doch Victor konnte seinen

Freund nur wie gelähmt anstarren. Dieser Grobian war ein Fremder für ihn.

„Sieh mich nicht so an“, flüsterte Connor ihm zu. „Immerhin bist du noch am Leben.“ Wieder wandte er sich ab und rief der Mannschaft mit lauter Stimme zu: „Nun, da wir den Dreck beseitigt haben, bringen wir das Schiff auf einen anständigen Kurs!“

„Aye, Sir!“

Sofort begaben sich alle auf ihre Posten, als wären sie erleichtert, dass jemand den Befehl übernommen hatte. Vielleicht verstanden sie nichts anderes als Grausamkeit, so lautete nun einmal das Gesetz der Wildnis.

„Keine Sorge, Victor“, murmelte Connor und sah sich befriedigt um nach seinen gehorsamen neuen Dienern. „Jetzt werden wir Eden retten. Bald werden wir sie finden und sicher nach Hause bringen.“

Du wirst nie wieder auch nur in die Nähe meiner Tochter kommen, dachte Victor und zitterte ein wenig, als Connor kehrtmachte und davonging, das Gewehr über die Schulter gelegt.

12. KAPITEL

Sie beschlossen, auf See zu heiraten, sobald *The Winds of Fortune* auf die *Valiant* traf, deren Kapitän Jacks Onkel war, Lord Arthur Knight. Da sie sich jetzt nur noch in etwa hundert Meilen Entfernung von der irischen Küste befanden, würde das nicht mehr lange dauern.

In der Zwischenzeit widmete Eden sich ganz der Vorbereitung auf ihre neue Rolle als Ehefrau und Partnerin eines mächtigen Schiffsmagnaten. Es gab viel zu lernen, und es gehörte mehr Verantwortung dazu, als sie geglaubt hatte. Jack wollte, dass sie verstand, wie sein Imperium arbeitete, welches seine treuesten Mitarbeiter waren, woher die Gewinne kamen und wie sie investiert wurden. Und vor allem, wo sie die geheimen Konten finden konnte für den Fall, dass ihm irgendetwas zustieß.

Das hörte sie nicht gern.

Am Vortag hatte er ihr erläutert, mit welcher Geschichte er seine Rückkehr nach England erklären wollte, nachdem er zwanzig Jahre im Exil verbracht hatte. Alle Welt sollte glauben, Jack käme nur nach London, um einen Mitbewerber auszuschalten, der seinen Agenten in verschiedenen Gegenden Schwierigkeiten bereitet hatte.

Heute ging es um die Vorbereitungen, die nötig waren, um die Hunderte von Söldnern unterzubringen, die er bald zurück nach Südamerika verschiffen würde. Die großen Frachträume, in denen jetzt Holz, Zucker und die anderen Waren aus Westindien verstaut waren, würden auf der Rückfahrt die Quartiere für die neuen Rekruten bilden. Die Truppen würden etwas zum Essen brauchen und außerdem Wasser, Vorräte, Uniformen, Stiefel, Waffen und andere Dinge von Geschirr bis zu Schlafsäcken.

Während sie hinter ihm herhastete, als er die Räume durchschritt, die in die Messe für die Soldaten umgewandelt werden sollten, machte Eden sich Notizen über die Dinge, die sie sich merken sollte, und versuchte gleichzeitig, mit dem übrigen Gefolge des Herrn Schritt zu halten: Lieutenant Trahern, der wiederhergestellte Peter Stockwell und der Purser, der für die Vorräte an Bord zuständig war.

Während die Männer die möglichen Probleme besprachen, die von der Belüftung bis zur Disziplin reichten, dachte Eden darüber nach, wie mühelos sie sich in die Rolle der Gehilfin gefügt hatte nach all den Jahren, in denen sie ihren Vater bei seiner Arbeit unterstützt hatte. Doch kaum dachte sie an ihren Vater, da durchzuckte sie ein heftiges Schuldgefühl.

Auf seiner Suche nach Wissen hatte er auf sie gezählt, und jetzt war sie dazu übergegangen, stattdessen Jack zu helfen. Natürlich konnte man nicht nur für seine Eltern leben – vor allem nicht für einen Elternteil, der darauf bestand, sich in den Urwald zurückzuziehen –, aber dennoch fühlte sie sich ein wenig wie eine Verräterin, weil sie ihn im Stich gelassen hatte. Sie wagte kaum sich vorzustellen, was er ihr sagen würde, wenn sie ihn das nächste Mal traf – falls er überhaupt mit ihr reden würde.

Sie betete, dass sie seine Liebe nicht verloren hatte, aber sie wusste, dass er zumindest wütend sein würde. Nicht nur, dass sie ohne einen Abschied fortgelaufen war, wenn sie ihn das nächste Mal traf, würde sie außerdem verheiratet sein – mit einem nicht unumstrittenen Mann – ohne zuvor um seinen Segen oder seine Erlaubnis gebeten zu haben. Die meisten Väter würden das als Schlag ins Gesicht empfinden.

Und die Hochzeit …

Sie schloss die Augen und fühlte sich elend, als sie sich vorstellte, dass ihr Vater bei ihrer Hochzeit fehlen würde. Wie sehr sie sich wünschte, sie hätten die Zeremonie aufschieben können, bis er sie fand – aber sie wusste, wie wirklichkeitsfremd das war.

Als sie das ein wenig halbherzig Jack gegenüber erwähnt

hatte, hatte er darauf bestanden, dass sie ohne Verzögerung heirateten. Er sagte, er würde verstehen, dass die Abwesenheit ihres Vaters ihr beinahe das Herz brach, aber er hatte weitaus praktischere Gründe, in ihrem Interesse auf einer Heirat zu bestehen.

Er erklärte ihr, dass sie nun, da sie ihm ihre Unschuld geschenkt hatte, ruiniert war, bis sie den Schutz seines Namens genießen konnte. Sosehr sie der Respekt vor ihrem Vater auch dazu drängte, seinen Segen einzuholen, ehe die Heirat ein *fait accompli* war, wusste sie doch, dass Jack recht hatte.

Es konnte Monate dauern, ehe ihr Vater sie eingeholt hatte. Inzwischen waren sie beide ein Liebespaar geworden, und vielleicht war dabei ein Kind entstanden. Ein Baby, das weniger als neun Monate nach der Hochzeit geboren wurde, würde von der übrigen Welt als das Ergebnis eines Sündenfalls angesehen werden.

Nachdem er sein Leben lang erfahren hatte, wie die Gesellschaft ihn aufgrund seiner eigenen skandalösen Herkunft behandelte, wollte Jack auf keinen Fall, dass sein Kind unter auch nur dem leisesten Verdacht einer Unehrbarkeit auf die Welt kam. Seiner Ansicht nach musste er nicht nur sie beschützen, sondern auch sein Erstgeborenes.

Dem konnte Eden kaum widersprechen, und sie wollte es auch nicht. Sie wollte Jack heiraten – und sie wollte nicht warten. Sie wünschte einfach nur, dass auch ihr Vater dabei sein könnte, aber wie es schien, war das der Preis, den sie bezahlen musste, weil sie ihrer Leidenschaft nachgegeben hatte. Und auch wenn dieser Preis sehr hoch war, bedauerte sie ihre Entscheidung nicht.

Jedenfalls noch nicht.

Dennoch gab es viele Gründe, nervös zu sein, wenn sie das zuließ. Obwohl es ihr gelang, ihre Furcht vor der Reaktion ihres Vaters zu verdrängen, blieb eine große Unsicherheit zurück, was die Zukunft betraf. Sie hatte sich dem Schrecken

Westindiens voller Leidenschaft hingegeben und sich einverstanden erklärt, ihn zu heiraten, ohne die Garantie, dass sie ein normales, ruhiges Leben führen würden, obwohl genau so ein Leben der Grund war, warum sie sich in seinem Schiff versteckt hatte.

Würden sie an Bord seines Schiffes wie Nomaden leben, wurzellos von Hafen zu Hafen ziehen? Oder würde sie das Dasein einer Seefahrerfrau führen, zurückgelassen in einem Haus an Land, wo sie allein ihre Kinder aufzog, während deren Vater auf der anderen Seite der Erde weilte?

Wenn sie zu viel darüber nachdachte, begann Panik in ihr aufzusteigen, daher schob sie mit purer Willenskraft all ihre Furcht beiseite. Jetzt musste sie vertrauen. Was sonst sollte sie tun? Noch konnte er ihr keine Antworten geben. Wenn das Schicksal einer ganzen Nation von ihm abhing, dann hatte Jacks gefährliche Mission Vorrang.

Hatte er erst das Versprechen erfüllt, das er den Anführern der Revolution gegeben hatte, und war sicher zurückgekehrt, dann würden sie beide entscheiden können, wohin sie gehen und wo sie ihre Kinder aufziehen würden.

Vorausgesetzt natürlich, er überlebte die Mission.

Sie versuchte, die Verzweiflung abzuschütteln, die sie zu überwältigen drohte, und bemerkte, dass Jack und Mr. Trahern jetzt darüber stritten, wie man am besten mehr frische Luft zum Orlopdeck leiten konnte.

„Verdammt, hör auf, meine Entscheidungen anzuzweifeln, und tu endlich das, was ich dir gesagt habe“, fuhr Jack ihn an.

Sein treuer Lieutenant murmelte eine zornige Erwiderung und stürmte davon, während der Kapitän die Übrigen entließ.

Nur Eden blieb zurück und sah ihn an. Sie lehnte sich in dem dämmerigen, engen Durchgang an das Schott und schüttelte den Kopf. „Warum bist du so hart zu Trahern?“, fragte sie, als alle anderen fort waren.

„Warum nicht? Ich bezahle ihn gut dafür.“

„Jack", schalt sie ihn für diese Antwort.

„Komm, ich will noch nach ein paar anderen Dingen sehen."

„Ich verstehe nicht, warum du nicht freundlicher zu ihm sein kannst", fuhr sie fort, während sie ihm den Gang entlang folgte. „Mr. Brody sollte man dasselbe raten. Er springt mit dem armen Lieutenant genauso hart um wie du."

„Wir sind nur deshalb so hart zu ihm, weil wir wollen, dass er im Leben Erfolg hat", sagte Jack ruhig und hielt ihr die Tür zu einem der Lagerräume auf. „Trahern ist ein guter Mann – ein sehr guter Mann. Aber er kommt aus dem Nichts, und er muss doppelt so gut sein wie jemand von vornehmer Abstammung, damit die Männer auf ihn hören."

„Wenn du mich fragst, das ist nicht fair."

„Nein, das ist es nicht", stimmte er zu. „Aber so ist es nun einmal. Damit der Junge sein Bestes gibt, muss ich ihm so viel wie möglich abverlangen."

„Und das wäre?"

„Dasselbe, das ich mir abverlange. Ehrlich gesagt, ich tue ihm einen Gefallen. Hätte er das Potenzial nicht, dann wäre es mir egal. Schreib das auf, ja? Diese Planken müssen erneuert werden. Erinnere mich daran, dass ich dem Zimmermann Bescheid sage."

Sie notierte es und folgte ihm dann in den engen, von Lampen erhellten Gang hinaus. „Jack?"

„Hm?" Er schien noch immer abgelenkt und begutachtete etwas Werg, mit dem die Zwischenräume der Planken abgedichtet worden waren.

„Es gibt noch etwas, über das ich nachgedacht habe."

„Was ist das?"

„Lady Maura."

Er hielt inne und warf ihr dann über die Schulter hinweg einen unbehaglichen Blick zu. „Du weißt von ihr?"

„Papa sagte mir, sie war eine Freundin von Tante Cecily –

und dass du sie heiraten wolltest, aber ihre Eltern dagegen waren."

Langsam kam er zu ihr. Sein Gesicht wirkte angespannt.

„Stimmt das?", fragte sie.

„Das ist lange her."

„Ja, aber wenn du sie beinahe geheiratet hättest, und du jetzt mich heiraten willst, dann würde ich gern ein bisschen was von ihr wissen. Sie muss dir sehr viel bedeutet haben."

Einen Augenblick lang schien er nicht ganz sicher zu sein, ob er antworten sollte. Weiter hinten im Gang fiel Sonnenlicht durch eine der Luken ein und bildete ein helles Rechteck auf dem Boden.

„Wie hat sie ausgesehen?", fragte Eden lächelnd weiter.

„Brünett. Dunkle Augen." Er zuckte die Achseln. „Ich fühlte mich von ihr angezogen, aber ihre Eltern hatten eher meinen älteren Bruder für sie im Sinn."

„Ah, Robert. Der Duke? Papa sagte mir, Lady Maura sei die Tochter eines Marquess."

Er nickte. „Marquess of Griffith. Sein Land grenzt an das der Hawkscliffes im Norden, daher wollen sie eine Verbindung zwischen unseren Clans. Hätte ich echtes Hawkscliffe-Blut in mir, hätten sie es vielleicht erwogen, sich mit einem zweiten Sohn zu begnügen. Unglücklicherweise war es ein offenes Geheimnis, dass ich ein Bastard bin, daher wurde eine Verbindung zwischen Maura und mir … sagen wir, nicht gerade unterstützt."

Sie betrachtete ihn mit gerunzelter Stirn. „Wie konnte das ein offenes Geheimnis sein? Ich meine, wie konnte jemand es herausfinden?"

„Oh, Liebes", sagte er leise und senkte den Blick, während er die Hände in die Taille stemmte. „Vermutlich muss ich dir alle Familiengeheimnisse verraten."

Fragend hob sie die Brauen.

Er seufzte tief und lehnte sich gegen das Schott. „Wo soll ich anfangen …?"

Eden lehnte sich interessiert ihm direkt gegenüber an den engen Durchgang. Das Schiff knarrte rhythmisch.

Jack starrte sie eine Weile lang an. „Meine Mutter war Georgiana Knight, Duchess of Hawkscliffe. Jungverheiratet und gerade Mutter eines Sohnes geworden – Robert, der nach seinem Vater benannt wurde –, entdeckte sie, dass ihr Gemahl in einem kleinen Liebesnest vor den Toren Londons eine Mätresse versteckt hielt, und sie war … außer sich. Nun, das Feuer der Hölle ist nichts verglichen mit einer wütenden Frau, und so machte Georgiana sich daran, ihrem Duke eine Lektion zu erteilen, die er niemals vergessen würde."

Eden hörte mit großen Augen zu.

„Sie beschloss, ihm in aller Öffentlichkeit Hörner aufzusetzen. Ganz bewusst wählte sie einen Mann, der deutlich unter ihr stand. Hätte sie einen Adligen gewählt, wäre ein Duell die Folge gewesen, um die Ehre zu retten. Ich weiß nicht, wie viel du über Duelle weißt, aber Männer duellieren sich nicht mit jenen, die ihnen gesellschaftlich unterlegen sind. Offensichtlich wollte Mutter nicht, dass ihr Duke getötet wurde. Sie wollte, dass Robert mit einem lebendigen Vater aufwuchs. Ein anderes Problem, dem sie sich gegenübersah, war, einen Mann zu finden, der den Mut besaß, das Bett mit der Gemahlin eines so mächtigen Mannes wie dem Duke of Hawkscliffe zu teilen. Sie war eine Schönheit, aber ihr Gemahl war ein Freund des Königs. Nun, sie fand genau den Richtigen in dem Boxchampion Sam O'Shay. ‚The Killarney Crusher'", fügte er sachlich hinzu. „Mein guter alter Vater."

Eden formte mit den Lippen ein „Oh", aber kein Laut war zu hören.

„Ich war nicht geplant", erklärte er. „Ich war … ein Unfall. Ein schrecklicher Unfall. Ein lebendiger, atmender, schreiender Fehler, gut neun Pfund schwer."

„Gütiger Himmel."

„Hawkscliffe hat mich anerkannt, um das Gesicht zu wahren. Doch alle wussten Bescheid. Und das eigentlich Komische ist, dass ich nicht Mutters letzter Fehler war."

Sie sah ihn aus großen Augen an.

„Ihr Ehebruch erteilte keineswegs ihrem Gemahl eine Lektion, sondern zerstörte ihre Ehe. Aus ihrem höflichen Umgang miteinander erwuchs blanker Hass, und aus dem Hass wurde Gleichgültigkeit. Da verband Mutter sich mit dem Mann, den sie eigentlich hätte heiraten sollen, Lord Carnarthen. Inzwischen bestand die Gefahr eines Duells nicht mehr, denn Hawkscliffe kümmerte es nicht mehr, was sie tat oder mit wem, solange sie sich einigermaßen diskret verhielt. Wenigstens wählte sie diesmal einen Mann, dessen sich niemand schämen musste. Lord Carnarthen wurde der Vater der Zwillinge Damien und Lucien."

„Oje!"

„Ich persönlich bin der Meinung, sie wollte von ihm ein Kind haben, um der Liebe willen. Es wurden zwei daraus. Er war begeistert, soweit ich hörte, als die Zwillinge geboren wurden und stark und gesund waren. Du musst wissen, er hat nie geheiratet. So sehr liebte er sie. Lieber ließ er seinen Titel aussterben, weil er keine legitimen Erben hatte, als eine andere Frau zu heiraten. Um seine Söhne zu schützen, überredete Carnarthen Hawkscliffe, die Zwillinge anzuerkennen, so wie er mich anerkannt hatte. Eine große, glückliche Familie", sagte Jack, und in seiner tiefen Stimme lag ein bitterer Unterton.

Nachdenklich hielt er inne, die Stirn gerunzelt, die Arme vor der Brust verschränkt. „Zumindest machte Carnarthens hohe Stellung es leichter, die Zwillinge zu akzeptieren. Anders als ich bemühten sie sich außerdem, Hawkscliffe zu gefallen. Zu dieser Zeit glaubten wir noch, der Duke wäre unser Vater und würde uns aus irgendeinem Grund nicht mögen. Es war nicht zu übersehen, dass er nichts mit uns zu tun haben wollte. Robert bedeutete ihm alles. Damien und Lucien hatten als Zwillinge zumindest einander.

„Du hast noch einen anderen Bruder. Alec?“

„Ah ja. Mutter und Lord Carnarthen gerieten in Streit.“

Eden verzog das Gesicht.

„Der Mann hat für sie seine Blutslinie aussterben lassen, aber am Ende konnte sie nicht einmal ihm treu sein. Ich glaube, er hatte etwas mit der Admiralität zu tun und war häufig fort, manchmal für ein ganzes Jahr. Sie wollte, dass er den Dienst quittierte, aber er weigerte sich. So segelte er wieder fort. Ich weiß nicht, ob sie schmollte oder sich wirklich einsam fühlte, jedenfalls beschloss sie, sich mit Sir Phillip Preston-Lawrence zu amüsieren, einem aufstrebenden Schauspieler, der ihre Aufmerksamkeit erregte, als er den Hamlet im Drury Lane Theater gab. So kam ich zu meinem kleinen Bruder. Und was war das für ein Schock für den armen Carnarthen, als er heimkehrte.“

„Ich glaube, ich brauche einen Drink“, sagte Eden.

Jack lächelte. „Rum für die Piratenbraut?“

Sie sah ihn nur an. „Was ist mit Jacinda?“

„Würdest du es glauben, wenn ich dir sage, auch sie stammt vom Duke ab?“

Eden überdachte fasziniert diese Worte. „Sie ... vertrugen sich?“

Er nickte. „Mit Hawkscliffes Gesundheit begann es bergab zu gehen. Irgendeine Herzkrankheit schwächte ihn. Er wurde nach Hawkscliffe Hall geschickt, um sich zu erholen, und als pflichtbewusste Gemahlin eilte Georgiana an seine Seite, um ihn zu pflegen. Endlich führten sie eine richtige Ehe – gerade rechtzeitig, ehe er starb. Jacinda war sein Abschiedsgeschenk an meine Mutter: Das einzige Mädchen. Sie ist also wie Robert von reinem Blut, aber nach Mutters Eskapaden kannst du dir vorstellen, was die Gesellschaft von ihr erwartete.“

„Hm. Das also waren die Gründe, warum Lady Maura dich nicht heiraten dufte?“

„Ja. Robert hätten ihre Eltern mit offenen Armen aufgenommen, aber der Balg des Boxers kam nicht infrage.“ Er überlegte. „Für illegitime Nachkommen ist das Leben nicht leicht, weißt du. Selbst in einigen Stücken Shakespeares sind die Bastarde die Bösewichte."

Eden lächelte sanft. „Wenn Lady Maura auf dem benachbarten Anwesen aufgewachsen ist, müsst ihr euch seit Kindertagen gekannt haben."

Er nickte. „Ja. Ihr älterer Bruder Ian war ständig bei uns zu Hause. Er und Robert waren stets eng befreundet. Sie waren mehr wie Brüder füreinander, als Hawk und ich es jemals gewesen waren. Soweit ich weiß, sind sie es immer noch. Und außerdem politische Verbündete. Natürlich sind sie jetzt beide im Besitz der Titel. Robert ist der Duke of Hawkscliffe, und Ian der Marquess of Griffith. Irgendwann beschlossen sie, die Familien endgültig zu verbinden, indem Jacinda Ian heiratete, aber so stand es nicht in den Sternen."

„Ich verstehe", murmelte Eden und dachte an Lady Jacindas Lobeshymnen auf ihren geliebten „Billy". Nach einer Weile brachte sie den Mut auf zu fragen: „Hast du sie geliebt?"

„Ich glaubte es", sagte er mit einem schwachen Lächeln. „Rückblickend war ich einfach froh, dass jemand meine Anwesenheit zur Kenntnis nahm."

Mitleidig und liebevoll zugleich sah sie ihn an. „Hat sie dich geliebt?"

„Oh, natürlich nicht. Zu jener Zeit glaubte ich es, aber bald musste ich erfahren, dass sie nur die Aufmerksamkeit genoss und mehr oder weniger ihre Fähigkeiten an mir erprobte vor ihrem Debüt. Als ihre Eltern ihre Erwartungen ausdrückten, dass sie einen Erben heiraten sollte und ihr untersagten, mich weiterhin zu treffen, schwor ich, dass sie uns nicht trennen könnten – wahre Liebe und so – und begann zu planen, wie wir durchbrennen, damit wir zusammen sein konnten."

„Durchbrennen?", rief Eden aus.

„Bitte vergiss nicht, dass ich erst siebzehn war und ein Dummkopf." Er nahm sich eine Zigarre, zündete sie jedoch nicht an. „Für eine rechtsgültige Heirat in England waren wir zu jung, aber Schottland lag nicht allzu weit entfernt." Er zuckte die Achseln. „Ich bereitete alles vor und wollte sie abholen, aber sie weigerte sich mitzukommen. Ich kann nicht behaupten, dass ich ihr deswegen noch einen Vorwurf mache, aber ich wollte uns beide umbringen, als ihre Proteste ihre wahren Gefühle mir gegenüber offenbarten. Durchzubrennen würde einen Skandal verursachen, und sie wollte meinetwegen nicht aus der Gesellschaft ausgestoßen werden."

„Armer Jack", murmelte sie leise.

Er lachte freudlos. „Ich schwor, sie mit meinem Leben zu beschützen und nach Kräften für sie zu sorgen, aber davon wollte sie nichts hören. Sie wollte einen Titel und die Sicherheit eines Vermögens. Und das bekam sie auch bald", fügte er hinzu. „Drei Monate nachdem sie mich abgewiesen hatte, heiratete sie einen Marquess, der mehr als doppelt so alt war wie sie."

„Um Himmels willen!"

„Ja. Das brachte für mich das Fass zum Überlaufen. Ich kehrte England den Rücken und gelobte, nie mehr dorthin zurückzukehren. Aber jetzt wiegen die Bedürfnisse der Rebellen schwerer als das Versprechen eines liebeskranken Romeos", sagte er spöttisch. „Sinn fürs Praktische, meine Liebe."

Einen Moment lang schwieg Eden und überdachte all das, was er ihr erzählt hatte. „Ich vermute, es wäre unangenehm, Lady Maura zu treffen, wenn wir in London sind."

„Nicht für mich."

„Glaubst du, sie hat ihre Entscheidung jemals bereut?"

„Das bezweifle ich. Sie hat bekommen, was sie wollte. Sie ist jetzt Lady Avonworth, eine Marchioness – allerdings hat sie keine Kinder, was mir seltsam erscheint. Trotzdem ist sie eine der führenden Gastgeberinnen der *ton* geworden. Andererseits besitze ich jetzt mehr als ihr nobler Marquess, und ich muss zugeben, darin liegt eine gewisse Befriedigung."

„Ich vermute, das ist kein Zufall."

„Nein", gab er nach einer kleinen Weile zu. „Ich schwor mir, es ihr zu zeigen. Es ihnen allen zu zeigen." Er senkte den Blick, damit sie den Zorn in seinen Augen nicht sah. „Sie haben alle gesagt, ich würde es nie zu etwas bringen."

„Was meintest du, als du sagtest, du wurdest der Bösewicht in der Familie? Wie kam es dazu?"

Jack seufzte.

Aus irgendeinem Grund lief einer seiner Männer durch den Gang. Eden und Jack drückten sich auf ihre jeweilige Seite des Schotts, um den Mann vorbeizulassen, der sich entschuldigte und weitereilte.

Wieder sah Eden ihren Verlobten fragend an.

„Jacinda war noch nicht auf der Welt, daher waren abgesehen von Robert wir alle von illegitimer Herkunft", sagte er leise, nachdem der Matrose um die Ecke verschwunden war. „Wir wussten das nicht, bis wir zur Schule kamen und es von unseren Klassenkameraden erfuhren."

„Oh Jack", flüsterte sie.

Unbehaglich räusperte er sich. „Als wir jünger waren und noch zu Hause lebten, setzte ich es mir irgendwann in den Kopf, den Duke dazu zu bringen, uns wie ein richtiger Vater zu behandeln. Ich war daran gewöhnt, dass er mich verachtete, und wusste, dass wenig Hoffnung auf Änderung bestand, aber die Art und Weise, wie er mit den Jüngeren umging, brachte mich auf. Schon lange vorher hatte ich entschieden, dass ich es wohl verdiente, so von ihm behandelt zu werden, aber für Damien galt das auf keinen Fall. Er bemühte sich so sehr, unserem angeblichen Vater zu gefallen, alles vergebens. Jeder andere Vater wäre auf die Knie gefallen und hätte Gott gedankt für einen Sohn wie Damien, aber trotz all seiner Anstrengungen wurde er überhaupt nicht beachtet. Lucien schien aus irgendeinem Grund klüger zu sein. Alec war erst drei Jahre alt und hing an unserer Mutter wie eine Klette – er war ihr Liebling. Er ist seither der Liebling der Damen geblieben", fügte er hinzu. „Aber eines Tages hatte ich es einfach satt, dass der Duke uns das Gefühl gab, im eigenen Haus nicht willkommen zu sein. Daher hatten wir einen kleinen Streit."

„Wirklich?"

„Ja." Er schnaubte verächtlich. „Da dachte ich, ich würde für meine Brüder eintreten, aber Damien schrie mich an, ich sollte aufhören, Ärger zu machen. Dass ich alles nur noch schlimmer machen würde. Irgendwie war alles wie immer meine Schuld."

Sie murmelte etwas Mitfühlendes.

„Aber in gewisser Weise nützten meine Bemühungen etwas, denn im Gegensatz zu mir, der sich gegen den Duke auflehnte und ihn anschrie, wirkten die anderen auf einmal wie die Engel. Endlich begriff Hawkscliffe, dass er all diese kleinen Jungen unter seinem Dach hatte, die ihn sämtlich für ihren Vater hielten. Er hätte ein Herz aus Stein haben müssen, um nicht etwas nachgiebiger zu werden, vor allem Damien gegenüber. Endlich erkannte er, dass dieser Junge zum Helden geboren war und nur darauf wartete, etwas Anerkennung zu bekommen, um in die richtige Richtung zu gehen."

„Das klingt, als würdest du deinen Bruder wirklich bewundern."

„Er ist ein verdammter Kriegsheld, Eden. Das ganze Land bewundert ihn. Ehe Carnarthen starb, überredete er seine Freunde im House of Lords, Damien einen Titel zu verleihen, da er tatsächlich Carnarthens Erstgeborener war und sein eigener Titel nicht vererbt werden konnte. Sie ernannten Damien zum Earl of Winterley, nach außen hin als Belohnung für seinen Einsatz im Krieg."

„Was ist mit Lucien?"

„Carnarthen hinterließ ihm ein großes Stück Land. Sie wurden beide von ihrem richtigen Vater gut versorgt", meinte er. „Alles, was ich bekam, war eine alte Boxtrophäe."

„Ich habe sie gesehen", meinte sie und schüttelte den Kopf. „Bist du deinem richtigen Vater je begegnet?"

„Ja. Nachdem Maura mir das arme Herz herausgerissen hatte, stürmte ich nach Irland, um ihn zu suchen. Ich dachte, zumindest er würde mich anerkennen. Aber das zeigt nur, wie naiv ein Junge sein kann." Er seufzte tief. „Sam O'Shay hatte sich, als ich siebzehn war, aus dem Ring zurückgezogen. Wie ich schon sagte, war er in seine Heimat Irland zurückgekehrt. Es zeigte sich, er hatte ein Mädchen aus dem Ort geheiratet, das berüchtigt war für sein Temperament und seine scharfe Zunge. Der Killarney Crusher war sesshaft geworden, hatte eine Horde Kinder in die Welt gesetzt und war ein mehr oder weniger braver Ehemann. Als ich an seiner Tür erschien, der Bastard, den er bei einem Schäferstündchen mit einer berüchtigten englischen Duchess gezeugt hatte, bat er mich, mit ihm ein Stück spazieren zu gehen und erklärte mir dann, ich müsste fortgehen. Seine Frau wisse nichts von seinem Fehltritt, und seine ehelichen Söhne und Töchter würden, so sagte er, in große Verlegenheit geraten."

„Oh Jack!"

„Er lud mich ein, zum Essen zu bleiben, solange ich nichts davon sagte, wer ich wirklich war. Nach dem Essen und einem Glas Port dankte ich den O'Shays und verabschiedete mich. Dann begab ich mich in eine Hafenschenke und betrank mich bis zur Besinnungslosigkeit."

„Oh Liebster", murmelte sie mitfühlend.

„Das Beste hast du noch gar nicht gehört", meinte er. „In dem Pub wurde ich etwas ausfallend. Mit jeder Pint wurde ich rauflustiger. Irgendwann warf der Wirt mich hinaus, und ich hatte das Glück, den Rekrutierungstruppen direkt in die Arme zu laufen."

„Jack, du wurdest zwangsrekrutiert?", rief sie.

„Ja", sagte er und lachte leise.

„Aber als Adliger …"

„Ich war betrunken. Sie glaubten mir nicht, als ich sagte, ich wäre der Sohn des Duke of Hawkscliffe, und dachten, ich wollte Ihnen einen Bären aufbinden. Ironisch, findest du nicht?"

„Was hast du dann gemacht?“

„Ich konnte gar nichts tun. Sie nahmen mich mit und steckten mich in die Marine.“

„Gütiger Himmel! Wie ist es dir ergangen?“

„Oh, ebenso gut wie während meines kurzen Aufenthalts in Oxford, Liebes. Ich kämpfte, sooft ich konnte. Widersetzte mich jedem Befehl. Irgendwann hatte ich es satt, ausgepeitscht und in die Wanten gezogen zu werden, also hörte ich auf zu kämpfen. Ich lernte zu arbeiten, und ich lernte segeln.“ Liebevoll ließ er eine Hand über das Eichenholz seines Schiffes gleiten. „Ich wage zu behaupten, das rettete mir das Leben.“

Zärtlich blickte Eden ihn an. „Es tut mir leid, dass du so viel durchmachen musstest, Jack.“

„Das braucht es nicht“, erwiderte er lächelnd. „Die Rekrutierungstruppen waren das Beste, was mir passieren konnte. Wenn Sonne und Meer einen Mann nicht heilen können, dann kann nichts ihn heilen.“

„Was geschah danach?“

„Inzwischen war die Frage meiner Identität geklärt, und sie sahen, dass ich die Wahrheit über meine hochrangigen Verbindungen gesagt hatte, so gab es viele Entschuldigungen. Ich fühlte mich bestätigt, daher entschied ich mich, mich weitere zwei Jahre zu verpflichten. Hawkscliffe, durch die Krankheit nun recht nachgiebig, bot mir an, mir ein gutes Kommando zu kaufen, aber ich lehnte ab. Ich wollte von ihm keinen Gefallen annehmen.“

Sie sah ihn an und versuchte, sich Jack vorzustellen, wie er vor so vielen Jahren gewesen sein musste, so jung, allein und verletzt, voller Zorn auf die Welt. „Er war sehr hart mit dir, nicht wahr?“, fragte sie leise.

„Zu seinen Jagdhunden war er besser.“

„Viele Menschen haben dich enttäuscht.“

Er schwieg.

„Ich bin froh, dass du es mir erzählt hast, aber all das liegt hinter dir, mein Liebster." Sie stieß sich von der Wand ab, an der sie gelehnt hatte, und trat zu ihm. „Jetzt hast du mich …" Sie schlang die Arme um seinen Hals und küsste ihn auf die Wange. „Und ich werde dir so viel Liebe geben, wie du nur ertragen kannst."

„Du bist süß", flüsterte er und legte die Hände um ihre Taille.

Eden stellte sich auf die Zehen und küsste ihn zum Trost.

Nur zu gern senkte Jack den Kopf, legte sanft eine Hand auf ihren Rücken und zog sie an sich.

Als ihr Körper den seinen berührte – Brust an Brust, Bauch an Bauch, Hüfte an Hüfte –, fühlte er sofort die Reaktion.

Gleich dort in dem dämmerigen Gang wuchs das Verlangen zwischen ihnen wie eine jener exotischen Pflanzen, die nur eine Nacht lang blühen.

Sein Kuss wurde leidenschaftlicher. Ein Seufzer entrang sich ihr, und sie bewegte sich zwischen seinen Schenkeln. Einen Moment lang umfasste er ihre Schultern, dann berührte er mit beiden Händen ihr Gesicht, ertastete ihren Haarknoten und löste ihn. Es war Eden egal.

Sie klammerte sich an Jack, fuhr ihm mit den Händen durchs Haar, packte eine Handvoll davon, um ihn behutsam näher zu ziehen. Er spreizte die Beine weiter und glitt an der holzvertäfelten Wand ein Stück tiefer.

„Komm her", befahl er mit heiserer Stimme und zog sie näher an sich. Sie schob ein Bein über seinen Schenkel, sodass sie dort einander näher sein konnten, wo sie ihn am liebsten in sich gespürt hätte.

Durch die Röcke hindurch umfasste er ihre Schenkel, während er sie immer leidenschaftlicher küsste. Ihr Herz schlug wie rasend, doch die leichte Bewegung seiner Hüfte bot eine Einladung, der sie kaum zu widerstehen vermochte. Sie bewegte sich mit ihm zusammen in leidenschaftlichem Rhythmus, doch Jack war immer entschlossener geworden.

Als sie neckend und verführerisch zugleich an seiner Lippe zu knabbern begann, löste er die Schnüre ihres Mieders, schob eine Hand hinein und umfasste ihre Brust. Als er mit Daumen und Zeigefinger die Spitze berührte, seufzte sie tief auf.

Sein Duft, seine Berührung, sein Körper, der ihr so nahe war, das alles drohte ihr den Verstand zu rauben. Kaum vermochte sie noch zu glauben, dass sie jemals einem Dandy in einem modischen Überrock den Vorzug hatte geben wollen, wenn es auf der Welt doch solche Männer gab – bestimmt nicht viele, davon war sie überzeugt, aber dieser hier gehörte ihr allein. Sie streichelte sein Gesicht, seinen Hals, legte die Hand behutsam auf seine Brust.

Dann ließ sie die Hand tiefer gleiten und ertastete ihn durch den Stoff seiner Hose hindurch. Er seufzte tief, und sie lächelte, als sie spürte, wie erregt er schon war.

Ihr Kuss wurde leidenschaftlicher, während sie ihn mit der Hand fester umfasste.

„Damit solltest du besser aufhören", flüsterte er.

„Warum?", fragte sie voller Unschuld und drückte ihn ein wenig.

„Gütiger Himmel", stieß er hervor und ließ den Kopf zurücksinken.

Dies war wirklich ein faszinierender Teil von ihm. Sie fühlte, wie er pochte in ihrer Hand, und jede Zärtlichkeit schien ihm so viel Freude zu bereiten.

Sie beugte sich näher an sein Ohr. „Erinnerst du dich, was du mit mir getan hast?"

„Was davon?", fragte er lächelnd und zwang sich, die Augen zu öffnen. Sie leuchteten wie zwei blaue Flammen.

„Als du … als du mich geküsst hast. Hier." Sie nahm seine Hand und führte sie durch die Röcke zwischen ihre Schenkel.

„Lebhaft", erwiderte er und ertastete mühelos durch Röcke und Unterröcke ihre empfindlichste Stelle. Die leichte Berührung genügte, um sie erschauern zu lassen. „Warum fragst du?"

„Darf … darf ich das Gleiche für dich tun?“, fragte sie atemlos.

„Ja!“, erwiderte er erstaunt.

Eden lächelte, aber als sie sich erwartungsvoll die Lippen leckte und nach seinem Taillengurt griff, schüttelte er den Kopf und lachte leise. „Nicht hier, meine kleine Wildkatze. Dazu kommen wir ein andermal.“ Er packte ihre Handgelenke und legte sich ihre Arme um den Nacken. Dann küsste er ihre Wange. „Gleich jetzt muss ich in dir sein.“

„Gleich jetzt, Jack?“

„Ja.“ Er hob sie hoch, trug sie ein paar Schritte den Gang entlang, aus der Dunkelheit heraus und zu dem Sonnenfleck, der von oben hereinfiel. „Wir müssen uns beeilen“, flüsterte er, als er sie auf einer der Leitersprossen absetzte, die nach oben führten.

Sie umfasste die Sprosse hinter ihrem Kopf und lehnte sich zurück, dachte aber nicht im Traum daran zu protestieren, als er ihre Röcke hochschob und sich dann einen Moment lang mit ihren Strumpfbändern beschäftigte. „Sehr hübsch, Miss Farraday“, meinte er und stellte sich zwischen ihre Beine.

„Jack?“

„Ja?“

„Was, wenn uns jemand sieht?“ Sie erschauerte vor Lust, als sie seine Berührung an ihrem Schenkel spürte.

„Das wird nicht geschehen. Ahh“, seufzte er, als er seine Hand höher schob und spürte, wie feucht sie war.

Eden sah ihn an, zu erregt, um sich mit mädchenhafter Zurückhaltung aufzuhalten, wenn er doch schon wusste, dass sie bereit war für ihn.

„Nimm mich!“, befahl sie ihm im Flüsterton.

Der einzelne Sonnenstrahl in der ganzen Finsternis unter Deck schien auf sie beide, als Jack ihr in die Augen sah und in diesem Moment erkannte, wie ehrlich ihre Gefühle für ihn waren. Ja, sie begehrte ihn, aber sie gehörte nicht zu den Mädchen, die etwas nur aus reiner Lust taten, und das wusste er.

Sie streckte die Hand aus, umfasste sein Hemd und zog ihn an sich. „Ich liebe dich, Jack“, stieß sie hervor. „Lass mich noch einmal eins werden mit dir.“

Er bückte sich, küsste sie, dann öffnete er den Verschluss seiner Hose. Und dann drang er in sie ein. „Gütiger Himmel, Eden!“

Sie schlang die Beine um ihn und genoss jede seiner Bewegungen. Immer und immer wieder küsste er sie.

Vom Deck direkt über ihnen hörten sie Stimmen, aber statt sich davon erschrecken zu lassen, steigerte das Risiko, entdeckt zu werden, nur ihre Erregung, sodass sie sich beeilten, bedrängten, noch mehr voneinander wollten.

Als eine der Stimmen näher zu kommen schien, hob Jack sie von der Leiter herunter, ohne die Verbindung mit ihr zu lösen. Er hielt ihre Hüften umfasst, der Stoff ihrer Röcke fiel über seine Arme, während er sie zurücktrug in die Finsternis.

Sie presste die Fersen gegen seinen Rücken, benommen und beinah wahnsinnig von seiner Liebe. Immer und immer wieder hob und senkte er sie, mühelos. Seine bloße Kraft genügte, um ihr den Atem zu rauben, und dann hatte er sie genau da, wohin er sie haben wollte, mit dem Rücken an der Wand.

Noch immer berührten ihre Füße nicht den Boden, und er umklammerte sie fest. Während sie sich ihm entgegendrängte, ließ sie ihn alles mit sich machen – und er presste sie mit aller Macht gegen die Wand.

„Psst, Liebling“, flüsterte er ihr schwer atmend zu und erstickte jeden Laut mit seinem Kuss. Sie hatte nicht bemerkt, wie laut sie inzwischen stöhnte – aber sie bemerkte, dass ihr Geliebter ins Schwitzen geraten war.

„Oh Jack, du bist so gut!“

Er lächelte bescheiden bei diesem Stoßseufzer, machte eine kleine Pause, atmete schwer. Dabei lehnte er seine Stirn gegen ihre, als wolle er diesen Augenblick genießen. Die Art, wie er dabei so liebevoll ihr Gesicht berührte, weckte inmitten dieses

Sturms der Leidenschaft ihre Zärtlichkeit wieder, und sie strich ihm übers Haar und küsste seine Wange. Jetzt wusste sie, wie sehr dieser Mann ihre Liebe brauchte.

Als er wieder begann, bewegte er sich viel langsamer, bewusster, ganz im Gegensatz zu der triebhaften Wildheit gerade eben noch. Eden keuchte hilflos, legte den Kopf zurück und ergab sich ihm ganz, sank kraftlos in seine starken Arme. Dann wurde jeder ihrer Atemzüge zu einem Seufzen, seine Sanftheit schien eine Schleuse in ihr geöffnet zu haben, die einen Schmerz freisetzte, der sie zum Weinen brachte, ohne dass sie den Grund dafür erklären konnte. Tränen liefen ihr über die Wangen, während sie sinnlose Worte murmelte und er ihre Tränen wegküsste. „Ich habe dich gefunden. Ich kann nicht glauben, dass ich dich wirklich gefunden habe, Jack …"

„Ich liebe dich", flüsterte er kaum hörbar, und dann nahm er sie mit all seiner männlichen Kraft. Sein Kuss wurde zu leidenschaftlich für ihre Lippen, daher biss er ihr in die Schulter, während er sich in sie ergoss, gerade so fest, dass sie wusste, sie gehörte jetzt ihm. Schauer durchzuckten ihn. „Oh, Eden!" Nach einer kleinen Weile hob er sie ein Stück weit hoch und löste sich zitternd von ihr.

Sie ließ sich gegen das Schott dahinter sinken und sah ihn an, noch immer keuchend. Er trat zwei Schritte zurück und lehnte sich ihr gegenüber an die andere Wand. Dann stieß er einen tiefen Seufzer aus und fuhr sich mit beiden Händen durch das zerzauste Haar, während sie ihre Hände über ihren Bauch gleiten ließ. Beinahe glaubte sie zu spüren, wie sein Samen das Leben in ihrem Leib erweckte.

Erschöpft wischte sie ihre Tränen ab. „Warum habe ich geweint?", fragte sie.

„Weil du jetzt weißt, dass du nicht mehr allein bist."

Seine so ruhig dahingesagte Antwort trieb ihr wieder die Tränen in die Augen. Vielleicht hatte sie tief in ihrem Innern an all die vielen Male zurückgedacht, da sie auf die höchsten

Bäume des Regenwalds geklettert und den leeren Horizont abgesucht hatte nach jemandem, den sie lieben konnte.

Jetzt hatte sie ihn gefunden.

„Du wirst auch nicht mehr allein sein."

Er schenkte ihr ein so trauriges Lächeln, als würde er versuchen, daran zu glauben, ohne dass es ihm recht gelang.

Ta-ra!

Aus der Ferne waren Töne zu hören.

Mit einem Schreckenslaut wandte Eden den Kopf und lauschte. „Was war das?" Sie hätte schwören mögen, ein Jagdhorn gehört zu haben. Zwei volle, wohlklingende Töne ...

Ta-ra! Da war es wieder.

Als sie Jack fragend ansah, lächelte er plötzlich und begann, hastig sein Hemd in die Hose zurückzustopfen.

„Schiff in Sicht!", riefen die Männer von oben.

Ta-ra!

„Was um alles in der Welt ist das für ein Geräusch?", rief sie, schloss nervös ihr Mieder und versuchte, ihr zerzaustes Haar zu ordnen.

„Das", erwiderte er, „ist mein Onkel!"

„Schiff ahoi!" Sie hörten Higgins von oben aus dem Krähennest rufen. „Es ist die *Valiant*, Jungs! Lord Arthur ist gekommen!"

Die Männer jubelten.

„Schiff ahoi!"

Nachdem sie sich eilig hergerichtet hatten, um die Spuren ihrer leidenschaftlichen Begegnung zu beseitigen, hasteten Jack und Eden an Deck, um ihren Gast zu begrüßen. Die *Valiant* segelte unter Jacks Farben, und wenig später lag die Fregatte in kurzer Entfernung auf der Steuerbordseite vor Anker.

Jack befahl, auch für die *Winds* Anker zu setzen.

Es dauerte nicht lange, und über die Wellen hinweg war ein angenehmer Bariton zu hören, als der vornehme alte Kapitän der *Valiant* seiner Mannschaft befahl, eines der Boote zu Wasser zu lassen.

Bald darauf kamen sie herangefahren, der majestätische Mann in Uniform stand hoch aufgerichtet im Boot, während ein halbes Dutzend seiner Männer an den Rudern saßen.

Jack musste immerfort lächeln. Erst Eden, und jetzt der alte Bursche, den er liebte. Seit fast sieben Monaten hatte er seinen Onkel Arthur nicht mehr gesehen.

Als der elegante Herr an Bord der *Winds of Fortune* kam, jubelten sofort alle an Deck ihm zu, denn jeder, der ihn kannte, mochte ihn gern.

Hochgewachsen und rüstig, mit grauem Haar, himmelblauen Augen und edlen Zügen, war Lord Arthur Knight auch mit über Sechzig noch ein gut aussehender Mann und nach dreißig Jahren in Indien beinahe so braun gebrannt wie Jack.

Arthur war der jüngere Bruder des Dukes, von dem Jack Eden gerade erzählt hatte. Er hatte den Zorn seines älteren Bruders auf sich gezogen, als er Hawkscliffe kritisierte für die Art und Weise, wie er Jack als Kind behandelt hatte. Onkel Arthur war der Einzige, von dem Jack erinnerte, dass er sich für ihn eingesetzt hatte.

Herzlich schüttelte er die Hand des Onkels, der ihm dafür auf den Rücken klopfte, und nach einem Austausch von Höflichkeiten begleitete er Lord Arthur zum Achterdeck.

Unterwegs grüßte der vornehme Gast die vertrauten Gesichter aus der Menge und erinnerte sich natürlich an Rudy. Lord Arthur griff in seine Tasche und warf dem Hund einen Keks hin. Danach zauste er das Haar des Knirpses.

„Ah! Da bist du ja, mein tapferer kleiner Mann! Bei Zeus, du bist ein gutes Stück gewachsen, seit wir uns das letzte Mal sahen!“ Er bückte sich, bis er auf Augenhöhe mit dem Jungen war, und stützte die Hände auf die Schenkel. „Nun, mein Junge, hast du das Boxen trainiert?“

„Jawohl, Sir!“, rief der kleine Phineas begeistert.

„Zeig es mir." Lord Arthur hielt die linke Hand hoch. „Au!", rief er dann, als der Junge so fest er nur konnte gegen Lord Arthurs offene Hand schlug. „Ausgezeichnet, Mr. Moynahan! Gut gemacht. Du schlägst so hart wie Gabriel und Derek, als sie in deinem Alter waren."

„Wirklich, Sir?" Vor ihren Augen schien der Junge bei diesem Lob ein ganzes Stück zu wachsen.

„Wirklich! Aber ... nicht so fest wie Jack, als er ein Junge war. Üb weiter."

„Aye, aye, Sir!"

Im Weitergehen grüßte Lord Arthur besonders freundlich Trahern und verbeugte sich vor dem alten Brody, nickte Martin und Peter Stockwell zu und wechselte ein paar höfliche Worte mit Mr. Palliser, dem Schiffsarzt. Alle freuten sich, ihn zu sehen.

Nur Trahern seufzte, als er feststellte, dass Lord Arthur Georgie nicht mitgebracht hatte. Aber für Jack schien das in Ordnung zu sein, denn um dieses Mädchen zu zähmen, wären zehn Mann vom Schlage Traherns nötig gewesen.

„Und wen haben wir hier?", rief Lord Arthur erstaunt beim Anblick der rothaarigen Schönheit.

Eden errötete. Vermutlich dachte sie an das Zwischenspiel gerade eben unter Deck, obwohl ihr Kleid und ihr Haar wieder geglättet waren.

Der Widerspruch zwischen ihrer braven Erscheinung und dem lustvollen Treiben gerade eben noch weckte wieder Jacks Appetit. Selbst er war ein wenig überrascht von der Heftigkeit, mit der er sie begehrte.

Als Lord Arthur ihn erwartungsvoll ansah, hob Jack die zarte Hand seiner Braut an die Lippen und zog sie behutsam näher. „Dies, mein lieber Onkel, ist Miss Eden Farraday. Ist es eventuell der Fall, dass Sie einen Pfarrer an Bord haben?"

13. KAPITEL

Es gab einen Pfarrer an Bord der *Valiant*, und er traute Eden und Jack in einer schlichten Zeremonie bei Sonnenuntergang auf dem Achterdeck. Danach wurden unter den Jubelrufen der Mannschaft aus den Kanonen Salutschüsse abgefeuert für Captain Jack und Lady Jay, wie der Knirps sie jetzt nannte, da ihr Ehename nun Lady John Knight lautete. Zu Ehren des Brautpaars wurde dann ein Festmahl serviert, das so gut war, wie es nur in der kleinen Kombüse bereitet werden konnte. Und es gab reichlich Grog für die Männer.

Jetzt leuchteten die Laternen, und lustige Melodien erfüllten die Nachtluft. Die Männer sangen Balladen, es wurde auf einer Fiedel gespielt, einer Pikkoloflöte und einer Drehorgel. Die Stimmung war heiter, aber Jack wusste, dass seine Braut auch eine Spur von Traurigkeit empfand, denn ihr geliebter Vater war nicht dabei.

Es war Lord Arthur zugefallen, sie anstelle ihres Vaters dem Bräutigam zu übergeben. Nach der Zeremonie hatte der alte Herr sie mit heiteren Geschichten von seinen Abenteuern in Indien unterhalten, zusammen mit ein paar Berichten über die letzten Heldentaten seines Sohnes bei der Kavallerie dort.

Lächelnd hatte sie zugehört, aber Jack wusste, dass ihr Herz schmerzte. Als das Essen vorbei war, ließ sie sich von Trahern nach oben begleiten, um der Musik zu lauschen, sodass Jack etwas Zeit blieb für ein persönliches Gespräch mit seinem Onkel.

Als Eden ging, erhoben die Männer sich, setzten sich dann aber wieder an den Tisch. Lord Arthur lächelte ihn strahlend an. „Gut gemacht, mein Junge. Sie ist reizend."

Jack blickte in die Richtung, in die Eden verschwunden war, und lächelte ein wenig. „Es stärkt meine Seele, wenn ich nur mit ihr zusammen bin", erklärte er.

Lord Arthur zog eine Braue hoch. „Was wurde aus meinen schlecht gelaunten Neffen?"

„Ach, lass mich in Ruhe. Ein Mann muss einen Erben haben, oder?", meinte Jack und schenkte ihnen beiden noch etwas zu trinken ein.

„Sicher. Und mehr ist da nicht zwischen euch beiden."

„Natürlich nicht." Jack zwinkerte, während er sich bemühte, ernst zu bleiben. „Sie war ein blinder Passagier. Was hätte ich sonst mit ihr tun sollen?"

„Ah, vielleicht wirst du versuchen, mich über Bord zu werfen, weil ich das sage, aber ich erkenne es, wenn ich einen verliebten Mann vor mir habe."

Jack zuckte die Achseln, widersprach aber nicht.

„Sie wird dir eine gute Botschafterin sein, wenn du zurückkehrst und deiner Familie gegenübertrittst. Der Freund deines Bruders Robert, der Marquess of Griffith …"

„Ja?", fragte Jack. Eben erst hatte er Eden von Mauras älterem Bruder Ian erzählt.

„Er wurde nach Indien geschickt, um dort zu versuchen, einen Vertrag zwischen unserer Seite und den Rajas der Maratha-Konföderation auszuhandeln."

„Tatsächlich?", murmelte Jack. Er wusste, dass Ian ein gewisses Geschick in diplomatischen Dingen entwickelt hatte, aber der größte Teil seiner Arbeit hatte in Europa stattgefunden, wie Jacinda in ihren Briefen schrieb. Er hatte beim Wiener Kongress hinter den Kulissen gewirkt.

„Er hielt sich ohnehin in der Gegend auf, offensichtlich um Teeplantagen zu kaufen. Als Investitionen, wie ich hoffe. Er erinnerte sich von früher her an mich und sagte, es wäre ihm eine Ehre, mich in Bombay zu besuchen, wenn er dort ankäme, aber natürlich war ich seit Monaten nicht mehr zu Hause. Das alles hat mir Georgie geschrieben", fügte er hinzu. „Ihr Brief wurde von verschiedenen deiner Schiffe bis zu mir transportiert."

Jack nickte. Seine Schiffe kreuzten die Meere, um Post für ihn und seine engsten Mitarbeiter und Freunde von einem Ende des Globus zum anderen zu bringen, und das geschah wesentlich schneller als bei Leuten, die nicht das Glück hatten, Schiffseigner zu sein. Es war ein Service, dessen sich seine hübsche Cousine Georgie nur zu gern bediente.

„Zuletzt hörte ich", fuhr Arthur fort, „dass es ziemlich heiß wurde zwischen der Armee und den Prinzen von Maratha. Auf beiden Seiten war das Vertrauen so schlecht, dass ein Vermittler gesucht wurde – einer, bei dem beide Seiten sich wohlfühlen würden –, und natürlich hat Lord Griffith sich so einen Ruf erworben."

„In der Tat."

„Es war reines Glück, dass ein Vermittler mit seiner Erfahrung in der Nähe war. Es tut mir leid, dass ich seinen Besuch verpasse, aber Derek und Gabriel zumindest werden ihn an der Grenze treffen."

Jack hob eine Braue. „Wird Georgie ihn nicht auch treffen? Wenn er vorhat, dich in deinem Palast in Bombay aufzusuchen …"

„Ich versuche, nicht daran zu denken", sagte Lord Arthur. „In Anbetracht der Tatsache, dass ich nicht dort bin, um dafür zu sorgen, dass meine Tochter sich benimmt."

Jack schnaubte. „Selbst wenn sie das nicht täte, wird Ian es tun. Er war schon immer so aufrecht und ernsthaft, Arthur. Du hast keinen Grund, dir Sorgen zu machen."

„Aber das verstehst du nicht. Für Georgie bietet ein zurückhaltender Mann nur eine Herausforderung, um ihre Verführungskünste zu erproben. Bei den meisten Männern genügt ein Lächeln von ihr, damit sie sich verlieben."

„Du hättest sie nicht nach meiner Mutter benennen sollen", meinte Jack scherzhaft.

„Ich mochte deine Mutter", gab Arthur zurück. „Und ich bewunderte sie. Nach ihrem Heldentod war es mir ein Vergnügen, meine Tochter nach ihr zu benennen."

Jack murmelte etwas Unverständliches und trank einen Schluck von seinem Brandy.

„Jedenfalls war der Brief von Georgie nicht der einzige Bericht, den ich auf dem Weg hierher erhielt. Es tut mir leid, dein Fest zu stören, aber …“ Arthur zögerte. „Es gibt schlechte Nachrichten aus Venezuela, Jack.“

Jack beugte sich vor. „Welche Nachrichten?“

„Kurz nachdem du Segel gesetzt hast, brach der Krieg ernsthaft aus. Und ich bedaure sagen zu müssen, dass es nicht gut anfing.“

„Was ist passiert?“

„Eine schlimme Niederlage in La Puerta“, meinte Arthur. „Bolivar verlor beim Rückzug beinahe sein Leben, und in dem allgemeinen Durcheinander fielen den Spaniern seine persönlichen Besitztümer in die Hände, darunter auch seine gesamte Korrespondenz. Offenbar enthielt die Posttasche eine Nachricht von Don Edoardo Montoya, in der er Bolivar informiert, dass ihr ‚Agent‘ vereinbarungsgemäß nach London geschickt wurde, um Verstärkung zu rekrutieren.“

„Ich verstehe“, meinte Jack. „Sie wissen jetzt also, dass ich komme.“

„Eigentlich nicht. Sie wissen, dass irgendjemand kommt. In dem Brief stand natürlich nicht dein Name. Aber die Spanier werden Whitehall zweifellos gewarnt haben, dass ein Agent nach London geschickt wurde, um Söldner zu rekrutieren. Die Krone wird ebenso wie die spanische Botschaft in London sehr bemüht sein herauszufinden, wer dieser Agent ist.“

Jack schwieg. Er verschränkte die Arme vor der Brust und lehnte sich langsam in seinem Stuhl zurück, während er über diese neue Nachricht nachdachte. Die Spanier hassten ihn bereits, weil er vor ein paar Jahren Bolivar auf Jamaika geschützt hatte, doch sein Onkel musste ihm nicht erklären, was geschehen würde, wenn er mit seiner Aufgabe scheiterte. Wenn nicht bald Verstärkung eintraf, dann würde das, was von Bolivars Armee noch übrig war, dem Untergang geweiht sein. Angostura würde niedergebrannt werden, und die Anführer der Revolution vor ein Erschießungskommando gestellt.

„Ich werde nicht zulassen, dass das passiert“, sagte er ruhig.

„Nein, das habe ich auch nicht erwartet“, erwiderte Lord Arthur. „Aber sei vorsichtig, Jack. Es geht um deinen Hals. Du erwähntest deinen Plan, diese rivalisierende Firma in London zu übernehmen, aber jetzt scheint mir, du hast eine noch bessere Tarnung, um deine Anwesenheit in London nach all den Jahren zu erklären.“

Fragend sah Jack ihn an.

Arthur zuckte die Achseln. „Es ist nur angemessen, dass du deine junge Braut nach England zurückbringst, damit sie deine Familie kennenlernt.“

Sofort schüttelte Jack den Kopf. „Ich würde sie niemals als Schutzschild für meine Aktivitäten benutzen. Ich möchte nicht, dass sie auch nur in die Nähe von alldem kommt.“

Sein Onkel runzelte die Stirn und schien verwirrt. „Was wirst du dann mit ihr machen?“

„Ich werde sie auf das Schloss nach Irland bringen“, sagte Jack leise.

„Ich verstehe. Und weiß die junge Lady Jay darüber Bescheid?“, fragte Arthur zweifelnd. „Denn vorhin hörte ich, wie sie mit deinem Diener darüber sprach, wie sehr sie sich auf verschiedene Sehenswürdigkeiten in London freut.“

Jack lächelte unbehaglich.

„Aha. Du hast es ihr noch nicht gesagt.“

„Nicht richtig.“

„Ich verstehe. Nun, dann steht der erste Ehestreit ja unmittelbar bevor.“

Jack beugte sich vor und senkte die Stimme. „Es wird ihr natürlich nicht gefallen, aber sie wird das tun müssen, was man ihr sagt. Ich bin jetzt ihr Gemahl. Ihr bleibt keine andere Wahl, als das zu tun, was ich ihr sage.“

Lord Arthur lachte.

Jack runzelte die Stirn. „Was ist? Warum lachst du?“

„Nur so. Wenn du erst einmal einen Monat lang verheiratet warst, sprechen wir noch einmal miteinander. Aber sag mir, mein lieber Junge, warum hast du ihr nichts von deinen Plänen erzählt?"

Er rutschte auf seinem Stuhl hin und her. „Ich wollte sie nicht aufregen."

„Unsinn. Das ist Feigheit. Nicht dass ich dir deswegen einen Vorwurf mache", fügte er hinzu und lehnte sich zurück. „Ich würde lieber gegen die Große Armada kämpfen als gegen eine zornige Ehefrau."

„Eden wird tun, was man ihr sagt."

„Macht sie das üblicherweise?"

Jack dachte eine Weile darüber nach. „Nein", sagte er und seufzte dann. „Verdammt."

Lord Arthur lachte und ließ den Brandy im Glas kreisen, und in seinen Augen erschien ein übermütiger Glanz. „Wenn du glaubst, es wäre schwer, deine Frau zur Vernunft zu bringen, dann warte, bis du Kinder hast."

„Du bist nicht gerade eine große Hilfe."

„Wenn du mich fragst, könnte sie in London ein großer Gewinn für dich sein. Warum willst du sie nicht mitbringen?"

„Weil es gefährlich ist."

„Für dich schon, aber nicht für sie."

„Wie das?"

„Die größte Bedrohung stellen die Regierungsagenten dar. Englische Agenten, spanische Spione. Beide müssen sich an die Gesetze halten. Diesmal hast du es nicht mit Kriminellen zu tun. Die Spanier mögen dich vielleicht nicht, aber wir wissen beide, dass der spanische Ehrenkodex Frauen und Kinder außen vor lässt. Wenn Eden in London an deiner Seite ist, wird das helfen, deine Aktivitäten zu tarnen."

„Ich sagte dir bereits, ich werde meine Gemahlin nicht als Schild benutzen. Ich brauche den Schutz einer Frau nicht."

„Aber wenn ihr keine Gefahr droht und London sie glücklich machen würde, warum sie dann nicht mitbringen? Ich würde euch beide nicht gern im Streit sehen, und ich fürchte, das wäre bald der Fall. Hast du Angst, sie könnte etwas Indiskretes über deinen Auftrag sagen?"

Jack dachte darüber nach und schüttelte dann den Kopf. „Nein", erklärte er offen. „Gelegentlich ist sie etwas naiv, aber wenn mein Leben auf dem Spiel steht, wäre sie sicher sehr zurückhaltend. Mir gegenüber ist sie außerordentlich loyal – beinahe beschützend auf ihre ganz eigene Art und Weise." Er lächelte ein wenig schief.

„Ich verstehe." Misstrauisch runzelte Lord Arthur die Stirn. „Nun gut. Deine Weigerung, sie mitzubringen, hat doch nichts mit dieser Maura zu tun, oder?"

„Nein, nein."

„Ich weiß, dass du sie lange Zeit dazu bringen wolltest, das zu bedauern, was sie dir angetan hatte."

„Das spielt jetzt keine Rolle mehr."

„Was ist dann das Problem?"

Stumm sah Jack ihn an. Dann schüttelte er den Kopf. „Ich weiß es nicht."

„Ich glaube, du weißt es. Aber Jack, du musst Eden die Chance geben zu zeigen, dass sie zu dir hält, egal, was andere über dich sagen."

„Selbst wenn das, was die anderen sagen, stimmt?", gab er zurück. „Ich will sie nicht verlieren, Arthur. Ich glaube nicht, dass ich das ertragen würde."

„Wenn du sie gegen ihren Willen einsperrst, wie du es vorhast, könnte dir genau das passieren."

„Es ist so am besten."

„Für wen? Für Eden oder für dich?"

Ungeduldig wandte Jack sich ab.

„Wovor hast du Angst?", fragte der Onkel leise.

„Du willst es wissen? Na gut", flüsterte Jack zornig zurück. „Sie ist so verdammt versessen auf London und die *ton*. Wenn wir nun dorthin kommen und die Leute sie nicht anerkennen, weil sie zu mir gehört? Ich will, dass sie glücklich ist. Man soll ihr nicht wehtun."

„Und sie soll nicht sehen, wie man dich verletzt hat."

Jack neigte den Kopf. „Nein. Ich will ganz und gar nicht, dass sie das sieht. Ist das so falsch? Sie wird den Respekt für mich verlieren." Dann sah er Arthur von unten herauf an. „Ich werde nicht zulassen, dass man sie meinetwegen demütigt."

„Ach, ich weiß nicht, Jack. Auf mich wirkt sie sehr stark, nicht wie ein Mädchen, dass sich von der *ton* einschüchtern lässt. Außerdem hast du ihr doch schon von deinem wirklichen Vater erzählt."

„Ja. Aber es ist etwas anderes, wenn du es mit eigenen Augen siehst."

„Jack, das alles ist lange her. Du bist nicht mehr der machtlose, zornige Siebzehnjährige. Du hast ein Vermögen und du hast Macht erworben. Du besitzt die Erfahrung von zwanzig Jahren. Nutze sie."

Der Ton, in dem der Onkel das sagte, ließ Jack aufhorchen. „Was meinst du damit?"

„Wenn du willst, dass die *ton* Eden akzeptiert, dann sorge dafür, dass sie dich akzeptiert."

„Das ist mir schon früher nicht gelungen."

„Du hast es nicht versucht. Du hast ihnen allen gesagt, sie könnten zur Hölle fahren. Erinnerst du dich?"

„Na ja." Ein wenig schuldbewusst zuckte Jack die Achseln. „Ich weiß es nicht." Dann schüttelte er den Kopf. „Was soll ich tun, Onkel? Das Spiel mitmachen? Vor Lady Jersey das Knie beugen? Meine Nachmittage mit Spazierfahrten im Park vergeuden?"

„Ja, Jack. Spiel mit. Du könntest von dir selbst überrascht sein."

„Aber ich will das nicht!"

„Warum nicht?"

„Ich weiß nicht. Ich würde eine Niederlage eingestehen."

„Wie das?"

„Als ich fortging, habe ich diesen Leuten ziemlich deutlich gesagt, dass ich mich den Teufel um sie schere."

„Ah, und dich jetzt, nachdem zwanzig Jahre vergangen sind, anders zu verhalten, würde deinen Stolz verletzen."

„Verdammt richtig! Onkel ... gerade du solltest dich bei diesem Thema zurückhalten. Du lebst sogar noch länger im Exil als ich."

„Ja, und ich weiß noch besser als du, was es kostet, zu stolz zu sein, Jack. Ich will nur, dass du glücklich bist."

„Eden macht mich glücklich."

„Wenn du also klug bist, dann mache sie glücklich." Lächelnd beobachtete Arthur ihn. „Was du willst, spielt keine Rolle. Was will Eden? Wenn du sie wirklich liebst, ist das die einzige Frage, die zählt."

Stumm starrte Jack in sein Glas.

„Du siehst, es ist alles ganz einfach", meinte Arthur. „Kauf dir die Zuneigung der *ton* mit deinem Geld, und das soll dein Hochzeitsgeschenk für deine schöne junge Braut sein."

Seufzend stützte Jack seine Wange in die Hand und warf seinem Onkel einen finsteren Blick zu.

Viele Stunden später erwachte Jack in dem perlgrauen Zwielicht vor Sonnenaufgang und sah, wie seine süße junge Frau auf dem Bauch neben ihm lag und schlief. Rote Haarsträhnen lagen auf ihrer Wange, ihre Wimpern bildeten dunkle Fächer auf ihrer Haut, und ihr Gesicht wirkte entspannt und friedlich.

Ihr Atem war ihm so vertraut geworden wie das leise Rauschen des Meeres.

Während er langsam wach wurde, erinnerte er sich lustvoll an die vergangene Nacht.

Ihre Hochzeitsnacht.

Er hob den Kopf vom Kissen und sah sie an. Als er sich auf

die Ellenbogen stützte, noch ein wenig benommen vom Schlaf, erstaunte es ihn wieder, dass er von heute an ein verheirateter Mann war. Fast noch erschreckender und sogar ein wenig beängstigender war das Wissen, dass er sie liebte.

Am Vortag hatte er es ihr gesagt. Er hatte nicht damit gerechnet, dass er diese Worte über die Lippen brachte, aber es war geschehen.

Ich liebe dich.

Jetzt, da er sie ansah, seine kleine Lady Jay, wusste er, dass er niemals etwas gesagt hatte, dem mehr Wahrheit innewohnte.

Das Lächeln, mit dem er sie betrachtete, war voller Zärtlichkeit. *Dies also ist Glück.* Das Gefühl war seltsam und fremdartig – und außerdem vielleicht sogar ein wenig erschreckend. Dieses seltsame Gefühl, mit einer Frau zusammen sein zu wollen, verursachte ihm ein leichtes Unbehagen, es ängstigte ihn, wie sehr er sie bereits liebgewonnen hatte. Seine wachsende Leidenschaft für sie war unmäßig, es schien unvermeidlich, dass er irgendwann den Boden unter den Füßen verlor.

Langsam verschwand Jacks Lächeln. Er wusste, dass die Hochzeit in ihr auch Traurigkeit erweckt hatte, weil Victor fehlte. Aber auch für ihn war es bitter gewesen zu wissen, dass sie sich bald würden trennen müssen.

Seine Gedanken wanderten zurück zu dem Gespräch mit seinem Onkel, aber er blieb bei seinem Entschluss. Auch wenn ihm die Vorstellung nicht gefiel, Eden außer Sichtweite zu lassen und bei dem Gedanken an eine sechsmonatige Trennung ihm das Herz wehtat.

Aber es stand zu viel auf dem Spiel.

Noch immer hatte er ihr nicht gesagt, dass er sie in Irland lassen würde. Er hatte Angst vor ihrer Reaktion – und es irritierte ihn, diese Angst zu haben. Feigheit lag nicht in seiner Natur.

Ruhelos mit all den Dingen, die ihm durch den Kopf gingen, stand er auf und ging nackt durch die Schlafkabine. Tief in Gedanken verrichtete er seine morgendlichen Rituale und es erstaunte ihn, dass sein Spiegelbild genauso aussah wie am Vortag.

Innerlich fühlte er sich wie ein anderer. Ein Mann, dachte er bei sich, der es sich hätte überlegen sollen, ehe er alles für seine edle Sache aufs Spiel setzte.

Als er seinen Auftrag übernahm, da hatte er es mit Entschlossenheit getan, schließlich hatte er keine Ehefrau gehabt, um die er sich sorgen musste, und kein Kind. Keine Bindungen, nichts zu verlieren außer seinen weltlichen Gütern und natürlich seinem Leben. Aber das hatte ihm keine besonderen Sorgen bereitet in Anbetracht all der Begegnungen mit dem Tod, die bereits hinter ihm lagen.

Jetzt war alles anders, und er musste zugeben, dass er sich hin und her gerissen fühlte. Am liebsten hätte er die Mission aufgegeben, damit er bei ihr bleiben und diese Liebe genießen konnte, nach der er sich sein ganzes Leben lang verzehrt hatte. Niemand hatte ihn jemals zuvor geliebt, nicht so, und er hatte Angst, etwas Falsches zu sagen oder zu tun, was sie vertreiben könnte. Ihre Liebe war für ihn kostbarer als Gold, aber so empfindlich wie eine zarte Blume.

Deshalb kann ich noch nicht mit ihr über die bevorstehende Trennung sprechen, dachte er, während er sich anzog. Obwohl ihn Schuldgefühle plagten, weil er etwas vor Eden geheim hielt, wusste er, dass diese Enthüllung alles zwischen ihnen ändern würde. Vielleicht war es Feigheit, und er verdiente es, sich zu schämen. Aber nie zuvor hatte er eine solche Liebe erlebt, und er konnte es nicht ertragen, mit der Wahrheit vielleicht alles zu verderben.

Noch nicht.

Er wollte sie fühlen, sie genießen, sich ganz in ihr verlieren und dafür sorgen, dass dieser Traum so lange anhielt wie möglich, ehe er gehen musste – vielleicht in den Tod.

Während er seine Ärmel an den Handgelenken zuknöpfte,

ging er zurück zum Bett und sah ihr beim Schlafen zu, während er sich einredete, wie vernünftig seine Entscheidung war.

Jetzt, da sie sich unmittelbar vor der irischen Küste befanden, würden sie in wenigen Stunden an Land gehen und noch heute das Schloss erreichen.

Eden musste seinen Blick gespürt haben, denn in diesem Moment zuckten ihre Lider, und sie begann zu erwachen. Jack sah ihr zu, spürte den Wunsch, sie zu beschützen, und traf eine Entscheidung.

Statt sie einfach nur zum Schloss zu begleiten und abzusetzen, konnte er gewiss ein paar Tage dort mit ihr verbringen, während er die Männer zusammenrief, die er zu rekrutieren gedachte. Er würde diese Zeit nutzen, um das Band zu stärken, das zwischen ihnen bestand, ehe er wieder davonsegelte. Schließlich hatte es keine Eile, ihr zu sagen, was wirklich geschah. Oder?

Er war sicher, dass der richtige Augenblick dafür kommen würde. Es waren keine angenehmen Neuigkeiten, aber sie würde sich mit dieser Situation arrangieren, so wie sie es immer tat. Zumindest wollte er das gern glauben.

„Guten Morgen, Ehemann", begrüßte sie ihn mit belegter Stimme. Das Laken verschob sich auf ihrem schlanken Leib, als sie sich umdrehte und streckte wie eine zufriedene Katze.

„Guten Morgen, Ehefrau", erwiderte er. Jack stützte ein Knie auf den Bettrand, bückte sich langsam und küsste die Vertiefung zwischen ihren Brüsten. Er lächelte, als sie die Arme um ihn schlang und ihn mit einem übermütigen Lachen ins Bett zurückzog.

Wir haben es geschafft, dachte Eden am Nachmittag, als sechs von Jacks Männern sie durch den Nebel an Land ruderten. Sie hatten das Meer überquert, und jetzt würde sie den Fuß wieder auf festen Boden setzen. Noch war sie nicht in England – noch nicht –, und sie musste sich eingestehen, dass sie das Leben an

Bord der *Winds of Fortune* lieben gelernt hatte. Aber wie froh war sie trotzdem, das Schiff verlassen zu können.

Jeder Ruderschlag, mit dem die Männer rhythmisch das Wasser durchpflügten, vergrößerte die Entfernung zwischen ihr und dem gewaltigen Kanonenschiff. Hinter ihnen umkreisten gierige Seemöwen die Masten. Der Klang der Schiffsglocke und die Gesänge der arbeitenden Mannschaft wurden leiser, je lauter das Rauschen der Brandung wurde.

Eden saß auf einer der niedrigen Ruderbänke, umklammerte aufgeregt die Seiten des Bootes und erschauerte in der Kälte. Phineas hockte eingezwängt neben Jacks Seekiste aus der Schlafkabine, in der sich jetzt Edens neue Kleider und Extrakleidung für Jack befanden. Auch der Knirps ging an Land, seine Tante Moynahan war Jacks Haushälterin, aber Eden achtete nicht auf das aufgeregte Geplapper des Jungen, sondern war damit beschäftigt, das Festland zu betrachten.

Aus dem üppigen grünen Paradies war sie über die schlichte Weite des Ozeans nun in eine vollkommen neue Welt gekommen, die ihr gänzlich unbekannt war – eine Welt, in der die Luft frisch und kühl war und die Wellen sich an den tiefschwarzen Felsen brachen, die überall am Strand verstreut lagen. Hier und da bildeten sich auf den Wogen hohe, dramatisch wirkende Schaumflocken.

Das Wetter jetzt im späten März war nicht vielversprechend. Irland bot sich ihrem ersten Blick schroff und diesig dar, seine einsame Schönheit sprach von Kummer und Blutvergießen, von altem Herzeleid, aber als die Sonne die schweren Wolken durchbrach und alles mit einem Hauch von Gold überzog, fühlte sie plötzlich den Zauber, der über diesen Ufern lag. Beinahe erwartete sie, Meerjungfrauen zu sehen, die sich zwischen den Felsen tummelten.

Ein Stück weit voraus tauchte ein fester Steg auf, und Eden erinnerte sich sehnsüchtig an den wackeligen Anleger im Urwald, wo ihre Reise begonnen hatte. Doch ihr Herz schlug schneller, als sie die große Gestalt sah, die dort, von der Sonne beschienen, auf sie wartete.

Jack.

Sein bloßer Anblick genügte, damit ihr um einiges wärmer wurde. Er war schon ein paar Stunden vor ihr an Land gegangen, um einige Vorbereitungen zu treffen, während sie noch ihre Sachen packte. Er wollte seine Dienstboten auf dem Anwesen, das ein paar Kilometer weiter im Inland lag, wenigstens darüber informieren, dass seine junge Braut unterwegs war.

Außerdem hatte er Reiter zu einigen seiner Freunde geschickt – irische Offiziere, die unter Wellington in Spanien gekämpft hatten. Eden wusste von diesen Plänen, denn ihr war es zugefallen, seinen Brief fünfmal zu kopieren, in dem er jeden der weitverstreut lebenden Offiziere bat, zu kommen und sich heimlich mit Jack zu treffen.

Er hatte Eden erklärt, wenn alle fünf einverstanden wären, für Südamerika zu unterschreiben, könnte jeder von ihnen hundert Fußsoldaten aus seinen Streitkräften mitbringen. Obwohl die Regimenter nach Kriegsende förmlich entlassen worden waren, waren die Männer, die in Spanien zu Waffenbrüdern geworden waren, in Verbindung geblieben. Es würde ihnen nicht schwerfallen, einige von ihnen unter Bolivar zu versammeln.

Endlich erreichten sie den Hafen. Higgins vertäute das Boot an einem Pfahl, dann half Ballantine Eden die steile Leiter hinauf. Jack begrüßte sie lächelnd, umfasste ihre Hände und zog sie zu sich hoch. Als Nächstes war der Knirps an der Reihe. Jack hob ihn die Leiter hoch, als würde das Kind nicht mehr als ein Sack voll Mehl wiegen. Zuletzt wuchteten die Männer die Seekiste nach oben.

Die Männer verabschiedeten sich herzlich von ihr, und Eden erwiderte den Gruß. Sie wusste, in ein paar Tagen würde sie sie wiedersehen, denn sobald Jack seine Besprechung mit den irischen Offizieren beendet hatte, würden sie wieder an Bord gehen und nach England segeln.

Zumindest glaubte sie das.

Jack hob die Seekiste auf seine Schulter, während der Knirps zu der schwarzen Kutsche mit den roten Rädern vorauslief, die darauf wartete, sie zum Landsitz zu bringen. Ein stämmiger alter Kutscher nahm einen Schluck aus seiner Flasche, ehe er vom Bock sprang und Phineas, der auf ihn zurannte, in die Arme schloss.

„Onkel Pete!"

„Er kennt alle Dienstboten", erklärte Jack, als Eden ihn überrascht ansah. „Sie haben ihn großgezogen, musst du wissen."

„Ah."

„Mach dir keine Mühe, Peter", schalt Jack leicht belustigt, als der Kutscher den Jungen beiseiteschieben wollte, um seinem Herrn zu helfen. Ohne die Hilfe des Dieners lud Jack die Seekiste in den Laderaum der Kutsche, befestigte sie dort und führte Eden dann zur Tür.

Nachdem er sie seinem vertrauten Kutscher vorgestellt hatte, half Jack ihr beim Einsteigen. Sofort ersetzte der Geruch nach gut geöltem Leder und Pferden den des Meeres und der salzigen alten Planken.

Als der Knirps aufsprang und sich auf den Sitz neben ihr fallen ließ, verschloss Jack lächelnd die Tür.

„Kommst du nicht mit?", rief sie.

„Natürlich", sagte er und zog seine dicken schwarzen Lederstulpen zurecht. „Aber wenn es dir nichts ausmacht, würde ich lieber reiten. Ich war zu lange auf diesem Schiff, und er zu lange im Stall." Mit einer Kopfbewegung deutete er nach links.

Eden folgte der Bewegung und erblickte einen herrlichen braunen Hengst im nahe gelegenen Hain, dessen Fell im goldenen Sonnenlicht wie Kupfer schimmerte. Der Wind spielte mit der langen Mähne des Tiers und dem schwarzen seidigen Schweif.

Groß und beeindruckend stampfte der feurige Hengst ungeduldig auf dem Boden hin und her, während ein Diener die Zügel hielt und auf Jacks Rückkehr wartete.

„Es ist Fleet Apollo!“, rief Phineas und sprang zum Fenster. „Er ist das schnellste Pferd im ganzen Land!“

„Der Stolz meiner Stallungen“, stimmte Jack lächelnd zu.

Eden betrachtete das herrliche Geschöpf, als Jack ihr zum Abschied zunickte und davonging. Er ergriff die Zügel und saß mit einem mühelosen Schwung auf, wobei der dunkle Mantel um ihn herumwirbelte und Eden einen Blick erhaschte auf seine schlammbespritzten Hosen und Stiefel. Als er die Krempe seines Huts ein wenig tiefer ins Gesicht zog, dachte sie: Er sieht aus wie ein romantischer Straßenräuber. Im Sattel beugte er sich vor und tätschelte den Hals seines Pferds.

Als der Diener zum Wagen ging, um seinen Platz neben dem Kutscher einzunehmen, sprang Eden plötzlich hinaus. Jack warf ihr einen neugierigen Blick zu, ließ das Pferd ein paar Schritte nach vorn gehen, doch als sie ihn anlächelte, begann er zu verstehen und zwinkerte ihr zu.

„Lady Jay, was machen Sie da?“, rief Phineas, aber Edens Blick blieb auf den schönen Mann mit dem schönen Pferd gerichtet.

Jack ließ das Pferd neben ihr anhalten, streckte ihr die Hand entgegen und lächelte ihr zu.

Ohne Zögern ergriff Eden seine Hand, stellte einen Fuß auf seinen Stiefel und zog sich zu ihm hinauf. Lachend schlang er den Arm um ihre Taille, während sie seitlich vor ihm auf dem Pferd saß und sich an der pechschwarzen Mähne des Tiers festhielt.

„Fertig?“, flüsterte ihr Gemahl und hielt sie noch fester.

„Aye, Captain.“

„Hey!“, rief der Knirps, als sie an der Kutsche vorbeipreschten.

„Wir sehen dich zu Hause, Junge!“, rief Jack lachend, während sich die Kutsche hinter ihnen in Bewegung setzte.

Es dauerte wenige Momente, dann hatten sie den Wagen weit hinter sich gelassen. Jack ließ das große irische Jagdpferd mit weitausgreifenden Schritten galoppieren. Die Sonne schien jetzt heller, und Eden lachte laut auf angesichts der erregenden Kraft des Tiers, dessen Hufe über das Gras trommelten. Über Hügel und Täler, hinauf und hinunter, durch Wiesen, auf denen Schafe weideten. Sie schreckten einen Vogelschwarm aus dem Getreide auf, und Kaninchen flohen vor ihnen durch das Unterholz.

Als sie einen Hügel umrundeten, fing sich der Wind in ihrem Haar und löste ihren Knoten.

Dann erreichten sie einen Karren, in dem vier Nonnen saßen, die zu ihrem Konvent im Tal zurückkehrten. Jack ließ sein Pferd langsamer gehen, um die Nachbarn zu begrüßen. Die Schwestern erkannten ihn sofort, und als Jack ihnen Eden als seine Gemahlin vorstellte, schienen sie erstaunt, doch dann gaben sie ihnen gleich hier auf der Straße ihren Segen und versprachen dem Paar, für eine glückliche und fruchtbare Verbindung zu beten.

Sie ritten langsamer weiter, und als die Nonnen außer Sichtweite waren, küsste Jack sie. „Kaum an Land, gewinnst du schon überall die Herzen“, murmelte er.

„Es liegt an dem roten Haar“, scherzte sie. „Vermutlich halten sie mich für eine Irin.“

„Nun, wenn man bedenkt, woher du kommst, wird es dich vielleicht freuen zu hören, dass es in Irland keine Schlangen gibt. Sankt Patrick hat sie alle vertrieben.“

„Ach, keine Schlangen? Wie schade. Jack?“

„Ja, Geliebte?“

„Die Nonnen haben mich Mylady genannt.“

„Ja, natürlich, Liebes. Der Titel steht dir zu.“

„Oh.“ Sie überlegte. „Daran hatte ich noch gar nicht gedacht.“

Er lachte und trieb sein Pferd voran.

Es dauerte etwa eine Stunde, dann lenkte Jack den Hengst von der Straße und trabte mit ihm durch ein hohes, schmiedeeisernes Tor. Edens Herz schlug schneller, als sie den langen, kiesbestreuten Weg hinaufritten, doch als das Haus in Sichtweite kam, blieb ihr der Mund offen stehen.

„Jack! Das ist ein Schloss“, stieß sie hervor.

„Keine Sorge, du wirst es gemütlich finden. Ein Teil davon ist ganz neu und mit jedem modernen Komfort ausgestattet.“

Sie brachte es nicht einmal fertig, ihm zu sagen, dass sie sich nicht hatte beklagen wollen. Sie hatte lediglich einen Schreck bekommen.

Ein echtes Schloss! Es hatte hohe Türme und dicke Mauern aus verwitterten grauen Steinen. Unregelmäßige Anbauten fügten sich hier und dort an den Bau, errichtet über die Jahrhunderte hinweg von seinen verschiedenen Besitzern. Doch der neueste Teil war das Hauptgebäude in der Mitte.

Durch das Geschick eines Baumeisters war es gelungen, mit einem neogotischen Haus, das vor dem alten Bergfried errichtet worden war, das Ganze zusammenzuhalten. Eine fantastische Mischung aus einem Schloss und einer Festung mit einem zinnenbewehrten Portikus über den schweren vorderen Türen und passenden Türmen, die die Front umgaben. Die Rahmen um die hohen, schmalen Fenster waren frisch und weiß, und kein Grashalm wuchs dort, wo er nicht hingehörte. Alles war genauso makellos wie die blitzsauberen Decks auf der *Winds of Fortune*.

Es passte zu Jack.

Jede moderne Bequemlichkeit, dachte sie. Wie er es gesagt hatte, war der strenge gotische Entwurf gemildert worden durch einen Hauch von klassischer Leichtigkeit, um dem Betrachter zu versichern, dass das Haus im Innern allen erdenklichen Luxus aufwies. Erstaunt schüttelte sie den Kopf.

Als sie im Hof anhielten, kam ein halbes Dutzend Dienstboten angelaufen. Es war ihr unmöglich, die Knechte von den Lakaien zu unterscheiden, doch sie vermutete, dass es sich bei dem Mann in Schwarz um den Butler handelte, und die rundliche Dame mit den Apfelbäckchen musste Mrs. Moynahan sein.

In Edens Kopf drehte sich alles. Noch während die Dienerschaft ein „Willkommen, Mylady!“ anstimmte, scheuchte Jack sie alle beiseite und half ihr aus dem Sattel. Doch statt sie auf den Boden zu stellen, hielt er sie fest, ging mit ihr zur Tür und trug sie über die Schwelle.

Dann gab er ihr einen zarten Kuss und stellte sie auf die Füße. Eden stolperte beinah, während sie sich in der großen Halle mit den dunklen Holzschnitzereien, dem getönten Glas und den herrlichen Wandbehängen umsah.

„Nun?“, meinte Jack und beobachtete sie dabei. „Du bist jetzt die Herrin des Hauses. Was denkst du?“

„Donnerwetter!“, flüsterte sie, und die Dienstboten brachen in Gelächter aus.

Die nächsten drei Tage vergingen wie im Traum, in dem ihr jeder Augenblick wie eine kostbare Perle erschien. Drei Tage voller Liebe und – Leidenschaft.

Die Glut ihres Verlangens schien den Frühling zu wecken, vertrieb den eiskalten Frost und zauberte das frische Grün in die Grashalme. Sie liebten einander immer wieder: In dem großen Schlafzimmer, im Stall, hinter den Vorhängen vor dem prasselnden Kaminfeuer, auf einem dicken Fell, im hinteren Treppenhaus, schnell und hart, vor einem Baum, der sich oberhalb des Tals erhob. Sie konnten einfach nicht genug voneinander bekommen.

Gelegentlich spürte Eden natürlich, dass hinter Jacks Zärtlichkeit ein Schatten lauerte, doch sie schrieb das seiner verständlichen Besorgnis wegen seiner Mission zu.

Aber drei wundervolle Tage lang zählte die Arbeit nichts. Nie zuvor hatte sie solche Freude erlebt, solche Entspannung und, vor allem, solche Liebe. Kaum vermochte sie zu glauben, wie viel Jack ihr inzwischen bedeutete oder wie viel sie ihm. Nie zuvor in ihrem Leben war sie einem anderen Menschen so nahe gewesen. Er war mehr als nur ihr Gemahl oder ihr Geliebter, er war ihr bester Freund geworden.

Stundenlang waren sie glücklich damit, nichts anderes zu tun, als Hand in Hand über das Gelände zu laufen und die Pferde auf der Weide zu streicheln. Sie schlenderten durch das nahe gelegene Dorf, und Eden begegnete den Bewohnern, die sie mit bescheidenen Hochzeitsgaben überschütteten.

Am dritten Abend, nachdem sie die Geschäfte im Dorf besucht hatten, ehe diese zum Abend schlossen, liebten sie einander auf dem Weg nach Hause in der Kutsche, lachten und versuchten, leise zu sein, damit der Fahrer sie nicht hören konnte. Doch der alte Peter war kein Dummkopf und tat so, als bemerkte er nichts. Doch er räusperte sich lautstark, als sie in den von Fackeln erhellten Hof einfuhren. Dann ließ er ihnen genug Zeit, sich wieder herzurichten, ehe er die Kutschentür öffnete.

Jack stieg zuerst aus, das Gesicht ein wenig gerötet, das Haar zerzaust.

„Guter Mann“, murmelte er und schob dem Kutscher einen Fünfer in die Brusttasche. Dann drehte er sich zu Eden um, die aus der Kutsche und ihm in die Arme sank, erschöpft von Lust und Verlangen.

In Jacks Augen blitzte es heiter, als er ihr den Arm reichte, damit sie sich auf ihn stützen konnte. Langsam gingen sie zum Haus zurück. In ihrem Zimmer zog Eden ihr Kleid aus und ließ sich aufs Bett fallen, auf den Lippen noch den Geschmack seiner Küsse, und sobald ihr Kopf das mit Daunen gefüllte Kissen berührte, sank sie in einen tiefen Schlummer.

Als sie jedoch am nächsten Morgen erwachte, war der Traum abrupt zu Ende. Sie öffnete die Augen und sah Jack neben ihrem Bett in einem Lehnstuhl sitzen, von wo aus er sie beobachtete, wie er es üblicherweise tat.

Mit einem matten Lächeln reckte sie sich. Die Betttücher rochen nach ihrer Liebe, genau wie sie selbst. „Guten Morgen, Ehemann.“

Die Andeutung eines Lächelns umspielte ihre Lippen.

„Du bist schon angezogen und siehst so gut aus." Seufzend bewunderte sie seinen Tweedrock, die dunkelgrüne Weste und die Hose aus braunem Twill. Er trug knielange Stiefel und hatte offenbar vor, gleich hinauszugehen, denn er hielt die Reitgerte in der Hand, mit der er gedankenverloren spielte. „Willst du ausreiten?"

Er antwortete nicht, sondern senkte den Blick.

„Komm zurück ins Bett." Sie schloss die Augen und rollte sich auf den Bauch. „Es ist noch zu früh."

„Eden", sagte er leise, „ich muss gehen."

„Ist es Zeit für deine Besprechung?", murmelte sie ins Kissen.

„Ja."

„Na schön. Wenn du zurückkommst, können wir ein Picknick in dem alten Wintergarten machen und ..."

„Liebling", unterbrach er sie.

„Was ist, Jack?"

Einen Moment lang schwieg er. Wieder hob sie den Kopf, dann bemerkte sie die ruhige Entschlossenheit in seinem Gesicht.

Plötzlich setzte sie sich auf und zog sich das Laken über die Brüste. „Was ist los?"

„Ich sagte es dir, Liebes. Es ist Zeit für mich zu gehen."

„Gehen ...?"

Er beugte sich zu ihr und legte die Reitgerte zur Seite. „Bleib jetzt ganz ruhig", sagte er und sah ihr fest in die Augen. „Versuch, mich zu verstehen. Ich möchte, dass du hierbleibst, während ich die Mission zu Ende bringe."

„Hierbleiben? Jack, wovon redest du? Als Nächstes fahren wir nach England ..." Sie verstummte, und alles Blut wich aus ihrem Gesicht. „Du gehst nach England ... Ohne mich?"

„Eden, mein Onkel berichtete mir von schlimmen Entwicklungen im Krieg. Ich kann mich nicht lange in England aufhalten. Ich werde nur ein paar Wochen dort bleiben, um die Männer zu versammeln, die ich brauche. Ich werde in Cornwall Station machen, dann in London, und dann werde ich geradewegs nach Venezuela zurücksegeln."

„Jack!" Sie starrte ihn an, ohne ihn wirklich zu verstehen. Wie teuflisch von ihm, ihr das so früh am Morgen zu sagen, wenn sie noch kaum klar zu denken vermochte. Oh, vielleicht war das alles nur ein böser Traum. Sie rieb sich die Stirn und versuchte aufzuwachen. Aber sie kannte Jack gut genug, um zu wissen, dass er diesen Zeitpunkt bewusst gewählt hatte.

„Im Herbst werde ich aus Südamerika zurück sein", sagte er behutsam. „Bis dahin bist du hier am sichersten."

„Im Herbst?" Eden begriff kaum, was sie da hörte. „Du willst mich hier für sechs Monate allein lassen?"

„Liebling, ich kann dich nicht auf einem Schiff voller Söldner mitnehmen, ebenso wenig wie Phineas. Du wirst zusammen mit dem Jungen hierbleiben, wo ihr beide in Sicherheit seid."

„Jack!"

„Es tut mir leid, Eden. Nicht alle Männer, die ich zu Bolivar bringe, sind einfach nur Soldaten."

„Es ist mir egal, was sie sind! Ich werde hier nicht allein bleiben! Genau aus diesem Grund habe ich den Urwald verlassen!" Sie sprang aus dem Bett und ging zu ihrem Schrank. „Ich muss bei dir sein. Das weißt du. Und du brauchst mich. Vor allem in London. Wenn ich nicht da bin, um zu vermitteln, dann wirst du zwischen dir und deiner Familie alles noch schlimmer machen. Du weißt, dass du mich dort brauchst."

„Eden", flüsterte er verzweifelt. Dann nahm er sich zusammen und stand auf. „Ich muss jetzt gehen."

„Nein, du wirst warten, weil ich mich jetzt anziehen und mitkommen werde. Wage es nicht, durch diese Tür zu gehen, Jack Knight."

„Eden, du wirst mich gehen lassen. Ich fahre allein. Du wirst nicht mitkommen."

Sie zog sich bereits das Chemisier über den Kopf. „Doch, ich komme mit dir, und weißt du auch, warum? Weil du es versprochen hast. Du hast versprochen, mich nach England zu bringen, genau wie Papa!“ Sie griff nach einem Kleid.

„Nein. Das habe ich niemals versprochen.“ Er schüttelte den Kopf, die Hände in die Hüften gestemmt.

„Nun, du hast es mich aber glauben lassen, und das ist dasselbe, oder? Wie lange hast du das schon geplant? Die ganze Zeit über? Von Anfang an?“ Sie zitterte und beeilte sich, fertig zu werden, um mit ihm zu gehen. Sie war vollkommen außer sich. „Ich kann nicht glauben, dass du mich belogen hast.“

„Ich habe dich niemals belogen.“

„Du hast mich hintergangen, oder? Mich überlistet. Du hast diesen Plan die ganze Zeit über im Hinterkopf gehabt, gib es zu! Oh, all das, was du mit mir getan hast … Und du hast die ganze Zeit über ein falsches Spiel mit mir getrieben! Es gibt also doch eine Schlange in Irland!“

„Ich dachte, es gefiel dir, was ich mit dir gemacht habe!“

„Darum geht es nicht, und das weißt du genau. Ich habe dir vertraut!“ Tränen liefen ihr übers Gesicht. Sie fühlte, wie sie in Panik geriet, denn er blieb unnachgiebig, und sie wusste, dass sie den Kampf schon verloren hatte. „Wie konntest du mir das antun?“ Sie schrie ihn beinah an.

„Eden, beruhige dich …“

„Nein! Das kannst du mit mir nicht machen, Jack! Ich kann nicht monatelang hier mutterseelenallein sein. Sieh dir nur an, was ich alles auf mich genommen habe, um in die Welt zurückkehren zu können! Wenn du mich hier einsperrst, hätte ich genauso gut im Urwald bei Connor bleiben können!“

Er war empört. „Vergleich mich nicht mit ihm!“

„Ich werde nicht hierbleiben. Du kannst mich nicht zwingen.“

„Das kann ich durchaus, wenn ich muss. Die Diener haben ihre Anweisungen.“

„Oh! Ich werde sie mit Kaapiblättern betäuben, damit sie alle einschlafen, und dann werde ich fortlaufen."

„Du wirst nichts dergleichen tun!", brüllte er und sah sie finster an. „Wenn du das tust, wirst du meinen Zorn erleben!" Er riss ihr das Kleid aus der Hand und warf es auf den Boden. „Hör jetzt auf damit! Du wirst nicht mitkommen. Ich lasse dich zu deiner eigenen Sicherheit hier. Sobald ich zurückkomme, werde ich dich nach England bringen. Obwohl du bis dahin vielleicht schon zu dick bist von dem Kind, das du von mir erwartest!"

„Ich bin nicht schwanger", erklärte sie ihm und versuchte, sich wieder zu beruhigen.

„Nein?" Misstrauisch sah er sie an. „Es würde aber diese hysterische Reaktion erklären."

Warnend sah sie ihn an. „Du hast es noch nicht erlebt, wenn ich hysterisch bin."

„Ist es dann besser?", murmelte er kaum hörbar.

„Willst du mich jetzt auch noch beleidigen?", rief sie aus, jetzt nicht mehr in Panik, sondern wieder wütend, was zweifellos seine Absicht gewesen war.

„Ich muss gehen." Als er sich abwandte, folgte Eden ihm. Ihr Herz klopfte dabei wie wild.

„Komm zurück! Wir müssen miteinander reden!"

Er beachtete sie nicht.

„Das ist empörend! Du kannst mich nicht gegen meinen Willen hier festhalten!"

Er nahm seinen Überrock, der auf einem Stuhl gelegen hatte. „Auf Wiedersehen, Eden. Ich komme zurück, so schnell ich kann. Wenn du etwas brauchst, sag es Mrs. Moynahan …"

„Ich wette, ich kenne den eigentlichen Grund, warum du mich nicht bei dir haben willst!", schleuderte sie ihm entgegen. „Du willst deine geliebte Maura in London sehen, ohne deine Frau in der Nähe zu haben!"

„Jetzt bist du wirklich hysterisch."

„Sag nicht, ich wäre hysterisch!" Sie warf einen Schuh nach ihm. Er duckte sich gerade noch rechtzeitig und sah sie wütend an.

„Du wolltest gehen, ohne dich überhaupt von mir zu verabschieden, was? Deswegen bist du fertig angekleidet! Du wolltest mich ganz allein aufwachen lassen!"

„Gerade jetzt erscheint mir das als gute Idee."

„Hast du mir wenigstens eine Nachricht hinterlassen?" Sie brach in Tränen aus.

Mit einem leisen Fluch ging er zu ihr zurück, packte sie um die Taille, presste sie an sich und küsste sie leidenschaftlich, wobei er die Finger in ihr Haar grub.

Damit brachte er sie aus dem Gleichgewicht. Sie klammerte sich an seinen Schultern fest, um nicht umzufallen, und erwiderte den Kuss, während ihr die Tränen über die Wangen liefen. Sie ahnte bereits, dass ihre flehentliche Bitte vergebens sein würde. Dieser Mann war hart wie Stein. Sie zitterte vor Schmerz bei der Vorstellung, wie es sein würde, monatelang hier ganz allein zu leben.

Abgeschieden von allem.

„Ich bin nicht dafür bereit", flüsterte sie und umfasste sein Gesicht mit beiden Händen. „Bitte tu mir das nicht an, Jack. Lass mich hier nicht allein." Sie küsste ihn wieder. „Ich tue alles, was du sagst. Verlass mich nicht."

„Glaubst du, ich will das?", fragte er und hielt sie noch fester.

Verwirrt sah sie ihn an, die Augen nass von Tränen. „Ich weiß es nicht. Du musst es tun, weil du Jack bist."

„Was zum Teufel soll das bedeuten?"

„Das bedeutet, dass Jack Knight immer einen Weg findet, wenn er etwas wirklich will. Wenn du es wirklich wolltest, würdest du mich mitnehmen. Nur ... du willst es nicht." Sie schluchzte leise.

Er schien verärgert. „Du verstehst überhaupt nichts."

„Was gibt es da zu verstehen?" Sie entließ ihn aus ihrer Umarmung und wich kopfschüttelnd zurück. „Offensichtlich liebst du mich nicht so sehr wie ich dich."

Sie wartete darauf, dass er ihr widersprach, doch er sah sie nur an, und seine Miene drückte Zorn und Verwirrung aus. Er schüttelte nur stumm den Kopf, dann machte er ohne jede Vorwarnung kehrt und ging davon.

„Jack!"

Er verschwand durch die Tür, und die Schritte seiner schweren Stiefel hallten auf den Fliesen.

„Jack!"

Nur mit einem Chemisier bekleidet, lief sie ihm nach bis hinaus auf die obere Galerie.

Er war bereits unten und durchquerte die große Halle. Trotz ihrer panikerfüllten Rufe drehte er sich nicht einmal um.

Ungläubig und vollkommen verwirrt eilte Eden zurück in ihr Zimmer und stürzte ans Fenster.

Unten im Hof saß er bereits auf seinem Pferd.

Er sah zu ihr hinauf.

Als ihre Blicke sich über die Entfernung hinweg begegneten, las sie Zorn und Schmerz in seinen türkisfarbenen Augen. Sie legte die Fingerspitzen an die Scheibe, als wolle sie ihn berühren.

Jack.

„Nein", flüsterte sie und presste die Handflächen gegen das Glas, als er sein Pferd wendete und davongalloppierte.

Ohne einen Blick zurückzuwerfen.

Tausend Flüche gingen ihm durch den Kopf, als er Fleet Apollo über die verschlammte Straße trieb in Richtung auf die Hafenstadt Cork.

Er weigerte sich, seine Entscheidung infrage zu stellen. Aber er fühlte sich schrecklich, weil er Eden im Schloss eingesperrt hatte. Er wollte sie nicht verletzen.

Auf ihren Zorn hatte er sich gefasst gemacht, sogar auf Tränen. Aber auf ihren Schmerz war er nicht vorbereitet gewesen.

Ich habe ihr wehgetan, dachte er, und die Erkenntnis betäubte ihn geradezu. Ich habe meiner Liebsten wehgetan.

Es war das schrecklichste Gefühl, das es gab, und er wusste nicht, was er tun sollte. Jetzt, da er sich konzentrieren und alles unter Kontrolle haben sollte, um seine Mission zu vollenden, fühlte er sich irregeleitet und unsicher.

Nein, er hatte das Richtige getan.

Oder nicht?

Warum musste sie immer so viel Ärger machen? Bis er sein herrliches Vollblut vor dem Green Anchor Pub zügelte, von dem aus man den Hafen überblicken konnte, hatte er darauf noch keine Antworten gefunden.

Als er den Hengst seinem Knecht übergab, der ihm mit dem Packpferd gefolgt war, blieb Jack stehen, um sich den geschäftigen Hafen anzusehen. Fischerboote voller Netze lagen an der Pier und brachten den morgendlichen Fang ein, ein paar kleine Segelboote flitzten umher, während das tägliche Fährschiff Passagiere aufnahm. Aber weiter entfernt, wo das Wasser tiefer war, wartete sie – eine Königin unter Milchmägden: *The Winds of Fortune* – pünktlich wie immer.

Wenn er im Pub alles erledigt hatte, würde Trahern ihn in einem der Ruderboote aufnehmen, und wenn Jack erst wieder an Bord war, würden sie über die Irische See nach Cornwall fahren. Dort traf er sich als Nächstes mit einigen seiner früheren Verbündeten, die zweifellos gern auf das Angebot des Venezolaners eingehen würden.

Es waren außerordentlich wilde Kämpfernaturen, Abenteurer, die er aus einer Zeit kannte, als der Schmuggel noch Profit einbrachte.

Gesetzlose.

Jacks Meinung nach konnte Bolivars Armee ein wenig mehr Rücksichtslosigkeit vertragen. Der General würde sein gesamtes Genie benötigen, um die Truppen zu führen, die er ihm schickte. Denn er hatte versprochen, ihm wahre Teufel zu bringen, und jetzt würde er sich mit der ersten Gruppe treffen.

Jack machte kehrt und ging in die Taverne, um sich mit seinen irischen Freunden zu treffen, früheren Captains aus Wellingtons Armee in Spanien.

Der stille Pub war so dämmrig und gemütlich wie eine Höhle. Die Wände waren mit dunklem Eichenholz vertäfelt, elfenbeinfarbener Stuck zierte die Decke, quer darunter verliefen schwere Balken. Auf dem Boden war eine Schicht Heu verteilt, um Wärme zu geben und den Schlamm und die Nässe von den Stiefeln der Männer zu sammeln. Unter dem Dach heulte der Wind wie ein klagender Geist.

Der Raum wurde erhellt von Lampen mit Walfischtran, ein paar Kerzen und einem großen, prasselnden Kaminfeuer. Als Jack einen kurzen Blick in die Flammen warf, erinnerte er sich ungewollt daran, wie er Eden am Kamin in der großen Halle geliebt hatte, auf einem Stapel Felle genau vor eben so einem Feuer. Mit einem Kopfschütteln vertrieb er diese Erinnerung. Es würden verdammt lange sechs Monate werden.

Die Männer, die er treffen wollte, winkten ihm von ihrem Tisch in der Ecke aus zu. Obwohl sie keine Uniformen mehr trugen, benahmen sie sich wie erfahrene Soldaten, die zu allem bereit waren.

Als er näher kam, grinsten sie ihm zu.

„Jack, Junge!“

„Der Teufel persönlich!“

Jack brachte ein schwaches Lächeln zustande. „Kirby, Torrance, O’Shaunnessy, Graves! Wo ist Miller, der Schurke?“

„Hier!“

Sie schüttelten einander herzlich die Hände, begrüßten sich rau mit einem Schlag auf den Rücken. Jack ließ eine Runde Ale bringen, dann setzte er sich zu ihnen. „Wie geht es euch, Jungs? Genießt ihr euren Ruhestand?“

„Nein!“, erwiderten alle im Chor, und als das Bier gekommen war, wandte Jack sich den Geschäften zu.

Als er den Pub ein paar Stunden später wieder verließ, eine kalte Zigarre zwischen den Lippen, hatte der Himmel sich zugezogen, und es war kalt geworden. Draußen stand Trahern und bewunderte Jacks Pferd.

„Ho, Captain! Bereit, Segel zu setzen?“, rief der junge Lieutenant heiter.

Jack antwortete nicht, sondern klopfte sich mit dem Hut an den Schenkel, während er seufzend zu seinem Pferd ging.

„Wie war die Besprechung?“, fragte Trahern leiser, während Fleet Apollo seine Taschen nach etwas Essbarem durchsuchte.

„Ganz gut“, meinte Jack. „Sie sind alle auf den Vorschlag eingegangen.“ Er sah sich auf dem Hof um, auf dem ein reges Kommen und Gehen herrschte. „Wir geben ihnen ein paar Wochen, damit sie ihre Leute sammeln können. Dann kommen wir wieder her, um sie abzuholen.“

„Exzellent! Aber warum siehst du so finster aus?“

Jack schüttelte den Kopf und wandte sich ab.

„Es ist Eden, nicht wahr?“, meinte Trahern leise. „Sie hat es schlecht aufgenommen?“

„Furchtbar.“

„Nun …“ Trahern zog seine Taschenuhr aus der Weste und warf einen Blick darauf. „Es ist noch nicht zu spät, sie zu holen. Du hast genug Zeit, sie vor der Flut hierherzubringen.“

Kopfschüttelnd fuhr Jack sich mit der Hand durchs Haar und umfasste dann seinen Nacken. Er schmerzte, so angespannt war er. „Ich weiß nicht.“

Trahern kniff die Augen zusammen. „Du solltest dich schnell entscheiden.“

Jack legte den Kopf zurück und ging davon, zum Rande des Hügels, von wo er auf die Bucht hinausblickte.

Die Worte seines Onkels fielen ihm wieder ein.

Tust du das wirklich um ihretwillen oder für dich? Kauf ihr die Zuneigung der ton. *Du bist nicht mehr der zornige Siebzehnjährige …*

Er blickte aufs Meer hinaus, auf die Wildnis, in die er geflohen war. Vielleicht war er doch nicht so anders als ihr Vater. Er war immer ein Mann gewesen, der, wenn er einmal eine Entscheidung getroffen hatte, nur selten seine Meinung änderte. Diesen Plan hatte er so entwickelt, wie er das immer getan hatte: logisch, präzise und effektiv.

Aber so vieles hatte sich verändert, sein ganzes Leben war anders geworden nach diesen wenigen seligen Tagen. Und jetzt schien die alte Denkweise keinen Sinn mehr zu ergeben.

Sie hat recht, dachte er. Ich habe sie hintergangen. Und ich habe mich geirrt.

Die letzten Tage hatten nur den Sinn gehabt, das Band zwischen ihnen beiden zu festigen, sodass Eden ihm verzeihen würde, wenn er davonsegelte. Aber Jack hatte nicht mit der Wirkung gerechnet, die diese Tage auf ihn haben würden.

Ironischerweise machte die Tiefe seiner Liebe zu ihr es ihm unmöglich zu gehen und sie einfach so hinter sich zu lassen – so verletzt, so zornig und so allein. Bestimmt konnte er eine andere Möglichkeit finden …

Vielleicht könnte sie bei seiner Familie bleiben, wenn er nach Südamerika reiste. Dann wäre sie zumindest nicht allein, und er wusste sie trotzdem in Sicherheit.

In seinem Bestreben, sich selbst zu schützen, hatte er sie trotzdem niemals verletzen wollen, aber noch immer fürchtete er die Vorstellung, sie nach London zu bringen. Wenn sie ihn vor ihr beschämten, wenn sie sie dazu brachten, ihn auch als Ausgestoßenen anzusehen, oder – am schlimmsten – wenn sie es wagten, sie um seinetwillen zurückzuweisen, bei Gott, dann würde er ein Pulverfass holen und ihr ganzes kostbares Almack's in die Luft sprengen.

Aber andererseits hatte Arthur recht. Sie war keine gewöhnliche Frau, seine kleine Orchideenlady. Es bestand sogar die Chance, dass die *ton* sich in sie genauso verlieben würde, wie er es getan hatte. Und wie glücklich sie dann sein würde.

Jack machte kehrt, warf seine Zigarre fort und ging zu seinem Pferd.

„Wohin willst du?", rief Trahern überrascht, als Jack in den Sattel sprang und die Zügel packte, ehe er seine Meinung ändern konnte.

„Meine Frau holen", stieß er hervor. „Ich bin gleich wieder zurück. Wir laufen mit der Flut aus." Er trieb das Pferd an, und im Nu war Fleet Apollo davongestürmt.

Jack beugte sich tief über den Hals des Pferdes und hoffte, er würde nicht bereuen, was er jetzt vorhatte.

14. KAPITEL

Jack hatte sich entschuldigt, und es tat ihm leid. Davon war Eden überzeugt, auch wenn er diese Worte nicht ausgesprochen hatte.

Er war zu ihr zurückgekommen.

Er hatte sie nach London gebracht.

Er hatte für sie die beste Suite im Pulteney Hotel gebucht, dieselben üppig ausgestatteten Räume, in denen schon der russische Zar residiert hatte.

Aber obwohl Eden seine Entschuldigung akzeptiert hatte, war ihr Vertrauen in ihn erschüttert, und ihr Verhalten ihm gegenüber war deutlich kühler geworden.

Seit ihrer Ankunft hatte er sie täglich mit Geschenken überschüttet, als wäre sie eine Prinzessin. Zuerst ihre Kleider. Die Kleider, die sie zusammen mit Martin an Bord des Schiffes genäht hatte, waren auf dem Land in Ordnung, wie er meinte, aber nicht annähernd elegant genug für die Stadt. Jack hatte seinen Diener ausgeschickt, damit er die beste Modistin ausfindig machte, dann die Frau mit einer enormen Geldsumme bestochen und sie überredet, ihre üblichen Kundinnen links liegen zu lassen und eine komplette neue Garderobe für seine junge Braut zu nähen. Umgehend wurde die Arbeit an diesem gewaltigen Projekt begonnen.

Dann besorgte Jack eine kleine Armee von Zofen, die sich um sie kümmern sollten, und auch ein paar kräftige Lakaien. Ein paar Tage später schickte er einen Diener, der ihr sagte, sie sollte aus dem Fenster auf die Straße hinunterblicken.

Als Eden in ihrem ersten neuen Kleid aus fließender smaragdgrüner Seide auf den schmiedeeisernen Balkon hinaustrat, saß ihr Gemahl auf dem Kutschbock einer extravaganten, cremefarbenen Barouche, die er soeben für sie bei Tattersall's gekauft hatte, und tippte sich an den Hut.

Nie zuvor hatte es eine reicher verzierte Damenkutsche gegeben: Die Seiten waren mit üppigen Blumengirlanden verziert, zu denen die Farben der Radspeichen passten: Gold, Blau und Rosa. Gezogen wurde die Barouche von vier weißen Pferden mit rosa Federn auf den Köpfen.

Eden hatte die Kutsche angestarrt und nicht gewusst, was sie sagen sollte.

Gegen die Geschenke hatte sie nichts, aber die Kränkung, die er ihr zugefügt hatte, konnte sie nicht einfach so vergessen.

Sie wusste nicht mehr genau, woran sie mit diesem Mann war. Sie kam sich so dumm vor, weil sie sich ihm so vollkommen offenbart, mit nichts zurückgehalten hatte. Und sie hatte geglaubt, er würde dasselbe tun, aber zu ihrem Entsetzen hatte sich herausgestellt, dass er sie getäuscht hatte.

Und jetzt fragte sie sich, was er ihr sonst noch alles nicht erzählte.

Sie wusste, dass er sie liebte, sonst hätte er sie nicht geheiratet, aber er war ein reicher und mächtiger Mann von Welt, und sie hatte endlich herausgefunden, dass er sie nicht so ernst nahm.

Er respektierte sie nicht. Eden fürchtete, das könnte ihr Fehler sein, weil sie sich ihm an Bord der *Winds of Fortune* so leicht hingegeben hatte. Jetzt bezahlte sie den Preis für ihre Schwäche. Er sah sie nicht als Partnerin, wie sie es geglaubt hatte, sondern mehr wie einen Besitz, eine Trophäe – wie eine Porzellanpuppe, die er in kostbare Stoffe kleiden und sicher auf ein Regal stellen konnte, bis er die Zeit fand, wieder mit ihr zu spielen. Die Vorstellung, das könnte ihre Rolle in seinem Leben ausmachen, machte sie krank, während sie den verflixten Schrecken der Meere bis zur Verzweiflung liebte.

Nachdenklich und verletzt, wie sie war, fühlte sie sich beunruhigt und niedergeschlagen. Aber er hatte ihr nie wirklich erklärt, worin der eigentliche Grund dafür lag, dass er sie in Irland zurücklassen wollte.

An dem schrecklichen Morgen ihres Streits hatte er behauptet, dass es nur um die Gefahr für sie ging, aber Eden konnte noch immer keinen Beweis erkennen, dass sie wirklich bedroht wurde. Daher wusste sie noch immer nicht, warum Jack sie nicht hatte nach England mitnehmen wollen. Alle möglichen Ängste und Befürchtungen befielen sie. Vielleicht schämte er sich ihrer seltsamen Art, die vom Leben im Regenwald geprägt war, und fürchtete, sie würde ihn vor seiner Familie in Verlegenheit bringen. Vielleicht sollte dieser ganze Putz nur verbergen, wie … wie eigenartig sie war. War es also wirklich die Liebe, oder waren es nur Schuldgefühle, die ihn zu ihr zurückgebracht hatten?

Während die Tage vergingen, bemühten sie sich nach Kräften, miteinander auszukommen und so zu tun, als wäre alles normal. Er nahm sie mit und führte sie herum: zeigte ihr das Panorama, Astley's, das Britische Museum, die Kunstgalerien und die Parks – selbst zu Gunther's brachte er sie, das berühmt war für seine Eiskrem. Doch aus irgendeinem Grunde erschien ihr alles, was sie sich über London in ihrer Fantasie ausgemalt hatte, nun, da sie hier war, fad und blass.

Er sagte, sie wirke distanziert, aber sie fühlte sich verloren und ein wenig bedrückt. Es war nicht ihre Absicht gewesen, sich auf diese Weise von ihm zurückzuziehen, sie konnte nur nicht anders. Sie hatte Angst, sich ihm so zu öffnen, wie sie es in Irland getan hatte, aus Angst, wieder verletzt zu werden.

Nachdem ihr Gemahl ihre verhaltenen Reaktionen bemerkt hatte, verdoppelte er seine Bemühungen. Als Nächstes begann er, ihr Schmuck zu kaufen.

Eden bewunderte die Diamanten, aber als sie ihn ansah und den Blick bemerkte, mit dem er auf ihr Urteil wartete, weckte der Glanz in seinen Augen ihr Misstrauen.

Glaubte er, er könne ihr Vertrauen zurückkaufen?

Was zum Teufel soll ich jetzt tun?, dachte Jack. Wenn Diamanten nicht halfen, dann gab es nicht mehr viele Möglichkeiten.

Er wusste, er hatte einen Fehler gemacht, und er hatte sich bemüht, das wiedergutzumachen. Warum also grollte sie ihm?

Verdammt, eine solche Ablenkung konnte er sich jetzt nicht leisten. Die Tatsache, dass seine Ehefrau ihm böse war, lenkte ihn ab, gerade jetzt, da er sich konzentrieren musste. Er wünschte sich nichts mehr, als dass sich alles zwischen ihnen wieder normalisierte, aber das schien ihm allmählich vollkommen unwahrscheinlich.

Einmal, als er so dumm gewesen war und sich über ihr distanziertes Wesen beklagt hatte, hatte sie ihn angefahren.

„Soll ich heiter sein, nur um Ihnen einen Gefallen zu tun, Mylord?“

Nein, das wollte Jack nicht. Er wollte Eden zurückhaben, seinen kecken Rotschopf, seinen lächelnden Kameraden. Er wollte die kleine Orchideensammlerin zurück, nicht diese perfekt frisierte, in Seide gekleidete Fremde, die sich so sehr bemühte, eine elegante Dame der *ton* zu sein.

Aber er wusste, die Schuld daran trug er ganz allein. Eden fühlte nun einmal so, und dafür war er verantwortlich. Er war derjenige, der ihrer Liebe einen Schaden zugefügt hatte, und er verachtete sich dafür, aber er tat sein Möglichstes, um das wiedergutzumachen. Doch wie es schien, hatte er keine Chance.

Er fühlte sich einsam.

Sie war höflich, distanziert und gelassen. Jack befürchtete, den Verstand zu verlieren.

Am meisten erschreckten ihn diese langen, quälenden Zeiten des Schweigens, wenn keiner von ihnen auch nur ein Wort zu dem anderen zu sagen wusste. Sie saßen einfach nur da. Bestimmt konnten sie irgendwie zu dem Zauber zurückfinden, den sie in Irland erlebt hatten, nur Jack wusste nicht, wie.

Er glaubte, dass die Leidenschaft ihnen helfen würde, die Wunde zu heilen, aber sie ließ sich von ihm nicht anfassen. Er wusste, sie stieß ihn nicht weg, nur um ihn zu quälen. Es war kein Spiel. Sie wollte seine Berührungen nicht. Wie es schien, hatte die Wunde, die er ihr zugefügt hatte, ihre Zuneigung verletzt.

Als er etwas entschlossener versucht hatte, ihre Leidenschaft zu wecken, hatte sie reglos dagelegen. Dann war er aufgestanden und davongegangen.

Ihm war bewusst, mit welchen Blicken ihn andere Frauen bedachten, wohin auch immer er ging, aber das interessierte ihn nicht.

Welche Ironie. Er hatte sich solche Sorgen gemacht, dass die *ton* ihn in Edens Gegenwart zurückweisen könnte, aber vielleicht hätte er sich lieber sorgen sollen, dass Eden ihn in Gegenwart der *ton* zurückwies.

Inzwischen war es April geworden, und die Saison war in vollem Gang.

Vielleicht ist sie doch schwanger, dachte er, denn nie zuvor hatte er sie so launisch erlebt. Vielleicht würde ihnen ein Kind helfen, ihre Liebe zu retten, ehe es zu spät war. Oh, das wäre aber fein für ein Neugeborenes, dachte er zynisch. Es ihm aufzubürden, die Ehe seiner Eltern zu retten.

Jack kämpfte sich, so gut es ging, von Tag zu Tag. Mochte auch der Frühling gekommen sein, ihm schien es Wochen her zu sein, seit er die Sonne gesehen hatte.

Ein merkwürdiger Nebeneffekt seines Streits mit seiner Frau war die Wirkung, die das auf seine Art hatte, Geschäfte zu machen. Er hatte bei der Firma, die zu übernehmen er auf dem Meer beschlossen hatte, seinen Besuch angekündigt.

Aber als er dort ankam und den gebrechlich wirkenden alten Juden sah, der die Firma gegründet und sein Leben damit verbracht hatte, sie aufzubauen, brachte Jack es nicht übers Herz, seinen Plan zu verfolgen. Stattdessen ertappte er sich dabei, wie er über unvorhergesehene Konsequenzen nachdachte, die seine alte Denkweise wohl mit sich gebracht haben mochte.

Black Jack Knight, der Schrecken der Meere, begann der Menschlichkeit einen Platz einzuräumen.

Kaum erinnerte er sich noch daran, diesen gnadenlosen Burschen gekannt zu haben, und er war nicht mehr sicher, wer er sein wollte.

Widerstrebend und sehr zu seinem eigenen Erstaunen, hatte er dem alten Mann gegenüber Platz genommen, anstatt ihn zu zerschmettern, und ließ sich in eine Verhandlung über eine friedlichere Lösung hineinziehen.

Später in derselben Nacht brachte er Eden ein paar Blumen und ging dann fort, um sich mit der Londoner Gruppe zu treffen, die er für seine Mission rekrutieren wollte. Diesmal handelte es sich nicht um Soldaten, sondern um eine große Bande von Flussleuten. Schmugglern. Er kannte sie von seinen eigenen Tagen als Waffenschmuggler.

Er nahm Trahern mit und war froh über diese Begleitung.

Das Treffen verlief verhältnismäßig gut – was bedeutete, dass man ihnen nicht die Kehle durchschnitt –, und das war ein vielversprechender Anfang.

„Ich bin nicht sicher, ob Bolivar will, dass wir ihm Hinz und Kunz für seine Armee schicken, Jack“, bemerkte Trahern leise, als sie aus der Taverne im East End traten, wo Jack gerade dieselbe Rede gehalten hatte wie vor den Veteranen in Irland und den Exschmugglern in Cornwall.

„Vermutlich nicht“, räumte der ebenso leise ein. „Aber du wirst feststellen, dass der Abschaum im Allgemeinen verdammt hart ist und hervorragende Kämpfer abgibt.“

„Erzähl mir noch mal, woher du diese Leute kennst.“

„Frühere Geschäftspartner“, erwiderte er mit einer Zigarre zwischen den Lippen. Er beschloss, sie anzuzünden.

Er wusste, genau wie die Iren und die Leute aus Cornwall waren diese Burschen verzweifelt. Die Bow Street Runners, geschickte Detektive, kassierten Belohnungen für jeden Dieb, den sie fingen, und seit der Krieg vorüber war, hatte das Innenministerium begonnen, auch die Reihen der Stadt- und der Schifffahrtspolizei aufzustocken.

„Ich kenne eure Lage besser als jeder andere“, hatte er ihnen gesagt, wohl wissend, dass weder Trahern noch er den Pub lebend verlassen würden, wenn diese harten Kerle einen Trick vermuteten. „Ich habe dasselbe getan wie ihr. Aber seht euch um, Männer. Das Feld ist leer, die Mauern werden enger. Seit die Handelsbeschränkungen aufgehoben wurden, haben die ordentlichen Kaufleute wieder die Geschäfte übernommen und unsere Einkommensquellen ruiniert. Das Innenministerium zieht das Netz um euch immer enger, aber so muss es nicht sein“, hatte er gesagt und sich mit einem prüfenden Blick umgesehen. „Euer ganzes Leben lang seid ihr wie Ausgestoßene behandelt worden. Glaubt mir, Jungs, ich kenne das. Ich biete euch und euren Kameraden einen Ausweg an, eine Chance, mehr zu sein – Teil zu werden von etwas, das größer ist als wir alle. Einen neuen Anfang zu wagen in einem Beruf, der nicht dazu führt, dass ihr Euer Leben am Ende eines Stricks beschließt.“

„Du warst hervorragend da drin“, meinte Trahern.

Jack schnaubte. „Gut zu wissen, dass ich wenigstens etwas richtig machen kann.“

„Niemand spricht zu solchen Männern jemals von Ehre. Ich denke, du bist wirklich bis zu ihnen durchgedrungen.“

„Wir werden sehen.“

Als er zurückkam ins Pulteney Hotel, trug Eden ein weißes, durchscheinendes Négligée, bei dessen Anblick Jack das Wasser im Mund zusammenlief, kaum dass er durch die Tür trat und sie erblickte.

„Du siehst hinreißend aus“, murmelte er.

Sie sagte nur „Hm“ und vermied es, ihn anzusehen. Dann wies sie auf den Tisch an der Tür. Auf einem Silbertablett sah Jack dort einen Brief liegen.

Er seufzte schwer und nahm den Brief. „Von wem ist er?“

„Ihre Gnaden of Hawkscliffe.“

„Oh! Sie müssen unsere Nachricht bekommen haben.“

„Das haben sie.“ Eden und er hatten erst gestern seine Familie über ihre Ankunft in der Stadt informiert.

Na schön.

„Was steht drin?“, fragte sie, als er den Brief geöffnet hatte.

„Wir sind für morgen Abend zum Dinner mit der Familie nach Knight House eingeladen.“

„Liebe Güte“, flüsterte sie und machte große Augen. „Nie hätte ich gedacht, einmal einem Duke zu begegnen.“

„Er ist auch nur ein Mensch“, erwiderte Jack. „Bis er fast sieben war, konnte er sich nicht einmal die Schuhe zubinden.“

„Wirklich?“

„Ja. Und mit zwölf ist er vom Pferd gefallen und hat wie ein Baby geweint.“

„Du lügst“, beschuldigte sie ihn und bemühte sich sehr, ernst zu bleiben.

Lächelnd stemmte Jack eine Hand gegen die Wand neben ihr und versuchte, nicht zu auffallend auf ihre Brust zu starren, die durch die hauchzarte Seide zu sehen war. „Falls es dich tröstet – Roberts Frau Belinda ist auch nicht höher geboren als du. Ihr Vater war auch eine Art Gelehrter.“

„Wirklich?“

„Behauptet jedenfalls meine Schwester. Aber das weißt du ja schon“, fügte er mit einem neckenden Lächeln hinzu. „Du hast die Briefe gelesen.“

Widerstrebend brachte sie endlich ein Lächeln zustande. Er wertete das als Fortschritt.

Ermutigt und voller Sehnsucht nach ihr, senkte Jack den Kopf und küsste ganz behutsam ihre zarte Wange. Dann blieb er in dieser Haltung, gequält von Verlangen.

Als er so ihre Wange berührte, hatte sie stillgehalten. Doch als sie sein Verlangen spürte, trat sie einen kleinen Schritt zurück, und in ihren grünen Augen las er ein unmissverständliches Nein.

Jack sah ihr in die Augen und senkte dann den Blick. „Wie

lange willst du mich noch von dir fernhalten?", fragte er leise, aber sie war bereits in ihr Zimmer gegangen.

Er ballte die Fäuste, doch es gelang ihm, nicht gegen die Wand zu schlagen.

Verdammt!

Sie verhielt sich ihm gegenüber jetzt noch wachsamer als damals, als er sie als blinder Passagier entdeckt hatte.

Am nächsten Abend brachen sie zur verabredeten Zeit nach Knight House auf und benutzten dabei die schwarze Kutsche, die Jack bei Tattersall's für sich selbst gekauft hatte. Am selben Tag, an dem er die weiße Barouche für sie erwarb.

Eden war außerordentlich aufgeregt und ganz angespannt vor Sorge, seiner Familie zu gefallen. Jack hingegen saß völlig reglos da und starrte aus dem Kutschenfenster, während sie die vornehmen Viertel von St. James's durchfuhren. Nach ihrer Zurückweisung am vergangenen Abend schien die Kluft zwischen ihnen noch breiter geworden zu sein, aber daran konnte Eden jetzt nicht denken. Sie war zu sehr mit ihrem Aussehen beschäftigt.

Sie hatte ein wenig Angst, sich in dem herrlichen Abendkleid zu bewegen, das die Modistin und ihre eifrigen Helferinnen erst vor zwei Stunden fertiggestellt hatten. Es passte perfekt zu ihr: ein Abendkleid aus schimmernder Seide in hellem Pfirsichton. Ihre neue französische Zofe Lisette hatte ihr das Haar erst geflochten und dann aufgesteckt. Eine Kette mit kleinen Perlen, die Jack ihr vor ein paar Tagen gekauft hatte, verzierte die Frisur.

Als sie aus ihrem Zimmer endlich auftauchte, schien er mit dem Ergebnis zufrieden, und seine Erscheinung war natürlich makellos.

Unter halb geschlossenen Lidern sah sie ihn kurz an, und ihr Herz begann geradezu lächerlich schnell zu schlagen. An diesem Abend verkörperte er ganz die adlige Eleganz und sah beeindruckend aus in einer Hose aus schwarzem Tuch mit dem dazu passenden Frack, der seine breiten Schultern und die schmale Taille betonte. Wie gut sie diesen starken Körper unter der schneeweißen Seidenweste kannte – und vermisste – und diesen so reizvollen Hals, der jetzt in eine Krawatte aus gestärktem Musselin gehüllt war, modisch gebunden.

Gut gemacht, Martin, dachte sie. Doch trotz seines kultivierten Abendanzugs war er ganz Jack, und eine Spur von Gefahr lauerte unter dem eleganten Äußeren.

Und als er jetzt aus dem Fenster blickte, schien er tausend Meilen weit weg zu sein – als wäre ein Teil von ihm bereits aufs Meer hinausgefahren.

Eden unterdrückte ihre Enttäuschung, betrachtete ihre behandschuhten Hände und spielte mit dem Retikül. Sie wusste, er wollte das Bett mir ihr teilen, aber was erwartete er? Man konnte eine Frau nicht täuschen und dann davon ausgehen, dass sie einen in ihrem Bett willkommen hieß. Statt kostbarer Geschenke könnte er mal versuchen, ihr Antworten zu geben. Vielleicht war damit ihr Vertrauen zurückzugewinnen.

Während sie schweigend aus dem gegenüberliegenden Fenster blickte, fuhren sie still weiter, bis der Kutscher das Gespann aus vier Rappen von der Pall Mall herunterlenkte.

„Hier sind wir", murmelte Jack und deutete mit einer Kopfbewegung auf den herrlichen Stadtpalast, der den halben Block in Anspruch nahm.

„Gütiger Himmel!", flüsterte Eden, die aus dem Fenster sah und sich plötzlich ganz klein fühlte.

Mit Mitgliedern der königlichen Familie in der Nachbarschaft und einem herrlichen Blick auf Green Park war das Stadthaus des Duke of Hawkscliffe ein Monument der Grandeur. Knight House hatte einen halbmondförmigen Portikus, der von hohen Säulen getragen wurde, und das Dach war von einer Reihe Bronzegöttinnen gesäumt.

Sie fühlte ihr Herz schlagen, als sie durch die großen, schmiedeeisernen Tore fuhren und im Hof anhielten. Sie warf dann Jack einen fragenden Blick zu, wobei ihr kaum bewusst war, wie sehr es ihr zur zweiten Natur geworden war, bei ihm um Bestätigung nachzusuchen. Diesmal jedoch erschrak sie beim Anblick seiner finsteren Miene.

Längst vergessen geglaubter Zorn und viele Gedanken ließen seine Züge härter erscheinen, als er das Haus anstarrte, die Lippen zu einem schmalen Strich zusammengepresst. Seine türkisfarbenen Augen wirkten kalt, und sein Anblick erinnerte Eden an jenen Tag auf dem unteren Waffendeck, als er ihr alles über seine schmerzvolle Vergangenheit erzählt hatte.

Plötzlich empfand sie einen Anflug von Reue, und ihr Zorn verebbte.

Er braucht mich jetzt, dachte sie und wusste, nun war es an der Zeit, ihre verletzten Gefühle beiseitezuschieben.

Eden wusste besser als jeder andere, wie anstrengend dieser Abend für ihn werden würde. Welche Schwierigkeiten auch immer zwischen ihnen stehen mochten, sie würden sie für diesen einen Abend überwinden und Seite an Seite allen anderen entgegentreten.

Er stieg bereits aus der Kutsche, der Knecht hatte die Tür geöffnet und die metallene Treppe für sie herabgelassen. Jack drehte sich um und reichte ihr den Arm, als auch sie ausstieg. Eden schlang sich den leichten Seidenschal um die Schultern und nahm die Hand, die er ihr bot.

Dann nickte sie ihm zu, und gemeinsam gingen sie zur Vordertür – Seite an Seite, doch ohne sich zu berühren. Sie gingen unter dem Portikus hindurch, und während sie einen kurzen Moment darauf warteten, dass ihnen geöffnet wurde, streckte Eden den Arm aus und berührte Jacks Hand.

Diese Geste überraschte ihn, sie bemerkte es an dem schnellen Blick, den er ihr zuwarf. Sie hielt diesem Blick stand und zeigte ihm damit stumm, dass sie zu ihm hielt.

Ich bin da, Liebling.

Er sagte nichts, doch die Spannung in seinen Zügen schien ein wenig nachzulassen, und sie las in seinen Augen, was er fühlte. Ihr leichtes Lächeln sollte ihn beruhigen: Sein Nicken daraufhin war kaum wahrnehmbar, aber er hob den Kopf und straffte die Schultern, und dann war er bereit, gerade in dem Moment, als der Butler die Tür öffnete.

„Meine Güte – Walshie!“, rief Jack. „Sie hatte ich ja ganz vergessen!“

„Nun, vielen Dank, Sir!“, erwiderte der Butler würdevoll, während er die Tür weiter öffnete und sie mit einer eleganten Verbeugung in die weiße Marmorhalle der Residenz eintreten ließ.

Bewundernd betrachtete Eden die gewundene Treppe, die freitragend zum Hauptgeschoss hinaufführte. An der Decke hing ein kristallener Lüster, so groß wie ein Wasserfall.

„Ihnen geht es gut, wie ich hoffe?“, fragte Jack, der sich offensichtlich freute, den langjährigen Butler wiederzusehen.

„Selbstverständlich, Sir. Wie freundlich von Ihnen zu fragen.“

„Ich sage Ihnen, Sie sind in den zwanzig Jahren keinen Tag älter geworden. Ehrlich.“ Jack klopfte dem Älteren auf die Schulter. „Vielleicht ein wenig grauer an den Schläfen, das ist alles.“

„Zweifellos, Mylord. Darf ich Ihren Schal nehmen, Madam?“

„Danke“, erwiderte Eden und lächelte dem würdevollen Diener zu, während Jack ihr den Schal abnahm und ihn dem Butler reichte. Dabei stellte er sie einander vor.

„Wo sind sie also?“

Ehe Mr. Walsh diese Frage beantworten konnte, war ein durchdringender Schrei zu hören.

„Jack!“

Aus einem Raum zu ihrer Rechten stürmte eine Gestalt in gelber Seide und mit goldenen Locken auf sie zu.

„Jacinda?“ Er drehte sich gerade noch rechtzeitig um, um sie aufzufangen.

„Oh, mein lieber, lieber, lange verlorener Bruder!“, rief sie und küsste freudestrahlend seine Wangen und seine Stirn. „Bist du es wirklich? Ich kann nicht glauben, dass du endlich hier bist.“

Lachend umarmte Jack seine überschwängliche Schwester. Er schwenkte sie im Kreis herum und stellte sie dann ab, wobei er sie auf Armeslänge von sich weghielt. „Lass dich einmal ansehen, Mädchen!“ Jacinda hatte große braune Augen und rosige Wangen und sah genauso lebhaft und sprühend aus, wie Eden sie sich vorgestellt hatte, nachdem sie ihre Briefe gelesen hatte.

„Meine kleine Schwester“, sagte er staunend und betrachtete sie kopfschüttelnd, offensichtlich verwundert über die Frau, die aus ihr geworden war. „Und nun ist sie die Marchioness of Truro and Saint Austell!“

„Oh, hör auf!“, gab sie zurück.

„Als ich dich das letzte Mal sah, warst du ein Winzling“, sagte er leise.

„Ich weiß.“ Mit einem etwas schiefen Lächeln wischte Jacinda sich die Tränen ab und wandte sich dann mit einem herzlichen Lächeln an Eden. „Sie müssen Eden sein. Guten Tag!“ Lady Jacinda ergriff Edens Hände und strahlte sie an. „Ich kann nicht glauben, dass Jack verheiratet ist. Aber ich sehe, dass er einen ausgezeichneten Geschmack besitzt. Willkommen, meine liebe neue Schwester.“ Eden errötete, als Jacinda sie umarmte, dann zog sie Jack zu ihnen beiden heran und hängte sich an seinen Arm. „Kommt mit mir, alle beide“, befahl die junge Marchioness mit einem letzten leisen Schniefen. „Alle sind im Musikzimmer, sodass ihr uns alle auf einmal vor euch haben werdet! Oh, ich kann es kaum erwarten, dass ihr alle Kinder kennenlernt, Jack, und Billy und Beau – und Eden, alle brennen darauf, Ihre Bekanntschaft zu machen! Die Dame, die unseren Jack zurückgebracht hat! Als Robert mir sagte, ihr wärt in der Stadt, wollte ich sofort hinlaufen und euch sehen, aber er meinte, es wäre besser, wenn ihr noch etwas Zeit für euch allein habt. Und ihr wisst, Robert hat immer recht, es ist völlig unmöglich, mit ihm zu streiten ..."

So plauderte sie weiter, und Eden hörte aufmerksam zu, aber sie spürte, dass Jack etwas überwältigt war. Er sah sich um, als würden bei allem, was ihm unter die Augen kam, schmerzliche Erinnerungen geweckt werden.

Oben an der gewundenen Treppe führte Jacinda sie einen breiten Gang entlang zwischen Alabasterstatuen hindurch. Das Gewirr kindlicher Stimmen, das ihnen aus der offenen Tür weiter vorn entgegenscholl, schien in seltsamem Gegensatz zu der steifen Förmlichkeit der oberen Halle zu stehen.

Als sie das Musikzimmer erreichten, fiel Edens Blick auf viele kleine Kinder, die überall zwischen einer Versammlung der beeindruckendsten Erwachsenen umhertollten, die sie jemals gesehen hatte.

Jacinda übernahm es, alle einander vorzustellen, aber Eden war so aufgeregt, dass sie kaum etwas davon behielt. Ein Bruder war attraktiver als der andere, abgesehen natürlich von den Zwillingen, die mit ihrem nachtschwarzen Haar und den grauen Augen absolut identisch aussahen. Damien wirkte genauso beeindruckend, wie sie es von einem wahrhaftigen Kriegshelden erwarten durfte, und Lucien, sein Zwillingsbruder, dagegen etwas verhaltener und sanfter – aber mit der Aufmerksamkeit eines Mannes, dem nichts entging.

Robert besaß dieselben dunklen Augen wie seine Schwester, und der goldhaarige Alec stach natürlich heraus, da er aussah wie ein Mensch gewordener Gott, der niemals aufzuhören schien, ironische Bemerkungen zu äußern.

Jacindas Bill schien ein weitaus ernsterer Mensch zu sein, als sein jungenhafter Spitzname es Eden hatte vermuten lassen. Die anderen nannten ihn Rackford. Irgendwann erklärte jemand, dass dies sein Name gewesen war, ehe er den Titel des Marquis geerbt hatte, und das war haften geblieben. Er hatte sandfarbenes Haar, und in seinen grünen Augen lag ein entschlossener Ausdruck, der Eden an Jack erinnerte.

Die beiden harten Männer musterten einander abschätzend, als erkenne jeder im anderen eine unterschwellige Wildheit, die ihnen gemeinsam war – verwandte Seelen.

Jacinda strahlte, als ihr Ehemann und der lange vermisste Bruder sich endlich die Hände schüttelten, und schaukelte ihren schönen Sohn Beau auf ihrer Hüfte. Sie nannte die Namen all der kleinen Jungen, aber es würde eine Weile dauern, ehe Eden sich die alle merken konnte. Es gab insgesamt sieben von ihnen, und keiner war älter als acht Jahre.

Lizzie, die in den Briefen erwähnt worden war, erwies sich als eine Art zweite Schwester der Familie, wie Eden bald erfuhr. Sie glaubte, abgesehen von Cousine Amelia noch nie einen sanfteren oder freundlicheren Menschen kennengelernt zu haben. Als Kind verwaist und unter die Vormundschaft des Dukes gestellt, war Lizzie eine Art Gesellschafterin für Jacinda geworden und mit ihnen allen zusammen aufgewachsen. Jetzt war sie mit dem gut aussehenden Devlin, Lord Strathmore verheiratet. Der wiederum begann sofort, Eden über die Arbeit ihres Vaters zu befragen, ein neutrales Thema, das sie gern besprach. Vielleicht hatte Lord Strathmore wirklich Interesse an wissenschaftlicher Arbeit, aber Eden vermutete, er wollte nur freundlich sein und hatte das Gespräch begonnen, damit sie sich wohlfühlte.

In der Zwischenzeit begrüßte Jack seine Brüder und wurde ihren Frauen vorgestellt. Die Stimmung war ein wenig angespannt, was zu erwarten gewesen war, aber welche Abwehrhaltung Jack auch eingenommen haben mochte, seit sie den Raum betreten hatten, seine zweijährige Nichte Pippa, die Tochter Lucies, machte das alles zunichte.

Sie war das einzige Mädchen, das der Clan bisher hervorgebracht hatte, doch trotz ihrer Winzigkeit gelang ihr mühelos, was niemand im Raum geschafft hatte, nicht einmal Eden – die Kleine brachte Jacks Herz zum Schmelzen.

In einem kleinen Rüschenkleid und mit einer großen Schleife im Haar tappte Pippa auf ihn zu und streckte ihm ihre Arme entgegen, der Blick aus den silbergrauen Augen, die denen ihres Vaters so ähnlich waren, ernsthaft und prüfend. Sie brauchte keine Worte, um dem großen Mann zu befehlen, sie hochzuheben.

Jacks harte Züge wurden weicher, als er sich gehorsam bückte und die Kleine hochhob. Wie eine Königin saß sie auf seinem Arm, stützte sich an seiner Brust ab und betrachtete den neuen Onkel aus nächster Nähe.

Jack erwiderte ihren neugierigen Blick und hob eine Braue.

Alle sahen zu, wie Pippa ihn eine ganze Weile musterte. Dann tätschelte sie seine Wange. „Wauwau."

Jack lachte überrascht. Das Kind lachte ebenfalls, während Lucien den Kopf schüttelte und liebevoll seufzte.

„Sie nennt jeden Wauwau."

„Nein, nur die, die sie mag", korrigierte ihn Alice, die Mutter des Kindes.

„Magst du deinen Onkel Jack?", fragte Lucien seine kleine Tochter.

Statt einer Antwort gab Pippa Jack einen feuchten Kuss auf die Wange. Von den Damen wurde ein im Chor geäußertes „Ah!" hörbar, doch Pippa verlor plötzlich das Interesse und wandte sich wieder ihrem Vater zu.

„Wo ist mein Mädchen?", sagte Lucien und streckte seine Arme aus.

Jack gab seine kleine Nichte dem Vater zurück und wandte sich ab, die Hände aufs Herz gepresst, die Miene hingerissen.

Alice lachte und strahlte vor Stolz, aber gerade in diesem Augenblick erschien Mr. Walsh in der Tür und verneigte sich vor der Duchess.

„Euer Gnaden: Das Dinner ist serviert."

„Ah", erwiderte Bel, wandte sich ihren Gästen zu und deutete mit einer eleganten Geste auf die Tür. „Sollen wir?"

Die Kinder wurden der Obhut einer ganzen Armee von Kindermädchen, Ammen, Gouvernanten und Zofen überlassen, während man zum Dinner ging.

Der üppige Abend, der darauf folgte, übertraf Edens sämtliche Fantasien, die sie im Regenwald gehegt hatte, während sie über den alten Ausgaben der *Belle Assemblée* vor sich hingeträumt hatte.

An dem Mahagonitisch, der mit schneeweißen Damastdecken gedeckt war, mit Besteck aus Sterlingsilber und feinem chinesischen Porzellan mit Goldrand, begann das dreigängige Menü mit einer delikaten Suppe, gebackenem Käse und warmen Krabbenbroten.

Wäre sie nur nicht so aufgeregt gewesen! Es war schwer, das köstliche Mahl in so angespannter Verfassung zu genießen, aber Jack saß direkt ihr gegenüber, und es beruhigte sie, dass sie ihn ansehen konnte. Das Kerzenlicht verlieh den Spitzen seines dunklen Haars einen goldenen Glanz, beinahe wie ein Heiligenschein. Er musste ihren Blick gefühlt haben, denn er blickte auf und sah ihr in die Augen. Sofort lächelte er sie an. Sie hob ihr Weinglas und nickte ihm diskret zu, um ihm zu sagen, dass er sich gut hielt.

Gleich darauf räumte der Diener den ersten Gang ab, dann wurde der Hauptgang serviert, Teller um Teller, bis der ganze Tisch mit Speisen bedeckt war: frisch gefangener Schwertfisch, umringt von gebutterten Muscheln. Dampfendes Roastbeef und Kürbisbrei. Goldbraun gebackener Truthahn mit Pilzfüllung. Lammkeule. Kaninchenfrikassee.

Ein Anflug von Übelkeit erfasste Eden, aber sie achtete nicht darauf, sondern richtete ihre Konzentration darauf, Jack vor den freundlichen Erkundigungen seiner Geschwister zu beschützen. Wenn sie ihm Fragen stellten, von denen sie wusste, dass er sie nicht beantworten wollte, dann äußerte sie ein paar diplomatische Worte, ehe er etwas Sarkastisches sagen konnte.

Sie blieb wachsam, wechselte das Thema, wann immer es ihr notwendig erschien, stellte Fragen, bat um Rat oder äußerte hier und da eine heitere Bemerkung, um ihn vor allem zu schützen, was ihn in die Defensive bringen könnte.

Er sah sie überrascht an, aber mit einem Nicken drückte er dann seine Dankbarkeit für ihre charmante Art aus.

Eden hatte gar nicht gewusst, dass sie so etwas konnte.

Sie wusste, sie machte ihre Sache gut, damit er sich entspannt fühlen konnte. Dadurch war es ihm möglich, seiner Familie ebenso gelassen wie höflich gegenüberzusitzen, als gäbe es nichts zu fürchten.

Als er über seine Firma und seine Schiffe zu sprechen begann, wusste Eden, das war seine Stärke. Und sie war dankbar, dass jeder seine Erfolge so unverhohlen bewunderte. Es waren alle so liebenswerte Menschen, dass sie sich fragte, warum er in all den Jahren nicht Teil dieser Familie hatte sein wollte.

Während Jack zuhörte, wie Lord Alec sie mit etwas gewagtem Klatsch über einen seiner Junggesellenfreunde unterhielt, schien er sich dieselbe Frage zu stellen.

Bald darauf wurde der Tisch für den dritten Gang abgeräumt, und neben Apfelkuchen mit Rosinen und braunem Zucker wurden Portwein und Claret serviert.

Nach dem Essen trennte man sich. Die Frauen zogen sich wie üblich in den Salon zurück, während die Herren bei Zigarren und Portwein am Tisch blieben. Nach etwa einer Stunde gesellte sich dann auch die männliche Runde zu den Damen in den Salon, aber inzwischen war es recht spät geworden. Eden war glücklich, aber erschöpft. Jack schlug vor zu gehen, und sie war einverstanden.

Nach diesem herzlichen Empfang ließ man sie ziehen, nicht ohne ihnen das Versprechen abgenommen zu haben, dass Eden und Jack die Familie am nächsten Tag ins Theater begleiten würden. Jack zögerte, bis er Edens große erwartungsvolle Augen sah. Dann nahm er die Einladung dankend an, und sie fuhren zurück ins Pulteney Hotel.

Nach ein paar müßigen Bemerkungen saßen sie schweigend da – aber es war ein ganz anderes Schweigen als das auf dem Hinweg.

„Wie fühlst du dich?", fragte Eden ihn nach einer Weile leise.

Er sah sie an und zuckte die Achseln. „Ganz gut, glaube ich. Es war nicht so schlimm."

Sie lächelte matt. „Ich denke, du hast deine Sache gut gemacht."

„Zum Glück warst du dabei."

Seine Anerkennung gefiel ihr. „Ich glaube, deine Nichte mochte dich."

„Pippa?" Er lachte in der Dunkelheit, während die Kutsche ruhig die Pall Mall entlangfuhr. „Vielleicht muss ich sie stehlen."

„Ich weiß." Eden schwieg einen Moment und sah zu, wie das orangefarbene Licht der Straßenlaternen Jacks Gesicht mit zuckendem Schatten bedeckte. „Als wir getrennt wurden, machte ich mir Sorgen um dich."

„Ich mir auch um dich. Bestimmt haben dich die Damen ausgefragt."

„Natürlich."

„Was hast du ihnen gesagt?"

„Nur das, was wir beide vereinbart hatten. Was ist mit deinen Brüdern? Haben sie dich ausgefragt?"

Er lächelte etwas schief. „Die meiste Zeit über haben sie dich gepriesen und gesagt, was für ein Gewinn du für einen Schurken wie mich wärst. Natürlich haben sie recht."

„Oh Jack." Sie sah ihm in die Augen. „Ich vermisse dich."

Er saß ihr gegenüber und beugte sich jetzt zu ihr. „Es muss so nicht sein." Er nahm ihre Hände. „Ich versuche es, Eden."

„Ich weiß. Du hast mir wehgetan, Jack."

„Das werde ich nie wieder tun, ich schwöre es."

„Das sagt du, aber du hast mich schon vorher eine Lüge glauben lassen, wie soll ich also wissen, dass du mich nicht wieder hintergehst?"

„Ich habe dir alles gesagt", entgegnete er wütend und beherrschte sich dann. „Gib mir noch eine Chance."

Als er sich neben sie setzte und behutsam eine Locke hinter ihr Ohr schob, schien sie ihm so zerbrechlich zu sein.

„Ich vermisse deine Liebe", flüsterte er. „Ich brauche dich."

Sie erschauerte, als er den Kopf senkte und ihren Hals küsste, aber sie war nicht sicher, ob sie ihn an sich heranlassen wollte – in welcher Beziehung auch immer.

Die Kutsche hielt vor dem Hoteleingang, der Weg zu Fuß war nicht weit.

Als der Knecht ihnen die Tür öffnete, starrte Jack sie voller Verlangen an. Er stieg zuerst aus und war ihr dann behilflich, endlich führte er sie ohne ein weiteres Wort ins Haus.

Seite an Seite durchquerten sie unter den aufmerksamen Blicken der anderen Gäste die Lobby. Eden trug wieder den Schal um die Schultern und das Retikül an der Hand, während sie mit der anderen das Kleid raffte und die große Treppe zu ihren Gemächern hinaufstieg. Obwohl Jack schweigend neben ihr herging, war sie sich seiner körperlichen Nähe stets bewusst.

Als sie ihre Suite erreicht hatten, schloss Jack die Tür auf und ließ sie vorangehen. Dabei streifte Eden ihn, und Verlangen durchzuckte sie. Ihr war klar, er begehrte sie, aber sie war hin und her gerissen. Sie legte ihr Retikül auf den Tisch neben der Tür und begann, sich die langen weißen Handschuhe auszuziehen. Sie hörte, wie er hinter ihr die Tür schloss und verriegelte, dann holte sie tief Luft, als er hinter sie trat und ihr behutsam den Schal von den Schultern zog. Als er den Kopf neigte, schloss sie die Augen, und sie fühlte seine seidenweichen Lippen an ihrem Ohr.

„Du bist so schön heute", flüsterte er und ließ seine Finger langsam über ihren Arm gleiten. „Ich kann nicht glauben, dass du mir gehörst."

Kaum hörbar flüsterte sie seinen Namen.

Er küsste ihre Schulter und umfasste ihre Hüften. „Lass mich dich lieben."

Sie wies ihn nicht zurück, brachte kein Wort heraus. Seine Berührungen wirkten erregend. Sie schloss die Augen und leckte sich die Lippen, als er ihr Genick küsste.

Es war einfach zu viel.

„Wir brauchen einander, Eden. Du brauchst mich ebenso wie ich dich." Behutsam drehte er sie herum, sodass sie ihn ansehen musste, zog sie in seine Arme und küsste sie voller Verlangen. Sie klammerte sich an ihn, so betört von seiner Umarmung, dass sie kaum merkte, wie er sich mit ihr zu der mit gestreiftem Satin bezogenen Chaiselongue am Kamin bewegte.

Dann spürte sie, wie er sie behutsam niedersetzte und durch das Mieder hindurch ihre Brüste berührte. Ganz plötzlich fühlte sie ihn überall, und sie wand sich unter seinen Berührungen.

„Jack."

„Komm, Eden, das hat jetzt lange genug gedauert. Liebling, du weißt, dass ich dich liebe."

Sie streichelte sein Gesicht, hilflos, während er vor ihr kniete, den Kopf drehte und ihre Finger in seinen Mund nahm. Mit wachsender Erregung sah sie zu, wie er an ihren Fingerspitzen sog, die Augen geschlossen. Als er sie wieder öffnete, schienen sie vor Verlangen zu glühen, und er begann, ihr Mieder zu öffnen.

Sie entzog ihm ihre Finger und beugte sich vor, um ihn noch einmal zu küssen und sein Gesicht dabei zwischen den Händen zu halten. Innerhalb weniger Momente schien er sie überall zu berühren, und sie fühlte seine Hände unter ihrem Kleid, seine Küsse auf ihrem Schenkel, spürte, wie er ihren Leib liebkoste –

und dann klopfte es plötzlich an der Tür.

„Jack! Jack! Bist du da drinnen?“ Es war Traherns Stimme. „Ich muss mit dir reden! Sofort!“

Jack fluchte leise und hob dann den Kopf.

„Was ist?“, rief er zurück, nicht eben freundlich.

„Es gibt ein Problem, Jack.“

Eden fühlte ihren eigenen Herzschlag. „Oh, Liebster.“ Sie legte die Hände auf seine breiten Schultern und schob ihn ein kleines Stück zurück. „Du solltest besser nachsehen, worum es sich handelt“, sagte sie atemlos.

„Eine Minute noch!“, rief Jack zurück, dann sah er Eden enttäuscht an. „So ein Pech …“ Er schüttelte den Kopf.

Sie lachte leise und zauste ihm das Haar, wobei sie ihn liebevoll anlächelte.

„Bleib so“, flüsterte er ihr ins Ohr.

„Nein, mein Lieber. Ich gehe ins Bett.“

„Aber …“

„Ich brauche meinen Schönheitsschlaf“, erklärte sie ihm. „Vor allem jetzt, da ich meine Schwägerinnen kenne. Ich will nicht die Hässliche sein.“

„Niemals.“

„Außerdem fühle ich mich nicht so wohl.“ Ihr Magen rebellierte ein wenig in der letzten Zeit. Typisch für sie, seekrank zu werden, kaum dass sie sich an Land befand.

„Du bist doch nicht krank?“

„Nur die Nerven.“

„Ich könnte dir helfen, dich zu entspannen“, flüsterte er.

„Jack?“ Trahern trommelte wieder an die Tür.

„Ich komme! Wenn auch nicht so, wie ich es mir gedacht hatte“, fügte er leiser hinzu und zog seine Hose zurecht. „Sieh nur, was du getan hast.“

Eden zog eine Braue hoch, warf einen Blick auf seine Lenden, schenkte ihm dann ein mitleidiges Lächeln und verschwand in ihrem Zimmer.

Jack konnte nicht gerade behaupten, dass ihn Traherns Ankunft begeisterte, aber er erfuhr bald, was ihm so dringend am Herzen lag. Der entschlossene Lieutenant hatte es übernommen, sich diskret in der Nähe der spanischen Botschaft umzusehen und dabei festgestellt, dass der Mann, der erst kürzlich zum neuen Attaché ernannt worden war, kein anderer war als Manuel de Ruiz, der Anführer einer Gruppe von Attentätern, die vor ein paar Jahren auf Jamaika Bolivar bis an Jacks Türschwelle verfolgt hatten.

„Wir hätten sie umbringen sollen, als wir die Gelegenheit dazu hatten.“ Trahern schenkte sich etwas zu trinken ein.

„Leichter gesagt als getan“, meinte Jack und lehnte einen Whisky ab, während er die Hände in die Hüften stemmte und nachdenklich zur Tür blickte.

Ruiz war ein Mann, den man nicht unterschätzen sollte, und wie es schien, war er jetzt aufgestiegen, obwohl der Freiheitskämpfer ihm durch die Finger geschlüpft war. Selbst wenn Ruiz niemals beweisen konnte, dass Jack der Agent des Venezolaners in London war, würde der frühere Attentäter ihn im Auge behalten, dessen konnte Jack sicher sein.

Nun, er erwartete nicht, seine Anwesenheit vor Ruiz verbergen zu können, und er bemühte sich auch gar nicht, das zu versuchen, denn er versteckte sich vor niemandem. Er konnte nur weiterhin einen anderen Grund vorgeben, warum er in London war, wachsam bleiben und seinen Rekruten gegenüber weiterhin betonen, wie wichtig die Geheimhaltung war.

Trahern blieb etwa eine Stunde und besprach mit ihm verschiedene Dinge, die ihre Mission betrafen. Als er ging, sah Jack nach Eden, doch sie schlief bereits fest.

Verdammt! Statt sein Glück zu erzwingen, ließ er sie schlafen und schloss mit einem bedauernden Lächeln die Tür.

Am nächsten Tag kümmerte er sich um mehr Geschäfte und besuchte mit Peter Stockwell die Börse, um sich mit einigen seiner Investoren zu treffen. Zufrieden sah er, dass seine Aktien auf zwölf Prozent stiegen, als sich die Nachricht verbreitete, *Knight Enterprises* hätte Abraham Golds Firma übernommen. Er nahm Gebote für die seltenen tropischen Harthölzer entgegen, die er mitgebracht hatte, und nickte zustimmend bei den Preisen für Zucker, Indigo, Rum und anderen Gütern aus Westindien.

Später kehrte er bedeutend wohlhabender ins Hotel zurück und führte seine Frau ins Theater aus.

Robert besaß eine der besten Logen, und da Strathmore und Lizzie wegen ihres Neugeborenen zu Hause höflich abgesagt hatten, bot die Loge allen zwölf bequem Platz.

Wie das Schicksal so spielte, stand Shakespeare auf dem Spielplan, und im Programmheft wurde der Schurke als „Edmund der Bastard" bezeichnet.

Jack seufzte tief, rutschte in seinem Sitz hin und her und versuchte zu verstehen, warum jemand eine Tragödie sehen wollte, wenn das Leben doch auch so schon tragisch genug war.

Aber die Vorstellung war kaum der Grund, warum man einen Abend im Theater verbrachte. Es ging darum, zu sehen und gesehen zu werden.

Die Damen der Familie Knight waren dafür natürlich gewappnet. Sie alle sahen hinreißend aus. Alec erklärte, dass sie, so wie sie nebeneinander an der Brüstung saßen, wie eine Reihe von Blumen in einem Blumenkasten aussahen.

„Sehr komisch", neckte ihn Damiens Frau Miranda, während ihre Schwester ihm einen leichten Tritt mit der Schuhspitze versetzte, damit er sich benahm.

Während der albernen Pantomime auf der Bühne, die dazu gedacht war, das Publikum für das Hauptspiel zu erwärmen, wunderte sich jeder darüber, warum es Eden so leicht fiel, die Zwillinge auseinanderzuhalten.

„Ich habe ewig dafür gebraucht", erklärte Bel. „Wie machst du das?"

„Es ist ganz einfach", erklärte Eden lächelnd. „Damien marschiert, Lucien gleitet."

Darüber lachten beide laut und herzlich.

Es dauerte nicht lange, dann verließen die Pantomimen die Bühne, und es war Zeit für König Lear.

Im Zuschauerraum wurde es etwas leiser, doch gedämpfte Geräusche und einiges Rascheln gab es trotzdem, weil die Damen ihre Fächer bewegten und die Männer in einem Ton über das Pferderennen sprachen, den sie für leise hielten.

Unten in den Gängen boten Orangenverkäuferinnen ihre Waren feil, sodass hin und wieder ein Stück Orangenschale durch die Luft flog und den einen oder anderen ahnungslosen Theaterbesucher am Kopf traf, sehr zur Freude desjenigen, der geworfen hatte.

Weiter oben, wo die Reichen ihre Logen hatten, bemerkte Jack, dass zahllose Operngläser auf die Loge der Knights gerichtet waren. Oh ja, man beobachtete sie.

Jack sah Eden an, die zur Bühne gewandt saß und auf reizende Weise ahnungslos schien, dass in diesem Augenblick die gesamte *ton* sie beobachtete und beurteilte – und außerdem versuchte herauszufinden, was sie von ihm zu halten hatte.

Er verdrängte die Beobachter aus seinen Gedanken und genoss stattdessen das Vergnügen, seine Frau anzusehen. Eine wahre Schönheit. In der dunkelblauen Seide mit der doppelreihigen rosa Perlenkette, die er ihr heute geschenkt hatte, sah sie großartig aus. Er war froh, dass sie sich an diesem Abend besser fühlte, und fragte sich, wann sie wieder das Bett mit ihm teilen würde. Doch gerade in dem Moment sagte der Kerl auf der Bühne – zweifellos der Schurke – eine Zeile seines Textes auf, die Jacks Aufmerksamkeit erregte.

„Warum Bastard?“, fragte der arme Edmund von der Mitte der Bühne her. „Weshalb unecht, wenn meiner Glieder Maß so stark gefügt, mein Sinn so kühn, so adlig meine Züge, als einer ehrbarn Gattin Frucht.“

Jack und seine Brüder blickten einander an.

Einige ihrer Damen sahen zu ihnen und unterdrückten ein

Lachen, aber Eden wirkte erschrocken.

„Warum mit unecht uns brandmarken? Bastard?“, rief Edmund aus, als könne er es nicht verstehen. „Bastard?“

Jack wusste genau, wie er sich fühlte. Alec senkte den Kopf, hielt die Hand vor den Mund und lachte. Becky, seine schwangere Ehefrau, stieß ihm den Ellenbogen in die Rippen.

„Uns, die im heißen Diebstahl der Natur mehr Stoff empfahn und kräft'gern Feuergeist, als in verdumpften, trägen, schalen Bett verwandt wird auf ein ganzes Heer von Tröpfen, halb zwischen Schlaf gezeugt und Wachen?“

„Der Mann hat recht“, meinte Damien leise.

„Des Vaters Liebe hat der Bastard Edmund wie der Echtbürt'ge. Schönes Wort: echtbürtig!“ Edmund, der Bastard, trat an die Rampe, so nah, dass Eden mit ihrer Zielsicherheit ihm mühelos eine Orangenschale hätte an den Kopf werfen können. „Bastard Edmund wird der echte sein. Ich wachse, ich gedeihe! Wohlan, ihr Götter, haltet fest an der Partei der Bastarde!“

„Bravo, mein Junge!“ Jack stand auf und rief die Worte mit einer Stimme, die dafür gedacht war, seine Befehle über die Wellen hinauszutragen.

Sofort wiederholten seine Brüder, was er gesagt hatte, jubelten und pfiffen beifällig.

Das gesamte Theater brach in Gelächter aus, nachdem alle diesen Scherz seit Jahren kannten. Schließlich waren die Brüder in der ganzen Stadt berühmt, und ihre skandalöse Familiengeschichte war in London ein offenes Geheimnis.

Die Damen der Familie Knight betrachteten ihre Ehemänner mit einer Mischung aus Liebe und Verzweiflung.

Jack sah sich einen Moment lang im Publikum um.

„Willkommen daheim, Lord Jack!“, rief jemand von ganz unten.

Er setzte sich mit einem Ausdruck von gelassenem Zynismus wieder hin und zog seinen Rock zurecht. Lucien lachte noch immer und klopfte ihm auf den Rücken.

„Hervorragend gewählter Zeitpunkt, alter Junge."

„Jemand musste etwas sagen", meinte Jack.

Eden schüttelte den Kopf und lächelte.

In den folgenden Tagen stellte Jack belustigt fest, dass zahlreiche Einladungen in sein Haus flatterten.

Wie es schien, hatte die Tatsache, dass er sich offen zum Familienskandal bekannte, die *ton* entwaffnet, und jetzt bekam Jack, der verlorene Sohn, die Gelegenheit zu zeigen, dass er schließlich doch kein solcher Bastard war.

Seltsam, wie Geld und Macht die Sünden eines Mannes als belanglos erscheinen lassen konnten. Jedenfalls bot ihm die Gesellschaft, die ihn einst ausgestoßen hatte, jetzt den Ölzweig an.

Es hatte eine Zeit gegeben, da hätte er ihnen den aus den Händen gerissen, zerbrochen und zu Boden geworfen, aber so wütend war er jetzt nicht mehr.

Und nicht so stolz.

Außerdem wollte seine geliebte Eden dieser Welt angehören, und in Erinnerung an Lord Arthurs Ratschlag war es Jack eine Ehre, dafür zu sorgen, dass ihr Traum in Erfüllung ging.

15. KAPITEL

„Du sagtest, du wolltest dich irgendwo niederlassen“, meinte Jack, als sie zwei Tage später erschrocken das Haus ansah, das er zu kaufen gedachte.

Eden vermochte nicht einmal zu antworten, so verwirrt war sie von der barocken Deckenbemalung in der Eingangshalle: ein blauer Himmel mit großen, silbrig schimmernden Wolken, zwischen denen der Sonnengott Apollo seinen Wagen umherlenkte. Von der Stelle aus, an der sie stand, konnte sie direkt auf die Bäuche seiner gewaltigen Rösser blicken, fast glaubte sie, sie schnauben zu hören.

Das Haus wurde Jack zu außerordentlich günstigen Bedingungen angeboten als Teil des Handels zwischen ihm und Abraham Gold. Trotz all seiner Großartigkeit würde man ein wenig Arbeit hineinstecken müssen. Jack hatte vorgeschlagen, dass es die richtige Aufgabe für Eden sein würde, die Arbeiten daran zu überwachen, während er sich in Venezuela aufhielt.

Ein wenig benommen drehte sie sich im Kreis, sah sich alles an und war aufs Höchste entzückt von dem Ausblick, der sich ihr von den hohen Bogenfenstern bot. In der Mitte eines künstlichen Sees sprudelte eine Fontäne, und die lange Zufahrt wand sich zwischen zweihundert Morgen grüner, hügeliger Landschaft entlang, die Capability Brown entworfen hatte.

Im Augenblick sah sie vor dem Fenster Cousine Amelia mit Lieutenant Trahern spazieren gehen und lächelte. Sie hatten ihre Cousine abgeholt auf dem Weg nach Derbyshire, wo das Haus lag, ein paar Stunden von London entfernt.

Der galante junge Lieutenant und ihre schüchterne Cousine waren vom ersten Augenblick an voneinander betört gewesen. Jetzt waren die beiden hinausgegangen, um sich dort umzusehen, während Eden und Jack das Haus inspizierten. Wenn sie hier fertig waren, würde Amelia Eden für ein paar Tage in die Stadt begleiten – eine Neuigkeit, die Lieutenant Trahern ebenso zu gefallen schien wie den beiden jungen Frauen.

Eden meinte, sie könnte dort vielleicht eine Ehe stiften.

Nie hatte sie damit gerechnet, die Anstandsdame ihrer Cousine zu werden, aber jetzt, als verheiratete Frau, oblag ihr dieses Privileg.

„Mylord, Mylady“, wurden sie von Mr. Golds Makler angesprochen. „Wenn Sie bitte hier entlang kämen, wäre es mir ein Vergnügen, Ihnen den Ballsaal zu zeigen. Er bietet Platz für vierhundert Gäste …“

Nicht einmal in ihren kühnsten Träumen hatte Eden damit gerechnet, jemals einen Ballsaal ihr eigen zu nennen, geschweige denn vierhundert Freunde, die sie dorthin einladen könnte. Sie blickte Jack an, der neben ihr herschlenderte.

„Können wir uns das wirklich leisten?“, fragte sie.

„Keine Sorge“, erwiderte er leise. „Ich verkaufe einfach das Schloss in Irland.“

Sie stieß einen leisen Schrei aus. „Wage es ja nicht!“

Er lächelte. „Es war nur ein Scherz.“ Der Glanz in seinen Augen zeigte ihr, dass er nur sehen wollte, wie sie reagierte, denn offensichtlich bedeutete das Schloss ihnen beiden sehr viel. Er zwinkerte ihr zu und sah sich dann um. „Wenn es dir hier gefällt, dann sollst du es haben.“

Gegen ihren Willen fühlte sie sich an die drei schönen Tage in Irland erinnert, und liebevoll nahm Eden ihren Ehemann am Arm und zog ihn mit sich, damit sie sich den Ballsaal ansehen konnte. Sie kamen jetzt besser miteinander aus als an jenem Tag, da sie Irland verlassen hatten. Eden musste zugeben, dass Jacks frecher Auftritt im Theater sie ebenso bezaubert hatte wie die übrige *ton*.

Das heitere Wohlwollen der Gesellschaft, das er durch sein freches Schauspiel gewonnen hatte, schien dem entgegenzustehen, was Eden erwartet hatte, aber wie Martin ihr später erklärte, gaben echte Individualisten den Ton an, gerade indem sie die Regeln verletzten.

Jack war also ein Individualist. Wenn es darum ging, Regeln zu verletzen, dann war er sogar ein Experte. Sie betrachtete den Ballsaal und versuchte, sich vorzustellen, wie sie zusammen dort bunte Gesellschaften wie jene gaben, zu denen sie jetzt eingeladen wurden.

Sie warf einen Blick auf ihren Gemahl und stellte fest, dass er sie wieder beobachtete, mit einem Lächeln auf dem Gesicht und einem besonderen Glanz in den türkisfarbenen Augen. Sie erwiderte sein Lächeln, glücklicher, als sie seit Wochen gewesen war, dennoch hatte sie das Gefühl, als führe er etwas im Schilde.

Und das tat er auch.

Doch sein geheimer Plan war nicht gerade das, was man schändlich nennen konnte. Nach seinem Durchbruch bei der *ton* und, was noch wichtiger war, bei seiner Gemahlin am vergangenen Abend im Theater, gelobte Jack, die Gelegenheit nicht ungenutzt verstreichen zu lassen. Er wollte die Gunst seiner Dame zurückgewinnen, und nichts auf der Welt würde ihn daran hindern.

Er vermutete, dass sie vielleicht noch einmal umworben werden wollte, langsam und liebevoll.

Wenn er sie bedrängte, würde sie ihm wieder nur davonlaufen. Alle Seeleute mussten sich in außergewöhnlicher Geduld üben, auf die Gezeiten warten, auf den Wind. Wenn sie der Mond war, so war er das Meer, folgte ihrem Willen, eine Marionette, die an ihren geheimnisvollen Fäden hing. Es mochte ihm nicht gefallen, gezwungen zu sein, wie ein Mönch zu leben, aber er war daran gewöhnt, sich lange Zeit auf dem Meer aufzuhalten und auf die Vergnügungen des Eros zu verzichten.

Er war immer der Meinung gewesen, dass es nur umso süßer und betörender war, die Freuden des Fleisches danach wieder zu genießen. Und daher hatte er sich entschlossen, sein Verlangen für eine weitere Woche zu unterdrücken.

Wenn sie sich ihm bis dahin nicht freiwillig hingab, dann –

das nahm er sich fest vor – würde er den Piraten in sich erwecken und sie einfach nehmen. Er wollte nicht, dass es dazu kam, aber verdammt, er war ihr Ehemann, und er hatte Rechte. Doch hoffte er, die Tatsache, dass er ihr dieses Haus kaufte, würde sie vielleicht zu einer liebevolleren Form des Dankes animieren.

Sie beendeten ihre Tour wenig später und brachen auf, nachdem sie dem Makler versichert hatten, dass sie interessiert waren und ihm ihre Entscheidung postwendend mitteilen würden.

Dann machten sie alle vier auf halber Strecke zurück nach London Halt, um an einer Kutschstation etwas zu essen.

Leicht belustigt nahm Jack die schwärmerischen Blicke zwischen dem jungen Trahern und Cousine Amelia zur Kenntnis, nun, da er selbst erlebt hatte, wie es war, wenn man sich verliebte. Er machte ein paar Bemerkungen, um dem jungen Freund zu helfen, damit Trahern sich mit seinen Erfolgen auf See brüsten konnte.

„Sie hätten ihn sehen sollen, Miss Northrop", sagte er zu dem Mädchen, während sie an dem hölzernen Tisch saßen, Roastbeef aßen und Ale tranken, „da waren zwei Feluken mit barbarischen Korsaren, die uns in die Enge trieben, aber Lieutenant Trahern befahl die Männer an die Ruder, und irgendwie gelang es ihm, die Fregatte zwischen den Schiffen hindurchzulenken. Er schaffte es mit wenig mehr als zwei Meter Platz zu beiden Seiten."

„Oh!", sagte sie. Amelia Northrop war ein süßes Mädchen, eine hellhäutige, zarte Blondine mit einer weichen, melodischen Stimme, so fein wie das Säuseln des Windes. Sie war so harmlos, nachgiebig und sanft wie ihre rothaarige Cousine temperamentvoll und eigenwillig war.

„Ja, sie hielten schon die Enterhaken bereit", fügte Trahern hinzu und errötete bescheiden. „Sie wollten uns einnehmen. Zum Glück war Captain Jack da. Er kämpfte, während ich das Schiff segelte."

„Haben Sie … einige umgebracht, Lord Jack?", fragte Amelia mit bebender Stimme. „Von den barbarischen Korsaren, meine ich."

„Oh, ich erinnere mich nicht genau. Ein oder zwei vielleicht."

Trahern lachte auf, denn er erinnerte sich sehr wohl an das Blutvergießen jenes Tages, aber als Amelia ihn erstaunt ansah, schien er zu begreifen, dass eine solche Schlacht nicht das richtige Thema war, um es in Anwesenheit einer so sanften und behütet aufgewachsenen jungen Dame zu besprechen – und Amelia Northrop war zweifellos das sanfteste und zarteste Wesen, das die beiden Männer bisher gesehen hatten.

Ein wenig beunruhigt von dem, was die Männer vor ihr zu verbergen versuchten, wandte Amelia sich an ihre Cousine. „Edie, wann rechnest du mit der Ankunft von Onkel Victor?"

Eden tauschte mit Jack einen heimlichen Blick, denn sie hatte weder Amelia noch ihrer Tante Cecily gestanden, dass sie eigentlich von ihrem Vater davongelaufen war. Sie zuckte die Achseln. „Schwer zu sagen."

„Miss Northrop, wissen Sie, wir sind nicht ganz sicher, ob er kommen kann. Aber wenn er kann, dann könnte er jeden Tag hier eintreffen", meinte Jack und streichelte quer über den Tisch hinweg Edens Hand, um sie zu beruhigen.

Eden brachte ein Lächeln zustande und nickte ihm dankbar zu. „Ich bin sicher, dass Jack recht hat. Papa wird bald hier sein."

„Und Lord Arthur ebenfalls", fügte Jack hinzu. „Ich rechne jeden Tag mit meinem Onkel." Jedenfalls hoffte er darauf. Er brauchte die *Valiant*, damit sie neben der *Winds of Fortune* Vorräte für seine Rekruten auf der Rückreise nach Südamerika transportierte.

Arthur hatte an einer Werft halten müssen, damit vor der Rückreise ein paar Reparaturen an seinem Schiff erledigt werden konnten.

Bis zum späten Nachmittag waren sie alle wieder im Pulteney Hotel.

Die geräumige Suite mit ihren sechs Zimmern bot ihnen willkommene Bequemlichkeit, obwohl Jack beinah wünschte, auf eine Suite mit weniger Schlafräumen bestanden zu haben. Auf diese Weise wäre Eden gezwungen gewesen, das Bett mit ihm zu teilen. Stattdessen wurde es ihr nicht schwer gemacht, Distanz zu wahren und wie jede ordentliche Dame der Gesellschaft ein eigenes Boudoir zu haben.

In jedem Fall hatte Jack vor, die Damen abzusetzen, sich umzuziehen und die Männer am East End zu besuchen. Er musste herausfinden, wie viele der Schmuggler sich seinen Rekruten anschließen wollten. Zweifellos hatte sich die Neuigkeit bereits unter den geheimen Gruppen verbreitet. Er konnte nicht einschätzen, wie viele der harten Männer der Stadt, die eine Beschäftigung suchten, daran interessiert waren, sich das Silber des Venezolaners zu verdienen.

Alles musste besser sein als diese überfüllten, von Gin getränkten Löcher voller Schmutz und Verrat. Ja, es würde ihn nicht überraschen, wenn er allein in London zweihundert Mann zusammenbrachte – aber O'Shaunnessy, Graves und seine anderen irischen Offiziere würden alle Hände voll zu tun haben, um diese Heiden zu drillen und Soldaten aus ihnen zu machen.

Doch als er ins Hotel kam, stellte sich heraus, dass er seine Pläne ändern musste.

Eden, Amelia und Trahern ließen sich auf die eleganten Sofas im Wohnraum sinken, erschöpft von der langen Fahrt. Aus der Hotelküche bestellten sie Erfrischungen, aber als es an der Tür klopfte, war es einer der einfacheren Bediensteten des Hauses, der Jack eilig eine Nachricht überbrachte – offenbar handelte es sich um etwas Dringendes.

Jack nahm den kleinen gefalteten Zettel von dem Silbertablett, gab dem Diener einen Schilling und öffnete den Brief.

„Treffen Sie mich draußen. Manuel Ruiz."

Angesichts dieses Befehls zog er eine Braue hoch, aber wenn er es mit einem professionellen Attentäter zu tun hatte, war es ihm doch lieber, ihm direkt gegenüberzutreten statt sich mit einer Drahtschlinge um den Hals in einer dunklen Gasse wiederzufinden.

Er machte an der Tür kehrt und warf einen Blick zu Eden.

„Bleib hier. Verschließ die Tür", befahl er. Dann warf er Trahern einen vielsagenden Blick zu, der ihm befahl, wachsam zu sein und bei den Damen zu bleiben.

Jack ging nach unten, um sich allein mit Ruiz zu treffen.

Er vermutete, dass die Begegnung mit dem jetzigen Diplomaten unumgänglich gewesen war, aber die Tatsache, dass Ruiz wusste, wo er ihn finden konnte, bedeutete, dass er das Hotel beobachtet hatte. Inzwischen hatte Ruiz Eden sicher in aller Ruhe betrachten können.

Keine Gnade, dachte er, als er auf die Straße hinaustrat, um dem Mörder im hellen Licht des Tages zu begegnen, von Angesicht zu Angesicht.

Jack sah den schwarzhaarigen Spanier an der Ecke lehnen. Er war groß gewachsen, wirkte trainiert und gut gekleidet. Ebenholzschwarzes Haar und die Züge eines Raubvogels. Kein Wunder, dass er ein Killer des Königs geworden ist, dachte Jack. Der höfische Stolz des Ancien Régime drang aus jeder seiner Poren.

Jack ging auf ihn zu, unbeeindruckt von dem Verkehr um ihn herum. Piccadilly war so betriebsam wie immer, erfüllt vom Rattern der Kutschräder und dem Klappern der Pferdehufe, während Menschen über die Bürgersteige eilten.

Ruiz und er begrüßten einander mit so viel Höflichkeit, wie man es bei zwei Männern erwarten konnte, zwischen denen fast drei Jahrhunderte eingeschworener Feindschaft standen: spanische Granden und englische Kaperfahrer.

„Black Jack Knight."

„Na, wenn das nicht mein alter Freund ist", gab dieser zurück und stemmte die Hände in die Hüften, während er sich zu dem Spanier gegenüber dem Hotel gesellte.

„Sie sind weit weg von Jamaika, Lord Jack. Was führt Sie nach London?"

Zumindest kommt er gleich zur Sache, dachte Jack. „Was lässt Sie glauben, dass ich irgendeine Ihrer Fragen beantworten würde?"

„Ah, also haben Sie etwas zu verheimlichen?"

„Nein", sagte Jack, während Ruiz den Gleichgültigen mimte und zwei Frauen nachsah, die an ihnen vorübergingen. „Meine Anwesenheit in London geht Sie nicht das Geringste an."

„Sind Sie da ganz sicher?" Der Spanier warf ihm einen scharfen Blick zu und versuchte, Jacks Miene zu deuten.

Jack verschränkte die Arme vor der Brust und sah den anderen an. „Nun, wenn es Sie so sehr interessiert, Geschäfte haben mich hierhergeführt und der Wunsch, meine Familie zu sehen."

„Ah, natürlich. Meine Glückwünsche zu Ihrer Heirat, Mylord." Ruiz sah hinauf zu den Fenstern, hinter denen Jacks Suite lag.

Jacks Blick wurde eisig. „Wenn ich mich recht erinnere, besaßen Sie zumindest eine Spur von Ehre."

Ruiz grinste breit. „Glücklicherweise nicht mehr als Sie."

„Frauen und Kinder sind tabu", sagte Jack leise und warnend.

„Natürlich sind sie das."

„Vergessen Sie das nicht. Soweit ich weiß, haben auch Sie eine Familie."

„Tatsächlich?" Ruiz schien überrascht.

„Nach unserer letzten Begegnung dachte ich, Sie könnten eines Tages ein Problem werden, daher nahm ich mir die Freiheit, ein wenig über Sie in Erfahrung zu bringen, Ruiz."

„*Como*?"

„Meine Spione berichteten mir, dass in Sevilla Ihre alte, verwitwete Mutter lebt."

Er kniff die Augen zusammen.

„Meine Schiffe sind sehr schnell, Ruiz. Sevilla liegt nur ein paar Tage von hier entfernt.“ Jack starrte ihn mitleidlos an. „Wir wollen doch keine Schwierigkeiten, oder? Halten Sie sich von meiner Frau fern.“

Endlich ergab sich Ruiz mit einem hochmütigen Nicken, dann ließ er die gespielte Gelassenheit beiseite. „Man hat mich nach London geschickt, damit ich Bolivars Agenten enttarne. Es wurde jemand mit dem Auftrag hierhergesandt, Soldaten für die Aufständischen zu rekrutieren. Wir deckten diesen Plan nach unserem Sieg in La Puerta auf. Ich warne Sie, ich werde herausfinden, wer dieser Mann ist und mich dann um ihn kümmern.“

„Ich verstehe“, erwiderte Jack. „Und was hat das mit mir zu tun?“

„Das sollen Sie mir sagen, Lord Jack.“

„Ich weiß nichts darüber. Ich sagte Ihnen doch, ich bin hier, um mich um Geschäfte zu kümmern und meine Familie zu sehen.“

Ruiz betrachtete ihn bohrend. „Sie haben die Verräter schon einmal beschützt.“

„Ja, und es war Ihr Hochmut, der mich dazu brachte“, erwiderte Jack.

„Wie?“

„Hören Sie mir zu, Ruiz“, verlangte Jack und deutete mit dem Finger auf das Gesicht des Spaniers. „Jamaika ist mein Hoheitsgebiet. Mir gehört die halbe Insel. Wie können Sie es wagen, meine Insel mit der Absicht zu betreten, jemanden ohne meine Erlaubnis zu töten? Hätten Sie mir den Respekt erwiesen, zu mir zu kommen“, sagte er und deutete nun auf sich selbst, „hätte ich ihn Ihnen vielleicht sogar übergeben.“

Ruiz starrte ihn ungläubig an.

Ohne den Blick von dem Spanier abzuwenden, ließ Jack nun die Hand auf Höhe seiner Waffen sinken, als brauche er sie demnächst.

„Wollen Sie damit sagen, Sie haben Bolivar und seine Männer beschützt, sich den Hass der spanischen Krone zugezogen nur aus … aus Eigensinn und Stolz?“

„Da haben Sie verdammt recht“, gab Jack zurück. „Nennen Sie es Eigensinn, wenn Sie wollen. Aber verdammt, Sie sind Spanier – Sie wissen, was Stolz ist. Wenn ein Mann keinen Stolz hat, hat er nichts.“

Ruiz hob eine Braue.

„Ich persönlich schere mich keinen Deut um Politik.“ Jack lächelte zynisch. „Freiheitshelden, Patrioten – meinetwegen kann man sie alle aufhängen. Mir geht es um Gewinn. Da können Sie jeden fragen.“

Ruiz schien wirklich erstaunt.

Jack starrte ihn an und hoffte, er wirkte ganz wie der halsabschneiderische Freibeuter, der er all die Jahre gewesen war, als er sein Imperium aus einem einzigen Schiff hatte erwachsen lassen.

Zum Glück ließ Ruiz sich allmählich überzeugen, vermutlich weil das, was Jack ihm gesagt hatte, eher eine halbe Wahrheit war als eine Lüge. Er hätte Bolivar den Spaniern nicht ausgeliefert, aber er war außer sich gewesen, dass Ruiz und seine Männer es gewagt hatten, an Land zu kommen, ohne ihn aufzusuchen.

Nur sein Stolz hatte ihn zu dem gemacht, was er jetzt war.

Misstrauisch sah der Attentäter ihn an, nicht sicher, was er darauf erwidern sollte. „Ahnen Sie, wer der Agent sein könnte?“, fragte er endlich. „Ich weiß, dass Sie in dieser Stadt immer gute Beziehungen hatten.“

Jack zuckte die Achseln. „Ich habe nicht die leiseste Vorstellung, aber ich versichere Ihnen, würde ich es wissen, würde ich Ihren König diese Information teuer bezahlen lassen.“

„Das ließe sich vielleicht machen. Wenn Sie etwas hören, geben Sie mir Bescheid.“

„Ohne Verzögerung“, sagte Jack und stemmte wieder die Hände in die Hüften.

Noch einmal warf Ruiz einen kurzen Blick nach oben zum Fenster der Suite, gerade als Eden daran vorbeiging. „Sie ist sehr schön“, sagte er ein wenig drohend. „Sie haben einen guten Geschmack.“

„Und ein gutes Zielvermögen“, fügte Jack leise hinzu und klopfte mit einem Finger auf den Griff der Pistole an seiner Seite.

„Genau wie ich“, gab Ruiz zurück.

Feindselig trennten sich die beiden, und Jack ging zurück ins Haus.

„Ist alles in Ordnung?“, fragte Eden sofort und sah von dem Tablett mit Erfrischungen auf, das inzwischen eingetroffen war.

Jack nickte. „Trahern.“

Seine rechte Hand verneigte sich kurz vor den Damen und ging dann zu Jack ins angrenzende Zimmer.

„Hör zu. Ruiz hat es auf mich abgesehen“, erklärte Jack ihm. „Er wird mich mit Adleraugen beobachten. Ich könnte ihn beseitigen, aber das wäre zu offensichtlich. Vermutlich hat er inzwischen dem Botschafter gesagt, dass er mich in Verdacht hat. Wenn er verschwindet, bin ich der Erste, nach dem man suchen wird.“

„Da stimme ich dir zu.“ Trahern zuckte die Achseln. „Im Übrigen glaube ich nicht, dass du ihn loswerden musst. Dich kennt er, aber ich glaube nicht, dass er mich jemals bemerkt hat. Sag mir nur, was getan werden soll, und ich kümmere mich darum.“

„Guter Mann.“ Jack schlug ihm auf die Schulter. „Ich wusste, dass ich auf dich zählen kann.“

Trahern grinste. „Immer.“

Jack schenkte sich etwas zum Trinken ein. „Ich brauche dich, damit du dich darum kümmerst, alles zu organisieren, während ich Ruiz ablenke und alle anderen, die vielleicht noch zusehen.“

„Gemacht. Eine Frage nur noch.“

„Und zwar?"

„Was springt für mich dabei heraus?"

Jack drehte sich zu ihm um, die Brauen erstaunt hochgezogen. „Wie, Christopher? Was ist das? Gier? Ehrgeiz? Selbstsucht? Ich bin ja so froh, dass mein bösartiger Charakter endlich auf dich abgefärbt hat. Es wird höchste Zeit."

Der junge Mann lachte, und in seinen Augen blitzte es übermütig. „Ich denke, wenn ich lange genug durchhalte, dann gibst du mir die Chance, selbst ein Vermögen zu machen, damit ich heiraten kann."

„Bist du sicher, dass du das willst? Es ist schwieriger, als es aussieht."

„Diese Amelia", flüsterte Trahern und deutete mit einer Kopfbewegung ins angrenzende Zimmer. „Sie ist ein Engel."

„Sie ist ganz reizend", stimmte Jack zu, musste aber doch lachen. „Du kennst dieses Mädchen gerade seit fünf Stunden, und du denkst schon an Heirat?"

Trahern zuckte die Achseln. „Ich werde ganz bestimmt nicht damit warten, bis ich so alt bin wie du."

„Ich bin nicht alt, du unverschämter kleiner Bengel. Ach, geh weg. Du hast zu tun!"

„Zuerst muss ich mich von Miss Northrop verabschieden", erklärte Trahern und ging zur Verbindungstür.

Kopfschüttelnd sah Jack ihm nach, wie Trahern zurückging in den Salon und sich etwas ausführlicher von den Damen verabschiedete.

Kurz darauf nahm Jack Eden beiseite und sagte ihr, was geschehen war, warnte sie wegen Ruiz und wies sie an, falls sich ihr irgendein Spanier näherte, solle sie ihn nicht in ihre Nähe lassen, sondern sich sofort in Sicherheit bringen.

Jack war der Ansicht, jede Bedrohung Edens durch Ruiz zuvorgekommen zu sein, doch wo es um die Sicherheit seiner Frau ging, konnte er nicht vorsichtig genug sein. Zum Glück war seine Frau besser als die meisten Damen dazu in der Lage,

Gefahr abzuwenden, dank ihres langen Aufenthalts in der Wildnis. Es war ihm ein Trost, dass Eden ein Messer mindestens ebenso gut werfen konnte wie Ruiz selbst.

„Nun", sagte Eden, umfasste seine Rockaufschläge, zog ihn näher zu sich und lächelte ihn an. „Wenn du dich heute nicht wieder davonschleichst, um dich deinen dunklen Geschäften zu widmen, dann hast du das Privileg, meine Cousine und mich zu einem Fest zu begleiten."

„Hm", meinte Jack. „Was für ein Fest?"

„Dieses." Sie holte eine Einladungskarte hinter ihrem Rücken hervor. „Abendessen und Kartenspiel. Jacinda meinte, es würde viel los sein."

„Ich verstehe, du willst also lernen, wie du all mein Geld verspielst?", fragte er und legte die Arme um ihre schlanke Taille.

„Keine Sorge. Du wirst neues verdienen."

„Du bist unmöglich", schalt er sie liebevoll. Dann senkte er den Kopf. „Gib mir einen Kuss, und ich bin einverstanden."

Das tat sie, indem sie ihre Lippen zärtlich auf die seinen presste.

So sanft diese Berührung auch war, er schmolz fast dahin. Er sah sie an und vergaß beinahe, wo er war, welchen Tag man schrieb, all diese Alltagsdinge. Doch als sie ihm ein wissendes Lächeln schenkte, als könnte sie seine Gedanken lesen, kam er wieder zu sich.

„Weißt du zufällig, ob meine Brüder heute Abend auch dort sein werden?"

„Das werden sie. Ich habe bereits Nachricht bekommen von Jacinda und von Seiner Gnaden, und auch von Alice und Miranda. Sie gehen alle hin, abgesehen von Alec und Becky. Jacinda sagte mir, Alec will nicht einmal in die Nähe einer Kartenpartie gehen", sagte sie. „Die Strathmores gehen auch nicht. Lizzie will mit dem Baby zu Hause bleiben, und Lord Strathmore arbeitet an einer Petition, die er durchs Parlament bringen will."

„Du sagtest, die Zwillinge werden dort sein?"

„Ja."

„Gut", murmelte Jack und nickte. Er wollte sie zu seinen Hauptverbündeten machen, auch wenn Rackford, der Gemahl seiner Schwester, als Wächter für seine Frau ebenfalls nützlich sein konnte. Jacinda hatte ihm die Wahrheit über den Hintergrund ihres Ehemannes zugeflüstert, und die war noch finsterer als Jacks.

„Ich freue mich so, dass du gefragt hast, ob auch deine Brüder da sein werden, Jack", sagte Eden mit einem warmherzigen Lächeln und legte ihm die Arme um den Hals. „Ich wusste, tief in deinem Herzen liebst du deine Familie doch."

„Du bist meine Familie", flüsterte er. „Und die Wahrheit ist, ich hatte noch ein anderes Motiv."

„Du? Unmöglich."

„Ich fürchte, ich muss bald nach Südamerika aufbrechen, mein Liebling." Er strich ihr eine Haarsträhne hinters Ohr. „Meine Brüder sollen meinen kostbarsten Schatz bewachen, solange ich fort bin." Als er ihre Stirn küsste, flammte die Leidenschaft zwischen ihnen auf.

„Oh Jack", flüsterte sie und legte den Kopf zurück, damit er ihre Lippen küssen konnte. Doch als er sich vorbeugte, um genau das zu tun, hörten sie Cousine Amelia im Nebenzimmer umhergehen, und sie hielten inne.

Jack stieß einen abgrundtiefen Seufzer aus, ließ sie los, ehe sie ihn zurückstoßen konnte, und machte sich dann daran zu beweisen, dass auch ein Bastard den Gentleman spielen konnte, wenn die Situation es erforderte.

Während der folgenden Stunde saß er müßig den Damen auf dem Sofa gegenüber, während Tee und Kuchen auf dem niedrigen Tischchen zwischen ihnen serviert wurde. Insgeheim etwas belustigt von ihrem Geplauder, hörte er freundlich zu, während die beiden hübschen Cousinen Familienneuigkeiten austauschten und miteinander klatschten.

Später am selben Abend begleitete er die Damen zu der Party.

Während Jacinda Eden und Amelia zeigte, wie man mit gemäßigten Einsätzen Whist spielte, führte Jack die Zwillinge und Rackford in einen stillen Seitenraum im weitläufigen Haus ihres Gastgebers, enthüllte ihnen seine Aufgabe und nahm ihnen das Versprechen ab, Stillschweigen zu wahren.

Er wusste, dass vor allem Damien es nicht schätzen würde, dass seine Mission illegal war, aber unter all seinen Brüdern war es vor allem der Kriegsheld, den er mit Edens Schutz betrauen wollte.

Zuerst jedoch musste er seinen Brüdern sagen, wo er stand.

„Mir ist klar, dass Whitehall kürzlich ein Dekret verabschiedet hat, das unseren Veteranen verbietet, sich in der Armee des Freiheitskämpfers zu verpflichten. Meiner Ansicht nach ein feiger Schritt. Ich halte dies für eine gerechte Sache", erklärte er unumwunden. „Der Sieg bei Waterloo war gut und schön, aber euer Idol Wellington hat einen unfähigen König auf den spanischen Thron zurückgebracht, und die Menschen in Südamerika müssen dafür leiden. Jetzt verhelfe ich Bolivar zu den Truppen, die er braucht, um die Tyrannei der Bourbonen abzuschütteln. Wenn unsere Regierung das als Verrat bezeichnet, na schön. Ich will euch da nicht hineinziehen, ich kann mir denken, was ihr dazu meint. Ich bitte nur darum, dass ihr die Sicherheit meiner Frau gewährleistet, während ich fort bin, denn sie ist jetzt eure Schwester, und wie sehr ihr auch mein Verhalten missbilligen mögt, sie trägt keine Schuld daran."

„Natürlich tun wir das, Jack", sagte Lucien ohne zögern.

Damien schwieg einen Moment, die Arme vor der Brust verschränkt. „Zufällig weiß ich", sagte er dann langsam, „dass Wellington deine Ansicht teilt."

„Was?"

Damien kratzte sich an der Wange und schenkte Jack ein etwas schiefes Lächeln. „Du hast gehört, was ich sagte. Was geschehen ist, war unbeabsichtigt. Wir mussten Napoleon aufhalten. Dass Spanien damit wieder unter die Herrschaft der Bourbonen geriet, konnten wir nicht verhindern. Soweit ich weiß, hätte der eiserne Duke es auch gern, wenn Bolivar gewinnt." Er nickte langsam. „Ich werde für dich mit ihm sprechen."

„Ich weiß nicht …" Erstaunt sah Jack ihn an. „Wellington unterstützt diese Sache?"

„Natürlich nicht offen. Aber wir sind mit den Jahren recht gute Freunde geworden, und ich bin sicher, dass er zumindest einige angemessene Vorschläge machen kann."

„Dem stimme ich zu", meinte Damien.

„Kann man ihm vertrauen?"

„Jack, ich rede von Wellington", erwiderte Damien. „Er hat in der Stadt mehr Macht als der Regent."

Lucien schlug Jack auf die Schulter. „Und ich werde mich für dich im Außenministerium umhören. Sollte ich etwas über deinen Freund Ruiz oder seine Pläne erfahren, lasse ich es dich wissen."

„Was machst du eigentlich für die Regierung, Lucien?"

„Oh, nur langweilige Dinge", meinte der, und seine Augen blitzten dabei wie Stahl. „Ich will dich nicht damit plagen."

Rackford mischte sich ein. „Ich kenne eine paar Burschen in den Armenvierteln, die die Banden in Seven Dials kontrollieren. Sie könnten dir noch mehr Männer schicken."

„Ausgezeichnet. Mein Assistent Christopher Trahern wird sich darum kümmern. Nenn ihnen die Namen, ja?"

Rackford nickte.

Nach einer Runde Brandy gesellten sie sich wieder zu ihren Karten spielenden Ehefrauen und gaben wohlgemeinte Ratschläge.

„Billy, möchtest du an meiner Stelle weiterspielen?", fragte Jacinda schließlich verstimmt.

„Ich versuche nur, dir bei deiner Strategie zu helfen", erwiderte dieser.

„Wir spielen ausschließlich zum Vergnügen, nicht um zu gewinnen."

„Das mag vielleicht für dich gelten", meinte Eden mit einem spitzbübischen Lächeln, und Jack lachte.

Während die Apriltage immer sonniger wurden, stellte Eden fest, dass sich ihr Alltag ihren früheren Fantasien immer weiter annäherte – die Fantasien, über die ihr Vater sich in der Wildnis immer lustig gemacht hatte.

Sie trug herrliche Kleider. Sie hatte Scharen neuer Freunde.

Sie hatte ihre eigene kleine Nische im erlesenen *Ladies' Garden Club* und der *Horticultural Society* gefunden, und das verdankte sie den botanischen Heldentaten ihres berühmten Vaters.

Bei dem ersten Treffen, dem sie in Begleitung von Alice, Luciens Frau, beigewohnt hatte, hatten Dutzende gartenbegeisterter Engländerinnen ihr fasziniert gelauscht und hier und da einen neidischen Seufzer ausgestoßen, während Eden beschrieb, wie sie in die Baumwipfel hinaufgestiegen war und Orchideen, Palmen und Bromelien studiert hatte.

Ihre kleinen Vorträge über die Flora in den Tropen weckten eine plötzliche Begeisterung für Gewächshäuser, wo Pflanzen unter künstlich geschaffenen Bedingungen gezüchtet werden konnten.

Es gefiel Eden, dass sie auf ihre eigene Art und Weise London ein wenig verändert hatte, denn ganz gewiss hatte London sie verändert. Wäre ihr Vater inzwischen aufgetaucht, hätte er sich vermutlich gefragt, wer sie war.

Sie kaufte ein, gab ein Vermögen für Nichtigkeiten aus, lenkte ihre modische Kutsche zur üblichen Stunde durch den Hyde Park, mit Amelia an ihrer Seite und einer Zofe und einem Lakaien, die ihr zu Diensten standen. Mit einem Kuss bedankte sie sich bei ihrem Gemahl für das Haus in Derbyshire.

Inzwischen waren sie und Jack viel in der Gesellschaft unterwegs, denn sie schleppte ihn überallhin mit. Und auch wenn er sich unterwegs gern beschwerte und ein oder zwei spöttische Bemerkungen anbrachte – bei denen sie sich sehr anstrengen musste, um nicht zu lachen –, fügte er sich ihr doch insoweit, als er sie begleitete.

Es entging ihr nicht, wie andere Frauen ihn bei solchen Gelegenheiten ansahen. Und ebenfalls bemerkte sie, dass Seitensprünge in der *ton* keine Seltenheit waren. Mit den Ehepartnern anderer zu flirten, schien eines der unausgesprochenen Ziele sämtlicher gesellschaftlicher Zusammenkünfte zu sein. Diesen Aspekt der Beau Monde hatte sie nicht erwartet. Waren denn nicht alle glücklich verheiratet?

Nun, sie bemühte sich nach Kräften, nicht darauf zu achten. Zum Glück flirtete niemand mit ihr. Niemand jedenfalls, der wusste, wer ihr Gemahl war.

Während die Saison voranschritt, scharten sich immer mehr Menschen um sie. Ihr Leben war ein richtiger gesellschaftlicher Wirbel geworden. Dass sie erfolgreich war, wurde ihr endgültig bewusst, als sie und Jack zum ersten Mal auf der Gesellschaftsseite der *Morning Post* erwähnt wurden. Wie ihren Gemahl, so bezeichnete man auch sie als sehr individuell.

In der folgenden Woche würden die Rennen in Ascot beginnen, von denen jeder sagte, sie wären einmalig. Doch das Ereignis, das Eden vor allen anderen am meisten herbeisehnte, war der große Ball am Samstagabend.

Ihr erster richtiger Londoner Ball.

Sie zählte die Stunden und übte die Tanzschritte. Das Kleid, das sie zu diesem Anlass bestellt hatte, würde all ihre neuen Freunde betören, und ihren Gemahl ebenso, aber noch lag eine ganze Woche voller Amüsements vor ihr, ehe dieser magische Abend herankam.

Am Montag war der Besuch in Derbyshire mit dem Kartenspiel danach. Am Dienstag nahm sie an einer nachmittäglichen Gartenparty teil, oder an einer „fete champetre“, in Lady

Madisons Villa an der Themse. Mittwochabend gab es eine Party nach dem Theater, wo Londons berühmteste Schauspieler kurz erschienen und ihren Zauber unter den reichen Bewunderern versprühten, die gleichzeitig die großzügigsten Mäzene der Kunst waren.

Am Donnerstagnachmittag begleitete Jack sie zu einem Polospiel, nach dem sie nach Hause eilen und sich umziehen mussten, um rechtzeitig zu dem Kammermusikabend in Holland House zu sein.

Das Unglück schlug zu, als Eden am Freitagabend bemerkte, dass ihre Zofe Lisette nirgends gefunden werden konnte. Sie hatten bereits zugesagt, Lady Draxingers Empfangstag zu besuchen, sie mussten aufbrechen.

Natürlich hatte Eden keine Ahnung, was ein Empfangstag war, aber sie war begierig darauf, es herauszufinden. Sie wusste im Augenblick nur, dass sie sich allmählich umziehen musste, und sich ohne ihre Zofe zurechtmachen – ein Graus!

Ihr seidener Hausmantel bauschte sich hinter ihr, als sie quer durch ihre Suite in den Salon ging. „Jack!"

„Hm?" Er war bereits angekleidet, saß lässig in einem Sessel und las gelangweilt die Zeitung. Über den Rand hinweg sah er sie an und gähnte.

„Hast du Lisette gesehen? Sie ist fort."

Er stutzte. „Ah ja. Lisette."

„Ich kann sie nirgends finden."

„Richtig. Ja, also, was Lisette betrifft, meine Liebe. Es tut mir leid, ich vergaß, es dir zu sagen." Er richtete sich auf. „Sie ist fort."

„Fort?"

„Ja. Ich habe sie am Nachmittag entlassen."

„Was? Warum?"

Er legte die Zeitung beiseite. „Sie hat uns bestohlen."

Eden schrie auf.

„Ich erwischte sie mit deinen Perlen", sagte er.

Verblüfft runzelte sie die Stirn. „Du hast Lisette erwischt, wie sie meine Perlen stehlen wollte?“

„Hm.“

„Oh! Wie schrecklich von ihr!“

„Ich weiß.“

„Aber was soll ich jetzt tun? In einer Stunde sollen wir bei Draxingers sein.“

„Liebling, ich bin sicher, eine deiner anderen Zofen kann dir mit dem Kleid helfen.“

„Aber wer wird mich frisieren?“, rief sie.

Er sah sie an, bis Eden begriff, wie albern das klang. „Ach, du!“

Sie trat zu ihm und strich ihm über den Kopf, dann bückte sie sich und küsste ihn auf die Wange. „Was sollte ich nur ohne dich machen?“

„Das frage ich mich auch“, meinte er leise. „Vielleicht vergessen, wer du bist?“

Sie senkte den Blick. „Es ist nur alles so aufregend. Vermutlich … lasse ich mich manchmal ein wenig mitreißen.“

Er nahm ihre Hand und sah sie ernst an. „Lass uns heute zu Hause bleiben“, flüsterte er. „Ich möchte mit dir allein sein.“

Plötzlich sehnte Eden sich nach ihm. Oh, sie kannte diesen Blick, und die Bewunderung, die darin lag, drang ihr bis ins Herz. Welches Glück sie hatte, so sehr geliebt zu werden! Diese Erkenntnis erinnerte sie daran, wie sehr sie seine Liebe vermisste. Nach all den vielen Tagen der Zurückweisung wusste sie, sie verlangte nach ihm.

„Können wir uns nicht wenigstens kurz sehen lassen?“, murmelte sie, während sie ihm übers Haar strich. „Wir haben schon gesagt, dass wir kommen, und es wäre einfach zu unhöflich, ohne Entschuldigung fernzubleiben.“

„Na schön. Du weißt, ich kann dir nichts abschlagen.“

Sie lächelte. „Außerdem will ich unbedingt herausfinden, was ein Empfangstag ist.“

„Es ist langweilig", erwiderte er, während sie in ihr Gemach eilte und nach ihren anderen Zofen läutete.

Seufzend griff Jack wieder zu seiner Zeitung. Er hatte nun wirklich keinen Grund, seiner Frau zu sagen, warum er ihre so sinnliche französische Zofe entlassen hatte.

Am Vormittag, als Eden zu ihrem *Ladies' Garden Club* gegangen war, hatte Jack an seinem Schreibtisch gesessen und gearbeitet, Briefe durchgesehen und nicht gehört, wie Lisette hinter ihn trat. Doch als er eine leichte Berührung an der Schulter spürte, war er erstarrt. Er hatte vermutet, es wäre Eden, die endlich wieder zu ihm kam, daher hatte er sich sofort herumgedreht, doch es war nur ihre Zofe gewesen.

„Meine Herrin ist ausgegangen", hatte Lisette leise gesagt und war näher getreten. „Ich habe mich gefragt, ob es noch etwas gibt, das ich für meinen Herrn tun kann."

Ehe er etwas erwidern konnte, hatte sie begonnen, seine verspannten Schultern zu massieren, war hinter seinen Stuhl getreten und hatte seinen Kopf an ihre Brüste gezogen. „Diese Hände können mehr als nur schöne Frisuren machen", hatte sie geflüstert.

Jack hatte wie erstarrt dagesessen.

Er musste zugeben, er hatte Lisette einmal angesehen, denn Eden ließ ihn darben, aber es war nur einmal gewesen. Unglücklicherweise war Lisette Französin. Einmal genügte, und sie wusste Bescheid.

Aber verdammt, dachte Jack, ich bin verheiratet, nicht tot. Ehe Eden kam, wäre Lisette genau die Art von kesser, erfahrener Frau gewesen, mit der er sich in irgendeinem Hafen amüsiert hätte. Sie war ein Vollweib, mit üppigen Kurven und lockenden Augen, ein sinnliches Geschöpf.

Er wusste, er hätte sie nicht einstellen dürfen.

Aber sie war ihm empfohlen worden, hatte für verschiedene Damen der Gesellschaft gearbeitet, und er hatte dabei an Eden gedacht, die sich so gar nicht in diesen Kreisen auskannte. Seine Frau würde alle Hilfe brauchen, die sie bekommen konnte, und Lisette wirkte welterfahren.

Ihre selbstsichere Art, ihn zu berühren, zeigte ihm außerdem, dass sie sich mit dem männlichen Körper auskannte.

„Es ist ein Verbrechen, dass ein Mann wie Sie so vernachlässigt wird", flüsterte sie ihm ins Ohr und massierte seine Schultern. „Sie hat Sie nicht verdient."

Er war zurückgewichen und hatte sich geweigert, einen Ehebruch auch nur in Erwägung zu ziehen. „Geh. Und sprich nie wieder schlecht über deine Herrin."

„Sie lieben sie, das weiß ich, auch wenn sie nicht das Bett mit Ihnen teilt. Aber Mylord, Sie müssen sich nicht schuldig fühlen. Wenn ich ihn nur in den Mund nehme, zählt das nicht."

Er war aufgestanden und hatte den Abstand zwischen ihnen vergrößert. „Du bist entlassen. In der Nähe meiner Frau will ich dich nicht haben. Geh."

„Was?"

„Pack deine Sachen und geh."

Sie hatte ihn böse angesehen.

„Wir schreiben dir eine Empfehlung. Geh mir jetzt aus den Augen."

Auf dem Weg nach draußen hatte sie ihn verflucht.

Nachdem sie fort war, hatte Jack versucht, sich wieder auf seine Arbeit zu konzentrieren, aber nach ein paar Minuten legte er die Feder hin. Geplagt von Lust, war er aufgestanden und auf den Balkon gegangen, um seine Triebe wieder unter Kontrolle zu bringen.

Dann hatte er beschlossen, dass dies die Nacht der Nächte sein würde.

Nach dem albernen Empfang bei Lord Draxinger würde er seine ehelichen Rechte einfordern. Peinlich genug, dass die Dienstboten bereits wussten, dass seine Frau ihm das Bett verweigerte. Er hatte gelobt, eine Woche zu warten, ehe er zu ihr ging, aber mehr als fünf Tage ertrug er nicht.

Nachdem Eden endlich entschieden hatte, was sie mit ihrem Haar anstellen wollte, gingen sie zu dem Empfangstag und fanden es geradezu lächerlich voll dort.

Hunderte von Gästen drängten sich in dem Stadthaus am Hanover Square, sodass niemand sich wirklich bewegen konnte.

Es gab viele alberne Rituale in der *ton*, aber Jack hatte so einen Empfang immer für die denkbar größte Zeitverschwendung gehalten. Es gab eine lange Prozession durch die Eingangshalle, die überfüllte Treppe hinauf, bis sie endlich an der Reihe waren, dem Hausherrn und seiner Dame die Referenz zu erweisen. Danach machten die Gäste ganz einfach kehrt und gingen wieder.

An manchen Abenden gab es drei oder vier dieser Empfänge auf einmal. Jack vermutete, es ginge darum, sich mit den anderen zu unterhalten, während man wartete, aber was ihn betraf, so war es reine Quälerei.

Dieser besondere Empfang jedoch war seiner Aufmerksamkeit wert, denn so voll, wie es überall war, bedeutete es, dass er Edens schlanken Körper für eine gute halbe Stunde ganz nahe an seinem spüren konnte.

Die Bewegung der Menge presste sie immer wieder gegeneinander. Seit Ewigkeiten hatte er keinen so engen Kontakt mehr zu ihr gehabt, und zumindest spürte er, wie sie sich seiner Nähe bewusst wurde.

Als ihr Gemahl besaß er das Recht, die Hand an ihre Taille zu legen, um sie zu stützen, während sie die überfüllte Treppe hinaufstiegen.

Sie standen nahe an der Wand, sodass niemand außer Eden bemerken konnte, dass seine Berührungen mehr einer Zärtlichkeit glichen. Über ihre Schulter hinweg sah sie ihn an, die Lippen ein wenig geöffnet. Ganz leicht, sodass niemand es bemerken konnte, schob sie sich zurück, sodass ihre Hüften seine Lenden streiften.

Jack unterdrückte ein Stöhnen und schob eine Fingerspitze in den oberen Rand ihres ellenbogenlangen Handschuhs. Er fühlte seinen Herzschlag. „Lass uns von hier fortgehen."

Sie wandte den Kopf, wie um ihn zu küssen, doch sie wussten beide, dass sich zwei Menschen bei einem dieser Anlässe nicht einfach so auf der Treppe küssen konnten. Nicht, ohne einen Skandal zu verursachen.

Sie verlangten nacheinander, und die Menge wusste nichts davon. Welch ein Spaß: Eine Affäre mit der eigenen Frau zu haben.

„Wie sollen wir das anstellen?"

Das war, Gott sei Dank, zumindest keine Ablehnung.

Er blickte die Treppe hinunter und sah, dass sie nicht zurück konnten. Es blieb ihnen nichts anderes übrig, als bis zum Ende des Rituals durchzuhalten und dann zu fliehen. Und dann …

Er ließ einen Finger über ihren Rücken gleiten und fühlte, wie sie erschauerte. „Hübsches Kleid", flüsterte er. Es war schulterfrei. Ihm gefiel der tiefe Ausschnitt am Rücken, und zart berührte er ihr Ohrläppchen. „Ich kann es nicht erwarten, es dir vom Leib zu reißen."

Bei diesen sündhaften Worten holte sie tief Luft, doch ihr mädchenhaftes Erschauern erregte ihn nur noch mehr. Schließlich waren es nur Worte, gerade eben so laut, dass sein Liebling sie hören konnte. „Ich werde dich hinlegen und dich vom Kopf bis zu den Zehen küssen, jeden Zentimeter deiner samtweichen Haut. Ich werde dir so viel Vergnügen bereiten, dass du glaubst, du hättest den Verstand verloren, und dann werde ich von vorn anfangen. Und wieder und wieder …"

Sie zuckte zusammen.

Jack hatte noch mehr Einfälle, die er ihr ins Ohr flüsterte, während sie weiter die Treppe hinaufstiegen, aber sein Herz klopfte heftig, und er musste sich sehr konzentrieren, damit sich seine Erregung nicht zeigte.

Das wäre ein lohnender Anblick für die Draxingers.

„Bist du schon bereit für mich?", wollte er wissen.

„Hör auf", lachte sie leise, „wir sind gleich an der Reihe."

„Irgendwo hier muss es doch einen Raum geben, wo du und ich …"

„Psst!"

„Was? Drax ist ein Freund von Alec, daher bezweifle ich, dass er ein Tugendbold ist. Er weiß, wie es läuft."

„Genau wie alle anderen hier. Also warte, bis wir zu Hause sind."

„Versprichst du das?"

„Wenn du schön brav bist."

„In diesem Fall", flüsterte er ihr ins Ohr, „werde ich der reinste Engel sein."

Als sie schließlich ihre Gastgeber erreichten, war der Besuch von außerordentlich kurzer Dauer. Eden knickste, Jack verneigte sich, und dann gingen sie auch schon wieder hinaus, wobei sie sich gegen die Hereinkommenden drängen mussten. Wenn sie sich nicht irrte, schob Jack einige einfach aus dem Weg und lächelte dann entschuldigend, als handelte es sich um ein Versehen.

Sie eilten zurück zum Hotel, um sich lieben zu können, doch trotz der Tatsache, dass er sie bereits heftig erregt hatte, ehe sie aus der Kutsche stiegen – tatsächlich wünschte sie sich nichts sehnlicher, als dass der schöne Mann an ihrer Seite all das mit ihr tat, was er ihr versprochen hatte –, war ihr Verstand noch ein wenig unsicher.

Sie schafften es bis zu dem großen Mahagonitisch in dem dunklen Esszimmer, wo sie beschlossen, dass es jetzt reichte. Er schob seine Hand unter ihre Röcke, um sie zu streicheln, und Eden küsste seine schöne nackte Brust, wo sie ihm das

Hemd aufgerissen hatte, streichelte seine starken Arme und den breiten Rücken unter dem dünnen weißen Stoff.

Er lächelte wie trunken zwischen seinen Küssen, während er ihre feuchte Mitte berührte. „Meine schöne Frau“, flüsterte er, „ich werde dich jetzt nehmen.“

„Jack, warte.“

„Nein, kein Warten mehr. Jetzt.“ Er küsste sie wieder.

„Jack, ich möchte mich dir ja hingeben“, sagte sie atemlos, „aber …“

„Aber was?“, neckte er sie.

„Ich muss sicher sein, Jack, dass du diesmal so offen und ehrlich zu mir bist, wie ich es zu dir bin. Ich will nur wissen, dass meine Gefühle erwidert werden.“

„Natürlich werden sie das, Liebes.“

Es fiel ihr so schwer, sich zu konzentrieren, während er so an ihrem Hals saugte, aber irgendwie gelang es ihr, sich zu sammeln. „Dann … dann sag mir den wahren Grund, warum du mich in Irland zurücklassen wolltest.“

Er hielt inne. Schließlich hob er den Kopf und sah sie entgeistert an. „Das ist jetzt ein Scherz.“

Sie atmete schwer, aber ihre Miene war vollkommen ernst. Als er sich wieder vorbeugen wollte, um sie noch einmal zu küssen, und dabei lächelnd den Kopf schüttelte, stemmte sie die Hände gegen seine Schultern, um ihm zu zeigen, dass sie es ernst meinte.

„Oh, komm. Du fängst doch nicht wieder damit an, oder?“

„Warum wolltest du mich nicht bei dir haben? Sag es mir einfach.“

Er suchte nach Worten. „Eden, es spielt keine Rolle mehr.“

„Für mich spielt es eine Rolle.“

„Was ich befürchtete, ist nicht eingetreten, also könntest du es bitte auf sich beruhen lassen?“

„Wovor hast du Angst?“

„Lass es!“, rief er aus. „Liebling, ich weiß, es hat dich verletzt, aber ich habe meinen Fehler eingesehen und ihn korrigiert. Genügt das nicht?"

„Ich bin deine Frau. Ich habe ein Recht darauf zu wissen, was in deinem Kopf vor sich geht."

Er verzog das Gesicht. „Ist dir je der Gedanke gekommen, dass ich ein Recht auf meine eigenen Gedanken habe? Ich will nicht darüber reden! Küss mich, verdammt."

Sie drehte das Gesicht weg und warf ihm einen strengen Blick zu. „Warum willst du es mir nicht sagen?"

Er setzte sich auf. „Ich glaube das nicht."

Sie tat es ihm gleich und schob den Ärmel ihres Kleides wieder hoch. „Was versuchst du zu verbergen?"

„Hör zu. Ich brauche dich. Liebe mich. Gleich jetzt." Er streckte den Arm aus und streichelte die kleine Vertiefung zwischen ihren Schlüsselbeinen. Dann ließ er die Hand auf ihren Schenkel sinken. „Wenn du mich weiterhin so zurückweist, wirst du mich verlieren", flüsterte er.

Erschrocken zuckte sie zurück. „Jack!"

„Ich meine es ernst. Du musst damit aufhören, Eden." Er umfasste ihre Schulter und sah ihr in die Augen. „Ich habe das Gefühl, dich zu verlieren. Ich erkenne dich kaum wieder und bin nicht sicher, ob du dich selbst noch erkennst. Ich sorge mich um dich. Du veränderst dich, und ich mochte dich so, wie du warst, mein kleines Urwaldmädchen, so wie sonst niemand auf der Welt", flüsterte er leise. „Ganz einmalig."

„Ich verändere mich nicht."

Er umfasste ihr Gesicht. „Doch, das tust du", flüsterte er. „Und ich habe eine Todesangst, dass es meine Schuld ist." Wieder drückte er ihre Schulter. „Komm zu mir zurück."

Eine ganze Weile lang sahen sie einander nur an.

Ohne ein weiteres Wort streckte Eden den Arm aus. Er zog sie an sich und umarmte sie fest. Dann hielten sie einander für einen Moment umschlungen, und sie dachte über seine Worte nach. Es gefiel ihr nicht, dass sie so etwas wie Schuldbewusstsein empfand. „Vielleicht habe ich in der letzten Zeit etwas Neues probiert, aber ... ich bin glücklich." *Glaube ich zumindest.*

„Glücklich?" Er wich zurück, und es schien, als ärgerte ihn dieses Bekenntnis. „Wie kannst du das sein mit dieser Kluft zwischen uns? Glücklich? Ich bin es nicht! Aber vielleicht liegt dir an uns einfach nicht so viel wie mir."

„Sag das nicht, Jack. Du weißt, dass es nicht stimmt", beharrte sie und umfasste seinen Nacken. „Du bedeutest mir alles."

„Dann zeig es mir. Zeig mir, dass du mich liebst. Teile das Bett mit mir. Ich liebe dich so sehr, dass es mich beinah umbringt."

„Aber du verstehst nicht!" Sie ließ ihn los. „Du hast mich schon einmal im Stich gelassen – nein, zweimal, wenn man Venezuela mitzählt. Wie kann ich dir vertrauen und mich dir hingeben, wenn du nicht einmal eine einzige einfache Frage beantwortest?"

„Wie? Ich werde dir sagen, wie. Zunächst einmal, ich habe dir das Leben gerettet. Ich gebe dir alles, was du dir wünschst. Ich liebe dich so sehr, wie ich noch nie einen Menschen geliebt habe – und jetzt willst du Bedingungen stellen, ehe du mich liebst oder nicht? Ich bin dein Ehemann", sagte er, und seine Stimme bebte vor Zorn. „Du kannst mich nicht ständig abweisen."

„Aber Jack ..."

„Nichts aber. Hör auf, mich zu bestrafen! Ich sagte dir, ich gebe zu, dass ich einen Fehler gemacht habe. Aber ich habe alles in meiner Macht Stehende getan, um es wiedergutzumachen, also hör auf mit deinen Spielchen! Was willst du denn noch?"

„Die Wahrheit!", schrie sie. „Wenn du mit mir redest, dann kann ich dich wenigstens verstehen! Warum bist du so ausweichend? Was ist so schlimm, dass du es verbergen musst, dass du mir nicht einmal deine Gründe nennen kannst?“

„Weißt du was? Vergiss es“, sagte er und glitt vom Tisch. „Das ist Unsinn. Lass mich wissen, wenn du in mein Bett zurückkommen willst. Ich bettle nicht mehr darum.“

Verärgert nahm er seinen Rock, ging zur Tür und warf sie mit einem Knall hinter sich zu.

16. KAPITEL

Wütend, verletzt und in dem Gefühl, abgewiesen worden zu sein, stürzte sich Jack in die Arbeit, so wie er es immer getan hatte. Er ging geradewegs zu seinem Büro im Speicherhaus seiner Firma am Fluss, wo er Trahern fand, der sich um alles kümmerte. Er trat ein, begrüßte seinen Hund, froh darüber, dass wenigstens irgendjemand ihn mochte, und fragte Trahern nach einem Bericht über die letzten Fortschritte.

„Ausgezeichnete Neuigkeiten, Captain." Dem jungen Lieutenant schien es gut zu bekommen, dass er nun mehr Verantwortung besaß. Er hielt sich aufrechter und wirkte selbstbewusster. „Diese Burschen, die dein Verwandter, Lord Rackford, mir geschickt hat – mein Treffen mit ihnen hat uns weitere siebzig Rekruten verschafft. Damit sind es dreihundert aus London. Vorausgesetzt dass jeder, der sich eingetragen hat, auch erscheint, erreichen wir Bolivar mit einer vollen Brigade, wie wir es versprochen hatten."

„Gute Arbeit, Trahern."

„Vielen Dank, Sir. Heute haben wir auch Nachricht aus Irland und Cornwall erhalten. Dort sind sie jetzt bereit."

„Gut. Wie lange werden wir brauchen, ehe wir aufbrechen können?"

„In diesem Moment werden die Vorräte an Bord gebracht." Mit einer Kopfbewegung deutete Trahern auf die Türen, breit wie Scheunentore, die zum Fluss führten, wo die *Winds of Fortune* erhaben vor Anker lag.

Sehnsüchtig blickte Jack dorthin, begierig darauf, wieder unterwegs zu sein, weg von dieser Gesellschaft, die ihn in den Wahnsinn trieb, und von seinen verzweifelten Bemühungen, zu Eden durchzudringen. Auf See wusste er zumindest, woran er war.

„Es wird noch etwa acht bis zehn Stunden dauern, bis wir

alles verladen haben", fuhr Trahern fort. „Inzwischen müssen wir den Männern Bescheid geben. Sie brauchen ein wenig Zeit, um sich zu verabschieden, aber meistens gibt es nicht viel, was diese Jungs hier hält. Ich würde sagen, dass wir vermutlich in achtundvierzig Stunden die Anker lichten können. Nur Lord Arthur fehlt noch, um die *Valiant* mit den übrigen Vorräten zu beladen, aber er kann immer noch nachkommen."

Jack nickte zustimmend. „Er muss uns nicht aufhalten. Ich kann Lucien bitten, alles mit ihm zu klären, wenn er herkommt."

„Woher die plötzliche Eile aufzubrechen?", fragte Trahern. „Ärger mit Ruiz?"

„Nein." Er hielt inne und senkte den Blick. „Alles ist wunderbar."

Trahern betrachtete ihn. „Jack, du siehst schrecklich aus. Was ist los?"

Er schüttelte den Kopf und ging ein paar Schritte. „Ich hätte mir die Zofe nehmen sollen, als ich noch Gelegenheit dazu hatte", sagte er leise.

„Ärger mit der Ehefrau?"

„Mein Junge, ich glaube, ich sollte den Rest der Nacht in einem Bordell verbringen", erklärte Jack. „Schade, dass du nicht mitkommen kannst, aber du musst noch arbeiten."

Trahern schien fassungslos. „Ist das dein Ernst?"

Jack sah ihn einen Moment lang an und stieß dann einen müden Seufzer aus. „Machen wir das hier noch fertig, und dann lass uns gehen. Vielleicht macht meine Abwesenheit sie etwas liebevoller."

„Aye, aye", meinte Trahern misstrauisch.

Als er sich wieder seiner Arbeit zuwandte, bemerkte Jack, dass sein Hund wachsam geworden war. Rudy starrte hinaus zu einem Stapel von Kisten, die darauf warteten, verladen zu werden.

„Was ist los, mein Junge?", fragte Jack mit einem leisen Lächeln. „Ein Huhn?"

Andere Hunde jagten Katzen, aber sein Bullterrier hatte es auf Geflügel abgesehen.

Ganz plötzlich stürmte Rudy aus dem Speicher und bellte aus Leibeskräften.

Das war nicht das Gebell eines Hundes, der spielen wollte.

Rudy ging zum Angriff über, und Jack folgte ihm.

Ruiz.

Musste Rudy es ausgerechnet mit einem professionellen Mörder aufnehmen, dieser furchtlose Köter? *Wenn er meinen Hund erschießt, schneide ich ihm das Herz aus dem Leib.*

Zu schnell, um von einem Menschen eingeholt werden zu können, war Rudy in der Dunkelheit verschwunden, aber Jack konnte ihn noch immer bellen hören. Die Pistole in der einen, das Messer in der anderen Hand, lief Jack den langen hölzernen Steg entlang, dann bog er in eine der gefährlichen Gassen zwischen den Speicherhäusern ein und folgte dem unaufhörlichen Bellen seines Hunds.

Weiter unten in der Gasse sah Jack Rudy, wie er versuchte, über ein sehr hohes Tor zu springen, immer wieder, als hätte er Sprungfedern unter den Hinterpfoten, während er mit den Vorderläufen gegen das Holz schlug. Wer immer es sein mag, er muss dahinter sein, dachte Jack und lief zu seinem Hund, um nachzusehen.

„Ruhig, Junge, ruhig! Wohin ist er gegangen, Rudy?“

Jack sprang hoch, packte den oberen Rand des hohen Tors und zog sich nach oben, sodass er über den Rand hinwegsehen konnte. Er blickte über den leeren, gepflasterten Hof, der dahinter lag, aber dort bewegte sich nichts und es gab kaum Möglichkeiten, sich zu verstecken, abgesehen von einem alten Waggon.

Er ließ das Tor los und sprang wieder herunter. Dann sah er sich wieder um, die Waffe bereit, aber als er niemanden sah, bückte er sich, um sich davon zu überzeugen, dass sein tapferer Hund unverletzt war.

„Hey, Rudy. Guter Junge. Alles in Ordnung?" Da der Bullterrier weiß war mit nur einem schwarzen Ring um das eine Auge, bemerkte Jack sofort, dass jetzt auch sein Maul dunkel war. Als er dort hin fasste, stellte er fest, dass es sich um Blut handelte – und es schien nicht von Rudy zu stammen.

„Himmel, du hast ihn erwischt", murmelte er. „Du hast den Kerl gebissen, nicht wahr?"

Sehr zufrieden mit sich, aber immer noch aufgeregt, tänzelte Rudy hin und her, dann setzte er sich und wedelte mit dem Schwanz.

„Du kleiner Racker", flüsterte Jack und schüttelte den Kopf, aber die offensichtliche Frage gab ihm noch immer Rätsel auf. Vermutlich kannte Manuel de Ruiz sechs verschiedene Möglichkeiten, einen Menschen mit bloßen Händen zu töten, und dass ein ausgebildeter Mörder seine Waffen vergaß, war unmöglich. Warum also hatte er den Hund nicht erschossen?

Darauf gab es eine einfache Antwort. Es war nicht Ruiz.

Wer aber war es dann?

Auf dem Boden entdeckte Jack ein kleines Stück Stoff. Er hob es auf. Auch darauf sah er Blut. Er hätte wetten können, dass irgendwo jemand herumlief mit einem Loch in der Hose – und Bissspuren am Bein.

Wieder stand er auf und sah sich vorsichtig um. Die Gegend am Fluss war berüchtigt für ihre Halsabschneider und Diebe.

Vielleicht hatte Rudy nur einen der örtlichen Tunichtgute vertrieben, der dem Speicher zu nahe gekommen war. Jack war nur froh, dass der Kerl, wer immer es gewesen sein mochte, den Hund nicht in Notwehr getötet hatte. „Komm, mein Junge. Machen wir dich sauber."

Stolz trabte Rudy neben ihm her zurück ins Speicherhaus, bis Trahern erschien. Dann lief der Hund voraus.

Beim Anblick von Rudys blutigen Lefzen rief der Lieutenant: „Was ist passiert?"

„Wie es scheint, haben wir Gesellschaft."

„Und Rudy ist der Gastgeber."

„Machst du ihn für mich sauber? Aber lass ihm Zeit. Er ist etwas aufgeregt."

„War es Ruiz?"

„Ich weiß es nicht. Vermutlich nicht. Er hätte den Hund erschossen."

„Vielleicht einer seiner Handlanger."

„Hmm." Jack dachte einen Moment lang darüber nach, dann schüttelte er den Kopf. „Wir haben über Tabus gesprochen, aber ich traue dem Kerl nicht." Dann nickte er. „Ich werde nach Hause gehen und nach meiner Frau sehen."

„Was ist mit dem Bordell?", fragte Trahern mit einem schiefen Lächeln.

Jack warf ihm einen warnenden Blick zu.

„Captain, vielleicht solltest du in London bleiben und die Sache mit deiner Frau klären", meinte der Lieutenant. „Von nun an kann ich die Mission allein leiten."

„Den Teufel kannst du", meinte Jack, schon zum Gehen gewandt.

„Du meinst, ich schaffe das nicht? Was denn? Dass ich das Schiff nicht an den Spaniern vorbeibringe? Dann vergisst du, wie oft ich unsere Silberladung sicher an den Piratenhorden im Orient vorbeibrachte."

„Dies ist etwas anderes."

„Nein. Ich kenne diese Gewässer wie meine Westentasche. Die Spanische Marine hat vielleicht größere Kanonen …" Trahern hielt inne, als ein Arbeiter vorbeiging und ihnen respektvoll zunickte, ehe er fortfuhr: „Aber nicht einmal sie sind so rücksichtslos wie die Briganten, denen ich im indischen Ozean gegenüberstand und die dort den Handelsschiffen auflauern. Ich war bei diesen Fahrten der Captain, Jack. Ich habe diese Heiden bei vielen Gelegenheiten ausgebootet, war schneller und geschickter als sie – ich kann es so gut, wie du es in meinem Alter konntest, wenn ich das sagen darf."

„Nein, kannst du nicht", murmelte Jack.

„Du solltest hierbleiben", meinte sein Freund. „Du hast jetzt zu viel zu verlieren, und ich kann dies hier schaffen. Du hast eine Frau, die dich liebt. Deine Familie hat dich wieder in Gnaden aufgenommen …"

„Ja, aber ich habe den Rebellen mein Wort gegeben."

„Ich will mich nicht mit Details abgeben, aber du hast versprochen, ein Bataillon zu rekrutieren und auszurüsten. Das bedeutet, die Kontakte und Verträge zu schließen, und das hast du getan. Ein Mann in deiner Stellung hat es nicht nötig, jedes Detail zu beaufsichtigen." Trahern grinste. „Vor allem nicht, wenn du mich hast."

Jack hob eine Braue.

„Lass mich an deiner Stelle die Männer nach Südamerika zurückbringen", bat Trahern mit fester Stimme. „Ich sammle die Truppen und bringe sie zu Bolivar."

„Nein."

„Jack, ich kenne diese Gewässer wie meine Westentasche."

„Darum geht es nicht."

„Um was dann? Oh, ich weiß", sagte der jüngere Mann ungeduldig. „Du kannst es nicht ertragen, auch nur ein bisschen Kontrolle abzugeben."

„Das hat nichts mit Kontrolle zu tun", verteidigte sich Jack, wenn auch nicht besonders überzeugend.

„Was dann?"

Hin- und hergerissen, starrte Jack hinaus aufs Meer, wo sein Schiff vor Anker lag. Seine Freiheit. Seine Sicherheit. Sein Fluchtweg.

„Egal", meinte er. „Ich muss mich um meine Frau kümmern."

„Jack!"

„Lass uns hier wegkommen und das alles hinter uns bringen. Du sagst, du brauchst achtundvierzig Stunden, um fertig zu werden? Ich gebe dir sechsunddreißig."

„Du bist ein Bastard, weißt du das?“
„Ja, und ich bin stolz darauf.“

Eden wusste nicht, wohin ihr Mann gegangen war. Sie wusste nur, dass er wütend auf sie war. Es war eine grässliche Angewohnheit von ihm, jedes Mal einfach hinauszustürmen, wenn sie in Streit gerieten. So ließ sich alles nur noch schlechter klären.

Sie lag wach, allein und ruhelos in ihrem Bett. Seine Liebkosungen hatten ihr Verlangen geweckt, aber ihre Stimmung blieb gedrückt. Sie dachte daran, was er gesagt hatte, dass sie sich veränderte. Vielleicht lag darin ein wenig Wahrheit. Obwohl sie ihre Mädchenfantasien verwirklichen konnte, fühlte sie sich ein wenig verloren. Sie glaubte sich zu erinnern, dass Jack sie an Bord der *Winds of Fortune* davor gewarnt hatte.

Na schön, dachte sie, vielleicht habe ich mich ein bisschen verändert, aber ich habe nie mit seinen Gefühlen gespielt. Besorgt drehte sie sich auf die andere Seite. Glaubte er das wirklich?

Wohin mochte er nur gegangen sein? Sie vermisste ihn, ihren Liebhaber, ihren Freund, und sie sehnte sich nach seinen Umarmungen. Er hatte recht. Es war schon lange genug so gegangen. Sie dachte an den verletzten, zornigen Blick in seinen Augen. Ich habe ihm nicht wehtun wollen.

Jedenfalls hatte er seinen Standpunkt deutlich gemacht. Offensichtlich hatte er nicht vor, ihr jemals den Grund dafür zu nennen, warum er sie in Irland hatte zurücklassen wollen, also musste sie das nun auf sich beruhen lassen. Was sollte sie sonst tun? Es war nicht so wichtig, als dass sie ihm deswegen Schmerz zufügen wollte.

Während die Zeit verging, drehte sie sich hin und her, von Verlangen gequält. Sie lag allein in ihrem Bett, aber wie es aussah, musste sie anfangen, sich daran zu gewöhnen. Nicht mehr lange, und Jack würde in Südamerika sein, und irgendwie fühlte sie sich wie ein verlassenes Kind. Sie war nicht in der Lage zu verstehen, wie er einerseits behaupten konnte, sie so sehr zu lieben, dass es ihn beinahe umbrachte, und sie dann für ein halbes Jahr allein zu lassen.

Aus den Augen, aus dem Sinn.

Wenigstens hatte sie jetzt ihre neue Familie und ihre Freunde. Aber ohne Jack, der ihr mit seiner Kraft Halt gab, fragte sie sich, wie sehr dieses Leben sie noch verändern würde. Würde noch etwas von ihr übrig sein, wenn er zurückkam?

Gerade in diesem Augenblick hörte sie das leise Geräusche eines schnellen, selbstsicheren, vertrauten Schrittes. Einen Moment lang glaubte sie, ihr Herz müsse stehen bleiben.

Jack war zurück.

Das leise Klappern der Schlüssel und das Geräusch der Riegel, als er die Türen zu ihrer Suite öffnete, weckten in ihr Erinnerungen an jene erste Nacht, die sie in seiner Kabine an Bord der *Winds of Fortune* verbracht hatte, nachdem der Schuft sie dazu gezwungen hatte, sich vor seinen Augen auszuziehen und ein Bad zu nehmen.

In jener Nacht hatte sie gewusst, was ihr bevorstand. Sie erinnerte sich an ihr Entsetzen, daran, wie sie so tat, als würde sie schlafen, als könnte das einen Mann mit dem Ruf von Black Jack Knight aufhalten.

Stattdessen hatte er sie mit erstaunlicher Sanftmut behandelt. Freundlich und umsichtig. So wie er es immer getan hatte. Damit hatte er ihr Vertrauen gewonnen. Und ja, das erkannte sie jetzt, sie vertraute ihm noch immer.

Und sie begehrte ihn mehr denn je.

Durch den Wohnraum neben ihrem Schlafgemach hörte sie schwere Schritte, die auf ihre Tür zukamen.

„Eden?“ Die Stimme klang streng und gefährlich. „Ist da drin alles in Ordnung?“

Sie hob den Kopf vom Kissen. „Ja, natürlich. Was ist los?“

Er durchquerte den Raum, spähte in alle dunklen Ecken und Winkel, wirkte angespannt und erregt.

Sie setzte sich auf. „Was gibt es?"

„Einen Moment noch." Er trat hinaus auf den Balkon, überprüfte ihn und blickte dann hinauf zum Dach. Einigermaßen zufrieden kam er zurück, schloss die Flügeltüren und schob den Riegel vor.

„Ist jemand hier gewesen? Gab es merkwürdige Geräusche?"

„Nein, alles war vollkommen ruhig."

„War jemand an der Tür?"

Sie schüttelte den Kopf. „Nein."

Er hielt inne und stemmte die Hände in die Taille. Bei dieser Bewegung wurde sein Überrock zurückgeschoben, und sie sah die muskulösen Umrisse seines Körpers. „Gut."

„Ärger?", fragte sie leise, aber er sah sie an, wie sie da so im Bett saß, und sie erkannte das Verlangen in seinen Augen.

Er wandte sich ab. „Vielleicht." Vermutlich war ihm gerade eingefallen, dass er gelobt hatte, ihr nicht mehr nachzulaufen. Nein, er hatte geschworen, dass sie beim nächsten Mal zu ihm kommen müsse. „Hab keine Angst. Ich bin wieder da. Ich habe keine Anzeichen dafür entdeckt, dass jemand hier gewesen ist. Gute Nacht."

„Aber Jack, was ist passiert?"

„Unten im Speicherhaus hat uns jemand nachspioniert. Ich dachte, es könnte Ruiz gewesen sein."

„Und du bist sofort hierher zurückgekommen, um mich zu beschützen?", murmelte sie.

Er schwieg.

Sie lächelte ein wenig zaghaft. „Ich dachte, du wärst mir böse."

„Das bin ich", sagte er tonlos, dann ging er aus ihrem Schlafgemach, um den Rest der Suite zu überprüfen.

Eden runzelte die Stirn. Sie hörte, wie er umherging, Schranktüren öffnete, Fenster verriegelte. Das war schade, denn die kühle Frühlingsluft war angenehm.

Er kam nicht zurück.

Langsam stieg sie aus dem Bett und ging ihn suchen.

Er war nicht im Wohnraum und auch nicht in dem kleinen Speisezimmer. Auch der Salon war leer.

Sie fand ihn in seinem Schlafgemach, wo er auf der Bettkante hockte. Er saß vorgebeugt da, die Arme leicht auf die Knie gestützt, zwischen den Lippen hing eine kalte Zigarre.

Ein wenig anmaßend betrachtete er sie, als sie zögernd den Raum betrat. Es war, als könnte er mit seinem verlangenden Blick ein Loch in die zarte Seide ihres Negligés brennen.

Den schwarzen Arbeitsrock aus Leder hatte er ausgezogen und über einen Stuhl geworfen.

„Es ist stickig hier. Du hast überall nachgesehen. Ist es in Ordnung, wenn ich die Tür nur einen Spaltbreit öffne?"

Er zuckte die Achseln.

Sie ging zum Balkon, entriegelte die Flügeltüren und öffnete sie ein wenig.

„Deine Zofe hat nicht gestohlen." Sie hörte seine Stimme, während sie ihm noch den Rücken zugekehrt hatte. „Sie hat versucht, mich zu verführen."

„Was?" Eden fuhr herum und sah ihn mit großen Augen an.

„Ja, schockierend, nicht wahr?", fuhr er fort. „Es gibt Frauen, die mich tatsächlich anziehend finden."

Sie kam ein paar Schritte auf ihn zu, noch immer erschrocken. „Was geschah dann?"

„Du warst weg, im Gartenclub. Sie wollte es mir mit dem Mund machen", fügte er hinzu, dann lehnte er sich langsam zurück, bis er sich mit den Ellenbogen auf das Bett stützte. Seine unverschämte Ausdrucksweise war eine Art Prüfung für sie, wie er es immer machte, wenn er sie am meisten brauchte.

Es war einer seiner Tricks, die Eden längst durchschaut hatte. Wenn er sie am meisten brauchte, neigte er dazu, sie fortzuschicken.

Schwieriger Kerl.

„Hast du es ihr erlaubt?“, fragte sie.

„Nein, ich habe sie entlassen“, sagte er und fügte dann kühl hinzu. „Die einzige Frau, von der ich mir das wünsche, bist du.“

Eine Weile starrte sie ihn an, wohl wissend, dass er ihr einen Köder zuwarf. Er versuchte, ihr eine Reaktion zu entlocken, indem er sie erschreckte, aber sie konnte an nichts anderes denken als daran, wie diese Frau es wagen konnte, sich an ihren Mann heranzumachen.

„So.“ Sie trat näher. „Du warst mir also treu?“

„Ja. Auch wenn du mich behandelst wie einen alten Lappen.“

„Das ist nicht wahr!“

„Ach, meine liebe Lady Jay.“ Er schien müde zu werden. „Liebst du mich, oder liebst du mich nicht?“

Diese Frage versetzte ihr einen Stich, und sie sah ihn zärtlich an. Hätte sie nur gewusst, dass er sich so ungeliebt fühlte! Das sollte er nicht einmal fragen müssen.

Sie vergeudete keine Zeit mit Worten. Sie ging zu ihm, stellte sich zwischen seine gespreizten Knie, packte seine Hemdaufschläge und zog ihn so weit hoch, dass er sie in die Arme nehmen konnte.

Dann umfasste sie sein Gesicht mit beiden Händen und küsste ihn direkt auf den Mund. „Es tut mir leid, Liebster.“

Bei ihren geflüsterten Worten erzitterte er.

Sie setzte sich ihm auf den Schoß, legte die Arme um seine Schultern und küsste ihn noch einmal. „So leid.“

Ihr Kuss wurde leidenschaftlicher. Jack stöhnte. Ein Laut, der beinahe hoffnungslos klang, als wäre er überzeugt, sie würde ihn entflammen, nur um ihn dann wieder zurückzuweisen.

Er irrte sich.

Eden begann, ihn auszuziehen. „Ich liebe dich“, flüsterte sie, die Lippen an seinem Hals, und er legte den Kopf zurück. „Ich begehre dich so sehr.“

Er schien so erregt zu sein, dass er nicht mehr zu sprechen vermochte. Behutsam zog sie ihm das Hemd aus. Mit einer Hand strich er über ihr Bein, umfasste ihren Schenkel, drückte ihn sanft.

„Mir ist jetzt klar, dass ich dich an meiner Liebe zweifeln ließ", flüsterte sie, als sie seine Hose aufknöpfte, „aber jetzt will ich deine Zweifel zerstreuen."

Sie entblößte ihn ganz, und er erschauerte unter ihrer Berührung, als sie begann, seine Lenden zu streicheln. Ihr Herz klopfte wie rasend, sobald er ihre Schultern packte und sie zu sich hinunterzog, um sie zu küssen.

Während sie ihn küsste, umfasste sie ihn fester, rieb ihn mit den Fingerspitzen, erforschte seine Größe, fühlte seine zarte Haut, das Pochen in ihrer Hand. Dann tastete sie weiter, berührte ihn, spielte mit ihm.

Schließlich unterbrach sie den Kuss und nagte zärtlich an seiner Unterlippe.

Er stöhnte. „Himmel, ich will dich verwöhnen." Seine Hand zitterte, als er ihre Brust umfasste.

„Nein, Jack", widersprach sie. „Diesmal will ich dich verwöhnen. Würde dir das gefallen?"

Er stöhnte noch einmal, als sie ihn fester rieb, inzwischen wusste sie, was ihm am meisten gefiel. Es schien, als würde er sich ihr gleich in die Hand ergießen, aber wenn ihr Gemahl ihren Mund zu haben wünschte, dann sollte er ihn bekommen.

Sie löste sich von ihm und sah zu ihm auf, begegnete fragend seinem leidenschaftlichen Blick. Seine breite Brust bebte, während er sie beobachtete, sein Haar war zerzaust. Lächelnd betrachtete sie seine geschwollenen Lippen und küsste ihn noch einmal, sanft diesmal. Dann kletterte sie von seinem Schoß und ließ sich vor ihm auf die Knie nieder.

Er hielt sie am Oberarm fest und zog sie wieder zu sich hoch, sodass sie mit gespreizten Beinen auf seinem Schoß saß. „Ich möchte in dir sein. Jetzt."

Bebend gehorchte sie, tastete nach unten und führte ihn. Jack stöhnte auf, und sie hielt den Atem an, als ihre Körper sich vereinigten.

Es war, als käme sie nach Hause.

„Oh, meine Güte, Eden."

„Ich weiß, Liebster." Atemlos grub sie die Finger in sein Haar. „Es fühlt sich so gut an, dich in mir zu spüren." Dann schlang sie die Arme um seinen Hals und bewegte sich mit ihm im selben Rhythmus.

„Ich habe dich so vermisst", sagte er. „Du ahnst es ja nicht. Ich bin fast gestorben vor Sehnsucht." Durch das dünne Seidenneglígé fühlte sie seine raue Hand auf ihrem Rücken und ihrer Taille.

Sie lächelte ihm zu. Ihre Augen funkelten, und sie berührte seine Wange. „Du gehörst mir, das weißt du doch", flüsterte sie ihm zu.

„Oh ja. Mit Leib und Seele."

„Oh Jack … ich liebe dich."

„Liebste." Er umfasste ihren Nacken und küsste sie.

Gleich darauf packte er plötzlich ihre Hüften und hielt sie fest. Als sie ihn ansah, hielt er die Augen geschlossen, und seine Miene wirkte gequält. „Verdammt, ich halte es nicht mehr aus." Er lachte leise.

Es gefiel ihr zu wissen, dass sie ihn so erregt hatte. „Halt dich nicht zurück. Es ist gut so. Ich will, dass du kommst."

„Aber ich will nicht, dass es schon zu Ende ist."

Sie küsste ihn sanft. „Jack. Du hast mich noch den Rest deines Lebens. Ich gehe nicht weg."

„Aber ich", flüsterte er traurig und sah ihr in die Augen. „Ich werde übermorgen abreisen."

Er beobachtete sie, während sie versuchte, die Neuigkeit tapfer aufzunehmen. Sie hatte gewusst, dass dieser Zeitpunkt früher oder später kommen würde und sich insgeheim vorgenommen, dem mutig entgegenzutreten, aber in ihrem Herzen wurde es dunkel, als sie diese Nachricht hörte. Sie wünschte sich so sehr, er möge nicht gehen, aber sie wollte nicht klagen. Sie nahm an, sie hatte ihm schon genug Kopfzerbrechen bereitet. Sie strich ihm übers Haar und küsste ihn auf die Stirn.

„Nun“, flüsterte sie, „dann müssen wir wohl die Zeit, die uns noch bleibt, so gut wie möglich nutzen.“

Er nickte langsam, dann liebten sie einander weiter, lehnten die Köpfe aneinander, genossen den Moment der Leidenschaft. Nachdem sie so lange darauf hatten warten müssen, erlebten sie bald den Höhepunkt zusammen, spürten den schweren Atem des anderen, waren einander nah. Niemals würde Eden den Ausdruck seiner blauen Augen vergessen, diesem Mann gehörte ihr Herz.

Nachdem der Sturm der Leidenschaft abgeebbt und sanfter Befriedigung gewichen war, krochen sie nebeneinander unter die Decken, um zu schlafen, nackt aneinandergeschmiegt. Eden legte den Kopf auf Jacks Brust, und er umfasste ihre Schultern.

Benommen sah sie ihn an.

„Weißt du“, flüsterte sie und schmiegte sich an ihn, „gerade habe ich etwas über mich selbst gelernt.“

„Und das wäre?“

Ganz leicht ließ sie eine Hand über seinen Bauch gleiten. „Ich glaube, einer der Gründe, warum ich mich von dir ferngehalten habe, liegt darin, dass ich wusste, du würdest gehen.“

„Tatsächlich?“

„Ich glaube, ich wollte mir den Schmerz der Trennung ersparen.“ Sie sah zu ihm auf. „Ich dachte, wenn ich dich nicht so sehr liebe, dann tut es nicht so weh, wenn du gehst.“

Er hob ihr Kinn an. „Liebste, ich will dir nicht wehtun.“

„Ich weiß. Ich werde es schaffen“, versprach sie und schmiegte sich noch einmal an ihn. „Du kommst einfach, so schnell du kannst, heil wieder zu mir zurück.“

„Das werde ich.“

„Gut. Denn, Jack …“ Sie zögerte und holte tief Luft, „ich glaube, ich erwarte ein Kind.“

Das Schiff der Verdammten war endlich in London angekommen. Gefesselt und geknebelt, weil er sich geweigert hatte, Connor bei seiner Suche nach Eden zu helfen, wartete Dr. Faraday gequält von Entsetzen in seiner Kabine auf die Rückkehr des verwirrten Australiers.

Schon vor Stunden war Connor aufgebrochen, um sich in die Zivilisation zu begeben. Seine Absichten waren eindeutig: Er wollte Eden finden und Jack Knight umbringen.

Victor betete inständig, dass ihm beides misslungen sein möge.

Zuvor hatte Connor, der sich selbst inzwischen zum Kapitän dieses Höllenschiffes ernannt hatte, verlangt, dass Victor ihm zeigte, wo Eden möglicherweise zu finden sein könnte. Aber selbst wenn er auch nur die geringste Ahnung gehabt hätte, wo sie sich aufhielt, so war es das Letzte, was er tun wollte, diesen Wahnsinnigen direkt zu seiner Tochter zu führen.

Was Jack Knight betraf, so würde sein früherer Assistent selbst nach ihm suchen müssen. Durch seine berühmte Familie war er im Herzen Londons nicht schwer zu finden. Selbst Connor mit seiner Angst vor zivilisierten Orten würde dazu in der Lage sein.

Zum Glück gehörte Jack Knight zu den wenigen Männern, von denen Victor vermutete, dass sie gegen Connor, der auf der Reise noch härter geworden war, eine Chance hatten.

Da keiner von ihnen wusste, wo Eden sein könnte, war es nur natürlich, mit Jack anzufangen.

Trotzdem verdiente es der Mann, gewarnt zu werden, und Victor machte es zu schaffen, dass diese Möglichkeit so nahe zu sein schien und doch so unerreichbar war.

Von dem Platz aus, wo die Fregatte im Meer lag, konnte er durch das Bullauge der überfüllten Kabine das Lagerhaus ausmachen, auf dem in großen Buchstaben *Knight Enterprises, Ltd.* geschrieben stand. Es war gut, dass die Schrift so groß war, denn von Victors Brille war nur noch ein Glas übrig. Aber es zu sehen, nützte ihm nichts. Es gab für ihn keine Möglichkeit, dorthin zu kommen oder Jack zu warnen.

Wer wusste aber, ob Jack überhaupt sagen konnte, wo Eden sich aufhielt? Er hatte keinen Grund zu der Annahme, dass die beiden noch immer zusammen waren. Aber im Grunde hoffte er darauf, denn tief in seinem Innern wusste er, dass Jack seine Tochter beschützen würde.

Leise Grußworte von der zerlumpten Mannschaft oben ließen Victor wissen, dass Connor zurückgekommen war. Sein Herz schlug heftig, aber er wappnete sich dagegen, wohl wissend, dass es nicht lange dauern würde, bis sein früherer Assistent ihm über seine Suchergebnisse berichten würde, einfach aus reiner Gewohnheit.

Gleich darauf kam Connor herein, fluchend und am Knie blutend. Er wirkte ein wenig erschüttert von seiner Expedition ins Reich der Menschen. Mit einer Hand umfasste er sein Bein, wo er offensichtlich irgendeine Wunde davongetragen hatte.

Unsicher sah Victor ihn an. Mit einer Kopfbewegung winkte Connor einen seiner Handlanger heran. Der Seemann kam herüber und löste den Knebel um Victors Mund.

„Was ist mit dir?", fragte Edens Vater zögernd.

„Der verdammte Hund hat mich gebissen. Jack Knights Hund", fügte er wütend hinzu.

„Hast ... hast du ihn umgebracht?"

„Den Hund? Natürlich nicht. Ich könnte niemals einen Hund töten. Victor, wofür hältst du mich?" Connor suchte in Victors Medizinkoffer, den sie aus dem Urwald hierher mitgebracht hatten, nach Verbandszeug. „Welche von diesen Salben sollte ich gegen Hundebisse nehmen?"

„Wenn du meine Fesseln löst, kann ich dich versorgen."

Einen Moment lang betrachtete Victor ihn. „Mach aber keine Dummheiten", befahl er schließlich. Dann hüpfte er näher mit seinem verletzten Bein und einem Hinken, das dem des betrunkenen Kapitäns, der während der Meuterei ermordet worden war, recht ähnlich sah.

Victor beugte sich vor, sodass sein früherer Assistent, der undankbare Mensch, seine Handfesseln lösen konnte. „Hast du Eden gefunden?"

„Ja." Er starrte ins Leere. „Sie ist so schön, ich habe sie durchs Fenster sehen können."

Eifrig beobachtete Victor ihn, während er die Stricke von seinen Händen schüttelte. „Geht es ihr gut? Ist sie in Sicherheit?"

„Es scheint so", gab Connor zu. „Er hält sie an einem Ort fest, der Pulteney Hotel heißt."

„Er? Du meinst Lord Jack."

Connor warf ihm einen finsteren Blick zu, der offenbar Zustimmung bedeutete.

„Hast … hast du ihn umgebracht?", fragte Victor und hielt den Atem an.

„Nein." Connor seufzte und ging dorthin zurück, wo er vorhin gesessen hatte. „Ich wollte es. Konnte aber nicht richtig zielen. Stattdessen bin ich ihm gefolgt, und ich bin sehr froh darüber."

„Warum? Was meinst du damit? Und was meinst du, wenn du sagst, er hält sie in diesem Pulteney Hotel fest? Hat der Schurke meine Tochter entehrt?"

„Was glaubst du denn? Ich bin derjenige, den sie liebt. Und er wird für alles bezahlen, was er ihr angetan hat, vertrau mir", sagte Connor, dann zog er eine zusammengefaltete Zeitung aus seiner Rocktasche. „Hier drinnen steht, dass sie verheiratet sind. Das kann sie unmöglich gewollt haben. Er hat sie dazu gezwungen. Ich weiß es. Und er wird sterben."

„Connor …"

„Oh, keine Sorge, Vater. Nicht ich werde ihn umbringen."

Victor zuckte zusammen angesichts des Ausmaßes, in dem der Wahnsinn Besitz von seinem Freund ergriffen und dessen

Sinne völlig verwirrt hatte. Oder vielleicht war es schon immer so gewesen, und er hatte es nur nicht bemerkt, sosehr, wie er in seinem eigenen Schmerz gefangen war?

Welcher vernünftige Mann setzte es sich schon in den Kopf, loszuziehen und im Urwald zu leben?

„Mir ist wieder eingefallen, wie wütend Eden war, nachdem ich sie vor dem Krieger beschützt hatte, der versucht hatte, sie zu belästigen. Das möchte ich nicht noch einmal erleben, indem ich Lord Jack umbringe und sie dann herausfindet, dass ich das war. So fand ich zum Glück eine andere Möglichkeit."

„Und die wäre?"

Connor lächelte. „Ich bin nicht sicher, ob ich dir das verraten soll, du gerissener alter Mann."

Victor sagte nichts, sondern kniete neben der Medizintasche nieder und rollte sich die Ärmel hoch, um sich um Connors Hundebiss zu kümmern. „Nun, wenn du das Gefühl hast, mir nicht vertrauen zu können, Connor, dann soll es so sein. Wir kennen einander ja auch erst seit … wie vielen Jahren? Zwölf, dreizehn? Du bist die große Liebe meiner Tochter. Aber ich bin ja nur ihr Vater …"

„Na schön", sagte Connor und lächelte breit, weil er seine Fantasien nun einmal ausgesprochen hörte. Er beugte sich vor. „Ich bin ihm zu seinem Lagerhaus gefolgt. Es ist da drüben." Er zeigte durch das Bullauge nach draußen. „Siehst du es?"

Victor kniff die Augen zusammen. „Mit den zerbrochenen Brillengläsern kann ich das nicht erkennen", log er. „Aber ich glaube dir, was du sagst."

„Nun, ich sah, was er vorhat." Connor lehnte sich wieder zurück. „Unser Lord Jack hat etwas ganz Böses im Sinn."

„Und was will er tun?", murmelte Victor beunruhigt.

„Er stellt für Bolivar eine Armee zusammen. Und die spanische Botschaft sollte ziemlich interessiert sein, davon zu erfahren. Wenn der richtige Zeitpunkt gekommen ist, lasse ich die Spanier ihn für mich einfangen."

„Und … äh … wann wird der richtige Zeitpunkt dafür gekommen sein, mein Junge?"

„Bald. Sobald ich einen Weg gefunden habe, zu Eden zu kommen. Ich weiß, dass sie mich liebt, aber – sie ist verwirrt, weißt du. Wie ein verwundetes Reh. Vielleicht versucht sie, sich gegen mich zu wehren. Das will ich nicht."

„Connor. Du darfst unserer Eden nicht wehtun."

„Natürlich nicht." Wieder beugte Connor sich vor, griff unter seine Koje und holte eine der Kisten mit den Pflanzen hervor, die sie im Urwald gesammelt hatten.

Victors Herz klopfte voll böser Vorahnung schneller, als Connor den Deckel öffnete und die Sammlung mit den Curaregiften durchsah.

„Dies …", murmelte Connor halb zu sich selbst.

Victor erbleichte, versuchte aber, seine Furcht zu verbergen. „Hör mir zu. Diese Mischungen sind tödlich."

„Diese nicht." Connor nahm ein kleines Bambusröhrchen heraus und lächelte sanft. „Es ist ganz harmlos. Ich habe es selbst gemischt. Es ist mild und wirkt schnell. Ich habe es benutzt, um die kleinen Vögel und die anderen Tiere in den Baumwipfeln zu lähmen und sie dann besser studieren zu können. Ein kleiner Stich in den Finger, und sie wird einschlafen. Wenn sie erwacht", sagte er, „habe ich sie wieder, und diesmal für immer."

17. KAPITEL

Am Abend des Balls verschlechterte sich das Wetter, aber nichts konnte Jacks Laune dämpfen, jetzt wo er ihr kleines Geheimnis kannte.

Es hätte ihn nicht überrascht, wenn alle Welt es geahnt hätte. An diesem Abend stolzierte er geradezu umher, die Brust geschwellt, das Kinn stolz erhoben. Er fühlte sich unbesiegbar und sehr verliebt.

Früher am Nachmittag war nach dem Arzt geschickt worden, und der hatte Edens Zustand mit an Sicherheit grenzender Wahrscheinlichkeit bestätigt.

Jack würde Vater werden. Nach all den ungezählten Malen, die er seinen Wunsch nach einem Erben ausgedrückt hatte, war es nun doch eine ganz andere Sache, dass es tatsächlich dazu kam. Sie würden ein Kind bekommen! Er hatte nicht gewusst, wie sehr er sich das wünschte, bis seine Frau es ihm gesagt hatte. Das Wissen, dass sein Erstgeborenes planmäßig im Herbst zu ihnen kommen würde, hatte dieselbe Wirkung auf sein Herz, wie wenn ein Kanarienvogel in die Freiheit entlassen wurde.

Was seine Lady Jay betraf, so lachte sie errötend und schimpfte mit ihm, weil er so übermäßig beschützend war von dem Augenblick an, da er die Neuigkeiten gehört hatte. Er musste sich selbst daran erinnern, dass dies dieselbe Frau war, die mit einer Machete ein Kuhauge in dreißig Fuß Entfernung traf. Sie schien die Schwangerschaft mit derselben Entschlossenheit anzugehen, wie sie es mit allen Dingen tat.

Im Moment war sie außer sich vor Aufregung über ihren ersten richtigen Ball.

Er fand in einem vornehmen Haus in Richmond statt, das inmitten mehrerer Morgen grünen Parklands lag. Eine lange Reihe beleuchteter Kutschen wartete darauf, vorzufahren, damit die Passagiere aussteigen konnten.

Der Regen hatte die Auffahrt in ein Schlammloch verwandelt, dem Fell der Pferde einen dunklen Glanz verliehen und die ledernen Zugriemen durchweicht. Der Regen durchnässte auch die Perücken der Kutscher, bis der weiße Puder über ihre Livreen rann.

Durch den gleichmäßigen Frühlingsregen aber sahen die heiteren Lichter hinter den großen, gebogenen Fenstern nur umso einladender aus.

Während sie in der Reihe der Kutschen warteten, zeigte Jack Eden das große, mit einem Kupferdach versehene Gewächshaus an der Ecke und fragte sie, ob sie genauso eins auch für ihr Haus in Derbyshire haben wolle.

„Wir werden es uns ansehen", versprach sie mit glänzenden Augen.

Immer wieder betrachtete er sie, schüttelte den Kopf und seufzte. Sie klopfte ihm dann mit ihrem Fächer auf den Arm und gab ihm einen Kuss, während sie weiter warteten.

Endlich gelangten sie ins Innere des Hauses und lehnten höflich einen Kaffee ab, der sie innerlich erwärmt hätte, während sich in der überfüllten Eingangshalle die Gäste drängten.

Diener liefen mit Schirmen hin und her, während andere den Gästen endlose Mengen von Hüten, Umhängen, Pelerinen und Überröcken abnahmen. Damen beklagten sich über die Nässe und eilten dann davon, um ihre warmen Kutschenschuhe gegen die Tanzschuhe einzutauschen, die sie für den Rest des Abends tragen würden.

Jack und Eden sahen einander ein wenig überwältigt an. Nachdem sie es so lange in der Warteschlange der Kutschen hatten aushalten müssen, fanden sie es beide wenig ermutigend, sich hier erneut in einer Schlange wiederzufinden, die sich die breite Treppe zum Ballsaal hinaufbewegte.

Oben kündigte der Majordomus ordnungsgemäß jeden Neuankömmling mit seinem vollständigen Namen und allen Titeln an, ehe er sie zu der Reihe von Gästen weiterschickte, die darauf wartete, den Gastgebern vorgestellt zu werden.

Der alte Jack würde die ganze Prozedur unerträglich gefunden haben, dachte er. Aber mit seiner schönen Gemahlin am Arm hier entlangzugehen und zu sehen, wie glücklich sie das alles machte, brachte ihn dazu, es zu ertragen, selbst der immer etwas irritierende Augenblick, wenn der eigene Name lautstark ausgerufen wurde. Er war nie ganz sicher, was schlimmer war – angestarrt zu werden, wenn man hereinkam, oder wenn die eigene Ankunft vollkommen ignoriert wurde.

Dann erkannte er, dass er sich keine Sorgen hätte machen müssen. Überall drehten die Menschen sich um, aber selbst die knochigen Gesichter jener großen Damen, die die Gesellschaft beherrschten, wurden weicher beim Anblick seiner schönen Frau. Mit der einen weiß behandschuhten Hand in seiner Armbeuge, hob sie mit der anderen den Saum ihres Kleides gerade ein winziges Stück an und schritt dann anmutig an seiner Seite die Treppe hinunter.

Während er nach unten ging, betrachtete er den strahlend hellen Ballsaal mit widerstrebender Bewunderung. Hunderte von Kerzen erhellten den hohen Raum, während ein charmantes Rondo von Mozart die Gespräche untermalte, das abwechselnd vom Orchester und von dem Pianoforte vorgetragen wurde und immer zwischen beiden hin und her zu schweben schien.

Er war froh, auf Martin gehört zu haben und das zu tragen, was sein Kammerdiener für diese Gelegenheit herausgelegt hatte. Eden hatte ihm Komplimente gemacht und gesagt, er sähe sehr gut aus in seinem Anzug ganz in Schwarz und Weiß. Sein ebenholzschwarzer Seidenrock war mit blitzenden Messingknöpfen doppelreihig besetzt, und seine Weste leuchtete so weiß wie die Klippen von Dover.

Glattrasiert, mit weißen Handschuhen, das Haar zurückgekämmt, reckte er ein wenig den Hals, denn seine gestärkte Krawatte war etwas breiter, als er sie gewöhnlich trug, und in einem Stil gebunden, der einen französischen Namen hatte, den er kaum auszusprechen vermochte. Was verstand er schon von solchen Dingen? Aber Martin hatte erklärt, dies würde ihm den letzten Schliff verpassen, und hatte schließlich noch ein wenig Glanz aus dem Tresor hinzugefügt: Eine Krawattennadel mit einem recht großen Diamanten.

Während er sich unter die Menge mischte, nahm er von einem vorbeikommenden Diener zwei Champagnergläser vom Tablett, doch Eden lehnte das ihr angebotene Glas ab und warf stattdessen einen hungrigen Blick auf die Süßigkeiten, die in einem breiten, von Säulen umstandenen Alkoven angerichtet waren.

Neben der Weinfontäne mit vier silbernen Delfinen, aus deren Mäulern Chardonnay sprudelte, bot ein anderer livrierter Diener den Gästen Konfekt an: kandierter Ingwer, Lakritz, Schokoladendrops, ein Sortiment bunter Bonbons, deren Farben an die Kleider der Damen erinnerten – Rosa und Blau, Grün und Weiß, Lavendel und Gelb.

So viele Blumen in einem englischen Garten, doch keine war so hübsch wie seine kleine Orchidee.

An ihrem schlanken Leib begannen sich gerade die ersten Zeichen ihres Zustandes zu zeigen – es war noch nicht so deutlich, dass Jack es in der vergangenen Nacht bemerkt hatte, als sie nackt neben ihm lag. Und in ihrem Abendkleid war noch nicht das Geringste zu sehen.

Natürlich war sie das reizendste weibliche Wesen im ganzen Raum – gekleidet in ein Gewand aus Seide, das schimmerte wie die Flügel einer Libelle – blassgrün oder lavendel, je nachdem, aus welchem Winkel das Licht auf den zarten Stoff fiel. Dieser Glanz bildete einen reizvollen Kontrast zu ihrer makellos zarten Haut, und der Stoff schien an ihr herabzufließen wie die Kaskaden eines verborgenen Wasserfalls im Regenwald.

Ihr Haar trug sie in der Mitte gescheitelt, ihr reizendes Gesicht wurde umrahmt von weichen Locken, die zu beiden Seiten hinabfielen, mit einem lockeren Knoten oben auf dem Kopf, an dem dunkelrosa Blüten steckten. Er konnte nicht aufhören, sie anzusehen.

Angerührt von ihrer Schönheit und wie benommen von dem Wissen, dass ihr erstes Kind jetzt mehr war als nur eine Fantasie, hatte Jack noch nie einen solchen Zwiespalt in seinem Innern erlebt wie gerade jetzt.

Wie sollte er jetzt nach Südamerika gehen können? Wie sollte er hier herauskommen? Er hatte Bolivar sein Wort gegeben. Wenn er versagte, würden vielleicht Tausende von Menschen sterben.

Doch wenn etwas schiefging und seine Reise sich verzögerte, angefangen von ungünstigen Wetterverhältnissen bis zu heftigem Widerstand durch die spanische Marine, dann würde er die Geburt seines Kindes versäumen, und solche Dinge gingen nicht immer ganz glatt.

Auch Eden brauchte ihn. Ihr Geständnis von letzter Nacht verfolgte ihn. Als sie ihm sagte, sie hätte davon Abstand genommen, ihn zu lieben, seit sie Irland verlassen hatten, nicht nur wegen ihres Streits, sondern auch weil sie wusste, dass er gehen musste, hatten ihre Worte ihn beunruhigt und daran erinnert, wie er gewesen war, ehe sie auf dieser albernen Liane in sein Leben geschwebt war.

Von Hafen zu Hafen war er gesegelt, hatte die Welt auf Armeslänge von sich ferngehalten, niemanden nahe an sich herangelassen, sich von anderen distanziert, um sich zu schützen. Er wusste, wie sehr ein solches Leben einen Mann schmerzte, und jetzt war er im Begriff, Eden dasselbe Leben aufzuzwingen.

Vielleicht sollte ich nicht gehen. Vielleicht sollte ich es wirklich Trahern überlassen. Aber es schien reiner Wahnsinn zu sein, eine solche Mission in die Hände eines Mannes zu legen, der kaum sechsundzwanzig Jahre zählte. Wenn er scheiterte, könnten Tausende von Menschen sterben, und ihre einzige Hoffnung auf Freiheit würde zunichte gemacht. Vielleicht brauchten Jacks Frau und sein Kind ihn, aber wie konnte er so selbstsüchtig sein und sein privates Leben über das stellen, was er für richtig hielt?

Er ertappte sich bei der Frage, was sein Onkel Arthur ihm wohl raten würde. Wo blieb der alte Teufel überhaupt? Vielleicht waren die Reparaturen auf der *Valiant* aufwendiger, als er es erwartet hatte.

Jedenfalls verursachte ihr Erscheinen im Ballsaal einen kleinen Aufruhr.

Leute, die er niemals zuvor gesehen hatte, grüßten ihn mit höflichem Nicken, als er und Eden an ihnen vorübergingen. Ob es nun Eden war oder der Umstand, dass sie so gut zusammenpassten, seine Frau schien ein Maß an Billigung hervorzurufen, das er allein niemals erreicht hätte.

Nachdem sie menschliche Gesellschaft so lange vermisst hatte, war sie jetzt ehrlich erfreut, jeden zu sehen, und das Ergebnis davon war, dass niemand ihr zu widerstehen vermochte. Er hörte das Gewisper hinter den vorgehaltenen Fächern, doch mit Eden an seiner Seite machte es ihm nichts aus. Die Klatschbasen der Gesellschaft brauchten ständig Neuigkeiten, um ihre leeren Köpfe zu beschäftigen. Es hatte keine Bedeutung.

„Was hast du mit diesen Leuten angestellt, Liebling?“, flüsterte er ihr irgendwann ins Ohr. „Hast du einen Bann über sie gesprochen? Irgendetwas in die Punschschüssel getan?“

„Warum sagst du das?“

„Sie lächeln mir zu.“

„Nun, das ist leicht zu erklären. Ich habe mich nicht nur amüsiert bei all meinen Besuchen, ich habe dich bekannt gemacht.“ Sie lächelte ihm unauffällig zu. „Überall, wohin ich ging, habe ich mich für dich eingesetzt und herumerzählt, wie wunderbar du bist.“

„Wunderbar?“, wiederholte er. „Willst du meinen Ruf ruinieren, oder was?“

„Als Schrecken Westindiens? Ich fürchte schon“, erwiderte sie und grüßte zwei reichlich mit Schmuck behängte Matronen aus dem Garden Club, die mit durchdringenden Stimmen auf sie zueilten.

„Oh, liebes Kind, wir haben großartige Neuigkeiten!"

„Was ist es?", fragte Eden und schenkte ihnen ein Lächeln, so strahlend wie die tropische Sonne.

„Wir haben ihretwegen mit Lady Jersey und Countess Lieven gesprochen, und raten Sie nur! Sie sind einverstanden!", rief die Erste.

Die Zweite stimmte ein. „Sie sollen in eines ihrer Häuser gerufen werden, um eine Eintrittskarte für Almack's zu erhalten."

„Sie lassen mich zu Almack's?", fragte Jack.

„Oh, ja, Mylord. Es war keine leichte Sache, die Patronesses zu überreden …"

„Aber ich will nicht …", begann er, schloss dann aber den Mund, als Eden seinen Arm drückte. Er gehorchte und lächelte einfach nur. „Danke", erwiderte er den beiden älteren Damen. „Das ist wirklich sehr freundlich von Ihnen."

Die Gartendamen verpflichteten sie zur Verschwiegenheit. „Aber Sie dürfen es noch nicht wissen! Sie müssen so tun, als seien Sie überrascht!"

„Das werden wir", versprach Eden. „Nicht wahr, Jack?"

„Hmmm."

„Meine Lieben, es war so freundlich von Ihnen, sich um meinetwillen einzusetzen! Ich ahnte ja nicht, dass Sie für mich vorsprechen würden!"

„Aber, aber, Mädchen. Wir brauchen mehr Frauen mit Verstand in unserer Mitte."

„Amen darauf", murmelte Jack.

„Wenn ich das hinzufügen darf, Ihre Tipps, wie wir die Blattläuse loswerden können, waren absolut brillant. Meine prämierten Rosen verdanken Ihnen ihr Leben!"

„Ach, das war nur einer von Papas kleinen Tricks", erwiderte Eden bescheiden.

„Oh, was ist das?" Die Dame in Weiß blickte in Richtung

auf die Tanzfläche, wo der Zeremonienmeister die lang erwartete Ankündigung abgab. „Sie beginnen mit dem Tanz!"

„Sie beiden werden so ein schönes Paar abgeben!", fügte die andere hinzu. „Na los, Ihr Frischvermählten, geht nur! Tanzt!"

Mit einem eifrigen Lächeln wandte Eden sich an Jack. „Sollen wir?"

Er blinzelte. „Oh, Eden."

Die Damen verneigten sich und gingen davon, um sich anderswo umzutun.

Verdammt. Das mit dem Tanzen hatte er ganz vergessen. Mit einem Gefühl außerordentlichen Unbehagens wandte er sich an seine Gemahlin. „Liebling, vielleicht solltest du das nicht tun. In Deinem Zustand ..."

„Sei nicht albern", flüsterte sie. „Es geht nur um ein bisschen tanzen. Ich will ja schließlich nicht an einem Wettlauf teilnehmen."

Nein, aber ein Wettlauf wäre besser. Wenigstens für ihn.

Für jeden Mann gab es Grenzen, und Jack tanzte nicht.

Er war schon zu diesem dummen Ball mitgekommen, oder etwa nicht? Ebenso wie zu den Empfängen, Spielabenden und überallhin sonst. Gewiss hatte er seine Pflicht erfüllt. Er hasste es, Eden zu enttäuschen, vor allem jetzt, aber er hatte nicht versprochen, an dieser Albernheit teilzunehmen. Nachdem er so weit gegangen war, um den Respekt der *ton* zu erwerben, würde er nicht noch weiter gehen und einen Narren aus sich machen.

Nicht einmal für Eden.

Er konnte und wollte nicht tanzen, hatte es noch nie getan, würde es auch nie tun, und er würde sich lieber mit einer Fischgabel ein Auge ausstechen, als zusammen mit den anderen Dummköpfen in diesen albernen kleinen Figuren herumzulaufen. Tanzen war eine lächerliche Angelegenheit, so weit unter seiner Würde, dass er nicht einmal Worte dafür fand, und er war davon überzeugt, dass die meisten seiner Brüder ihm dabei recht geben würden.

Abgesehen von Alec, der schon immer ein Liebling der Gesellschaft gewesen war. Er sah seinen jüngsten Bruder vorbeischlendern und war versucht, ihm Eden zuzuweisen. Schließlich war Becky, Alecs Frau, zu schwanger, um zu tanzen. Er sah sie an der Wand sitzen.

„Jack?“, wiederholte Eden.

„Nun, die Sache ist die, Liebling …“

„Du tanzt nicht, oder?“, rief sie.

Zum Glück wirkte sie eher belustigt als verärgert – zunächst.

„Ich kann nicht“, sagte er und hoffte, sie würde ein Engel sein und ihn verstehen.

„Oh, du großer brummiger Löwe. Du bist nur zu schüchtern.“ Sie berührte sein Gesicht. „Komm schon, sei kein Spielverderber.“

„Alec!“, rief Jack, als sein Bruder vorüberkam.

Der goldhaarige Jüngste der Gebrüder Knight kam mit einem strahlenden Lächeln heran. „Guten Abend, Ihr Lieben! Wie wunderbar Sie aussehen, meine Dame! Ein fantastisches Kleid! Lassen Sie sich betrachten!“ Er nahm Edens Hand und drehte sie herum, sodass sie ihr Kleid zeigen konnte. „Meine liebe Schwester, ich erkläre Sie hiermit zu einem lupenreinen Diamanten!“

Lachend knickste sie vor ihm. „Vielen Dank, Lord Alec. Würden Sie jetzt bitte Ihrem großen Bruder sagen, dass er mit mir tanzen soll? Er versucht, sich herauszureden.“

„Was soll das heißen? Du Schuft? Nicht tanzen? Was soll diese Grausamkeit? Es ist ihr erster Ball!“

„Ja, ich weiß, aber …“ Jacks Stimme versagte. ‚Ich kann das nicht‘ war ein Satz, der ihm nicht gerade allzu häufig in den Sinn kam.

Alec warf ihm einen finsteren Blick zu, las aber dann das Flehen im Gesicht seines Bruders und nahm sich der Sache an. Er schob Edens Hand in seine Armbeuge. „Meine liebe, neue

Schwester, Sie müssen mitkommen und mit mir tanzen. Sie nehmen Beckys Platz ein, oder? Sie und ich, wir wollen doch keine Mauerblümchen sein, nicht wahr?"

Eden warf Jack einen schmollenden Blick zu, aber sie war offensichtlich froh, mittanzen zu dürfen. „Sind Sie sicher, dass es Becky nichts ausmacht?"

„Ganz im Gegenteil. Sie würde mir den Hals umdrehen, wenn ich Sie hier traurig neben ihm stehen lasse. Sie mag Sie, wissen Sie."

„Mir geht es ebenso." Sie winkte ihrer sichtlich gerundeten Schwägerin zu, die an der Wand saß.

Becky winkte zurück, und Alec warf seiner Frau eine Kusshand zu.

„Keine Sorge", meinte Alec und tätschelte Edens Hand. „Wenn Jack sieht, welcher Spaß ihm entgeht, wird er seine Meinung ändern."

Jack schwieg, nickte den beiden aber aufmunternd zu, damit sie ohne ihn gingen. „Viel Spaß."

„Ha!", sagte Eden.

„Trink etwas, alter Junge", fügte der jüngere Bruder übermütig hinzu, während er sich mit Eden zum Gehen wandte. „Das wird deine Hemmungen vertreiben."

„Ich kann gut leben mit meinen Hemmungen, vielen Dank."

Noch einmal wandte Alec sich ihm zu und deutete zu einem anderen Teil des Ballsaals. „Damien versucht, deine Aufmerksamkeit auf sich zu lenken."

Jack blickte in die Richtung, die Alec ihm gewiesen hatte, und sah, wie der ernsthafte ältere Zwilling zu ihm herübersah. Mit einer leisen Bewegung seiner behandschuhten Finger winkte Damien Jack zu sich, und dieser nickte, froh über die Ablenkung.

Während der Tanz begann, ging Jack um die Menge herum zu dem Colonel mit dem ernsten Gemüt.

Ganz anders als mit Alec gab es mit Damien so etwas wie

leichtes Geplauder überhaupt nicht.

„Ich habe mit Wellington gesprochen", flüsterte Damien ihm ins Ohr, als Jack mit fragender Miene zu ihm trat. „Was die Hilfe beim Rekrutieren angeht, so sind ihm die Hände gebunden, aber er sagt, wenn du in Schwierigkeiten mit Whitehall gerätst, dann wird er tun, was er kann, um dir da herauszuhelfen."

„Das ist ermutigend. Gut gemacht, Bruder."

Sie unterhielten sich noch ein paar Minuten etwas ausführlicher über Damiens Gespräch mit dem eisernen Duke, dann erwähnte Damien, dass alles bereit war für Edens Besuch bei ihnen. Die Gästewohnung in der Stadtresidenz der Winterleys war für sie eingerichtet.

Jack brannte darauf, Damien die Neuigkeiten über das Kind zu erzählen, aber er und Eden wollten warten, bis alle zusammen waren, und es dann der ganzen Familie zugleich verkünden.

Verglichen mit seinem Bedürfnis, diese eine süße Nachricht von allen Dächern zu verkünden, fiel es ihm leicht, seine Mission geheim zu halten. Er suchte daher nach einem anderen Thema, um sein Geheimnis nicht frühzeitig auszuplaudern.

Er verschränkte die Arme vor der Brust und sah Damien an. „Wie ist er eigentlich so?"

„Wer? Wellington?"

Jack nickte, neugierig auf den gewöhnlichen Sterblichen hinter der wachsenden Legende von Englands größtem Helden.

Neben seinen Zwillingssöhnen Andrew und Edward war es eines der wenigen Themen, die Damien zu poetischen Formulierungen bringen konnten. Während Jack zuhörte, wie sein Bruder die stählernen Nerven, den trockenen Witz und die unerschütterliche Loyalität seines Idols beschrieb, beobachtete er seine Frau beim Tanzen.

Zuerst hatte er sie in der Menge aus den Augen verloren, aber als er ihr rotes Haar dann wieder entdeckte, stellte er überrascht fest, dass sie sich nicht mehr bei Alec befand. Stattdessen drehte sie sich anmutig im Arm eines rundlichen kleinen kahlköpfigen Burschen.

Jack runzelte die Stirn, bis ihm auffiel, dass es sich um einen Tanz mit verschiedenen Figuren handelte, bei dem man ständig den Partner wechselte.

Es war nur ein Tanz, aber irgendwie nicht das, was ein Mann gern sah, wenn er im Begriff war, die Stadt für sechs Monate zu verlassen.

Während er zusah, führte die Tanzfigur Eden weg von dem pummeligen Mann hin zu ihrem nächsten Partner, einem großen, schlanken, nicht unansehnlichen Kerl mit einer grellroten Weste und dem gefälligen Lächeln eines abgebrühten Dandys.

Ein rechter Geck, dachte Jack, während ein Anflug von Eifersucht ihn durchzuckte.

Doch seine Laune besserte sich, als Eden über die Menge hinweg seinen Blick suchte und ihn endlich neben Damien stehend fand.

Sie schenkte ihm ein strahlendes Lächeln und amüsierte sich offensichtlich so gut, dass er beinahe so weit war, es selbst zu versuchen.

Widerstrebend erwiderte er ihr Lächeln.

Ohne auf ihren Partner zu achten, warf sie den Kopf zurück und schwenkte die Röcke ein wenig in Jacks Richtung, als wollte sie ihn auf die Tanzfläche locken. Ach, sie war so verführerisch.

Aber er schüttelte den Kopf.

Er war zu stolz auf seine Würde.

„Meine Güte, wer ist denn dieser hinreißende Rotschopf?", hörte er jemanden neben sich flüstern.

Jack verstand die Worte kaum und hätte sie fast nicht gehört, als ein paar Londoner Schürzenjäger an ihm vorbeischlenderten, die nichts von der Gefahr ahnten, in der sie schwebten, denn sie waren voll und ganz damit beschäftigt, über den Charme der im Ballsaal anwesenden Damen zu urteilen.

Sie plauderten weiter, und da sie an ihm vorbeischlenderten, konnte Jack ihre leisen Bemerkungen nun deutlich hören.

„Verdammt, die habe ich noch nie gesehen."

„Meinst du, sie ist verheiratet?"

„Seit wann ist das wichtig?"

Sie lachten, ahnten nicht, dass Jack ihnen mit finsterer Miene folgen wollte, doch dann fühlte er plötzlich eine Hand auf seiner Schulter.

„Jack. Auf ein Wort bitte."

Er wandte sich um und begegnete einem aufmerksamen Blick aus Luciens kühlen grauen Augen. Der jüngere der Zwillinge verhielt sich gewöhnlich eher zurückhaltend, sodass Jack sofort wusste, es war Ärger im Anzug.

Er unterdrückte den Anflug von Eifersucht, gelobte sich aber, irgendjemanden durch das Fenster zu schleudern, wenn er noch ein Wort in dieser Richtung hörte. „Was gibt es, Lucien?"

„Oh, nur eine kleine … nun, Unannehmlichkeit, aber ich dachte, du solltest darüber Bescheid wissen. Können wir?"

Er wusste nicht, warum der jüngere Zwilling es als notwendig erachtete, mit ihm zur Wand hinüberzugehen, doch er begriff schnell, dass es daran lag, dass Lucien Jacks Temperament kannte und ahnte, dass es um eine Neuigkeit ging, die ihn aus der Fassung bringen würde.

„Was ist los?", fragte Jack.

„Du hast gestern – nun, eine Zofe entlassen?", begann Lucien diplomatisch.

„Ja. Warum?" Jack runzelte die Stirn. „Warte mal, woher weißt du das?" Er hatte seine Brüder am Vortag nicht gesehen.

„Ich fürchte, ich bin nicht der Einzige, der davon weiß."

„Bitte?"

„Diese Frau, Lisette, ich nehme an, sie kam mit guten Referenzen zu dir?"

„Ja, sie hat schon für andere Damen gearbeitet."

„Nun, mit ihnen hat sie gesprochen, seit du sie entlassen hast."

„Was?"

„Jack, reg dich nicht auf. Sie hat Gerüchte über dich und Eden in die Welt gesetzt."

„Oh, verdammt ...!"

Die Gesellschaft änderte sich niemals.

„Ich weiß nicht, wie weit es schon gegangen ist", sagte Lucien in beschwichtigendem Tonfall. „Ich hörte es aber gerade am anderen Ende des Ballsaals. Und ich dachte, du solltest darüber Bescheid wissen. Wenn du es für angemessen hältst, kannst du Eden davon erzählen."

„Was besagen diese Gerüchte? Ich bin unglaublich neugierig", fragte Jack zynisch.

Lucien senkte den Blick. „Sie besagen ... nun ja, dass ihr keine richtige Ehe führt. Und dass während der ganzen Zeit, in der sie für deine Frau gearbeitet hat, ihr niemals das Bett miteinander geteilt habt."

Jack starrte ihn an. Dann fasste er sich wieder, und seine Miene verfinsterte sich. „Ich drehe ihr den Hals um. All diese verdammten ..."

Er war wütend über diesen Angriff auf seine Qualitäten als Mann. Was ging es irgendwen an, ob er eine Weile nicht mit seiner Frau das Bett geteilt hatte bis zur vergangenen Nacht? Dann erkannte er, dass Eden unbedingt davon erfahren sollte. Er musste sie beschützen.

Besorgt blickte er sich nach ihr um. „Danke, Lucien. Wenn du mich jetzt bitte entschuldigen würdest, ich muss nach meiner Frau sehen."

Er bemerkte, dass der erste Tanz zu Ende war und blinzelte, als er seine Frau entdeckte, die jetzt umringt wurde von einer Schar eleganter Dandys.

Der Anblick warf ihn beinahe um. Was zum ...?

Hatten etwa auch diese unverschämten Burschen die verdammten Gerüchte über ihre Ehe gehört?

Gütiger Himmel.

Einige müssen davon gehört haben, dachte er, denn das würde erklären, warum sie sie so umschwärmen wie Bienen eine seltene und zarte Blüte. Wenn sie glaubten, Eden wäre in einer lieblosen Ehe gefangen mit einem Mann, der sie im Bett vernachlässigte, dann würden sie vermutlich davon ausgehen, dass sie zur Verfügung stand, so wie es bei vielen Damen der Gesellschaft der Fall war – und wie es auch bei Jacks zügelloser Mutter gewesen war.

Bei diesem Gedanken wurde er noch ärgerlicher. Aber Eden war anders als die weltgewandte Georgiana Hawkscliffe. Sie war zu unschuldig, um zu wissen, was diese Schürzenjäger tatsächlich beabsichtigten – nämlich sie ins Bett zu locken, sobald er ihnen auch nur den Rücken zuwandte.

Er war bereits im Begriff, sich in Bewegung zu setzen, um den ersten durch das nächste Fenster hinauszuwerfen.

Dabei entging ihm keinesfalls, dass das alles nicht passiert wäre, wenn er mit ihr getanzt hätte.

Warum lächelte sie ihnen zu?

Er war nicht sicher, was genau er gegen dieses Gerücht unternehmen sollte. Gesellschaftliche Feinheiten waren nicht seine Stärke. Er musste nachdenken. Vielleicht hatte Alec ein paar Vorschläge für ihn. In diesem Augenblick wünschte er sich nichts anderes, als von hier wegzukommen, und er würde seine Gemahlin mitnehmen. Es war ihm inzwischen vollkommen egal, ob es ihr erster Ball war oder nicht.

Sie gingen jetzt nach Hause.

Als er sich auf sie zubewegte, trat ihm ein dunkler Mann in einer funkelnden Uniform in den Weg.

Jack blieb stehen.

„Verzeihen Sie, Señor." Unter dem dünnen pechschwarzen Schnurrbart des Mannes verzog sich sein Mund zu einem Lächeln, aber die Blicke aus seinen schwarzen Augen waren so stechend wie Dolche. „Sie sind Lord Jack Knight, wie ich vermute?"

Alle Muskeln in Jack spannten sich an, und sofort war er auf der Hut. „Ja?"

Der Spanier schlug die Hacken zusammen und verneigte sich mit einer zackigen Bewegung. „Ich repräsentiere den Hof Seiner Majestät König Ferdinands von Spanien. Ich würde gern ein Wort mit Ihnen unter vier Augen sprechen – wenn es Ihnen nichts ausmacht."

Ruiz' Vorgesetzter.

Jack biss die Zähne zusammen und unterdrückte seine Ungeduld. Da drüben standen sechs gut aussehende Männer, die mit seiner schönen jungen Frau kokettierten. Jeder von ihnen besaß einen Stammbaum, der blaublütiger und edler war als sein eigener, darüber konnte es keinen Zweifel geben. Und im Augenblick konnte er überhaupt nichts dagegen unternehmen.

Na schön. Soll sie es genießen, dachte er und presste die Lippen zusammen. Ein oder zwei weitere Minuten konnte er das noch ertragen. Für den Augenblick galt seine ganze Aufmerksamkeit dem spanischen Botschafter. Er musste seine Mission zu Ende bringen – auch wenn seine schöne, schwangere junge Frau von der Hälfte des House of Lords angelächelt wurde, die alle auf den richtigen Zeitpunkt hofften.

Und nur darauf warteten, dass er nach Südamerika abreiste.

Das also sind die Dandys in den Überröcken aus der Savile Row, dachte Eden. Die schneidigen jungen Herren, von denen sie weit, weit weg im Urwald geträumt hatte.

In ihren Augen lag etwas, das ihr nicht vertrauenerweckend erschien, und ihr überhebliches Lächeln verursachte Eden ein unbehagliches Gefühl. Sie hatten sie eingekreist, und während Eden höflich, aber etwas zerstreut ihre Fragen beantwortete, sehnte sie sich nach Jack. Doch kaum hatte sie sich von den etwas zudringlichen, übermäßig freundlichen Männern befreit, als sie sah, wie der Spanier auf Jack zuging.

Sofort fiel ihr seine Warnung wieder ein, dass sie sich umgehend zurückziehen sollte, sobald sie irgendwo in ihrer Nähe einen schwarzhaarigen Spanier entdeckte. Während er mit dem Mann sprach, hatte Jack die Arme vor der Brust verschränkt, die auffallende Art, mit der er es vermied, in ihre Richtung zu blicken, schien Eden wie eine stumme Warnung zu sein, sich ihm nicht zu nähern.

Sie gehorchte umgehend und zog sich rasch von der Tanzfläche zurück.

Dann fiel ihr wieder ein, wie sie und Jack das Gewächshaus auf dem Weg zum Ball bewundert hatten, während sie in einer Reihe mit den anderen Kutschen warteten, und sie hatten darüber gesprochen, es sich gemeinsam anzusehen. Sie beschloss, dort zu warten – Jack würde schnell darauf kommen, wo er sie finden konnte.

Ehe jemand sonst sie in ein Gespräch verwickeln konnte, eilte sie aus dem Ballsaal hinaus und suchte sich den Weg von dem weitläufigen Stadthaus bis zu dem großen Gewächshaus.

Kaum hatte sie den Fuß in die baumbestandene gläserne Welt gestellt, schienen sich aller Kummer, alle Unruhe zu verflüchtigen.

Glas und verschlungenes weißes Schmiedeeisen strebten nach oben und verbanden sich zu einer Rotunde in der Mitte, die den exotischen Bäumen genügend Raum zum Wachsen ließ.

Es gab Palmen und riesige Bambuspflanzen in großen Kübeln und Töpfen, deren Blattwedel dem Mittelpunkt entgegenstrebten. Auch ein paar duftende Orangen- und Limonenbäume entdeckte sie, einen Grapefruitbaum und auch ein paar stachelige Ananas.

Blumen umstanden eine hohe dorische Säule, auf der die Göttin Flora thronte.

Vereinzelte Lichterketten verliehen dem Gewächshaus einen ganz eigenen Zauber, und mit den verborgenen Leitungen und Röhren, die die Luft erwärmten, sorgten sie für genau das heiße Klima, in dem die tropischen Pflanzen, Sträucher und Bäume gedeihen konnten.

Draußen vor den Glaswänden war es so dunkel, dass die kleinen bunten Lampen überall blattförmige Schatten hinwarfen und die Gitter der zahllosen Öffnungen am Boden betonten. Nur ganz leise war hier noch die Musik aus dem Ballsaal zu hören, sehr viel lauter trommelte der Regen auf die Scheiben der hohen Fenster.

Genau in der Mitte gab es einen steinernen Springbrunnen, dessen runder Rand eine Bank bildete. Eden setzte sich. Sehnsüchtig betrachtete sie den großen bunten Fisch, der darin schwamm. Der winzige Urwald erinnerte sie so sehr an ihr früheres Zuhause. Jetzt war alles so anders. Wie sehr sie ihren Vater vermisste. Würde er denn niemals kommen?

Sie zog ihren rechten Handschuh aus, legte ihn neben sich, bückte sich und tauchte ihre Finger ins Wasser, erinnerte sich an die Zeit am Orinocodelta, als sie auf Jack gewartet hatte, und an ihre gelegentlichen Begegnungen mit dem rosa Delfin.

Dieses Leben schien ihr jetzt aus einer anderen Welt zu stammen.

Noch immer trommelte der Regen auf das Glas, und trotz des gelegentlichen Zuckens eines Blitzes war es hier wunderschön. Während sie so dasaß, nachdachte und mit dem Fisch spielte, fühlte sie ein warnendes Kribbeln im Nacken, das sie aus ihren Gedanken schreckte.

Sie hob den Kopf und sah sich aufmerksam um, unsicher, woher das plötzliche Gefühl kam, jemand würde sie beobachten.

Sie war der einzige Mensch in diesem Gewächshaus.

Blitze zuckten und tauchten das Glashaus in gleißendes Silber, das die Statue der Flora übergoss. In diesem Sekundenbruchteil, während Eden den Blick über die Bäume gleiten ließ, die diesen künstlichen Urwald bildeten, sah sie ihn.

Connor.

Er stand draußen vor dem Gewächshaus und beobachtete sie durch das Glas, während der Regen ihm das blonde Haar in die Stirn presste.

Sie schrie auf, doch das gleißende Licht des Blitzes verschwand, und die Welt draußen hinter dem Glas wurde wieder schwarz.

Mit heftig klopfendem Herzen zuckte sie zurück. Einen Moment lang presste sie die Hand an ihr Herz.

Nein!

Das konnte nicht sein.

Bestimmt hatte sie sich das nur eingebildet. Wie konnte Connor da draußen im Sturm stehen?

Wenig später gab es erneut einen Blitz, und wieder wurde die Stelle erhellt, an der sie ihn eben noch gesehen hatte, und diesmal war niemand da. Sie musste über sich selbst lachen.

Die Schuld daran musste ihr schlechtes Gewissen haben – sie fühlte sich schuldig, denn sosehr sie sich auch danach sehnte, ihren geliebten Vater wiederzusehen, so hatte sie doch Connor noch kein einziges Mal vermisst, seit sie den Regenwald verlassen hatte. Sie wusste, dass er schwierig war, aber er hatte immer sein Möglichstes getan, um gut zu ihr zu sein. Es war ihr unmöglich gewesen, sich in ihn zu verlieben, aber das bedeutete nicht, dass es einer anderen Frau ebenso ergehen musste. Er war klug, und er sah gut aus.

Nun, da sie fort war und einen anderen Mann geheiratet hatte, würde er sie bald vergessen.

Gerade in diesem Augenblick hörte sie Schritte auf dem gepflasterten Boden des Gewächshauses. „Aus irgendeinem Grund vermutete ich, dass ich Sie hier finden würde."

Eden, die Jack erwartete, sah auf und erschrak, als sie feststellte, dass es anstelle ihres Ehemanns der schneidige Mann in der roten Weste war, der kurz im Ballsaal mit ihr getanzt hatte.

Seine weißen Zähne schienen in der Dämmerung zu leuchten, als er auf sie zuschlenderte, die Hände in den Taschen.

„Kein Grund zur Beunruhigung“, sagte er. „Ich sah Sie hinausschlüpfen. Meine liebe Dame, eine wahre Schönheit kann ebenso wenig unbemerkt einen Ballsaal verlassen, wie die Sonne sich hinter den Wolken verstecken kann, ohne dass die ganze Welt grau und finster wird. Ich dachte, wir könnten vielleicht einen Moment miteinander plaudern ... Oh, Sie wirken beunruhigt. Kann ich irgendwie behilflich sein?“

„Nein. Vielen Dank.“ Sie richtete sich auf und schüttelte die Wassertropfen von ihren Fingern. „Verzeihen Sie, kennen wir uns?“

„Wir wurden einander nicht förmlich vorgestellt, nein. Aber es gibt eine Verbindung zwischen uns.“

„Tatsächlich?“

„Ja.“

Sie hob den Kopf, um ihm in die Augen zu sehen, als er zu ihr trat – unaufgefordert, aber zu selbstbewusst, um sich daran zu stören.

Er stemmte einen Fuß auf die Steinbank an der Fontäne und stützte den Ellenbogen auf das Knie. „Gerade eben im Ballsaal hörte ich, wie jemand sagte, Sie wären die Tochter des berühmten Dr. Farraday.“

„Ja, das stimmt.“

Er lächelte breit. „Mein Vater war viele Jahre lang der Mäzen Ihres Vaters.“

„Der alte Lord Pembrooke?“, rief sie aus.

Er lachte. „Ja! Ich bin sein Erbe.“

„Sie sind der neue Lord Pembrooke? Der berüchtigte Earl?“, platzte sie heraus, biss sich dann auf die Lippe und errötete.

Dass sie seinen Ruf kannte, schien ihn mit eitler Zufriedenheit zu erfüllen. „Ach, wissen Sie, ich weiß gar nicht, warum man mich so nennt. Wissen Sie es?“

Sie lächelte ein wenig schief. „Lord Pembrooke, würden Sie mir glauben, wenn ich sage, dass Sie der eigentliche Grund dafür sind, warum ich nach London gekommen bin?“

„Welcher Grund ist das?“, fragte er und schien allem Anschein nach von dieser Erklärung fasziniert zu sein. Langsam ließ er sich neben ihr nieder. Dann beugte er sich näher zu ihr, und Eden wich zurück.

„Sie haben meinem Vater die Unterstützung gestrichen“, erklärte sie ihm, ohne die Absicht zu haben, ihm die Einzelheiten ihres ursprünglichen Plans zu erklären – wie sie sich an Bord der *Winds of Fortune* geschlichen und Muster der Arbeit ihres Vaters mitgenommen hatte, um sie dem berüchtigten Earl zu zeigen, sodass sie ihn vielleicht überreden könnte, die Zuwendungen ihres Vaters wieder einzusetzen.

Das schien eine Ewigkeit her zu sein.

„Die Unterstützung Ihres Vaters gestrichen?“ Er tat so, als wüsste er nichts davon. „Das habe ich getan? Nein, bestimmt nicht. Warum sollte ich so etwas tun?“

„Ich glaube, Sie bauten sich ein neues Landhaus und beauftragten Ihren Anwalt, all den Künstlern und Gelehrten, die Ihr Vater unterstützte, zu sagen, sie könnten – das genau war der Wortlaut, glaube ich – dorthin gehen, wo der Pfeffer wächst.“

„Ah ja, jetzt erinnere ich mich wieder.“ Er hörte auf mit seinen Schwindeleien, als er begriff, dass sie klüger war, als er gedacht hatte. Es entstand ein Moment des Unbehagens, in dem er sich an die Lippe tippte. Dann lächelte er ihr ein wenig reumütig zu und stand auf, um sie anzusehen. „Vielleicht können wir etwas tun, um an dieser traurigen Situation etwas zu ändern, denn ich versichere Ihnen, hätte ich gewusst, dass die Tochter des Wissenschaftlers selbst eine so exotische Blume ist, hätte ich mich sofort überreden lassen, Dr. Farradays Unterstützung zu erhöhen.“

„Mein Vater liefert sich nicht der Gnade oder Ungnade eines anderen aus, Mylord, und auch wenn es mich freut zu hören, dass Sie Ihre Entscheidung um meinetwillen überdenken würden, so wird das nicht nötig sein.“

„Sind Sie da ganz sicher?“, fragte er, und ein verwegenes Grinsen erschien auf seinem Gesicht.

„Oh ja, vollkommen sicher. Sie müssen wissen, mein Gemahl ist sehr reich und wird von nun an Papas Forschungen unterstützen.“

„Oh, tatsächlich?“, fragte der andere mit einem hochmütigen Lächeln. „Jemand, den ich kenne?“

„Ich weiß es nicht genau“, erwiderte Eden und lächelte ganz reizend. „Aber wenn Sie möchten, kann ich Sie vorstellen. Er steht direkt hinter Ihnen.“

18. KAPITEL

Der spanische Botschafter hatte ihn nur mit beleidigenden Fragen bedrängt – aber in der Zeit, die es gedauert hatte, bis Jack den Mann losgeworden war und Eden gefunden hatte, war ihm etwas Entsetzliches in Bezug auf dieses dumme Gerücht eingefallen.

Wenn man in der Gesellschaft glaubte, dass Jack seine schöne junge Frau nicht in sein Bett holte, seine Frau aber schwanger war – und Jack inzwischen für Monate in Südamerika unterwegs war – dann würde die nächste Frage, die man sich in der *ton* stellen würde, zweifellos diese sein: Wer war der Vater des Babys?

Der bloße Gedanke, dass diese Frage über sein legitimes Kind überhaupt aufkommen könnte – dieses Kind, das er schon liebte, ohne es überhaupt nur gesehen zu haben – verursachte Jack heftiges Unbehagen.

Die Last der illegitimen Geburt war für ihn immer ein wunder Punkt gewesen, doch der Gedanke, dass genau das auch seinem unschuldigen, noch ungeborenen Kind geschehen könnte, hatte ihn erschüttert. Aus erster Hand kannte er das Leid, die Einsamkeit und die Beschämung, die bereits auf seinen Sohn oder seine Tochter wartete, wenn er keine Möglichkeit fand, diese Situation umgehend zu klären.

Obwohl das Kind gerade erst empfangen worden war, schien es schon jetzt verdammt zu sein, weil es ohne eigene Schuld unter derselben schwarzen Wolke von Misstrauen und Zweifel geboren werden würde, mit der Jack gestraft worden war.

Ein Bastard. Ein Ausgestoßener.

Genau wie er selbst.

Die Ungerechtigkeit, die darin lag, fachte seinen Zorn an.

Das würde er nicht zulassen.

Er hätte Eden besser im höchsten Turm seines irischen

Schlosses einsperren sollen, statt zuzulassen, dass sie mit dem, was sie tat, dem Kind Schaden zufügte, ehe es überhaupt nur auf der Welt war.

Ja, in gewisser Weise war das alles ihre Schuld.

Hätte Eden ihm nicht so lange gegrollt und ihm ihr Bett vorenthalten, dann hätte Lisette sich nicht an ihn herangemacht, Jack hätte die Zofe nicht entlassen müssen, und das Gerücht wäre nicht in die Welt gesetzt worden.

Die verdammten Frauen und ihre selbstsüchtigen Verhaltensweisen, dachte er, zu wütend, um daran zu denken, dass er ungerecht war.

Seine Mutter. Und Maura.

Und jetzt dies.

Der Gedanke, auch Eden könnte etwas von ihrem Wankelmut in sich tragen, schmerzte ihn.

Sein Gesicht war bleich geworden, während er im Ballsaal umherging auf der Suche nach seiner Frau. Die Musik klang unmelodisch, und Jack hatte das Gefühl, als wären die Blicke aller auf ihn gerichtet, während er vorbeiging, und als würden alle über ihn flüstern.

Er war nicht gewollt.

Es half ihm nicht gerade, dass das Letzte, was er von seiner Frau sah, ehe der Botschafter sich ihm in den Weg gestellt hatte, Eden im Mittelpunkt von schmeichlerischen Schurken und berechnenden Junggesellen war.

Wusste Eden, dass sie für diese Männer nur Frischfleisch war?

Wohin zum Teufel war sie gegangen?

Jack spürte, dass gleich seine Gefühle mit ihm durchgehen würden.

Dann hatte er das Gewächshaus betreten und gesehen, wie sie mit einem anderen Mann sprach – und etwas in ihm zerbrach.

Der großartige Jack, der in den vergangenen Wochen so

sanft gewesen war, die Hände von ihr gelassen und sie zu all ihren albernen Partys begleitet hatte, wurde plötzlich beiseitegeschoben wie von einer großen Woge mitten auf dem Meer.

Und über Bord gespült.

An seine Stelle trat Black Jack Knight mit seinem wilden Stolz und seinem Ruhm, und es war diese Seite von ihm, der sich der unglückliche Lord Pembrooke jetzt gegenübersah.

Seine Augen befanden sich etwa auf der Höhe von Jacks Kinn, daher schluckte der Earl und sah langsam auf.

Jack kniff die Augen zusammen.

„Äh ... Pardon", sagte Pembrooke mit leicht erstickter Stimme. „Es lag ... lag nicht in meiner Absicht, Ihnen zu nahe zu treten, Sir. Vielleicht sollte ich besser gehen ..."

Das kleine Wiesel hastete an ihm vorbei und versuchte zu fliehen. Doch Jack streckte den Arm aus und erwischte ihn am Genick.

Dann packte Jack den Rockkragen fester, umfasste auch noch den Hosengurt des Mannes, hob ihn hoch und warf ihn in den Springbrunnen, wo er mit einem platschenden Geräusch landete.

Danach klopfte er sich leicht die Hände ab. „Nichts passiert." Jack sah seine Frau an, die aufgesprungen war und ihn jetzt mit offenem Mund anstarrte. Er packte sie am Handgelenk und zog sie in Richtung Tür.

„Jack!"

Hinter ihnen kletterte Lord Pembrooke aus dem Brunnen, fluchend und spuckend und nass bis auf die Haut.

„Was tust du da?", rief Eden. „Hast du den Verstand verloren?"

Er sah sich nicht zu ihr um, sondern eilte voran. Nur ein einziger Gedanke beherrschte ihn. „Vergiss ihn. Wir gehen jetzt. Du und ich, wir werden ein wenig miteinander plaudern."

„Was um alles in der Welt ...? Warte, mein anderer Handschuh ..." Sie sah sich suchend um.

„Lass ihn liegen. Wir fahren nach Hause."

„Jack, du … du hast ihn in den Springbrunnen geworfen!"

„Ja", sagte er. Es hatte sich gut angefühlt. Wenigstens hatte es seinen Zorn ein wenig gelindert.

Sie stellte sich breitbeinig hin und weigerte sich weiterzugehen. „Was ist hier los?"

Er machte kehrt und starrte sie an. „Ich sage dir, was los ist. Deine Tage des Tanzens sind vorbei."

„Was ist, bist du eifersüchtig?"

„Oh, ich weiß nicht. Als ich dich zuletzt sah, standest du im Ballsaal, umringt von lüsternen Bewunderern, dann bist du verschwunden, und jetzt finde ich dich hier bei einem hübschen Tête-à-Tête mit einem anderen Mann. Ich denke, ich habe ein Recht darauf, ein wenig verstimmt zu sein, meine Liebe."

„Es war kein Tete-à-tete! Ich habe auf dich gewartet! Ich habe ihn wirklich nicht gerade hierher eingeladen – er ist mir hierher gefolgt! Du hast mir gesagt, wenn ich dich jemals mit einem Spanier sehe, solle ich mich fernhalten! Ich habe nur deine Anweisungen befolgt!"

„Er hatte kein Recht, ohne meine Erlaubnis mit dir zu sprechen!"

Sie seufzte, blickte gen Himmel und schien sich sehr zu bemühen, die Fassung zu wahren. „Weißt du überhaupt, wer das war? Er hatte einen Grund, mit mir zu sprechen. Erinnerst du dich an den Mäzen meines Vaters …?"

„Das ist mir egal", wurde sie von Jack unterbrochen. „Ich werde dir etwas sagen. Und ich möchte, dass du mir genau zuhörst."

Sie musterte prüfend sein Gesicht, und sie schien von seinem nachdenklichen Blick ein wenig eingeschüchtert zu sein. „Was ist?"

„Wenn dich irgendein Mann auch nur anrührt, während ich fort bin, dann ist er nach meiner Rückkehr ein toter Mann. Hast du mich verstanden?"

Sie warf ihm einen langen Blick zu, gekränkt von der bloßen Unterstellung, sie könne ihm jemals untreu sein.

Ja, vielleicht fühlte sie jetzt so, aber sechs Monate waren lange genug für eine schöne junge Frau, um sich allmählich vernachlässigt zu fühlen und damit zu beginnen, sich anderswo nach Gesellschaft umzusehen.

„Außerdem möchte ich nicht, dass du tanzt“, befahl er. „Ich will nicht, dass ein anderer Mann mit seinen Händen meine Frau berührt.“

Sie presste die Lippen zusammen, und der gekränkte Ausdruck verschwand aus ihrem Gesicht und wich einer zornigen Miene. „Jawohl, mein Herr und Meister. Ich werde nie wieder tanzen.“

„Gut“, stieß er zwischen zusammengebissenen Zähnen hervor. „So, und jetzt lass uns nach Hause gehen.“

Er machte kehrt und zog sie weiterhin hinter sich her wie ein trotziges Kind. Manch einer mochte der Ansicht sein, dass Frauen ja auch nichts anderes waren. Sie erreichten den Ballsaal und er bahnte ihnen einen Weg durch die Menge.

„Wirst du mir noch sagen, was überhaupt los ist?“, fragte sie dann.

„Wir reden in der Kutsche.“

„Mein erster Ball, und ich kann einfach nicht glauben, dass der Abend schon verdorben ist.“

„Du wirst es überleben. Außerdem“, fügte er hinzu und beachtete ihr empörtes Luftholen nicht, „ist dies unsere letzte gemeinsame Nacht, ehe ich abreise. Ich verspüre keinen Wunsch, sie mit diesen Dummköpfen zu verbringen. Du etwa?“

Eden antwortete nicht. Sie war zu böse mit ihm, weil er ihr den Abend verdorben hatte.

Vielleicht würde er, wenn sie allein waren und er ein paar Züge von seiner Lieblingszigarre geraucht hatte, wie er es manchmal tat, wenn er eine seiner Launen hatte, und ihm das half, sich zu beruhigen, vielleicht würde er dann wieder auf die Stimme der Vernunft hören.

Niemals hatte sie damit gerechnet, dass ihr Gemahl sich als ein so eifersüchtiger Mann erweisen würde. Er war genauso schlimm wie Connor! Wie konnte er nach der letzten Nacht nur denken, dass sie sich jemals auch nur im Geringsten für jemand anderen als ihn interessieren würde? Aber was immer der Grund dafür sein mochte, Jack hatte sich in eine solche Rage gebracht, dass es unmöglich war, mit ihm vernünftig zu reden, das wusste sie.

Während er sie an der Hand, an der sie keinen Handschuh trug, durch den Ballsaal zerrte, fiel ihr auf, dass er jeden genau betrachtete, alle Damen, die in Klatschgespräche vertieft zu sein schienen, böse ansah, und den Männern geradezu tödliche Blicke zuwarf.

Wenn sie es nicht besser wüsste, hätte sie rundheraus erklärt, dass sie ihn für verrückt hielt. Was um alles in der Welt war nur in ihn gefahren?

Sie musste ihren Rocksaum heben, damit sie nicht stürzte, während er sie grob in Richtung Ausgang zog. Die meisten Menschen machten ihnen Platz, und Jacks böse Blicke scheuchten auch noch die letzten beiseite. Eden lächelte ein wenig unglücklich und versuchte, so zu tun, als wäre alles in Ordnung, aber die finstere Miene ihres Gemahls zeigte jedem, dass ganz eindeutig irgendetwas überhaupt nicht stimmte.

Wenn sie nur wüsste, was das war!

Es beschlich sie das Gefühl, dass noch etwas anderes seinen Unmut entfacht haben musste als nur der dumme Lord Pembrooke.

Sie hatten den Ausgang beinahe erreicht, als ein sehr ungleiches Paar sich ihnen in den Weg stellte – sofort kam Eden der Gedanke, dass es sich dabei um Vater und Tochter handelte.

Der kleine weißhaarige Mann wirkte schon recht alt und gebrechlich und ging auf einen Stock gestützt, während eine strahlende, dunkeläugige Brünette ihn mit schlecht verhohlener Ungeduld vor sich her schob. Sie war über und über mit glitzernden Diamanten bedeckt.

Jack blieb so abrupt stehen, dass Eden sich die Nase an seinem Arm stieß. „Au."

Weil er sie nicht gewarnt hatte, warf sie ihm einen verwirrten Blick zu und bemerkte dann an seiner Miene, dass er jemanden erkannt hatte.

Die Reaktion der schillernden Dame vor ihnen war dieselbe. Überrascht öffnete sie die rot geschminkten Lippen, dann funkelten die Diamanten an ihrer Tiara noch mehr, als sie sich vorbeugte, um Jack vom Scheitel bis zur Sohle zu mustern.

„Nein, so etwas aber auch!", rief sie atemlos aus. „Wenn das nicht Jack Knight ist!"

Was sollte das jetzt heißen? Vielleicht, dachte Eden, ist jetzt die Reihe an mir, eifersüchtig zu sein. Sie runzelte die Stirn, als sie sah, wie interessiert diese Frau an ihrem Mann war.

Auch Jack war ganz offensichtlich aus der Fassung geraten. „In der Tat. Es ist lange her. Lord Avonworth." Er verneigte sich vor dem alten Mann. „Ich hoffe, Sie sind bei guter Gesundheit."

Avonworth? Eden versuchte, den Namen irgendwo unterzubringen.

Die Frau tätschelte den Arm ihres tattrigen Vaters. „Ich tue mein Möglichstes, mich um ihn zu kümmern."

„Was?", rief der alte Mann und hielt eine Hand hinter sein Ohr. „Wer sind Sie, junger Mann?"

Jack sah ihn nur an, als müsse er sich auf die Zunge beißen, um nicht die Antwort zu geben, die er gern gegeben hätte.

Eden wartete mit gerunzelter Stirn ab, während die Frau noch einmal ihren entschieden lüsternen Blick über Edens Ehemann gleiten ließ.

„Ich hörte, dass du zurück bist", säuselte sie. „Du siehst gut aus, John. Das Leben muss gut mit dir umgegangen sein. Wie ich hörte, bist du sehr erfolgreich."

John? Eden sah Jack an und zog eine Braue hoch.

Er betrachtete die Frau ein wenig spöttisch, als könne er ihre Gedanken lesen. „Ja, Maura, das Leben ist gut mit mir umgegangen. Vor allem in der letzten Zeit. Du musst nämlich wissen, vor ein paar Monaten sandte es mir diesen Engel."

Maura? Gütiger Himmel, seine erste Liebe. Jetzt, da sie es wusste, fühlte Eden sich sehr viel besser, vor allem, als Jack sie näher an sich zog, damit sie sich auch am Gespräch beteiligen konnte.

„Ich habe kürzlich geheiratet, und dies ist meine Braut. Ist sie nicht wunderbar?", fügte er boshaft hinzu.

Eden beäugte ihn misstrauisch, als er seinen Arm um sie legte. Sie kannte diesen glatten, bösen Unterton in seiner Stimme. Es war schon eine Weile her, seit sie ihn zum letzten Mal gehört hatte, aber es bedeutete immer, dass Jack irgendetwas im Schilde führte.

Maura hörte die Neuigkeiten von ihrer Heirat mit der Miene eines Menschen an, der gerade einen Fausthieb in den Bauch erhalten hatte, doch sie brachte trotzdem ein hochmütiges Nicken zustande. „Meinen Glückwunsch."

„Das ist die Person, von der ich dir erzählt habe", flüsterte Jack Eden ins Ohr, absichtlich gerade so laut, dass auch Maura seine Worte verstehen konnte.

Eden lächelte die Marchioness etwas unbehaglich an, fest entschlossen, wenigstens einen Rest von Takt bei dieser Unterhaltung zu bewahren.

Aber Takt war das Letzte, was Jack wollte.

Er lächelte, schön wie die Sünde und voller Heimtücke. „Mein Liebling, darf ich dir Lord und Lady Avonworth vorstellen?"

Oje, dachte sie, als sie respektvoll den Kopf neigte. Mit der Hand an ihrer Taille hielt Jack sie viel zu fest, als dass sie vor den hochrangigen Adligen einen ordentlichen Knicks machen konnte. Tatsächlich war es so, dass, wenn er sie nicht sofort losließ, die Einladung zu Almack's niemals Wirklichkeit werden würde. Eine solche Zurschaustellung von ehelicher Zuneigung würde die *ton* niemals gutheißen.

Doch er machte keine Anstalten, sie loszulassen. Falls das überhaupt möglich war, so wurde sein Griff nur noch fester und sinnlicher.

Mauras Züge wirkten angespannt. An ihren Fingern funkelten juwelenbesetzte Ringe, als sie die Hände vor sich verschränkte und Eden sehr von oben herab ansah. „Charmant."

Eden spürte, wie sie unter der hochmütigen Musterung der Dame zutiefst errötete, doch Jack schien es sehr zu genießen, dass Maura sie so gründlich betrachtete.

Sein unverschämter Blick schien ihr zu sagen: Sie ist jünger als du, schöner als du, klüger als du, und sie erwartet mein Kind. „Ich traf sie in den Tropen", sagte er zu seiner früheren Flamme und bedachte Eden mit einem heißen Blick, als könnte er es selbst jetzt kaum erwarten, sie zu umarmen.

Sie errötete noch heftiger. Das piratenhafte Funkeln, das sie in seinem Blick gesehen hatte, als er Lord Pembrooke in den Springbrunnen warf, war wieder da – und es war noch deutlicher geworden.

„Es war eine … sehr angenehme Schiffsreise, nicht wahr, mein Liebling?"

Eden dachte, sie würde ihm gleich auf den Fuß treten, wenn er nicht damit aufhörte.

Maura schien nicht widerstehen zu können. „Sie ist ein wenig jung, oder?"

„Findest du?", fragte er mit belegter Stimme und zog Eden näher an sich. „Komm zu mir, Liebling."

Eden machte große Augen, aber es war zu spät, um zu fliehen, als er ihr Gesicht mit einer Hand umfasste und die andere um ihren Nacken legte, sie mit sinnlichem, doch unentrinnbaren Griff festhielt.

Er neigte den Kopf und presste die Lippen auf ihren Mund,

in Gegenwart all der Menschen. Küsste sie lange, leidenschaftlich und auf schockierende Weise. Eden hörte, wie alle anderen um sie herum den Atem anhielten, doch sie war wie gelähmt.

Ich bringe ihn um.

Jacks anziehende Wirkung auf sie, verbunden mit seinen Fähigkeiten als Liebhaber verfehlte niemals ihre betäubende Wirkung auf ihre Sinne, schwächte sie, doch ihr Verstand war entsetzt von dem Skandal, der mit Sicherheit daraus entstehen würde.

Und dass genau das die Folge sein würde, wusste ihr heidnischer Ehemann nur zu gut. Eine skandalöse Zurschaustellung glühender Lust.

Sie riss sich zusammen, stemmte die Hände gegen seine Brust, versuchte, ihn aufzuhalten, doch das veranlasste ihn nur, sie noch fester zu nehmen.

Oh, er ist ein Teufel!, dachte sie wütend.

Es war genauso, wie er es damals im Urwald gemacht hatte, als er sie mit aller Leidenschaft geküsst hatte, nur um ihren Vater in Zorn zu versetzen. An jenem Tag hatte Connor ihn töten wollen.

Dieser Versuchung war Eden jetzt auch ausgesetzt.

Aber wie gut er schmeckte!

Ihre Gefühle verwirrten sie. Dieser Mann verwirrte sie. Sie wusste genau, warum er das jetzt tat: Es lag an seiner Eifersucht.

Wenn er sie bei der Gesellschaft in Ungnade stürzte, dann musste er sich keine Sorgen machen, dass sie während seiner Abwesenheit vielleicht tanzte.

Er musste sie nicht weit weg in Irland lassen, um sie zu isolieren. Wie grausam, wie grausam …

Als er ihr über das Haar strich und sie in einer Weise küsste, die sie um den Verstand gebracht hätte, wenn sie allein gewesen wären, fasste sie einen Plan.

Sie hatte es zu weit gebracht, um zuzulassen, dass er sie am

Ohr aus der Gesellschaft herausschleifte. Wenn er es unbedingt wollte, dann konnte er sich wie ein wilder Pirat benehmen, aber sie hatte nicht die Absicht, sich von ihm mit in den Abgrund ziehen zu lassen.

„Also wirklich!“, murmelte Maura mit erstickter Stimme, bemüht um einen leichten Tonfall, als Jack den unverschämten und zugegebenermaßen köstlichen Kuss beendete.

Die Worte durchdrangen die Stille, als hätte jemand eine Münze fallengelassen.

Mit brennenden Augen und gerötetem Gesicht leckte Jack sich über die Lippen und sah Eden an, als hätte er sie am liebsten auf der Stelle vernascht.

Sie war froh, dass sie im Theater gewesen war, denn zu einem solchen Zeitpunkt konnten keine Worte sie retten, sie versuchte nicht einmal zu sprechen, sondern griff zu der melodramatischsten Geste, die einer Dame für eine solche Gelegenheit zur Verfügung stand.

Sie hob eine Hand an die Stirn, rollte die Augen gen Himmel, stieß einen tiefen, verzweifelten Seufzer aus und ließ sich dann in einer vorgetäuschten Ohnmacht zu Boden sinken.

Jack fing sie auf, als die Menge um sie herum wieder den Atem anhielt – aber sie war trotzdem ziemlich sicher, dass man ihr die Ohnmacht abgenommen hatte. Alle, abgesehen natürlich von ihrem Ehemann, dem Piraten, der lachte – und das ließ ihn noch mehr als Schurken erscheinen, wegen seines schockierenden Mangels an Mitgefühl.

Fest entschlossen fuhr Eden fort, Besinnungslosigkeit vorzutäuschen, als Jack sie auf seine Arme hob. Sie ließ den Kopf gegen seine linke Schulter sinken, während er den rechten Arm unter ihre Knie schob.

Ihr Herz schlug wie wild, doch zwischen den Wimpern hindurch spähte sie in der Menge umher. Es war schwer zu entscheiden, ob Mauras erschrockene Miene darauf hinwies, dass sie entsetzt war oder vielleicht neidisch auf diese Art von Gewalt. Tatsächlich fächelten sich einige der Damen heftig Kühlung zu, während sie so taten, als wären sie außer sich.

„Oh, das arme Mädchen“, flüsterten sie.

„So ein süßes junges Geschöpf! Was sie alles ertragen muss!“

„So ein Ungeheuer!“

„Wie sündhaft!“

Die Gartendamen starrten Jack verlangend an, als er Eden hinaustrug.

„Würden Sie uns bitte entschuldigen?“, erklärte er spöttisch. „Es ist alles in Ordnung. Keine Sorge, ich werde gut auf sie aufpassen“, fügte er mit einem hintergründigen Lächeln hinzu.

Dann marschierte er mit ihr auf den Armen aus dem Ballsaal, als wäre er ein finsterer heidnischer Gott, der sein jungfräuliches Opfer fortbringt – oder Hades, der Persephone holt, damit sie wie versprochen die Hälfte des Jahres mit ihm in seinem höllischen Königreich in der Unterwelt verbrachte.

Nun, zumindest kann jetzt niemand behaupten, dass es zwischen uns keine Leidenschaft gibt, dachte Jack finster, aber zufrieden, während er seine Braut durch den Gang trug, der neben dem Ballsaal verlief.

Besorgte Dienstboten winkten ihn in die stille und matt beleuchtete Bibliothek am Ende des Korridors, aber er schüttelte den Kopf, als sie fragten, ob es sein Wunsch wäre, dass sie den Arzt kommen ließen.

Sie eilten herbei, als er Eden durch die Flügeltüren trug und sie dann sanft auf eines der braunen Ledersofas legte.

„Brandy?“, fragte er.

„Hier, Mylord.“ Einer der Diener schenkte ein Glas für die ohnmächtige Dame voll. „Das sollte helfen, ihre Nerven zu beruhigen.“

Sie öffnete nicht einmal die Augen, diese kleine Schwindlerin.

Jack nahm dem Mann das kleine Glas ab und stellte es beiseite, dann jagte er die Dienstboten hinaus und schloss die Flügeltüren mit einem klappenden Geräusch hinter ihnen.

Endlich hielt er inne, wohl wissend, dass er soeben einen Skandal verursacht hatte. Nein, halt – zwei. Da gab es ja auch noch den Earl im Springbrunnen. Eine Neuigkeit, die sich bestimmt schnell verbreiten würde, daran zweifelte er nicht. Wenn er dann noch das Gerücht der Zofe mitzählte, waren es schon drei.

Er war nicht gerade begierig darauf zu hören, was Eden zu alldem sagte. Es war ein kühner Zug gewesen, ihr diesen leidenschaftlichen Kuss vor aller Augen zu geben, aber es war das Beste, was ihm zu dem Zeitpunkt eingefallen war. Zu beweisen nämlich, dass er seine Frau tatsächlich im biblischen Sinne angenommen hatte und er der Vater des Kindes war, von dessen Existenz die Welt bald erfahren würde.

Wenigstens war es ein Anfang.

In Verbindung mit der Lektion, die er Lord Pembrooke im Gewächshaus erteilt hatte und die jedem Mann in der Umgebung einen vagen Eindruck davon vermittelte, was ihn erwartete, wenn er Jacks Ehefrau zu nahe kam, war er guter Hoffnung, die Gerüchte im Keim erstickt zu haben, die seinem Kind schaden könnten.

Er fühlte sich schon erheblich besser.

Eden zu küssen, hatte gewöhnlich diese Wirkung auf ihn. Um bei der Wahrheit zu bleiben, hatte er die Gelegenheit genossen, die Gesellschaft ein weiteres Mal zu verspotten. Und Maura zu zeigen, was ihr entging. Er hoffte, sie hatte etwas wie Bedauern empfunden – aber was ihn betraf, so fühlte er nichts dergleichen.

Er hatte sich selbst wie einen Schurken hingestellt, das stimmte, aber es war ihm egal, was diese Leute von ihm hielten. Ihn interessierte nur, was Eden dachte. Und als er das Messingschloss an der Bibliothekstür verriegelte, sich langsam herumdrehte und quer durch den Raum auf seine schauspielernde

Ehefrau blickte, wusste er, der Moment der Wahrheit war gekommen.

„Du kannst jetzt die Augen öffnen."

„Das will ich nicht", sagte sie, „denn wenn ich dir ins Gesicht sehe, dann werde ich schreien."

Rasch setzte sie sich auf, wie eine Frau, die soeben von den Toten erwacht war, schwang die Beine herum und stellte die Füße auf den Teppich. „Wie konntest du das tun? Du bist ein Barbar!" Sie beugte sich vor, das hübsche Gesicht verzerrt vor Zorn. „Was hast du dir nur gedacht? So benimmst du dich doch sonst nicht!"

Jack blinzelte.

„Weißt du überhaupt, was du getan hast? Du hast uns unmöglich gemacht! Wir werden nie wieder irgendwohin eingeladen werden!"

Er schwieg einen Moment lang. „Wäre das so schlimm?"

„Oh! Noch nie in meinem Leben war ich in einer so peinlichen Lage!"

„Peinlich?", wiederholte er leise.

„Du hast mich vor allen Leuten blamiert!"

Jack hätte nicht überraschter sein können, wenn sie eine Waffe gezogen und auf ihn angelegt hätte.

Sie sprang auf, nahm das Glas mit dem Brandy, trank es leer und begann prompt zu husten, denn sie trank sonst niemals so hochprozentigen Alkohol.

Inzwischen versuchte Jack zu verstehen, was sie gesagt hatte.

Blamiert? Unmöglich? Jetzt war ihr ihre Liebe peinlich?

Letzte Nacht war ihr nichts peinlich gewesen, als er sie dazu gebracht hatte, vor Lust zu schreien.

Er senkte den Kopf und presste die Handballen gegen die Augen, um einen klaren Verstand zu bekommen, denn er fühlte, wie seine Empfindungen hin- und hergeschleudert wurden wie lose Taue bei einem Sturm auf dem Atlantik.

Denk nach.

Alles hing an einem seidenen Faden.

Eden war wütend über seinen Kuss, und das konnte er verstehen.

Nur war er nicht darauf vorbereitet, dass sie von Beschämung sprach – als würde sie sich tatsächlich seiner schämen!

So wie seine Mutter es getan hatte.

So wie Maura es getan hatte und sich daher für Lord Uralt entschied und nicht für seine jugendliche Hingabe.

Das traf tief.

Vielleicht, wenn er es ihr erklären könnte …

Aber nein. Warum sollte er das tun?

Als sie aufhörte zu husten und hin und her zu gehen begann, ganz allgemein darüber zu sprechen begann, was für ein übler Kerl er war – den Earl in den Brunnen zu werfen, zu drohen, Leute umzubringen, die mit ihr flirteten und sie in aller Öffentlichkeit beinahe verführte – vermochte Jack kaum ihren Worten zu folgen, geschweige denn, dass er ihren Sinn erfassen konnte.

Ganz plötzlich fühlte er sich so niedergeschlagen, dass er nicht glaubte, auch nur den Mut zu finden, sich zu rechtfertigen. Konnte sie ihm nicht wenigstens eine Chance geben? Ihm zutrauen, dass er vielleicht tatsächlich wusste, was er tat?

Dies hier verdiente er nicht, und er hatte auch nicht die Zeit, noch einen ihrer Wutausbrüche abzuwarten.

Eines war klar. *Sie liebt diese Welt, und ich gehöre nicht hierher.*

Mochte Eden auch seine wahren Gründe nicht verstehen, so war ihr Zorn doch ansteckend, denn als Jack sah, wie wütend sie auf ihn war, verlor er alle Lust, ihr seine Handlungsweise zu erklären.

In der vergangenen Nacht hatte sie gesagt: „Für immer“, aber das schien nur so lange zu gelten, wie er nach ihren Regeln spielte. Er war außer sich.

Mit all dem Schmerz, den er noch immer in seinem Innern empfand seit dem Augenblick, da er erkannt hatte, was diese Gerüchte für sein Kind bedeuteten, und all den Erinnerungen, die er noch mit sich herumtrug an das Leid, das aus seiner eigenen unglückseligen Geburt herrührte, war es Zärtlichkeit, die er jetzt wirklich brauchte.

Doch was er bekam, war nur ihr Zorn.

Er konnte nicht glauben, dass sie ihn anschrie.

Es fühlte sich an wie Verrat, und das war weitaus schlimmer, als sie im Gewächshaus mit einem blaublütigen Earl vorzufinden. Seine beste Kameradin, seine Geliebte, wandte sich zusammen mit der *ton* gegen ihn. Warum?

Vielleicht konnte er im Augenblick nicht so klar denken, wie er es eigentlich sollte, aber er konnte sich auch nicht hinstellen und ihr alle Einzelheiten erklären, was das Gerücht betraf und so weiter. Gewiss würde sie es von irgendjemandem sonst hören, sollte sie das doch ruhig.

Lucien sollte ihr alles bis ins Kleinste erläutern. Dann konnte die Tochter des Genies den Rest vielleicht selbst herausfinden.

„Hast du nichts zu deiner Verteidigung zu sagen?", rief sie, die Wangen gerötet vor Zorn und vom Brandy.

Mit gesenktem Kopf, die Arme vor der Brust verschränkt, sah Jack sie von unten herauf an. „Du hättest meinen Kuss etwas leidenschaftlicher erwidern können."

„Oh!", rief sie. „Du kannst von Glück sagen, dass ich dich nicht geschlagen habe."

„Mich schlagen?", wiederholte er in drohendem Ton.

„Es war ein schmutziger Trick. Nur weil du mit den Menschen nichts zu tun haben willst, versuch nicht, mich mit dir herunterzuziehen! Wenn du willst, kannst du der ganzen Welt den Rücken zukehren, genau wie Papa es getan hat. Aber ich habe nicht die Absicht, auch dich ins Exil zu begleiten. Diesen Teil meines Lebens habe ich hinter mir, vielen Dank!"

Er starrte sie an. Kam Eden denn nie der Gedanke, dass die Menschheit vielleicht nichts mit ihm zu tun haben wollte?

„Sag etwas!“, verlangte sie.

„Na schön. Jetzt weißt du, warum ich wollte, dass du in Irland bleibst“, sagte er leise und sah sie an. „Ich wusste, dass es alles früher oder später ruinieren würde, wenn ich dich hierherbringe. Dass sie mit all ihrer Künstlichkeit sich zwischen uns drängen würden, und dass es für mich so enden würde – ich bin der Schurke, wie immer. Aber wie ein verliebter Narr konnte ich es dir nicht abschlagen. Ich habe deine Tränen nicht ausgehalten.“

„Jack.“

„Was willst du noch von mir hören? Geh schon. Stell dich mit ihnen zusammen gegen mich. Beinah habe ich ja damit gerechnet“, fügte er bitter hinzu.

„Ich stelle mich nicht gegen dich, Jack.“

„Natürlich tust du das.“ Über seine Schulter hinweg warf er einen Blick zurück zum Ballsaal. „Dies sind dieselben Menschen, die mich in die Gosse warfen, als ich ein Junge war. Jetzt bedeutet ihr Beifall dir mehr als unsere Liebe. Aber dann soll es so sein. Du hast von mir bekommen, was du wolltest. Du hast mich und meine Familie benutzt, um Zutritt zu dieser Welt zu erlangen. Jetzt, da du hier angekommen bist, habe ich meine Schuldigkeit getan, nicht wahr?“

Ungläubig sah sie ihn an. „Das stimmt nicht, so kannst du von mir nicht denken. Jack – ich bin deine Familie. Das hast du selbst erst vor ein paar Tagen gesagt.“

„Nun, ich habe mich geirrt. Meine Mannschaft ist meine Familie. Und zu ihnen gehöre ich.“ Er verstummte, drehte sich um und streckte die Hand nach der Tür aus. „Auf Wiedersehen, Eden.“

„Wage es nicht, jetzt einfach so wegzugehen.“

„Ich werde gehen“, sagte er ruhig, und es klang ungewohnt resigniert. „Du tust, was du willst. Tanze, so viel du willst. Im

Herbst kehre ich zurück und hole mein Kind, sobald es geboren ist."

„Was?"

„Du hast mich gehört. Vor allem, wenn es ein Sohn ist. Du weißt, dass ich einen Erben für die Firma brauche. Ich werde eine Amme engagieren, die sich um ihn kümmert. Wenn du es nicht willst, musst du nicht kommen, aber ich werde mein Kind nicht hier aufziehen", sagte er tonlos. „Ich werde ihn irgendwo hinbringen, weit fort von hier, wo die Leute nicht so viel Wert darauf legen, von welcher Abkunft man ist, sondern darauf, was man aus seinem Leben macht. Einen Ort, wo niemand ihm wehtun kann oder ihm das Gefühl gibt, dort nicht hinzugehören. Vielleicht nach Indien, wo Onkel Arthur lebt. Dort ist die Gesellschaft etwas weniger streng. Und dann gibt es immer noch Jamaika."

„Was ist das für ein Wahnsinn?", flüsterte sie und starrte ihn an. Sie war ganz bleich geworden. „Du wirst mir nicht mein Kind wegnehmen."

Natürlich hatte er als ihr Gemahl das Recht dazu.

„Du kannst immer noch ein anderes haben", sagte er ebenso leise wie grausam. „Ich bin sicher, es wird dir nicht an möglichen Vätern mangeln, die mehr als glücklich sein werden, dir einen Gefallen zu tun."

„Ich bin nicht wie deine Mutter, Jack, und ich werde nicht zulassen, dass du meine Ehre beschmutzt."

Er schwieg, sah, wie sie sich ihm entgegenstellte, genau wie sie es immer getan hatte. Wie sehr er sie vermissen würde!

„Deine zweifelhafte Herkunft gibt dir nicht das Recht, dich wie ein Bastard zu benehmen", fügte sie hinzu.

„Ah, aber ich bin einer, meine Süße. Und ich werde immer einer bleiben." Damit ging er hinaus und winkte über die Gruppe von Gartendamen, die sich vor der Tür versammelt hatten, um zu lauschen, hinweg einem Diener zu. Als er hinaustrat, wichen sie zurück und scharten sich zusammen wie gackernde Hühner. Er beachtete sie gar nicht.

„Holen Sie meinen Bruder, Colonel Lord Winterley, damit er meine Gemahlin nach Hause bringt“, befahl er dem Diener. Die Bibliothekstür stand noch immer offen, sodass er sich noch einmal umdrehte, um einen letzten Blick auf seine schöne Frau zu erhaschen.

Sie stand da wie angewurzelt und totenbleich.

„Du wirst jetzt zu Damien gehen“, befahl er ihr. Dies waren seine Abschiedsworte. Jack fühlte sich elend, als er die Tür schloss und davonging.

Eden schwankte einen Moment, als der Schreck über sein Fortgehen sie mit aller Macht traf. Es dauerte eine Weile, bis sie begriff, was soeben geschehen war. Er wollte nach Südamerika reisen, einfach so?

Nein. Es war ausgeschlossen, dass sie ihn so abreisen ließ. Sie hastete zur Tür und zögerte dann, als sie das besorgte Gemurmel der Damen auf der anderen Seite hörte.

Würden sie sie jetzt verachten?

Sie hatte Angst, ihnen gegenüberzutreten, denn sie war nicht annähernd so tollkühn wie Jack, aber sie sah keine Möglichkeit, das zu vermeiden. Es gab nur eine Tür, die nach draußen führte, und wenn sie Jack einholen wollte, dann musste sie sich den Damen sofort stellen. Sie holte tief Luft und wappnete sich gegen den Skandal. „Gut.“

Kaum hatte sie die Tür geöffnet, liefen sie alle draußen zusammen.

„Oh, mein liebes Kind, geht es Ihnen gut?“

„Hat er Ihnen etwas getan?“, flüsterte die eine.

„Nein, nein“, versicherte Eden.

„Sie sollten sich hinlegen. Brauchen Sie Riechsalz?“

„Nein, vielen Dank. Bitte, lassen Sie mich durch. Ich brauche nur meinen Gemahl.“

„Wir alle wollen Ihren Gemahl, meine Liebe“, bemerkte

eine gelangweilte Dame weiter hinten, und die anderen schüttelten den Kopf über die gewagte Bemerkung.

Eden warf einen finsteren Blick in ihre Richtung. „Bitte, lassen Sie mich durch. Ich muss mit Lord Jack reden."

„Aber, meine Liebe, sein Benehmen war skandalös!"

„Ja, ich weiß, aber wissen Sie, ich muss ihn aufhalten, ehe er ..."

„Er verlässt Sie jetzt?", riefen sie, erschüttert um ihretwillen.

„Nicht, wenn ich es verhindern kann", erklärte Eden. Endlich gelang es ihr, sich aus dem Knäuel der beflissenen, doch neugierigen Damen zu lösen, und Eden hastete den Gang entlang, der am Ballsaal vorbeiführte, den Blick starr geradeaus gerichtet.

Sie ignorierte die Blicke der anderen, hielt den Kopf hoch erhoben, obwohl ihre Wangen glühten. Das Starren und Flüstern half ihr, selbst zu erleben, was Jack sein ganzes Leben lang hatte ertragen müssen.

Einige Leute lächelten ihr zu, als wollten sie ihr versichern, dass sie ihr nicht die Schuld gaben an dem empörenden Verhalten ihres Gemahls, aber dass sie nur ihr allein verziehen, machte sie wütend.

Sie kannten Jack nicht. Er war kein Schuft. Er war ihr Löwe, ihr Geliebter. Sie verstanden ihn nicht.

Aber du tust es, schalt sie ihr Gewissen, und du hättest es besser wissen können. Du hättest sanfter mit ihm umgehen sollen.

Kurz und gut, sie hätte seinen Kuss erwidern sollen.

Sie hatte eine Chance gehabt, ihm ihre Treue zu beweisen, und sie hatte versagt. Das jetzt zu erkennen, brach ihr beinahe das Herz, aber sie wusste, es stimmte. Das Wissen, ihn an seiner empfindlichsten Stelle getroffen zu haben, brachte sie beinahe zum Weinen. So gewagt sein skandalöser Kuss auch gewesen war, jetzt fühlte er sich betrogen. Und sie verstand das nun.

Aber wie konnte er nur denken, sie würde der *ton* ihm gegenüber den Vorzug geben?

Ohne ihn konnte sie nicht leben.

Er war für sie der Fels in der Brandung.

Es fiel ihm nur so schwer, das zu glauben, weil niemand ihn je geliebt hatte.

Eden wusste jetzt, dass das, was sie in der Bibliothek gesagt hatte, nichts als leere Worte gewesen waren. Mit Vergnügen hätte sie London für ihn aufgegeben, hätte in einem *palafito* mitten im Dschungel gelebt, wenn sie damit ihrem Geliebten jeden Zweifel genommen hätte, dass er ihr alles bedeutete, Sonne, Mond und Sterne.

Ja, wäre Jack bei ihr gewesen und nicht Connor, dann hätte das Leben im Urwald wie im Paradies sein können.

Sie konnte nur hoffen, dass es nicht das verlorene Paradies war.

Dank der Einmischung der Gartendamen war Jack fort, als Eden aus der Vordertür des Hauses trat.

Ihr wurde eiskalt, denn sie fürchtete, dass – anders als in Irland – er diesmal nicht zurückkommen würde.

Es hatte aufgehört zu regnen, aber die Luft war warm und feucht. Die Bäume und großen Sträucher troffen noch von Nässe und ragten wie große Gestalten in die Dunkelheit. Ein paar Außenlaternen warfen ihren matten orangenen Schein auf den Boden und schafften es doch kaum, die pechschwarze Nacht zu vertreiben.

Eden schlang die Arme um ihre Taille und ging wie betäubt den vorderen Weg entlang in der Hoffnung, Jack irgendwo zu entdecken. Sie bewegte sich wie jemand, der sich in einem dunklen Wald verirrt hatte, ihre Füße trugen sie bis zum äußersten Ende des Wendeplatzes für die Kutschen, der mit Kies bestreut war. Vom nassen Boden waren ihre Tanzschuhe durchweicht und ruiniert, aber das kümmerte sie nicht.

Jack.

Oh, das durfte nicht wahr sein. Er hatte sie verlassen.

Er war fort. Tränen traten ihr in die Augen, und ihre Gedanken überschlugen sich.

„Jack!“, rief sie ins Dunkel hinein, dann flüsterte sie noch einmal seinen Namen, während zwei Tränen ihr über das Gesicht liefen.

Er war wirklich fort, und wenn sie sich im Urwald schon einsam gefühlt hatte, so war das nichts im Vergleich mit dem, was sie jetzt empfand. Die ganze Welt schien ihr leer und verlassen zu sein.

Zitternd stand sie da, suchte immer noch in der Dunkelheit nach ihm und unterdrückte ein Schluchzen.

Sie konnten es unmöglich dabei belassen. Wenn etwas schiefging, sah sie ihn vielleicht nie wieder. Bekam niemals die Gelegenheit, ihm zu sagen, wie sehr sie ihn liebte. Ihm zu sagen, dass es ihr leidtat – wieder einmal. Oh, die Sache mit der Liebe war sehr viel schwerer, als sie aussah.

Sie holte tief Luft. Wenn sie sich beeilte, konnte sie ihn vielleicht noch einholen, ehe er abreiste.

Sie bemühte sich, ihre Fassung wiederzugewinnen, und beschloss, Damien zu bitten, sie sofort zum Dock von *Knight Enterprises* zu bringen.

Vielleicht wollte Jack sie nicht sehen, aber sie würde ihn dazu bringen, ihr zuzuhören und ihn erst in Ruhe lassen, wenn er ihr endlich wieder glaubte, was sie ihm über ihre Gefühle sagte.

Ohne einen Moment zu zögern, machte sie kehrt und wollte ins Haus zurücklaufen.

Als sie sich gerade in Bewegung setzte, hörte sie plötzlich, wie eine tiefe Stimme zu ihrer Rechten ihren Namen rief.

„Eden!“

Mit neuer Hoffnung fuhr sie herum, doch es war niemand zu sehen.

Sie blickte in alle Richtungen und war nicht ganz sicher, wessen Stimme sie gehört hatte.

Dann trat plötzlich aus dem dichten Gebüsch eine große, kräftige Gestalt hinaus ins Licht. Einfache Kleidung. Wachsame Haltung. Quer über das nasse Gras kam er auf sie zu. Das Licht der Lampe schien auf sein blondes Haar.

Sie kniff die Augen zusammen, nicht ganz sicher, ob sie ihr nicht wieder einen Streich spielten. „Connor?"

„Eden. Bist du das wirklich?"

„Connor!" Sie zögerte, hin- und hergerissen zwischen dem Wunsch, voller Freude darüber, so etwas wie einen Familienangehörigen gefunden zu haben, auf ihn zuzulaufen, und zu fliehen, aus einem Instinkt heraus beunruhigt durch die drohende Gefahr, die von dem Glanz in seinen Augen ausging. Schließlich tat sie nichts von beidem, sondern blieb einfach stehen, doch mit ein paar Schritten war er bei ihr am Rand des kiesbestreuten Wendeplatzes und umfasste herzlich ihre Hände.

Sie hatte ein merkwürdiges Gefühl von Unwirklichkeit. Hatte er wirklich vor dem Gewächshaus gestanden und sie beobachtet?

„Oh, Eden. Ich kann kaum glauben, dass ich dich endlich gefunden habe! Zum Glück bist du in Sicherheit." Er beugte sich vor und küsste sie auf die Stirn.

„Was tust du hier?", rief sie und bemerkte im Augenwinkel den dunklen Wollstoff über seiner Schulter.

„Dich suchen, natürlich! Lass mich dich ansehen! Oh, Eden, du siehst wunderschön aus", sagte er und betrachtete ihr kostbares Kleid und die elegante Frisur. „Genau wie die Damen in deinen Zeitschriften. Ich kann nicht glauben, dass ich dich endlich gefunden habe!"

„Ich kann nicht glauben, dass du tatsächlich gekommen bist", gab sie zurück. „Ich … ich dachte, ich hätte dich durch das Glas des Gewächshauses gesehen – Himmel, du hast mich ja so erschreckt! Aber dann warst du fort, und ich dachte, ich hätte mir das nur eingebildet."

„Ja, nun, das tut mir sehr leid. Es lag nicht in meiner Absicht, dich zu erschrecken." Er lächelte. „Die Dienstboten wollten mich nicht ins Haus lassen. Ich musste sicher sein, dass ich mich am richtigen Ort befinde. Es war nicht leicht, dich zu finden. Lord Jack habe ich auch gesehen", murmelte er und sah sie an. „Er hat dich angeschrien."

Ihre Miene wurde traurig, und sie senkte den Kopf. „Ja, wir hatten heute Abend eine kleine Auseinandersetzung."

„Eden, dein Glück bedeutet mir alles. Die Vorstellung, dass irgendein Mann die Stimme gegen dich erheben könnte, ist mir zutiefst zuwider."

Sie lächelte ihm ein wenig matt zu. „Danke, Connor. So – wo ist Papa? Bitte sag mir, dass er auch gekommen ist, ja?"

„Ja, er ist noch immer auf dem Boot, das auf der Themse liegt. Möchtest du ihn gern sehen? Ich könnte dich jetzt dorthin bringen."

„Natürlich möchte ich das! Ich wollte selbst gerade zu den Docks eilen!"

„Wolltest du?"

Sie nickte. „Jacks Bruder kann uns in seiner Kutsche dorthin bringen."

„Warte", sagte er, als sie sich abwenden wollte. „Eden." Ein besorgter Ausdruck verfinsterte Connors Miene. „Ich glaube, ich sollte dich besser vorwarnen. Dein Vater hat einiges durchgemacht, seit du fortgelaufen bist."

Sie erbleichte. „Geht es ihm gut? Ist er in Sicherheit?" Die Erinnerung an das, was sie ihnen aufgebürdet haben musste, verfolgte sie. Diese Nacht würde in mehr als einer Beziehung eine Abrechnung sein.

„Ja, er ist in Sicherheit", erklärte der Australier.

Gott sei Dank. Sie senkte erleichtert den Kopf. „Er ist wütend, nicht wahr?"

„Ja." Connor nickte. „Ein wenig. Er vermisst dich ... so sehr. Er braucht dich, Eden. Das hat er dir schon oft gesagt. Ich würde lügen, wenn ich sagte, dein Weggehen hätte ihn nicht zutiefst verletzt.“ Er sah sie auf eine beunruhigende Weise an, auf eine Art, die sie bis jetzt vergessen hatte.

Allmählich wünschte sie, er würde ihre Hände loslassen.

„Aber trotz alledem liebt er dich noch immer“, sagte er leise. „Tatsächlich würde er nicht weiterleben wollen ohne dich an seiner Seite.“

Die starre Intensität seines Blickes zeigte ihr, dass Connor gar nicht von den Gefühlen ihres Vaters sprach.

Ein Stück weit wich sie vor ihm zurück, obwohl er immer noch ihre Hände festhielt, die eine mit Handschuh, die andere ohne. „Nun, ich ... ich bin jetzt verheiratet, Connor, und ich würde sehr gern zum Boot kommen, um Papa zu sehen, aber zuerst muss ich mit meinem Ehemann sprechen ...“

„Nein, komm jetzt“, schmeichelte er leise. Die behandschuhte Hand ließ er los, doch die andere hielt er noch fester.

Eden bemerkte nicht, wie er sich rasch in den Ärmel griff, als wäre er ein Spieler, der nach einem verborgenen Ass tastete, doch dann fühlte sie plötzlich an der bloßen Hand einen scharfen Stich. Sie stieß einen Schrei aus und zog ihren Arm zurück.

„Au!“

Mit einer blitzschnellen Bewegung griff er wieder nach ihren Händen, als hätte er genau das erwartet. „Leise jetzt“, flüsterte er. „Ich werde dir nichts tun. Entspann dich ruhig.“

Verwirrt blickte sie nach unten und bemerkte einen winzigen Blutstropfen an ihrer Hand, als wäre sie gerade von einem fremdartigen Insekt gebissen worden. „Connor, was war das ...?“

„Hier. Es ist kühl heute Nacht. Dies hier wird dich warm halten.“ Er zog den dunklen Wollstoff von seiner Schulter und breitete ihn aus.

Es stellte sich heraus, dass es sich um einen weiten Umhang mit Kapuze handelte, den er ihr mit einer einzigen Bewegung um die Schultern legte.

„Danke, das ist nicht nötig.“ Sie runzelte die Stirn und fragte sich, warum ihre Stimme auf einmal so schleppend klang.

„Ich bestehe darauf."

Als sie beunruhigt zu ihm aufsah, noch immer verwundert über den Blutfleck an ihrer Hand, verschwamm Connors Gesicht vor ihren Augen und verzerrte sich zu einer grotesken Fratze.

„Was hast du mit mir gemacht?", flüsterte sie entsetzt.

„Ich bin gekommen, dich nach Hause zu holen, mein Liebes."

Ganz plötzlich durchzuckte eine Erinnerung ihren Verstand, wie Connor Tiere durch ein Blasrohr mit einem Beruhigungsmittel betäubt hatte, das mit einem milden Curaregift getränkt war. Er pflegte die Tiere zu narkotisieren, sie dann zu studieren und sie wieder freizulassen, nachdem sie erwacht waren.

Aber jetzt wusste sie, dass er sie niemals gehen lassen würde.

Geschickt fing er sie auf, als die Knie unter ihr nachgaben und alles um sie herum schwarz wurde. Connor setzte ihr die Kapuze auf, sodass ihr Gesicht verborgen war, dann verschwand er mit ihr in der Dunkelheit.

19. KAPITEL

Auf den Docks der Firma *Knight* wimmelte es von Betriebsamkeit, während die Mannschaft alles dafür vorbereitete, in See zu stechen. Alle Vorräte und Rohstoffe waren verladen, und jetzt fuhren die Männer mit den Ruderbooten hin und her und schafften ihre wilden Rekruten hinaus auf das große Kriegsschiff.

Jack hatte Ballantine und Higgins zu einem der Ruderboote hinuntergewunken. Die beiden Seemänner begrüßten ihren Kapitän ebenso begeistert wie herzlich und bemerkten nichts von seiner düsteren Stimmung. Sie ruderten ihn hinaus zur *Winds of Fortune*, setzten in der Mitte des tiefen, breiten Flusses Anker, und dann war er an Bord gegangen – mit erheblichem Brimborium, wie sich zeigte, denn Brody führte den Neuankömmlingen bereits vor, welche Disziplin und Ordnung an Bord dieses Schiffes herrschte.

„Captain an Bord!", brüllte der alte Waffenmeister. „Salutieren!"

Die Burschen aus den Armenvierteln schienen von seinen Worten erschrocken zu sein, aber sie folgten seinem Befehl und salutierten vor dem Kapitän, so gut sie es vermochten.

Jack nickte ihnen kurz zu und marschierte dann weiter in seine Tageskabine, um den Bericht von Lieutenant Peabody entgegenzunehmen. Noch ungefähr eine Stunde, und sie konnten auslaufen. Aber als Jack sein Schiff inspizierte, um nachzusehen, ob alles perfekt vorbereitet war – was nahezu der Fall war –, wurde ihm schnell klar, dass er bei dem Gedanken, Eden auf See entkommen zu können, eine Kleinigkeit übersehen hatte.

Jeder Zentimeter der *Winds of Fortune* erinnerte ihn an sie.

Von den tiefsten Tiefen des Frachtraums, wo sie sich versteckt gehalten hatte, bis zu dem Verschlag mit den Rettungswesten, wo sie entdeckt worden war, von der Tageskabine, wo er sie noch immer vor sich sah, wie sie ihm aus dem Badezuber finstere Blicke zuwarf, bis zu der Stelle an Deck, wo er hatte zusehen müssen, wie sie während des Sturms über Bord gespült wurde. Sie war überall, in seinem Kopf und in seinem Herzen.

Er sah das Achterdeck, wo sie zum ersten Mal leichthin flirtend darüber gesprochen hatten, gemeinsam Kinder zu haben. Und jetzt würde das Wirklichkeit werden.

Es gab auf diesem Schiff keine Möglichkeit, ihr zu entkommen. In jedem noch so engen Gang spürte er ihre Gegenwart, die sich jeder einzelnen Planke eingeprägt zu haben schien und sogar jedem Zentimeter Segeltuch. Aber nirgends spürte er Eden stärker als in seiner Schlafkabine, wo sie ihm ihre Jungfräulichkeit geopfert und wo sie einander das Herz geschenkt hatten.

Hier war es, wo Jack das schimmernde blaue Kleid der Meeresprinzessin fand, das er ihr zuerst gegeben hatte, als sie an Bord gekommen war, ohne etwas anderes bei sich zu haben als die Kleider, die sie auf dem Leib trug.

Langsam ließ er sich auf seiner Koje nieder, hielt ihr Kleid in den Händen, streichelte den Stoff, ließ das weiche Material durch seine Finger gleiten. Er war so abgelenkt durch seine Sehnsucht nach ihr, dass er sogar vergessen hatte, alle Schlösser an der Kabinentür zu verriegeln, als er hineinging.

Oder vielleicht brauchte er diese Schlösser auch einfach nicht mehr. Vielleicht hatte er es satt, die ganze Welt auszusperren.

Er schloss die Augen, schnupperte an dem Kleid, versuchte, einen letzten Hauch ihres Dufts einzuatmen. *Wie kann ich nur sechs Monate ohne sie aushalten*?

Eden.

Ihre gemeinsame Liebe war der Stoff geworden, aus dem sein Leben bestand. Und er stand im Begriff, das unwiderruflich in Fetzen zu reißen, in einer Weise, bei der er nicht sicher war, ob es jemals wieder geflickt werden könnte.

Sie hatte ihn also angeschrien, in der Bibliothek ihres Gastgebers, und die Fassung verloren. Na und? Wer konnte ihr deswegen einen Vorwurf machen? Sie hatte gute Gründe, wütend zu sein. Sie hatte sich buchstäblich seit Jahren auf diesen Abend gefreut, und die ganze Nacht war eine einzige Katastrophe geworden. *Ich habe nicht einmal mit ihr getanzt.* Er konnte nicht tanzen. Aber Eden war es mit Sicherheit wert, sich ihretwegen zum Narren zu machen.

Ach, was zum Teufel mache ich da nur?

Dem äußeren Anschein nach sah es aus, als zöge er seine Truppen für eine edle Sache zusammen, aber tief in seinem Innern wusste Jack: Eigentlich lief er nur weg.

Nicht, weil er fürchtete, dass Eden ihn nicht liebte. Sondern weil er wusste, dass sie es tat.

Selbst für ihn klang das ein wenig wirr, und das war es auch.

Er war hier draußen, um seine Existenz als Bastard zu rechtfertigen, indem er großartige Taten vollbrachte, die niemand sonst bewältigen konnte, aber jetzt erkannte er endlich, was Eden ihm schon die ganze Zeit über hatte sagen wollen. Er musste kein solches Leben mehr führen. *Endlich liebt mich jemand genauso, wie ich bin.*

Das war Jack so unendlich viel mehr wert als alles Geld in seinen Tresoren. Endlich hatte er den einen Schatz gefunden, den man nicht mit Geld kaufen konnte. Aber wenn er jetzt wegging, würde er genau das aufs Spiel setzen.

Langsam stand er auf und faltete das Kleid zusammen, um es ihr zurückzugeben. Wenn sie dieser Tage ein wenig Hilfe brauchte, um sich daran zu erinnern, wer sie wirklich war, dann würde das hier vielleicht ihrem Gedächtnis auf die Sprünge helfen. Aber Jack wusste, dass er nicht gehen konnte. Nie zuvor war ihm etwas klarer gewesen. Wenn er heute fortging, dann, dass wusste er, würde er es für den Rest seines Lebens bereuen.

Als er aus der Schlafkabine hinaustrat, fühlte er sich unendlich viel leichter, und er machte sich auf den Weg, um Trahern zu sagen, dass er ihm diese Mission überlassen würde.

Der Junge hatte recht. Jack hatte seinen Teil getan. Außerdem gab es praktische Gründe, nicht zu gehen, vor allem jetzt, nach dem Skandal im Ballsaal.

Wenn er allein durch den Umstand, Jack Knight zu sein, bisher noch nicht genug Aufsehen erregt hatte, so erkannte er jetzt, dass der dreifache Skandal mit dem Earl im Springbrunnen, den Gerüchten, die die Zofe verbreitet hatte und vor allem der öffentliche Kuss, den Jack seiner Braut gegeben hatte, nur das eine bewirkt hatten, nämlich die gesamte Aufmerksamkeit Londons auf ihn und Eden zu lenken.

Das machte es ihm unmöglich, sich unbemerkt davonzuschleichen. In dem Augenblick, da die *ton* seine Abwesenheit bemerkte, würde jeder fragen, wohin er gegangen war.

Es würde außerordentlich verdächtig wirken. Eden würde die Aufgabe zufallen, das zu erklären, und darauf hatte er sie nicht vorbereitet.

Er musste zurückkehren. Seine wütende Reaktion an diesem Abend hatte bewirkt, dass er die ganze geheime Mission in Gefahr brachte. Seine Person erregte das öffentliche Interesse so sehr, dass er sein Vorhaben genauso gut öffentlich hätte machen können – und er war nicht der Einzige, dessen Schicksal auf dem Spiel stand. Es war per Dekret verboten, sich für Kämpfe in Südamerika rekrutieren zu lassen. Wenn Jack unerwünschte Aufmerksamkeit auf seinen Plan lenkte, dann drohte auch all seinen tapferen Rekruten ein Verfahren. Er musste sie schützen, und das konnte er nur erreichen, indem er blieb.

Außerdem musste er, wenn er pünktlich bis zur Geburt nach England zurückkehren wollte, Südamerika ohne Zwischenfälle erreichen, ohne Stürme, ohne Flauten, musste dann das Schiff mit neuen Vorräten beladen und umgehend zurücksegeln. Aber bis dahin würde die Wirbelsturmsaison eingesetzt haben. Wenn er es riskierte, dort hindurchzusegeln, würde er seinem erstgeborenen Kind vielleicht niemals von Angesicht zu Angesicht gegenüberstehen.

Er wusste, die Zeit war gekommen, Trahern seine erste Chance für ein Kommando zu geben.

Jack musste einfach darauf vertrauen, dass seine Ausbildung gefruchtet hatte, und dass der junge Mann vollkommen in der Lage war, diese Mission ohne ihn zu beenden, vor allem mit Männer wie Peabody, Brody und Higgins an seiner Seite, die ihn unterstützen konnten. Der Junge verdiente schließlich eine Chance, sein Vermögen zu machen. Wenn er es ernst mit seiner Behauptung gemeint hatte, Amelia Northrop den Hof machen zu wollen, dann würden zehntausend Pfund auf der Bank eine gute Hilfe sein, den Vater des Mädchens dazu zu überreden, die Werbung eines so galanten und fähigen jungen Mannes zu akzeptieren. So viel wenigstens war dieser Auftrag Jack wert.

Allmählich breitete sich wieder ein Lächeln auf seinem Gesicht aus, als Jack sich auf den Weg machte, um seine rechte Hand zu suchen.

Was ihn selbst betraf, so wünschte er sich nichts sehnlicher, als seinen geliebten blinden Passagier wieder in den Armen zu halten und sie um Verzeihung zu bitten, weil er sich wie ein absoluter Narr benommen hatte.

Es dauerte nicht lange, dann hatte er Trahern ein paar letzte Mahnungen zur Vorsicht und ein paar Ratschläge mit auf den Weg gegeben und die Sache geklärt. Er hatte Brody die Hände gedrückt und dem alten Haudegen gesagt, dass er ihm einen persönlichen Gefallen täte, wenn er auf den Jungen aufpassen würde.

Dann hatte Jack seinen Männern eine gute Fahrt gewünscht und keine Zeit verschwendet, sondern sich sofort ins Pulteney Hotel begeben, wo er erwartete, dass seine Frau unter Damiens wachsamen Augen ihre Sachen zusammenpackte.

Er eilte die Treppe hinauf, immer zwei Stufen auf einmal nehmend, aber als er in ihre Suite stürmte, war es dort dunkel.

Still.

Ein wenig verwirrt schloss er die Tür hinter sich und ging

ein paar Schritte weiter in den Wohnraum, wider alle Vernunft hoffend, dass sie sich vielleicht in ihrem Gemach hingelegt hatte. Nun, sollte das nicht der Fall sein, dachte er, gehe ich einfach zurück auf den Ball und hole sie.

„Eden?"

Er hörte mehr als dass er sie fühlte, die leise Bewegung ein Stück hinter sich. Aus dem Augenwinkel sah er, dass die Flügeltüren, die auf den Balkon führten, offen standen.

Die Vorhänge bewegten sich ein wenig in der Abendluft. Vielleicht hätte ein Dienstbote das übersehen können, aber Jack wusste, weder er noch Eden hätten einen solchen Fehler begangen. Nicht unter den gegebenen Umständen.

Plötzlich bemerkte er, dass die Suite nicht leer war, und es war nicht seine Frau, deren Anwesenheit er spürte. Er empfand ihre Gegenwart stets so deutlich, als handelte es sich um einen Teil seiner selbst.

Er kniff die Augen zusammen und versuchte, denjenigen zu sehen, dessen Nähe er spürte, und instinktiv griff er nach seinem Messer. „Wer ist da?"

Aus dem Schatten in einer der Ecken trat Ruiz hervor, in der Nähe der Vorhänge neben den Flügeltüren.

Zwei weitere Gestalten lösten sich aus dem Dunkel, professionelle Mörder aus jener Gruppe, die Ruiz nach Jamaika gebracht hatte, damit sie Bolivar und seine Anhänger umbrachten.

Jack sah sich nach ihnen um, die immer näher kamen, und er betete zu Gott, dass seine Frau noch immer auf dem Ball war.

Man hatte ihn entdeckt, und er wusste es.

Nur gut, dachte er, dass ich mein Testament gemacht habe. Dennoch würde es nicht schaden, wenn er noch eine Weile den Unschuldigen spielte. „Wie können Sie es wagen, in meine Gemächer einzubrechen?", wollte er wissen und versuchte, dabei empört zu klingen.

„Oh, was ist los, Lord Jack? Haben wir Ihnen nicht den gebührenden Respekt erwiesen?"

„Was wollen Sie?“, fragte Jack gelangweilt.

„Lassen Sie die Spielchen, Knight“, erwiderte Ruiz. „Wir wissen jetzt, dass Sie unser Mann sind. Seit Jamaika habe ich auf einen Grund gehofft, Sie umbringen zu können, und jetzt erhalte ich endlich meine Chance. Wir werden Sie irgendwohin bringen und es ganz langsam erledigen.“

„Nun, wenn Sie verzeihen, alter Junge, ich habe andere Pläne.“ Jack hielt inne und wich ein wenig zurück, obwohl die anderen beiden direkt hinter ihm waren. „Warum sind Sie so sicher, dass Sie diesmal den richtigen Mann erwischt haben?“

„Wir bekamen einen Hinweis von einem Augenzeugen, der Sie Ende Februar in Venezuela gesehen hat, was genau mit dem Termin übereinstimmt, an dem die Rebellen ihren Vertreter bestimmten. Ihre Ankunft in London zu genau dem richtigen Zeitpunkt war kein Zufall.“

„Oh, tatsächlich? Und wer gab Ihnen diesen Hinweis?“, fragte Jack. „Wer klagt mich an?“

„Ein Wissenschaftler, der dort im Regenwald forschte.“

Jack erbleichte. Wenn sie als den Verräter seinen Schwiegervater genannt hätten, hätte ihn das nicht überrascht, aber Ruiz' Antwort war schlimmer.

„O'Keefe ist der Name. Ein Australier.“

Als Jack seine Antwort hörte, schien die Zeit stehen zu bleiben. Pures Entsetzen durchfuhr ihn, wie er es noch nie zuvor erlebt hatte, schlimmer noch als an jenem Tag, als er Eden um ein Haar an den eisigen Atlantik verloren hätte.

Jetzt war ihm alles klar. Connor O'Keefe hatte ihn erwischt. Hatte die Rache genommen, vor der Eden ihn gewarnt hatte.

Jack wusste genau, was der Australier als Nächstes tun würde: Eden suchen.

Ja, vielleicht hatte er sie sogar schon gefunden.

Sein Herz schlug wie wild, mit den Fingern umklammerte er krampfhaft seine Waffe. Er musste weg von hier und sie retten.

Wenn O'Keefe sie fortbrachte, schaffte er sie vielleicht wieder in den Regenwald, wo Jack sie möglicherweise niemals wiederfinden würde.

Natürlich hatte sie Damien, um auf sie aufzupassen, aber seinem Bruder war nichts von dieser Gefahr gesagt worden. Jack wusste, es war seine Aufgabe, die Dame seines Herzens zu retten.

Und dabei spielte die Zeit eine entscheidende Rolle.

Aber Ruiz und seine Kumpane hatten nicht die Absicht, ihn lebend entkommen zu lassen.

Nun, vielleicht musste er hier weder seine Zeit noch sein Blut vergeuden, indem er sich in einen Kampf verwickeln ließ. Während er das dachte, schlug sein Puls wie rasend. „Ich bin ein reicher Mann, meine Herren. Vielleicht würden Sie eine großzügige Entschädigung in Erwägung ziehen?"

Als Antwort schlug ihm jemand von hinten mit der Faust in die Rippen, genau in die Nierengegend. Als alle drei sich auf ihn stürzten, stieß Jack einen brüllenden Schrei aus.

„Hör auf, dich zu wehren! Wir gehen zurück in den Urwald, und wir werden dort glücklich sein", stieß Connor zwischen zusammengebissenen Zähnen hervor, als er Eden die Leiter hinauftrug, die vom Ruderboot an Bord der Fregatte führte.

Vielleicht war die Dosis nicht hoch genug gewesen, die Wirkung des Curare begann bereits nachzulassen. Obwohl sie sich noch reichlich benommen fühlte, kämpfte Eden um ihr Leben.

„Eden, du weißt, dass ich das Richtige tue. Du bist die Einzige, die mich jemals verstanden hat."

„Das hier verstehe ich nicht!" Sie trat ihn, schlug nach ihm, aber er war so stark und so entsetzlich entschlossen, dass ihre Bemühungen keinerlei Wirkung zeigten, während er sie zur Reling trug.

„Halt still."

„Lass mich los! Du hast den Verstand verloren!" Sie erinnerte sich an den Scherz, den sie häufig mit ihrem Vater gemacht hatte und in dem es darum ging, dass einer von ihnen irgendwann verrückt werden würde, weil er sich zu lange in der Wildnis aufgehalten hatte. Jetzt war klar, wem von ihnen das passiert war.

Connor war vollkommen wahnsinnig, und seit jenem Zwischenfall im Regenwald mit dem Indianerjungen wusste Eden aus erster Hand, wie gefährlich er sein konnte.

Er hob sie über die Reling, und sie landete auf allen vieren auf dem von Fackeln erhellten Deck, mit blitzenden Augen und klopfendem Herzen. Sie sah auf, und durch ihr zerzaustes Haar bemerkte sie die lüsternen Blicke und die schmutzigen Gesichter der gefährlich wirkenden Mannschaft.

„Geht weg!“, rief Connor, als er nur einen Schritt hinter ihr über die Reling sprang, dann half er ihr beim Aufstehen.

Sie riss ihren Arm weg und drehte sich um, damit sie ihm ins Gesicht sehen konnte. „Ich will meinen Vater sprechen.“

„Das wirst du auch. Nur ruhig, ich habe es versprochen, oder?“

„Äh ... Captain“, ergriff einer seiner Helfershelfer zaghaft das Wort.

Eden lachte. „Du bezeichnest dich selbst als Captain dieses rostigen Eimers?“

Connor warf ihr einen warnenden Blick zu. „Wenn du deinen Vater sehen willst, solltest du ein wenig kooperativer sein.“

„Wo ist er? Wo ist Papa?“

„Captain!“, sagte der Seemann jetzt etwas nachdrücklicher.

„Was?“, fuhr Connor ihn an.

Der Mann wappnete sich gegen einen Hieb. „Dr. Farraday ist entflohen.“

Eden machte große Augen, aber Connor bekam einen Wutanfall. Seine Männer eilten in alle Richtungen davon, um seinem Zorn zu entgehen.

„Ihr nutzlosen Bastarde! Bringt uns von hier fort! Lichtet den Anker und lasst uns aufbrechen! Bewegt euch! Er wird

Hilfe holen. Er ist kein Dummkopf! In wenigen Augenblicken wird er uns die Polizei auf den Hals hetzen!"

Da Connor jetzt abgelenkt war, nutzte Eden ihre Chance und stürmte zur Reling, bereit, ins Wasser zu springen und an Land zurückzuschwimmen, wenn es sein musste, ehe sie sich von ihm fortbringen ließ. Doch Connor fuhr herum und packte sie an den Haaren.

Sie schrie auf und blieb stehen, er fasste nach ihrem Arm. Dann löste er den brutalen Griff aus ihrem Haar und nahm eine Laterne vom Haken an der Wand, damit er ihnen den Weg leuchten konnte, während er sie grob unter Deck zerrte. Seine harten Züge wirkten beinahe entstellt im flackernden Lichtschein.

Unter Deck stieß er sie in eine Kabine, aber als er die Tür schließen wollte, stürzte sie sich wieder auf ihn, fest entschlossen zu fliehen. Ehe sie an ihm vorbeischlüpfen konnte, packte er sie, umfasste ihre Taille und drängte sie gegen die Wand.

„Hör auf damit!", fuhr er sie an. „Diesmal wirst du mir nicht entkommen. Jetzt setz dich hin und verhalte dich ruhig. Bald werden wir unterwegs sein."

„Wohin fahren wir?", rief sie. „Ich will nach Hause."

„Ich bringe dich nach Hause." Es schien ihm schwerzufallen, Geduld zu bewahren. „Du wirst mit mir in den Urwald zurückkommen, und dort werden wir genauso glücklich sein wie zuvor."

„Ich will nicht. Ich will Papa sehen!"

„Dein Vater ist fort, Eden. Wir brauchen ihn ohnehin nicht. Er ist schwach."

„Lass mich hier raus! Ich liebe dich nicht! Warum kannst du das nicht einfach akzeptieren?"

„Weil ich dich liebe, Eden, ich liebe dich so sehr! Gütiger Himmel, ich habe jahrelang darauf gewartet, dir das zu sagen." Er achtete nicht darauf, dass sie ihm das Gesicht zerkratzte, und trug sie zum Bett hinüber.

Sie trat um sich und wehrte sich. „Lass mich los! Du bist verrückt, verdammt sollst du sein!“

„Hör auf damit!“, brüllte er, warf sie aufs Bett und hielt sie unter sich fest.

Noch immer wehrte Eden sich, doch zusehends wurde sie von Verzweiflung gepackt. Sein Griff war eisenhart, sein Gewicht drohte, sie zu erdrücken. Er kannte Griffe, mit denen er wilde Krokodile zu bändigen vermochte, jetzt war sie es, die er mit Armen und Beinen festhielt. Eden rührte sich nicht mehr und begann zu weinen.

„Lass mich los.“

„Nein“, flüsterte er. „Ich habe den ganzen Ozean durchquert, um dich zurückzuholen. Ich werde dich nicht wieder verlieren.“

„Ich habe dir nie gehört.“

„Du tust es jetzt.“ Er küsste sie.

Sie erschauerte vor Ekel.

„Ruhig, Mädchen, sei ganz ruhig“, flüsterte er mit schmeichelnder Stimme. „Jetzt ist alles in Ordnung.“

Sie versuchte, ihn zu boxen, doch sie konnte sich nicht rühren. Dann bewegte er sich, um sie mit einer Hand nach unten zu drücken, und streichelte sie mit der anderen, als würde das helfen, sie zu beruhigen. Sie wand sich unter ihm und kniff die Augen zusammen, als er mit einer Hand wie in Trance ihre Brüste berührte. Dann versuchte er noch einmal, sie zu küssen, und sie drehte das Gesicht zur Seite.

Stattdessen küsste er ihren Hals und ließ dabei seine Hand tiefer gleiten. „Du bist doch daran gewöhnt, oder? Ich weiß, dass er dir auf der Fahrt über das Meer vermutlich Gewalt angetan hat, aber das war nicht deine Schuld. Das ist jetzt nicht mehr wichtig. Er wird dafür bezahlen. Die Vergangenheit ist vorbei, und ich werde dich immer beschützen. Von den Indianern haben wir beide, du und ich, gelernt, in der Gegenwart zu leben, nicht wahr?“

„Lass mich in Ruhe."

Plötzlich hielt er inne und ließ seine Hand auf ihrem Bauch ruhen. Seine Berührung veränderte sich. Jetzt war es nicht mehr Lust, die sie darin erkannte, sondern eine Art wissenschaftlichen Abtastens, während er auf ihren Leib drückte.

„Du bist schwanger."

Sie erstarrte und bekam plötzlich Angst vor dem, was er tun könnte.

Er tastete weiter. „Mein Feind hat sein Kind in deinen Leib gepflanzt." Der finstere Klang seiner Stimme erschütterte sie bis ins Mark. Abrupt wich er zurück und ließ sie allein auf dem Bett liegen. „Egal. Wir haben einen Trank, der es aus deinem Leib treiben wird."

„Ich werde ihn nicht einnehmen."

„Ich werde ihn dir einflößen."

Eden war so entsetzt, dass sie kein Wort herausbrachte, als Connor aufstand und auf dem Weg zur Tür die Laterne mitnahm.

„Benimm dich hier unten, Eden. Andernfalls muss ich dich fesseln. Das ist zwar nicht die Art und Weise, wie ich meine Frau behandeln will, aber wenn du mich dazu zwingst, dann werde ich es tun."

„Deine Frau?", wiederholte sie kaum hörbar.

„Ja, meine Frau."

„Ich habe bereits einen Ehemann", flüsterte sie.

Connor blieb stehen. „Er ist tot."

Er blies die Laterne aus und schloss endgültig die Tür hinter sich.

Starr vor Entsetzen saß Eden da, während sie hörte, wie er die Tür verriegelte.

Von den dunklen Wassern der Themse gegenüber den Docks und Lagerhäusern von *Knight Enterprises* war ein lautes, platschendes Geräusch zu hören.

„Captain!“

„Ja, Matrose?“, fragte Lord Arthur Knight, die Hände hinter dem Rücken verschränkt, während er zusah, wie seine Besatzung die Segel einholte, nun, da die *Valiant* vor Anker gegangen war.

„Mann über Bord, Sir!“

„Oh, so ein Pech.“ Lord Arthur trat an die Reling und spähte über den Rand seines Schiffes dorthin, wo das heftige Platschen herkam.

„Es ist keiner von uns, Sir.“

„Er wird ertrinken, nicht wahr?“

„Hilfe!“, rief der Mann, während er gegen die Strömung kämpfte.

„Steht nicht einfach da. Werft ihm eine Rettungsleine zu“, rief Lord Arthur mit seiner tiefen, wohlklingenden Stimme.“

„Jawohl, Captain.“

Sofort wurde der Bootsmannssitz hinabgelassen. „Du da unten! Halt dich fest!“, befahl Lord Arthur von der Reling her.

Der Mann tat, was ihm gesagt wurde, und innerhalb kurzer Zeit wurde er ohne weitere Umstände über die Reling gehievt und landete triefnass auf den Planken.

Stirnrunzelnd betrachtete Lord Arthur diesen Schandfleck auf seinem ansonsten makellosen Waffendeck. „Sie wollten wohl schwimmen gehen, was?“

„In dieser Kleidung holen Sie sich den Tod“, meinte einer der Matrosen, als der arme Kerl hustete.

„Wie abscheulich!“ Der Mann hustete und spuckte, und noch immer atmete er schwer. „Ich danke Ihnen tausendmal, meine Herren. Ich brauche Ihre Hilfe. Es ist keine Zeit zu verlieren!“

„Was ist das Problem?“ Mit einem Fingerschnipsen verlangte Lord Arthur nach einem Handtuch, das er dann seinem Gast reichte.

Dankbar nahm der Mann es an, trocknete sich erst das

Gesicht und wischte danach vorsichtig den Schmutz von seinen zerbrochenen Brillengläsern. Lord Arthur betrachtete ihn gründlich und entschied dann, dass dieser halb ertrunkene Mann das Benehmen eines Gentleman aufwies, obwohl er nicht mehr der Jüngste war, vielleicht in den Fünfzigern. Zu alt für solchen Unsinn wie Schwimmen im Mondschein.

„Ich bin gerade entkommen", platzte der Mann heraus, wobei er sehr aufgeregt klang und noch immer nach Atem rang. „Ich … ich konnte unbemerkt fliehen. Wissen Sie, man hat mich gegen meinen Willen auf dieser Fregatte festgehalten." Er zeigte auf ein wurmstichiges Schiff, das etwa eine Viertelmeile weiter flussaufwärts vor Anker lag.

„So etwas!", murmelte Lord Arthur. Er hob das Fernrohr an die Augen und runzelte die Stirn. „Sehr verdächtig. Ich sollte mir das mal näher ansehen …"

„Nein, nein, kümmern Sie sich nicht um sie! Es sind zu viele, fast sechzig Männer, und Halsabschneider allesamt!"

„Nun, was sollen wir denn Ihrer Meinung nach dann tun, Sir? Ich werde die Wasserpolizei verständigen …"

„Keine Zeit! Ich bitte Sie, Sir! Ich muss Lord Jack Knight sprechen, dem diese Docks gehören – er ist ein Bruder des Duke of Hawkscliffe."

„Und was wollen Sie von ihm?", fragte Lord Arthur und sah den Mann von oben herab misstrauisch an.

„Ich muss ihn finden! Meine Tochter ist bei ihm – und sie befindet sich in Lebensgefahr!"

Dieser Ausdruck väterlicher Verzweiflung erregte sofort Arthurs Aufmerksamkeit – und sein vollstes Mitgefühl.

Er wäre selbst schon viel früher hier gewesen, hätte er nicht von Derek, seinem mittleren Sohn, eine äußerst beunruhigenden, kryptische Nachricht erhalten.

Der junge Bursche schrieb niemals an seinen Vater, er war immer zu sehr damit beschäftigt, irgendwo einem neuen Abenteuer nachzujagen.

In dem Augenblick, da Arthur Dereks krakelige Handschrift gesehen hatte, hatte er gewusst, dass irgendetwas Ernstes geschehen sein musste.

Die kurze Nachricht hatte ihn in Portsmouth erreicht, wo er darauf wartete, dass ein paar kleinere Reparaturen an seinem Schiff erledigt wurden. Arthur hatte sie so oft gelesen, dass er sie inzwischen auswendig konnte.

„Lieber Vater, bleib in London. Wir werden zu dir kommen. Ich fürchte, wir haben hier etwas Ärger und müssen fort. Gabriel und ich sind aufgefordert worden, aus der Kavallerie auszuscheiden, aber sei beruhigt, wir werden dafür sorgen, dass unsere Schwester in Sicherheit ist. Georgie wird zuerst eintreffen. Wir schicken sie auf einem von Jacks Schiffen los. Ich muss bei Gabriel bleiben. Er wurde verletzt, als er versuchte, die Palastwachen abzuwehren. Bete für uns. Wir werden dir bald alles erklären. Dein dich liebender Sohn D.

Postskriptum: Ohne diesen schnellen Burschen Lord Griffith wäre ich wohl tot. Großartiger Kerl. Ich glaube, er mag Georgie. Wer tut das nicht?“

Das Flehen des halb ertrunkenen Mannes vor ihm weckte Arthur aus seinen eigenen väterlichen Sorgen.

„Ich bitte Sie, Captain, wollen Sie mir nicht helfen, mein Kind zu retten? Sowohl sie als auch Lord Jack schweben in großer Gefahr. Erlauben Sie Ihren Männern, mich an Land zu rudern, damit ich ins Pulteney Hotel gehen und Jack sagen kann, dass er Eden beschützen muss. O'Keefe ist hier, und er verfolgt sie beide. Er ist gefährlich“, flüsterte er. „Und verwirrt. Man muss ihn aufhalten.“

Lord Arthur hob den Kopf und kniff interessiert die Augen zusammen. „Sind Sie vielleicht Dr. Farraday?“

„Ja! Woher wissen Sie das?“ Der Mann wirkte erstaunt.

„Lange Geschichte. Ich erzähle sie Ihnen unterwegs. Kommen Sie mit mir. Lasst ein Boot zu Wasser!“, rief er seinen aufmerksam lauschenden Männern zu.

„Jawohl, Captain."

Die Matrosen wurden wieder aufmerksam und beeilten sich, den Befehl auszuführen.

So schnell es ging, eilten die beiden Herren zum Pulteney Hotel.

Als sie ankamen und Jacks Suite gefunden hatten, klopften sie an die Tür, aber die war verschlossen, und sie erhielten keine Antwort. Lord Arthur traf eine Entscheidung.

„Treten Sie beiseite, mein guter Mann!", befahl er.

Farraday, der noch immer tropfnass war, trat beiseite. Er holte eine Kerze von dem Wandleuchter im Gang, während Arthur mit ein paar Fußtritten die Tür öffnete.

Als die endlich aufsprang und das Licht von der Kerze hineinfiel, stockte beiden Männern der Atem, denn am Boden lagen die Leichen von vier Männern.

Es war eine Szene purer Zerstörung.

Blut war auf den Teppichen und auf den Möbeln. Selbst an der Decke sahen sie einige Spritzer.

„Gütiger Himmel", flüsterte der Naturforscher.

Sprachlos gingen Farraday und Lord Arthur hinein.

Dann bewegte sich einer der Körper, und sie hörten ein Stöhnen.

„Jack!"

Lord Arthur entdeckte seinen Neffen mit dem Gesicht auf dem Boden liegend, ganz in der Nähe der Flügeltüren.

Die drei anderen waren tot.

Farraday eilte an Jacks Seite und berührte ihn, dann tastete er nach seinem Puls. „Er lebt noch."

Aus irgendeinem Grund war Arthur davon nicht sehr überrascht, aber noch nie zuvor war er glücklicher darüber gewesen, einen Arzt im Haus zu haben. Jetzt war es an Victor, Befehle zu geben. Er wies Arthur an, kaltes Wasser zu holen und etwas sauberen Stoff, den er als Bandage verwenden konnte, während er Jack herumdrehte, um das Ausmaß seiner Verletzungen zu erkennen.

Zorn loderte in Arthur auf, als er sah, welche Verletzungen man seinem stolzen Neffen zugefügt hatte. Sein Gesicht war verschwollen und blutüberströmt. An mehreren Stellen hatte er Stichwunden, und sie hatten sogar versucht, ihm die Kehle durchzuschneiden, aber zum Glück hatte er nur einen Kratzer davongetragen.

Er sah totenbleich aus, und seine Haut war nach diesem entsetzlichen Kampf schweißbedeckt, aber er war am Leben. Arthur bewunderte den blutigen Sieg seines Neffen. Er musste wie ein Löwe gekämpft haben.

Nach ein paar Minuten war es ihnen gelungen, ihn wieder zu Bewusstsein zu bringen.

„So, mein Junge." Jack nahm von seinem Onkel einen Schluck Wasser entgegen, sodass er endlich wieder sprechen konnte. „Eden", stieß er hervor. „O'Keefe – helft mir, mich aufzusetzen."

„Das bedeutet, er hat sie schon", flüsterte Farraday.

Jack richtete den Blick auf das Gesicht seines Schwiegervaters. Seine wasserblauen Augen wirkten wild.

Nicht einmal Arthur hatte Jack bisher so gesehen.

Langsam wischte Jack sich mit dem Handrücken über den Mund, dann beugte er sich nach vorn und stützte sich auf die Hände. Mit unendlicher Mühe und unter großen Schmerzen begann er, sich aufzurichten.

Arthur starrte ihn an. Ein herrlicher Anblick – ein geschlagener, verwundeter Mann, der sich zurückkämpfte vom Rande des Todes und der Verzweiflung, wie ein halbtoter Gladiator, der sich aus dem Sand des Kolosseums erhebt, um noch einmal zu kämpfen.

Jack stand wieder auf seinen Füßen, auch wenn er das Gleichgewicht kaum halten konnte. Nach all den Schlägen auf den Kopf schwankte er ein wenig, aber er unterdrückte dieses Gefühl mit unerhörter Willenskraft. Er biss die Zähne zusammen.

Dann hob sich seine Brust, als er laut hörbar Atem holte,

mit bebenden Nasenflügeln, um sich zu konzentrieren. In seinen Augen loderte der Zorn.

„Wo ist er?“, stieß er hervor.

Farraday, der ebenso sehr staunte, trat einen Schritt zurück. „Ich werde es Ihnen zeigen.“

In ihrem dunklen Käfig war es schwer zu sagen, wie viel Zeit vergangen war. Eine Stunde? Zwei vielleicht? Eden weigerte sich zu glauben, dass Jack tot war. Jetzt betete sie darum, dass er nach Südamerika unterwegs war, um seine Mission zu vollenden. Doch mit jedem Moment wuchs ihre Angst. Sie wusste nicht, was sie tun sollte. Die Kabinentür war hoffnungslos verriegelt, und wenn sie dagegenschlug, wurde ihr nur damit gedroht, sie zu fesseln und zu knebeln, daher ließ sie das bleiben, wohl wissend, dass ihre Chancen zur Flucht damit nur noch geringer werden würden.

Sie hatten den dreibeinigen Stuhl herangezogen, der zum Schreibtisch gehörte, und sich daraufgestellt, um zu versuchen, sich durch das Bullauge zu zwängen, aber die Öffnung war kaum größer als ein Suppenteller. Es war hoffnungslos.

Allerdings spähte Eden durch das kleine runde Fenster hinaus, und sie bemerkte, dass sich keine Schiffslaternen auf dem Wasser widerspiegelten, und sie hörte auch nicht, dass jemand Befehle gab oder die Matrosen sich auf dem Oberdeck etwas zuriefen. In Dunkelheit und Stille glitt die Fregatte durch das Wasser, wie ein Raubtier: Sie begriff, dass Connor in aller Heimlichkeit zu entkommen gedachte.

So wie er an die tiefschwarzen Nächte des Urwalds gewöhnt war, wusste sie, dass er auch ohne Licht sehr gut sehen konnte. Sie wusste nicht, wie lange es dauern würde, ehe sie den Ozean erreichten. Aber sie wusste, wenn sie nicht bald von diesem Wahnsinnigen fortkam, dann war ihr Leben hoffnungslos verloren. Connor konnte sie überall hinbringen, und wenn es ihm gelang, sie zum Orinoco zurückzuschaffen, dann war sie so gut wie verloren für den Rest der Welt – und auch für Jack.

Eden bekämpfte ihr Entsetzen und tastete sich wie blind durch die Kabine auf der Suche nach irgendetwas, das ihr helfen konnte. Es war zu dunkel, um irgendeines der Objekte zu erkennen, die sie mit den Händen erfühlte, aber dann fand sie in einer der Schreibtischschubladen einen Kerzenstummel und eine Schachtel Zündhölzer, die im Boden des Leuchters steckte.

Immer und immer wieder versuchte sie vergeblich, das Holz zu entzünden. Ihre Hände zitterten so sehr, dass sie die Geduld verlor und schließlich fluchte, als sie sich den Daumen an einer scharfen Kante verletzte. Sie packte die Hölzer fester, konzentrierte sich ganz auf das, was sie tun wollte – da durchdrang ein langer Ton die stille Dunkelheit.

Ta-ra!

Sie hob den Kopf und lauschte mit angehaltenem Atem in die Richtung, aus der das Geräusch kam.

Da war es wieder: *Ta-ra!*

Eine vage Erinnerung regte sich. Sie hatte diesen Klang schon einmal gehört …

Das tiefe Echo eines Schiffshorns hallte meilenweit über dem Fluss wider.

Sie eilte zu dem Bullauge und stellte sich wieder auf den Hocker, um durch das kleine runde Fenster hinauszusehen. Dann holte sie tief Luft beim Anblick des großen Schiffes, das langsam hinter ihnen in Sichtweite kam – in der Dunkelheit war die Entfernung schwer zu schätzen.

Aber Eden erkannte eine Kleinigkeit, die ihre Stimmung ganz plötzlich hob und ihr Herz schneller schlagen ließ.

Die großen Tranlampen des Schiffes erleuchteten das rote Zeichen auf dem Hauptsegel, dass das Schiff als Eigentum von *Knight Enterprises* auswies.

Die *Valiant*!

Rettung nahte! Connor hatte also recht gehabt – Papa war entkommen und hatte Hilfe geholt! Von neuer Hoffnung erfüllt, begann sie zu handeln. Sie wusste nicht, ob Lord Arthur allein zu ihrer Rettung kam, ob er Papa mitbrachte oder Damien und alle anderen Brüder der Familie Knight. Sie wusste nur, dass sie ihnen zuallererst zeigen musste, wo sie sich aufhielt.

Als sie jetzt das Streichholz anriss, gelang es ihr, den Funken mit einem Fetzen Leinen aufzufangen, den sie sogleich an den Kerzendocht hielt. Eine kleine Flamme erhob sich.

Nun, wenn Connor glaubte, sie würden sich im Dunkeln davonschleichen, so täuschte er sich. Ein winziger Kerzenstumpf aber würde nicht ausreichen, um die Aufmerksamkeit ihrer Retter zu erregen, verursachte er doch kaum mehr Licht als ein Glühwürmchen.

Mit hochgehaltener Kerze begann sie hastig, die unordentliche Kabine zu durchsuchen, hielt das flackernde Licht in alle Ecken und Winkel des Raums. Die kleine, leichte Fregatte bot nicht dieselben luxuriösen Ausmaße wie die *Winds of Fortune*, doch Edens Verstand arbeitete rasch.

Sie sah ein Fischernetz.

Ein paar hölzerne Planken, falls es irgendwo einen Schaden am Boot gab.

Teer, um das Deck zu versiegeln.

Ta-ra!

Dann formte sich in ihrem Kopf ein Plan, und sie lächelte. Wenig später, der Kerzenstummel brannte immer noch neben ihr, begann sie mit dem Versuch, die Kabinentür einzutreten.

„Lasst mich hier heraus, ihr Halunken!“

Bei jedem Tritt spürte sie einen heftigen Schmerz bis hinauf zu ihrer Hüfte, aber nicht einmal zehn Tritte waren nötig, dann hing die Tür nur noch in der Hälfte ihrer Angeln, so entschlossen war sie.

Als Connor einen seiner Handlanger unter Deck schickte,

um sich mit ihr abzugeben, war sie für ihn bereit und hielt das Fischernetz in den Händen.

„Lästiges Frauenzimmer, beruhige dich." In dem Augenblick, da der Seemann die zerstörte Tür öffnete, warf sie das Netz über ihn und stieß ihn mit aller Kraft zurück.

Taumelnd versuchte der Seemann, sich von dem Netz zu befreien und fiel dann in dem engen Gang hintenüber. Eden blieb einen Moment stehen, um ihre selbst gemachte Fackel aus Holz und Teer mit dem Kerzenstummel zu entzünden, und hastete dann aus der Kabine. Der Seemann hatte sich gerade von dem Netz befreit, als sie ihm noch einen entschuldigenden Blick zuwarf und das Schott entzündete, damit er sie nicht verfolgen konnte. Dann eilte sie, die Fackel noch immer in der Hand, den Gang entlang und stürmte hinaus auf Deck.

Unter den lauten Rufen der Mannschaft setzte sie alles in Flammen, alles, was sich in Reichweite befand: Die Reling, das Steuerrad und das Hemd eines Mannes, der versuchte, sie festzuhalten.

Mit einem Schrei sprang er über Bord, um die Flammen zu ersticken, die an ihm emporzüngelten.

„Eden!" Connor stapfte auf sie zu. Zorn zeichnete sich auf seinem wie aus Stein gemeißelten Gesicht ab.

Sie schwang die Fackel in einem Halbkreis herum direkt auf ihn zu, um ihn auf Abstand zu halten, aber Connor packte sie an der Schulter.

Da nahm sie die Fackel in die andere Hand und schleuderte sie mit aller Kraft gegen das Hauptsegel. Das größte Segeltuch der Fregatte ging in Flammen auf.

Jetzt würden die Knights wissen, wo sie zu finden war.

Es gab nur ein kleines Problem.

Der nächste Schritt ihres Plans sah vor, dass sie über Bord sprang, aber sie konnte nicht weg, denn Connor hielt ihre Schultern fest umklammert.

Und diesmal war er außer sich vor Zorn.

„Da! Was ist das für ein Feuer?", rief einer von Arthurs Männern und deutete nach vorn.

Jacks Herz schlug schneller, als er durch das Fernrohr sah. Er ließ seinen Blick über das Deck der Fregatte gleiten und entdeckte dann Eden gerade in dem Moment, als sie die Fackel in die Segel schleuderte.

Gutes Mädchen, dachte er voller Stolz auf seine kleine Löwin. Dann packte Connor O'Keefe sie an der Schulter, und Jack erstarrte, ehe er einen Schritt nach vorn trat, als der Kampf begann.

„Komm schon, Mädchen, schüttel ihn ab. Mach, dass du da rauskommst", drängte er sie kaum hörbar. O'Keefes Männer arbeiteten schnell daran, das Feuer zu löschen. Jack hatte nicht die Absicht, sie davonkommen zu lassen. „Schickt eine Kugel über den Bug", befahl er. „Das sollte ihn ablenken."

„Jawohl, Sir!"

Jack begab sich zu dem Kanonier am Vorderdeck. Sein ganzer Körper schmerzte, aber er achtete nicht darauf. Er richtete das Kanonenrohr aus, und nachdem die Mannschaft die Kanone geladen hatte, nahm er eine Fackel und entzündete persönlich die Lunte.

In einem Feuerregen flog der Schuss durch die Nacht und in hohem Bogen über den Bug der Fregatte.

Dann fiel die Kugel in den Fluss, und da, wo sie gelandet war, erhob sich eine Fontäne. Jack nahm wieder das Fernrohr ans Auge und beobachtete die Reaktion an Deck.

Verwirrung brach aus. O'Keefe war so überrascht, dass er sich umdrehte, damit er nachsehen konnte, ob die Kanonenkugel sein Schiff getroffen hatte, und Eden nutzte die Gelegenheit, sich aus seinem Griff zu befreien.

Ein echtes Piratenlächeln erschien auf Jacks Gesicht, als seine Dame zur Reling hastete, mit der Geschmeidigkeit einer Katze hinaufkletterte und dann in einem perfekten Sprung ins Wasser abtauchte, weit weg vom Schiff.

Vollkommen furchtlos.

Himmel, wie sehr ich sie liebe. Der Fluss verschluckte sie in seiner Dunkelheit, und O'Keefe lief an die Reling und schrie ihren Namen.

„Lasst ein Ruderboot hinunter", befahl Jack. „Ich werde sie suchen. Onkel?"

„Ja, Jack?"

„Sobald sie aus der Schusslinie ist, pustest du diesen Bastard vom Wasser."

„Mit Vergnügen, mein Junge."

„Lassen Sie mich mitkommen", bat Dr. Farraday ihn. „Jack, ich könnte es nicht ertragen, sie zu verlieren ..."

„Ebenso wenig wie ich." Sanft schob Jack den Wissenschaftler beiseite. „Ich werde Ihnen Ihre Tochter zurückbringen."

Angespannt sah Farraday zu, wie Jack in das Ruderboot stieg. Gleich darauf ruderte er rasch mit der Strömung, kämpfte gegen den Sog, der ihn auf die brennende Fregatte zutrieb. O'Keefes Schiff hatte jetzt wirklich Feuer gefangen, und die Flammen schlugen hoch in den Nachthimmel.

Ständig musste Jack sich über die Schulter sehen, während er ruderte, um sicherzugehen, dass er sich von den brennenden Trümmern und den glühenden Segeltuchfetzen entfernte, die von oben herunterfielen, während das Schiff langsam auseinanderfiel.

Rauch breitete sich über der Szenerie aus, sodass das Licht immer schlechter wurde. Mit aller Kraft legte Jack sich in die Riemen, um schneller zu werden, und bemerkte dabei mit finsterer Miene, dass die Themse hier keine schlammigen Flussufer hatte, sondern mit Mauern bebaut war, um das gelegentliche Hochwasser abzuhalten.

Irgendwo hier war Eden im Wasser, aber es gab keine Stelle, wo sie an Land gehen konnte. Bis er sie im dunklen Wasser fand und in sein Boot ziehen konnte, blieb ihr nichts anderes übrig, als in diesem Schmutz weiterzuschwimmen.

Während er weiterfuhr, hörte Jack ein Geräusch, das ihm das Blut in den Adern gefrieren ließ.

Bumm!

Ein Gewehrschuss.

Er fuhr entsetzt herum. Im Schein des Feuers sah er O'Keefe an der Reling des brennenden Schiffs stehen, in der Hand ein Gewehr. Er zielte und schoss noch einmal ins Wasser, dann musste er nachladen.

Himmel, er versucht, sie umzubringen. Jack holte Luft, um einen Schrei auszustoßen, der die Aufmerksamkeit dieses Wahnsinnigen auf ihn selbst lenken sollte, ohne darauf zu achten, dass er ein leichtes Ziel abgab, wie er da so in seinem Ruderboot saß.

Aber sein Schrei wurde erstickt durch den Schuss, der die Fregatte traf, als die *Valiant* die Hölle ausbrechen ließ.

Bumm!

Bumm!

Der Hauptmast brach und fiel, riss Taue mit sich, Takelage und Segel. Jack wusste nicht, wohin O'Keefe verschwunden war.

Er hatte das beschädigte Schiff umrudert und erspähte jetzt ein kleines, bleiches Gesicht in dem kalten, dunklen Strom. Mit aller Kraft paddelte Eden und versuchte, in den Wellen den Kopf über Wasser zu halten.

„Eden!" Er brüllte ihren Namen und ruderte, so schnell er konnte.

„Jack!", rief sie. Durch Rauch und Chaos hindurch hörte sie, wie er sie rief, und antwortete verzweifelt: „Jack! Jack! Ich bin hier!"

Ihre Kräfte ließen nach. Der kalte, schmutzige Fluss zog sie immer weiter mit seiner heftigen Strömung, und die hohen Mauern gaben ihr keine Möglichkeit, an Land zu gehen.

Sie musste sich sehr bemühen, nicht zu würgen bei dem Geruch und dem Geschmack des ekelerregenden Wassers – sie versuchte, nicht an die Abfälle von einer Million Menschen zu denken, von Pferden, Fischmärkten und Schlimmerem, was alles in die Themse geschüttet wurde, wie man es schon immer getan hatte seit der Zeit der Römer.

Piranhas wären ihr lieber gewesen.

Ihr war so kalt, und immer weiter trat sie Wasser, während ihre Hoffnung dahinschwand und der Fluss sie weiter in die Finsternis zerrte aufs Meer zu. Ihre nasse Kleidung zog sie hinab, aber nichts davon bereitete ihr ernste Sorgen im Vergleich zu der Insel aus brennenden Trümmern, die genau auf sie zutrieb, während die Fregatte auseinanderbrach. Sie konnte nicht schnell genug schwimmen, um aus dem Weg zu kommen.

„Eden, sprich mit mir! Wo bist du?"

„Jack!" Sie begriff, dass er sie wegen des Rauchs nicht sehen konnte. „Jack! Jack! Hier!", rief sie mit letzter Kraft.

In diesem Augenblick tauchte er aus der Dunkelheit und den grauen, erstickenden Rauchwolken auf, das geliebte Gesicht angespannt vor Zorn, während er das Boot auf sie zulenkte.

Dann erhob er sich und kniete seitlich nieder, um ein Ruder in ihre Richtung zu strecken.

„Halt dich fest!"

Als sie das tat, sich mit aller Kraft daran festklammerte, zog Jack sie an den Bootsrand heran, beugte sich hinaus und ergriff ihre Hand. „Ich habe dich." Dann lehnte er sich zurück, um ein Gegengewicht zu bilden, und zog sie zu sich ins Boot.

Während sie auf dem feuchten Holzboden schwer atmend zusammenbrach, packte Jack erneut die Ruder und brachte sie, so schnell es nur ging, weg von dem Berg brennender Trümmer, der genau auf sie zukam.

Eden blickte zu ihm auf und war fest davon überzeugt, nie etwas Schöneres gesehen zu haben.

Als Jack sich zu ihr beugte, schlang sie die Arme um seinen Hals. „Du bist zurückgekommen", brachte sie heraus.

„Oh, Eden", flüsterte er und presste sie an sich. „Ich konnte dich nicht verlassen." Er umfasste ihren Kopf und zog sie an seine Brust. „Psst, ich habe dich jetzt. Ist alles in Ordnung? Hat er dir wehgetan?"

„Mir geht es wirklich gut, solange du bei mir bist. Er sagte, du wärst tot!"

„Beinah", erwiderte Jack.

Sie lehnte sich ein Stück zurück, um ihn besser ansehen zu können, und schrie auf, als sie sah, wie zerschlagen sein Gesicht war. „Du siehst grässlich aus. Was ist passiert?"

„Das war Ruiz. Es ist jetzt vorbei."

Aber das war es nicht.

In diesem Moment begann das Boot heftig zu schaukeln. Eden schrie auf, und Jack war sofort alarmiert, als O'Keefe plötzlich mit einem einzigen Satz ins Boot sprang.

„Du verdammter Mistkerl", sagte er zu Jack und sah ihn mit blitzenden Augen an, während das Wasser über sein Gesicht rann. „Sie gehört mir."

Jack stieß Eden hinter sich, als Connor mit einem gefährlich klingenden metallischen Geräusch seine Machete zog.

„Bleib unten!"

Wieder schrie Eden, als Connor seitlich ausholte und mit der Machete nach Jack schlug, doch der blockte den Schlag mit seinem Ruder ab und holte damit dann nach Connor aus, der sich duckte und erneut versuchte, Jack zu treffen. Da griff dieser zu und drehte Connor den Arm nach hinten.

Einen Augenblick lang schien der Australier erstaunt zu sein, es mit einem Gegner zu tun zu haben, der ihm an reiner Körperkraft gleichwertig war.

„Lass die Waffe fallen!", befahl Jack.

„Fahr zur Hölle!"

„Wie du willst", erwiderte Jack.

Als die beiden Männer sich herumwarfen, wich Eden mit einem Schrei zurück. Jack schlug Connors Hand gegen einen der Metallhaken, in denen die Ruder eingehängt waren. Brüllend ließ Connor die Machete los. Sie fiel in den Fluss und versank. Mit den Füßen stieß er Jack von sich weg, rammte ihm dabei den Stiefelabsatz in den Leib, doch gleich war Jack wieder da, und der Kampf ging weiter.

Während die beiden Männer einander einen Hieb nach dem anderen versetzten, warf Eden sich mal auf die eine, dann wieder auf die andere Seite, damit das Ruderboot nicht kippte.

Währenddessen trieb das Boot immer weiter seitlich flussabwärts, ein Ruder war inzwischen verloren, das andere hing locker in der Befestigung. Verzweifelt starrte sie darauf, während sie fühlte, wie ihr das Herz gegen die Rippen schlug.

Dann begann Connor, Jack zu würgen, umfasste mit seinen kräftigen Händen dessen Hals und drückte ihm die Luft ab. Zuerst versuchte er, Connors Hände von seiner Kehle zu ziehen, doch als er damit nichts erreichte, rammte er dem Gegner die Faust in die Rippen.

Der Australier ließ die Arme sinken. Jack holte tief Luft und schlug ihm dann mit aller Kraft ins Gesicht, sodass Connor herumwirbelte und mit dem Gesicht nach unten im Boot landete.

Ehe der andere sich von diesem Schlag erholen konnte, bückte Jack sich, packte ihn an den Armen, zog sie nach hinten und stellte einen Fuß auf Connors Rücken. Auch ohne Worte verstand der, dass Jack ihm das Rückgrat brechen würde, wenn er nur eine einzige falsche Bewegung machte.

Eden war unsagbar froh, dass Jack Connor nicht tötete, jedenfalls nicht vor ihren Augen. Offensichtlich hatte er für diese Nacht genug davon.

Blut rann ihm über das Gesicht, während Jack mit brennenden Augen Connor in dieser Position hielt, bis die Wasserpolizei längsseits fuhr und Connor unter Arrest stellte.

Als er wieder auf der *Valiant* war, stellte sich heraus, dass Jack sich an den Kampf im Pulteney Hotel kaum erinnern konnte. Victor sagte ihm, dass er eine leichte Gehirnerschütterung erlitten hatte.

Außerdem hatte er zahlreiche Verletzungen davongetragen, obwohl er noch immer aufrecht herumlief. Erst allmählich begann er sie zu spüren, als die Erregung endlich nachließ. Drei Stichwunden – am Bein, am Arm, an der Schulter. Sein Kiefer schmerzte, die Rippen waren getroffen worden, er hatte ein blaues Auge, eine hässliche Schnittwunde am Hals, wo es Ruiz um ein Haar gelungen war, ihm die Kehle durchzuschneiden, und vermutlich würde er in den nächsten Tagen von dem Schlag gegen die Nieren noch mehr Blut verlieren, aber alles in allem war er noch nie in seinem Leben glücklicher gewesen.

Eden war in Sicherheit.

Nur das allein zählte.

Inzwischen fuhr die Wasserpolizei überall herum und holte Connors restliche Besatzung aus dem Wasser, in das die Männer gesprungen waren, um dem brennenden Schiff zu entkommen. Jeder einzelne von ihnen wurde unter Arrest gestellt.

Victor und Lord Arthur wurden von Bow Street Runners und Männern der Wasserpolizei einzeln befragt, damit sie über alles berichten konnten, was sie in der Nacht gesehen hatten.

Jack hoffte, dass Wellington tatsächlich so viel Einfluss besaß, wie er behauptet hatte, als er versprach, Jack aus allen Schwierigkeiten mit dem Gesetz herauszuhalten, soweit es seine Mission betraf. Schließlich lagen Ruiz und zwei seiner Untergebenen tot in Jacks Suite im Pulteney Hotel.

Noch immer zitterte er unter den Nachwirkungen dieser Gewaltexzesse, aber Edens kleine, zarte Hand zu spüren, half ihm, sich zu beruhigen. Tatsächlich ging es ihr nicht viel besser. Sie war erschöpft und nass bis auf die Haut vom ungesunden Wasser der Themse.

Aber sie standen gemeinsam an der Reling und wollten

nicht zulassen, dass irgendeine Macht der Welt sie noch einmal voneinander trennen konnte.

„Jack", flüsterte Eden zu ihm gewandt. „Ich muss dir sagen, dass es mir leidtut."

Er sah sie an und fühlte einen Kloß in seiner Kehle, als er ihren ernsten Blick auf sich spürte. *So rein*. Er schüttelte den Kopf. „Ich bin derjenige, der sich entschuldigen muss für all die schrecklichen Dinge, die er gesagt hat."

„Nein, ich weiß, es war nur der Schmerz, der da aus dir gesprochen hat, Geliebter." Sie wollte sein Gesicht umfassen, aber es war so geschwollen und voller Wunden, dass sie es dann doch nicht tat. „Ich will nicht, dass du jemals wieder denkst, an den dummen Empfängen der *ton* und solchen Dingen läge mir mehr als an dir. Ich liebe dich. Du bist der Mittelpunkt meines Lebens. Ich verstehe, warum du dich gefragt hast, ob ich wirklich auf deiner Seite stehe, so, wie ich mich verhalten habe – aber das tue ich. Und ich verspreche dir, ich werde jetzt mit alledem aufhören. Und wenn ich dir wehgetan habe, mein Löwe, dann tut es mir so leid. Wenn es dein Wunsch ist, Jack, können wir London verlassen. Ich gehe überallhin, wo du glücklich sein kannst."

Er hatte nicht geglaubt, sie noch mehr lieben zu können, als er es ohnehin schon tat, aber ihre ungekünstelte Bitte fand er ganz einfach anbetungswürdig. Er sah sie an und nahm ihre Hände. „Liebling, ich muss ganz ehrlich sein. Die Wahrheit ist, dass ich schon immer hierhergehören wollte. Du weißt, das hier ist mein Zuhause. London, wo ich geboren bin. Meine Familie lebt hier. Eine lange Zeit bin ich vor alldem davongelaufen. Aber du hast mir geholfen zu erkennen, dass es nicht nur daran lag, wie sehr die Menschen hier mich verurteilten, sondern auch daran, dass ich sie von mir weggestoßen habe. Aber du hast mir einen Grund gegeben, wenigstens zu versuchen, ein Teil von alldem zu werden, ein Teil dieser Welt zu sein. Du gabst mir einen Grund zu bleiben."

Dann berichtete er ihr kurz von dem Gerücht, das Lisette über sie beide verbreitet hatte, da bisher niemand eine Gelegenheit gehabt hatte, es ihr zu erklären, und wie er dadurch begonnen hatte, um die Zukunft ihres ungeborenen Kindes zu fürchten.

„Aber Jack", schalt sie ihn mit einem sanften Lächeln, „wir werden jetzt zusammen sein, und wir werden nicht zulassen, dass irgendjemand unser Kind so behandelt, wie man dich behandelt hat. Außerdem ...", mit einer sehr behutsamen Geste schob sie ihm das Haar aus dem Gesicht, „... gibt es nichts, um das du dich sorgen musst. Wenn sie mein Baby sehen, das dir wie aus dem Gesicht geschnitten sein wird, wird jeder erkennen, dass du der Vater bist."

Es tat weh zu lächeln, aber ihre Worte ließen ein breites Lächeln auf seinem Gesicht erscheinen.

Sie umarmte ihn, umfasste seinen Hals und versuchte, irgendwo eine Stelle zu finden, auf die sie ihn küssen konnte, ohne ihm wehzutun.

„Edie! Edie! Genug, Mann, lassen Sie mich meine Tochter sehen!"

„Papa?", stieß sie hervor und drehte sich um, als sie seine Stimme hörte, doch ohne Jack dabei loszulassen. Zärtlich sah er zu, wie sie vor seinen Augen erstrahlte. „Papa!", rief sie. Sie hatte darauf gewartet, dass ihr Vater nach der Befragung durch die Polizei den Raum verlassen konnte.

„Edie, mein geliebtes Kind! Hier bin ich!" Heftig winkend kam ihr Vater quer über das Deck auf sie zu.

Jack ließ sie los und hielt respektvoll Abstand, während sie ihrem Vater entgegenlief.

Mit Tränen in den Augen lachte sie. „Papa!"

Die beiden stark mitgenommen aussehenden Farradays umarmten einander fest.

„Oh, Papa, mir tut das alles so leid, was ich dir angetan habe und dass ich mich so davongestohlen habe."

„Nein, mein Liebling. Du hast recht daran getan zu gehen. Ich habe mein Versprechen gebrochen, und ich war so ein Narr! Ich hätte besser auf dich hören sollen, in so vieler Hinsicht." Er umfasste ihr reizendes Gesicht mit beiden Händen und gab ihr einen Kuss auf die Stirn. „Mein tapferes Mädchen. Ich bin so stolz auf dich, Edie. Du solltest nichts bedauern. Du hattest einen Lebenstraum, und du hattest den Mut, ihn zu verwirklichen, mein Liebling."

Sie umarmte ihn noch einmal. „Ja, mein Traum hat sich erfüllt, Papa", sagte sie nach einer Weile und wischte sich eine Träne aus dem Gesicht. Dann drehte sie sich um und zeigte auf Jack. „Da drüben steht er."

Jack sah sie an. Seine Augen leuchteten so blau wie das Elmsfeuer, und sein Herz brannte vor Liebe und Zärtlichkeit.

„Er tanzt nicht", sagte sie leise, „aber damit kann ich leben."

Ohne den Blick von ihr zu lösen, sagte er kaum hörbar: „Ich könnte es lernen."

EPILOG

Jamaika, ein Jahr später

Die elegante weiße Villa stand auf einem sonnendurchfluteten Vorsprung direkt über dem Meer. Der üppig bewachsene Hügel darunter ging direkt in pudrigen weißen Sand über, in türkisfarbenes Wasser und die leise rauschende Brandung.

Es war die Stunde der Siesta. Eden saß im Schaukelstuhl auf der rot gefliesten Terrasse und schrieb einen Brief an ihre Cousine Amelia.

Deine Mutter hat ganz recht, Du vergisst die Schmerzen, sobald Du Dein Kind in den Armen hältst. Außerdem hast Du ja den lieben, netten Trahern an Deiner Seite, und ich bin fest davon überzeugt, dass er ganz wunderbar für Euch beide sorgen wird.

Der Wind trug die Schreie der Seemöwen zu ihr, aber sie achtete nicht auf die kleine grüne Eidechse, die über die Mauer huschte. Oberhalb der Terrasse wiegten sich Palmen vor dem azurblauen Himmel, während um sie herum anmutige rote Bougainvillen und zarte Frangipani im Wind raschelten.

Großpapa – womit ich natürlich meinen Papa meine – hat kürzlich eine überaus interessante Bekanntschaft geschlossen. Meine liebe Cousine, ich glaube, da liegt eine Romanze in der Luft. Miss Jane Rossiter ist hier eine unverheiratete Dame, ein typischer Blaustrumpf, die großes Interesse an Papas Arbeit zeigt. Gerade letzte Woche konnte er uns nicht besuchen, weil er sie ins Theater begleiten musste. Ist das nicht sehr höflich von ihm? Es geschehen noch Zeichen und Wunder.

Nun, da Du von mir den neuesten Klatsch zu hören bekommen hast, gönne mir auch Deinen. Was höre ich da über die Knights aus Indien, die kürzlich in der Stadt gesehen wurden, und Miss Georgie Knight, die den großartigen Lord Griffith mitgebracht hat? Schreib mir alles, was Du in Erfahrung bringen kannst, liebe Cousine.

Aber ich habe nicht nur Klatsch zu berichten. Es gibt auch sehr ernsthafte Dinge zu erzählen, von denen eines der interessantesten jenes ist, dass der Freiheitskämpfer durch den Kongress von Angostura erst vor zwei Monaten in sein Amt eingesetzt wurde.

Der Krieg scheint eine Wendung zu nehmen. In den letzten Monaten hatte es einige Siege gegeben, und wie es scheint, haben wir allen Grund, auf unsere Männer stolz zu sein. Die Engländer, die zum Kämpfen gekommen waren, helfen jetzt Bolivar gegen die spanische Krone. Jack meint, dass Venezuela in ein oder zwei Jahren tatsächlich frei sein könnte.

Nachdenklich hielt sie inne und betrachtete einen Moment lang die weißen Segel am Horizont. Ein Lächeln umspielte ihre Lippen. Dann tauchte sie ihre Feder ein letztes Mal in das Tintenfass.

So, meine liebste Cousine, das sind alle Neuigkeiten, die mir im Augenblick einfallen. Uns allen hier geht es gut, nein, ich sollte sogar sagen, wir sind geradezu lächerlich glücklich und können es nicht erwarten, Euch nächstes Frühjahr in London wiederzusehen. Wenn der kleine Johnny etwas älter ist, wollen wir ein halbes Jahr hier in den Tropen leben und ein halbes Jahr in London, damit wir bei Euch und unseren Familien sein können (Sag Jack nichts davon, aber ich werde ganz schön verwöhnt). Wie immer vielen Dank für die Zeitschriften. Liebe Grüße, Eden.

Als sie unterschrieb und ihre Schreibutensilien in das tragbare Schreibpult zurückräumte, fing sich das Sonnenlicht in dem großen Diamanten an ihrem Finger und funkelte wie ein Regenbogen. Nachdenklich erhob sie sich und ging zurück ins Haus.

Langsam durchquerte sie die Innenräume und freute sich an dem exotischen Luxus, bis sie ins Frühstückszimmer kam und ihren schönen Ehemann auf der Couch liegen sah, den Arm schützend um ihren fünf Monate alten Sohn gelegt.

Ihr Löwe und sein Junges. Der kleine Johnny schlief fest auf der Brust seines liebenden Vaters.

Edens Herz drohte vor Liebe überzufließen. Sie lehnte sich an den breiten Türbogen, verschränkte die Arme vor der Taille und betrachtete die beiden. Unter dem Sofa hatte sich Rudy zusammengerollt und klopfte jetzt mit dem Schwanz zur Begrüßung auf den Boden, doch Eden legte einen Finger an die Lippen, um den Hund zu ermahnen, leise zu sein, damit er das Baby nicht weckte.

Jack aber schien ihre Anwesenheit gespürt zu haben. Er bewegte sich, allerdings nicht so sehr, dass er den Schlaf seines Sohnes gestört hätte. Dann drehte er den Kopf und öffnete die Augen.

Müde und zufrieden lächelte er sie an, und in seinem ernsten Blick lag unendlich viel Liebe.

Liebe und Dankbarkeit – und das Versprechen auf ein wenig mehr, später, in der Nacht.

Eden warf ihm eine Kusshand zu und lächelte zurück.

Sie konnte es kaum erwarten.

– ENDE –

MIRA IST ONLINE FÜR SIE!
www.mira-taschenbuch.de
Immer aktuell:
News und Neuerscheinungen
direkt auf der Startseite!
Das gesamte
Taschenbuchprogramm
übersichtlich nach Kategorien!
MIRA
TASCHENBUCH

Gaelen Foley
Nacht der Sünde
Band-Nr. 25373
6,95 € (D)
ISBN: 978-3-89941-606-0
512 Seiten

Elizabeth Hoyt
Mylady spielt gefährlich
Band-Nr. 25456
6,95 € (D)
ISBN: 978-3-89941-744-9
400 Seiten

Candice Hern
Verwegene Leidenschaft
Band-Nr. 25444
6,95 € (D)
ISBN: 978-3-89941-727-2
320 Seiten

Lisa Kleypas
Verbotene Früchte
im Frühling
Band-Nr. 25432
6,95 € (D)
ISBN: 978-3-89941-709-8
320 Seiten

Georgette Heyer
Heiratsmarkt
Band-Nr. 25464
7,95 € (D)
ISBN: 978-3-89941-755-5
480 Seiten

Georgette Heyer
Venetia und der Wüstling
Band-Nr. 25449
7,95 € (D)
ISBN: 978-3-89941-735-7
432 Seiten

Georgina Devon /
Nicola Cornick
Verführung im Walzertakt
Band-Nr. 25479
7,95 € (D)
ISBN: 978-3-89941-785-2
416 Seiten

Anne Ashley / Nicola Cornick
Sommerfrische
Band-Nr. 25463
7,95 € (D)
ISBN: 978-3-89941-754-8
400 Seiten